Les vrais paradis sont les paradis qu'on a perdus.
Les années heureuses sont les années perdues, on attend une souffrance pour travailler.

MARCEL PROUST

À LA RECHERCHE DU TEMPS PERDU

À l'ombre des jeunes filles en fleurs

追忆
似水年华

第二卷　在少女们身旁

[法国]马塞尔·普鲁斯特　著
桂裕芳 袁树仁　译

译林出版社

À L'OMBRE DES JEUNES FILLES EN FLEURS

目 录

第一部

斯万夫人周围

在商量请德·诺布瓦先生第一次来家吃饭时，母亲说，遗憾的是戈达尔教授目前在外旅行，她本人又完全断绝了与斯万的交往，否则这两位陪客会使那位前任大使感兴趣的。父亲回答说，像戈达尔这样的显赫上宾、著名学者，会使餐桌大增光彩。可是那位爱好卖弄、唯恐旁人不知自己结交了达官贵人的斯万，其实只是装模作样的庸俗之辈，德·诺布瓦侯爵会用“令人恶心”这个词来形容斯万的。对父亲的这个回答我得稍加解释。某些人可能还记得，戈达尔从前十分平庸，而斯万在社交方面既谦和又有分寸，含蓄得体。但是我父母的旧友斯万除了“小斯万”、赛马俱乐部的斯万之外，又增添了一个新头衔（而且不会是最后的头衔），即奥黛特的丈夫。他使自己素有的本能、欲望、机智服从于那个女人的卑俗野心，尽力建立一个适合于他的伴侣的、由他们两人共有的新的地位，这个新地位大大低于他从前的地位。因此，他的表现判若两人。既然他开始的是第二种生活（虽然他仍然和自己的朋友单独来往，只要他们不主动要求结识奥黛特，他不愿意将她强加于他们），一种和他妻子所共有的、在新交的人之间的生活，那么，为了衡量这些新友人的地位，也就是衡量他们的来访给自己的自尊心所带来的愉快，他所使用的比较尺度不是自己婚前的社交圈子中最杰出的人物，而是奥黛特从前的朋友，这一点也就不难理解了。然而，即使人们知道他乐于和粗俗的官员以及政府部门舞会上的花瓶——名声不好的女人——来往，但他居然津津乐道地炫耀某办公室副主任的妻子曾登门拜访斯万夫人，这未免使人愕然，因为他从前（至今仍然）对特威克汉姆[1]或白金汉宫的邀请都曾潇洒地保持过缄默。人们也许认为昔日风流倜傥的斯万的纯朴其实只是虚荣心的一种文雅的形式，他们也许认为我父母的这位旧友和某些犹太人一样，轮流表现出他的种族所连续经历的状态，从最不加掩饰的附庸风雅、最赤裸裸的粗野，直到最文雅的彬彬有礼。然而，主要原因——而且这普遍适用于人类——在于这一点，即我们的美德本身并不是时时听任我们支配的某种自由浮动的东西。在我们的思想中，美德与我们认为应该践行美德的那些行动紧密相连。因此，当出现另一种类型的活动时，我们束手无策，根本想不到在这个活动中也可以践行同样的美德。斯万对新交无比殷勤，眉飞色舞地一一列出他们的姓名，这种态度好似那些谦虚或慷慨的大艺术家：也许他们在晚年尝试烹饪或园艺，为自己的拿手好菜或花坛沾沾自喜，只能听夸奖，不能听批评。但一旦涉及他们的杰作，他们是乐于倾听批评的；或者说，他们可以慷慨大方地赠送一幅名画，可是在多米诺牌桌上输了四十苏却满不高兴。

谈到戈达尔教授，我们将在很久以后，在拉斯普利埃宫堡维

---

[1] 此城是法国奥尔良王族流亡英国的居住处。

尔迪兰夫人府上再次和他长久相聚。此刻，关于他，只需首先提请注意一点。斯万的变化严格来说无法使我惊讶，因为当我在香榭丽舍大街看见希尔贝特的父亲时，这变化已经完成，只是尚未被我看透罢了。再说他当时没有和我讲话，不可能向我吹嘘他那些政界朋友（即使他这样做，我多半也不能立即觉察到他的虚荣心，因为长时期形成的对某人的看法使我们对他们的某些行为视而不见，听而不闻。母亲也是一样，在三年里，她竟然没有觉察到侄女嘴上的唇膏，仿佛它溶解在流体之中无影无踪了。直到有一天，过浓的唇膏或者其他什么原因引起了所谓超饱和现象，于是从前没有看见的唇膏结成晶体，母亲突然看见了缤纷的彩色，大叫可耻，如同在贡布雷一样，并且几乎断绝了与侄女的一切来往）。戈达尔的情况却相反，他在维尔迪兰家目睹斯万跨进社交界的那个时期已经相当遥远，而岁月的流逝给他带来了荣誉和头衔。其次，一个人尽可以缺乏文化修养，尽可以做愚蠢的同音异词的文字游戏，但同时仍可以具有一种任何文化修养所无法取代的特殊天赋，例如大战略家或杰出医生的天赋。在同行们眼中，戈达尔不仅仅是靠资历而由无名小卒终于变为驰名欧洲的名医。年轻医生中之佼佼者宣布——至少在几年内，因为标准既然应变化之需要而诞生，它本身也在变化中——万一他们染病，戈达尔教授便是他们唯一能以命相托的人。当然他们愿意和某些文化修养更深、艺术气质更重的主任医生交往，和他们谈论尼采和瓦格纳。戈达尔夫人接待丈夫的同事和学生，盼望有朝一日丈夫能当上医学院院长。人们在晚会上欣赏音乐，戈达尔先生却无意聆听，而去隔壁的客厅里玩牌。然而他的好眼力，他的诊断之敏捷、深刻、准确，令人赞叹不已。第三点，关于戈达尔教授对我父亲这种类型的人所采用的整体态度，应该指出，我们在生活的第二部分所显示出的本质可能是第一本质的发展或衰败、扩大或减弱，但并不永远如此，它有时是相反的本质，是不折不扣的反面。戈达尔青年时代的那种迟疑的神情、过分的腼腆与和蔼曾使他经常受人挖苦，当然迷恋他的维尔迪兰家除外。是哪位慈悲为怀的朋友劝他摆出冷冰冰的面孔呢？由于他的地位重要，这样做是轻而易举的。在维尔迪兰家，他本能地恢复原貌，除此以外，在任何地方，他都表现得冷若冰霜，往往是一言不发。而当不得不说话时，他又往往采取断然的口吻，故意令人不快。他将这种新态度试用于求医者身上，既然求医者以前从未与他谋面，自然无法做比较。他们如果得知戈达尔并非生性粗鲁，准会大吃一惊。戈达尔极力使自己毫无表情。他在医院值班时，讲述同音异义的玩笑让众人——从主任医生到新来的见习医生——捧腹大笑，而他的面部肌肉却纹丝不动。由于剃去了胡须，他的面孔也完全变了样。

最后说说德·诺布瓦侯爵为何许人，战前[1]他曾任全权公使。五月十六日危机期间[2]他任大使。尽管如此，使许多人大为吃惊的是，他后来曾多次代表法兰西出使外国执行重要使命，甚至赴埃及出任债务监督，并施展他非凡的财务能力，屡有建树，而这

[1] 指 1870 年普法战争前，法兰西第二帝国时期。

[2] 指 1877 年 5 月 16 日法国内阁危机。

些使命都是由激进派内阁委任于他的。一般的反动资产者都拒绝为这个内阁效劳，更何况德·诺布瓦先生：他的经历、社会关系和观点都足以使他被内阁视为嫌疑分子。然而，激进派的部长们似乎意识到此种任命可以表明他们襟怀坦荡，以法兰西的最高利益为重，说明他们不同于一般政客，被《论坛报》称为国家要人而当之无愧。最后，他们可以从贵族姓氏所具有的威望，以及剧情突变式的出人意料的任命所引起的关注中得到好处。他们明白，起用德·诺布瓦先生对他们有百利而无一害，他们不用担心后者会违背政治忠诚，因为，侯爵的出身不仅不会让他们戒备防范，反而使他们放心。在这一点上，共和国政府没有看错。这首先是因为某一类贵族从童年时起就认为贵族姓氏是一种永远不会丧失的内在优势（他的同辈人，或者出身更为高贵的人对这种优势的价值十分清楚），他们知道自己大可不必像众多资产者那样费尽心机地（虽然并无显著效果）发表高见，攀交正人君子，因为这种努力不会给他们增添任何光彩。相反，他们一心想在身份比自己高的王侯或公爵面前抬高自己的身价，而要达到这一点，就必须往姓氏中添加原来所没有的东西：政治影响、文学或艺术声誉、万贯家产。他们无意在资产者所追求的、而在他们自己看来无用的乡绅身上浪费精力，何况得到一位乡绅的无实效的友谊并不会赢来王侯的感激。他们将大量精力用在能帮助他们担任使馆要职或参加竞选的政治家身上（即使是共济会会员也不在乎），用在可以在自己的业务范围内帮助他们进行“突破”的、声誉显赫的艺术家或学者身上，简而言之，用在一切促使他们扬名，促使他们与富人结成姻亲的人身上。

德·诺布瓦先生从长期的外交实践中吸收了那种消极的、墨守成规的、保守的精神，即所谓“政府精神”，这是一切政府所共有，特别是政府之下各使馆所共有的精神。外交官的职业使他对反对派的手段——那些多少带有革命性的、至少是不恰当的手段——产生憎恶、恐惧和鄙视。只有平民百姓和社交界中少数无知者才认为所谓不同的类型纯系空谈，但就大多数情况而言，不同类型的相互接近不是出于相同的观点，而是出于同血缘的精神。像勒古费这种类型的院士是古典派，但他却为马克西姆·杜冈或梅西埃对维克多·雨果的颂词[1]鼓掌，却不愿为克洛代尔对布瓦洛的颂词[2]鼓掌。同一个民族主义使巴雷斯[3]与他的选民接近——后者对他和乔治·贝里先生[4]并不细加区别——却无法使巴雷斯和法兰西学院的同事们接近，因为后者虽然与他政见一致但精神迥异；他们甚至不喜欢他而偏爱政敌里博先生和德沙涅尔[5]先生；忠诚的保皇派感到与里博和德沙涅尔十分亲近，而与莫拉斯及莱翁·都德相当疏远，尽管这两人也希望王朝复辟。德·诺布

[1] 即对浪漫主义的颂词。马克西姆·杜冈（1822—1894）：法国作家。梅西埃（1826—1915），文学批评家。

[2] 即对古典主义的颂词。克洛岱尔（1868—1955）：法国作家。布瓦洛（1636—1711）：法国诗人。

[3] 巴雷斯（1862—1923）：法国作家，宣传民族主义。

[4] 乔治·贝里：先为保皇派、右翼议员，后接受进步思想。

[5] 里博（1842—1923）：法国政治家，多次连任法国财政和外交部部长。德沙涅尔：法国政治家，主张共和制，曾在1920年担任过几个月共和国总统。

瓦先生寡言少语，不仅出于谨慎稳重的职业习惯，还由于言语在此类人眼中具有更高的价值、更丰富的含义，因为他们为使两个国家相互接近而做的长达十年的努力，在演讲和议定书中，也不过归纳为、表现为一个简单的形容词，它貌似平庸，但对他们却意味着整整一个世界。这位在委员会中以冷若冰霜著称的德·诺布瓦先生在开会时坐在我父亲旁边，因此人们纷纷祝贺父亲居然获得这位前大使的好感。父亲本人也感到惊奇，因为他脾气不太随和，除了一小圈知己以外，很少有人和他来往，他本人也确认不讳，他意识到外交家的殷勤是出于一种由本人好恶决定的完全独立的观点；当某人使我们感到厌烦或不快时，他的全部精神品质或敏感性就丧失作用，它们还不如另一人的爽直轻松更能赢得我们的好感，虽然后者在许多人眼中显得空洞、浮浅、毫无价值。“德·诺布瓦又请我吃饭，真是件大事。”委员会里大家都很吃惊，因为他和委员会里的任何人都没有来往。“我敢肯定他又会和我讲关于一八七〇年战争的扣人心弦的事。”父亲知道德·诺布瓦先生也许是唯一一位提请国王注意普鲁士的军备扩张和战争意图的人；他知道俾斯麦对德·诺布瓦的智慧表示佩服。就在最近，在歌剧院为狄奥多西国王举行的盛大晚会上，报界注意到皇帝曾长时间接见德·诺布瓦先生。“我得打听国王的这次访问是否确实重要，”对外交政策颇感兴趣的父亲对我们说，“我知道诺布瓦老头守口如瓶，但他对我可无话不谈。”

在母亲眼中，大使本人也许缺少最能使她感兴趣的那种智慧。应该说德·诺布瓦先生的谈话是某种职业、某个阶层、某个时期——对于这个职业和阶层来说，这个时期可能并未完全废除——所特有的古老的语言形式之大全，我未能将耳闻如实笔录下来，不免感到遗憾，否则我不费吹灰之力便能创造语言老朽这个效果，正如罗亚尔宫那位演员一样：有人问他从哪里找到那些令人惊奇的帽子，他回答说："不是找来的。是保存下来的。"总而言之，我感到母亲认为德·诺布瓦先生有点"过时"。就举止而言，他并未使她不快，但就思想而言——其实德·诺布瓦先生的思想是十分时新的——或许远不如说就语言表述而言，他在她心目中毫无魅力。不过她感觉到，如果她在丈夫面前把那位对他表示如此少有的偏爱的外交家称赞一番，丈夫定会暗暗得意。她肯定了父亲对德·诺布瓦先生的好评，同时也引导他对自己产生好评，她意识到这是在履行职责：使丈夫愉快，就好比使菜肴精美、使上菜的仆人保持安静一样。她不善于对父亲撒谎，因此就培养自己去欣赏大使，以便诚心诚意地称赞他。何况，她当然欣赏他那和善的神情、稍嫌陈旧的礼节（而且过分拘谨，他走路时，高大的身躯挺得笔直，但一见我母亲乘车驶过，便将刚刚点着的雪茄抛得远远的，摘下帽子向她致意），他那有分寸的谈吐——他尽可能不谈自己，而且时时寻找能使对方高兴的话题——还有他那速度令人吃惊的回信。父亲刚寄出一封信就收到回信，父亲看见信封上德·诺布瓦先生的笔迹，第一个反应是莫非这两封信恰巧错过了。难道邮局对他特别优待，加班为他收发信吗？母亲赞叹他虽百事缠身，却复信迅速；虽交游甚广，但仍和蔼可亲。她没有想到这些"虽然"其实正是"因为"，只是她未识别罢了，她没有想到（如同人们对老者的高龄、国王的不拘礼节、外省人的灵通信息感到吃惊一样）德·诺布瓦先生正是出于同一种习惯而既日理万机又复信迅速，既取悦于社交界又对我们和蔼可亲。再者，和所有过分谦虚的人一样，母亲的错误在于将与自己有关的事置于他人之下，即置于他人之外。她认为父亲这位朋友能即刻复信实属难能可贵，其实他每日写大量书信，这只是其中的一封，而她却将它视作大量信件中之例外。同样，她看不出德·诺布瓦先生来我家吃饭仅仅是他众多社交活动中的一项，因为她没想到大使昔日在外交活动中习惯于将应邀吃饭当作职责，习惯于表现出惯常的殷勤，如果要求他在我家一反常态地舍弃这种殷勤，那就未免太过分了。

德·诺布瓦先生第一次来家吃饭的那一年，我还常去香榭丽舍大街玩耍。这顿饭一直留在我的记忆中，因为那天下午我总算能看拉贝玛[1]主演的《淮德拉》日场，还因为与德·诺布瓦先生的谈话使我骤然以新的方式感到，希尔贝特·斯万及她父母的一切在我心中所唤醒的感情与他们在其他任何人心中所引起的感情是多么不同。

新年假期即将到来，我也日益无精打采，因为希尔贝特亲口告诉我在假期中我再也见不到她，母亲大概注意到我的神气，想让我解解闷，有一天便对我说："如果你仍然很想听拉贝玛的戏，

[1] 拉贝玛与后文提到的贝玛大妈是同一个人。在某些人名字前加上"拉"，是民间一种习惯用法。

我想你父亲会同意的，你外祖母可以带你去。”

这是因为德·诺布瓦先生曾对父亲说应该让我去听拉贝玛的戏，对年轻人来说这是珍贵的回忆，父亲才改变一贯的态度——他反对我在他所谓的无聊小事（这种看法使外祖母震惊）上浪费时间并冒生病卧床的危险，并且几乎认为既然大使劝我看戏，那么看戏似乎成了飞黄腾达的秘诀之一。外祖母一直认为我能从拉贝玛的戏中学到许多东西，但是，为了我她放弃看戏，为了我的健康她做出巨大牺牲。此刻，她无比惊异，因为德·诺布瓦先生的一句话便使我的健康成为微不足道的东西了。她对理性主义者抱有坚定希望，认定我应该遵守的呼吸新鲜空气和早睡的生活习惯，因此认为打破习惯便会招来灾祸，她痛心地对父亲说：“您太轻率了！”父亲生气地回答说：“怎么，您现在又不愿意让他听戏！多么荒唐，您不是口口声声说听戏对他有好处吗？”

德·诺布瓦先生在对我至关重要的另一件事上，改变了父亲的意图。父亲一直希望我当外交官，而我却难以接受。因为即使我在外交部内待一段时间，但总有一天我会被派往某些国家当大使，而希尔贝特并不住在那里。我愿意恢复从前在盖尔芒特家那边散步时所设想的、后来又放弃的文学打算。但父亲一直反对我从事文学，认为它比外交低贱得多。他甚至不能称它为事业。可是有一天，对新阶层的外交官看不上眼的德·诺布瓦先生竟对父亲说，当作家和当大使一样，受到同样的尊敬，施展同样的影响，而且具有更大的独立性。

“唉！真没想到，诺布瓦老爹毫不反对你从事文学。”父亲对我说。父亲是相当有影响的人物，因此认为什么事情都可以通过和重要人物的谈话得到解决，得到圆满的解决，他说："过几天，开完会后我带他来吃饭。你可以和他谈谈，露一手。好好写点东西给他看。他和《两个世界评论》的社长过从甚密，他会让你进去，他会安排的，这是个精明的老头，确实，他似乎认为外交界，在今天……"

不会和希尔贝特分离，这种幸福使我产生了写篇好文章给德·诺布瓦先生看的愿望——而不是能力。我动手写了几页便感到厌烦，笔从我手中落下，我恼怒得哭了起来。我想到自己永远是庸才，想到自己毫无天赋，连即将来访的德·诺布瓦先生向我提供的永不离开巴黎的良机都没有能力利用。当我想到能去听拉贝玛的戏时，胸中的忧愁才有所排解。我喜爱的景色是海滨风暴，因为它最猛烈；与此相仿，我最喜欢这位名演员扮演的是传统角色，因为斯万曾对我说她扮演这些角色的艺术堪称炉火纯青。当我们希望接受某种自然印象或艺术印象从而获得宝贵的发现时，我们当然不愿让心灵接受可能使我们对美的准确价值产生谬误的、较为低劣的印象。拉贝玛演出《安德洛玛克》《反复无常的玛丽安娜》《淮德拉》，这是我的想象力渴望已久的精彩场面。如果我能听见拉贝玛吟诵这段诗句：听说您即将离我们远去，大人……[1]，那我会心醉神迷；就仿佛在威尼斯乘小船去弗拉里教堂欣赏提香圣母像或者观看卡帕契奥的系列画《斯基亚沃尼的圣乔治》一样。

[1] 《淮德拉》第五幕第一场的台词。

这些诗句，我已经在白纸黑字的简单复制品中读过，但我将看见它们在金嗓子所带来的空气和阳光中出现，好比是实现了旅行的梦想，我想到这里时，心便剧烈地跳动。威尼斯的卡帕契奥，《淮德拉》中的拉贝玛，这是绘画艺术和戏剧艺术中的杰作，它们所具有的魅力使它们在我身上富有生命力，使我感到卡帕契奥和威尼斯、拉贝玛和《淮德拉》是融为一体的。因此，如果我在卢浮宫的画廊里观看卡帕契奥的画，或者在某出我从未听说的戏中听拉贝玛朗诵，我便不会再产生美妙的惊叹，不会再觉得终于看见使我梦绕魂萦的、不可思议的、无与伦比的杰作。其次，既然我期待从拉贝玛的表演中得到某些方面的高贵和痛苦的启示，如果女演员用她卓越和真实的艺术来表演一部有价值的作品，而不是在平庸粗俗的情节上添点儿真和美，那么，这种表演会更加卓越和真实。

总之，如果拉贝玛表演的是一出新戏，我便难以对她的演技和朗诵做出判断，因为我无法将我事先不知道的台词与她的语调手势所加之于上的东西区别开，我会觉得它们和台词本是一体。相反，我能倒背如流的老剧本仿佛是特有的、准备好的广大空间，我能完全自由地判断拉贝玛如何将它当作壁画而发挥她那富有新意的创造力。可惜几年前她离开了大舞台，成为一个通俗剧团的名角，为它立下汗马功劳。她不再表演古典戏剧。我常常翻阅广告，但看到的总是某某时髦作家专门为她定制的新戏。有一天，我在戏栏里寻找元旦那一周的日场演出预告，第一次看到——在压轴节目中，因为开场小戏毫无意义，它的名字显得晦暗，其中包含对我陌生的一切特殊情节——拉贝玛夫人演出《淮德拉》中的两幕，还有第二天第三天的《半上流社会》和《反复无常的玛丽安娜》。这些名字像《淮德拉》这个名字一样，在我眼前显得晶莹可鉴、光亮照人（因为我很熟悉它们），闪烁着艺术的微笑。它们似乎为拉贝玛夫人增添了光彩，因为在看完报上的节目预告以后，我又读到一则消息，说拉贝玛夫人决定亲自再次向公众表演往日创造的角色。看来艺术家知道某些角色的意义不仅限于初次上演、使观众耳目一新，或再次上演而大获成功。她将所扮演的角色视作博物馆的珍品——向曾经欣赏珍品的老一代或未曾目睹珍品的新一代展示的珍品，这的确是十分有益的。在仅仅用来消磨夜晚时光的那些演出的预告中，她塞进了《淮德拉》这个名字，它并不比别的名字长，也未采用不同的字体，但她心照不宣地将它塞了进去，仿佛女主人在请客人入席时，将他们——普通客人——的名字一一告诉你，然后用同样的声调介绍贵宾：阿纳托尔·法朗士先生。

给我看病的医生，即禁止我做任何旅行的那位，劝父母不要让我去看戏，说我回来以后会生病的，而且可能病得很久，总之，我的痛苦将大于乐趣。如果我期待于剧院的仅仅是乐趣，那么，这种顾虑会使我望而却步，因为痛苦将会淹没乐趣。然而——正如我梦寐以求的巴尔贝克之行、威尼斯之行一样——我所期待于这场演出的，不是乐趣，而是其他，是比我生活的世界更为真实的世界的真理。这些真理，一旦被我获得，便再也不会被我那闲散生活中无足轻重的小事所夺去，即使这些小事使我的肉体承受痛苦。我在剧场中所感到的乐趣可能仅仅是感知真理的必要形式，但我不愿它受到影响和破坏，我盼望自己在演出结束以后才像预料中的那样感到身体不适。我恳求父母让我去看《淮德拉》，但是自从见过医生以后，他们便执意不允。我时时为自己背诵诗句：听说您即将离我们远去……我的声调尽量抑扬顿挫，以便更好地欣赏拉贝玛朗诵中的不平凡之处。她的表演所将揭示的神圣的美如同圣殿中之圣殿一样隐藏在帷幔之后，我看不见它，但我时时想象它的新面貌。我想到希尔贝特找到的那本小册子中的贝戈特的话："高贵的仪表，基督徒的朴素，冉森派的严峻，特雷泽王妃及克莱芙王妃[1]，迈锡尼[2]的戏剧，德尔菲[3]的象征，太阳的神话。"这种神圣的美不分昼夜地高踞在我内心深处的、永远烛火通明的祭坛之上，而我那严厉而轻率的父母将决定我能否将这位女神（她将在原来隐藏着她无形形象的地方显露真面目）的美吸进，永远吸进我的精神之中。我凝视着那难以想象的形象，我整日与家庭的障碍搏斗，但是当障碍被扫平，当母亲——尽管这个日场戏正好在委员会开会，而会后父亲将带德·诺布瓦先生来家吃饭的那一天上演——对我说："唉，我们不愿意使你不高兴，如果你实在想去那就去吧。"当一直作为禁忌的戏院此刻只由我来决定取舍，我将不费吹灰之力便能实现夙愿时，我却反而犹豫不决，是该去还是不该去，是否除了父母的反对以外尚有其他否定的理由。

[1] 指古典悲剧女主人公淮德拉及小说人物克莱芙王妃，这是两种不同的典型。

[2] 希腊初期文化。

[3] 德尔菲是古希腊城，有太阳神阿波罗的圣殿。

首先，虽然他们最初的残酷让我讨厌，但此刻的允诺却使我觉得他们十分亲切。因此，一想到会使他们难过，我自己就感到难过，在这种情绪之下，生活的目的对我来说似乎不再是真理，而是柔情，生活的好与坏的标准似乎只是由我父母快活还是不快活而定。“如果这会使您不快活的话，我就不去了。”我对母亲这样说。她却反过来叫我不必有这种顾虑，这种顾虑会破坏我从《淮德拉》中得到的乐趣，而她和父亲正是考虑到我的乐趣才解除禁令的。这样一来，乐趣似乎成为某种十分沉重的义务。其次，如果看戏归来病倒的话，我能很快痊愈吗？因为假期一结束，希尔贝特一回到香榭丽舍大街，我便要去看她。为了决定看不看戏，我将这全部理由与我对拉贝玛完美艺术的想象（虽然它在面纱下难以看见）做比较，在天平的一端我放上“感到妈妈忧愁，可能去不了香榭丽舍大街”，在另一端放上“冉森派的严峻，太阳的神话”，但是这些词句本身最后在我思想中变得晦暗，失去了意义，失去了分量。渐渐地，我的犹豫变得十分痛苦，我完全可能仅仅为了结束这种犹豫，一劳永逸地摆脱这种犹豫而决定去看戏。我完全可能任人领到剧院，但不是为了得到精神启示和完美艺术的享受，而是为了缩短痛苦；不是为了谒见智慧女神，而是谒见在女神面纱之下偷梁换柱的、既无面孔又无姓名的无情的神明。幸亏突然之间一切都起了变化。我去看拉贝玛表演的夙愿受到了新的激励，以至我急切和兴奋地等待这个“日场”，原因是那天当我像每日一样来到戏剧海报圆柱前时（我像柱头隐士那样伫立在那里，这种时刻近来变得更严峻），我看到了第一次刚刚贴上去的，仍然潮湿的、详尽的《淮德拉》演出海报（其实其他演员并不具有足以使我做出决定的魅力）。这张海报使我原先犹豫不决的那件事具有了更为具体的形式，它近在眼前，几乎正在进行之中——因为海报上落款的日期不是我看到它的那一天，而是演出的那一天，而落款的钟点正是开幕的时刻。我在圆柱前高兴得跳了起来。我想，到了那一天，在这个准确的钟点，我将坐在我的座位上，等着拉贝玛出台。我担心父母来不及为外祖母和我订两个好座位，便一口气跑回家，如痴如呆地望着那句富有魅力的话："正厅不接待戴帽的女士，两点钟后谢绝入场。"这句话取代了我脑中的"冉森派的严峻"和"太阳的神话"。

可惜，这头一场戏使我大失所望。父亲提议在去委员会时顺便将外祖母和我带到剧场。出门时他对母亲说："想法弄一顿丰盛的晚餐吧，你大概还记得我要带德·诺布瓦来吧。"母亲当然没有忘记。从前一天起，弗朗索瓦丝就沉浸在创造热情之中。她很高兴在烹调艺术上露一手，这方面她的确极有天赋。她听说来客是一位新客，更为兴奋，决定按她的秘方烹制冻汁牛肉。她对构成她作品的原料的内在质量极为关切，亲自去中央菜市场选购最上等的臀部肉、小腿肉和小牛腿，就像米开朗琪罗当年为修建朱尔二世的陵墓而用八个月时间去卡拉雷山区挑选最上等的大理石一样。弗朗索瓦丝兴冲冲地出出进进，她那绯红的面孔不禁使母亲担心这位老女仆会累垮，就像美第奇陵墓的雕刻师[1]当年累倒在

[1] 指米开朗琪罗。

皮特拉桑塔石矿里一样。而且从前一天起，她便吩咐人将那粉红色大理石一般的、她所称作“内约”的火腿，裹上面包屑送到面包房去烤。她第一次听人谈到“约克”火腿时，便以为自己听错了，以为别人说的是她知道的那个名字——她低估了语言的丰富性，也不相信自己的耳朵，怎么可能同时存在“约克”和“纽约”呢？真令人难以相信。此后，每当她听见或在广告上看见“约克”这个名字时，她便认为是“纽约”，并将“纽”读作“内”。因此她一本正经地对打下手的厨娘说：“你去奥莉达店买点火腿。太太一再嘱咐要‘内约’火腿。”

如果说这一天使弗朗索瓦丝体验到伟大创造者的炽热信心，那么，我感受到的却是探索者难以忍受的焦虑。当然，在听拉贝玛朗诵以前，我是愉快的。在戏院门前的小广场上，我感到愉快，两小时以后，路灯将照亮广场上栗树的细枝，光秃的栗树将反射金属般的光。在检票员（他们的挑选、提升、命运全部取决于那位著名女演员，只有她掌握整个机构的管理权，而默默无闻地相继担任领导的经理只是有名无实的匆匆过客而已）面前，我感到愉快；他们索取我们的票，却不看我们，他们焦急不安：拉贝玛夫人的命令是否全部通知了新职工，他们是否明白绝不能雇人为她鼓掌，是否明白不要在她上台以前关窗，而要在她上台以后关上所有的门，是否知道应在她身旁不引人注意的地方放上一罐热水以便控制舞台尘土。再过一会儿，她那辆由两匹长鬃马驾辕的马车将来到剧院门口，她将身着皮大衣由车上下来，不耐烦地回答别人的招呼，并且派一位随从去前台看看是否为她的朋友们保留了座位，并且打听场内的温度、包厢的客人、女引座员的服饰。在她眼中，剧场和观众仅仅是她将穿在外面的第二件衣服，是她的天才将通过的或优或劣的导体媒介。在剧场里，我也感到愉快。自从我得知大家共用一个舞台时，与我幼稚的想象力长期所遐想的相反，我便以为，既然周围是人群，那么别的观众一定会妨碍你看得真切，然而，正相反，由于某种仿佛象征一切感知的布局，每个观众都感到自己处于剧场中心，这使我想起弗朗索瓦丝的话。有一次，我父母让她去看一出情节剧，座位在五楼，但她回来时说她的座位再好也没有了，她丝毫不感到太远，相反却感到胆怯，因为生动而神秘的帷幕近在咫尺。我开始听见从帷幕后面传来模糊的声音，音量越来越大，就像雏鸡在破壳而出以前发出的声响。此刻我更为愉快，因为虽然我们的目光无法穿透帷幕，但帷幕后面的世界正在注视我们。突然，来自帷幕后的声音显然向我们发出信号，它变成无比威严的三下响声，像火星上的信号一样动人心弦。幕布拉开，舞台上出现了十分普通的写字桌和壁炉，它们表明即将上场的不是我在一次夜场中所看见的朗诵演员，而是在这个家中生活的普通人；我闯入他们的生活中去，而他们看不见我。这时，我的乐趣有增无减，但它却被短暂的不安所打断，因为正当我屏息静气地等待开演时，两个男人走上了舞台，他们气势汹汹、大声吵嚷，剧院里的一千多观众听得十分清楚（而在小咖啡店里，要知道两个斗殴的人在说什么，必须问侍者）。这时，我惊奇地看到观众并不抗议，而是洗耳恭听，而且沉浸在一片寂静之中，偶尔从这里或那里响起笑声，于是我明白这两个蛮横无理的人正是演员，明白那个称作开场戏的小戏已经开始了。接下来是长长的幕间休息，观众重新就座以后，不耐烦地跺起脚来。这使我很担心。每当我在诉讼案的报道中读到某位心地高尚者将一己的利益置之度外而为无辜者出庭辩护时，我总感到担心，唯恐人们对他不够和气、不够感激，不给他丰厚的酬劳，以致他伤心气馁而转到非正义一边。在这一点上，我将天才与德行相比，因此也同样担心拉贝玛会对缺乏教养的观众的无礼感到气恼，我真盼望她在观众席上能满意地认出几位判断颇有分量的名流，因而不卖劲，以表示对他们的不满和蔑视。我用哀求的目光看着这些跺脚的野人，他们的愤怒会把我来此寻求的脆弱而宝贵的印象打得粉碎。最后，《淮德拉》的前几场戏给我带来愉快的时光。第二幕开始时，淮德拉这个人物还不出场。然而，第一道幕，接着第二道红丝绒幕——它在这位明星的表演中加强舞台深度——拉开，一位女演员从台底上场，容貌和声音酷似人们向我描绘的拉贝玛。这么说，拉贝玛换了角色，我对忒修斯的妻子[1]的精细研究算是白费工夫了。然而又一位女演员上场与第一位对话，我把第一位当作拉贝玛显然是弄错了，因为第二位更像她，而且朗诵的声调惟妙惟肖。这两位都往角色中增加了高贵的手势——她们撩起美丽的无袖长衣，使我明显地注意到这一点，并明白了手势和台词的关系——和巧妙的声调。它时而热情、时而讽刺，我明白了曾在家中读过但未加留心的诗句究竟何所指。但是，突然，在

[1] 即淮德拉。下文中的希波吕托斯、奥侬娜、阿里西皆为《淮德拉》中的人物。

圣殿的红丝绒幕布的开启处（仿佛是镜框），出现了一个女人。于是我感到害怕，而这种害怕的程度可能比拉贝玛本人还要深。我害怕有人开窗从而使她感到不适；害怕有人搓揉节目单从而破坏她的某句台词；害怕人们为她的同伴鼓掌而对她的掌声不够热烈从而使她不高兴。我产生了比拉贝玛本人的想法更加绝对的念头，认为从此刻起，剧场、观众、演员、戏，以及我本人的身体都只是声音介质，只有当它们有利于抑扬顿挫的声音时才具有价值。这时我立刻明白我刚才欣赏片刻的那两位女演员与我专程前来聆听的这个女人毫无共同之处。然而我的乐趣也戛然中止。我的眼睛、耳朵、思想全部集中于拉贝玛身上，唯恐漏过任何一点值得我赞叹的理由，但一无所获。我甚至未在她的朗诵和表演中发现她的同伴们所使用的巧妙的声调和美丽的姿势。我听着她，就仿佛在阅读《淮德拉》，或者仿佛淮德拉正在对我讲话，而拉贝玛的才能似乎并未给话语增加任何东西。我多么想让艺术家的每个声音、每个面部表情凝住不动，长时间地凝住，好让我深入进去，努力发现它们所包含的美。我至少做到思想敏捷，在每个诗句以前准备好和调整好我的注意力，以免在她念每个字或做每个手势期间我将时间浪费在准备工作上。我想依靠这种全神贯注的努力，进入台词和手势的深处，仿佛我拥有长长的几个小时一样。然而时间毕竟十分短暂！一个声音刚刚传进我耳中便立刻被另一个声音所替代。在一个场面中，拉贝玛静止片刻，手臂举到脸部的高处，全身浸沉在暗绿色的照明光线之中，背景是大海，这时全场掌声雷动，然而刹那间女演员已变换了位置，我想仔细欣赏的那个画面已不复存在。我对外祖母说我看不清，她便将望远镜递给我。然而，当你确信事物的真实性时，用人为的手段去观察它并不能使你感到离它更近。我认为我在放大镜中所看到的不再是拉贝玛，而是她的图像。我放下望远镜，但我的眼睛所获得的那个被距离缩小的图像也许并不更准确。在这两个拉贝玛中，哪一个是真实的？我曾对这段戏寄予很大希望，何况她的同伴们在比这逊色得多的片段中曾不断向我揭示巧妙的弦外之音。我料想拉贝玛的语调肯定比我在家中阅读剧本时所想象的语调更令人惊叹，然而，她甚至没有达到奥依娜或阿里西所可能使用的朗诵技巧的水平，她用毫无变化的单调节奏来朗诵那一长段充满对比的独白，那些对比是如此令人注目，以至一位不太聪明的悲剧演员，甚至中学生，都不可能不觉察它的效果。她念得很快，当她念完最后一句话时，我的思想才意识到她在前几句台词中所故意使用的单调语气。

终于，在观众狂热的掌声中，我最初的赞美之情爆发了。我也鼓起掌来，而且时间很长，希望拉贝玛出于感激而更加卖力，那样一来，我便可以说见识过她最精湛的演技了。奇怪的是，观众热情激昂的这一时刻，也正是拉贝玛做出美妙创新的时刻（我后来才知道）。当某些超先验的现实向四周投射射线时，群众是最早的觉察者。例如，发生了重大事件，军队在边境上处于危急之中或者溃败，或者告捷，这时传来的消息模糊不清，未给有教养者带来任何重要信息，但却在群众中引起巨大震动。有教养者不免对震动感到吃惊，但当他们从专家那里获悉真实的军事形势以后，就不能不佩服民众觉察这种“光晕”（它伴随重大事件，在百里之外也可被人看见）的本领。人们获悉战争捷报，或者是在事后，在战争结束以后，或者是在当时，从门房兴高采烈的神气中感知。同样，人们发现拉贝玛演技精湛，或者是在看完戏一周以后从批评家那里得知，或者当场从观众的喝彩声中得知。然而，群众的这种直接认识往往和上百种错误认识交织在一起，因此，掌声往往是错误的，何况它是前面掌声的机械后果，正如风暴使海水翻腾，即使当风力不再增大，海浪也仍然汹涌一样。管他呢，我越鼓掌就越觉得拉贝玛演得好。坐在我旁边的一位普通妇女说：“她可真卖劲，用力敲自己，满台跑，这才叫演戏哩。”我很高兴找到这些理由来证明拉贝玛技艺高超，但同时也想到它们说明不了问题。就像农民感叹说：“画得多么好！真是妙笔！瞧这多美！多细！”这难道能说明《蒙娜丽莎》或本韦努托的《珀耳修斯》的高超吗？但我仍然醉饮群众热情这杯粗酒。然而，当帷幕落下时，我感到失望，我梦寐以求的乐趣原来不过如此，但同时，我需要延长这种乐趣，我不愿离开剧场从而结束剧场的经历——在几个小时里它曾是我的生活，我觉得直接回家好比是流放；幸亏我盼望到家以后能从拉贝玛的崇拜者口中再听到关于她的事，这位崇拜者正是那位使我获准去看《淮德拉》的人，即德·诺布瓦先生。

晚饭前，父亲把我叫进书房，将我介绍给德·诺布瓦先生。我进去时，大使站起来，弯下他那高大的身躯向我伸出手，蓝色的眼睛关注地看着我。在他任法兰西代表期间，人们往往将过往的外国人介绍给他，其中不乏多少有点名气的人物，甚至有著名歌唱家；而他明白，有朝一日，当人们在巴黎或彼得堡提起这些人时，他便可以夸耀说曾在慕尼黑或索非亚和他们一同度过夜晚，因此他养成了这种习惯：亲切地向对方表示认识他有多么荣幸。此外，他认为，在外国首都居留期间，他既能接触来往于各国首都的有趣人物，又能接触本地居民的习俗，从而对不同民族的历史、地理、风俗，以及对欧洲的文化运动获得深入的、书本上所没有的知识，因此他在每个新来者身上应用尖锐的观察力，好立即弄清楚站在他面前的是什么人。长久以来，他不再被派驻国外，但每当别人向他介绍陌生人，他的眼睛便立即进行卓有成效的观察，仿佛眼睛并未接到停职通知，同时他的举止谈吐试图表明新来者的名字对他并不陌生。因此，他一面和气地、用自知阅历颇深的要人的神气和我谈话，一面怀着敏锐的好奇心，并出于他本人的利益而不停地观察我，仿佛我是具有异域习俗情调的、颇具教益的纪念性建筑物，或者是巡回演出的明星。因此他既像明智的芒托尔[1]那样庄严与和蔼，又像年轻的阿纳加西斯[2]那样充满勤奋的好奇心。

关于《两个世界评论》，他绝口不提为我斡旋，但对我过去的生活及学习，对我的兴趣，却提出了一系列问题。我这是头一次听见别人将发挥兴趣爱好作为合理的事情来谈论，因为在此以前，我一直认为应该压制兴趣爱好。既然我爱好文学，他便使话题围

[1] 芒托尔：古希腊神话中的智者。

[2] 阿纳加西斯：公元前 6 世纪哲学家。此处指 18 世纪出版的《青年阿纳加西斯希腊游记》。

绕文学，并且无比崇敬地谈论它，仿佛它是上流社会一位可尊敬的、迷人的女士。他曾在罗马或德累斯顿与她邂逅而留下美妙的回忆，但后来由于生活所迫而很少有幸再与她重逢。他带着几乎放荡的神情微笑，仿佛羡慕我比他幸运、比他悠闲，能与她共度美好时光。但是，他的字眼所表达的文学与我在贡布雷时所臆想的文学形象完全不同，于是我明白我有双重理由放弃文学。以前我仅仅意识到自己缺乏创作的天赋，而现在德·诺布瓦先生使我丧失创作欲望。我想向他解释我的梦想。我激动得战栗，唯恐全部话语不能最真诚地表达我曾感觉到，但从未试图向自己表明的东西。我语无伦次，而德·诺布瓦先生呢，也许出于职业习惯，也许出于要人们所通常抱有的漠然态度（既然别人求教于他，他便掌握谈话的主动权，听任对方局促不安、使出全身解数，而他无动于衷），也许出于想突出头部特点的愿望（他认为自己具有希腊式头型，尽管有浓密的颊须），当你向他阐述时，他的面部绝对地静止不动，使你以为面前是石雕陈列馆里一座古代胸像——而且是耳聋的！突然间，就像拍卖行估价人的槌声或者德尔菲的神谕，响起了大使的回答，它令人激动，因为你从他那木然的脸上无法猜到他对你的印象或者他即将发表什么意见。

“正巧，”他不眨眼地一直盯着结结巴巴的我，突然下结论似的说，“我有一个朋友，他的儿子，mutatis mutandis[1] 和你一样。（于是他用一种安慰的口气谈起我们的共同倾向，仿佛这不是对

[1] 拉丁语，此处意为基本上。

文学，而是对风湿病的喜爱，而他想告诉我，我不会因此丧生。）他放弃了父亲为他安排的外交仕途，不顾流言蜚语投身创作。当然他没有什么可后悔的。两年以前——他的年龄当然比你大得多——他发表了一部作品，是关于对维多利亚－尼昂萨湖[1]西岸的‘无限性’的感触。今年他又写了一本小册子，篇幅稍短，但笔锋犀利，甚至尖刻，谈的是保加利亚军队中的连发枪。这两本书使他成为了不起的人物。他已经走了一大段路，不会中途停下来的。在伦理科学院里，人们曾两三次提到他，而且毫无贬谪之意，虽然目前还未考虑提他为候选人。总之，他还不能算声誉显赫，但他的顽强搏斗已经为他赢得了优越的地位和成就。要知道成功并不总是属于那些骚动者、挑拨者、制造混乱者（他们几乎都自命不凡）。他通过努力一举成名。”

父亲已经看见我在几年以后成为科学院院士了，因此十分得意，而德·诺布瓦先生又将这种满意推向高峰，因为他在仿佛估计自己行动后果的片刻犹豫以后，递给我一张名片，并说：“你去见见他吧，就说是我介绍的。他会给你一些有益的忠告。”他的话使我激动不安，仿佛他宣布了我次日就将登上帆船当见习水手。

我从莱奥妮姑妈那里继承了许多无法处置的物品和家具，以及几乎全部现金财产（她在死后表达了对我的爱，而在她生前我竟一无所知）。这笔钱将由父亲代管，直到我成年，因此父亲请教德·诺布瓦先生该向何处投资。德·诺布瓦先生建议购买他认为

[1] 维多利亚－尼昂萨湖是非洲的一个大湖。

十分稳妥的低率证券，特别是英国统一公债和年息百分之四的俄国公债。他说："这是第一流的证券，息金虽然不是太高，但本金至少不会贬值。"至于其他，父亲简略地告诉客人自己买进了什么，客人露出一个难以觉察的微笑，表示祝贺。德·诺布瓦先生和所有资本家一样，认为财富是值得羡慕的东西，但一旦涉及他人的财产时，他认为以心照不宣的神气表示祝贺则更为得体。另一方面，由于他本人家财万贯，他便将远不如他阔气的人也看作巨富，同时又欣慰而满意地品味自己在财富上的优越地位。他毫不犹豫地祝贺父亲在证券的"结构"问题上表现出"十分稳妥、高雅、敏锐的鉴赏力"，仿佛他赋予交易证券的相互关系，甚至交易证券本身以某种美学价值似的。父亲谈到一种比较新的罕为人知的证券，这时德·诺布瓦先生便说（你以为只有你读过这本书，其实他也读过）："我当然知道啦，有一阵子我注意它的行情，很有趣。"同时露出对回忆入迷的微笑，仿佛他是某杂志的订户，一段一段地读过那上面长篇连载的最新小说。"我不劝阻您购买将发行的证券，它很有吸引力，价格也很有利。"至于某些老证券，父亲已记不清它们的名称了，往往将它们与类似的证券相混淆，因此便拉开抽屉取出来给大使看。我一见之下大为着迷；它们带着教堂尖顶及寓意图像的装饰，很像我往日翻阅的某些富于幻想的古老书刊。凡属于同一时期的东西都很相似。艺术家既为某一时期的诗歌作画，同时也受雇于当时的金融公司。河泊开发公司发行的记名证券，是一张四角由河神托着的、饰有花纹的长形证券，它立即使我回忆起贡布雷杂货店橱窗里挂着的《巴黎圣母院》和热拉尔·德·内瓦尔[1]的书。

父亲瞧不起我的智力，但这种蔑视往往被亲子之爱所压制，因此，总的来说，他对我做的一切采取盲目的容忍态度。他不假思索地叫我取来我在贡布雷散步时所写的一首散文短诗。当年我是满怀激情写的，因此，我觉得谁读到它都会感动不已。然而，德·诺布瓦先生丝毫未被感动，他把诗交还给我时一言不发。

母亲一向对父亲的事务毕恭毕敬，此时她走了进来，胆怯地问是否可以开饭。她唯恐打断了一场她不应介入的谈话。此刻父亲确实在向侯爵谈论将在下一次委员会会议上提出的必要措施，他那特殊的声调使人想起两位同行——好比两位中学生——在外行面前交谈的口吻，他们由于职业习惯而享有共同的回忆，但既然外行对此一无所知，他们当着这些外行的面提起往事时只能采取歉然的口吻。

此刻，德·诺布瓦先生的面部肌肉已经达到了完美的独立，因此他能够以听而不闻的表情听人说话，父亲终于局促不安起来："我本来想征求委员会的意见……"在转弯抹角以后，他终于这样说道。可是，从这位贵族气派的演奏能手的面孔上，从他那像乐师一样呆滞地静等演奏时刻的面孔上，抛出了这句话，它不紧不慢，几乎用另一种音色来结束已经开始的乐句："当然，您完全可以召集委员们开会，何况您认识他们每一个人，让他们来一趟就行了。"显然，这个结束语本身毫无新奇之处，但是，在它以前的

[1] 热拉尔·德·内瓦尔（1808—1855）：法国著名作家。

那个静止状态使它显得突出，使它像钢琴上的乐句那样清脆晶莹，十分巧妙地令人耳目一新，就好比在莫扎特的协奏曲中，一直沉默的钢琴按规定的时刻接替了刚才演奏的大提琴。

“怎么样，对日场戏满意吗？”在餐桌前就座时，父亲问我。他有意让我显露一番，认为我的兴奋会博得德·诺布瓦先生的好感。“他刚才去听拉贝玛的戏了，您还记得我们曾经谈起过。”他转身对外交家说，采取一种回顾往事的、充满技术性的神秘语调，仿佛他谈的是委员会。

“您一定会十分满意吧，特别是您这是第一次看她演出。令尊本来担心这次小小的娱乐会有损于您的健康。因为您看起来不是十分结实，像一个文弱书生。不过我叫他放心，因为现在的剧场和二十年前可是大不一样。座位还算舒适，空气也不断更换，当然我们还得大大努力才能赶上德国和英国，他们在这方面，以及其他许多方面都比我们先进。我没有看过拉贝玛夫人演《淮德拉》，但我听说她的演技极为出色。您肯定很满意吧？”

德·诺布瓦先生比我聪明千倍，他肯定掌握我未能从拉贝玛的演技中悟出的真理，他会向我揭示的。我必须回答他的提问，请他告诉我这个真理，这样一来，他会向我证明我去看拉贝玛演出确实不虚此行。时间不多，应该就基本点提出疑问，然而，哪些是基本点呢？我全神贯注地思考我所得到的模糊印象，无暇考虑如何赢得德·诺布瓦的赞赏，而是一心想从他那里获得我所期望的真理，因此我结结巴巴地讲着，顾不上借用现成的短语来弥补用词之贫乏，而且，为了最终激励他说出拉贝玛的美妙之处，我承认自己大失所望。

“怎么，”父亲恼怒地叫了起来，因为我这番自认不开窍的表白会给德·诺布瓦先生留下不好的印象，“你怎么能说你没感到丝毫乐趣呢？外祖母说你聚精会神地听拉贝玛的每一句台词，瞪着大眼睛，没有任何观众像你那样。”

“是的，我的确全神贯注，我想知道她的出类拔萃表现在什么地方。当然，她演得很好……”

“既然很好，你还要求什么呢？”

“有一点肯定有助于拉贝玛夫人的成功，”德·诺布瓦先生说，他特别转头看着母亲，一来避免将她撇在谈话之外，二来也是认真地对女主人表示应有的礼貌，“那就是她在选择角色时所表现的完美鉴赏力，正是鉴赏力给她带来了名副其实的成功，真正的成功。她极少扮演平庸角色，这一次扮演的是淮德拉。再说，她的鉴赏力也体现在服装和演技中。她经常去英国和美国做巡回演出，并且大获赞赏，但是她没有染上庸俗习气，我指的不是约翰牛，那未免不够公允，至少对维多利亚时期的英国来说不够公允，我指的是山姆大叔。她从来没有过度刺目的颜色，从来没有声嘶力竭的叫喊。她那美丽的悦耳的声音为她增添光彩，而她对声音的运用竟如此巧妙，真可谓声乐家！”

演出既已结束，我对拉贝玛的艺术的兴趣便不再被现实所压制和约束，它越来越强烈，但我必须为它寻找解释。再说，当拉贝玛表演时，她为我的眼睛和耳朵提供的是在生活中浑然一体的东西，我的兴趣仅仅予以笼统的关注，而未加任何区分或分辨，因此此刻，它在这番称赞艺术家朴实无华和情趣高尚的颂词中高兴地发现一种合理解释，它施展吸引力，将溢美之词据为己有，正好比一位乐天的醉汉将邻居的行为据为己有并大发感慨一样。“是的，”我心里想，“多么美妙的声音，没有喊叫，多么朴素的服装！挑了淮德拉这个角色，又是多么明智！不，我没有失望。”

胡萝卜牛肉冷盘出现了。在我家厨房的“米开朗琪罗”的设计下，牛肉躺在如晶莹石英一般的、硕大的冻汁晶体之上。

“您的厨师是第一流的，夫人，”德·诺布瓦先生说，“难得呀！我在国外时往往不得不讲排场，因此我明白找一个高超的厨师多么不容易。您这真是盛宴。”

的确如此，弗朗索瓦丝兴高采烈地为贵宾准备美餐，好显显身手。她卖力地重新施展她在贡布雷时的绝技，没有客人来吃饭时她已经不愿意这样费心劳神了。

“这是在夜总会，我是指最高级的夜总会所尝不到的。焖牛肉，冻汁没有糨糊气味，牛肉有胡萝卜的香味，真是了不起！请允许我再加一点。”他一面说，一面做手势表示还要一点冻汁，“我真想尝尝府上的法代尔[1]的另一种手艺，比方说，尝尝她做的斯特罗加诺夫[2]式牛肉。”

德·诺布瓦先生为了替餐桌增添情趣，给我们端上了他经常招待同行的那些形形色色的故事。有时他引用某位政治家演说中

[1] 法代尔：法国17世纪大孔代亲王的著名膳食总管。

[2] 斯特罗加诺夫：俄国财政家，以家族名字命名的这道菜是奶汁牛肉。

可笑的复合句（此人惯于此道），句子既冗长臃肿，又充满自相矛盾的形象。有时他又引用某位文体高雅的外交家的明捷快语。其实，他对这两种文体的判断标准与我对文学的判断标准毫无共同之处。对许多细微区别，我毫不理解。他哈哈大笑加以嘲弄的字句与他赞不绝口的字句，在我看来，并无多大区别。他是另外一种人，对于我所喜爱的作品，他会说："你看懂了？老实说，我看不懂，我不在行。"而我也可以以其人之道还治其人之身；他在反驳或演说中所看到的机智或愚蠢、雄辩或夸张，我都无法领会。既然没有任何可以被感知的理由来说明此优彼劣，那么这种文学在我眼中就更为神秘，无比隐晦。我领悟到，重复别人的思想，这在政治上并非劣势的标志，而是优势的标志。当德·诺布瓦先生使用报刊上随手拈来的某些用语，并且配之以强调语气时，这些用语一旦为他所用就变为行动，引人注意的行动。

母亲对菠萝块菰色拉寄予很大期望。大使用观察者的深邃目光对这道菜凝视片刻，然后吃了起来，但保持外交家的审慎态度，不再坦露思想。母亲坚持要他再吃一点，德·诺布瓦先生又添了一次，但没有说出人们所期待的恭维话，只是说："遵命，夫人，既然这是您的命令。"

"报上说您和狄奥多西国王做过长谈。"父亲说。

"不错。国王对面孔有惊人的记忆力。那天他看见我坐在正厅前排便想起了我，因为我在巴伐利亚宫廷里曾经见过他好几次，当时他并未想到东部王位（您知道，他是应欧洲大会之请而登基的，他甚至犹豫了很久才同意，他认为这个王位与他那全欧最高贵的家族不太相称）。一位副官走来请我去见国王陛下，我当然乐于从命。”

“您对他这次访问的结果满意吗？”

“很满意！当初有人担心这位年轻君主能否在如此复杂的形势下摆脱困境，这种担心是可以理解的。至于我，我完全相信他的政治嗅觉，而且事实远远超过了我的希望。根据权威方面的消息，他在爱丽舍宫的致辞，从第一个字到最后一个字都是他亲自起草的，引起各方面的好感，对此他当之无愧。这确实是高招。当然未免过于大胆，但事实证明这种胆略是对的。外交传统固然有其优点，但正是由于它，我们两国的关系笼罩在一种令人窒息的、封闭的气氛中，更换新鲜空气的办法便是打破玻璃窗，别人当然无法提出这种建议，只有狄奥多西国王可以这样做，而他确实这样做了。他那襟怀坦荡的态度令众人倾倒，他用词妥帖得体，不愧是博学多才的王公贵族（指他母亲那边）的后代。在谈到他的国家和法国之间的关系时，他用的是‘亲缘关系’一词，这种用词在外交词汇中极为罕见，在此却极为恰当。你瞧文学毫无害处，即使对外交、对君主而言，都是如此。”他最后这句话是对我说的，“当然，此事早有迹象，两个强国之间的关系原来就大有改善，但毕竟由他嘴里说了出来。他的话正是人们所期望的，而且用词巧妙，所以效果惊人。我当然双手赞同啦。”

“您的朋友德·福古贝先生多年来致力于改善两国关系，他一定很高兴吧。”

“当然，何况国王陛下像往常一样，有意让他喜出望外。再说，从外交部部长开始，人人都大吃一惊，无一例外。据说外交部长对此事不甚满意。别人问他时，他提高嗓门，好让周围的人听见他那直言不讳的回答：‘我既未被征求意见，也未收到通知。’以此明确表示他与此事毫不相干。当然，这件事引起纷纷议论，”他狡黠地笑笑，然后又说，“我不敢担保那些将‘无为’奉为最高信条的同事不因此坐立不安。至于福古贝，你们知道他由于亲法政策而受到猛烈抨击，这使他很难过，何况此公心地善良，而且很敏感。这一点我可以做证。虽然他比我年轻许多，但我们是老朋友了，常有来往，我很了解他。再说谁不了解他呢？他的心灵清澈见底，这是他可以受指责的唯一缺点，因为外交家的心灵没有必要像他那样透明。现在有人提出派他去罗马，这当然是晋升，但也是‘啃骨头’。我这是私下对您说，福古贝虽然毫无野心，但对新职不会不高兴，他绝不会拒绝这杯苦酒。他也许会干出奇迹。他是孔苏尔塔[1]所赞同的人。对这样一位艺术家，法尔内兹宫和卡拉什走廊[2]是最合适的地方了。至少不会有人恨他。而在狄奥多西国王周围，有一批依附于威廉街[3]的奸党，他们顺从地执行威廉街的意图，千方百计地给福古贝捣乱。福古贝不但要对付宫廷阴谋，还要对付帮闲文人的辱骂。他们后来像所有被豢养的记者一样怯懦地求饶，但同时依然故我地刊登流氓无赖对我国代表的无理指责。在一个多月的时间里，敌人围着福古贝跳头皮舞[4]。”德·诺

---

[1] 孔苏尔塔：意大利外交部所在地。

[2] 法尔内兹宫：法国驻罗马使馆，其内有由16世纪画家卡拉什装饰的走廊。

[3] 威廉街：德国外交部所在地。

[4] 这是印第安人的舞蹈，胜利者在割下战败者的头皮以前围着他跳舞。

布瓦先生特别着重这最后一个词。“不过，俗话说：‘早有防范，免遭暗算。’他一脚踢开了诽谤辱骂。”他的声音更响亮，眼睛射出凶光，以至我们在片刻间停止了吃饭。“有一句漂亮的阿拉伯谚语：‘任凭群犬乱吠，商队依然前进。’”德·诺布瓦先生抛出这条谚语后瞧着我们，观察它在我们身上产生什么效果。效果显著。我们熟悉它，因为那一年它在有身份的人中间流行，而另一句谚语“种蒺藜者得刺”却被淘汰，因为它精力不足，不像“为人作嫁”那样永不疲劳、永葆活力。要知道这些社会名流的语言采取的是三年一换的轮种制。德·诺布瓦先生在《两个世界评论》的文章中，擅长使用此种类型的引文，其实它们在有根有据、信息可靠的文章中完全是多余的。德·诺布瓦先生根本不需要这些装饰，只需挑选关键时刻——他也正是这样做的——就行了，如“圣詹姆斯[1]已感危机在即”；或者“歌手桥[2]群情激动，正不安地注视双头王朝自私而巧妙的政策”；或者“蒙泰奇托里奥[3]发警报”；或者“乐厅广场[4]永远惯用的两面手法”。即使是外行的读者，一看见这些用语便立即明白作者是职业外交家，并表示赞赏。但有人说他不仅仅是职业外交家，他的修养更为卓越，因为他对谚语的运用恰到好处，而其中最完美的典范是“正如路易男爵[5]所

---

[1] 指英国外交部。

[2] 指奥地利外交部。

[3] 指沙俄外交部。

[4] 指意大利议院。

[5] 路易男爵：法王路易十八和路易－菲利浦的财政大臣。

说，您给我良好政治，我给您良好财政”（因为当时还未从东方传来日本谚语“在交战中，多坚持一刻者必胜无疑”）。正是这种名人学者的声誉，以及漠然的面具下所隐藏的名副其实的阴谋天才，使德·诺布瓦先生成为伦理科学院的院士，有人甚至认为他进法兰西学院也无不可，因为有一次，他在指出为了与英国和解而与俄国联盟的必要性时，竟然写道：“有一点应该让奥赛码头[1]的人明白，应该写进所有的地理课本中（这方面确有遗漏），应该作为中学毕业生获得业士学位的标准，那就是：如果说‘条条大路通向罗马’，那么，从巴黎去伦敦必须经过彼得堡。”

“总之，”德·诺布瓦先生继续对父亲说，“福古贝这次大为成功，甚至超过他自己的估计。当然他预料会有一篇十分得体的祝酒词（在近年来的阴云以后这已算是了不起了），但没有想到比那更胜一筹。有几位当时在场的人对我说，祝酒词的效果绝非事后阅读所能领会的，国王堪称演说艺术家，他的朗读、停顿都很有讲究，让听众对各种言外之意及微妙之处心领神会。我听人讲过一件很有趣的事，它又一次证明狄奥多西国王充满那种颇得人心的青春风采。‘亲缘关系’一词可以说是演讲中的一大革新，您瞧，它将成为各个使馆长期议论的话题。国王陛下在吐出这个词时，大概想到会使我们这位大使欣喜异常——这是对他的努力，甚至他的梦想的公正的报偿，并且会使他获得元帅权杖——因此他半转身朝着福古贝，用奥丹尚家族那迷人的眼神盯着他，一个

[1] 指法国外交部。

音节一个音节地说出‘亲缘关系’这个十分恰当的、新颖不凡的词。他的声调表明他使用这个词是十分慎重的，他对它的分量了如指掌。据说福古贝激动得不能自抑，在某种程度上，我认为我能理解他的心情。根据十分可靠的消息，宴会以后，国王陛下走近夹在人群中的福古贝，低声对他说：‘您对我这个学生满意吗，亲爱的侯爵？’”“显然，”德·诺布瓦先生又说，“这篇祝酒词的效力超过了二十年的谈判，它更加密切了两国之间的——用狄奥多西二世的生动语言来说——‘亲缘关系’。这仅仅是一个词，可是您瞧着吧，它会平步青云，全欧洲的报纸都在重复它，它引起了广泛的兴趣，发出了新的声音。话说回来，这是国王的一贯作风。我不敢说他每天都能发现如此纯净的钻石，但是，在他精心准备的演讲中，或者在他的即兴谈话中，他少不了塞进一句俏皮话，作为自己的标志——或者说签名。在这一点上，我绝无偏袒之嫌，因为我一向反对这种俏皮话，二十句中有十九句都是危险的。”

“是的。我想德国皇帝最近的电报一定不合您的口味吧。”父亲说。

德·诺布瓦先生抬眼看了一下天花板，仿佛在说：“啊！这家伙！首先，这是忘恩负义，不仅仅是错误，而且是犯罪，可以说是骇人听闻的蠢事！其次，如果没有人加以制止，那么这个赶走了俾斯麦的人[1]很可能渐渐抛弃俾斯麦的全部政策，到了那时，谁

[1] 即德国皇帝威廉二世，他迫使俾斯麦辞职与英交恶。

也不知道会发生什么。”

“我丈夫告诉我，先生，说您可能在近两三年的夏天让他和您一道去西班牙，我真为他高兴。”

“是的，这是一个很诱人的计划。我很高兴，我很乐意和您一同旅行，亲爱的朋友。您呢，夫人，您打算怎样度假？”

“不知道。也许和儿子一同去巴尔贝克。”

“啊！巴尔贝克是好地方。几年以前我去过。那里正在兴建漂亮别致的别墅，我想您会喜欢那里的。不过，您能告诉我为什么看上这个地方吗？”

“我儿子很想看教堂，特别是巴尔贝克教堂。我最初有点担心，生怕旅途劳累，特别是吃住不便，会影响他的健康。不过最近听人说那里盖了一家很好的饭店，里面有他所必需的舒适设备，那么他可以住些时候。”

“啊！我得把这消息告诉一位对此很关心的女士。”

“巴尔贝克教堂很了不起吧，先生？”我问道，抑制心中的不快，因为在他眼中，巴尔贝克的魅力在于漂亮别致的别墅。

“不坏，确实不坏，不过，它毕竟无法和精雕细琢的真正珍宝相比，例如兰斯教堂、沙特尔教堂，以及珍品中之珍品——我最喜爱的巴黎圣礼拜堂。”

“巴尔贝克教堂的一部分属于罗曼式吧？”

“不错，是罗曼式，这种风格本身就极为古板，比不上后来的哥特式建筑。哥特式优美、新颖，石头都精雕着花边。巴尔贝克教堂的确有点与众不同，你既然到了那里，这个教堂当然值得一游。如果哪天下雨你无处可去，可以进去看看图维尔[1]的墓。”

“您出席昨天外交部的宴会了吗？我脱不开身。”父亲说。

“没去，”德·诺布瓦先生微笑着回答，“坦白地说，我没去，而是参加了另一个完全不同的晚会。我去一位女士家吃饭，你们大概听说过她，就是美丽的斯万夫人。”

母亲控制住一阵战栗，因为她比父亲敏感，她已经为他即将感到的不快而担忧。他的不快往往最先被她感知，就好比法国的坏消息最先在国外被人知晓，然后才传到国内。但是，她想知道斯万夫妇接待了些什么人，于是便向德·诺布瓦先生打听他在那里遇见了谁。

“我的天……去那里的似乎主要是……男士们。有几位已婚男人，但他们的妻子身体不适，没有去。”大使用一种故作天真的微妙口吻说，而且环顾左右，他那柔和审慎的目光似乎想冲淡嘲弄，其实反而更巧妙地加强了嘲弄效果。

“应该说，”他继续说道，“公平地说，那里也有些女士，不过……她们属于……怎么说好呢，与其说属于斯万（他念成“斯凡”）的社交圈子，不如说属于共和派。谁知道呢？也许有一天那里会成为政治沙龙或文化沙龙，而他们似乎也很满意。我觉得斯万炫耀得未免过分，老说某某人和某某人下星期邀请他们夫妇，其实，和这些人的交往有什么值得夸耀呢？他表现得既不稳重，又无趣味，几乎连分寸也不懂，像他这样的雅士竟然如此，不能

[1] 图维尔（1642—1701）：法国元帅。

不令人吃惊。他不断说：‘我们每晚都有宴请。’仿佛这很光彩，仿佛他成了新贵，其实他并不是。他以前有许多朋友，甚至许多女友。在这里我不想说得过头，也不想过于冒昧，但我认为在他的女友中，至少有一位（尽管不是全部或大部分女友）——而且身份显赫——是不会断然拒绝和斯万夫人结识的，那样一来，会有不少人成为帕尼尔热羊[1]，步其后尘。然而，斯万似乎未做过任何努力。噫，还有内塞尔罗德式布丁[2]！在这顿卢库卢斯[3]式的盛宴以后，我看自己得去卡尔斯巴德[4]疗养了。也许斯万感到阻力太大，无法克服。他这门婚事令人不快，这是肯定的。有人说那女士很有钱，这真是胡说八道。总之，这一切似乎叫人不大愉快。斯万有一位家财万贯而且声望极高的姑姑，她丈夫，就财富而言，可算实力雄厚。但是她不但拒绝接待斯万夫人，而且发起一场名副其实的运动，让她的朋友和熟人们都抵制斯万夫人。我这并不是说有哪一位有教养的巴黎人对斯万夫人有不尊敬的表示……不是！绝对不是！何况她丈夫是勇于决斗的人。总之，这位交游甚广，而且经常出入上流社会的斯万居然对这些至少可以称为三教九流的人大献殷勤，未免古怪。我以前认识他，他是一位素有教养，在最高级的社交圈里也闻名一时的人物，但他如今竟然对邮政部办公室主任的大驾光临感恩涕零，而且询问斯万夫人能否有

[1] 典出法国16世纪作家拉伯雷的小说，帕尼尔热羊即指盲目模仿的人。

[2] 以英国外交家内塞尔罗德命名的布丁，主要原料为栗子泥。

[3] 卢库卢斯：古罗马将军，以美食者著称。

[4] 卡尔斯巴德：波希米亚地区疗养地。

幸拜访主任夫人，这使我感到既吃惊又好笑。他大概不太自在，因为这显然是两个不同的世界。但是我认为他并不痛苦。在婚前的那几年里，那个女人确实玩了不少手腕来敲诈他。每当他拒绝她时，她便把女儿从他身边夺走。可怜，斯万这位雅士过于天真，他总是认为女儿被劫持只是巧合，他不愿正视现实，而她还时时对他大发雷霆，所以当时人们想，一旦她达到目的，成为他妻子以后，她会更肆无忌惮，他们的生活会成为地狱。然而恰恰相反！斯万谈论妻子的口吻往往成为人们的笑柄，甚至是恶意嘲笑的口实。你总不能要求隐约感觉到自己当了……（你们知道莫里哀的那个词[1]）的斯万大肆声张吧……不过，他把妻子说得那么贤惠，也未免过分。话说回来，这一切并不像人们想象的那么虚假，显然她对他是有感情的，只不过这是她所特有的、并非所有的丈夫都喜欢的方式。咱们这是私下说，既然斯万认识她多年，他又不是白痴傻瓜，他当然知道底细。我并不否认她水性杨花，可是斯万本人呢，按照你们不难想象的此刻满天飞的闲言碎语，他也喜欢寻花问柳。然而，她感激他为她做的一切，所以，和大家的担心相反，她变得像天使一般温柔。”

其实奥黛特的变化并不像德·诺布瓦先生所想象的那么大，她以前一直以为斯万不会娶她。她曾含沙射影地说某某体面人和情妇结了婚，这时斯万总是冷冰冰地一言不发。如果她直截了当地问他：“怎么，他以这种方式回报为他奉献青春的女人，你不以

---

[1] 即莫里哀用的“王八”一词，指戴绿帽的丈夫。

为然，不认为了不起？”他最多只是冷冷地回答：“我没说这不好。各人有各人的做法。”她甚至几乎相信，正如他在气头上说的，他会完全抛弃她，因为她曾听见一位女雕刻家说：“男人什么都干得出来，他们无情无义。”奥黛特被这句深邃而悲观的格言所震动，并时时引用，奉为信条。她那失望的神气仿佛在说：“没什么办不到的事，我要碰碰运气。”而她以前所遵循的乐观主义的生活格言是：“对爱你的男人你可以为所欲为，他们是白痴。”她的面部表情只是眨眼睛，仿佛在说：“你别怕，他什么也不会摔碎的。”奥黛特的一位女友和一个男人同居，时间比奥黛特和斯万的同居期短，而且也没有孩子，但她竟让他娶了她，现在相当受人尊重，并被邀请参加爱丽舍宫的舞会。她对斯万的行为会做何感想呢？奥黛特为此很苦恼。如果有一位比德·诺布瓦先生思想更为深刻的医生，他大概会下诊断说奥黛特的乖戾来自这种屈辱和羞愧的感觉，她那穷凶极恶的外在性格并非她的本质，并非不治之症；他还会轻而易举地预言后来果然发生的事，即一种新的关系——婚姻关系——将使这些难以忍受的、每日发生的，但绝非气质性的冲突奇迹般地销声匿迹。值得惊奇的是，几乎所有的人都对这门婚事感到惊讶，他们大概不明白爱情这个现象具有纯粹的主观性，它是一种创造，它将我们本身的许多因素附加在社会中某人身上，从而创造一个与同叫这个名字的人毫不相似的人。人们往往感到不可理解：某人竟然在我们眼中如此举足轻重，其实他们和我们所见到的并非同一个人。然而，说到奥黛特，人们应该看出，虽然（当然）她对斯万的精神生活并未完全理解，但她至少知道他的研究题目及全部详情，她熟悉维米尔的名字如同熟悉她的裁缝的名字一样。她了解斯万的全部性格；这种男人的性格往往被世人忽视或嘲笑，只有在情妇或姐妹眼中它才具有真实的、可爱的形象。我们很珍惜自己的性格，甚至包括我们极想改正的性格，因此，当一个女人对此习以为常并采取宽容和善意打趣的态度（正如我们本人对它习以为常，我们的父母对它习以为常一样）时，长久的爱情便像家庭感情一样温柔和强烈。当某人站在我们的角度来评论我们的缺点时，他和我们之间的关系便变得神圣了。在这些特点之中，有一些既涉及斯万的智力又涉及他的性格，而且，既然根源在于性格，奥黛特便能最为敏感地将之辨别。她抱怨人们没有注意到：斯万在书信和谈吐中所表现的众多特点，在他的创作和研究文章中也有所体现。她劝他更注意发挥这些特点。她之所以乐于这样是因为她在他身上所欣赏的正是它们，她爱它们是因为它们属于他，因此她自然而然地希望人们在他的作品中发现它们。也许她认为更为生动的作品能使他最后成名，并能使她实现她在维尔迪兰家所梦想的高于一切的事业：有自己的沙龙。

有些人认为这种婚姻荒唐可笑，他们设身处地地自问："如果我和德·蒙莫朗西小姐结婚，德·盖尔芒特先生会怎么想呢？布雷奥代会怎么说呢？"二十年前，斯万可能和他们具有同样的社会理想。他曾煞费苦心地加入赛马俱乐部，他曾盼望缔结一门显赫的婚姻，以巩固自己的地位，并最终成为巴黎最知名的人士。然而，和任何形象一样，婚事在当事人眼中的形象也必须不断从外界得到滋补，才不会逐渐衰败直至完全消失。你最炽热的愿望是对冒犯过你的人进行侮辱，可是，如果你换了一个地方，从此听不见人们谈起他，那么这个敌人在你眼中最终将变得无足轻重。当初，你是为了某些人而渴望进赛马俱乐部或法兰西研究院，但是，如果你和他们二十年不见面，那么，进入这个机构的前景将失去一切魅力。长期的爱情，如同退休、生病或改宗一样，会以新的形象替代旧形象。斯万与奥黛特结婚，这并不意味着他放弃社交野心，因为奥黛特早已使他脱离（从俏皮的意义上讲）那种野心，而且，如果他尚未脱离，那么他更令人敬重，因为一般来说，不体面的婚事最受人敬重（所谓不体面，并非指金钱婚姻，由买卖关系而结合的夫妻最终都被上流社会所接纳，或是由于传统，或是由于先例，都会一视同仁），因为它意味着放弃优越的地位以成全纯粹感情生活中的乐趣。此外，与不同种族的人，大公夫人或轻浮女人结成配偶，与显贵女士或卑贱女人结婚（像孟德尔[1]主义者所实行的或神话中所讲述的杂交一样），这可能给作为艺术家——甚至堕落者——的斯万带来某种快感。每当他考虑和奥黛特结婚时，他担心的只有一个人，就是德·盖尔芒特公爵夫人，而这并非出于附庸风雅，相反，奥黛特不把德·盖尔芒特夫人放在心上，她想到的不是居于广阔苍穹高处的那些人，而仅仅是直接在她头上的那些人。每当斯万遐想让奥黛特成为他的妻子时，他总是想象如何将她，特别是女儿，引见给德·洛姆亲王夫

[1] 奥地利遗传学家孟德尔（1822—1884）曾对不同的植物杂交进行研究。

人，后者在公公死后立即成为德·盖尔芒特公爵夫人。他不愿带她们去别的沙龙。他激动地幻想公爵夫人将如何对奥黛特谈到他，奥黛特又会说些什么。他幻想德·盖尔芒特夫人会喜欢希尔贝特，会溺爱她，会使他为女儿感到骄傲。他自得其乐地幻想引见的场面，连细节也十分精确，就好比买彩票的人仔细考虑万一中彩将如何使用那笔他主观臆想出来的款项一样。如果说人们在做出决定时所臆想的形象往往变成这项决定的动机的话，那么，可以说斯万之所以娶奥黛特正是为了将她和希尔贝特私下介绍给德·盖尔芒特公爵夫人（必要的话，永远没有别人知道）。下文中我们将看到斯万盼望妻子和女儿进入上流社会的这个唯一的雄心无法实现，并且遭到断然拒绝，因此，当斯万去世时，他以为公爵夫人将永远不会与她们结识。我们还将看到事实恰恰相反，正是在斯万去世以后德·盖尔芒特夫人开始与奥黛特和希尔贝特有了交往。他也许可以明智一些——在此暂不议论他对区区小事如此重视——无须对未来过于悲观，相信他所盼望的会见终将实现，只是他看不到这一天罢了。因果律最终能够产生几乎一切效果，包括原先被认为是不可能的效果，这个规律有时进展缓慢，由于我们的愿望——它竭力想加快这个进程，结果适得其反——以及我们的存在本身而使它变得更加缓慢。因此，只有当我们停止希望，甚至停止生存时，它才得以实现。斯万从亲身经验中不是已经知道这一点了吗？他和奥黛特的这门婚事在他的生活中——预示在他死后将发生的事——好比是死后的一种幸福。他曾狂热地爱她——如果说他并非一见钟情的话——而当他和她结婚时，他已不再爱她，他身上那个热切希望与奥黛特结成终身伴侣又如此绝望的人已经死去。

我提到德·巴黎伯爵，询问他是否是斯万的朋友，因为我不愿把话题从斯万身上扯开。“不错，是的。”德·诺布瓦先生转身对我说，蓝蓝的眼睛盯着我这个小人物，眼神如鱼得水似的，闪现着他强大的工作能力和吸收能力。“哦，”他接着又对父亲说，“我给您讲一件有趣的事，这大概不算对我所敬重的亲王有所不恭吧（由于我的地位——虽然并非官方地位，我与他并无私人来往）。就在四年前，在中欧国家的一个小火车站上，亲王偶然看见了斯万夫人。当然，他的熟人中无人敢问殿下对她印象如何，那样未免太不成体统。不过，当她的名字偶尔在谈话中被提及时，人们从难以觉察但无可怀疑的迹象看出亲王对她的印象似乎不坏。”

“难道不可能将她介绍给德·巴黎伯爵？”父亲问道。

“咳！谁知道呢？王公们的事情难说。”德·诺布瓦先生回答道，“显贵们擅长于索取报偿，不过，有时为了酬赏某人的忠诚而甘冒天下之大不韪。显然，德·巴黎伯爵一直赞赏斯万的忠诚，何况斯万确实颇有风趣。”

“那您自己的印象呢，大使先生？”母亲出于礼节和好奇心问道。

德·诺布瓦先生一反持重的常态，用行家的口吻热情地说：

“再好不过了！”

老外交家知道，承认对某位女人产生强烈的兴趣，并且以打趣的口吻承认这一点，这便是谈话技巧中最受人赞赏的，因此他忽然轻声笑了起来，笑声持续片刻，他的蓝眼睛湿润了，露着红色细纤维的鼻翼在翕动。

“她十分迷人！”

“一位名叫贝戈特的作家也是座上客吗，先生？”我胆怯地问，尽量使话题围绕斯万。

“是的。贝戈特也在。”德·诺布瓦先生回答说，同时彬彬有礼地朝我这个方向点点头。他既然想对父亲献殷勤，便郑重其事地对待与父亲有关的一切，包括我这个年龄的（而且很少为他那个年龄的人所尊重）孩子所提的问题。“你认识他？”他用那双曾得到俾斯麦赞赏的、既深邃又明亮的眼睛凝视我。

“我的儿子不认识他，但十分钦佩他。”母亲说。

“哎呀！”德·诺布瓦先生说（他使我对自己的智力产生了最严重的怀疑，因为我所认为的世上最崇高的、比我本人珍贵千倍的东西，在他眼中却处于赞赏等级的最下层），“我可不敢苟同。贝戈特被我称作吹笛手。应该承认他吹得委婉动听，但是过于矫揉造作。毕竟这仅仅是吹笛，价值不大。他那些作品松松垮垮，缺乏所谓的结构。缺乏情节，或者说情节过于简单，更重要的是毫无意义。他的作品在根基上有缺陷，或者干脆说缺乏根基。在我们这个时代，生活越来越复杂，我们很少有时间看书，欧洲形势发生了深刻变化，并且也许即将发生更大的变化，我们面临各种带有威胁性的新问题，在这种时代，你们会和我一样认为作家应该是另一种人，而不是学究，因为学究热衷于对纯粹形式的优劣做空洞无用的讨论，而使我们忽略了随时都可能发生的蛮族入侵，外部和内部蛮族的双重入侵。我知道这是在亵渎那些先生所称作的‘为艺术而艺术’学派，神圣不可侵犯的学派，可是在我们这个时代，有比推敲优美文字更为紧迫的事等着我们。贝戈特的文字相当有魅力，我不否认，可是总的来说太造作，太单薄，太缺乏男子气。你对贝戈特的评价未免过高，不过我现在更理解你刚才拿出来看的那几行诗。我看不必再提它了，既然你自己也承认这只是小孩子胡写的东西（我确实说过，但心里绝不是这样想的）。对于过失，特别是年轻人的过失，要宽大为怀嘛。总之，种种过失，别人也有，在一段时期里以诗人自居的不仅仅是你。不过，你给我看的那篇东西表明你受到贝戈特的坏影响。你没学到他任何长处，我这样说想必你不会奇怪，因为他毕竟是某种风格技巧——尽管相当浮浅——的大师，而在你这个年龄是连它的皮毛也无法掌握的。但是你已经表现出和他一样的缺点——将铿锵的词句违反常理地先排列起来，然后才考虑其含意。这岂不是本末倒置吗？！即使在贝戈特的作品中，那些晦涩难懂的形式，颓废文人的烦琐词句又有什么意思呢？一位作家偶尔放出几支美丽的焰火，众人就立即惊呼为杰作。哪有那么多杰作呢？在贝戈特的家当中没有任何一本小说是立意颇高的成功之作，没有任何一本书值得放进书橱以引人注目。我看一本也没有。而他本人，比起作品来，更为逊色。啊！一位才子曾说人如其文，这话在他身上可真是反证。他和作品相去十万八千里。他一本正经、自命不凡、缺乏教养，有时十分平庸，和人说话时像是一本书，甚至不是他自己写的书，而是一本叫人讨厌的书（因为他的书至少不叫人讨厌），这就是那个贝戈特。这是一个杂乱无比而又过分雕琢的人，是前人所称的浮夸者，而他说话的方式又使他说话的内容令人反感。我不记得是洛梅尼[1]还是圣伯夫曾说过，维尼[2]也以类似的怪癖令人不快，但是贝戈特却从来没有写出像《桑－马尔斯》及《红色封印》这样精彩的作品来。”

德·诺布瓦先生对我刚才给他看的那段文字所做的议论令我无比沮丧，我又想起每当自己构思文章或者做严肃思考时总感到力不从心，于是我再次感到自己本是庸才，毫无文学天赋可言。往日我在贡布雷时曾有过某些微不足道的感受，曾读过贝戈特的某部作品，大概正是它们使我进入一种似乎颇有价值的遐想状态，而我的散文诗正是这种状态的反映。大使是明察秋毫的，他刚才本可以立刻抓住我在完全骗人的幻影中所找到的美，并予以揭露，然而，他没有这样做，而是让我明白我是多么微不足道（我被一位最好心的、最聪明的行家从外部进行客观评价）。我感到懊丧，自我感觉一落千丈。我的思想好似流体，其体积取决于他人提供的容量，昔日它鼓胀，将名曰天才的那个巨大容器填得满满的，今日它又缩小，骤然被德·诺布瓦先生关闭和限制在狭小的平庸之中。

“我和贝戈特的相识，”他又转头对父亲说，“对他，对我，都不能不说是一件尴尬的事（也是另一种方式的趣事）。几年以前，

[1] 洛梅尼（1815—1878）：法国文学家。

[2] 维尼（1797—1863）：法国作家，写过《桑－马尔斯》及《红色封印》等小说。

贝戈特去维也纳旅行，当时我在那里当大使。德·梅特涅亲王夫人[1]将他介绍给我，他到使馆来并希望我邀请他。既然我是法兰西的驻外使节，既然他的作品又为法兰西增光——在某种程度上，或者更确切地说，在微不足道的程度上——我当然可以抛开我对他私生活的不满。然而他并非独自旅行，所以他要求我也邀请他的女伴。我这人不爱假正经，而且，既然我没有妻室，我完全可以将使馆的门开得大一些。然而我忍受不了这种无耻，它令人作呕，因为他在作品中大谈德行，甚至干脆教训人。他的书充满了永无休止的，甚至疲疲沓沓的分析——这是我们私下说说——或者是痛苦的顾虑、病态的悔恨，以及由于鸡毛蒜皮的事而引发的冗长的说教（我们知道它值几文钱），而在另一方面，他在私生活中却如此轻浮，如此玩世不恭。总之我没有回答他。亲王夫人又来找我，我也没有答应。因此我估计此公对我不抱好感。我不知道他对斯万同时邀请我们两人的这番好意做何评价。或者是他本人向斯万提出来的，这也很难说，因为他实际上是病人。这甚至是他唯一的借口。”

“斯万夫人的女儿也在场吗？”我趁离开饭桌去客厅的这个机会向德·诺布瓦先生提出这个问题。这比一动不动地在饭桌上，在强烈的光线中提问更便于掩饰我的激动。

德·诺布瓦先生似乎努力追忆片刻：

[1] 德·梅特涅亲王夫人（1836—1921）：奥地利驻法大使梅特涅的夫人，很有才华，为后世留下两卷回忆录。

“是的，一位十四五岁的姑娘吧？不错，我记得在饭前别人把她介绍给我，说是主人的女儿。不，她露面的时间不长。她很早就去睡了，要不就是去女友家了，我记不清楚。看来你对斯万家的人很熟悉。”

“我常去香榭丽舍大街和斯万小姐玩，她很可爱。”

“啊，原来如此！的确不错，我也觉得她可爱，不过，说真心话，她大概永远也比不上她母亲，这句话不至于刺伤你热烈的感情吧？”

“我更喜欢斯万小姐的面孔，当然我也欣赏她母亲。我常去布洛涅森林，就是为了碰见她。”

“啊！我要告诉她们这一切，她们会很得意的。”

德·诺布瓦先生说这话时，态度与其他所有人一样（虽然为时不长）。这些人听见我说斯万是聪明人，说他父母是体面的经纪人，说他家的房子很漂亮，便以为我也会以同样的口吻来谈论同样的聪明人、同样体面的经纪人、同样漂亮的房子。其实，这好比是神经正常的人在与疯子交谈而尚未发现对方是疯子。德·诺布瓦先生认为爱看漂亮女人是理所当然的事，认为某人对你兴奋地谈起某某女士时，你便应该假装认为他已堕入情网，和他打趣，并答应助他一臂之力，因此，这位要人说要向希尔贝特和她母亲谈起我（我将像奥林匹斯山的神化为一股流动的气，或者像米涅瓦[1]一样化身为老者，隐身进入斯万夫人的沙龙，引起她的注意，

---

[1] 米涅瓦：罗马神话中的智慧女神。此处老者系指上文中提到的智者芒托尔。

占据她的思想，使她感谢我的赞赏，将我看作要人的朋友而邀请我，使我成为她家的密友），他将利用自己在斯万夫人眼中的崇高威信来帮助我。我突然感到无比激动，情不自禁地几乎亲吻他那双仿佛在水中浸泡过久的、泛白发皱的柔软的手。我几乎做出了这个姿势，以为觉察者仅我一人。对我们每个人来说，要对自己的言行举止在他人眼中的地位做准确判断确非易事。我们害怕自视过高，又假定人们生活中的众多回忆已经在他们心里占据极大的空间，因此我们举止言行中的次要部分几乎不可能进入谈话对方的意识之中，更不用说留在他们记忆之中了。其实，罪犯的翻供也属于这同一类型。他们往往在事后修改说过的话，以为别人无法对证。然而，即使对人类千年的历史而言，预言一切都将保存的哲学可能比认为一切将被遗忘的专栏作家的哲学更为真实。在同一家巴黎报纸上，头版社论的说教者就某件大事、某部杰作，特别是某位“名噪一时”的女歌唱家写道：“十年以后有谁还记得这些呢？”而在第三版，古文学学院的报告常常谈论一件本身并不重要的事实，谈论一首写于法老时代而且全文仍然为今人所知的，但本身并无多大价值的诗，难道不是这样吗？对短暂的人生来说，也许不完全如此。然而，几年以后，我在某人家里见到刚巧在那里做客的德·诺布瓦先生，我把他当作我所可能遇见的最有力的支持者，因为他是父亲的朋友，为人宽厚、乐于助人，何况他由于职业和出身而言语谨慎，但是，这位大使刚走，就有人告诉我他曾提到以前那一次晚宴，并说他曾“看见我想亲吻他的手”。我不禁面红耳赤，德·诺布瓦先生谈论我时的语气以及他回忆的内容，使我愕然，它们与我的想象相去万里！这个“闲话”使我明白，在人的头脑中，分心、专注、记忆、遗忘，它们的比例多么出人意料，使我赞叹不已，就像我在马斯贝罗[1]的书中头一次读到人们居然掌握公元前十世纪阿苏巴尼巴尔国王邀请参加狩猎的猎手的准确名单！

“啊！先生，”当德·诺布瓦先生宣布将向希尔贝特和她母亲转达我的仰慕之情时，我说，“您要是这样做，您要是对斯万夫人谈起我，那我将一生感激不尽，一生为您效劳！不过，我要告诉您，我和斯万夫人并不相识，从来没有人将我介绍给她。”

我说最后这句话是唯恐对方以为我在吹嘘莫须有的交情。可是话一出口，我便感到它毫无用处，因为我那热情洋溢的感谢之语从一开始就使他降温。我看见大使脸上露出了犹疑和不满，眼中露出了下垂的、狭窄的、歪斜的目光（如同一张立体图中，代表某一面的远遁的斜线），它注视的仅仅是居于他本人身上的那位无形的对话者，而他们的谈话是在此以前一直和他交谈的先生——此处即为我——所听不见的。我原以为我那些话——尽管与我心中汹涌澎湃的感激之情相比软弱无力——可以打动德·诺布瓦先生，使他助我一臂之力（这对他轻而易举，而会令我欢欣鼓舞），但我立即意识到它的效果适得其反，甚至任何与我作对的人的恶言恶语也达不到这种效果。我们和一位陌生人交谈，愉快地交换对过路人的印象，而且看法似乎一致，认为他们庸俗，但

[1] 马斯贝罗（1846—1916）：埃及学专家。

是突然在我们和陌生人之间出现了一道病理鸿沟，因为他漫不经心地摸摸口袋说：“倒霉，我没带枪，不然他们一个也活不了。”和这种情景相仿，德·诺布瓦先生知道，结识斯万夫人，拜访她，这是再普通、再容易不过的事了，而我却觉得高不可攀，其中必有巨大的难言之隐。因此，当他听见我这番话时，他认为在我所表达的貌似正常的愿望后面，一定暗藏着某种其他想法、某种可疑动机、某个以前的过失，所以才至今没有任何人愿意代我向斯万夫人致意，因为那会使她不高兴的。于是我明白他永远不会为我出这把力，他可以一年一年地每天与斯万夫人相见，也决不会——哪怕一次——提到我。不过，几天以后，他从她那里打听到我想知道的一件事，托父亲转告我。当然，他认为没有必要说明是为谁打听的。她不会知道我认识德·诺布瓦先生，也不会知道我热烈渴望去她家。也许这并不如我想象的那样倒霉。即使她知道这两点，第二点也不会增加第一点的效力，何况这个效力本身就是靠不住的，因为对奥黛特来说，既然她本人的生活和住宅引不起任何神秘的慌乱，那么，认识她并拜访她的人绝不如我臆想的那样，是什么神奇人物。要是可能的话，我真想在石头上写上我认识德·诺布瓦先生这几个字，然后将石头扔进斯万家的窗子。我认为，尽管传递方式粗野，这个信息会使女主人对我产生敬重而不是反感。其实，如果德·诺布瓦先生接受我的委托，它也不会有任何效果，反而会引起斯万一家对我的恶感。即使我明白这一点，我也没有勇气收回这个委托（如果大使慨然允诺），没有勇气放弃乐趣（不论后果如何悲惨），即让我和我的名字在对我陌生的希尔贝特的家和生活中与她相伴片刻。

德·诺布瓦先生走后，父亲浏览起了晚报。我又想到拉贝玛。既然我看戏时所感到的乐趣远远少于我原先的估计，这个乐趣便要求被补充，并且无条件地吸收一切滋补。例如德·诺布瓦先生所赞扬的拉贝玛的优点，它被我一饮而尽，仿佛干旱的草地立刻吸收人们洒在上面的水一样。这时父亲将报纸递给我，指着上面一小段报道："《淮德拉》的演出盛况空前，艺术界及批评界的名流前往观看。淮德拉的扮演者，久负盛誉的拉贝玛夫人获得她那辉煌事业中前所未有的成功。此次演出不愧为轰动戏剧界的大事，本报将做详细报道，在此只需指出，有权威的评论家一致认为，此次演出使淮德拉——拉辛笔下最美最深刻的人物之一——焕然一新，并且成为当代人有幸见到的最纯净、最杰出的艺术表演。""最纯净、最杰出的艺术表演"，这个新概念一旦进入我的思想，便朝我在剧场中所感到的不完整的乐趣靠拢，并稍稍填补它的欠缺，而这种聚合形成了某种令人无比兴奋的东西，以至我惊呼道："她是多么伟大的艺术家呀！"人们可能认为我这句话不完全出自内心。我们不妨想想许多作家的情况：他们对刚刚完成的作品不满意，但是如果他们谈到一篇颂扬夏多布里昂的天才的文章，或者想到某位被他们引为楷模的大艺术家（例如他们哼着贝多芬的乐曲并将其中的忧郁与自己散文中的忧郁做比较），那么，这种天才的概念会充塞了他们的头脑，因此，当他们回顾自己的作品时，也将天才的概念加之于它们，从而感到它们不再是最初的样子，甚至确信它们的价值，并会自言自语说："毕竟不坏嘛！”然而他们并未意识到，在使他们最后感到满意的全部因素中，还有他们对夏多布里昂的美妙篇章的回忆，他们将这些篇章与自己的作品相提并论，而前者并非出自他们之手。我们不妨想想那些虽一再被情妇欺骗但仍然相信她们忠贞不渝的人吧。还有一些人时而盼望一种无法理解的幸存——例如含恨终身的丈夫想到已失去的、仍然爱着的妻子，或者艺术家想到将来可能享受的荣誉——时而盼望一种使人宽慰的虚无——因为他们回想起过失，如果没有虚无，他们在死后必须赎罪。我们不妨再想想那些旅游者，他们对每天的日程感到厌烦，但对旅行的总体美却感到兴奋异常。我们不妨问一问，既然各种概念共同生活于我们头脑里，那么，在使我们幸福的概念之中，有哪一个不是首先像寄生虫一样从邻近的不同概念中索取自己所缺乏的力量呢？

父亲不再提我的“外交官职业”，母亲似乎不太满意。我认为她感到遗憾的不是我放弃外交，而是我选择文学，因为她最关心的是用一种生活规律来约束我那喜怒无常的情绪。“别说了，”父亲大声说，“干什么事首先要有兴趣。再说他不再是孩子，他当然知道自己喜欢什么，恐怕很难改变。他明白什么是他生活中的幸福。”将来的生活幸福还是不幸福，暂且不谈，当晚我便由于父亲这番让我自己做主的话而感到烦恼。父亲突如其来的和蔼往往使我想扑过去亲吻他胡子上方红润润的脸颊，仅仅怕惹他不快我才不这样做。我好比是一位作者，认为自己的遐想既然出于本人之手，似乎价值不大，但出版商竟然为它们挑选最上等的纸张，并且可能采用最佳字体来印刷，不免惶惶然。我也一样，我问自己我的写作愿望确实如此重要，值得父亲为此浪费这么多善意吗？他说我的兴趣不会改变，我的生活将会幸福，这些话在我身上引起十分痛苦的两点猜想。第一点就是我的生活已经开始（而我每天都以为自己站在生活的门槛上，生活仍然是完整的，第二天凌晨才开始），不仅如此，将来发生的事与过去发生的事不会有多大差别。第二点猜想（其实只是第一点的另一种形式），就是我并非处于时间之外，而是像小说人物一样受制于时间的规律，而且正因为如此，当我坐在贡布雷的柳枝棚里阅读他们的生平时，我才感到万分忧愁。从理论上说，我们知道地球在转动，但事实上我们觉察不到，我们走路时脚下的地面似乎未动，我们坦然安心地生活。生活中的时间也是如此。小说家为了使读者感到时间在流逝，不得不疯狂地拨快时针，使读者在两分钟内越过十年、二十年、三十年。在一页书的开始，我们看见的是满怀希望的情人，而在同一页的结尾，他已是八旬老翁，正步履蹒跚地在养老院的庭院里做例行的散步，而且，由于丧失了记忆，他不理睬别人。父亲刚才说“他不再是孩子，他兴趣不会变了”，等等，这些话使我突然间看到时间中的我，使我感到同样的忧愁，我虽然尚不是养老院里智力衰退的老头，但仿佛已是小说中的人物。作者在书的结尾用极其残酷的、冷漠的语调说：“他越来越少离开乡间，终于永远定居乡间。”

这时，父亲唯恐我们对客人有所指责，便抢先对妈妈说：

“我承认诺布瓦老头，用你的话说，有点‘迂腐’。他刚才说对德·巴黎伯爵提问会‘不成体统’，我真怕你会笑出来。”

“你说到哪里去了，”母亲回答说，“我很喜欢他，他地位这么高、年龄这么大，还能保持这种稚气，这说明他为人正直又颇有教养。”

“不错。不过，这并不影响他的机警和聪明，这一点我最清楚，他在委员会上判若两人，”父亲抬高嗓门，他很高兴德·诺布瓦先生受到母亲的赞赏，并且想证明他比她想象的还要好（因为好感往往抬高对方，揶揄往往贬低对方），“他是怎么说的……‘王公们的事情难说……’？”

“对，正是这样。我也注意到了，他很敏锐，显然他的生活经验很丰富。”

“奇怪，他居然去斯万夫人家吃饭，而且还在那里遇见了正派人，还有公职人员。斯万夫人是从哪里弄来这些人的呢？”

“你没注意他那句俏皮话吗？‘去那里的似乎主要是……男士们。’”

于是两人都努力追忆德·诺布瓦说这话的声调，仿佛在回想布雷桑或迪龙[1]在表演《女冒险家》[2]或《普瓦里埃先生的女婿》[3]时的语调。然而，诺布瓦先生的用词所受到的最高赞赏来自弗朗索瓦丝。多年以后，每当人们提起大使称她为“第一流的厨师头”时，她还“忍俊不禁”。当初母亲去厨房向她传达这个称呼时，就像国防部部长传达来访君主在检阅后所致的祝词。我比母亲早去

[1] 布雷桑、迪龙均为著名演员。
[2] 法国剧作家奥吉埃（1820—1889）的作品。
[3] 奥吉埃与桑都合写的五幕喜剧。

厨房，因为我曾请求爱好和平但狠心的弗朗索瓦丝在宰兔时不要让它太痛苦，我去厨房看看事情进行得如何。弗朗索瓦丝对我说一切顺利，干净利索："我还从来没遇见像这样的动物。一声不吭就死了，好像是哑巴。"我对动物的语言知之甚少，便说兔子的叫声比鸡的小。弗朗索瓦丝见我如此无知，愤愤然地说："先别下结论。你得看看兔子的叫声是否真比鸡的小，我看比鸡的大得多哩。"弗朗索瓦丝接受德·诺布瓦先生的称赞时，神态自豪而坦然，眼神欢快而聪慧——尽管是暂时的——仿佛一位艺术家在听人谈论自己的艺术。母亲曾派她去几家大餐馆见习见习烹调手艺。那天晚上，她把最有名的餐馆称作小饭铺。我听了甚为高兴，如同我曾发现戏剧艺术家的品质等级与声誉等级并不一致时那样高兴。母亲对她说："大使说在哪里也吃不到你做的这种冷牛肉和蛋奶酥。"弗朗索瓦丝带着谦虚而受之无愧的神情表示同意，但大使这个头衔并未使她受宠若惊。她提到德·诺布瓦先生时，用一种亲切的口吻说："这是一个好老头，和我一样。"因为他曾称她为"头"。他来的时候，她曾经想偷看，但是，她知道妈妈最讨厌别人在门后或窗下偷看，而且会从别的仆人或门房那里得知弗朗索瓦丝偷看过（弗朗索瓦丝看见处处是"嫉妒"和"闲言碎语"，它们之作用于她的想象力，正如耶稣会或犹太人的阴谋之作用于某些人的想象力：这是一种无时无刻不在的、不祥的作用），因此她只是隔着厨房的窗瞟了一眼，"免得向太太解释"，而且，当她看见德·诺布瓦先生的大致模样和"灵巧"的姿势时，她"真以为是勒格朗丹先生"，其实这两个人毫无共同之处。"谁也做不出你这样可口的冻汁来（当你肯做的时候），这是什么原因？”母亲问她。“我也不知道这是从哪里变来的。”弗朗索瓦丝说（她不清楚动词“来”——至少它的某些用法——和动词“变来”究竟有什么区别）。她这话有一部分是真实的，因为她不善于——或者不愿意——揭示她的冻汁或奶油的成功诀窍，正如一位雍容高雅的女士对待自己的装束，或者著名歌唱家对待自己的歌喉一样。她们的解释往往使我们不得要领。我们的厨娘对待烹调也是如此。在谈到大餐厅时，她说：“他们的火太急，又将菜分开烧。牛肉必须像海绵一样烂，才能吸收全部汤汁。不过，以前有一家咖啡店菜烧得不错。我不是说他们做的冻汁和我的完全一样，不过他们也是文火烧的，蛋奶酥里也确实有奶油。”“是亨利饭馆吧？”已经来到我们身边的父亲问道，他很欣赏该隆广场的这家饭馆，经常和同行去那里聚餐。“啊，不是！”弗朗索瓦丝说，柔和的声音暗藏着深深的蔑视，“我说的是小饭馆。亨利饭馆当然高级啦，不过它不是饭馆，而是……汤铺！”“那么是韦伯饭馆？”“啊，不是，我是指好饭馆。韦伯饭馆在王家街，它不算饭馆，是酒店。我不知道他们是否侍候客人用餐，我想他们连桌布也没有。什么都往桌子上一放，马马虎虎。”“是西罗饭馆？”弗朗索瓦丝微微一笑，“啊，那里嘛，就风味来说，我看主要吸引的是上流社会的女士（对弗朗索瓦丝来说，上流社会是指交际花之流）。当然哪，年轻人需要这些。”我们发觉弗朗索瓦丝虽然神情纯朴，对名厨师来说却是令人畏惧的“同行”，与最好嫉妒的、自命不凡的女演员相比，她毫不逊色。但我们感到她对自己这门手艺有正确的态度，她尊重传统，因为她又说：“不，我说的那家饭馆以前能做出几道大众喜欢的可口菜。现在的门面也不小。以前生意可好了，赚了不少的苏（勤俭的弗朗索瓦丝是以“苏”来计算钱财的，不像败家子以“路易”来计算）。太太认识这家饭馆，在大马路上，靠右手，稍稍靠后……”她以这种公允又夹杂着骄傲和纯真的口吻谈到的饭馆，就是……英国咖啡馆。

元旦来到了。我和妈妈去拜访亲戚。她怕累着我，事先就按照爸爸画的路线图将要去的人家按地区，而不是按血缘亲疏分成几批。我们去拜访一位远房表亲（她住得离我们不远，所以先去她家），可是我们一踏进客厅，母亲便惊慌不安，因为一位多疑的叔叔有位好友正在那里吃冰糖栗子或果仁夹心栗子，他肯定会告诉叔叔我们最先拜访的不是他，而叔叔的自尊心会受到伤害，因为他认为我们自然应该从玛德莱娜教堂到他住的植物园，然后是奥古斯坦街，最后再远征医学院街。

拜访结束以后（外祖母免除了我们的拜访，因为那天我们要去她那里吃饭），我一直跑到香榭丽舍大街那家商店，请女老板将一封信转交每星期来买几次香料蜜糖面包的斯万家的仆人。自从希尔贝特使我十分难过的那一天起，我就决定在元旦给她写信，告诉她我们旧日的友谊与过去的一年一同结束了，我的抱怨和失望已成往事。从元月一日起，我们要建立一种崭新的友谊，它将异常牢固，任何东西也无法摧毁，它将十分美好，我希望希尔贝特殷勤照料它，使它永葆美丽，而且，万一出现任何威胁它的危险时，她必须及时告诉我，正如我答应要告诉她一样。在回家的路上，弗朗索瓦丝让我在王家街的拐角上停下，那里有一个露天小摊，她挑了几张庇护九世和拉斯巴耶[1]的照片作为新年礼物，而我呢，我买了一张拉贝玛的照片。女演员的这张唯一的面孔，与她所引起的形形色色的赞誉相比，似乎显得贫乏，它像缺乏换洗衣服的人身上的衣服一样，一成不变而又无法持久。上嘴唇上方的那条小皱纹、扬起的眉毛，以及其他某些生理结构，它们总是一成不变，而且随时有被烧和被撞的危险。这张面孔并不使我感到美，但我却产生了亲吻它的念头和欲望，因为它一定接受过无数亲吻，还因为它似乎在“照片卡”上用卖弄风情的温柔目光和故作天真的微笑在召唤我。拉贝玛一定对许多年轻人怀有她在淮德拉这个人物的掩饰下所供认的种种欲念，而一切——甚至包括为她增添美丽，使她永葆青春的显赫声誉——能使她轻而易举地满足欲望。黄昏降临，我在剧场海报圆柱前停住，观看拉贝玛元月一日演出的海报。微风湿润而轻柔，这种天气我十分熟悉。我感到，我预感到，元旦这一天和别的日子并无区别，它并非新世界的第一天——在那个新世界里，我将有机会重新认识希尔贝特，如同创世时期那样，仿佛过去的事都未发生，仿佛她有时使我产生的失望及其预示未来的迹象统统不存在了。在那个新世界中，旧世界的一切消失得无影无踪……除了一点：我希望得到希尔贝特的爱。我明白，既然我的心希望在它周围重建那个未曾使它得到满足的世界，那就是说我的心并未改变，因为我想希尔贝特的

[1] 庇护九世为罗马教皇；拉斯巴耶（1794—1878）：法国著名记者及政治家。

心也不可能改变。我感到新友谊与旧友谊并无区别，正如新年和旧年之间并不隔着一道鸿沟。我们的愿望既无法支配又无法改变岁月，只好在岁月毫无所知的情况下给它换一个称呼。我想将新的一年献给希尔贝特，将我对元旦的特殊想法刻印在元旦这一天上——好比将宗教重叠于盲目的大自然规律之上——但这都是徒劳和枉然。我感到它并不知道人们称它元旦，它像我所习惯的那样在黄昏中结束。微风吹着广告圆柱，我认出，我又感到往昔时光那永恒的况味，那熟悉的湿气和那懵懂无知的流动性。

我回到家中，我刚刚度过了老年人的元旦；老年人与年轻人的不同，不仅仅在于他们得不到新年礼物，而是在于他们不再相信新年。新年礼物，我倒是收到一些，但没有那件唯一能使我高兴的礼物——希尔贝特的信。不过，我毕竟还很年轻，我居然给她写了一封信，向她讲述我孤独的热情之梦，希望引起她的共鸣，而衰老的人们的可悲之处在于他们根本不会写这种信，因为他们早已知道毫无用处。

我躺下了，街道上一直持续到深夜的节日喧嚣使我无法入睡。我想到所有将在欢乐中度过这一夜的人，想到拉贝玛的情人或者那一群放荡者，他们一定会在演出（即我在海报上看见的当晚的演出）之后去找拉贝玛。这个想法使我在不眠之夜更为激动不安，为了恢复镇静，我想对自己说拉贝玛也许并未想到爱情，但我说不出口，因为她所朗诵的经过仔细推敲的诗句，显然处处提醒她爱情是多么美妙，而她也深有感受，所以才表演出人所熟知的——但具有新威力和意想不到的柔情的——慌乱心情而使观众赞叹不已，其实每位观众对此都有切身体会。我点燃熄灭的蜡烛，好再看看她的面孔。此刻它大概正被男人们亲抚，他们给予她并从她那里得到非凡而模糊的快乐（而我无法阻拦），这个臆想使我产生一种比色情更为残酷的激动，一种思念，它在号声（如同狂欢之夜及其他节日之夜里往往听到的号声）中更显得深沉；号声来自一家小酒店，毫无诗意，因而比“傍晚，在树林深处……”[1]更为忧郁。此时此刻，希尔贝特的信也许不是我所需要的。在紊乱的生活中人们的种种愿望互相干扰，因此，幸福很少降临在恰恰渴望它的愿望之上。

天气晴朗时，我仍然去香榭丽舍大街。街旁那些精致的粉红色房屋展现在多变而轻盈的天空之下，因为当时水彩画展览风靡一时。如果我说我当时就认为加布里埃尔的建筑[2]比四周的建筑更美，而且属于不同时代，那这是撒谎。我那时认为工业大厦，至少特罗卡德罗宫[3]更具特色，也许更为悠久。我的少年时光浸沉在激荡不定的睡眠之中，因此它在睡眠中所见到的这整个街区都仿佛是梦幻，我从未想到王家街居然有一座十八世纪的建筑。如果我得知路易十四时代的杰作圣马丁门和圣德尼门与这些肮脏街区里最新的建筑属于不同时期，那我会大吃一惊。加布里埃尔的

[1] 引自法国诗人维尼的诗《号角》。

[2] 加布里埃尔（1698—1782）：著名建筑师。此处所指的建筑修建于18世纪下半叶。

[3] 工业大厦是为1855年博览会修建的，特罗卡德罗宫是为1878年博览会修建的。两者皆已被拆。

建筑只有一次使我凝视良久，那时夜幕已经降临，圆柱在月光下失去了质感，仿佛是纸板做的，使我想到轻歌剧《俄耳甫斯游地狱》[1]中的布景，使我第一次感受到美。

希尔贝特一直未回到香榭丽舍大街，而我需要看见她，因为我连她的面貌也记不清了。我们抱着一种探索的、焦虑的、苛求的态度去看我们所爱的人，我们等待那句使我们对第二天的约会抱有希望或不再抱希望的话语，而在这句话来到以前，我们或同时或轮流地想象欢乐和失望，正因为如此，当我们面对所爱的人时，我们战战兢兢，无法对她（他）获得一个清晰的形象。这是一种由各种感官同时进行的，但又仅仅是试图通过视力来认识视力以外的东西的活动，它对一个活生生的人的千种形式、味道和运动也许过于宽容。的确，当我们不爱某人时，我们往往使她（他）静止。我们所珍爱的模特儿时时在动。我们的记忆中永远只有拍坏了的照片。我的确忘记了希尔贝特的面貌，除了她向我舒展笑颜的那神奇的瞬间——因为我只记得她的微笑。既然见不到那张亲爱的面孔，我便极力回忆，但也枉然，我恼怒地找到两张无用而惊人的面孔，它们精确至极地刻在我的记忆中：管木马的男人和卖麦芽糖的女贩。一个人失去了亲爱者，连在梦中也永远见不到她（他），却接连不断地梦见那么多讨厌鬼，更觉气恼，因为清醒时看见他们就已经难以容忍了。既然没有能力描绘痛苦思念的对象，人们便谴责自己不感到痛苦。我也如此，既然我想不起希尔贝特的面貌，我几乎相信我

[1] 作曲家奥芬巴赫的两幕四场轻歌剧。

忘记了有她这个人，我不再爱她。

她终于回来了，几乎天天和我一起玩。我每天都希望明天能获得——从她那里获得——新东西。从这个意义上讲，我的爱情在日日更新。但突然又有一件事改变了每日下午两点钟我这份爱情的方式。是斯万先生发现了我写给他女儿的信，还是希尔贝特为了让我多加提防才将早已存在的情况告诉我呢？有一次，我对她说我十分钦佩她的双亲，她露出一种含糊的、有保留的、秘密的神气——在谈到她该做什么、买什么、拜访什么人时，她常常是这种神气——突然说："你知道，他们可看不上你！"然后像滑溜溜的水中精灵一样（这是她的习惯）大笑起来。她的笑声往往与话语极不协调，像音乐一样在另一平面勾画出另一个看不见的表层。斯万先生和夫人没有要求希尔贝特不再和我玩耍，但他们希望——她认为——这件事根本没有发生。他们不喜欢她和我来往，认为我品德不高尚，对他们的女儿只能产生坏影响。斯万认为我属于那类厚颜无耻的青年。在他的概念中，这种青年憎恶自己所爱恋的少女的父母；虽然当面大献殷勤，背后却和她一起嘲笑他们，怂恿她将他们的话当耳边风，而等少女到手以后，甚至不许她再与父母见面。与此种形象（最可鄙的人也决不会这样看待自己的）形成鲜明对比的，是我心中的感情。我对斯万充满了强烈的感情，我相信，如果他稍有觉察，定会懊悔对我判断失误，仿佛这是一桩错案！我大着胆子将我对他的这番感情写进一封长信，请希尔贝特转交给他。她答应了。可是，唉！出我意料，他竟以为我是一个更大的伪君子。我在十六页信纸中如此真实描述的感情竟受到他的怀疑。我那封热情而真诚的信，如同我对德·诺布瓦先生所讲的热情而真诚的话一样，毫无效果。第二天，希尔贝特将我领到小径上一大丛月桂树后面，那里很僻静，我们每人挑一把椅子坐下，她告诉我她父亲看信时耸肩说：“这一切毫无意义，反而证明我看得准。”我自信动机纯洁、心地善良，因此更为恼怒。我的话居然未触及斯万的荒谬错误的一根毫毛！他当然是错误的，我深信不疑。既然我对自己的慷慨感情的某些不容置疑的特点做了如此精确的描述，而斯万仍然不能立即根据这些特点来辨认我的感情并请求我宽恕他的错误，那么一定是因为他本人从未体验过如此崇高的感情，所以也无法理解别人会有这种感情。

也许仅仅因为斯万知道慷慨只是我们自私的感情在未被分类定名以前所经常采取的内部形式，也许他认为我对他的好感只是我对希尔贝特的爱情的简单效果（及热情的肯定），而我将来的一切行为将不可避免地取决于这份爱情，而不取决于由此派生的我对他的崇拜。我不可能同意他的预言，因为我还不能将我的爱情与自我分开，还不能从实验的角度估计后果。我灰心失望。我得离开希尔贝特片刻，因为弗朗索瓦丝在叫我。我得陪她去那间带有绿色金属网纱的小亭，它很像废置不用的、老巴黎征收入市税的哨亭，不久以前在它的内部修建了英国人称作的盥洗室，而法国人一知半解地追求英国时髦，称它为“瓦泰尔克洛泽”[1]。我在门

[1] 即英文 water-closet 的法语发音。

廊里等待弗朗索瓦丝，潮湿而陈旧的墙壁散发出清凉的霉味，使我立刻将希尔贝特转达的斯万的话所带来的忧虑抛在脑后，并使我充满了乐趣，这不是那种使我们更不稳定的、难以被我们挽留和驾驭的乐趣，而是一种相反的，我可以信赖的、牢固的乐趣，它美妙、温静，包含丰富而恒久的真实，它未被说明，但确凿无疑。我真希望像往日到盖尔芒特家那儿去散步一样，努力探求这种强烈感受的魅力，一动不动地待在那里去探寻这古老的气息，它邀请我深入它未揭示的真实之中，而不要我享受它附加给我的乐趣。可就在此刻，小亭子的老板娘，一位满脸脂粉、戴着红棕色假发的老妇对我说话了。弗朗索瓦丝说她“家庭蛮不错”，因为她的女儿嫁给了弗朗索瓦丝所称作的“富家子弟”，他与工人有天壤之别，正如圣西门认为公爵与“出身下层”的人有天壤之别一样。当然，这位老板娘在干这一行以前大概命运多舛，但弗朗索瓦丝肯定说她是侯爵夫人，属于圣费雷奥家族。这位侯爵夫人叫我别待在凉处，甚至为我打开一扇门说：“您不想进去？这间很干净。不用给钱。”她这样做也许是和古阿施糖果店的小姐一样。每次我们去订东西，她们总是从柜台上的玻璃罩下面取出一块糖递给我，可惜妈妈不许我接受。她也许还像那位卖花的、别有用心的老妇人，当妈妈为“花坛”挑选鲜花时，这位女人一面给我送秋波，一面递给我一枝玫瑰花。总之，如果说“侯爵夫人”喜欢男童，向他们打开男人们像狮身人面像一样蹲着的石墓小间的门的话，那么，她在这种慷慨之举中寻求的不是荒淫的东西，而是向所爱者乐善好施而不图回报的乐趣，因此，我在她那里从未见过别的主顾，只有一个年老的公园看守。

片刻以后，我和弗朗索瓦丝一起向“侯爵夫人”告别，然后我又离开弗朗索瓦丝去找希尔贝特。我发现她正坐在月桂花丛后面的椅子上。这是为了不被她的同伴看见，她们正在玩捉迷藏。我走去坐在她身旁。她将头上的软帽拉得很低，几乎遮住了眼睛，仿佛在“窥视”。我第一次在贡布雷看见她时，她就带着这种梦幻的、狡猾的眼神。我问她有没有办法让我和她父亲当面谈谈。她说她曾向父亲提过，但他认为毫无必要。“拿着，”她接着说，“拿走您的信，我得去找同伴了，既然她们找不到我。”

如果此时此刻，在我尚未拿到信（如此诚恳的信居然未能说服斯万，简直不可思议）以前，斯万突然来到，我也许会看到他的话不幸言中。希尔贝特在椅子上仰着身子，叫我接信却不递给我，于是我凑近她，我感到她身体的强烈吸引力，我说：

“来，您别让我抢到，看看谁厉害。”

她把信藏在背后，我掀起她垂在两肩的发辫，把手伸到她颈后。她披着垂肩的发辫，也许因为这适合她的年龄，也许因为母亲想延长女儿的童年，好使自己显得年轻。我们搏斗起来，弓着身子。我要把她拉过来，她在抵抗。她那张由于用力而发热的脸颊像樱桃一样又红又圆，她笑着，仿佛我在胳肢她。我将她紧紧夹在两腿之间，好似想攀登一株小树。在这场搏斗之中，我的气喘主要来自肌肉运动和游戏热情，如同因体力消耗而洒出汗珠一样，我洒出了我的乐趣，甚至来不及歇息片刻以品尝它的滋味。我立刻将信抢了过来。于是，希尔贝特和气地对我说：

“您知道，您要是愿意，我们可以再搏斗一会儿。”

也许她朦胧地感到我玩这个游戏有另一层未言明的目的，不过她没有看出我的目的已经达到。我唯恐她有所觉察（片刻以后她做了一个因廉耻心受到冒犯而收缩和克制的动作，可见我的害怕不无道理），便答应继续玩搏斗，免得她认为我并无其他目的，而信既已抢到手，我便只想安安静静地待着。

在回家的路上我突然看出，突然想起，那间带金属网纱的小亭子的凉爽、略带烟炱味的气息使我接近了一个在此以前隐藏的形象，而并未使我看到它或辨识它。这个形象便是阿道夫外叔祖父在贡布雷的那间小房，它也散发着同样的潮气。然而对这样一个无足轻重的形象的回忆何以使我如此快乐，我不明白，暂时也不想弄明白。此时，我感到德·诺布瓦先生对我的蔑视的确有理，一来我所认为的作家中的佼佼者在他看来仅仅是“吹笛手”，二来我所感受的真正的激情不是出自某个重要思想，而是出自一种霉味。

一段时间以来，在某些家庭中，每当客人提到香榭丽舍大街这个名字，母亲们便露出不以为然的神气，仿佛站在她们面前的是一位著名的医生，而她们曾多次见他误诊，因此无法再信任他。据说香榭丽舍大街对儿童不吉利，不止一次孩子嗓子疼，出麻疹，许多孩子发烧。妈妈的几位女友见她继续让我去香榭丽舍大街大惑不解，她们虽然没有对她的母爱表示公开怀疑，但至少对她的轻率感到惋惜。

神经过敏者也许是极少“倾听内心”的人，虽然这和一般的看法相反。他们在自己身上听见许多东西，后来发觉不该大惊小怪，从此便听而不闻。他们的神经系统往往大喊“救命！”仿佛生命垂危，其实仅仅是因为天要下雪或者他们要搬家，久而久之，他们习惯于对警告一概不予理睬，就好比一位奄奄一息的士兵在战斗热情的驱使下，对警告置之不理，继续像健康人一样生活几天。有一天，我带着惯常的种种不适的感觉（我对它们持续的内部循环与对血液循环一样，始终不予理睬），轻快地跑进饭厅，父母已坐在餐桌旁了，于是我也坐下——我像往常一样对自己说，发冷也许并不意味着应该取暖，而是因为受到呵责；不感到饥饿表示天要下雨，而并不表示不需进食——可是，当我咽下第一口美味的排骨时，一阵恶心和眩晕使我停下来，这是刚刚开始的病痛的焦躁回答。我用冷冰冰的无动于衷掩盖和推迟病兆，但疾病却顽固地拒绝食物，使我无法下咽。这时，在同一瞬间，我想到如果别人发现我病了便不会让我出门，这个念头（像伤员的本能一样）给予我勇气，我蹒跚地回到卧室，量出我高烧四十度，然后收拾打扮一下便去香榭丽舍大街。虽然我的肉体表层有气无力、十分虚弱，但我的思想却笑吟吟地催我奔往和追求与希尔贝特玩捉人游戏的甜蜜快乐。一小时以后，我的身体勉强支撑下来，但我仍然感到在她身边的幸福，仍然有力量来享受快乐。

一到家，弗朗索瓦丝便对众人说我“身体不舒服”，肯定是得了“冷热病”，并马上请来了医生。医生宣称，这病症“倾向于”肺充血所引起的“极度的”和“病毒性”的高烧，它仅仅是“一把稻草火”，将转化为更“阴险”、更“潜在”的形式。很久以来我感到窒息，外祖母认为我酒精中毒，可是医生不顾她的反对，劝我在快发病时除了服用疏畅呼吸的咖啡因以外，还要适当喝点啤酒、香槟酒或白兰地酒。他说酒精所引起的“欣慰现象”会防止哮喘发作。因此，为了向外祖母讨酒，我无法隐瞒，而是不得不尽量显示我呼吸困难。每当我感到即将犯病，而病情又无法预料时，便忧心忡忡，我的身体——也许因为太虚弱而无力独自承担疾病的秘密，也许因为害怕别人不知我即将发病而要求我做某些力所不及或者危险的事——使我感到，必须将我的不适精确地告诉外祖母，而这种精确性最后变成了一种生理性的需要。每当我在自己身上发现一种尚未辨识的症状时，我必须告诉外祖母，否则我会惶惶不安。如果她假装不理睬，那么我的身体会令我坚持到底。有时我走得太远，于是，在那张不再像往日一样能克制自己的、亲爱的面孔上，会出现怜惜的表情和痛苦的挛缩。见她如此痛苦，我十分难受，便扑到她怀中，仿佛我的亲吻能够抹去她的痛苦，我的爱能够像我的幸福一样使她欢悦。既然她已确知我如何不适，我便如释重负，我的身体也不再反对我去安慰她。我再三说这种不适并不痛苦，她完全不用可怜我，我向她保证说我是快乐的，我的身体只是想得到它所应该得到的怜惜，只要别人知道它右边疼痛就够了，它并不反对我说这疼痛不算病因而不能构成我的快乐的障碍，它并不以哲学自炫，哲学与它无缘。在痊愈之前，我的窒息几乎每天都要发作几次。一天晚上，外祖母离开我时我还平安无事，可是她在夜深时又来看我，却见我呼吸急促，她大惊失色地叫道：“啊！我的天，你多受罪呀！”她马上走了出去，大门一阵响动，不久她便拿着刚出去买来的白兰地酒进来，因家里没有酒了。很快我便感到轻松。外祖母脸色微红，神情不大自在，目光中流露出疲乏和气馁。

“我还是走开，让你轻松轻松吧。”她说，并且突然离开我，但我仍然亲吻了她并且感到她那清新的面颊有点湿润，莫非这是她刚才穿越黑夜时空气所留下的湿气？我无从得知。第二天，一直到天黑她才来到我的卧室，据说她白天不得不出门。我觉得她在对我表示冷淡，但我克制自己不去责备她。

充血的毛病早已痊愈，但我继续感到窒息，这是什么原因呢？于是父母请来了戈达尔教授。对这种情况下被请的医生来说，仅仅有学问是不够的。他面对的症状可能属于三四种不同的疾病，最终要靠他的嗅觉和眼力来判断是哪一种病，因为它们的表象几乎相同。具有这种神秘的天赋并不意味着此人在别的方面具有超群的智力。一个喜欢最拙劣的绘画、最拙劣的音乐，没有任何精神追求、俗不可耐的人也完全可以具有这种天赋。就我的情况而言，他所观察到的具体症状可能有多种起因：神经性痉挛、肺结核初期、哮喘、伴以肾功能不全的肠道毒素性呼吸困难、慢性支气管炎，或者由其中好几个因素构成的综合征，对付神经性痉挛的办法是别把它当回事，而对付肺结核则必须精细从事，采取过度饮食疗法，而过度饮食对哮喘之类的疾病十分不利，肠道毒素性呼吸困难则极端危险，而肠道毒素性呼吸困难所要求的饮食对肺结核病人来说又是致命的。然而，戈达尔只犹豫片刻便以不容反驳的口气宣布处方：“大泻强泻。几天以内只能喝奶。禁肉。禁酒。”母亲喃喃说我急需滋补，我已经相当神经质了，这种大泻和饮食会使我垮掉的。戈达尔的眼神焦虑不安，仿佛害怕误了火车，我看出来他在自问刚才的话是否过于出自他温顺的天性，他在努力回顾刚才是否忘记戴上冰冷的面具（仿佛人们寻找镜子来看看是否忘了打领带）。他心存疑虑，想稍加弥补，便粗声粗气地说：“我一向不重复处方。给我一支笔。只能喝牛奶。等我们解决了呼吸困难和失眠以后，你可以喝汤，我不反对再吃点土豆泥，不过一直要喝奶，喝奶。这会使你高兴的，既然现在西班牙最时髦，啊莱！啊莱！[1]（他的学生很熟悉这个文字游戏，因为每次当他在医院里嘱咐心脏病患者或肝病患者把牛奶作为主食时，他总是这样说。）然后你可以逐渐恢复正常生活。不过，只要再出现咳嗽和窒息，你就再来一遍：泻药、洗肠、卧床、牛奶。”他冷冷地听着母亲最后的反对意见，不予理睬，不屑于解释为什么采取这种疗法便告辞而去。父母认为这种疗法不仅治不了我的病，而且无谓地大伤我的元气，因此不让我试用。当然他们尽量不让大夫知道他们没有按他的话去做，而且，为了万无一失，凡是可能与大夫相遇的社交场所，他们一概不去。后来，我的病情日趋严重，他们才决定不折不扣地执行戈达尔的处方。三天以后，我便不再气喘，不再咳嗽，呼吸也通畅了。于是我们明白，戈达尔看出我的主要病因是中毒（虽然他后来说，他认为我也有哮喘，特别是有

[1] 西班牙语，斗牛时高呼的“加油”，发音近似法语的“喝奶”，此为同音异义的文字游戏。

点“疯癫”)。他冲洗我的肝和肾，使我的支气管畅通无阻，从而使我恢复呼吸、睡眠和精力。于是我们明白了这个傻瓜是一位了不起的医生。我终于起床了。但是他们不再让我去香榭丽舍大街玩耍，据说那里空气不好。我认为这只是不让我见到斯万小姐的借口，所以我强迫自己时时刻刻念着希尔贝特的名字，就像是被俘者努力保持母语，以免忘记他们将永远不能重见的祖国。母亲有时用手摸着我的额头说：

“怎么，小儿子不再把烦恼告诉妈妈了？”

弗朗索瓦丝每天走近我时说：“瞧瞧先生的气色！您没照镜子吧，像死人！”如果我只是得了感冒，弗朗索瓦丝也会摆出同样哀怜的面孔。这种忧伤更多地出自她的“等级”，而并非由于我的病情。当时我分辨不出弗朗索瓦丝的这种悲观是痛苦还是满足，我暂时认为它具有社会性及职业性。

有一天，邮递员来过以后，母亲将一封信放在我床上。我漫不经心地将信拆开，因为它里面不可能有唯一能使我快乐的签名——希尔贝特的签名，我和她除了在香榭丽舍大街见面以外没有任何来往。在信纸的下方有一个银色印章，里面是一位戴着头盔的骑士以及下面排成圆形的格言 Per viam rectam[1]。信中的字体粗大，每一句话似乎都用了加强号，因为“t”字母上的横道不是画在中间，而是画在上面，等于在上一行对应的字下面画了一道。在信的下方我看到的正是希尔贝特的签名。不过，既然我认为在

[1] 拉丁语，意为正直无欺。

我收到的信中不可能有她的签名，我不相信我的眼睛，也未感到欣喜。霎时间，这个签名使我周围的一切失去真实性。这个不可思议的签名以令人目眩的速度与我的床、壁炉、墙壁玩四角游戏。我眼前的一切摇晃起来，仿佛我从马背上跌落下来，我在思考莫非存在另一种生活，它与我们所熟悉的生活迥然不同，甚至恰恰相反，但它却是真实的，当它突然向我显现时，我满心犹豫，仿佛雕刻家的《末日审判》中那些站在天堂门口的死而复生的人一样。信里说："亲爱的朋友：听说您得了重病，并且不再来香榭丽舍大街了。我也不去那里，因为那里有许多病人。我的女友们每星期一和星期五来我家喝茶。妈妈让我告诉您，欢迎您病好以后来，我们可以在家里继续在香榭丽舍大街有趣的谈话。再见，亲爱的朋友，但愿您的父母能允许您常来我家喝茶。谨致问候。希尔贝特。"

在阅读这封信时，我的神经系统以奇妙的敏捷性接收了信息，即我遇见了喜事。然而我的心灵，即我本人——主要的当事人——并不知晓。幸福，通过希尔贝特获得幸福，这是我一直向往的、纯粹属于思想性的事，正如莱奥纳多说绘画是cosa mentale[1]。满篇是字的信纸不能马上被思想吸收。然而当我读完信以后，我想到它，它便成为我遐想的对象，成为cosa mentale，我爱不释手，每隔五分钟就得再读一遍，再亲吻一次。于是，我认识了我的幸福。

---

[1] 意大利语，意为思想性的事。莱奥纳多即达·芬奇（1452—1519）。

生活里充满了这种爱恋者永远可以指望的奇迹。这次奇迹也可能是母亲人为地制造的，她见我最近以来感到生活索然无味，便托人请希尔贝特给我写信。我记起我头几次洗海水浴。那时我讨厌海水，因为我喘不过气来，母亲为了引起我对潜水的兴趣，便悄悄地让我的游泳老师将异常美丽的贝壳和珊瑚枝放在水底，让我以为是我发现它们的。何况，在生活中，在各种不同的生活情况中，凡涉及爱情的事最好不必试图理解，因为它们时而严峻无情，时而出人意料，仿佛遵循神奇的法则，而非理性的法则。一位亿万富翁——虽然有钱，但人很可爱——被与他同居的、貌不出众的穷女人所抛弃，他在绝望之际，施展金钱的全部威力和人世间的一切影响以求她回心转意，但白费力气，在这种情况下，我们最好不要用逻辑来解释他的情妇为什么顽固不化，而应认为他命中注定要受到这个打击，命中注定要死于心病。情人们往往必须与障碍搏斗，他们那由于痛苦而变得极度兴奋的想象力猜测障碍在哪里，而障碍有时仅仅在于他们无法使之回心转意的女人身上的某个特殊个性，在于她的愚蠢，在于他们所不认识的某些人对她所施加的影响或她所感到的恐惧，在于她暂时对生活所要求的乐趣，而这种乐趣是情人本人或情人的财富所无法给予的。总之，情人无法了解这些障碍的性质，因为女人玩弄手腕向他隐瞒，也因为他的判断力受到爱情的蒙骗而无法进行准确评价。这些障碍好比是肿瘤，医生终于使它消退，但并不了解起因。和肿瘤一样，障碍始终神秘莫测，但却是暂时的。不过，一般来说，它们持续的时间比爱情长。既然爱情并非一种无私的激情，那么，在爱情减退以后，情人们也就不再思考为什么那位曾被自己爱过的，贫穷和轻浮的女人竟然长时间地、顽固地拒绝他的供养费。

在爱情问题上，奥秘使我们看不到灾难的起因，也使我们无法理解突如其来的圆满结局（例如希尔贝特的信所带来的结局）。对这种类型的感情而言，任何满足往往只是使痛苦换一个地方，因此只能称为貌似圆满的结局，而并无真正的圆满结局可言。有时，我们得到暂时的喘息，于是在一段时间内便产生了痊愈的幻觉。

弗朗索瓦丝不相信那是希尔贝特的名字，因为字母 G 十分花哨，倚在后面省略去一点的字母 i 之上，看上去像字母 A，而最后一笔拉得很长，形成锯齿状的花缀。如果一定要为信中所表达的，并使我满心欢喜的这种友好态度寻找逻辑解释的话，那么也许可以说，在某种程度上应归功于这次生病（相反，我原来以为它会使我在斯万一家的思想中永远失宠）。在这以前不久，布洛克曾来看我，当时戈达尔大夫正在我的卧室里（我们采用了他的饮食治疗法，便又将他请了回来）。看完病以后，戈达尔没有走，被父母挽留下来吃饭，这时布洛克走进我的卧室。我们正在聊天，布洛克说他头天晚上曾和一位女士共餐，此人与斯万夫人过从甚密。他听说斯万夫人很喜欢我，我很想说他一定弄错了，而且告诉他我并未结识斯万夫人，从未和她说过话，以澄清事实，正如我当初为了问心无愧，为了不被斯万夫人当作说谎者而对德·诺布瓦先生讲的那番话一样，然而我没有勇气纠正布洛克的错误，我明白他是故意的，他之所以臆造斯万夫人所不可能说的话正是为了表明他曾和斯万夫人的女友共同进餐（他认为这很体面，但这是虚构的）。当初，德·诺布瓦先生听说我不认识斯万夫人并且希望认识她，便拿定主意在她面前绝口不提我，而戈达尔则相反，他从布洛克的话中得知斯万夫人熟悉我并赞赏我，便打定主意下次见到她时（他是她的私人医生）告诉她我是一个讨人喜欢的孩子，我们常有来往。这些话对我毫无益处，却能为他脸上增光，正是出于双重原因，他决定一有机会见到奥黛特时便谈到我。

于是我结识了那套房子。斯万夫人所用的香水的气味一直弥漫在楼梯上，但芳香更主要来自希尔贝特的生活所散发的特殊而痛苦的魅力。无情的看门人变成慈悲为怀的欧墨尼得斯[1]。当我问他能否上楼时，他总是欣然地掀掀帽子，表示答应我的祈求。从外面看，窗户好似一种明亮、冷淡和浮浅的目光（正如斯万夫妇的眼神），将我与并非为我准备的室内珍宝隔开。在风和日丽的季节，我和希尔贝特整个下午都待在她的房间里，有时我亲手开窗换换空气。每逢她母亲的接待日，我们甚至可以俯在窗口观看客人们到来。他们下车时往往仰起头向我招招手，把我当作女主人的某位侄子。在这种时刻，希尔贝特的发辫碰着我的脸颊。这些十分纤细（既自然又超自然）的、富有艺术性曲线的发丝，在我看来，简直是举世无双的、用天堂的青草做成的作品。最小的一段发辫都值得我当天国之草供奉起来。但是我不敢有此奢望，我只想得到一张照片，它会比达·芬奇所画的小花的复制照片珍贵

[1] 欧墨尼得斯：希腊悲剧《俄瑞斯忒斯》中的复仇神，后变成慈悲神。

百倍！为了得到这样一张照片，我对斯万家的朋友，甚至对摄影师卑躬屈膝，但我并未弄到手，反而招惹了一些讨厌的人。

希尔贝特的父母曾长期不允许我和她见面，而现在——我走进那阴暗的候见厅，在那里时时可能与他们相遇；如果与往日人们在凡尔赛宫觐见国王相比，这种等待更为可怕，更为急切。我在那里撞上了一个像《圣经》中的烛台[1]一般的、有七个分枝的巨大衣帽架，接着便糊里糊涂地向坐在木箱上的身穿灰色长袍的仆人致敬，因为在阴暗中我把他当作了斯万夫人——每当我去时，他们两人中的一位从那里过，便微笑着（而无丝毫不快）和我握手，并且说："您近来可好？（他们说这句话时，从不将字母t联诵，所以，你们可以想象，我一回家便快活地做这种取消联诵的练习。）希尔贝特知道您来了吗？好，你们自己玩吧。"

希尔贝特为女友们所举行的茶会长期以来似乎是使我们不断分离的、不可逾越的障碍，此刻却成为我们相聚的机会。她常常写便条通知我（因我们仍然是新交），而每次的信纸都不一样。有一次，信纸上印着一只蓝色鬈毛狗，下面有一段英文写的幽默文字，后随一个惊叹号；另一次信纸上印着一个船锚，或者是G. S.这两个字母，它们拉得很长，形成长方形占据信纸的整个上部。还有一次，在信纸一角用金色字体印着希尔贝特这个名字，仿佛是她的签名，然后是一个花缀，顶上印着一把打开的黑伞。另一次，这个名字被围在形似中国帽子的花式字体之间，所有的字母

[1] 指《圣经》中的七个金烛台（代表七个教会）。

都用大写，但你一个字母也认不出来。然而，希尔贝特所拥有的信纸虽然品种繁多，但必有穷尽之时。因此过了几个星期以后，我又见到她第一封信所用的信纸，上面有一个失去光泽的银色印章、戴头盔的骑士及下方的警句正直无欺。当时我以为信纸是根据某种习俗、按照不同的日期挑选的，现在看来她这样做是好记住哪些信纸她已用过，免得给通信者——至少对她愿意讨好的人——寄去同样的信纸，即使不得不重复，也得尽量推迟重复。希尔贝特请来喝茶的女友，由于上课时间各不相同，这些人刚到，那些人就告辞，我在楼梯上就听见候见室里传出的隐约的话语声，它在我（一想到即将参加的庄严场面，我便激动万分）踏上这一层楼以前便猛然割断了我和往昔生活之间的联系，使我把走进温暖的房间该摘下围巾、看钟点，免得误了回家之类的事忘得精光。楼梯全部是木制的，在当时仿亨利二世风格的某些房屋里常见，而亨利二世风格曾是奥黛特长期追求但不久即将抛弃的理想。楼梯口有一个牌子写着："下楼时禁止乘电梯。"在我眼中，这楼梯如此奇妙，以至我对父母说它是斯万先生从远方运来的古物。我如此酷爱真实，即使我知道这个信息是假的，我也会毫不犹豫地告诉父母，因为只有这样才能使他们像我一样尊敬斯万家这座显贵的楼梯。这就好比在一位不知名医的医术高超在哪里的愚昧者面前，最好不要承认这位名医治不了鼻炎。况且，我没有任何观察力，往往说不出眼前物品的称呼或类型，只知道它们既然与斯万一家有关，便不同寻常，因此，我并不认为在谈这个楼梯的艺术价值和遥远的产地时我一定在撒谎。不一定是撒谎，但很可能是撒谎，因为父亲打断我时，我脸上发红。他说："我知道那些房子，我去看过一所，它们的结构都一样，只不过斯万家住的是好几层楼，这都是贝利埃[1]盖的。"他还说他曾想租一套，后来放弃了，因为设计不太合理，门厅太暗。这是他的话。但是，我的本能告诉我应该为斯万家的魅力和我自己的幸福而牺牲思想，因此，我对父亲的话充耳不闻，我遵从内心的命令，将这个毁灭性思想（即斯万家住的不过是我们原先也可能住进的不足为奇的房子罢了）义无反顾地抛得远远的，正如虔诚的信徒摒弃勒南[2]所写的《耶稣传》一样。

每次去喝茶时，我一级一级地爬上楼梯，来到散发着斯万夫人香水气味的地方。我已失去思维和记忆，仅仅成为条件反射的工具。我仿佛已经看见那威严的巧克力蛋糕，以及它四周那一圈盛小点心的盘子及带图案的灰色缎纹小餐巾，这都是斯万家所特有的规矩。但是这固定不变的一切，犹如康德的必然世界，似乎取决于一个最高的自由行动，因为当我们都在希尔贝特的小客厅时，她突然看看钟，说道：

"呀，我的午餐开始消失了，晚餐得等到八点钟。我很想吃点什么。你们看怎么样？"

于是她领我们走进客厅，它像伦勃朗画的亚洲庙宇内殿一样阴暗，那里有一个模仿建筑物结构的大蛋糕，它威严、温和、亲

---

[1] 贝利埃（1843—1911）：法国工程师。

[2] 勒南（1823—1892）：法国作家，曾著《基督教发源史》，其中《耶稣传》为第一册。

切，仿佛出于偶然，随便地耸立在那里，只等希尔贝特心血来潮去摘下它的巧克力雉堞，拆除那黄褐色的陡峭壁垒，这些陡坡是在烤炉内制造的，仿佛是大流士[1]宫殿中的支柱。希尔贝特不仅根据自己的饥饿程度来决定是否应该摧毁这个如尼尼微[2]一般的蛋糕，她还问我饿不饿，一面从坍塌的建筑内取出嵌着鲜红果实的、闪着光泽的、具有东方风格的一大堵墙递给我。她甚至问我我父母什么时候用晚餐，仿佛我还有时间概念，仿佛我那失魂落魄的慌乱并未使饥饿的感觉、晚餐的概念、家庭的形象彻底地从我那空虚的记忆和瘫痪的肠胃中消失似的。不幸的是这种瘫痪只是暂时的。我麻木地吃蛋糕，过一会儿就该进行消化了。不过为时尚早。这时，希尔贝特递给我“我的茶”，我不停地喝着，其实一杯茶就足以使我在二十四小时内失眠。因此母亲常说：“真麻烦，这孩子，每次从斯万家回来就生病。”然而，当我在斯万家时，我明白自己喝的是茶吗？即使我明白，我也会照样喝，因为就算我在刹那间恢复了对现在的辨别能力，我也恢复不了对过去的回忆和对将来的预见。我的想象力无法达到遥远的时间——只有到那时我才能产生睡觉的念头和睡眠的需要。

希尔贝特的女友们并不都处于这种无法做出理智决定的兴奋状态之中。有几位居然不喝茶！希尔贝特用当时十分流行的话说：“当然啦，我的茶不成功！”她将餐桌旁的椅子摆乱，好冲淡庄严

[1] 大流士一世：波斯帝国国王，在位期为公元前 522—前 486 年，以显赫战功与大兴土木闻名。

[2] 尼尼微：古代小亚细亚王国，后被摧毁。

的气氛，说道：“我们好像在庆祝婚礼似的，老天爷，这些仆人真蠢！”

她侧身坐在斜靠餐桌的一把X形椅脚的椅子上啃蛋糕。片刻以后，斯万夫人送走客人——她的接待日和希尔贝特的茶会往往是同一天——便快步走了进来。她有时穿着蓝丝绒，经常穿的是饰有白色花边的黑缎裙衣。她诧异地（仿佛女儿没有经她同意便有这么多小点心）说：“噫，你们吃得多香呀，看见你们吃蛋糕，连我也馋了。”

“好呀，妈妈，我们请您也来。”希尔贝特回答说。

“哦，不行，宝贝，我的客人会怎么说呢？那儿还有特龙贝夫人、戈达尔夫人、邦当夫人，你知道，亲爱的邦当夫人从来不做短暂的访问，而她刚刚来。这些好人们看见我不回去会怎么说呢？等她们走了，要是没有新客人，我就来和你们聊天（这对我来说有趣得多）。我想我有权利稍稍安静一下，我已经接待了四十五位客人，而其中竟有四十二人谈到谢罗姆[1]的画！”接着她又对我说：“您哪天来和希尔贝特喝茶，她会做您喜欢的茶，您在小工作室[2]里常喝的那种茶。”她一面说，一面走开去招待她的客人。她似乎认为我也意识到我走进这个神秘的世界是寻找什么习惯（即使我喝茶，那能算是有喝茶的习惯吗？至于studio（工作室），我不知道自己有没有）？她又说：“您什么时候再来？明

[1] 谢罗姆（1824—1904）：法国画家。

[2] 原文为英语，斯万夫人说话爱夹几个英文字。

天？我们给您做 toast（烤面包），味道和哥伦贝糕点店的一样。您不来？您真坏。”她自从有了沙龙，便处处模仿维尔迪兰夫人，说话带着娇嗔。不过我既未见识过 toast，也未见识过哥伦贝糕点店，所以，她最后的那点许诺并未使我动心。奇怪的是，当她夸奖我家的 nurse（保姆），我最初竟不知道这是指谁，其实大家都用这个词，也许如今在贡布雷仍然通用。我不懂英语，但我不久就明白她是指弗朗索瓦丝。在香榭丽舍大街，我曾担心弗朗索瓦丝给人留下不好的印象，但是我从斯万夫人口中得知，正是由于希尔贝特讲了那么多有关我的 nurse 的事，斯万夫妇才对我产生好感。“可以感觉到她对您忠心耿耿，她多么好。”（我立即完全改变了对弗朗索瓦丝的看法。由于反作用，我不再认为身穿雨衣头戴羽饰的家庭教师是非有不可的了。）斯万夫人禁不住议论了几句布拉当夫人，说她确实为人善良，但是她的来访令人畏惧，于是我明白她们之间的关系并不如我想象的那样对我有利，它丝毫不能改善我在斯万家中的地位。

如果说我已经带着尊敬和欢乐的战栗探索这个出人意料地向我敞开大门（昔日是关闭的）的仙境的话，那么我的身份仅仅是希尔贝特的朋友。接纳我的王国本身又处于更为神秘的王国之中：斯万夫妇在那里过着超自然的生活。他们在候见厅里与我对面相遇时，与我握握手，然后又走向那个神秘的王国。但是，不久以后我也进入圣殿内部了。例如当希尔贝特不在家而斯万先生或夫人碰巧在家时，他们问谁在按门铃，听见是我便让仆人请我进去谈一谈，希望我在这方面或那方面，这件事或那件事上对他们的女儿施加影响。我回忆起以前写给斯万的那封信，它如此全面、如此具有说服力，而他竟认为不值一复。我不禁感慨起来：思想、推理、心，都没有能力引发任何交谈，没有能力解决任何困难，而生活，在你根本不知是怎么回事的情况下，却轻而易举地解决了困难。我得到希尔贝特的朋友这个新身份，有能力对她产生好影响，因此我享受优待，就好比我与国王的儿子做了同学，我在学校中又一直名列榜首，由于这种偶然性我便可以常去王宫，并且在御座大厅谒见国王。斯万和蔼可亲地让我走进他的书房，仿佛他并不急于处理那许多光荣与体面的工作。他留了我一个小时。我过于激动，因此他的话我根本听不懂，只好结结巴巴地回答，时而胆怯地保持沉默，时而鼓起一瞬即逝的勇气，前言不搭后语地应付。他指给我看他认为我会感兴趣的艺术品和书籍，虽然我毫不怀疑它们比卢浮宫和国立图书馆的收藏品更精美，但是我却看不见它们。如果他的膳食总管此刻让我将表、领带别针、高帮皮鞋都给他，并签署文件让他当我的继承人，我也会欣然同意的，因为，用一针见血的民间俗语来说：我晕头转向（民间俗语与著名史诗一样，没有留下作者姓名，但与沃尔夫[1]的理论相反，它确实有过作者，那是些随时可以见到的、富有创造性的谦逊的人，正是他们发明了诸如“往一张脸上贴名字”[2]之类的说法，而他们自己的姓名却不泄露）。访问在继续，我惊奇地发现在这神奇的房

[1] 沃尔夫（1759—1824）：德国哲学家，认为史诗《伊利亚特》和《奥德赛》是各时期的史诗汇合而成。

[2] 即记起某人的名字。

子里度过的时光竟然使我一无所获，没有得到任何圆满结果。我之所以失望并不是因为他给我看的杰作有任何缺陷，也不是因为我无法用漫不经心的眼光去端详它们，而是因为我坐在斯万书房中所体验的神奇感觉并非源自事物本身的内在美，而是源自附属于这些事物——它们可能是世上最丑的——之上的特殊感情，忧愁和甜蜜的感情。多年以来我便将感情寄托于这间书房，至今它仍浸透书房的每个角落。与此相仿的是另一件事。一位穿短裤的跟班对我说夫人要见见我，于是我便穿过蜿蜒曲折的走廊小道（那里充满从远处梳洗间不断飘来的珍贵的香气），去到斯万夫人的卧室，三位美丽而庄严的女人，也就是她的第一、第二、第三侍女，正微笑着为她梳妆打扮。我在那里停留片刻，自惭形秽，又对她感恩戴德，而这些感受与那一大堆镜子、银刷以及出自她的友人，著名艺术家之手的帕多瓦的圣安托万[1]雕像或画像毫无关系。

斯万夫人回到她的客人那里去，但我们仍听见她谈笑风生，因为即使她面前只有两个人，她也像面对众多“同伴”那样提高嗓门谈话，就像往日在小集团中“女主人”“引导谈话”时那样。人们喜欢——至少在一段时间内——使用新近从别人那里学来的表达法，斯万夫人也不例外，她时而使用丈夫不得不介绍她认识的高雅人士的语言（她模仿他们的矫揉造作，即在修饰人物的形容词前取消冠词或指示代词），时而又使用很俗的语言（例如她一

[1] 圣安托万（1195—1231）：葡萄牙传教士。

位女友的口头禅“小事一桩”)，而且尽量用于她喜欢讲述的故事中(这是她在“小集团”中养成的习惯)，然后又说：“我很喜欢这个故事。”“啊！你得承认这故事很美吧！”而这种语言是她通过丈夫从她所不认识的盖尔芒特一家那里学到的。

斯万夫人离开了饭厅，她那位刚到家的丈夫又来到我们面前。“希尔贝特，你母亲是一个人在那里吧？”“不，她还有客人，爸爸。”“怎么，还有客人，已经七点钟了！真可怕，可怜她一定累得半死。真可恶(odieux 这个词我在家里也常常听见，但 o 发长音而斯万夫妇则发成短音)。”接着他转身对我说：“您看看，从下午两点钟起一直到现在！加米尔说在四五点钟之间，来了足足十二位客人，不，不是十二位，他说的大概是十四位，不，是十二位，我也糊涂了。我刚进来的时候，看见门口停着那么多车，我忘了是她的接待日，还以为家里在举行什么婚礼呢。我在书房里待了一会儿，门铃响个不停，闹得我真头疼。她那里客人还多吗？”“不，只有两位。”“是谁？”“戈达尔夫人和邦当夫人。”“啊，公共工程部办公室主任的妻子。”“我知道她丈夫是某个部的职员，但不知道他到底干什么。”希尔贝特用孩子的口吻说。

“怎么，小傻瓜，你这话像两岁孩子说的。你说什么？部里的职员？他可是办公室主任，是那个单位的头头。我的天，我怎么糊涂了，跟你一样心不在焉，他不是办公室主任，他是秘书长。”

“我可不知道。那么说秘书长是很重要的人物了？”希尔贝特回答。她从不放弃任何机会对父母所炫耀的一切表示冷漠(她也许认为，假装不把如此显贵的朋友放在眼里会使这种关系更引人注目）。

“怎么，是不是很重要！”斯万惊呼说。他使用的不是使我疑惑茫然的语气，而是明确清楚的语言：“部长之下就是他！他甚至比部长还重要，因为凡事都要由他经办。而且据说他很有才干，是出类拔萃的第一流人才。他得过荣誉勋位四级勋章。他很有趣味，而且一表人才。”

他的妻子不顾众人反对嫁给了他，因为他是“充满魅力”的人。他蓄着柔软光滑的淡黄色胡须，五官端正，说话时带鼻音，呼吸浊重，戴一只假眼，这一切足以构成罕见而微妙的整体。

“我告诉您，”斯万先生对我说，“这些人进入当今的政府的确是件有趣的事，他们是邦当－谢尼家族中相当典型的、教权主义的、思想狭隘的、反动的资产阶级。你那可怜的祖父对老头谢尼很熟悉，至少听说过，见过面。这老头当时很有钱，可是给车夫的小费只有一个苏。还有那位布雷奥－谢尼男爵。总联合公司[1]的股票暴跌使他们倾家荡产，您那时还太小，不知道这些事。后来，当然啦，他们竭尽全力重振家业。”

“他有一位外甥女，她总来我们学校上课，比我低一班，有名的‘阿尔贝蒂娜’。她将来一定很 fast（放荡），现在模样有点古怪。”

“我女儿什么人都认识，真奇怪。”

---

[1] 此处指 1876 年成立的企业，1882 年破产倒闭。

“我知道她，但我们并不相识。我只是看见她走过时，这儿有人喊阿尔贝蒂娜，那儿也有人喊阿尔贝蒂娜。不过，我认识邦当夫人，对她也没有好感。”

“你这就完全错了。邦当夫人很讨人喜欢，她漂亮、聪明，而且颇有风趣。我这就去向她问好，打听她丈夫对战争会不会爆发，狄奥多西国王可靠不可靠的看法。他深知诸神的秘密，对这些事肯定了解的，对吧？”

斯万以前可不是以这种口吻说话的。但是难道你没见过头脑简单的公主（她与随身男仆私奔，十年以后又想回到上流社会，但感到没人愿意与她来往）自发地像讨厌的老太婆一样说话吗？听见别人谈论一位闻名一时的公爵夫人时，她便急忙说“她昨天还来看过我哩”，或者“我现在是深居简出了”。因此我们要了解风俗，根本不需要观察，根据心理规律来推断便足够了。

斯万夫妇也属于这种很少有客人来访的反常人物。稍稍有点身份的人的来访、邀请，甚至简单一句话，对他们来说，都是应该广为宣传的大事。奥黛特举行了一次比较成功的晚宴，不巧的是维尔迪兰夫妇正在伦敦，但这个消息居然通过他们一位共同的朋友，以电报的形式传到海峡彼岸的维尔迪兰夫妇那里。就连奥黛特收到恭维信或电报时，斯万夫妇也一定与众人分享快乐。他们告诉朋友们，并让大家传阅。因此，斯万的沙龙很像是张贴着电讯新闻的海边旅馆。

此外，有些人不仅像我一样认识社交生活以外的旧斯万，还认识社交生活中，特别是盖尔芒特圈子中（在那里，除了殿下和公爵夫人以外，其他人，即使是杰出的人物，必须具有头等情趣和魅力，如果被认为庸俗或令人讨厌，也会被排斥出来）的旧斯万，他们要是看到斯万在谈到朋友时不再像以前那样含蓄，择友时也不再如此苛求，准会大吃一惊。像邦当夫人如此平庸、如此乖戾的人竟然不使他讨厌？他竟然说她可爱？对盖尔芒特小圈子的回忆似乎应该阻止他这样做，可实际上却促使他这样做。和四分之三的社交圈子不同，盖尔芒特小圈子是具有鉴赏能力的，甚至是高雅的鉴赏力，但也有附庸风雅之习气，而它往往使鉴赏力暂时无法发挥。如果涉及的是某位并非为小集团所不可缺少的人物，例如外交部部长（有点自命不凡的共和派）或某位饶舌的法兰西学院院士，那么，他会受到鉴赏力的一致否定。斯万很同情德·盖尔芒特夫人，为她不得不与这类人在某大使馆同桌吃饭。任何一位高雅之士也比他们强一千倍，所谓高雅之士是指盖尔芒特圈里的人，他一无所长，只是具有盖尔芒特精神，属于同一宗派。然而，如果某位大公夫人或有王族血统的公主来德·盖尔芒特夫人家吃饭的话，她会成为这宗派的一员，尽管她并无这个权利，尽管她根本不具备盖尔芒特精神。上流社会的人异常天真。既然这位贵族女士并非因可爱而被接待，而她又已经被接待了，于是人们便极力说她可爱。当殿下离去以后，斯万为盖尔芒特夫人解围说："她毕竟不坏，甚至还不缺乏幽默感。当然，我想她并不掌握《纯粹理性批判》，但她并不叫人讨厌。"

"我完全同意您的看法，"公爵夫人回答说，"她刚才稍有胆怯，将来会讨人喜欢的。""比起那位给您列举二十本书的X夫人（饶舌的学院院士的夫人，颇有才华的女士）来，她叫人高兴得多。”“根本没法比。”谈论这些事，诚诚恳恳地谈论这些事，这种能力是斯万从公爵夫人那里学到的，并且保持至今，又用于他本人所接待的客人身上。他尽力去辨识他们身上的品质，而当我们怀着善意的偏见而不是带着挑剔的厌恶情绪去观察人时，人人都具有这些品质。斯万强调邦当夫人的优点正如往日强调帕尔马公主的优点一样。如果某些贵人进入盖尔芒特小集团不是出于优待，如果人们认真考虑的果真只是情趣和魅力，那帕尔马公主早被开除了。斯万从前也表现出这种兴趣（只是现在他持久地加以发挥而已），那就是以自己的社交地位去换取在某种情况下对自己更为合适的另一种地位。有种人在观察事物时，没有能力对乍一看来似乎不可分的事物进行分解，因此相信地位与人是连成一体的。其实同一个人，在生活的不同时期，会处于不同等级的社会阶层之中，而这等级并不一定越来越高。每当我们在生活的另一时期与某一阶层来往（或重新来往）并感到备受疼爱时，我们便自然而然地攀附于这个阶层，并在那些人中扎了根。

至于邦当夫人，既然斯万一再提到她，我想他不会反对我将邦当夫人对斯万夫人的拜访告诉我父母。斯万夫人一步一步地结识了谁，父母对此颇感兴趣，但毫无赞赏之意。母亲听见特龙贝夫人的名字时说：

“啊！这可是位新成员，她会领些别人去的。”

接着，妈妈似乎将斯万夫人广为交友的那种简便、迅速和猛烈的方式比作了殖民战争，她说道：

“现在特龙贝归顺了。邻近的部落不久也会投降。”

有一次她在街上遇见了斯万夫人，回家便对我们说：

“斯万夫人处于战争状态。她大概在对马萨诸塞人、僧伽罗人、特龙贝人发动胜利的攻势吧。”

我告诉她在那个拼凑的、人为的环境中我都看见了哪些新来者（她们本属不同的社会圈子，被煞费苦心地吸引到这里来），母亲立刻猜出她们的来处，仿佛这是高价购买的战利品：

“这是去某某家征战的缴获品。”

斯万夫人居然有兴趣吸收戈达尔夫人这位不甚高雅的小市民，父亲不禁愕然。他说：“当然，大夫是有地位的人，但我仍然不明白她是怎么想的。”可是，母亲却很明白。她知道，当一个女人走进与原先的生活截然不同的圈子时，会感到愉快。如果她不能让旧友们知道如今的新交是多么体面的人物，这种乐趣会大为减色。要做到这一点就必须让一位见证人钻进美好的新圈子，仿佛一只嗡嗡叫的、见异思迁的昆虫钻进花丛，然后，见证人在每次拜访以后便散布（至少人们希望如此）消息，暗暗播下羡慕和赞赏的种子。戈达尔夫人正适合于这种角色，她是特殊类型的客人，妈妈（她继承外祖父的某种气质）称之为“异乡人，去告诉斯巴达”[1]型的客人。此外——除了另一个多年以后才为人所知的理由

[1] 斯巴达国王莱翁里达斯及三百士兵为阻挡波斯人进攻而全部战死（公元前480年）。在昔日战场的岩石上刻着这句话：“异乡人，去告诉斯巴达，我们为他而死！”

以外——斯万夫人在“接待日”邀请这位和蔼的、稳重的、谦虚的女友，至少不必担心她是叛徒或竞争对手。斯万夫人知道，这位戴着羽饰、拿着名片夹的积极的工蜂，一个下午便能拜访为数众多的市民花萼。斯万夫人了解她的扩散能力，并且，根据对概率的计算，她有把握让维尔迪兰家的某位常客第三天就得知巴黎地方长官常去斯万夫人家留下名片，或者让维尔迪兰先生本人知道赛马会主席勒奥·德·普雷萨尼先生常带领她和斯万参加狄奥多西国王的盛会。她认为维尔迪兰夫妇只会获悉这两件对她很光彩的事，仅仅这两件事，因为我们所臆想和追求的光荣往往具有很少的几种特殊表现形式，这应归咎于我们的精神缺陷——它没有能力同时想象我们所期望（或大致期望）于光荣的一切同步的表现形式。

斯万夫人只是在所谓“官界”中获得成功。高雅女士不与她来往，但这并不是因为她那里有共和派名流。在我年幼时，凡属于保守社会的一切均成为社交风尚，因此，一个有名望的沙龙是决不接待共和分子的。对这种沙龙的人来说，永远不可能接待“机会主义者”，更不用说可怕的“激进分子”了，而这种不可能性将像油灯和公共马车一样永世长存。然而，社会好似一个万花筒，它有时转动，将曾被认为一成不变的因素连续进行新的排列，从而构成新的图景。在我初领圣体的那年以前，高雅的犹太女士便已出入社交场合，从而使正统派的女士们吃惊。万花筒中的新布局是由哲学家称作的标准所发生的变化带来的。后来，在我开始拜访斯万夫人家以后不久，德雷福斯事件带来了一个新标准，于是万花筒再一次将其中彩色的菱形小块翻倒过来。凡属犹太人的一切都落到万花筒的底部，连高雅女士也不例外，而取而代之的是无名的民族主义者。当时，在巴黎最负盛名的沙龙是一位极端天主教徒——奥地利亲王——的沙龙。如果发生的不是德雷福斯事件，而是对德战争，那么，万花筒会朝相反的方向转动，犹太人会表现爱国热忱而使众人吃惊，他们会保持自己的地位，那样一来，就再没有人愿意去拜访奥地利亲王，甚至没有人承认去拜访过。虽然如此，每当社会暂时处于静止状态时，生活于其中的人总是认为不可能再发生任何变化，正如他们看到电话问世，便认为不可能再出现飞机，与此同时，新闻界的哲学家们对前一时期进行抨击，他们不但批评前一时期中人们的乐趣，斥之为腐朽已极，甚至还抨击艺术家和哲学家的作品，斥之为毫无价值，仿佛它们与附庸风雅、轻浮浅薄的各种表现形式密不可分。唯一不变的似乎是每次人们都说“法国发生了一点变化”。我初去斯万夫人家时，德雷福斯事件尚未爆发，某些犹太显贵还很有权势，而其中权势最大的是鲁弗斯·伊斯拉埃尔爵士，他的妻子伊斯拉埃尔夫人是斯万的姨母。她本人并没有外甥那样高雅的社会交往，外甥也并不喜欢她，从未认真与她联络感情，虽然他很可能是她的继承人。然而，在斯万的亲戚当中，只有这位姨母意识到斯万的社交地位，而其他人在这方面与我们一样（长期地）一无所知。在家族中，当一个成员跻身于上流社会时——他以为这是独一无二的现象，但在十年以后，他会看到在和他同时成长的青年中，以不同的方式和理由做到这一点的大有人在——他在四周画出一圈黑暗区域，一片 terra incognita[1]，居住其中的人对它了如指掌，而未得其门而入者虽然从它旁边走过，却觉察不到它的存在，还以为是一片黑暗，一片虚无。既然没有任何通讯社将斯万的社会交往通知他的亲戚，那么他们在饭桌上（当然在可怕的婚事以前）谈到斯万时，往往露出屈尊的微笑，讲述他们如何“高尚地”利用星期日去探望“夏尔表亲”，而且把他看作心怀嫉妒的穷亲戚，借用巴尔扎克小说的标题，风趣地称他为“傻表亲”[2]。鲁弗斯·伊斯拉埃尔夫人与众人不同，她很明白与斯万慷慨交往的是些什么人，而且十分眼红。她丈夫的家族与罗特希尔德家族一样有钱，而且好几代以来便为奥尔良王公们经营事务。伊斯拉埃尔夫人既然腰缠万贯，当然很有影响，并且利用自己的影响来劝阻她认识的人接待奥黛特，只有一个人偷偷地违背了她，那就是德·马桑特伯爵夫人。那天奥黛特去拜访德·马桑特夫人，不巧伊斯拉埃尔夫人几乎同时到来。德·马桑特夫人如坐针毡。这种人什么都做得出来，所以她竟然背信弃义地不和奥黛特说一句话，奥黛特自然不再将入侵向前推进了，何况这个阶层绝非她希望被接纳的阶层。圣日耳曼区对奥黛特丝毫不感兴趣，仍旧将她看作与有产者完全不同的、毫无修养的轻佻女人（有产者精通家谱中的每个细节，而且，既然现实生活并未向他们提供贵族亲友，他们便如饥似渴地阅读回忆录）。另一方面，斯万似乎继续是情人，

---

[1] 拉丁语，意为未知地域。

[2] 小说《贝姨》法文为 La Cousine Bette，Bête（傻）与 Bette 同音。

在他看来，这位往日情妇的一切特点似乎仍然可爱或者无伤大雅，因为我常常听见他妻子说一些难登大雅之堂的话，而他却无意纠正（也许是因为对她尚有柔情，也许是对此掉以轻心，或者懒于帮她提高修养）。这也可能是另一种形式的单纯。在贡布雷，我们曾长期被他的单纯所蒙蔽，而且就在现在，虽然他继续结交体面人物（至少为他自己着想），却不愿他们在他妻子的沙龙的谈话中占有重要地位，何况对他来说，他们的重要性确实大为减少，因为他生活的重心已经转移。总之，奥黛特在社交方面十分无知。当人们先提到德·盖尔芒特公爵夫人，后提到她的表亲德·盖尔芒特亲王夫人时，她竟然说："噫，这些人是王公，那么说他们晋升了。"如果有谁在谈到德·夏尔特尔公爵时用"亲王"一词，她马上纠正说："是公爵，他是德·夏尔特尔公爵，不是亲王。"关于德·巴黎伯爵的儿子德·奥尔良公爵，她说："真古怪，儿子的爵位比父亲高。"作为英国迷，她又接着说："这些 royalties（王族）真叫人糊涂。"有人问她盖尔芒特家族是哪省人，她回答说："埃纳省。"

斯万在奥黛特面前是盲目的，他既看不见她教养中的缺陷，也看不见她智力上的平庸。不仅如此，每当奥黛特讲述什么愚蠢的故事时，斯万总是殷勤地、快活地，甚至赞赏地（其中可能掺杂着残存的欲念）聆听，而如果斯万本人说出一句高雅的甚至深刻的话时，奥黛特往往兴趣索然、心不在焉、极不耐烦，有时甚至厉声反驳。人们因而得出结论说，精华受制于平庸在不少家庭中是司空见惯的，因为，反过来，也有许多杰出女性竟被对她们的睿智横加指责的蠢人所蛊惑，并且被极度慷慨的爱情所左右而对蠢人俗不可耐的玩笑赞叹不已。说到当时妨碍奥黛特进入日耳曼区的理由，应该指出社交界的万花筒最近一次转动是由一系列丑闻引起的。人们原来放心大胆地与某些女人交往，而她们竟被揭露是妓女，是英国间谍。在一段时间内，人们首先（至少认为如此）要求他人的是牢靠和稳定……奥黛特代表的正是人们刚刚与之决裂又立刻拾起的东西（因为人们不可能在一夜之间彻底改变，他们在新制度下寻找旧制度的延续），当然它必须换一种形式，以掩人耳目，制造与危机前的社交界有所不同的假象。但奥黛特与那个社交界的替罪羊太相似了。其实，上流社会的人是高度近视眼。他们与原来认识的犹太女士断绝来往，正考虑如何填补空白，却看见一位仿佛被一夜风暴刮来的新女人，她也是犹太人，但由于是新人，便不像在她以前的女人那样使人们联想起他们认为应该憎恶的东西。她不要求人们崇敬他们的上帝。人们便接纳了她。诚然，在我初访奥黛特家时，反犹主义问题尚未提出，但是奥黛特与当时人们唯恐避之不及的东西十分相似。

至于斯万，他仍然常去拜访旧日的，也就是属于最上层社会的朋友。当他谈到刚刚拜访过什么人时，我注意到在旧日的朋友中，他是有所取舍的，而选择的标准仍然是作为收藏家的半艺术半历史的鉴赏力。某位家道中落的贵妇引起他的兴趣，因她曾是李斯特的情妇，或者因为巴尔扎克曾将一本小说献给她的外祖母（正如他买一幅画是因为夏多布里昂描写过它）。这使我怀疑我们在贡布雷时莫非是从一个谬误过渡到另一个谬误，即最先认为斯万是一位从不涉足社交界的资产者，后来又认为他是巴黎顶顶时髦的人物。成为巴黎伯爵的朋友，这不能说明任何问题。“王公的朋友”被排外倾向的沙龙拒之门外的，不是大有人在吗？王公们自知为王公，便不追求时髦，而且自认高居于没有王族血统者之上，大贵族和资产者统统在他们之下，并且（从高处看）几乎处在同一水平上。

此外，斯万在目前的社交圈子中（他重视过去所留下的、至今仍然可以见到的名字）所寻求的不仅仅是文人和艺术家的乐趣，将不同的成分交混起来，将不同的类型聚合起来，从而搭配成社会花束，这也是他的消遣（不那么高雅）。这些有趣的（或者斯万认为有趣的）社会实验在他妻子的每位女友身上并不引起，至少不是经常地引起相同的反应。“我打算同时邀请戈达尔夫妇和德·旺多姆公爵夫人。”他笑着对邦当夫人说，好像一位贪吃的美食家想换换调味汁的成分，用圭亚那胡椒来替代丁子香花蕾。然而，这个似乎会使戈达尔感到有趣的计划却使邦当夫人大为恼火。她最近被斯万夫妇介绍认识德·旺多姆公爵夫人，认为这事既使人高兴又理所当然，而对戈达尔夫妇讲述它，加以吹嘘，这构成她的愉快中饶有兴味的一部分因素。邦当夫人希望，在她以后，她那圈子里再没有任何人被介绍给公爵夫人，正好比被授勋者一得到勋章便立刻希望将十字勋章的水龙头关上。她暗暗诅咒斯万的低级鉴赏力。他为了践行一种无聊的、古怪的审美观，竟能在一瞬间将她对戈达尔夫妇谈论德·旺多姆公爵夫人时所散布的迷雾吹得一干二净。她怎敢对丈夫说大夫夫妇也即将分享这种愉快

（她曾吹嘘说它是独一无二的）呢？要是戈达尔夫妇明白这种邀请不是出自主人的诚心，而是为了解闷，那就好了！其实，邦当夫妇受邀难道不也如此吗？不过，斯万从贵族那里学到了永恒的堂璜作风，他有本领使两位不足道的女人同时认为自己是真正的被爱者，因此，当他对邦当夫人提起德·旺多姆公爵夫人时，那口气仿佛邦当夫人和公爵夫人同桌进餐自然是不在话下的事。“是的，我们打算邀请公主和戈达尔夫妇，”斯万夫人在几个星期后说道，“我丈夫认为这种集合可能产生有趣的东西。”如果说斯万夫人保留了“小核心”中维尔迪兰夫人所喜爱的某些习惯——例如高声说话好让所有的信徒听见——的话，那么她也使用盖尔芒特圈子所喜爱的某些语言（例如“集合”一词），她与盖尔芒特圈子并不接近，但却在远处、在不知不觉中受它吸引，正如大海被月亮吸引一样。“是的，戈达尔夫妇和德·旺多姆公爵夫人，您不觉得这很有趣吗？”斯万问道。“我看这会很糟，您会招来麻烦的，可别玩火。”邦当夫人气冲冲地回答。她和她丈夫，还有德·阿格里让特亲王都受到邀请，而对这次宴会，邦当夫人和戈达尔各有各的说法，依问话人而定。有些人分别问邦当夫人和戈达尔，那天吃饭的除了旺多姆公爵夫妇外，还有哪些客人，得到的回答都是漫不经心的两句话：“只是德·阿格里让特亲王，这完全是熟朋友之间的便餐。”但另一些人可能更知情（有一次有人甚至问戈达尔：“邦当夫妇不是也在场吗？”“哦，我忘了。”戈达尔红着脸回答说，并从此将这个问话的笨蛋列入多嘴饶舌者之流）。对于这些人，邦当夫妇和戈达尔夫妇不谋而合地采取了大致相同的说法，只是将名字对换一下而已。戈达尔说："唉，只有主人，旺多姆公爵夫妇（自负地微微一笑），戈达尔教授夫妇，此外，对了，莫名其妙，还有邦当夫妇，他们可是有点煞风景。"邦当夫人讲的也完全一样，不同的是，邦当夫妇的名字位于德·旺多姆公爵夫人和德·阿格里让特亲王之间，并且受到得意扬扬的夸张，而她最后责怪所谓不请自来并且大煞风景的秃子，就是戈达尔夫妇。

斯万往往在晚饭前不久才从访问中归来。晚上六点钟，这时刻在往日曾使他痛苦，而如今却不然，他不再猜测奥黛特大概在做什么，是接待客人还是外出，他对这些都不在意。他有时回忆起多年以前，他有一次曾试图透过信封看奥黛特给福什维尔写了什么。但这个回忆并不愉快，他不愿加深羞愧感，只是撇了一下嘴角，必要时甚至摇摇头，意思是："这跟我有什么关系呢？"从前他常常坚持一个假定，即奥黛特的生活是无邪的，只是他本人的嫉妒、猜测才使它蒙受耻辱罢了，但是现在，他认为这个假定（有益的假定，它减轻他在爱情病中的痛苦，因为它使他相信这痛苦是虚构的）是不正确的，而他的嫉妒心却看对了。如果说奥黛特对他的爱超过他的想象的话，那么，她对他的欺骗更超过他的想象。从前，当他痛苦万分时，曾发誓说有朝一日他不再爱奥黛特，不再害怕使她恼怒，不再害怕让她相信他热恋她时，他将满足夙愿——本着单纯的对真理的追求，并为了解释历史的疑点，与她一起澄清事实，弄清那天（即她写信给福什维尔，说来探望她的是一位叔叔）他按门铃敲窗子而她不开门时，她是否正和福什维尔睡觉。斯万从前等待嫉妒心的消失，好着手澄清这个饶有兴趣的问题。然而，如今他不再嫉妒了，这个问题在他眼中也失去了一切趣味。当然并不是立刻。他对奥黛特已经不再嫉妒，但是，那天下午他敲拉彼鲁兹街那座小房子的门而无人回答的情景却继续刺激着他的嫉妒心。在这一点上，嫉妒心与某些疾病相似：疾病的病灶和传染源不是某人，而是某个地点、某座房屋，嫉妒的对象似乎也不是奥黛特本人，而是斯万敲击奥黛特住所的每扇门窗的那已逝往日中的一天、一个时刻。可以说，只有那一天和那个时刻保留了斯万往日曾有过的爱情品格中的最后残片，而他也只能在那里找到它们。长期以来，他不在乎奥黛特是否曾欺骗他，是否仍然在欺骗他。但是，在几年里他一直寻找奥黛特从前的仆人，因为他仍然有一种痛苦的好奇心，想知道在如此遥远的那一天，在六点钟时，奥黛特是否在和福什维尔睡觉。后来连这种好奇心也消失了，但他的调查却未中止。他继续设法弄清这件不再使他感兴趣的事，因为他的旧我，虽然极度衰弱，仍然在机械地运转，而过去的焦虑已烟消云散。他甚至无法想象自己曾经感到如此强烈的焦虑，当时他以为永生也摆脱不了焦虑，以为只有他所爱的女人的死亡（本书下文中将有一个残酷的反证，说明死亡丝毫不能减弱嫉妒的痛苦）才能打通他那完全堵塞的生活道路。

然而，有朝一日将奥黛特生活中使斯万痛苦的事弄个水落石出，这并不是斯万的唯一愿望。他还保留了另一个愿望，即当他不再爱奥黛特、不再害怕她时，他要为这些痛苦进行报复，而眼前恰恰出现了实现这第二个愿望的机会。斯万爱上了另一个女人。他没有任何理由嫉妒，却仍然嫉妒，因为他无力更新恋爱方式，他将往日与奥黛特的恋爱方式应用在另一个女人身上。她不必有任何不忠行为，只要由于某个原因离开他，比方说，参加晚会，而且似乎玩得很开心，这就足以使斯万妒火中烧，这就足以唤醒他身上那古老的焦虑——他的爱情的可悲而矛盾的赘疣。焦虑使斯万与真实的她保持距离，他必须努力才够得着她（了解这个年轻女人对他的真实感情，她每天的隐秘欲望和内心秘密）。焦虑在斯万和他所爱的女人中间放上了旧日里冥顽不化的猜疑，猜疑的根源在奥黛特或者比奥黛特更早的某个女人身上，正是由于它，年老的情人只能通过“挑起嫉妒心的女人”这个古老的集体幻影来认识他今日的情妇，而且也将新爱情武断地置于这个幻影之中。然而，斯万经常谴责这种嫉妒心理，谴责它使自己相信某些实属虚幻的不忠行为，但是他记起当初也曾采取同样的观点替奥黛特辩解，而且是做错了。因此，当他和他所爱的年轻女人不在一起时，她的所作所为，在他眼中，便不再是清白无邪的。他曾起誓说，万一哪一天他不再爱这位当时未想到会与他结婚的女人时，他将毫不留情地对她冷若冰霜（真正的冷若冰霜！），好为他长期受辱的自尊心进行报复，他现在可以毫无风险地（即使奥黛特把他的话当真，取消他从前梦寐以求的和她单独谈话，他也毫不在乎）进行报复了，但他却无意报复。爱情既已消逝，表示不再爱的愿望也随之消失。当他为奥黛特痛苦时，他多么盼望有一天让她看看他爱上了别的女人，而现在他可以做到这一点，却小心翼翼地不让妻子知道自己另有新欢。

从前，每到喝茶的钟点，我便闷闷不乐地看见希尔贝特离开我，提前回家，而现在，我也参加这些茶会。从前，当她和她母亲出门散步或看日场演出时，我便独自一人痴痴待在香榭丽舍大街的草坪边或木马旁，因为她来不了，而现在呢，斯万夫妇允许我和他们一起出门，他们的马车里有我的座位。有时他们甚至问我愿意去哪里，去看戏还是看希尔贝特一位同伴的舞蹈课，参加斯万夫人女友家的社交聚会（斯万夫人称为“小会”）还是去参观圣德尼的国王墓。

每逢和斯万一家出门的日子，我便去他们家吃午饭，斯万夫人管它叫 lunch。他们邀请我十二点半去，那时我父母在十一点一刻吃午饭，所以等他们离开餐桌后，我才朝斯万家的奢华街区走去。在这个街区里，行人向来稀少，何况在这个钟点谁都回了家。即使在严冬，如果天气晴朗，我便在马路上来回溜达，一直等到十二点二十七分。我一会儿扯扯从夏费商店买的那条精美领带的领带结，一会儿看看脚上那双高帮漆皮皮鞋是否弄脏了，我远远看见斯万家小花园里的光秃秃的树在阳光下像白霜一样晶莹闪光。当然，小花园里只有两株树。在这个反常的钟点，景物也焕然一新。与自然所给予的乐趣（习惯的改变，甚至饥饿使它更为强烈）相交织的是即将与斯万夫人同桌进餐的激动，它并不削弱乐趣，而是控制它、奴役它，使之成为社交生活的陪衬。我似乎发现了往日在这个钟点所感觉不到的晴空、寒冷、冬日的阳光，它们好像是奶油鸡蛋的前奏曲，好像是斯万夫人之家这座神秘殿堂表层上的时间光泽、浅红的淡淡冷色，而在殿堂内部却有那么多温暖、芳香和鲜花。

十二点半，我终于下决心走进这座房子。它像圣诞节的大靴子一样将给我带来神奇的快乐（斯万夫人和希尔贝特都不知道圣诞节在法文里怎么说，所以总是用Christmas来代替，Christmas布丁啊，收到什么Christmas礼品啊，在Christmas期间要去外地什么地方啊，等等，我感到不是滋味，回到家中也只说Christmas，认为说Noël[1]有失体面，而父亲认为这种语言滑稽可笑）。

我最初只遇见一位跟班，他领我穿过好几间大客厅来到一间很小的客厅，那里没有人，从窗口射进来的下午的蓝光使它沉浸在梦幻之中。只有兰花、玫瑰花和紫罗兰陪伴我——它们像人一样待在你身边，但并不认识你。它们是有生命的，而这种特性使它们的沉默产生强烈的效果。它们畏惧寒冷，接受炽热炉火的温暖。那被小心地隔在水晶挡板后面的炉火不时地将危险的红宝石散落在白色大理石的火盆中。

我已坐了下来，但听见开门声便赶紧站了起来，进来的是第二位仆人，跟着又是第三位仆人，而他们这种使我无谓激动的频繁往来仅仅是为了鸡毛蒜皮的事：往火中添一点煤或往花瓶里加一点水。他们走后，门又关上（斯万夫人最后总会将它打开的），我又独自一人。确实，魔术师的洞穴也不如这间小客厅那样使我眼花缭乱，炉火在我眼前千变万化，好似克林索[2]的实验室。又响

[1] 法语，意为圣诞节。
[2] 瓦格纳歌剧《帕西法尔》中的魔术帅。此处魔术师的洞穴指第二幕开场的魔室。

起一阵脚步声，我没有站起来，大概又是仆人吧，不，是斯万先生。“怎么？您一个人在这里？真是没办法，我那可怜的妻子从来不知道钟点。一点差十分了。她每天都迟到。您一会儿看见她不慌不忙地进来，她还以为自己提前到哩。”斯万仍然患神经炎，而且变得可笑，这样一个不遵守时间的妻子（从布洛涅森林回来必晚，在裁缝店逗留必久，吃饭必迟到）虽然使他为她的肠胃担心，但却满足了他的自尊心。

他领我观赏新近的收藏品，并且向我解释它们的价值，可是我过于兴奋，又由于在这个钟点还破例腹中空空，我心神不定，脑子里一片空白。虽然我还能够说话，但什么也听不进去了。何况，就斯万所拥有的收藏品而言，只要它们存在于他家，只要它们属于午餐前的美妙时刻，这对我就绰绰有余了。即使那里有《蒙娜丽莎》，它也不会比斯万夫人的便袍或嗅盐瓶更使我愉快。

我继续等待，独自一人，或者和斯万一起，希尔贝特还常常来和我们做伴。斯万夫人既然以如此威严的仆人为先导，她的出现一定不同凡响。我屏息静听每一个声响。真正的教堂、风暴中的海涛、舞蹈家的跳跃往往比人们想象的要逊色。穿制服的仆人酷似戏剧中的配角，他们的连续出场为王后的最后显现做准备，同时也削弱显现的效果；在这些仆人之后是悄悄进来的斯万夫人，她身穿水獭皮小大衣，冻得发红的鼻子上蒙着面纱，与我的想象力在我等候期间所慷慨臆造的形象何等不相似！

如果她整个上午都没有外出，那么她走进客厅时就会身穿一件浅色双绉晨衣，对我来说，它比一切衣袍都更雅致大方。

有时，斯万夫妇决定整个下午待在家里。吃完午饭天色已不早，这一天（我原以为它会和别的日子完全不同）的阳光正斜照在小花园的墙上。仆人们端来大大小小的、各式各样的灯，它们各自在蜗形脚桌、独脚圆桌、墙角柜或小桌这些固定祭坛上燃烧，仿佛在进行莫名其妙的祭祀。尽管如此，谈话仍旧平淡乏味，我败兴而返，像自童年起每次做完午夜弥撒以后那样大失所望。

然而这仅仅是思想上的失望。我在那座房子里是十分喜悦的，因为，如果希尔贝特尚未和我们在一起，那么她即将进来，而且即将将她的话语、她那专注而微笑的目光（正如我第一次在贡布雷所见到的那样）给予我（而且达数小时之久！）。当我看到她消失在通往宽大房间的内部楼梯上时，我至多稍稍感到嫉妒。我只能留在客厅里（就像一位女演员的恋人，他只能待在正厅前座，不安地臆想在后台、在演员休息室正发生什么事），我向斯万了解房屋的另一部分，我的问题被掩饰得很巧妙，但声调中仍流露出不安。他告诉我希尔贝特去的是衣被间，并自告奋勇要带我去看看，而且说如果以后希尔贝特去那里，他一定要她带我去。斯万的最后这句话使我如释重负，霎时间消除了那段使我们所爱的女人显得如此遥远的、可怕的内心距离。此刻，我对他的感情油然而生，似乎比我对希尔贝特的柔情更深。因为，他作为自己女儿的主人，将她给予我，而她本人有时却拒绝我。我对她的直接影响比不上我通过斯万而施于她的间接影响。此外，我爱的是她，每当我看见她时，我不禁感到心慌意乱，不禁渴望更多的东西，而这种情绪恰恰使我们在所爱的人面前失去了爱的感觉。

我们往往不待在家中，而是出门走一走。在换衣出门以前，偶尔，斯万夫人在钢琴前坐下，她从粉红色或白色的，总之色彩鲜艳的双绉丝便袍的袖中，伸出那双娇美的手，张开手指抚弹琴键，表现出那种存在于她的目光中却不存在于她心中的忧郁。正是在这样的一天，她偶然为我弹奏凡德伊奏鸣曲，即斯万十分喜爱的那个小乐段。当我们头一次聆听稍微复杂的乐曲时，往往什么也没听出来。然而，等我后来听过两三遍凡德伊奏鸣曲以后，我感到对它很熟悉。看来，第一次听懂的说法是有道理的。如果第一遍没有真正听出什么东西，那么第二、第三遍仅仅是对第一遍的重复，不可能在第十遍有新的感悟。这样看来，第一遍所缺乏的也许是记忆，而绝不是理解，因为我们的记忆，与我们聆听时它所面临的复杂感受相比较，是极为微不足道、极为短暂的，好比一个人在睡眠中想到种种事情但立即忘在脑后，又好比一位老年痴呆症患者将别人一分钟前对他说的话忘得一干二净。关于这些复杂丰富的感受，我们的记忆力不可能立即向我们提供回忆。回忆是在记忆力中逐步形成的。当我们听过两三遍作品以后，我们就像中学生（他们入睡前还反复复习，觉得尚未掌握）一样，第二天早上将之倒背如流。只是，我以前从未听过这支奏鸣曲，因此，斯万和他妻子所熟悉的那个乐段与我清晰的感知相距遥远，仿佛是记不起来的名字。人们尽力回忆，但找到的是一片虚空，但是，一个小时以后，当人们不再去想时，最初寻而未得的那个音节却自动跳了出来。真正的稀世之作是难以立即被人们记住的，何况，就每个作品内部来说（例如凡德伊奏鸣曲之于我），人们最先感知的是最次要的部分。我错误地认为，既然斯万夫人已为我弹奏了那十分著名的乐段（在这一点上我和某些傻子一样，他们既然看过威尼斯圣马可教堂的圆顶的照片，便以为再没有什么新奇之物了），奏鸣曲不会给我任何新启示（因此在长时间中我不注意聆听它）。不仅如此，即使我从头到尾再听一遍，奏鸣曲的整体在我眼前仍然影影绰绰，就像是一座由于距离太远或浓雾迷漫而若隐若现的建筑物。因此，认识作品如同认识在时间中实现的事物一样，这个过程是令人忧郁的。当凡德伊奏鸣曲中最隐蔽的东西向我显露时，我最初所注意并喜爱的东西，在我的感觉所无法左右的习惯的支配下，开始逃走，离开我。既然我只能在相继的时间中喜爱奏鸣曲所给予我的一切，它便像生活一样，我永远也无法全部掌握它。然而，伟大的杰作并不像生活那样令人失望，它最初给予我们的并不是精华。在凡德伊奏鸣曲中，最先被人发现的美也是最快使人厌倦的美，而原因大概是这种美与人们已知的美最接近。然而当这种美远去以后，我们爱上某个片段，对它新颖的结构迷惑不解，我们无法识辨它，无法触及它一丝一毫。我们每日从它身边走过而毫不觉察，它自我保存得十分妥帖。在它本身的美的魔力下，它变得不可见，始终不可知，一直到最后它才走向我们，而我们最后离开的也是它。我们对它的爱比对其他一切的爱都长久，因为我们花了更长的时间才爱上它。一个人理解比较深刻的作品（如同我理解这个奏鸣曲）所需要的时间，与公众爱上新的传世之作所需的多少年甚至多少世纪相比，仅仅是缩影和象征。因此，天才为了避免被世人忽视，对自己说，既然同时代人缺乏必要的时间距离，那么为后代写的作品就只能被后代读懂（仿佛看图画一样，站得太近就无法欣赏）。但是实际上，预防错误判断的一切怯懦行动都徒劳无益，因为错误判断是无法避免的。一部天才作品很难立刻受到赞扬，因为它的创作者卓越非凡、与众不同。但作品本身能够孕育出作者的知音（难能可贵的），而且使其人数越来越多。贝多芬的四重奏（第十二、第十三、第十四、第十五）用了五十年之久才使它的听众诞生和壮大，它像任何杰作一样，使艺术家的价值——至少在知识界中——实现跃进，因为，在作品诞生之初，有能力赞赏它的人凤毛麟角，而如今在知识界中这样的人却不少。所谓后代，其实就是作品的后代。作品本身（为了简明起见，此处不包括这种天才：它们在同一时期不是为自己，而是为其他天才培养未来的更佳公众）必须创造自己的后代。如果作品被封存起来，只是在后代面前才显现的话，那么，对作品来说，这个后代将不是后代，而是同代人，仅仅晚生活五十年罢了。因此，如果艺术家希望作品自辟道路的话，他必须——这正是凡德伊所做的——在有足够深度的地方抛出它，朝着遥远的真正未来抛过去。这个未来的时间是一部杰作的真正远景，蹩脚的鉴赏家的错误在于忽视这未来的时间，而高明的鉴赏家有时带着一种危险的苛求来考虑它。当然，如果从使远处事物显得朦胧不清的视觉出发，人们可能认为迄今为止的一切绘画或音乐革命毕竟都遵循某些规则，而我们眼前的一切，如印象主义、对不协调效果的追求、中间阶次的绝对化、立体主义、未来主义，都粗暴地有别于前者，这是因为我们在看待以前的事物时，没有想到它们经过长期的同化已经在我们眼中成为虽然各不相同，但根本上一致的材料（其中雨果与莫里哀十分相近）。试想一下，如果不考虑未来的时间及它所带来的变化，那么，我们在少年时代所亲耳听到的对我们成年时期的占卜会显得多么荒诞。占卜并不都准确，而既然在一部艺术作品的美的总数中必须加进时间因素，那么，判断就必然带上某种风险，因此也像预言一样失去真正的意义，因为，预言的不能实现并不意味着预言家智力平庸，同样，使可能性成为现实，或者将它排除在现实之外，这并非天才的必然天职。一个人可以有天才，但却不相信铁路或飞机的发展，或者说，一个人可以是大心理学家，但却不相信情妇或朋友的不忠（而最平庸的人也会估计到他们的不忠）。

虽然我没有听懂奏鸣曲，却对斯万夫人的演奏心醉神迷。她的弹奏，正如她的晨衣、她的楼梯上的芳香、她的大衣、她的菊花一样，属于一个特殊的、神秘的整体，它比可以对天才进行理性分析的世界高出千倍。斯万对我说："凡德伊奏鸣曲很美吧？在树影暗下来，小提琴的琶音使凉气泻落在大地的时刻，这支曲子很悦耳。月光的静止作用表达得淋漓尽致，这是主要部分。我妻子正采用光线疗法，月光能使树叶静止不动，那么光线能作用于肌肉也没有什么奇怪的了。这一点，即得了瘫痪症的布洛涅森林，是乐段中最精彩的。要是在海边就更妙，海浪在喃喃回答，我们对浪声听得更真切，因为其他一切都凝定不动。在巴黎却不然，我们充其量只注意到那些建筑物上奇特的光线，那片仿佛被既无颜色又无危险的大火照亮的天空，那隐隐约约的闹市生活。然而在凡德伊的这个乐段，以及整个奏鸣曲中，没有这些，只有布洛涅森林，在回音中有一个清晰的声音在说：‘几乎能读报了。’”斯万的这番话原可能将我对奏鸣曲的体会引入歧途，因为音乐不能绝对排斥别人对我们的诱导，然而，我从其他的话语中得知他正是在夜间茂密的树叶下（许多傍晚，在巴黎附近的许多餐馆中）聆听这个小乐段的。因此乐句带给他的不是他曾经常常要求的深邃含意，而是它四周那整齐的、缠绕的、着上颜色的叶丛（乐句使他渴望再见到叶丛，乐句仿佛是叶丛的内在灵魂），而是为他保留的整个春天，因为他从前焦躁而忧郁，没有闲情逸致来享受春天（正如为病人保留他吃不下的美食一样）。凡德伊的奏鸣曲使他重温布洛涅森林中的某些夜晚曾对他产生的魅力，而奥黛特对这种魅力却全然无知，虽然她当时和小乐段一起与他做伴。她仅仅在他身旁（不像凡德伊的主题那样在他身上），因此，即使她的理解力增加千倍，她也根本看不见我们所有人的身上所无法表露的东西（至少在长时间中我认为这个规律没有例外）。“这毕竟很美吧？”斯万说，“声音竟可以反射，像水，像镜子。还有，凡德伊的乐句让我看见从前所未注意的东西。至于我当时的烦恼，当时的爱情，它没有丝毫暗示，它采用的是另一种价值系统。”“夏尔，你这样说对我似乎不太礼貌吧。”“不礼貌！你们女人可真了不起！我只是想告诉这位年轻人，音乐所显示的——至少对我而言——绝不是‘意志本身’和‘与无限共同感应’，而是，比方说，动物园的棕榈温室中身穿礼服的维尔迪兰老爹。我虽然身在客厅，但这段小乐句却一次又一次地领我到阿尔默农维尔与他一同进餐。老天爷，至少这比和德·康布尔梅夫人同去要有趣得多。”斯万夫人笑了起来说：“人家都说夏尔使这位夫人着了迷。”她的声调使我想起在这以前不久，她谈到维米尔（她居然知道这位画家，我十分惊讶）时曾说：“我可以告诉你，先生在追求我时对这位画家很感兴趣。对吧，亲爱的夏尔？”此时，斯万内心很得意，但是说：“别瞎议论德·康布尔梅夫人了。”“我不过在重复别人的话罢了。再说，她好像很聪明，虽然我不认识她。她很pushing（有开拓性），这对聪明女人来说是难得的。所有的人都说她迷上了你，这样说也没有什么坏处呀？”斯万像聋子那样一言不发，这是认可也是自鸣得意的表示。

“既然我弹奏的曲子使你想起动物园，”斯万夫人假装愠怒地逗笑说，“我们不妨将动物园作为待会儿出去散步的目的地，要是这小伙子喜欢的话。天气多么好，你可以重温那些珍贵的感受了。说到动物园，你知道，这个年轻人原先以为我们很喜欢布拉当夫人呢，其实我尽量避着她。人们把她当作我们的朋友，这是很不体面的。你想想，从来不说人坏话的、好心肠的戈达尔先生居然也说她令人恶心。”“讨厌的女人！她只有一个优点，就是像萨沃纳罗拉，巴多洛梅奥修士[1]画中的萨沃纳罗拉[2]。”斯万喜欢在绘画中寻找与人的相似处，这种癖好是经得起反驳的，因为我们所称

---

[1] 巴多洛梅奥修士（1472—1517）：意大利画家。

[2] 萨沃纳罗拉（1452—1498）：意大利教士，是前者的老师，后被开除教籍并处死。

作的个体的表情其实是具有普遍性的东西，并且在不同时期都可能出现（当人们恋爱并且希望相信个体的独一无二的现实时，这一点他们是难以接受的）。本诺佐 · 戈佐里[1]将美第奇家族画进朝拜耶稣诞生的博士行列已属年代谬误，更有甚者，斯万认为在这行列中还有一大群斯万的（而并非戈佐里的）同代人的肖像，也就是说，不仅有距耶稣诞生一千五百年以后的人，还有距画家本人四个世纪以后的人。照斯万的说法，巴黎的当代名人无一不在画上的行列之中，就好比在萨尔杜[2]所写的一出戏中，所有的巴黎名流、名医、政治家、律师，出于对作者和女主角的友谊，也出于时髦，每晚轮流登台跑龙套，并以此为乐。“可是她和动物园有什么关系呢？”“关系可密切啦！”“怎么，她的屁股也像猴子一样是天蓝色？”“夏尔，真不成体统！不，我刚才想到僧伽罗人对她说的话。你讲给他听吧，真是妙语惊人。”“一件蠢事。你知道布拉当夫人说话时，喜欢用一种她认为有礼的，其实是保护者的口吻。”“我们在泰晤士河畔的芳邻们管这叫 patronizing（以保护者自居）。”奥黛特插嘴说。“她不久前去动物园，那里有黑人，我妻子说是僧伽罗人，当然对人种学她比我在行。”“算了，夏尔，别嘲笑我。”“这哪是嘲笑呢。总而言之，布拉当夫人对一位黑人说：‘你好，黑种！’”“其实这没什么。”“那位黑人不喜欢这个词，他生气地对布拉当夫人说：‘我是黑种，你是骚种！’”“可真逗！我

---

[1] 本诺佐 · 戈佐里（1420—1498）：意大利画家。

[2] 萨尔杜（1831—1908）：法国剧作家。

爱听这段小插曲，挺‘妙’吧？布拉当那个老婆子当时就愣住了。‘我是黑种，你是骚种！’”

我表示很愿意去看看那些僧伽罗人（其中一人曾称呼布拉当夫人为骚种），其实我对他们毫无兴趣。但是我想，洋槐道是去动物园的必经之路，我曾在那里欣赏过斯万夫人，我盼望那位黑白混血的朋友戈克兰（我从来没有机会在他面前向斯万夫人打招呼）看见我和斯万夫人并排坐在马车里在洋槐道上驶过。

希尔贝特走出客厅去换衣服，斯万先生和夫人趁她不在的片刻高兴地向我揭示女儿身上难能可贵的品德。我所观察到的一切似乎都证明他们言之有理。正如她母亲所说的，我注意到她对朋友、仆人、穷人一概给予细致入微的、深思熟虑的关心，努力使他们高兴，唯恐使他们不快，而这往往通过小事（她却付出极大努力）表现出来。她曾经为香榭丽舍大街的那位女小贩缝了件什么东西，而且立刻冒着大雪给她送去。“你不知道她的心地有多好，但毫不外露。”她父亲说。希尔贝特年龄虽小，看上去却比父亲更懂事。每当斯万谈到他妻子的显赫朋友时，希尔贝特转过头去一言不发，但神情中并无责怪之意，因为她觉得对父亲进行最轻微的批评也是不能容忍的。有一天，我们谈起凡德伊小姐，她对我说：“我永远也不想认识她，原因之一在于据说她对父亲不好，让他伤心。这一点，你我都无法理解，对吧？您父亲要是死了，您会痛不欲生，我父亲要是死了，我也会痛不欲生，这是很自然的。怎么能够忘记你从一开始就爱着的人呢？”

有一次她在斯万面前特别撒娇。斯万走开以后我和她谈起这一点。“是的，可怜的爸爸，这几天是他父亲去世的忌日。您能理解他的心情吧！您是能理解的，在这些事情上，我们的感觉是一样的。所以，我尽量比平时少淘气。”“可他并不觉得你淘气，他觉得您很完美。”“可怜的爸爸，这是因为他太好了。”

希尔贝特的父母不仅对我夸奖她的品德——这同一个希尔贝特，甚至在我真正看见她以前，曾在教堂前，在法兰西岛的景色中显现过；后来我在去梅塞格利丝的陡坡小路上，看见她站在玫瑰荆棘篱笆前，她唤醒的不再是我的梦想，而是我的回忆。我问斯万夫人，在希尔贝特的同伴中，她最喜欢的是谁。我尽力使语气冷淡，仿佛一位朋友仅仅对主人家孩子的爱好感到好奇而已。斯万夫人回答说：

“您对她的心思应该了解得比我多，您是她最喜爱的，英国人叫作 crack（佼佼者）。”

当现实折过来严丝合缝地贴在我们长期的梦想上时，它盖住了梦想，与它混为一体，如同两个同样的图形重叠起来合二为一一样。其实，我们愿意让自己的欢乐保持其全部意义，我们愿意就在触摸这些愿望的同时——为了确信这的确是它们——让它们依旧保持不可触及的特征。但是，思想失去了活动空间，它甚至无力恢复最初状态以便与新状态做比较；我们所完成了的认识，我们对出乎意料的最初时刻的回忆，我们所听见的话语，它们一齐堵住了我们的意识，使我们更多地使用记忆力而不是想象力。它们反作用于我们的过去——以至我们在看待过去时不能不受它们影响——它们甚至作用于我们尚未定形的未来。好几年以来，我一直认为拜访斯万夫人是我永远可望而不可即的朦胧的空想，然而在她家待上一刻钟以后，从前那段未相识的时期便变得朦胧而渺茫，仿佛是被实现了的可能性所摧毁的另一种可能性。我如何还能幻想饭厅是一个不可思议的地方呢？我在精神上每走一步都遇见我刚才吃下的美式龙虾所不断发射的、永不消失的光线，它甚至照射到我最遥远的过去。斯万在自己身上一定看到同样的现象，可以说，他接待我的这套住宅是一个汇合点、重叠点，其中不仅有我的想象力所创造的理想住宅，还有斯万的嫉妒爱情（它和我的梦想一样富有想象力）经常向他描绘的住宅——他曾幻想与奥黛特所共有的，他和福什维尔去她那里喝橘子汁那天晚上他感到高不可攀的住宅。我们用餐的这间饭厅的布局已经容纳了那出人意料的天堂，那时他曾想象有一天当他对他们俩的膳食总管说“夫人准备好了吗？”时，他一定激动万分，而现在，他的语气却流露出轻微的不耐烦，并夹杂着自尊心的某种满足。我和斯万一样也无法体验我的幸福。连希尔贝特也颇有感触：“当初谁会想到，你默默注视着玩捉人游戏的小姑娘会成为你随时可来看望的好朋友呢？”她谈到的这种变化，从外部来看我当然不得不承认，但我内心并不掌握它，因为它由两种状态组成，而我无法同时想到它们又让它们各自保持特点。

然而，这个住宅既然是斯万的意志所强烈渴望的，肯定对他仍然具有吸引力，如果从我的角度来判断的话（因为它对我并未失去一切奥秘）。长久以来，在我的臆想中，斯万家被笼罩在一种奇特魔力之中，如今我走了进去，但并未将魔力全部逐出。我使魔力退缩，使之被我这个陌生人，我这个贱民——斯万小姐正优雅地递过一把美妙的、敌视的、愤慨的椅子请我坐下——所控制。至今，在我记忆中，我还能感到当时在我周围的魔力。莫非是因为在斯万先生和夫人请我吃饭然后带我和希尔贝特一同外出的那些日子里，当我独自一人等候在那里时，铭刻在我脑中的念头（即斯万夫人、她丈夫和希尔贝特即将出现）通过我的目光刻印在地毯、安乐椅、蜗形脚桌、屏风和图画上了？莫非是自此以后，这些物品和斯万家庭一同生活在我的记忆中，并且最终具有他们的某些特点？莫非是因为既然我知道他们生活在这些物品中间，我便将物品一律看作他们的私人生活和习惯的象征（我曾长期被排除在他们的习惯之外，因此，即使我受到优待而分享这些习惯时，它们对我来说仍旧是陌生的）？总之，每当我想到这间曾被斯万认为十分不协调（他的批评并不意味着对妻子的鉴赏力进行挑剔）的客厅时——因为它仍保留他们俩初识时她的住宅的整体风格，即半温室半画室的风格，但其中许多如今被她认为“不伦不类”的、“过时”的中国货却已去掉，取而代之的是一大堆蒙着路易十六或古式绸罩的小家具（还包括斯万从奥尔良码头的府邸带来的艺术珍品）——它在我的记忆中却毫不杂乱，而是和谐统一，发出特殊的魅力，而这种效果是年代久远的最完好的家具，或者带上某人烙印的最有生气的家具永远望尘莫及的。我们看见某些物品，相信它们有独立的生命，因此我们便赋予它们灵魂，它们保留这个灵魂，并在我们身上发展它。我认为，斯万一家在这套住宅中所度过的时间不同于其他人的时间，这套住宅之于斯万一家每日生活中的时间犹如肉体之于灵魂，它应该体现灵魂的特殊性，而我这种种想法都分散并混杂于家具的位置、地毯的厚薄、窗子的方向、仆人的服饰等之中——不论在何处，这些想法都同样令我惶惑并感到难以捉摸。饭后我们来到客厅的大窗[1]前，在阳光下喝咖啡，这时斯万夫人问我咖啡里要几块糖，并推给我一个带丝套的小凳，它散发出希尔贝特的名字曾施加于我的——先是在玫瑰荆棘下，后是在月桂花丛旁——痛苦的魔力，以及她父母一度表示的敌意（小凳似乎理解并有同感），所以我觉得配不上它，又觉得将脚放在那毫无防卫的软垫上未免是懦弱的行为。独立的灵魂使小凳在暗中与下午两点钟的光线相连。这里的光线与别处的光线是不同的。在我们这个海湾中，它使金色波浪在我们脚前嬉戏，在波浪之中露出发蓝的长椅和朦胧的挂毯，犹如魔岛一般。就连挂在壁炉上方的鲁本斯的画也与斯万先生的系带高帮皮鞋及斗篷大衣一样，具有同一类型的并且同样强烈的魔力。我曾经想穿他那样的斗篷大衣，奥黛特却叫丈夫去换一件更讲究的大衣，好和我一同上街。她也去换衣服，虽然我再三说哪件“外出”服也远远比不上她吃饭时穿的，而且即将换下的那件十分漂亮的双绉便袍或丝便袍，它的颜色不断变化，呈现深玫瑰色、樱桃色、蒂波洛[2]粉红色、白色、淡紫色、绿色、红色、净面或带花纹的黄色。我说她应该穿着便袍出门，她笑了，也许嘲笑

[1] 法语 baie，可作大窗或海湾解。
[2] 蒂波洛（1696—1770）：意大利画家，以色彩明快见长。

我无知，也许对我的恭维感到高兴。她抱歉地说便袍穿起来最舒服，所以她有那么多便袍，接着她便离开我们去换上一套令人肃然起敬的、雍容华贵的服装，有时还让我为她挑选我喜欢的一件。

到了动物园，我们下车，我走在斯万夫人旁边，得意扬扬！她漫步走着，悠然自得，大衣在空中飘动，我用赞赏的目光注视她，她卖弄风情地深深一笑，作为对我的回报。如果有希尔贝特的朋友——男孩或女孩——远远向我们打招呼，那么，在他们眼中，我成了当初被我羡慕至极的希尔贝特的朋友——他认识她的家庭并参与她生活中的另一部分，即香榭丽舍大街以外的那一部分。

在布洛涅森林或动物园的小径上，我们往往和斯万的朋友，某位贵妇相遇，她远远地向我们打招呼，斯万却没有看见，这时斯万夫人便说："夏尔，你没看见蒙莫朗西夫人吗？"于是斯万带着熟朋友的友好微笑，用他所特有的文雅风度，举帽向她深深致意。有时，那位贵妇停下来，高兴地向斯万夫人打招呼，这个举动不会导致任何后果，因为人们知道斯万夫人在丈夫的影响下已经习惯于谨慎从事，不会对这一礼节大加吹嘘的。斯万夫人已学会上流社会的派头，因此，不论那位贵妇如何雍容高贵，斯万夫人决不甘拜下风。她在丈夫遇见的女友旁站立片刻，从容自如地将希尔贝特和我介绍给她，殷勤之中既大方又镇静，以至很难说在斯万的妻子和那位过路的贵族女人之间，究竟谁是贵妇。那天我们去看僧伽罗人，回家时迎面看见一位女士，她后面有两位太太相随，仿佛是跟班。这位女士年纪不小，但风韵犹存，身穿深色大衣，头戴小帽，两根帽带系在颔下。“啊！这一位会使您感兴趣。”斯万对我说。老妇人离我们只三步远，温柔动人地对我们微笑。斯万摘下帽子，斯万夫人行屈膝礼，并且想亲吻那位酷似温特哈特[1]肖像人物的女士的手，女士扶起她，并亲吻她。“瞧您，请戴上帽子吧。”她用稍稍不快的浊重声音对斯万说，仿佛他是位亲密的朋友。“来，我把您介绍给公主殿下。”斯万夫人对我说。斯万夫人和殿下谈论天气和动物园新添的动物，这时斯万把我拉到一旁说：“这是玛蒂尔德公主。您知道，她是福楼拜、圣伯夫、小仲马的朋友。您想想，她是拿破仑一世的侄女，拿破仑三世和俄国皇帝曾经向她求婚。挺有意思吧？您去和她说说话。不过我可不愿意陪她站一个钟头。”接着他又对公主说：“那天我遇见泰纳，他说公主和他闹翻了。”“他的行为像头猪，”她用粗嗓门说（在她口中，“猪”这个字与贞德同时代的主教的名字[2]同音），“自从他写了那篇关于皇帝的文章，我给他留下一张名片，写着‘特来告辞’。”我像翻开巴拉蒂娜公主即后来的奥尔良公爵夫人的通信集一样感到惊异。的确，玛蒂尔德公主充满了纯粹法国式的感情，她那直率而生硬的方式使人想起旧日的德意志，而这种直率大概来自她那位符腾堡的母亲。然而，只要她像意大利人那样娇弱地一笑，她那稍嫌粗野的、几乎是男性的直率便变得柔软了，而这一切都裹在她那身第二帝国式的装束里。她之所以采用

[1] 温特哈特（1805—1873）：德国画家，擅长画贵族人物肖像。
[2] 即皮埃尔·戈雄。戈雄与Cochon（猪）仅一音之差。

这身装束大概仅仅为了保持她曾经喜爱的款式，但她也似乎有意避免历史色彩的差错，有意使期待她重现旧时代的人得到满足。我低声让斯万问她是否认识缪塞。“很少交往，先生，”她佯作恼怒地说，她称斯万为先生确实是在开玩笑，因为她和他很熟，“我曾请他吃饭。说好七点钟，可七点半他还没有来，于是我们就开饭了。八点钟他才来，向我问好，坐下来，一言不发，吃完饭就走了，自始至终没有说话。他醉得半死。我大失所望，从此再没有请他。”斯万和我站得离她们稍远一点，斯万对我说：“但愿这场接见别拖得太长了，我的脚掌发疼。真不明白我妻子为什么无话找话，等一会儿她会抱怨说累死了，我可忍受不了这种站立。”斯万夫人正将从邦当夫人那里听来的消息告诉公主，说政府终于意识到自己的态度未免失礼，因此决定在沙皇尼古拉后天参观荣军院之际，邀请公主上观礼台。然而，公主——每当她必须行动时——毕竟是拿破仑的侄女，虽然表面上看不出来，虽然和她交往的主要是艺术家和文学家，她说：“是的，夫人，我今早收到请帖并立即退还给部长，他此刻应该收到了。我对他说，我去荣军院根本不需要被邀请。如果政府希望我去，那么，我的位置不在站台上，而在存放皇帝棺椁的墓穴里。我不需要请帖。我有钥匙。我想去就去。政府只需告诉我希望不希望我去。不过，如果我去，一定去墓穴，否则就不去。”正在这时，一位年轻人向斯万夫人和我打招呼，并向她问好，但没有站住。这是布洛克，我不知道斯万夫人也认识他，我向她打听，于是她告诉我她是经邦当夫人介绍认识他的，他在部里秘书处任职（我原先不知道）。她并不经常见到他——或者她认为“布洛克”这个名字不够“帅”，所以不提——她说他叫莫勒尔先生。我告诉她弄错了，他叫布洛克。公主扯了扯垂曳在身后的拖裙。斯万夫人赞赏地看着它。“这是俄国沙皇送给我的皮货，”公主说，“我刚去拜访他，所以穿去让他看看这也可以做大衣。”“听说路易亲王参加了俄国军队，他不在公主身边，公主会感到忧愁的。”斯万夫人说，对丈夫不耐烦的表情毫不觉察。“这对他有好处。我对他说过：虽然家族中有过一位军人，你也可以照样当军人。”公主的回答唐突而直率地影射拿破仑一世。斯万忍无可忍，说道：“夫人，现在由我扮演殿下吧。请您允许我们告辞。我妻子刚生过病，我不愿意让她站立太久。”斯万夫人行屈膝礼。公主对我们大家露出一个神圣的微笑——它仿佛被她从往昔、从她青春时代的风韵和贡比涅宫堡的晚会中召唤而出，而且完美无缺地、甜蜜地盖在那张片刻前还愤愤不快的面孔上——然后走开去，身后跟着那两位女伴；她们刚才仿佛是译员、保姆或病人看护，在我们谈话时插进一些毫无意义的句子和徒劳无益的解释。“这个星期里，您挑一天去她府上写个名字，”斯万夫人对我说，“对这些英国人所称作的皇族，还不能使用名片，不过，您留下名字的话，她会邀请您的。”

冬末春初，我们在散步之前，有时去参观正在举办的小展览会。斯万，作为杰出的收藏家，备受展览会上画商们的敬重。在那些寒气未消的日子里，展览厅唤醒了我想去南方和威尼斯的古老愿望，因为在大厅中，早到的春天和炎热的阳光使玫瑰色的阿尔比伊山闪着淡紫色的反光，使大运河发出晶莹透明的深绿色。

如果天气不好，我们就去音乐厅或剧场，然后去一家“茶室”吃点心。每当斯万夫人想告诉我什么事而又不愿意邻座或服侍我们的侍者听懂的时候，她便对我说英语，仿佛只有我们两人懂英语，其实人人都会英语，只有我还没有学会，我不得不提醒斯万夫人，让她别再议论喝茶的人或端茶的人，虽然我一个字也听不懂，但我猜到它绝非赞扬，而这番议论一字不漏地传进被议论者的耳朵。

有一次，在看日场演出的问题上，希尔贝特的态度使我吃惊。那天正是她曾提过的她祖父的忌日。她同我原来准备和她的家庭教师一道去听歌剧片段音乐会。她摆出无所谓的神态（不管我们要做什么，她总是表情冷淡，她说只要我高兴，只要她父母高兴，她做什么都无所谓），但是已经换好衣服准备去听音乐会。午饭前，她母亲将我们拉到一边，对她说这个日子去听音乐会会使父亲不高兴的。我觉得这话有理，希尔贝特无动于衷，但无法掩饰自己的愤怒，她脸色发白，一言不发。丈夫回来时，斯万夫人将他叫到客厅另一头低声耳语。于是他叫希尔贝特和他单独到隔壁房间去。我们听见哇啦哇啦的声音。我不敢相信一向顺从、温柔、文静的希尔贝特竟然在这样一个日子，为了这样一件小事而和父亲顶撞。最后斯万走了出来，一面对她说：

“我刚才说的你知道了。你自己看着办吧。”

饭桌上，希尔贝特始终板着脸。饭后我们去她房间，突然，她毫不犹豫（仿佛一分钟也没有犹豫过）地惊呼道：“都两点钟了！您知道，音乐会两点半开始。”她催家庭教师赶紧动身。

“可是，”我对她说，“您父亲会不高兴吧？”

“绝对不会的。”

“不过，他恐怕认为这个日子不大合适吧。”

“别人怎么想和我有什么相干？在感情问题上管别人的闲事，真荒唐。我们是为自己感受，不是为人家感受的。小姐很少有娱乐的机会，这次兴高采烈地去听音乐会，我不能仅仅为了使人家高兴而让她扫兴。”

她拿起帽子。

“可是，希尔贝特，”我抓住她的胳膊说，“这不是为了使人家高兴，是为了使你父亲高兴。”

“希望你别来教训我。”她一面用力挣脱我，一面厉声喊道。

斯万夫妇除了带我去动物园或音乐厅以外，还对我另加厚待，即不将我排除在他们与贝戈特的友情之外，而当初正是这种友情使他们在我眼中具有魔力。我甚至在结识希尔贝特以前就认为，她与这位神圣长者的亲密关系会使她成为我最钟爱的女友，如果她对我的蔑视不致使我的希望（希望她有朝一日带我和贝戈特一同参观他所喜爱的城市）破灭的话。

有一天，斯万夫人请我参加一个盛大宴会。我不知道同桌的客人是谁。我到达时，在门厅里遇到的一件事使我胆怯和惶惑。斯万夫人总是采用本季节中被认为最时髦的，但很快就因过时而被摒弃的礼节（例如，多年以前她曾有过 hansom cab（双轮双座马车），或者曾在吃饭请帖上印上要与某某大小名人会见）。这些礼仪毫不神秘，无须传授便能入门。奥黛特采用了当时从英国进口的小小发明，让丈夫叫人印了一些名片，在夏尔·斯万的名字前冠以 Mr（先生）。我首次拜访斯万夫人以后，她曾来我家留下这样一张“纸片”（用她的话说），在这以前从来没有人给我留过名片，因此我无比得意、无比激动、无比感激，兴奋之余，我倾囊中所有订了一个十分漂亮的茶花花篮送给斯万夫人。我恳求父亲去她家留张名片，并且首先赶紧在名字前印上“Mr”，但他对这两项请求置若罔闻，我大为失望，不过几天以后我思索也许他这样做是对的。“Mr”尽管只是摆设，但含义一目了然，而吃饭那一天我见到的另一个礼仪却令人费解。我正要从候见室走进客厅时，膳食总管递给我一个写着我名字的细长信封。我在惊奇之中向他道谢，看看信封，不知该如何处置，就好比外国人面对中国宴席上分发的那些小工具一样不知如何是好。信封口是封着的，立刻拆开未免显得冒失，于是我带着心领神会的表情将它塞进衣袋。几天以前，斯万夫人写信邀我去她家和“几位熟人”一同吃饭，那天客人竟达十六位之多，而且我根本不知道其中还有贝戈特。斯万夫人先后向好几位客人为我“道名”（这是她的说法），突然，在我的名字以后，她不动声色地说出（仿佛我们仅仅是萍水相逢的客人）那位温柔的白发歌手的名字。“贝戈特”像射向我的枪弹，使我震惊，但是，为了表示沉着，我本能地向他鞠躬。在我面前答礼的是个相貌年轻的人，个子不高，身体粗壮，近视眼，长着一个蜗牛壳似的往上翘的红鼻子，留着黑色的山羊胡。他站在我面前，仿佛是位魔术师：他穿着礼服在枪击的硝烟中安然无恙，而从枪口飞出的竟是一只鸽子。我颓丧至极，因为刚才被炸为齑粉的不仅仅是那位瘦弱的老者（他已荡然无存），还有那些巨著中的美，我曾使它栖息在我特别为它营造的（如殿堂一样的）衰弱而神圣的躯体之中，而我面前这位翘鼻子和黑胡须的矮男人，他那粗壮的身体上（充满了血管、骨骼、神经结）哪会有美的栖息之处呢？我曾用贝戈特作品中的透明美来塑造贝戈特，它们缓慢地、细细地，像钟乳石一样一滴一滴地塑造他，可是顷刻之间，这个贝戈特毫无意义，因为我必须保留他那个翘鼻子和黑胡子，这就好比我们在做算题时不看清全部数据，不考虑总数应该是什么而求题解一样，毫无意义。鼻子和胡子是无法避免的因素，它们使我十分为难，使我不得不重新塑造贝戈特这个人物，它们似乎意味着、产生着、不断分泌着某种入世和自满的精神，而这是不协调的，因为它与他那些为我所熟悉的、充满了平和而神圣的智慧的作品中的气质毫无共同之处。从作品出发，我永远也到达不了那个翘鼻子。而从这个似乎毫不在意的、我行我素的、随兴所致的鼻子出发，我走上与贝戈特的作品完全相反的方向，我的精神状态仿佛一位匆匆忙忙的工程师——当人们向他打招呼时，他不等别人问好，便理所当然地回答："谢谢，您呢？"如果别人说很高兴与他认识，他便采用他认为行之有效的、聪明的、时髦的省略句"彼此彼此"，以避免在毫无意义的寒暄上浪费宝贵时间。名字这个东西显然是位随兴所致的画家，它为人物地点所作的速写异想天开，因此当我们面对的不是想象的世界，而是可见世界时（它并非真实世界，因为我们的感官和想象力一样，不擅长重现真实；看见的世界和想象的世界大不相同，我们对现实的略图也和看见的大相径庭），我们往往大吃一惊。就贝戈特而言，使我更窘迫的不是我对他的名字的先入之见，而是我对他的作品的了解。我不得不将蓄山羊胡子的男人系在这些作品上，仿佛系在气球上，忧心忡忡，唯恐气球无法升空。然而，我热爱的那些书，看来确实是他的作品，因为当斯万夫人按规矩对他说我钦佩他的某部作品时，他对这番为他而发的，而非为其他客人而发的赞词处之泰然，似乎毫不认为这是误会。他为这些宾客而身着礼服，礼服下是那个贪馋地等待进餐的身体，他的注意力集中于某些更为重要的现实，因此当我们提到他的作品时，他微微一笑，仿佛它们不过是他旧日生活的片段，仿佛我们提到的不过是他当年在化装舞会上扮作吉斯公爵这件区区小事。在这个微笑中，他的作品的价值在我眼中一落千丈（并且波及美、宇宙、生命的全部价值），而沦为蓄山羊胡子的男人的拙劣消遣。我想他曾辛勤笔耕，其实，如果他生活在盛产珠母的小岛，那么，他不会笔耕，而会经营珍珠买卖。他的创作不再像以前一样是命中注定的。于是我怀疑独特性是否真能证明伟大作家是其特有王国中的神，抑或这一切纯属虚构，实际上作品之间的差异来自劳动，而非来自不同个性之间的本质区别。

此时我们入席就座。我的盘子旁边放着一株用银纸裹着茎部的石竹花。它不像刚才在候见厅拿到的那个信封（而且我早已忘在脑后）使我如此困惑。这个礼仪虽说对我很新颖，但似乎不难理解，因为我看见所有的客人从餐具旁拿起同样的石竹花，插进礼服的扣眼中。我也如法炮制，神情自然，仿佛一位无神论者来到教堂，他虽不知弥撒是怎么回事，但是众人站起来他便跟着站起来，众人下跪他也跟着下跪。另一个陌生的，但转瞬即逝的礼仪令我很不愉快。在我餐盘的另一边，有一个更小的盘子，里面装着黑乎乎的东西（我当时不知这是鱼子酱），我不知道应该拿它怎么办，但我决心不碰它。

贝戈特坐得离我不远，他的话语我听得十分清楚，我忽然理解德·诺布瓦先生为什么对他有那个印象。他的确有一个古怪的器官。最能改变声音的物质品质的，莫过于其中所包含的思想了。思想影响二合元音的强度、唇音的力度，以及声调。他的说话方式似乎和写作方式完全不同，就连他说的内容也与写的内容完全不同。他的声音来自一个面具，但它却不能使我们立刻认出面具后面那张我们在他的文笔中所亲眼见到的面孔。很久以后，我才发现他谈话中的某些片段（他所习惯的讲话方式只有在德·诺布瓦先生眼中才显得矫揉造作、令人不快）与他作品的某些部分完全对应，而作品中的形式变得如此富有诗意、富有音乐性。他认为自己的话语具有一种与词意无关的造型美。既然人的语言与心灵相通但又不像文体一样表达心灵，贝戈特的话语似乎是颠三倒四的，他拖长某些字，而且，如果他追求的是单独一个形象，他便将字串联在一起，形成一个单调得令人厌倦的连读音。因此，一种自命不凡的、夸张而单调的讲话方式正是他谈吐的美学品质的标志，正是他在作品中创造一系列和谐形象的能力在话语中的体现形式。我之所以煞费力气才意识到这一点，是因为他当时说的话，正由于它来自贝戈特本人，所以看上去不像是贝戈特的话。

这些丰富而精确的思想，是许多专栏作家自诩的“贝戈特风格”中所缺乏的。这种不相似可能根源于事实的另一个侧面——在谈话中只能隐约看见它，好比隔着墨镜看画，即当你读贝戈特的一页作品时，你感到那是任何平庸的模仿者在任何时候都写不出来的，虽然他们在报纸书刊中用“贝戈特式”的形象和思想来大大美化自己的文字。文体上的这种区别在于“贝戈特风格”首先是挖掘，这位伟大作家运用天才，将隐藏在每件事物之中的宝贵而真实的因素挖掘出来，挖掘——而非“贝戈特风格”——才是这位温柔歌手的创作目的。事实上，既然他是贝戈特，那么，不论他愿意与否，他都在实践这种风格。从这个意义上说，他作品中每一点新的美正是他从事物中所挖掘出来的每一点贝戈特。然而，如果说每一点美都与其他的美相关且易于识别的话，它仍然具有特殊性，对它的挖掘也具有特殊性。美既然是新的，便有别于人们所谓的贝戈特风格，这种风格其实不过是贝戈特已经发现并撰写的各个贝戈特的泛泛综合罢了，它绝不可能帮助平庸者去预料在别处会发现什么。对一切伟大作家来说都是这样，他们的文字的美，如同尚未结识的女人的美一样，是无法预料的。这种美的创造，它附在他们所想到的——想到的不是自己——但尚未表达的某件外界事物之上。当今的回忆录作家，如果想模仿圣西门而又不愿太露痕迹，可以像维拉尔[1]肖像中头一段那样所写，“这是一位身材高大的棕发男子……面貌生动、开朗、富有表情”。但是

[1] 维拉尔是圣西门回忆录中的一位权贵，法国元帅。

谁能担保他找到第二段开头的那句话“而且确实有点疯狂”呢？真正的多样性寓于丰富的、真实的、意想不到的因素之中，寓于那些已经缀满春天花朵的篱笆上出人意料地探出身来的蓝色的花枝之中，而对多样性的（可以推广至其他所有的文体特点）纯粹的形式模仿不过是空虚和呆板——与多样化最不相容的特点——罢了。只有那些对大师作品的多样性毫不理解的人，才会对模仿者产生多样性的幻觉或回忆。

贝戈特的话语，如果不是与他那正在发挥作用的、正在运转的思想紧密相连（这种紧密联系不可能立即被耳朵捕捉），那么它也许会令人倾倒。反言之，正因为贝戈特将思想精确地应用于他所喜爱的现实，因此他的语言才具有某种实在的、营养过于丰富的东西，从而使那些只期望他谈论“形式的永恒洪流”和“美的神秘战栗”的人大失所望。他作品中那些永远珍贵而新颖的品质，在谈话中转化为一种十分微妙的观察事物的方式。他忽略一切已知的侧面，仿佛从细枝末节着眼，陷于谬误之中，自相矛盾，因此他的思想看上去极其混乱，其实，我们所说的清晰思想只是其混乱程度与我们相同的思想罢了。此外，新颖有一个先决条件，即排除我们所习惯的，并且视作现实化身的陈词滥调，因此，任何新颖的谈话，如同一切具有独创性的绘画音乐一样，最初出现时总是过于雕琢，令人厌烦。新颖的谈话建立在我们所不习惯的修辞手段之上，说话者似乎只是采用隐喻这一手段，听者不免感到厌倦，感到缺乏真实性（其实，从前古老的语言形式也曾是难以理解的形象，如果听者尚未认识它们所描绘的世界的话。不过，长期以来，人们把这个世界当作真实的，因而信赖它）。因此，当贝戈特说戈达尔是一个寻找平衡的浮沉子时（这个比喻今天看来很简单），当他说布里肖“在发式上费的苦心超过斯万夫人，因为他有形象和声誉双重考虑，他的发式必须使他既像狮子又像哲学家”时，听者很快就厌烦，他们希望能抓住所谓更具体的东西，其实就是更通常的东西。我眼前这个面具所发出的难以辨认的话语，的确应该属于我所敬佩的作家，当然它不可能像拼图游戏中的七巧板一样塞到书中，它具有另一种性质，要求转换；由于这种转换，有一天当我自言自语地重复我所听见的贝戈特的词句时，我突然发现它具有和他的文体相同的结构，在这个我原以为截然不同的口头语言中，我认出并确切看到他文体中的各个因素。

从次要的角度看，他说话时常用某些字、某些形容词，而且每每予以强调。他发这些音时，采取一种特殊的、过于精细和强烈的方式（突出所有的音节，拖长最后音节，例如总是用 visage 来代替 figure[1]，并且在 visage 中加上许多的 v、s、g，它们仿佛从他此刻张开的手中爆炸开来），这种发音方式与他在文字中赋予这些他所喜爱的字眼的突出地位十分吻合。在这些字眼前面是空白，字眼按句子总韵脚做一定的排列，因此，人们必须充分发挥它们的“长度”，否则会使节拍错乱。然而，在贝戈特的语言中找不到在他或其他某些作家作品中的那种往往使字眼改变外形的光线，这大概是因为他的语言来自最深层，它的光线照射不到我

[1] 在法语中，这两个字都为“面孔”。

们的话语；因为当我们在谈话中向别人敞开心扉时，在某种意义上，我们却向自己关闭。从这一点来看，他的作品比话语具有更多的音调变化，更多的语气。这语气独立于文体美之外，与作者最深沉的个性密不可分，因此他本人可能并不察觉。当贝戈特在作品中畅叙心怀时，正是这个语调使他所写的，当时往往无足轻重的字眼获得了节奏。这些语调在作品中并未标明，也没有任何记号，然而，它们却自动地附在词句之上（词句只能以这种方式来诵读），它们是作者身上最短暂而又最深刻的东西，而且它们将成为作者本质的见证，以说明作者的温柔（尽管他往往出言不逊）和温情（尽管好色）。

贝戈特谈话中所显示的某些处于微弱状态的发音特点并非他所独有。我后来结识了他的兄弟姐妹，发现这些特点在他们身上更为突出。在快活的句子里，最后几个字总是包含某种突然的、沙哑的声音，而忧愁的句子总是以衰弱的、奄奄一息的声音作为结尾。斯万在这位大师年轻时便认识他，因此告诉我他当时常听见贝戈特和兄弟姐妹们发出这种可以说是家传的声调，时而是强烈欢乐的呼喊，时而是缓慢忧郁的低语，而且当他们一同在大厅玩耍时，在那时而震耳欲聋时而有气无力的合唱中，贝戈特的那一部分唱得最好。人们脱口而出的声音，不论多么独特，也是短暂的，与人同时消失，但贝戈特的家传发音则不然。如果说，即使就《工匠歌手》[1] 而言，艺术家靠聆听鸟鸣来创作音乐就令人难

[1] 即瓦格纳的《纽伦堡的工匠歌手》。

以理解的话，那么，贝戈特也同样令人惊奇，因为他将自己拖长发音的方式转换并固定在文字之中，或是作为重复的欢叫声，或是作为缓慢而忧愁的叹息。在他的著作中，句尾的铿锵之声一再重复、延续，像歌剧序曲中的最后音符一样令人欲罢不能，只好一再重复，直到乐队指挥放下指挥棒。后来我发觉，这种句尾与贝戈特家族铜管乐般的发音相吻合。不过对贝戈特来说，自从他将铜管乐声转换到作品之中，他便不知不觉地不再在谈话中使用。从他开始写作的那一天起——更不用说我结识他的时候——他的声音中永远失去了铜管乐。

这些年轻的贝戈特——未来的作家及其兄弟姐妹——并不比其他更为文雅、更富才智的青年优秀。在后者眼中，贝戈特这家人嘈杂喧闹，甚至有点庸俗，他们那令人不快的玩笑标志着他们的“派头”——既自命不凡又愚蠢可笑的派头。然而，天才，甚至最大的天才，主要不是来自比他人优越的智力因素和交际修养，而是来自对它们进行改造和转换的能力。如果用电灯泡来给液体加热，我们并不需要最强的灯泡，而是需要一个不再用于照明的、电能可以转换的、具有热度而非亮度的灯泡。为了在空中漫游，我们需要的不是最强的发动机，而是能将平面速度转换为上升力的另一种发动机（它不再在地面上跑，而是以垂直线取代原先的水平线）。与此相仿，天才作品的创作者并不是谈吐惊人、博学多才、生活在最高雅的气氛之中的人，而是那些突然间不再为自己而生存，而且将自己的个性变成一面镜子的人；镜子反映出他们的生活，尽管从社交角度，甚至在某种意义上从思想角度来看，这生活平庸无奇，但天才寓于反射力中，而非寓于被反射物的本质之中。年轻的贝戈特能够向他的读者阶层展示他童年时生活过的、趣味平庸的沙龙，以及他和兄弟们枯燥无味的谈话。此刻，他比他家的朋友上升得更高，虽然这些人更机智也更文雅。他们可以坐上漂亮的罗尔斯–罗伊斯牌汽车回家，一面对贝戈特家的庸俗趣味嗤之以鼻，而他呢，他那简单的发动机终于“起飞”，他从上空俯视他们。

他的言谈的其他特点是他与同时代的某些作家（而不是与他的家庭成员）所共有。某些比他年轻的作家开始否认他，声称与他没有任何思想共性，而他们在无意之中却显示了这种共性，因为他们使用了他一再重复的副词和介词，他们采用了与他一样的句子结构，与他一样的减弱和放慢的口吻（这是对上一代人口若悬河的语言的反作用）。这些年轻人也许不认识贝戈特（我们将看到其中几位的确不认识），但他的想法已经被灌注到他们身上，并在那里促使句法和语调起变化，而这些变化与思想独特性具有必然联系。这种关系在下文中还需做进一步解释。如果说贝戈特在文体上并未师承任何人的话，他在谈吐上却师承了一位老同学，此人是出色的健谈者，对贝戈特颇有影响，因此贝戈特说起话来不知不觉地模仿他，但此人的才华不如贝戈特，从未写出真正优秀的作品。如果以谈吐不凡为标准，那么贝戈特只能归于弟子门生、转手作家一流，然而，在朋友谈吐的影响下，他却是具有独特性和创造性的作家。贝戈特一直想与喜好抽象概念和陈词滥调的上一代人有所区别，所以当他赞赏一本书时，他强调和引用的往往是某个有形象的场面，某个并无理性含义的图景。“啊！好！”“妙！一位戴橘红色披巾的小姑娘，啊！好！”或者“啊！对，有一段关于军团穿过城市的描写，啊！对，很好！”从文体来看，他与时代不完全合拍（而且他完全属于他的国家，因为他讨厌托尔斯泰、乔治·艾略特、易卜生和陀思妥耶夫斯基）。他在夸奖某某文体时，常用“温和”一词。“是的，我喜欢夏多布里昂的《阿达拉》胜过《朗塞传》，我觉得前者更温和。”他说这话时很像一位医生：病人抱怨说牛奶使他的胃不舒服，医生回答说：“牛奶可是温和的。”贝戈特的文笔中确实有某种和谐，它很像古人在演说家身上所赞赏的和谐，而这种性质的褒词在今天令人难以理解，因为我们习惯于现代语言，而现代语言追求的不是这种效果。

当人们赞美他的某些篇章时，他露出羞怯的微笑说：“我觉得它比较真实、比较准确，大概有点用处吧。”但这仅仅是谦虚，正好比一位女人听到别人赞赏她的衣服或她的女儿时说“它很舒服”或“她脾气好”。然而，建筑师的本能在贝戈特身上根深蒂固，因此他不可能不知道，只有欢乐，作品所赋予他的——首先赋予他，其次才赋予别人——欢乐才是他的建筑既有用又符合真实的确凿证据。可是，多年以后，他才华枯竭，每每写出自己不满意的作品，但他没有理所应当地将它们抹去，而是执意发表，为此他对自己说：“无论如何，它还是相当准确的，对我的国家不会没有一点用处。”从前他在崇拜者面前这样说是出于狡黠的谦虚，后来他在内心深处这样说是出于自尊心所感到的不安。这同样的话语，在从前是贝戈特为最初作品的价值辩护的多余理由，在后来却似乎是他为最后的平庸作品所进行的毫无效果的自我安慰。

他具有严格的鉴赏力，他写的东西必须符合他的要求：“这很温和。”因此，多年里他被看作少产的、矫揉造作的、只有雕虫小技的艺术家，其实这严格的鉴赏力正是他力量的奥秘，因为习惯既培养作家的风格也培养人的性格。如果作家在思想表达方面一再地满足于某种乐趣，那么，便为自己的才能划定了永久边界，同样，如果人常常顺从享乐、懒惰、畏惧、痛苦等情绪，那么他便在自己的性格上亲自勾画出（最后无法修改的）自己恶习的图像和德行的限度。

后来我发现了作家和人的许多相通之处，但是，最初在斯万夫人家，我不相信站在我面前的就是贝戈特，就是众多神圣作品的作者，我之所以如此，并非毫无道理，因为贝戈特本人也不“相信”（从这个词的真正含义来说）。他不相信这一点，所以才对与他相差万里的交际人物（虽然他并不附庸风雅）、文人记者大献殷勤。当然，他现在从别人的赞赏中得知自己有天才，而社会地位和官职与天才相比一文不值。他得知自己有天才，但他并不相信，因为他继续对平庸的作家装出毕恭毕敬的样子，为的是不久能当上法兰西学院院士，其实法兰西学院或圣日耳曼区与产生贝戈特作品的“永恒精神”毫不相干，正好比与因果规律、上帝的概念毫不相干一样。这一点他也知道，正如一位有偷窃癖的人明知偷窃不好，但无能为力一样。这位有山羊胡和翘鼻子的男人像偷窃刀叉的绅士一样施展伎俩，以接近他所盼望的院士宝座，以接近掌握多张选票的某位公爵夫人，但他努力不让自己的花招被谴责此类目的的人所识破。他只获得了一半成功。和我们说话的时而是真正的贝戈特，时而是自私自利、野心勃勃的贝戈特，他为了抬高自己的身价，大谈特谈有权有势、出身高贵或家财万贯的人，而当初那位真正的贝戈特却在作品中如此完美地描写了穷人那如泉水一般清澈的魅力。

至于德·诺布瓦先生所谈到的其他恶习，例如近乎乱伦的爱（据说还夹杂着金钱诈骗），它们显然与贝戈特的最新小说的倾向背道而驰。这些小说充满了对善良的追求，执着而痛苦的追求，主人公的任何一点欢乐都夹杂着阴影，就连读者也感到焦虑，而在这焦虑之中，最美满的生活也似乎无法忍受。尽管如此，即使贝戈特的恶习是确有其事，也不能说他的文学是欺骗，不能说他丰富的敏感性只是逢场作戏。在病理学中，某些现象表面上相似，起因却各不相等，有的是因为血压、分泌等过高过多，有的却因为不足，同样，恶习的起因可以是过度敏感，也可以是缺乏敏感。也许在真正的堕落生活中，道德问题的提出才具有令人焦虑的强度，而艺术家对这个问题的答案并不是从个人生活出发，而是属于一般性的文学性的答案——对他来说这才是真正的生活。教会的大圣师们往往在洁身自好的同时，接触人类的一切罪恶，并从中获得自己个人的神圣性。大艺术家也一样，他们往往在行恶的同时，利用自己的恶习来绘制对我们众人的道德标准。作家生活环境中的恶习（或者仅仅是弱点笑柄），轻率乏味的谈话，女儿令人反感的轻浮行径，妻子的不忠，以及作家本人的错误，这些都是作家在抨击中最经常谴责的东西，但他们并不因此而改变家庭生活的排场或者家中所充斥的庸俗情调。这种矛盾从前不像在贝戈特时代这样令人吃惊，因为，一方面，社会的日益堕落使道德观念越来越净化，另一方面，公众比以前任何时候都更想了解作家的私生活。有几个晚上，在剧场中，人们相互指着这位我在贡布雷时如此敬佩的作家，他坐在包厢深处，他的伴侣们的身份就足以为他最近作品中的观点做注脚——或是作为对这观点的可笑或尖锐的讽刺，或是对它的无耻否定。这些人或那些人对我说的话并不能使我对贝戈特的善良或邪恶知道得更多。某位好友提出证据，说他冷酷无情，某位陌生人又举一事为例（令人感动，因为贝戈特显然不愿声张），说明他很重感情。虽然他对妻子无情无义，但是，当他在乡村小店中借宿一夜时，他却守候在试图投水自尽的穷女人身旁，而且，当他不得不离开时，他给店主留下不少钱，让店主别把可怜的女人赶走，要照顾她。也许，随着大作家和蓄山羊胡的人在贝戈特身上的此涨彼落，他的个人生活越来越淹没在他所想象的各种人生的浪潮之中。他不必再履行实际义务。因为它已被想象各种人生这项义务所取代。同时，既然他想象别人的感情时如同自己的切身感受，所以，当形势要求他和一位不幸的人（至少暂时不幸）打交道时，他的观点不再是自己的，而是那位受苦者的；既然他从那个观点出发，于是，凡不顾他人痛苦、一心只打自己小算盘的人的语言便受到他的憎恶，因此，他在周围引起了理所当然的怨恨和永不磨灭的感激。

这个人内心深处真正喜欢的只是某些形象，只是用文字来构图和描绘（如同小盒底的袖珍画）。如果别人送他一点小东西，而这小东西能启发他编织形象的话，那么，他一谢再谢，但他对于一个昂贵的礼品却毫无感激之意。如果他出庭申辩，他斟酌字句时不会考虑它们对法官会产生什么效果，而会不由自主地强调形象——法官肯定没有看到的形象。

在希尔贝特家初次与贝戈特相遇的那天，我对他说我不久前看了拉贝玛的《淮德拉》。他告诉我有一个场面，拉贝玛静立着、手臂平举——正好是受到热烈鼓掌的那一幕——这是古典杰作在她高超技巧中的巧妙再现，而她大概从未见过这些杰作，例如奥林匹斯圣殿中楣间饰上的那一位赫斯珀里得斯[1]，以及古代埃雷克塞伊翁寺殿[2]上美丽的贞女。

“这可能是直觉，不过我想她肯定去过博物馆的。‘判明’这一点将很有意义（“判明”是贝戈特的常用词，有些年轻人虽然从未见过他，但也借用他的词汇，通过所谓远距离启示而模仿他说话）。”

“您是指女像柱吧？”斯万问道。

“不，不，”贝戈特说，“当然，她向奥依娜承认爱情时，那姿势很像凯拉米科斯的赫盖索方碑上的图[3]，但除此以外，她再现的是一种更为古老的艺术。我刚才提到古老的埃雷克塞伊翁寺的卡

[1] 法语中复数的赫斯珀里得斯是希腊神话人物阿特拉斯（天的托持者）的三个女儿。

[2] 埃雷克塞伊翁是希腊雅典古卫城上的寺殿，上有著名的女像柱。

[3] 凯拉米科斯，雅典城古区，该区墓园中有好几座公元前 4 世纪的墓碑，其中有赫盖索方碑，碑上一女奴向女主人献珠宝盒。

里阿蒂德群像，我承认它与拉辛的艺术没有丝毫相似之处，不过，《淮德拉》内容那么丰富……再添一点又何妨……啊！再说，六世纪的小淮德拉的确很美，挺直的手臂，大理石雕像般的鬈发，不错，她想出这些来真了不起。比起今年许多‘古典’作品来，这出戏里的古典味要浓得多。”

贝戈特曾在一本书中对这些古老的雕像进行著名的朝谒，因此，他此刻的话在我听来清楚明了，使我更有理由对拉贝玛的演技感兴趣。我努力回忆，回忆我所记得的她平举手臂的场面，我还一面想：“这就是奥林匹斯的赫斯珀里得斯，这就是雅典古卫城中美丽祈祷者雕像的一位姐妹，这就是高贵艺术。”然而，要想使拉贝玛的姿势被这些思想所美化，贝戈特本该在演出以前向我提供思想。如果那样的话，当女演员的姿势确确实实出现在我眼前时（也就是说，当正在进行的事物仍然具有全部真实性时），我就可以从中提取古雕塑的概念。而现在，对于这出戏中的拉贝玛，我所保留的只是无法再更改的回忆，它是一个单薄的图像，缺乏现在时所具有的深度，无法被人挖掘，无法向人提供新东西。我们无法对这个图像追加新解释，因为这种解释得不到客观现实的核对和认可。斯万夫人为了加入谈话，便问我希尔贝特是否让我读了贝戈特论《淮德拉》的文章。“我有一个十分淘气的女儿。”她补充说。贝戈特谦虚地一笑，辩解说那篇文章没什么价值。“哪里的话，这本 tract（小册子），妙极了！妙极了！”斯万夫人说，以显示自己是好主妇，让人相信她读过这本书，她不但喜欢恭维贝戈特，还喜欢赞扬他的某些作品，启发他。她的确以自己想象不到的方式给他以启发。总之，斯万夫人沙龙的高雅气氛与贝戈特作品的某个侧面，这两者之间存在着密切联系，对今天的老人来说，它们可以互做注解。

我随兴所至地谈了谈观感，贝戈特并不同意，但任我讲下去。我告诉他我喜欢淮德拉举起手臂时的绿色灯光。“啊！布景师听您这样说会很高兴的，他是位了不起的艺术家，我要把您的看法告诉他，他正为这个灯光设计十分自豪呢。至于我嘛，说实话，我不大喜欢这种灯光，它使一切都蒙在海蓝色的雾气之中，小淮德拉站在那里就像水族馆缸底上的珊瑚枝。您会说这可以突出戏的宇宙性，确实如此。不过，如果剧情发生在海神的宫殿，那么，这种布景就更合适了。是的，当然，我知道这出戏里有海神的报复。不，我并不要求人们仅仅想到波尔罗亚尔，但是，拉辛讲的毕竟不是海神的爱情呀。话说回来，这是我朋友的主意，效果强烈，而且归根到底，相当漂亮。总之，您喜欢它，您理解它，对吧，我们对这一点的想法从根本上是一致的，他的主意有点荒诞，对吧，但毕竟别出心裁。”当贝戈特的意见与我相反时，他决不像德·诺布瓦先生所可能做的那样，使我无言以对、沉默不语，但这并不是说贝戈特不如大使有见解，恰恰相反。强大的思想往往使反驳者也从其中获得力量。这思想本身就是思想的永恒价值的一部分，它攀附、嫁接在它所驳斥的人的精神上，而后者利用某些毗邻的思想夺回少许优势，从而对最初的思想进行补充和修正，因此，最后结论可以算是两位争论者的共同作品。只有那些严格说来不算思想的思想，那些毫无根基，在对手的精神中找不到任何支撑点、任何毗邻关系的思想，才会使对手无言以对，因为他面对的是纯粹的空虚。德·诺布瓦先生（关于艺术）的论点是无法反驳的，因为它是空幻的。

既然贝戈特不排斥我的不同看法，我便告诉他德·诺布瓦先生曾对我嗤之以鼻。“这是个头脑简单的老头，”他说，“他啄您几下是因为他总以为面前是松糕或墨鱼。”斯万问我道：“怎么，您认识诺布瓦？”“啊，他像雨点一样令人厌烦，”他妻子插嘴说，她十分信赖贝戈特的判断力，而且也可能害怕德·诺布瓦先生在我们面前说她的坏话，“饭后我想和他谈谈，可是，不知是由于年龄还是由于消化问题，他显得很迟钝，我看早该给他注射兴奋剂！”贝戈特接着她说：“对，没错，他往往不得不保持沉默，以免不到散场就把他储存的，将衬衣前胸和白背心撑得鼓鼓的蠢话说光了。”“我看贝戈特和我妻子未免太苛刻，”斯万说，他在家中充当通情达理的角色，“当然，诺布瓦不会引起您很大兴趣，但是从另一个角度来看（斯万喜欢收集“生活”中的美），他这个人相当古怪，是个古怪的情人，”他等希尔贝特确实听不见时才接着说，“他曾在罗马任秘书，那时他在巴黎有位情妇，他爱得发疯，千方百计每星期回来两次，仅仅和她待上两小时。那女人既美丽又聪明，不过现在已经是老太太了。这期间他又有过许多情妇。要是我待在罗马，而我爱的女人住在巴黎，那我准会发疯。对于神经质的人来说，他们必须屈尊‘下爱’（老百姓的说法），因为这样一来，他们所爱的女人就会考虑利害关系而迁就他们。”斯万突然发现我可以将这句格言应用于他和奥黛特的关系，便对我十分反感，因为，即使当优秀人物似乎和你一同翱翔于生活之上时，他们身上的自尊心仍然气度狭窄。斯万仅仅在不安的眼神中流露出这种反感，嘴上什么也没说。这毫不奇怪。据说（这种说法是捏造的，但其内容每日在巴黎生活中重复）拉辛对路易十四提到斯卡隆[1]时，这位世上最强大的国王当晚没有对诗人说什么，然而第二天拉辛便失宠了。

理论要求得到充分的表述，因此，斯万在这片刻的不快并擦拭镜片以后，对思想进行补充，而在我后来的回忆中，他这番话仿佛是预先警告，只是我当时毫无察觉罢了。他说："然而，这种爱情的危险在于：女人的屈服可以暂时缓和男人的嫉妒，但同时也使这种嫉妒更为苛刻。男人甚至会使情妇像囚犯一样生活：无论白天黑夜都在灯光监视之下以防她逃跑。而且这往往以悲剧告终。"

我又回到德·诺布瓦话题上。"您可别相信他，他好讲人坏话。"斯万夫人说，那口气似乎说明德·诺布瓦先生讲过她的坏话，因为斯万用责备的眼光瞧着她，仿佛不要她往下讲。

希尔贝特已经两次被催促去更衣，准备出门，但她一直待在那里听我们谈话。她坐在母亲和父亲之间，而且撒娇地靠在父亲肩上。乍一看来，她和斯万夫人毫不相似，斯万夫人是褐色头发，而少女是红色头发、金色皮肤。但是片刻以后，你会在希尔贝特身上认出她母亲的面貌——例如被那位无形的、为好几代人捉刀

[1] 斯卡隆（1610—1660）：法国作家，他死后，路易十四与他的遗孀秘密结婚。

的雕刻师所准确无误地猛然削直的鼻子——以及表情和动作。如果拿另一种艺术比喻，可以说她是斯万夫人的画像，但并不十分相似，画家出于对色彩的一时爱好，仿佛让斯万夫人在摆姿势时半装扮成赴“化装”宴会的威尼斯女人。不仅假发是金黄色的，一切深色元素都从她的身体上被排除了，而肉体既已脱去了褐色网纱，便显得更为赤裸，它仅仅被内心太阳所发射的光线所覆盖，因此，这种化装不仅是表面的，它已嵌入肉身。希尔贝特仿佛是神话传奇动物或是装扮的神话人物。她那橙黄色的皮肤来自父亲，大自然当初在创造她时，似乎只需考虑如何一片一片地重现斯万夫人，而全部材料均来自斯万先生的皮肤。大自然将皮肤使用得完美无缺，好比木匠师傅想方设法让木材的纹理节疤露出来。在希尔贝特的面孔上，在那个惟妙惟肖的奥黛特的鼻子旁边，隆起的皮肤一丝不苟地重现了斯万先生那两颗美人痣。坐在斯万夫人旁边的是她的新品种，就好比在紫丁香花旁边的是白丁香花。但是不能认为在这两种相似之间有一条绝对清晰的分界线。有时，当希尔贝特微笑时，我们看见她那张酷似母亲的面孔上有着酷似父亲的椭圆形双颊，老天爷似乎有意将它们放在一起，以考察这种混合的效果。椭圆形越来越清晰，像胚胎一样逐渐成形，它斜着延伸膨胀鼓起，片刻以后又消失。希尔贝特的目光中有父亲和善坦率的眼神。她给我那个玛瑙弹子并且说：“拿着作为我们友情的纪念吧！”这时我看到这种眼神。可是，如果你对希尔贝特提问题，问她干了什么事，那么，你就会在这同一双眼睛中感到窘迫、犹豫、躲闪、忧愁，而那正是昔日奥黛特的眼神——斯万问她曾去什么地方而她撒谎。这种谎言当初曾使他这位情人伤心绝望，而如今他是位谨慎的丈夫，他不追究谎言，而是立刻改变话题。在香榭丽舍大街，我常常在希尔贝特身上看见这种眼神而深感不安，而在大多数情况下，我的不安毫无根据，因为她身上的这种眼神——至少就它而言——只是来自她母亲的纯粹生理性的遗迹，没有任何含义。当希尔贝特上完课，或者当她不得不回家做功课时，她的瞳孔闪动，就像奥黛特昔日害怕让人知道她白天曾接待情人或者急于去幽会时的眼神一样。就这样，我看见斯万先生和夫人的两种天性在这位梅吕西娜[1]的身体上波动，回涌，此起彼落。

谁都知道，一个孩子可以既像父亲又像母亲，但是他所继承的优点和缺点在配搭上却甚为奇特，以至父亲或母亲身上那似乎无法分开的两个优点，到了孩子身上只剩下一个，而且还伴之以双亲中另一位身上的缺点，而且此一缺点与彼一优点看上去有如水火互不相容。精神优点伴之以无法相容的生理缺陷，这甚至是子女与父母相似的一个规律。在两姐妹中，一位像父亲一样仪表堂堂，但同时也像母亲一样才智平庸，另一位充满了来自父亲的智慧，但却套上母亲的外壳，母亲的大鼻子、干瘪的胸部，甚至声音，都好比是天赋抛弃了原先的优美外表而另换上的衣服。因此，两姐妹中任何一位都可以理直气壮地说她最像父亲或母亲。希尔贝特是独生女，但至少有两个希尔贝特。父亲和母亲的两种

[1] 梅吕西娜：中世纪传奇中的人物，被罚每星期六变为半蛇半女。

特性不仅仅在她身上杂交，而且还争夺她，不过这样说不够确切，使人误以为有第三个希尔贝特以此争夺为苦，其实不然，希尔贝特轮流地是这一个她或者是那一个她，而在同一时间里她只能是其中的一个，也就是说，当她是不好的希尔贝特时，她也不会痛苦，既然那个好希尔贝特暂时隐退，又怎能看见这种堕落呢？因此，两个希尔贝特中那个不好的希尔贝特便可以放心大胆地从事格调不高的娱乐。当另一个希尔贝特用父亲的胸襟说话时，她目光远大，你会很乐于和她一道从事美好而有益的事业，你这样对她说，可是，当你们即将签约时，她母亲的气质又占了上风，回答你的是它，于是你失望、气馁，几乎困惑不解，仿佛面前是另一个人，因为此时此刻的希尔贝特正在怡然自得地发表平庸的见解，并伴之以狡猾的冷笑。有时，这两个希尔贝特相距万里，以至你不得不自问（虽属徒劳）你到底做了什么错事才使她完全翻脸。她曾要求和你约会，但她没有来，事后也没有道歉，而且，不论是什么原因使她改变主意，她事后的表现判若两人，以至你以为自己被相似的外表所欺骗（如同《孪生兄弟》[1] 的主要情节），你面前这个人并非当初如此热切要求和你见面的人。她有时表示愠怒，这说明她于心有愧又不愿意解释。

“好了，快去吧，不然我们又得等你了。”母亲对她说。

“在亲爱的爸爸身边有多舒服呀，我还想待一会儿。”希尔贝特回答说，一面将头钻在父亲的胳膊下，父亲用手指温柔地抚摸

[1] 古罗马喜剧作家普劳图斯的剧作。

她那头金发。

斯万属于这种男人，他们长期生活在爱情幻想中，他们曾给予许多女人舒适的条件，使她们更为幸福，但却未得到她们任何感激或温情的表示，可是，他们认为在子女身上有一种与姓名嵌镶在一起的感情，这感情将使他们虽死犹生。当夏尔·斯万不再存在时，斯万小姐，或者娘家姓斯万的某某夫人仍然存在，而且仍然爱着她死去的父亲。甚至爱得过分，斯万这样想，因为他回答希尔贝特说："你是个好女儿。"声音激动不安——当我们想到将来，在我们死后某人会继续深深爱我们，此刻我们便感到不安。斯万为了掩饰自己的激动，便加入我们关于拉贝玛的谈话。他采用一种超脱的、感到厌倦的语调，仿佛想与他说的话保持一定距离。他提醒我注意女演员对奥侬娜说"你早就知道！"时的声调是多么巧妙，多么惊人地准确。他说得有理。这个声调至少具有明确易懂的含义，它完全可以满足我那寻找赞赏拉贝玛的确切论据的愿望，然而，正因为它一目了然，它无法满足我的愿望。如此巧妙的声调，伴之以如此明确的意图和含义。它本身便可以独立存在，任何一位聪明的女演员都能学会它。这当然是高招，但是任何人在充分设想以后便能占有它。当然，拉贝玛的功劳在于发现了它，但是此处能用"发现"一词吗？既然就它而言，发现与接受并无区别，既然从本质上讲它并不来自你的天性，既然旁人完全能够复制它！

"天哪，您的在场使谈话升级了！"斯万对我说，仿佛向贝戈特表示歉意。斯万在盖尔芒特社交圈中养成了把大艺术家当作好友接待的习惯，只注意请他们品尝他们所喜欢的茶，请他们玩游戏，或者，如果在乡下，请他们从事他们所喜爱的运动。“看来我们确实在谈论艺术了。”斯万又说。“这挺好嘛，我喜欢这样。”斯万夫人说，一面用感激的眼光看我，她也许出于好心，也许由于仍然像往日一样对智力性谈话感兴趣。后来，贝戈特便和别人，特别是和希尔贝特交谈去了。我已经对他谈出了全部感想，而且毫无拘束（连我自己也吃惊），因为多年以来（在无数孤独和阅读的时刻，贝戈特似乎成为我身上最好的一部分），在与他的关系中，我已经习惯于诚恳、坦率、信任，所以，他不像初次谈话的人那样使我胆怯。然而，出于同样的理由，我担心自己给他留下了不好的印象，因为我所假定的他对我思想的藐视不是自今日始，而是从久远的过去，从我在贡布雷花园中最初阅读他作品的时候就开始了。我也许应该提醒自己，既然我一方面对贝戈特的作品大为赞赏，另一方面又在剧院中感到莫名其妙的失望，而且都同样的真诚，同样的身不由己，那么，这两种驱使我的本能运动相互之间不应有很大区别，而是遵循同一规律；我在贝戈特书中所喜爱的思想不可能与我的失望（我无力说明这种失望）毫不相干，或者绝对对立，因为我的智力是一个整体，而且也许世上只存在唯一一种智力，每个人不过是它的参与者，每个人从自己具有个别性的身体深处向它投以目光，就好比在剧场中，每个人有自己的座位，但舞台却只有一个。当然，我所喜欢探索的思想并不一定是贝戈特在作品中所经常钻研的思想，但是，如果他和我共有一个唯一的智力的话，那么，当他听我表达思想时，他会回忆它、珍爱它、对它微笑，因为，不论我做出任何假定，他心灵的眼睛永远保留着与进入他作品的那部分智力（我曾以此为根据来臆想他的全部精神世界）不同的另一部分智力。神甫的心灵经验最为丰富，他们最能原谅他们本人所不会犯的罪孽，同样，天才具有最丰富的智力经验，最能理解与他们本人作品的基本思想最为对立的思想。这一切我本应该提醒自己，虽然这种想法并不令人十分愉快，因为出类拔萃者的善意所得到的后果往往是平庸者的不理解和敌意。大作家的和蔼（至少在作品中可以找到）所给予人的快乐远远不如女人的敌意（人们爱上她不是因为她聪明，而是因为她没法使人不爱）所给予人的快乐。我本应该提醒自己这一切，但我没有对自己说，我深信自己在贝戈特面前显得愚蠢，这时希尔贝特凑到我耳边低声说：

“我高兴极了，您赢得了我的好友贝戈特的赞赏。他对妈妈说他觉得你很聪明。”

“我们去哪里？”我问希贝尔特。

“啊！去哪里都行，我嘛，您知道，去这里或那里……”

自从在她祖父忌日发生的那件事以后，我怀疑她的性格并非如我的想象；她那种对一切都无所谓的态度，那种克制，那种沉静，那种始终不渝的温柔顺从，大概掩饰着十分炽热的欲望，只是受到她自尊心的约束罢了。只有当欲望偶然受到挫折时，她才猛然反击从而有所流露。

贝戈特和我父母住在同一街区，因此我们一同走。在车上，他提起我的健康：“我们的朋友刚才告诉我说您曾经身体不适。我感到遗憾。不过，虽然如此，我也不过分遗憾，因为我看得出来您有智力乐趣，而对您和所有体验这种乐趣的人来说，这可能是最重要的。”

唉！我当时觉得他这番话对我多么不合适，我对任何高明的推理都无动于衷。只有当我在信步闲逛时，当我感到舒适时我才幸福。我感到我对生活的欲望纯粹是物质性的，我可以轻而易举地将智力抛在一边。我分辨不出乐趣的不同的来源、不同的深度、不同的持久性，因此，当我回答贝戈特时，我自认为喜欢的是这样一种生活：和德·盖尔芒特公爵夫人来往，像在香榭丽舍大街那间废弃小亭里一样感到能唤醒贡布雷回忆的凉气，而在这个我不敢向他吐露的生活理想里，智力乐趣无立锥之地。

“不，先生，智力乐趣对我毫无意义，我寻找的不是它，我甚至不知道我是否体验过它。”

“您真这么想？”他回答说，“那好，您听我说，真的，您最喜欢的肯定是它，我看得很清楚，我确信。”

当然他没有说服我，但是我感到快活些、开朗些了。德·诺布瓦先生的那番话曾使我认为我那些充满遐想、热情及自信的时刻是纯粹主观的，缺乏真实性。而贝戈特似乎理解我，他的想法正相反，认为我应该抛弃的是怀疑及自我厌恶情绪。他对德·诺布瓦先生的评价使后者对我的判决（我曾认为无法驳回）黯然失色。

“您在好好治病吗？”贝戈特问我，“谁给您看病？”我说戈达尔大夫来过，而且还要来。他说：“他对您可不合适。我不知道他的医道如何，不过我在斯万夫人家见过他。这是个傻瓜，就算傻瓜也能当好大夫（我很难相信），但他毕竟不能给艺术家和聪明人看病。像您这样的人需要特殊的医生，甚至可以说需要特殊的食谱、特殊的药品。戈达尔会使您厌烦，而厌烦就会使他的治疗无效。对您的治疗和对任何其他人的治疗应该有所不同。聪明人的疾病四分之三是来自他们的智力，他们需要的医生至少应该了解他们的病。您怎能期望戈达尔治好您的病呢？他能估计酱汁不易消化，胃功能会发生障碍，但是他想不到莎士比亚作品会产生什么效果……因此，他的估计应用到您身上便是谬误，平衡遭到破坏，小浮沉子又浮了上来。他会发现您胃扩张，其实他不用检查就知道，他眼中早就有这个，您也看得见，他的单片镜里就有反映。”这种说话方式使我感到很累，迂腐的常识使我想：“戈达尔大夫的眼镜里根本没有反映胃扩张，就如同德·诺布瓦先生的白背心下没藏着蠢话一样。”贝戈特又说：“我向您推荐迪·布尔邦大夫，这是位很聪明的人。”“想必是您的热情崇拜者吧。”我回答说。贝戈特显然知道这一点，于是我推论说同类相聚，真正的“陌生朋友”是很少见的。贝戈特对戈达尔的评论令我吃惊，与我的想法也绝然相反。我根本不在乎我的医生是否讨厌，我所期待于他的，是他借助一种我不知其奥妙的技艺对我的内脏进行试探，从而就我的健康发表毋庸置疑的旨喻。我并不要求他运用才智（这方面我可能胜过他）来试图理解我的才智；在我的想象中，智力本身并无价值，仅仅是达到外部真理的手段。聪明人所需要的治疗居然应该有别于傻瓜们的治疗，我对此深表怀疑，而且我完全准备接受傻瓜型的治疗。“有个人需要好大夫，就是我们的朋友斯万。”贝戈特说。我问难道斯万病了，他回答说：“是的，他娶了一个妓女。拒绝接待她的女士们和同她睡过觉的男人们，每天让斯万强咽下多少条蛇呀！它们使他的嘴都变了形。您什么时候可以稍加注意，他回家看到有那些客人在座时，那眉头皱得多么紧。”贝戈特在生人面前如此恶言中伤长期与他过从甚密的老友，而当着斯万夫妇的面他却轻声细语，对我来说这都是新鲜事，因为他一再对斯万说的那些甜言蜜语，是我的姑祖母无论如何也说不出口的。姑祖母这个人即使对所爱的人也常常说些使人不愉快的话，可是，她决不背着他们说些见不得人的话。贡布雷的交际圈与上流社会截然不同。斯万的圈子已经是向上流社会的过渡，向上流社会中反复无常的浪涛的过渡，它还不是大海，但已是环礁湖了。“这一切可别外传。”贝戈特在我家门口和我分手时说。要是在几年以后，我会这样回答：“我不会说出去的。”这是交际界的俗套话，是对诽谤者的假保证。那一天我也应该对贝戈特这样回答，因为当你作为社会人物活动时，你讲的全部话语不可能都由你自己来创造，不过当时我还没有学会这句俗套话。此外，姑祖母如遇到类似情况，会说：“你既然不愿我说出去，那何必告诉我呢？”她是位不好交际、好争爱斗的人。我不是这种人，所以我点点头，什么也没说。

我所钦佩的某些文人花了好几年工夫，煞费苦心地与贝戈特建立了联系（始终是在书房内部的、暗中的文学交往），而我却一下子，而且不费吹灰之力便与这位名作家交上了朋友。众人在排队，但只能买到坏票，而你，你从谢绝公众的暗门走了进去，并买到最好的座位。斯万为我们打开这扇暗门，大概也在情理之中，就好比国王邀请子女的朋友们去皇家包厢或登上皇家游艇。希尔贝特的父母也同样对女儿的朋友开放他们所拥有的珍贵物品，并且，尤为珍贵的是，将他看作家庭的知己。但是当时我认为（也许有道理），斯万的友好表示是间接针对我父母的。还在贡布雷时期，我仿佛听说过，他见我崇拜贝戈特，便自告奋勇要带我去他家吃饭，父母却不同意，说我太小，太神经质，不能“出门”。我父母在某些人（恰恰是我认为最卓越的人）眼中的形象完全不同于我对他们的看法，当初那位粉衣女士对父亲未免过奖，现在我希望父母对斯万表示感谢，因为我刚刚得到的礼物是无价之宝。慷慨而彬彬有礼的斯万将礼物送给我，或者说送给他们，而似乎并不意识到它价值连城，就好比是卢伊尼[1]壁画中那位迷人的、金发钩鼻的朝拜王一样。人们从前说斯万和画中人十分相似。

回家时，我来不及脱大衣便对父母宣布斯万对我的这番优待，希望在他们心中唤起与我相同的激情，促使他们对斯万夫妇做出重要而关键性的“答谢”，然而，很不幸，他们似乎不太欣赏这种优待。“斯万介绍你认识贝戈特了？多么了不起的朋友！多么迷人的交往！这算登峰造极了！”父亲讽刺地大声说。不巧的是，我接着说贝戈特丝毫不欣赏德·诺布瓦先生。

“那还用说，”父亲说，“这恰好证明他是个假装聪明、不怀好意的人。我可怜的儿子，我看你连常识也没有了，居然和会断送

[1] 卢伊尼（1480—1532）：意大利画家，达·芬奇的弟子。

你前程的人为伍，我真难过。”

我对斯万家的拜访原来就已经使父母很不高兴。与贝戈特的相识，在他们看来，仿佛是第一个错误——他们的软弱让步（祖父会称之为“缺乏远见”）——的必然恶果。我感到，只要我再补充说这位对德·诺布瓦先生不抱好感的坏人认为我很聪明，那么，父母就会暴跳如雷。当父亲认为某人，例如我的一位同学——好比此时此刻的我——误入歧途时，如果他看到这位迷途者受到他所不齿的人的赞许，会更坚信自己的严厉判断是正确的，更认为对方恶劣。我似乎听见他在大喊：“当然啦，这是一路货！”这句话使我万分恐惧，它仿佛宣布某些变化，某些十分模糊、十分庞大的变化将闯入我那安宁的生活之中。然而，即使我不说出贝戈特对我的评价，我也无法擦去父母已经得到的印象，因此，破罐子破摔。何况我认为他们极不公道，坚持错误。我不再希望，甚至可以说我不再想法让他们回到公正的立场上来。然而，当我开口时，我感到贝戈特对我的赏识会使他们惊慌失措——因为此人将聪明人当作蠢人，此人被高雅的绅士嗤之以鼻，此人对我的夸奖（让我听着很受用）会使我走上邪路——因此，我羞愧地、低声地最后带上一句：“他对斯万夫妇说他认为我很聪明。”一条狗中了毒在田野上胡乱啃草，而这种草恰恰为它解了毒，我也一样，在不知不觉中我说出了世上唯一能让父母消除对贝戈特的偏见的话——而我所能做的最好论证，所能说的一切赞同都无法消除这种偏见。顷刻之间，形势突变。

“啊！……他说你很聪明？”母亲说，“我很高兴，因为他是个

莫奈
《撑阳伞的女人》

颇有才气的人。”

“真的！这是他说的？”父亲接着说，“……我丝毫不否定他的文学才能，这是有口皆碑的。可惜他生活不太检点，诺布瓦老头暗示过。”父亲这样说，他并没意识到我刚才出口的那句话具有神妙的至高威力，贝戈特的堕落习性和拙劣判断力在这威力面前败下阵来。

“啊！亲爱的，”母亲插嘴说，“有什么证据肯定这是真的呢？人们总爱瞎议论。再说，德·诺布瓦先生虽然为人和气，但并不永远与人为善，特别是对待和他不对路的人。”

“这倒也是，我也有所察觉。”父亲说。

“再说，既然贝戈特欣赏我可爱的乖儿子，许多地方我们应该原谅他。”母亲一面说，一面用手指抚摸我的头发，用梦幻的眼光久久地凝视我。

在贝戈特的这个裁决以前，母亲早就对我说过，有朋友来时，我也可以邀请希尔贝特来吃午后点心。但是我不敢邀请她，这有两层原因，一是希尔贝特家从来只喝茶，而我们家却相反，除了茶以外，母亲坚持要热巧克力，我害怕希尔贝特会认为这十分粗俗，从而极度蔑视我们。另一个原因就是我始终无法解决的礼节问题。每次我去斯万夫人家，她总是问我：

“令堂大人可好？”

我向母亲提过，希尔贝特来她能不能也这样问，因为这一点好比是路易十四宫中“殿下”的称呼，至关重要。但是妈妈根本听不进我的话。

“不行，我不认识斯万夫人呀。”

“可她也不认识你。”

“我没说她认识我。不过我们不一定对一切事情采取同样的做法。我要用另一种方式来款待希尔贝特，和斯万夫人对你的接待方式不同。”

我并不信服，所以宁可不邀请希尔贝特。

我离开父母去换衣服，在掏衣袋时突然发现斯万家的膳食总管在领我进客厅时递给我的那个信封。我现在身边无人，便拆开来看，里面有一张卡片，上面写着我应该将胳臂伸给哪位女士，并领她去餐桌就座。

就在这个时期，布洛克使我的世界观完全改变了，他向我展开了新的幸福的可能性（后来变成痛苦的可能性），因为他告诉我女人最爱的莫过于交媾了——这与我去梅塞格利丝散步时的想法相反。在这次开导以后，他又给我第二次开导（其价值我在很久以后才有所体会）：他领我头一次去妓院。以前他曾对我讲那里有许多美女供人占有，但她们在我的脑海中面目模糊，后来我去了妓院，才对她们具有了确切印象。如果说我对布洛克——由于他的“福音”，即幸福和对美的占有并非可望不可即，甘心放弃实属愚蠢——充满感激的话（如同感激某位乐天派医生或哲学家使我们盼望人世间的长寿，盼望一个并非与人世完全隔绝的冥间），那么几年以后我所光顾的妓院对我大有益处，因为它们向我提供幸福的标本，使我往女性美上添加一个我们无法臆造的因素，它绝非仅仅是从前的美的综合，而是神妙的现在，我们所无法虚构的现在；它只能来自现实，超于我们智力的一切逻辑创造之上，这就是：个体魅力。我应该将这些妓院与另一些起源较近但效用相似的恩人们归为一类，这些恩人即带插图的绘画史、交响音乐会及《艺术城市画册》，因为在它们以前，我们只能通过别的画家、音乐家、城市来毫无激情地想象曼泰尼亚、瓦格纳和锡耶纳的魅力。不过，布洛克带领我去而他本人长久不去的那家妓院规格较低，人员平庸而且很少更新，因此我无法满足旧的好奇心，也产生不了新的好奇心。客人所点要的女人，妓院老鸨一概佯称不认识，而她提出的又尽是客人不想要的女人。她在我面前极力夸奖某一位，笑着说包我满意（仿佛这是稀有珍品和美味佳肴似的）："她是犹太人。您不感兴趣？"（可能由于这个原因，她叫她拉谢尔。）她愚蠢地、假惺惺地激动起来，想以此打动我，最后发出一种近乎肉欲快感的喘息声："您想想吧，小伙子，一个犹太女人，您肯定要神魂颠倒的，呃！"这位拉谢尔，我曾见过她一面，但她没有看见我。此人一头棕发，不算漂亮，但看上去不蠢，她用舌尖舔嘴唇，放肆地向介绍给她的嫖客微笑。我听见她和他们谈了起来。在她那张窄窄的小脸两侧是卷曲的黑发，它们极不规则，仿佛是中国水墨画中的几条影线。老鸨一而再，再而三地推荐她，夸奖她聪明过人，并受过良好教育，我每次都答应一定专程来找拉谢尔（我给她起了个绰号："从上帝身边来的拉谢尔"[1]）。然而，

---

[1] 这是法国作曲家阿莱维（1799—1862）的著名歌剧《犹太女人》第四幕中著名乐段的开始。

第一天晚上，我就听见拉谢尔临走时对老鸨说：

“那么说定了，明天我有空，要是有人来，您可别忘了叫我。”

这些话使我在她身上看到的不是个体，而是某一类型的女人，其共同习惯是晚上来看看能否赚一两个路易，她的区别只在于换个说法罢了：“如果您需要我”，或者“如果您需要什么人。”

老鸨没有看过阿莱维的歌剧，不明白我为什么老说“从上帝身边来的拉谢尔”，但是，不理解这个玩笑并不等于不觉得它可笑，因此她每次都开怀大笑地对我说：

“怎么，今晚还不是您和‘从上帝身边来的拉谢尔’结合的时辰？您是怎么说来着，‘从上帝身边来的拉谢尔’，啊，这可真妙！我要给你们俩配对。瞧着吧，您不会后悔的。”

有一次我差点下了决心，但她“正在接客”，另一次她又在接待一位“理发师”，此人是位老先生，他和女人在一起时，只是往她们散开的头发上倒油，然后进行梳理。我等得不耐烦，几位常来妓院的身份卑微的女人（她们自称女工，但始终无工作）走过来给我沏药茶，并和我长谈，她们那半裸或全裸的身体使严肃的话题变得简明有趣。我后来不再去这家妓院。在这以前，我看到老鸨需要家具，我想对她表示友好，便从莱奥妮姑妈留给我的家具中挑了几件——特别是一张长沙发——送给她。原先我根本看不见它们，因为家里没有地方放，父母不让人把它们搬进来，于是它们只能堆在库房里。然而我在妓院又见到了它们，我看见那些女人在使用它们，于是，昔日充溢在贡布雷姑妈那间卧室的种种魔力再次显现，但却在磨难之中，因为我迫使它们手无寸铁地承受残酷的接触！我的痛苦甚于听任一位死去的女人遭人蹂躏。我不再去那位老鸨那里，我感到家具有生命，它们在哀求我，就像波斯神话故事一样：神话里的物品表面上似乎没有生命，但内部却隐藏着备受折磨、祈求解脱的灵魂。此外，由于记忆力向我提供的回忆往往不遵守时序，而仿佛是左右颠倒的反光，因此，我在很久以后才想起多年以前我曾在这同一张长沙发上头一次和一位表妹品尝爱情的乐趣，当时我不知道我们去哪里好，她便想出了这个相当冒险的主意：利用莱奥妮不在场的时机。

其他许多家具，特别是莱奥妮姑妈那套古老而漂亮的银餐具，我都不顾父母的反对将它们卖了，为的是换钱，好给斯万夫人送更多的鲜花。她在接受巨大的兰花花篮时对我说："我要是令尊，一定给您找位指定监护人。"然而当时我怎会想到有一天我将特别怀念这套银器，怎会想到在对希尔贝特的父母献殷勤这个乐趣（它可能完全消失）之上我将有其他乐趣呢？同样，我决定不去驻外使馆，正是为了希尔贝特，正是为了不离开她。人往往在某种暂时情绪下做出最后决定。我很难想象希尔贝特身上那种奇异的物质，那种在她父母身上和住宅中闪烁从而使我对其他一切无动于衷的物质，会脱离她而转移到别人身上。这个物质确实未变，但后来在我身上产生了绝对不同的效果，因为，同一种疾病有不同的阶段，当心脏的耐力随着年龄而减弱时，它再无法承受有损健康的美味食品。

父母希望贝戈特在我身上所发现的智慧能化为杰出的成就。

在我还不认识斯万夫妇时，我以为我无心写作是因为我不能自由地和希尔贝特见面，是因为我焦灼不安。可是当他们向我敞开家门时，我在书桌前刚刚坐下便又起身向他们家跑去。我从他们家归来，独自一人，但这只是表象，我的思想仍无法抗拒话语的水流，因为在刚才几个小时里，我机械地听任自己被它裹挟。我独自一人，但继续臆造可能使斯万夫妇高兴的话语，而且，为了使游戏更有趣，我扮演在场的对话者，我对自己提出虚构的问题，目的是使我的高见成为巧妙的回答。这个练习虽然在静默中进行，但它却是谈话，而不是沉思。我的孤独是一种精神沙龙，在这个沙龙中，控制我话语的不是我本人，而是想象的对话者；我表述的不是我认为真实的思想，而是轻手拈来的，缺乏由表及里的反思的思想，因此我感到一种纯粹被动的乐趣，好比因消化不良而待着不动时所感到的被动乐趣。

如果我不是做长期写作打算的话，那我也许会急于动笔。既然我这个打算确定无疑，既然再过二十四小时（明天是一个空白的框框，我还没有进去，所以框中的一切安排得井然有序），我的良好愿望便能轻易地付诸实践，那又何必挑一个写作情绪不佳的晚上来动笔呢？当然，遗憾的是，随后的几天也并非写作的吉日。既然已经等待了好几年，再多等三天又有何妨。我深信到了第三天，我一定能写出好几页，所以我对父母绝口不提我的打算。我宁愿再忍耐几个小时，然后将创作中的作品拿去给外祖母看，以安慰她，使她信服。可惜的是，第二天仍然不是我热切盼望的广阔的、行动的一天。当这一天结束时，我的懒惰，我与内心障碍的艰苦斗争仅仅又多持续了二十四小时，几天以后，我的计划仍是纸上谈兵，我也就不再期望它能立即实现，而且也再没有勇气将这件事作为先决条件了。于是我又开始很晚睡觉，我不必再抱着明晨动笔的确切幻想早早躺下。在重新振作以前，我需要休息几天。有一天（唯一的一次），外祖母鼓起勇气，用失望又温柔的口气责怪说："怎么，你这项写作，没有下文？"我怨恨她居然看不出我一旦决定绝不更改。她的话使我将付诸实践的时间又往后推，而且也许推迟很久，这是因为她对我的不公正使我烦恼，而我也不愿意在烦恼的情绪下动手写作。她意识到她的盲目怀疑干扰了我的意图，向我道歉，并亲吻我说："对不起，我再也不说什么了。"而且，为了不让我泄气，她说等我身体好了，写作会自然而然地开始。

"何况，"我心里想，"去斯万家消磨时光，我这不是和贝戈特一样吗？"我父母几乎认为，既然我和名作家同在一沙龙，那么，在那里度过的时光一定能大大增加才气，虽然我十分懒惰。不从本人内部发挥才气，而从别人那里接受才气，何其荒谬！这就好比是一个根本不讲卫生、暴食暴饮的人仅仅依靠和医生经常共餐而居然保持健康！然而，这种幻想（它欺骗我和我父母）的最大受害者是斯万夫人。当我对她说我来不了，我必须留在家里工作时，她那副神气仿佛看出了我在装腔作势，既愚蠢又自命不凡。

"可是贝戈特要来的。难道您认为他的作品不好？不久以后会更好的，"她接着说，"他给报纸写的文章更尖锐，更精炼，不像他的书那样有点啰唆。我已经安排好，请他以后给《费加罗报》

写 leader article（社论），这才是 the right man in the right place（最恰当的人在最恰当的位置上）。”

她又说：“来吧，他最清楚您该怎么做。”

她正是为我的事业着想，才叮嘱我第二天无论如何要去和贝戈特同桌吃饭（好比志愿兵和上校见面），她似乎认为文学佳作是“通过交往”而产生的。

这样一来，无论是斯万夫妇，还是我父母——他们在不同时刻似乎应该阻止我——都再没有对我轻松的生活提出异议，这种生活使我能够尽情地，如果不是平静地，至少是陶醉地和希尔贝特相见。在爱情中无平静可言，因为人们永远得寸进尺。从前我无法去她家，便把去她家当作高不可攀的幸福，哪里会想到在她家中将出现新的烦恼因素。当她父母不再执意反对，当问题终于得到解决时，烦恼又以新的形式出现。从这个意义上讲，可以说每天都开始一种新友谊。夜间归来，我总想到某些对我们的友谊至关重要的事，我必须和希尔贝特谈，这些事无穷无尽也永不相同。但我毕竟感到幸福，而且这幸福不再受任何威胁。其实不然，威胁终于出现了，而且，遗憾的是，它来自我认为万无一失的方面，即希尔贝特和我。那些使我感到宽慰的事，那个我所认为的幸福，原本应该引起我的不安。我们在恋爱中往往处于一种反常状态，觉得最简单最常见的小事具有最大的严重性。我们之所以感到幸福，是因为在我们心中有某种不稳定的东西，我们不断努力去维持它，而且，只要它未转移，我们几乎不再觉察。确实，爱情包含持久的痛苦，只不过它被欢乐所冲淡，成为潜在的、被推迟的痛苦，但它随时可能剧烈地爆发出来（如果人们不是如愿以偿，那么这痛苦早就爆发了）。

有好几次我感到希尔贝特不愿我去得太勤。的确，她父母越来越深信我对她产生良好影响，我想和她见面时只需让他们邀请我就行了，因此我想道："这样一来，我的爱情再不会有任何危险。既然他们站在我一边，他们对希尔贝特又很有权威，我又有什么可担心的呢？"然而，当她父亲在某种程度上违背她的心愿而邀请我时，她流露出不耐烦的情绪，这些表示使我产生疑问：我原先所认为的幸福的保障莫非恰恰是使幸福中断的秘密原因？

我最后一次去看希尔贝特时，天下着雨。她被邀参加舞蹈训练，但她和那家人不熟，不能带我去。那天我比往常服用了更多的咖啡因以抵御潮湿。斯万夫人大概因为天气不好，或者因为对聚会的那家人有成见，所以在女儿出门时很生气地唤住了她："希尔贝特！"并且指指我，表示我是来看她的，她应该留在家里陪我。斯万夫人出于对我好意而发出——或者喊出——"希尔贝特"，但是希尔贝特一面放下衣物一面耸耸肩，我立刻意识到这位母亲在无意中加快了我和女友逐渐分手的过程，而在此以前，这个过程也许还可以阻止。"没有必要天天去跳舞。"奥黛特对女儿说，那副明哲的神气大概是她以前从斯万那里学来的。接着她又恢复奥黛特的常态，和女儿讲起英语来，立即，仿佛有一堵墙将希尔贝特的一部分遮盖起来，仿佛有一个邪恶的精灵将我的女友从我身边裹胁而去。对于我们所熟悉的语言，我们可以用透明的思想来替代不透明的声音，但是我们所不熟悉的语言却像一座门窗紧闭的宫殿，我们所爱的女人可以在那里与人调情，而我们被拒之门外，绝望已极却无能为力，什么也看不见，什么也阻止不了。这场英语谈话中常出现某些法语专有名词，它们仿佛是线索，使我更为不安。要是在一个月前，我会一笑了之，然而此刻，虽然她们一动不动地在咫尺之内谈话，我却感到这是残酷无情的劫持，剩下我孤苦伶仃。最后，斯万夫人总算走开了。这一天，也许因为希尔贝特埋怨我身不由己地阻碍她去跳舞，也许因为我故意比往日冷淡（我猜到她生我的气），她脸上没有一丝欢乐，干涩木然，闷闷不乐，仿佛整个下午都在怀念我的来访使她未能跳成的四步舞，仿佛整个下午都在责怪所有的人，当然首先是我，责怪我们竟不理解她如此钟情于波士顿舞的奥妙原因。她仅仅时不时地和我交换几句话，天气如何啦，雨愈下愈大啦，座钟走快了啦，中间还夹着沉默和单音节字。我绝望挣扎，执意要糟蹋这些原本应该献给友谊和幸福的时刻。我们所说的一切都是那么生硬，那么空洞而荒谬，这一点倒使我得到安慰，因为希尔贝特不会将我平庸的思想和冷漠的语气当真的。尽管我说的是："从前这个钟仿佛走得慢。"她理解我的意思是："您真坏！"在这个雨天，我顽强奋斗，延长这些不带一丝阳光的话语，但一切努力均属枉然，我知道我的冷漠并非如佯装的那般凝固不变，希尔贝特一定感觉到，既然我已说了三遍"白天变短了"，如果我再贸然重复第四遍，那我一定难以自制，会泪如雨下。她现在的模样，眼中和脸上毫无笑意，忧愁的眼神和阴郁的脸色充满令人懊丧的单调。这张脸几乎变得丑陋，就像那单调枯燥的海滩，海水已经退得很远，它在那固定不变的封闭的地平线之内的闪光千篇一律，令人厌烦。最后，我看到希尔贝特仍然不像我好几个小时以来所期望的那样回心转意，便对她说她不够意思。“您才不够意思呢。”她回答说。“我怎么了？”我自问有什么地方做得不对，一无所获，便又问她。“当然啦，您认为自己很好！”说完后她笑了很久。于是我感到，我无法达到她的笑声所表达的另一层思想，另一层更难以捉摸的思想，这是多么痛苦的事。她的笑似乎意味着：“不，不，我根本不信您的话。我知道您爱我，不过我无所谓，我不把您放在眼里。”然而我又提醒自己，笑毕竟不是一种明确的语言，我怎能肯定自己理解正确呢，何况希尔贝特的话还是富有感情的。“我什么地方不好？告诉我，我一定按您的话去做。”“不，没必要，我没法和您解释。”刹那间，我害怕她以为我不爱她，这是另一种同样强烈的痛苦，它要求另一种逻辑。“您要是知道使我多伤心，那您就会告诉我了。”如果她怀疑我的爱情，那么我的伤心会使她高兴，但此刻却相反，她很生气。我意识到自己判断错误，决心不再相信她的话，随她说：“我一直爱您，有一天您会明白的。”（罪人们往往说他们的清白无辜将大白于天下，然而，出于神秘的原因，这一天永远不会是他们受审的那一天。）我鼓起勇气，突然决定不再和她见面，但暂时不告诉她，因为她不会相信这话的。

你所爱的人可能给你带来辛酸的悲伤，即使当你被与她（他）无关的忧虑、事务、欢乐缠住而无暇顾及也罢。但是，如果这悲伤——例如我这次的悲伤——诞生于我们浸沉在与她见面的幸福之中时，那么，在我们那充满阳光的、稳定而宁静的心灵中便会产生急剧的低压，从而在我们身上掀起狂烈风暴，使我们没有信心与它抗争到底。此刻在我心中升起的风暴无比凶猛，我告辞出来，晕头转向，遍体鳞伤，同时感到只有再回去，随便找一个借口再回到希尔贝特身边去，我才能喘过气来。但是她会说："又是他！看来我对他可以为所欲为了。他总会回来的，走的时候越痛苦，回来时就越顺从。"我的思想以无法抗拒的力量将我拉回到她身边。当我到家时，这些变幻不定的风向，这种内心罗盘失调的现象依然存在，于是我动笔给希尔贝特写了些前后矛盾的信。

我即将经历艰难的处境，人在一生中往往会多次面临此种处境，而每一次，即在不同的年龄，人们所采取的态度也不相同，尽管他们的性格或天性并无改变（我们的天性创造了爱情，创造了我们所爱的女人，甚至她们的错误）。此时，我们的生命分裂为二，仿佛全部分放在相对的天平盘上。一个盘里是我们的愿望，即我们不要使我们所爱但不理解的人不高兴，但不能过于谦卑，巧妙地稍稍冷落她们，别让她们感到她们是须臾不可缺少的人，因为这种感觉会使她们离开我们。另一个天平盘里是痛苦（并非确定的、部分的痛苦），它与前一种状态相反，只有当我们不再试图讨好这个女人，不再让她相信她对我们可有可无，从而再去接近她时，这种痛苦才有所缓解。如果我们从装着自尊心的天平盘上拿去被年龄耗损的一部分毅力，往装着悲伤的天平盘里加进我们逐渐获得的并任其发展的生理痛苦，那么天平所显示的将不是我们二十岁时的勇敢决定，而是我们年近半百时的决定——它十分沉重、缺乏平衡力，令人难以承受。何况，处境在不断重复中有所变化，我们在中年或晚年时，可能乐于将某些习惯与爱情混为一谈（这对爱情是致命的），而青年时代却不承认这些习惯，它受到其他许多义务的约束，不能随意支配自己。

我刚给希尔贝特写了一封信来发泄怒火，但也故意安排了几句貌似偶然的话，女友可以抓住这些救命圈与我和解；但片刻以后，风向变了，我写下一些温情脉脉的句子，使用某些甜蜜而悲伤的短语，例如“永不再”之类。使用者认为这些词句感人肺腑，而那位读信的女人则会认为枯燥乏味，或者她觉得这统统是假话，将“永不再”解释为“今晚如果你需要我”；或者她相信这是真话，因此意味着永远分手（和我们所不爱的人分手何足为惜）。既然我们正在恋爱，我们便不可能像将来不再恋爱时那样行事，我们无法想象那女人真正的心理状态，因为，虽然明知她冷漠无情，但我们仍然遐想她以爱恋者的口吻说话（我们这样做是为了用美丽的幻想欺骗自己，或是为了解脱沉重的悲伤）。我们面对所爱的女人的思想举止，犹如古代最早的科学家面对大自然现象（科学尚未建立，未知事物尚未被解释），茫然失措，甚至更糟。我们看不到因果关系，看不到这个现象和那个现象之间的联系，我们眼中的世界像梦幻一般缥缈不定。当然，我试图克服这种紊乱，试图寻找原因。我甚至试图做到“客观”，认真考虑希尔贝特在我眼中的地位，我在她眼中的地位，以及她在别人眼中的地位，它们是多么悬殊！如果我看不到这种悬殊，那么我就会把女友简单的殷勤看作炽热爱情的流露，把我自己滑稽可笑、有失体面的行为看作对美貌的简单优雅的倾爱。但是我也害怕走到另一个极端，以至把希尔贝特的不准时赴约和恶劣情绪看作无法改变的敌意。我试图在这两种同样歪曲真相的观点中找出正确反映事物的第三种观点，我为此而做的种种计算稍稍缓和了我的痛苦。我决定第二天去斯万家（也许是服从于这些计算的结果，也许是我使计算表达了我的心愿），我很高兴，就像一个人本不愿旅行，并为此烦恼多时，最后来到车站才下决心取消旅行，于是高高兴兴回到家中解开行装。在人们犹豫不决时，采取某种决定的念头（除非不采取任何决定，从而使念头丧失生命力）像一粒富有生命力的种子，勾画出完成行动后所产生的激情的种种轮廓，因此，我对自己说，不再与她见面仅仅是想法而已，我却像实有其事那样感到痛苦，何其荒唐！再说，既然我最终会回到她身边，又何必做如此痛苦的决定和允诺呢？

然而，这种友好关系的恢复仅仅持续了片刻，即我去斯万家的路上。它的破灭并不是因为膳食总管（他很喜欢我）对我说希尔贝特不在家（当晚我从遇见她的人口中得知她确实不在家），而是他的说话方式："先生，小姐不在家，我向您担保她确实不在家。先生如果想打听清楚，我可以去叫小姐的随身女仆。先生尽可以相信我会尽一切努力使先生高兴的。小姐要是在家，我会立刻领先生去见她。"这番话的唯一重要意义在于它的自发性，因为它对矫饰的言语所掩盖的难以想象的现实进行了 X 光透视（至少是粗略的）。这番话证明，在希尔贝特身边的人眼中，我是个纠缠者。这些话刚从他口中说出来，便在我心中激起仇恨，当然，我乐于将他，而不是将希尔贝特，当作仇恨的对象。我将对她的全部愤怒集中倾泻在他身上，这样一来，我的爱情摆脱了愤怒，单独存留下来。然而，这番话也表明短期内我不应去找希尔贝特。她会写信向我道歉的。尽管如此，我不会马上去看她，我要向她证明没有她我照样可以活下去。再说，等我收到希尔贝特的信后，我能更轻易地忍受与她暂不见面之苦，因为只要我想见她便一定能见到。为了承受这故意设计的分离而不至过于痛苦，我的心必须摆脱可怕的疑虑，例如莫非我们从此绝交，莫非她与别人订婚走了，被劫走了。接下来的几天和新年那个星期十分相似，因为当时我不得不在没有希尔贝特的情况下继续生活。不过，当时我很清楚，那个星期一结束，她便会回到香榭丽舍大街，我便会像以前一样见到她，另一方面，只要新年假不结束，我去香榭丽舍大街也没有用。因此，在那个已经遥远的、愁闷的星期中，我平静地忍受忧愁，既无恐惧也不抱希望。但现在却不然，这后一种感情，即希望，几乎像恐惧一样，使我痛苦得难以忍受。

当天晚上我没有收到希尔贝特的信，我将此归咎于她的疏忽和忙碌，深信第二天清晨的信件中肯定有她的。我每天都期待早上的信件，我的心在剧烈跳动，而当我收到的是别人的来信，而不是希尔贝特的来信时，我垂头丧气。有时我一封信也没有，这倒不见得更糟，因为另一个女人对我的友好表示会使希尔贝特的冷漠更为无情。我接着便寄望于下午的信件。即使在邮局送信的钟点以外，我也不出门，因为她很可能让人送信来。终于，天色已晚，邮递员或斯万家的仆人都不会登门了，于是我便将平静下来的希望转寄于第二天上午。我之所以这样做，是因为我认为我的痛苦不会持久，我必须不断地予以更新。悲伤依旧如前，但它不再像以前那样一成不变地延长最初的激情，而是每日多次地重新开始，激情的更新如此频繁，以至于它最后——它是纯粹物质的、暂时的状态——稳定在那里，因此，前一次期待所引起的惶惑还未平静下来，第二次期待便已出现，我每天无时无刻不处在焦虑之中（忍受一个小时也非易事）。这次的痛苦，比起从前那个新年假日来，要严峻百倍，因为这一次我并非完完全全接受痛苦，而是时时盼望结束痛苦。

最后我毕竟接受了痛苦，我明白这是决定性的，我将永远放弃希尔贝特，这也是为我的爱情着想，因为我决不愿意她在回忆中仍然蔑视我。从此刻起，当她跟我订约会时，我甚至往往允诺，免得她认为我在为爱情赌气，但到最后一刻钟，我写信对她说我不能赴约，并一再表示遗憾，仿佛我在和某位我不想见的人打交道。我觉得，这些一般用于泛泛之交的表示歉意的客套话，比起对所爱的女人佯装的冷淡口气来，更能使希尔贝特相信我的冷漠。我不用言辞，而用不断重复的行动，更好地说明我无意和她见面；等我真正做到这一点，她也许会重新对我感兴趣。可惜，这是空想。不再和她见面以便重新唤起她和我见面的兴趣，这种办法等于永远失去她，因为，首先，当这个兴趣重新苏醒时，为了使它持久，我便不能立刻顺从它；其次，到那时最严酷的时刻已成过去，因为我最需要她的时候是此时此刻。我真想警告她，很快，这种分离的痛苦将大大减弱，我将不会像此时此刻那样，为了结束痛苦而想到投降、和解，重新和她相见。将来，等到希尔贝特恢复对我的兴趣，而我也可以毫无危险地向她表达我的兴趣时，这种兴趣因为经不起如此漫长的分离的考验，将不复存在。希尔贝特对我来说将成为可有可无的人。我很清楚这一点，但我没法对她讲。如果我告诉她长久不见面我不会再爱她，那么她会以为我的目的仅仅是让她赶快召唤我。在此期间，我总是挑希尔贝特不在家，她和女友外出不回家吃饭的日子去拜访斯万夫人（对我来说，她又成为往日的她，那时我很少看见她女儿，少女不来香榭丽舍大街时，我便去槐树大街散步），好让希尔贝特明白，我之所以不见她，并非被别的事缠身，也并非身体欠佳，而是不愿意见面，尽管我做了相反的表白。这种办法使我比较顺利地坚持了分离。既然我能听见别人谈到希尔贝特，她肯定也听见人们谈到我，而且她会明白我并不依恋她。像所有处于痛苦中的人一样，我觉得自己的处境虽然不妙，但并不是最糟的，因为我可以随意进出希尔贝特的家（虽然我决不会利用这项特权）。如果痛苦过于剧烈，我可以使它中止。所以我的痛苦每天都是暂时的，这样说还不够，每小时中有多少次（但此刻已无最初决裂的那几个星期里那种令人窒息的、焦虑的期待——在我回到斯万家以前），我对自己朗诵有一天希尔贝特将寄给我，或者亲自送来的那封信！这种时时浮现在眼前的、想象的幸福，帮助我忍受了真正的幸福的毁灭。不爱我们的女人犹如“失踪者”，尽管我们知道再无任何希望，我们却仍然期待，等待稍稍一点儿动静，稍稍一点儿声响。好比母亲虽然明知做危险勘察的儿子已葬身大海，但仍时时想象他会奇迹般得救，而且即将身强体壮地走进门来。这种等待，根据回忆的强弱及器官的抗力，或者使母亲在多年以后承认这个事实，逐渐将儿子遗忘并生活下去，或者使母亲死去。另一方面，一想到我的悲伤有利于我的爱情，我便稍稍得到宽慰。我探望斯万夫人而不和希尔贝特见面，这种访问每次都是残酷的，但是我感到它会改善希尔贝特对我的看法。

每次去看斯万夫人以前，我总要打听清楚她女儿是不是确实不在家，我这样做不仅仅是因为我决心与她断交，也因为我仍希望和解，这个希望重叠在断交的意图之上（希望和意图很少是绝对的，至少并不总是绝对的，因为人的心灵有一条规律，它受突然涌现的不同回忆所左右，这规律即间断性），并且使我意识不到这个意图的残酷性。我很清楚希望极为渺茫。我像一个穷人，如果他在啃干面包时心想等一会儿也许有位陌生人会将全部家财赠给他，那么他就不会那么伤心落泪了。为了使现实变得可以忍受，我们往往不得不在心中保留某个小小的荒唐念头。因此，如果不和希尔贝特相遇，我的希望会更完好无损——虽然与此同时，我们的分离更成为现实。如果我在她母亲家与她迎面相遇，我们也许交换几句无法弥补的话，那会使决裂成为永恒，使我的希望破灭，另一方面，它所产生的新焦虑会唤醒我的爱情，使我难以听天由命。

很久以前，早在我和她女儿决裂以前，斯万夫人就曾对我说："您来看希尔贝特，这很好，不过希望您有时也来看看我，但不要在我的舒弗莱里日[1]来，客人很多，会使您厌烦，挑别的日子来，

[1] 舒弗莱里：奥芬巴赫轻歌剧中的主人公。此处舒弗莱里日指正式接待日。

辰光稍晚我总在家。”因此，我的拜访仿佛仅仅是满足她很久以前表达的愿望。我在时辰很晚、夜幕降临、我父母即将吃晚饭时出门去斯万夫人家，我知道在访问中不会遇见希尔贝特，但我一心想的仅仅是她。那时的巴黎不像今天这样灯火辉煌，即使市中心的马路也无电灯，室内的电灯也少见，而在这个当时被认为偏僻的街区里，底层或比底层略高的中二层（斯万夫人通常接待客人的房间就在这里）的客厅射出明亮的灯光照亮街道，使路人抬眼观看。他自然将这灯光，将这灯光的明显而隐晦的起因与大门口那几辆华丽马车联系起来。当他看到一辆马车起动时，便颇有感触地认为奥秘的起因发生了变化，其实只是车夫怕马匹着凉，因此让马匹来回溜达，这种走动给人留下深刻印象，因为胶皮车轮静寂无声，它使马蹄声显得更清脆、更鲜明。

在那些年代里，不论在哪条街上，只要住房不是太高，从街上就能看见室内的“冬季花园”（如今只能在斯达尔[1]新年礼品丛书的凹版照片中见到），这种花园与如今路易十六式客厅的装饰——极少鲜花，长颈水晶玻璃瓶中只插着单独一枝玫瑰花或日本蝴蝶花，再多一枝也插不进——恰恰相反，它拥有大量的、当时流行一时的室内装饰性植物，而且在安排上毫无讲究，它体现的不是女主人如何冷静地采用毫无生气的装饰，而是她如何热切爱着活生生的植物。它更使人想到当时流行于公馆中的便携式微型花房。元月一日凌晨，人们将这种花房放在灯下——孩子们没

[1] 斯达尔（1814—1886）：法国文人及出版商。

有耐心等到天亮——放在新年礼品中间，而它是最美的礼品，因为人们可以用它培育植物，从而忘记光秃秃的冬天。冬季花园不仅和这种花房相似，还和花房旁边的那本精美书本上的花房图画相似，那幅画也是新年礼物，但不是赠给孩子们的，而是赠给书中女主人公莉莉小姐的，它使孩子们如此着迷，以至他们现在虽已老迈，但仍然认为那些幸运年代的冬天是最美好的季节。过路人踮起脚往往就能看见在这冬季花园的深处，在各式各样的乔木的内侧（从街上看进去，亮着灯的窗子仿佛是儿童花房——图画或实物——的玻璃罩），一位身着礼服、纽扣上插着一枝栀子花或石竹花的男人，正站在一位坐着的女士面前，两人的轮廓影影绰绰，如同一块黄玉中的两个凹雕，客厅充满了茶炊——当时是新进口货——的雾气，这种茶炊雾气今天仍然有，但人们习以为常，不再理会。斯万夫人很重视这种"茶"，她认为对男人说"您每天晚一点来，我总在家，您来喝茶"这句话既新颖又有魅力，她暂时用英国口音，并伴之以温柔甜蜜的微笑，因此对方十分认真，神情严肃地向她鞠躬，仿佛此事至关重要，奇异不凡，人们应该肃然起敬，决不可掉以轻心。斯万夫人客厅里的鲜花不仅具有装饰性，除了上述原因以外，还有一个与时代无关，仅与奥黛特旧日生活有关的原因。她曾经是交际花，大部分时间和情人在一起，也就是说在她家中，因此她要安排好自己的家。在体面女人家里所看到的，并且被体面女人认为重要的东西，对交际花来说就更为重要。她每天的高峰时刻不是穿衣去给别人观赏，而是脱衣和男人幽会。她无论穿便袍还是穿睡衣，都必须像出门打扮一样风度翩翩。别的女人将珠宝炫耀于外，而她却将它藏于内室。这种类型的生活，要求并且使人习惯于一种隐秘的，几乎可以说是漫不经心的奢侈。斯万夫人的这种奢侈也扩及花草。在她的安乐椅旁总有一个硕大的水晶玻璃盆，里面全都是帕尔马蝴蝶花或是花瓣散落在水中的雏菊。花盆似乎向来访者证明这是她所喜好的消遣——正如她喜欢独自喝茶一样，可惜被不速之客打断了。这种消遣甚至比喝茶更亲密，更神秘。因此，当来客看到展示在她身旁的鲜花时，会情不自禁地想向她道歉，仿佛他翻看了奥黛特尚未合上的书的标题，而标题会泄露她读的是什么，也就是说她此刻想的是什么。何况鲜花比书籍更有生命。人们走进客厅拜访她，发现她并非单独一人而惶惑不安；人们和她一同回家，看到客厅并非空寂而惶惑不安。这些鲜花在客厅中占有神秘的地位，它们与人所不知的女主人的生活密切相关。它们不是为来访者准备的，而是仿佛被奥黛特遗忘在那里。它们以前和现在都与奥黛特密谈，因此，人们害怕打扰它们，同时目不转睛地盯着那如稀释水彩般的、淡紫色的帕尔马蝴蝶花，徒劳地试图窥见其中的奥妙。从十月底起，奥黛特尽量按时回家喝茶，当时它仍然称作 five o'clock tea（五点钟的茶），因为奥黛特听说（并喜欢向别人重复）维尔迪兰夫人办沙龙正是为了告诉别人她这个钟点一定在家。奥黛特也想办一个沙龙，与维尔迪兰沙龙属于同一类型，但是更自由，用她的话说，senza rigore[1]。因此，她仿佛是德·莱斯比纳斯

[1] 意大利语，意为无拘束。

小姐，从小集团中的迪·德方[1]夫人那里夺来最讨人喜欢的男人，特别是斯万，好另立门户。按某种说法，在她的分裂活动和隐居生活中，斯万一直追随她，然而，尽管她能轻易地使不了解往事的新交相信她的话，她自己却并不信服。然而，当我们喜欢某些角色时，我们一再在众人面前扮演，又一再私下排练，因此想到的往往是它们虚幻的见证，而将真实几乎遗忘殆尽。斯万夫人整天在家时，穿着双绉丝便袍，它如初雪一般洁白纯净，有时穿着百褶薄纱长袍，上面撒满了粉色和白色的花瓣。今天，人们可能认为这身装束与冬天不相称，其实不然。这些轻盈的丝绸和柔和的色彩使她（那时的客厅挂有门帘，十分闷热，描写沙龙生活的小说家当时最高的褒词便是“舒舒服服的，垫得厚厚的”）像她身边那些仿佛冬去春来裸露出肉红色的玫瑰花一样显得娇弱畏寒。地毯使脚步声难以觉察，女主人又隐坐在客厅一角，毫不觉察你的到来，因此，当你来到她面前时，她仍在埋头看书，这增加了浪漫性，增加了魅力——仿佛突然发现奥秘，至今我们记忆犹新。斯万夫人穿的便袍当时已不时新，大概只有她还仍然穿着它们，因此仿佛是小说中的人物（只有亨利·格雷维[2]的小说中才出现过这种便袍）。此刻是初冬，奥黛特客厅里硕大的菊花万紫千红，这是斯万从前未在她的寓所见过的。我赞赏它们——当我闷闷不乐地拜访斯万夫人时，我的失意使希尔贝特的母亲具有浓厚的神秘

[1] 德·莱斯比纳斯、迪·德方都是18世纪著名沙龙的女主人。
[2] 亨利·格雷维（1842—1902）：法国女小说家，作品情节曲折，以俄罗斯为背景。

诗意，因为她第二天会对女儿说：“你的朋友来看我了。”——可能是由于那些菊花或是和路易十五式丝椅垫一样呈浅粉色，或是和她的双绉睡袍一样雪白，或是和她的茶炊具一样呈铜红色，它们给客厅的布置又加上一层装饰，这层装饰也同样艳丽高雅，但却具有生命，而且能持续几天。使我尤为感动的是，与十一月黄昏薄雾中的夕阳所放射的绚丽的红色或深褐色相比，菊花的颜色并非转瞬即逝，它持续的时间更长。我看见光线在空中暗淡下去，我跨进斯万夫人家，发现阳光再现，转移到菊花那火焰般的色彩上。这些菊花仿佛是高超的彩色画家从瞬息万变的大气和阳光中猎取来装点住宅的光彩一样，它们敦促我抛开深沉的忧郁，利用喝茶的这个小时去贪婪地享受十一月份短暂的乐趣（这乐趣闪烁在我身旁那亲切而神秘的菊花光辉之中）。可惜，我所听见的谈话并不能使我感受到这光辉，谈话与光辉毫无共同之处。时间不早了，但是斯万夫人温柔地对戈达尔夫人说：“啊不，还早呢，别瞧钟，还不到时间，钟也不准。您有什么事要急着走呢？”同时又朝并未放下小皮夹的医生夫人递去一小块馅饼。

“要从这里出去可不容易。”邦当夫人对斯万夫人说。这句话表达了戈达尔夫人的感想，她惊奇地大声说：“可不是，我的小脑瓜里也总是这么想的。”她的话得到赛马俱乐部先生们的赞成。当斯万夫人将他们介绍给这位毫不可爱、平庸无奇的矮女人时，他们仿佛受宠若惊，一再致敬，而戈达尔夫人对奥黛特显赫的朋友也十分谨慎，用她的话说，“严阵以待”。（她喜欢用高雅的字句来表述最简单的事物。）“您瞧瞧，连着三个礼拜三您都失约。”斯万夫人对戈达尔夫人说。“可不是，奥黛特，有多少个世纪、多长的日子我们没见面了。我这不是认罪了吗？不过，您知道，”她用一种过分腼腆和含糊的神气说（虽然是医生的夫人，她谈起风湿病或肾绞痛来也不直截了当），“我遇到不少小麻烦。各人都有难念的经嘛！我的男仆中出了一场风波，其实我并不比别的女人更看重权威，但是，我不得不辞退膳食总管，以示警诫，他也正想找一个更赚钱的工作。他这一走几乎引起内阁全体辞职，连我的贴身侍女也不愿意留下，那场面真是无法控制。不过，我终于掌稳了舵，这个教训使我获益匪浅。瞧，我用这些仆人的琐事来使您厌烦。您也知道，不得已进行人员调整，这是多么伤脑筋的事。您那位漂亮女儿不在家？”她问道。“不，我那位漂亮女儿在女友家吃饭。”斯万夫人回答，同时转身对我说：“我以为她给您写过信，让您明天来看她哩。”接着又对医生夫人说：“您的婴儿怎么样？”我长长地舒了一口气。斯万夫人的话向我证明，只要我愿意，我就可以和希尔贝特见面，而这正是我前来寻找的安慰，正因为如此，我这段时期的访问成为必不可少的。“没有，我今晚给她写几个字。再说，希尔贝特和我不能再见面了。”我说话的语气仿佛将这分离归结为某个神秘原因，这样一来，我可以保持爱情的幻想，我谈到希尔贝特和她谈到我时的温柔口吻使这幻想不至于破灭。“您知道她十分爱您。您明天真的不来？”斯万夫人说。一阵喜悦突然使我像是飞了起来，我心里想：“为什么不来呢？既然是她母亲亲自请我？”但我立刻堕入忧愁之中。我担心希尔贝特看到我时会认为我最近的冷淡是伪装的，因此我宁愿继续不见面。

在个别交谈中，邦当夫人抱怨说她讨厌政治家的夫人们，并且装腔作势地说所有的人都可厌和可笑，她为她丈夫的地位感到遗憾。

“这么说，您可以一口气接待五十位医生夫人？”她对戈达尔夫人说，因为后者对谁都和蔼可亲，认真履行义务。“啊，您是有美德的人。我嘛，在部里，当然我必须接待。哎！那些官太太，您知道，真没办法，我没法不对她们伸舌头。我的外甥女阿尔贝蒂娜也和我一样。您不知道这小姑娘有多冒失。上星期我的接待日那天，来了一位财政部次长的夫人，她说她对烹调一窍不通。我那位外甥女露出最美妙的微笑回答说：‘可是，夫人，您肯定知道烹调是怎么回事，因为令尊大人刷过盘子。’”

“啊！我真喜欢这故事，妙极了！”斯万夫人说，接着又向戈达尔夫人建议道：“医生出诊的日子，您至少能享受一下可爱的家，和花草书本及您喜欢的东西做伴吧。”

“就这样，她直截了当地给了那位女士两下，砰，砰，她可不含糊。事先一点风也不透，这个小坏蛋，像猴子一样机灵。您是幸运者，您能克制自己，我特别羡慕那些善于掩饰思想的人。”

“我并不需要这样做，夫人，我这人很随和。”戈达尔夫人轻声说，“首先，我没有您这样的特权地位。”她略略提高声音。每当她在谈话中塞进微妙的殷勤和灵巧的恭维，以博得好感并有益于丈夫的事业时，她总是这样略略抬高声音以增强效果，“其次，我对医生是鞠躬尽瘁的。”

“不过，夫人，问题不在于愿意不愿意，而在于能够不能够。您大概不属于神经质的人。而我，一看见国防部部长夫人装模作样，我就禁不住模仿她。我这脾气真糟糕。”

“啊！对了，”戈达尔夫人说，“听说她有抽搐的毛病。我丈夫还认识一位地位很高的人，当然，这些先生私下议论起来……”

“对了，夫人，正像那位驼背的礼宾司司长。他每次来，不到五分钟我必定要碰碰他的驼背。我丈夫说我会让他丢了差事，有什么办法呢，让他的部见鬼去吧！对，让他的部见鬼去吧！我该把这句话印在信纸上作为座右铭。我这样说您听着一定刺耳吧，您是位和气的人，而我，我承认，我喜欢小小的恶作剧，不然生活就太单调了。”

她一个劲地谈论丈夫的部，仿佛它曾是奥林匹斯似的。为了转移话题，斯万夫人转身对戈达尔夫人说：

“您的裙子看上去真漂亮。是勒德弗商店[1]做的？”

“不，您知道，我是罗德尼兹商店的信徒，再说，这是改的。”

“是吗，挺有派头！”

“您猜多少钱？……不，第一位数不对。”

“怎么，这么便宜，简直是白给的。人家告诉我的比这要贵三倍。”

“人们就是这样写历史的。”医生的妻子回答说。接着她指着斯万夫人送她的围脖缎带说道：“您瞧，奥黛特，您还认得吗？”

门帘掀开了一半，伸进一个脑袋。此人毕恭毕敬、彬彬有礼，戏谑地假装唯恐打扰众人，这是斯万。“奥黛特，德·阿格里

---

[1] 与下文的罗德尼兹商店都是当时巴黎有名的服装店。

让特亲王正在我的书房，他问能不能来看看你。我该怎样回答他呢？”“我很乐意。”奥黛特满意地说，但脸色平静。这很自然，因为她曾接待过高雅人士（即使在她当交际花的时期）。斯万将这个批准令带去给亲王。如果不是在这个空隙里维尔迪兰夫人走了进来，他就要领着亲王回到妻子身边。

斯万和奥黛特结婚时，曾要求她不再和那个小集团来往（他这样做当然有许多理由，而且，即使没有理由，他也会这样做，因为忘恩负义是一条规律，它容不得例外，它更证明了这一点：所有牵线搭桥的中间人不是缺乏远见就是毫无私心）。他只允许奥黛特和维尔迪兰夫人每年互访两次。“女主人”的某些信徒十分气愤，认为这未免太过分，为她鸣不平，因为多年以来，奥黛特，甚至斯万，一直被她视为上宾。小集团中诚然有虚情假意的兄弟，他们不去维尔迪兰夫人家，而是偷偷地赴奥黛特的约会，而且，万一事情泄露，他们便借口说想见见贝戈特（尽管“女主人”说贝戈特不去斯万家，又说他毫无才华可言，但她仍然想方设法——用她的话说——吸引他），但小集团中也有“过激分子”，他们对妥善的个别处理方式（它往往使当事人避免采取极端态度来对待某人）一窍不通，而是盼望维尔迪兰夫人与奥黛特一刀两断（这个愿望当然落空），使奥黛特从此再不能得意扬扬地笑着说：“自从分裂出来，我们很少去‘女主人’家。我丈夫还是单身汉时，去她家比较容易，可是结婚以后就不那么容易了……说老实话，斯万先生受不了维尔迪兰夫人，所以他也不愿意我和她经常来往。而我呢，作为忠实的妻子……”斯万陪同妻子出席维尔迪兰家的晚会，但是当维尔迪兰来看奥黛特时，他往往回避。因此，如果“女主人”在座，他就让德·阿格里让特亲王一个人进去。奥黛特单独将亲王介绍给维尔迪兰夫人，她不愿意维尔迪兰夫人在这里听见默默无闻的姓氏，而愿意让她看到许多陌生面孔，从而自认为置身于贵族名流之中。奥黛特的这番算计十分奏效，维尔迪兰夫人当晚便带着鄙夷的神气对丈夫说：“她的朋友们真可爱，的确是反动势力中的精华！”

奥黛特对维尔迪兰夫人也抱着相反的幻觉。这个沙龙当时并未具有后来的雏形，维尔迪兰夫人甚至还不到孵化期——在此期间停止大聚会，因为新近赢得的、为数可观的名流会被众多无名小卒所淹没，因此宁可等待，等到被吸引来的十位体面人物繁殖七十倍！如同奥黛特即将做的那样，维尔迪兰夫人也将“上流社会”作为目标，但她的进攻范围仍然狭窄，而且与奥黛特的进攻区相距甚远（奥黛特有可能达到同样目标，有可能进行突破），因此，奥黛特对“女主人”所拟订的战略计划一无所知。当人们对奥黛特说维尔迪兰夫人是赶时髦的女人时，奥黛特笑了起来，真心诚意地说：“恰恰相反。首先，她不具备赶时髦的条件。她谁也不认识。其次，说句公道话，她觉得现在就很好。不，她喜欢的是星期三的聚会，和愉快的谈话。”她暗暗羡慕维尔迪兰夫人作为“女主人”所强调的艺术（奥黛特在这所杰出学校中也学到了这门艺术），那就是（对女主人而言），善于“聚集”，善于“组织”“发挥”“隐退”的艺术，充当“桥梁”的艺术，虽然这些艺术仅仅是为空虚涂上色彩，对空虚进行雕琢，确切地说是虚无的艺术。

斯万夫人的女友们看到维尔迪兰夫人来访十分诧异，因为在她们的想象中，维尔迪兰夫人与她高朋满座（永远是小集团）的客厅是无法分开的，而此刻她们惊奇地看到，在这位作为客人的“女主人”身上，在她那把安乐椅上，竟重现、凝聚、浓缩了整个小集团。她裹在一件和这间客厅墙上挂的白色皮毛同样毛茸茸的鹂鹛皮大衣里，仿佛是客厅中的客厅。胆怯的女客唯恐打扰主人，起身告辞，并且用复数人称说：“奥黛特，我们先走了。”就仿佛人们在探视刚能行走的病人时采用复数人称说话，以暗示大家别让病人过度疲劳。人们羡慕戈达尔夫人，因为“女主人”对她直呼其名。“我带您一起走？”维尔迪兰夫人问戈达尔夫人，她怎能忍受一位信徒不追随她而独自留下呢？“这位夫人已经好意要我坐她的车了。”戈达尔夫人回答，她不愿意让人以为她为了讨好有名气的人而将答应乘邦当夫人的三色标志马车一事忘在脑后：“我真谢谢你们这些朋友。你们要我乘你们的车，对我这个没车夫的人来说，真是运气。”“特别是，”“女主人”回答说（她不敢说得太多，因为她对邦当夫人略有了解，而且夫人刚刚邀请她参加每星期三的聚会），“您住得离德·克雷西夫人那么远。啊，我的天，我永远也不习惯说斯万夫人。”对小集团这些才智平庸者来说，佯装不习惯称斯万夫人，也是一种玩笑。维尔迪兰夫人又说：“我一向习惯于称德·克雷西夫人，刚才差一点又说漏嘴。”其实她在对奥黛特说话时故意说错，而绝非差一点说漏了嘴。“奥黛特，您住的地方这样偏僻，不害怕吗？晚上回家我会提心吊胆的。再说，这里又潮湿，对您丈夫的湿疹十分不利。总不至于有耗子吧？”“没有！多可怕呀！”“那就好，这是别人对我说的。我很高兴这是谣传，我这人特别害怕老鼠，都不敢来看您了。再见，亲爱的，回头见，您知道我多么高兴见到您。您不会摆弄菊花。”她一面往外走一面说，斯万夫人起身送她。“这是日本菊花，您得照日本方式插花。”当“女主人”走了以后，戈达尔夫人大声说：“我可不同意维尔迪兰夫人的看法，虽然在一切问题上我都把她当作戒律和先知。奥黛特，只有您能找到这么漂亮的菊花，用时新的说法，漂亮应用阳性形容词。”斯万夫人轻声回答说：“亲爱的维尔迪兰夫人有时对别人的花不够友好。”戈达尔夫人为了打断对“女主人”的批评，便问道：“您去哪家花店？勒梅特尔？那天在勒梅特尔花店前有一株很大的粉色灌木，于是我便做了一件大蠢事。”但她不好意思说出那株灌木的精确价格，只是说“不易上火”的医生也暴跳如雷，说她瞎花钱。“不，不，除了德巴克以外，我没有固定的花店。”戈达尔夫人说：“我也一样，不过我承认我偶尔对它不忠，去拉肖姆花店。”“哈！您抛弃德巴克花店而去拉肖姆花店，我可要去告密了。”奥黛特回答说，尽量显得风趣，好引导谈话。她在自己家中要比在小集团中轻松自如得多，她又笑着补充说：“再说，拉肖姆花店的价格惊人，未免太贵了，我觉得实在不像话。”

邦当夫人曾不止一百次地说她不愿意去维尔迪兰家，此刻却因受到星期三聚会的邀请而兴奋不已，而且盘算着如何才能尽量多去几次。首先，她不知道维尔迪兰夫人是容不得任何一次缺席的。其次，邦当夫人属于那种人们不乐于与之交往的女人，这种女人被邀请参加“系列”聚会时往往不是干脆地赴约（她们不像那些稍稍有空便愿意出门的人那样使主人高兴），而是相反，强制自己不去参加第一次和第三次晚会，希望自己的缺席会引起注意；她们只出席第二次和第四次晚会，但如果别人告诉她们第三次晚会将十分精彩，那么她们便将秩序颠倒一下，借口说很可惜，上一次她们没有空。邦当夫人既然是这种人，便盘算在复活节前还有几个星斯三，她怎样才能多去一次，而无强加于人之嫌。她想在和戈达尔夫人一同回家的路上得到稍许启示。“啊！邦当夫人，您站起来了，这种逃跑的信号可真不好。您上星期四没有来，应该给我补偿……来，再坐下，就一会儿。晚饭以前，您总不会再拜访别人吧！真的，您不想尝尝？”斯万夫人一面递过点心，一面说：“您知道，这些小玩意味道不坏，虽然看上去不怎么样，您尝尝，您一定会喜欢的。”戈达尔夫人说：“不，看上去就好吃。奥黛特，您家里的食品可真丰富。我不用问是在哪里买的，我知道您总是去雷巴特商店。我得承认，我不像您那样专一，我常去布内博内商店买小点心和糖果，那里的冰淇淋可实在不好，而雷巴特商店对冰冻食品，不论是冷冻甜点还是果汁冰糕，都很拿手，我丈夫说，nec plus ultra[1]。”“不过，这些点心是自己家里做的，您真的不要？”邦当夫人说：“不，要不我就吃不下饭了。不过我再坐片刻，您知道，和您这样聪明的女人谈天是件快事。”“您会

[1] 拉丁语，意为好得不能更好了。

觉得我多管闲事，奥黛特，不过我很想知道您对特龙贝夫人那顶大帽子的评价。当然大帽子是目前流行的款式，但是，是不是稍稍过分了？刚才她那顶帽子比起前几天她来我家戴的帽子，还是小巫见大巫哩。”“哪里，我可不聪明，”奥黛特带着理当如此的神气说，“其实我这人很容易轻信，人家说什么我都相信，常常为一点小事伤心发愁。”她影射的是最初因嫁给斯万这样的人而痛苦不安，斯万有自己的生活并和别的女人来往。德·阿格里让特亲王听见她说“我可不聪明”，立刻认为应该加以否定，但却缺乏敏捷的反应能力。“您胡说什么呀！”邦当夫人高声说。“您还不聪明？”亲王赶紧抓住这根救命稻草说：“这是什么话？大概耳朵在骗我吧？”奥黛特说：“真的，我不骗你们，我确实是小市民，容易大惊小怪，满脑子偏见，坐井观天，十分无知。”接着她打听德·夏吕斯男爵的近况：“您见到亲爱的男爵了吗？”“您算无知？”邦当夫人惊呼道，“那么，那些官员，那些只会谈论衣着服饰的殿下夫人又算什么呢！……对了，夫人，就在上个礼拜，我和公共教育部部长夫人谈到《罗恩格林》。她说：‘啊，《罗恩格林》，对了，这是牧羊女游乐场上一次的表演，据说逗人笑得直不起腰。’我听了真想给她一记耳光，您瞧瞧，夫人，有什么办法，这种话怎不叫人发火。我是个倔人，您是知道的，”接着她又转脸对我说，“您说呢，先生，我的话有理吧？”“依我说，”戈达尔夫人说，“这情有可原，我们常常被突然的问题弄得措手不及，所以答非所问，这一点我略有体会，因为维尔迪兰夫人经常这样让我们出洋相。”“谈到维尔迪兰夫人，”邦当夫人问戈达尔夫人，“您知道下星期三她家有哪些客人？……我记起来了，对，我们接受了邀请，下星期三去她家。您是不是先到我家吃晚饭？然后我们一同去她家。我独自去有点胆怯，也不知为什么，这位尊贵的女士一直使我害怕。”“我可以告诉您，”戈达尔夫人说，“使您害怕的是她的嗓音，这没办法，哪会人人都有斯万夫人那样好听的声音呢？不过，‘女主人’这话很对，只要你开口说话，冰雪立刻融化，维尔迪兰夫人确实很好客，当然我理解您此刻的心情，第一次去陌生地方总是不太自在的。”“您也来和我们一道吃饭吧，”邦当夫人对斯万夫人说，“饭后我们一同去维尔迪兰家，玩维尔迪兰游戏，到那里以后我们三人待在一边自己交谈，‘女主人’会对我瞪眼睛，从此不再邀请我，不过我不在乎。那会使我大大开心咧。”她这番话似乎不太真实，因为她接着又问：“您知道下星期三她家会有哪些客人？聚会都干些什么？客人总不至于太多吧？”“我肯定不会去，”奥黛特说，“我们只能在最后那个星期三露露面。如果您愿意等到那时……”然而，邦当夫人对这个延期的建议似乎毫无兴趣。

一个沙龙的才智价值往往与风雅成反比，然而，既然斯万认为邦当夫人讨人喜欢，那就是说一个人沉沦而被迫与另一类人为伍时，他对他们不再苛求，对他们的才智及其他不再挑剔。如果这一点是真的，那么，个人和民族一样，在失去独立性的同时也失去自己的文化修养，甚至语言。这种容忍态度的后果之一，便是从某个年龄开始，人们越来越喜欢听别人赞扬和鼓励自己的才智和气质，例如，大艺术家不再和具有独特性的天才交往，而只和学生来往，后者和他的唯一共同语言是他的教条，他们对他唯命是从、顶礼膜拜，又例如，在聚会中某位唯爱情至上的、卓越的男士或女士会认为，那位虽然才智平庸，但话语之间对风流韵事表示理解和赞同的人才是最聪明的人，因为他的话能取悦情人或情妇的情欲本能。再以斯万为例。邦当夫人说，有些沙龙只接待公爵夫人们，真是岂有此理！此时，作为奥黛特的丈夫的斯万便点头称是，要是往日在维尔迪兰家中，他会对邦当夫人不以为然，而此刻却说她是个好女人，既富有风趣，又不附庸风雅。他也乐于给她讲一些有趣的事，使她“乐得直不起腰”，她没听说过这些事，但一点就“通”，她喜欢讨人欢心，喜欢取乐。

“这么说，医生不像您那么酷爱花？”斯万夫人问戈达尔夫人，“啊！您知道，我丈夫是圣人，信奉中庸之道。不过他倒是有一个嗜好。”邦当夫人眼中闪着狡黠、欢乐和好奇，问道：“什么嗜好，夫人？”戈达尔夫人简单明了地说：“看书。”“这种嗜好可没什么让妻子担心的。”邦当夫人惊呼道，一面克制邪恶的微笑，“您知道，医生完全钻到书里去了！”“那好呀，您不用担心害怕……”“哪里，我担心……他的眼睛。我得回去了，奥黛特，下次再来敲府上的门。说到视力，您听说过维尔迪兰夫人要在新买的房子里装电灯吗？这消息不是我的私人密探告诉我的，是从另一条渠道，电工米尔德那里听说的。您瞧我对消息来源毫不隐瞒。连卧室也要装电灯，配上灯罩使光线柔和，多么美妙的奢侈！我们的同代人总是追求新玩意，世上独一无二的玩意。我一位朋友的嫂嫂在家里装了电话，不用出门就能向供应商订货。我承认我略施小技让她同意我哪天去对着电话机谈话。电话对我很有诱惑力，不过我宁肯去朋友家打电话，而不愿自己装电话。新鲜劲一过，电话会完完全全成为累赘的。好了，奥黛特，我走了，别再挽留邦当夫人，她要送我回家，我必须走，您这下子可让我闯祸了：我丈夫比我先到家！”

我也一样应该告辞回家了，虽然还没有品尝菊花这些鲜艳斑斓的外壳所蕴藏的冬天的乐趣。乐趣尚未来到，而斯万夫人似乎不再等待什么了。她任仆人收拾茶具，仿佛在宣布：“关门了！”她终于开口说：“真的，您也要走？那好吧，再见。”即使我留下来，也未必就能体会到这陌生的乐趣，而原因不仅仅在于我的忧郁，也就是说这种乐趣并不存在于迅速导致告辞时刻的那条时间的老路上，而是存在于我所不知的一条小路上，我本该拐弯进去才对。不过，我的拜访至少已经达到目的，希尔贝特会知道她不在家时我来看过她父母，还会知道，用戈达尔夫人的话说，我“一上来，从一开始就征服了维尔迪兰夫人”（医生夫人从未见过维尔迪兰夫人如此“殷勤讨好”，还说“你们大概天生有缘分”）。希尔贝特将知道我曾恰如其分地、怀着深情谈起她，她将知道我们不见面我仍然能生活下去，而她最近对我的嫌恶，在我看来，正是因为她认为我没有这个能力。我曾对斯万夫人说我不能再见希尔贝特。我这样说，仿佛我决心永远不再见她。我要给她写的信也表达同样的意思。但是，为了给自己鼓气，我要求自己做最后的、短暂几天的努力。我对自己说：“我这是最后一次拒绝她的约会。我将接受下一次约会。”为了减少这种分离的痛苦，我不把它看作永久的分离，虽然我感到它将是永久的。

这一年的元旦令我十分痛苦。当你不幸时，无论是有意义的日子还是纪念日，一切都会令你痛苦。然而，如果你失去了心爱的人，那么，痛苦仅仅来源于强烈的今昔对比，而我的痛苦则不然，它夹杂着未表明的希望：希尔贝特其实只盼着我主动和解，见我没有采取主动，她便利用元旦给我写信：“到底是怎么回事？我爱上您了，您来吧，我们可以开诚布公地谈谈，见不到您我简直无法生活。”从旧年的岁末起，我就认为这样一封信完全可能到来，也许并非如此，但是我对它的渴望和需要足以使我认为它完全可能到来。士兵在被打死以前，小偷在被抓获以前，或者一般来说，人在死前，都相信自己还有一段可以无限延长的时间，它好比是护身符，使个人——有时是民族——避免对危险心生恐惧（而并非避免危险），实际上使他们不相信确实存在危险，因此，在某些情况下，他们不需要勇气便能面对危险。这同一类型的毫无根据的信念支持着恋人，使他寄希望于和解，寄希望于来信。其实，只要我不再盼望信，我就不会再等待了。尽管你知道你还爱着的女人对你无动于衷，你却仍然赋予她一系列想法——即使是冷淡的想法——赋予她表达这些想法的意图，赋予她复杂的内心生活（你在她的内心中时时引起反感，但时时引起注意）。对希尔贝特在元旦这一天的感觉，我在后来几年的元旦日都有切身体会，那时，我根本不理睬她对我是专注还是沉默，是热情还是冷淡，我不会想，甚至不可能想到去寻求对我不复存在的问题的答案。我们恋爱时，爱情如此庞大，以至我们自己容纳不了，它向被爱者辐射，触及她的表层，被截阻，被迫返回到起点，我们本人感情的这种回弹被我们误认为是对方的感情，回弹比发射更令我们着迷，因为我们看不出这爱情来自我们本人。

元旦一小时一小时地过去，希尔贝特的信没有来。那几天我收到几张迟发的或者被繁忙的邮局耽误的贺年卡，所以在元月三号和四号，我仍然盼望她的信，不过希望越来越渺茫。后来几天里，我哭了许多次。这是因为，我放弃希尔贝特并不如我想象的那样出自真心诚意，我一直盼望在新年收到她的信，眼前这个希望破灭了，而我又来不及准备另一个希望，我像服完了一小瓶吗啡而手头又没有第二瓶吗啡的病人一样痛苦异常。但是也可以有另一种解释，而这两种解释并不相互排斥，因为同一种感情有时包括相反的因素，那就是在我心中，对希尔贝特来信所抱的希望曾使她的形象离我更近，当初我急于见她，我如何见到她，她如何待我，凡此种种所引起的激情曾再次涌上心头。立即和解的可能性否定了顺从——其巨大力量往往不被我们察觉。人们对神经衰弱的病人说，只要他们躺在床上不看信不读报，他们便会逐渐安静下来，然而病人却不相信，认为这种生活方式只会更刺激他们的神经，同样，恋人们从相反的心理状态出发来观察“放弃”，在未真正付诸实践以前，他们也不会相信“放弃”会具有裨益身心的威力。

由于我心跳过速，人们叫我减少咖啡因的剂量，我减量以后，剧烈心跳果然停止，于是我开始怀疑：与希尔贝特近乎绝交时我所感到的焦虑莫非是由咖啡因所引起的？而每当这种焦虑重现时，我总以为是因为我看不见希尔贝特，或者（偶尔与她相遇）看见她冷冷的面孔而感到痛苦。不过，如果说这药才是痛苦的根源，而我的想象力进行了错误解释的话（这也不必大惊小怪，因为情人们最沉重的精神痛苦往往是由和他们同居的女人的生理习惯所引起的），那么它仿佛是使特里斯坦和伊索尔德[1]饮后长久相爱的药酒。咖啡因的减量虽然立即使我身体好转，但并未消除我的忧郁。如果说这带毒性的药没有创造忧郁，至少它曾使忧郁更为尖锐。

快到一月中旬，我对新年来信的希望破灭，失望所引起的痛苦稍稍有所缓解，然而，“节日”前的悲伤又卷土重来。它之所以十分残酷，是因为我就是这个悲伤的制造者，有意识的、自愿的、无情的、有耐心的制造者。希尔贝特和我的关系是我唯一珍惜的东西，而我却不遗余力地破坏它，用长期不来往的办法逐渐制造我的冷漠（并非她的冷漠，但实际上是一回事）。我不断地、竭尽全力地使爱恋希尔贝特的那个我进行残酷的慢性自杀，而我清楚地意识到我此刻的行为及将来的后果。我不仅知道再过一段时间我将不再爱希尔贝特，还知道她将为此感到遗憾，她会想方设法和我见面，但都和今天一样不能如愿以偿，并不是因为我太爱她，

[1] 特里斯坦和伊索尔德是12世纪法国民间传奇中的两个人物，他们俩因误喝药酒永生相爱，并受迫害。

而是因为我肯定会爱上另一个女人，我将长时间地渴望她，等待她，不肯腾出一秒钟来和希尔贝特见面，因为希尔贝特对我将毫无意义。毫无疑问，就在此刻（我已决心不见她，除非她正式要求解释，或者表白全部爱情，而这是绝不会发生的），我已失去希尔贝特，但我却更爱她（我比去年更强烈地感到她对我是多么重要，去年的每天下午，我都能如愿以偿地和她在一起，以为我们的友谊不受任何威胁）。毫无疑问，此刻我憎恶这个念头：有一天我会对另一个女人产生同样的感情。这念头从我这里夺去的不仅仅是希尔贝特，还有我的爱情和痛苦，而我是在爱情和痛苦之中，在眼泪中努力确定希尔贝特的意义的，现在却必须承认这爱情和痛苦并非她所专有，它们迟早会献给另一个女人。因此——这至少是我当时的想法——我们永远超然于具体对象之外，当我们恋爱时，我们感到爱情上并未刻着具体对象的名字，它在将来，在过去，都可能为另一个女人（而不是这个女人）而萌生：而当我们不恋爱时，我们以明哲的态度对待爱情中的矛盾，我们随兴所至地高谈阔论，但我们并不体验爱情，因此并不认识它，因为对爱情的认识具有间歇性，感情一出现，认识即消亡。我将不再爱希尔贝特，我的痛苦让我隐约窥见我的想象力所看不到的未来，当然，此刻还来得及向希尔贝特发出警告，告诉她这个未来正逐渐成形，告诉她它的来临是迫近的，甚至是无法避免的——如果她希尔贝特不来协助我摧毁那尚在萌芽状态的、未来的冷漠。多少次我想象给希尔贝特写信，或者跑去对她说："请注意，我已做出决定。此刻是我最后一次努力。这是我们最后一次见面。很快我就不再爱你了！”可这又何必呢？我有什么权利责备希尔贝特无动于衷呢？我自己不是对除她以外的一切无动于衷，而并不引咎自责吗？最后一次！对我来说，这是天大的事，因为我爱希尔贝特。但是对她来说，这就好像是友人在移居国外以前写信要求来访一样，而我们往往予以拒绝（仿佛拒绝爱我们的讨厌女人），因为我们在盼望快乐。我们每天所支配的时间具有弹性，我们所体验的热情使它膨胀，我们所引起的热情使它收缩，而习惯将它填满。

此外，即使我对希尔贝特讲，她也听不懂。我们说话时，总以为听话者是我们自己的耳朵，自己的脑子。我的话语仿佛穿过暴雨的活动水帘才到达希尔贝特那里，拐弯抹角后变得面目全非，仅仅是可笑的声音，而再无任何含义。人们借话语所表达的真理并不具有不可抗拒的确凿性，它不能立即使人信服，必须经过一段时间真理才能在话语中完全成形。例如，在论战中，某人不顾种种论据证据，将对立面的理论斥为叛逆，但是后来他却皈依了这个最初被他憎恶的信念，而原先徒劳传播这个信念的人却不再相信它。又例如一部杰作，对于高声朗诵的崇拜者来说，它当然是传世之作，无须证明，而听者却认为它毫无意义或者平庸无奇，但后来听者也承认这是杰作，可惜为时太晚，作者已无法知道。同样，在爱情中，不论你做什么，障碍决不会被绝望者从外部消除；只有当你对它们不再感兴趣时，它们才会从另一方面，被不爱你的女人的内心力量推倒；昔日你试图推倒但总不成功，如今它却突然坍塌，但对你已毫无意义。如果我将自己未来的冷漠及其防止办法告诉希尔贝特，她会以为我这样做表明了我对她的爱情和需求超过了她的估计，因此她更讨厌和我见面。确实，正是爱情使我比她更清楚地预见了这份爱情的结束，因为我连续处于前后矛盾的精神状态中。我本来可以通过写信或见面对希尔贝特发出这个警告，因为这段时间说明我并非须臾离不了她，并且向她证明没有她我也能活下去。不巧的是，某些人，不知出于好意还是恶意，向她说起我，而那口气使她认为是我央求他们这样做的。每当我得知戈达尔、我母亲，甚至德·诺布瓦先生用笨拙的话语破坏我刚刚做出的牺牲，践踏我的克制态度所获得的结果时（他们使她误认为我不再保持克制），我感到双倍的气恼。首先，我那用心良苦又卓有成效的回避必须从头开始，因为那些讨厌的人在我背后破坏了我的努力，使我前功尽弃。不仅如此，我和希尔贝特见面的愉快也会减色，因为她不再认为我在体面地顺从，而认为我暗中活动，以谋求她不屑于赏赐的会晤。我诅咒人们这种无聊至极的闲言碎语，他们往往在关键时刻深深地伤害我们，而并无使坏或帮忙之意。他们什么也不想，为说话而说话。有时是因为我们未能对他们保持沉默，而他们的嘴又不紧（和我们一样）。当然，在摧毁爱情的这项残酷工程中，他们的作用远远比不上两个人——这两人往往在一切即将圆满解决时使一切付之东流，其中一人出于过度的善意，另一人出于过度的恶意，而我们并不像怨恨不识时务的戈达尔之流一样怨恨这两个人，因为第二位是我们所爱的人，第一位是我们自己。

每次拜访斯万夫人，她总邀请我和女儿一道喝午茶，而且叫我直接给她女儿回信，因此，我常常给希尔贝特写信，在信中我没有选用我认为最有说服力的词句，而仅为我的眼泪寻找最温柔的河床，因为遗憾和欲望一样，并不试图自我分析，只要求自我满足。当一个人恋爱时，他的时间不是用来弄明白他的爱情是怎么回事，而是用来促成明天的约会。当他放弃爱情时，他不试图理解自己的悲伤，而是试图向引起这种悲伤的女人献上他认为最动人的话语。他说的是他认为有必要讲的，而对方不会理解的话，他在为自己说话。我写道：“我原先以为这绝不可能，唉！看来这并非十分困难。”我还说：“也许我再不见你了。”我的话避免冷淡（她会认为那是矫揉造作），但当我写下这些话时，我在流泪，因为我感到它们表达的不是我可能相信的事，而是实际上即将发生的事。下一次她托人要求和我见面时，我也会像这次一样鼓足勇气不让步，这样一来，经过一次又一次的拒绝，我会逐渐达到因长久不见面而不想见面的状态。我流泪，但是我有勇气牺牲和她相会的幸福（而且感到愉快），以求有朝一日吸引她，然而，到了那一天，吸引不吸引她对我来说已无关紧要了。我假定——尽管不太可能——此刻她在爱我，正如我最后那次拜访她时她说的那样，我假定她的厌倦情绪不是出于对我的厌烦，而是出于嫉妒的敏感性，出于和我相似的虚假的冷漠，这种假定仅仅使我的决定不那么残酷。我想象在几年以后，当我们彼此相忘时，我回顾往事，对她说我此刻写的信没有一个字是真的，她会回答：“怎么，你当时爱着我？你知道我多么盼望这封信，多么盼望和你见面，这封信使我哭得多伤心！”我从她母亲家一回来便动手写信，虽然我想到我可能正在制造误会，但这个想法，由于它带来的忧愁，也由于它带来的愉快（我想象希尔贝特爱着我），促使我把信写下去。

当斯万夫人的“茶会”结束，客人们告辞时，我脑子里想的是如何给她女儿写信，而戈达尔夫人想的却完全是另一种事情。她“巡视”一番，毫无例外地向斯万夫人赞扬客厅的新家具，醒目的新“添置品”，在其中发现奥黛特在拉彼鲁兹街的前寓所里某几件东西（虽然为数极少），特别是她的吉祥物——宝石雕成的动物。

斯万夫人从一位受她敬重的朋友那里学到了“过时”一词，它打开了新的眼界，因为它所指的恰恰是几年以前她认为“时髦”的东西，因此这些东西便统统隐退，与曾作为菊花支撑的金色格子架、希鲁商店的许多糖果盒，以及印有花饰的信纸堆在一起（还不算装饰壁炉板的硬纸钱币，早在她认识斯万以前，一位颇有修养的男人就劝她将它们收起来）。此外，在这些暗色墙壁（与斯万夫人稍后的白色客厅完全不同）的房间中，在这种艺术气质的紊乱和画室般的杂乱中，远东风格在十八世纪风格的进逼下节节败退，斯万夫人为了使我更“舒服”而拍打的椅凳上绣的是路易十五式的花束，而不再是中国龙。她经常待在房间里，她说：“我很喜欢这间房，常常使用它。我不能生活在怀有敌意的、陈腐的东西中间。在这里我才能工作。”（她并未说明是画画还是写书；当时那些不愿无所事事，想有点作为的女人开始对写书感兴趣。）她的周围都是萨克森瓷器（她说这个字时带英国口音，她喜欢这种瓷器，甚至不论谈到什么都说：这真漂亮，就像萨克森瓷器上的花)。她爱惜它们，甚过往日的瓷雕像和瓷花盆，唯恐无知的仆人碰坏它们。他们那无知的手常使她惶惶不安，使她大发雷霆，而斯万这位如此温顺和彬彬有礼的主人，竟目睹妻子吵吵嚷嚷而毫无反感。清醒地看到缺点，这丝毫无损于爱情，而是相反，使缺点更为可爱。如今，奥黛特在接待熟朋友时不再穿日本睡袍了，而是穿色彩鲜艳的绉丝浴袍，她用手抚摸胸前那花纹图案中的泡沫，她浸泡在其中，悠然自得，随心嬉戏，她的皮肤如此清凉，呼吸如此深沉，仿佛丝袍在她眼中并非像布景一样的装饰品，而是满足她对容貌和卫生的苛求，如 tub(澡盆)和 footing(散步)一样的必需品。她常说她宁可没有面包，也不能没有艺术和清洁，她常说，如果《蒙娜丽莎》被烧毁，那会比"大量"朋友被烧死使她更为悲痛。这些理论在她的朋友们看来似乎荒谬绝伦，但却使她显得出众，因而引起比利时大臣每周一次的来访。如果以她为太阳的这个小世界的人们得知她在别处——例如在维尔迪兰家——被认为是蠢女人的话，一定会大惊失色。由于头脑灵活，斯万夫人更喜欢和男人来往，而不大喜欢和女人来往。当她评论女人时，总是从风流女人的角度出发，挑剔她们身上不受男人欣赏的地方，体形粗笨哪，面色难看哪，尽写错字哪，腿上汗毛太重哪，气味难闻哪，眉毛是假的哪，不一而足。相反，对曾宽厚待她的某个女人，她便不那么尖刻，特别是当这女人生活不幸时。她会巧妙地为这女人辩护说："人们对她未免太不公平了。我敢保证她是个好人。"

如果戈达尔夫人以及德·克雷西夫人旧日的朋友长时间没见

到奥黛特，那么他们一定很难认出奥黛特客厅的摆设，甚至很难认出奥黛特本人。她看上去比以前年轻许多！当然，这一方面是因为她发胖了，既然身体更健康，就显得那么神色安详、精神饱满、容光焕发。另一方面是由于她的新发型，光滑平整的头发增加了面部的宽度，玫瑰色的粉使脸更有神采，昔日那棱角过于鲜明的眼睑和侧面现在似乎柔和多了。这种变化的另一个原因如下：奥黛特到了中年，终于发现或者说发明了她自己的独特面貌，某种永恒的"性格"，某种"美的类型"，于是她在那不协调的面部轮廓上——它曾被飘忽不定、软弱无能的肉体所左右，最轻微的疲劳使它在刹那之间显得老了好几岁，仿佛是暂时的衰老，因此，长久以来，它根据她的心情和面色而向她提供一个零散的、易变的、无定型的、迷人的脸——贴上这个固定的脸式，仿佛是永不衰退的青春。

斯万的房间里没有别人给他妻子拍的那些漂亮照片，尽管她在照片上的穿戴各不相同，但那神秘和胜利的表情仍能使人们认出她那得意扬扬的身影和面庞。他房间里只有一幅十分简单的老式照片，它摄于奥黛特贴上固定脸式以前，因此她的青春和美貌似乎尚未存在，尚未被她发现。然而，斯万忠实于另一种观念，或者说他恢复原有的观念，他在这位处于走动和静止之间的，脸色疲惫、目光沉思的瘦弱少妇身上所欣赏的是波提切利式的美。确实，他仍然喜欢在妻子身上看到波提切利的画中人。奥黛特却相反，她不是极力突出，而是弥补和掩饰她身上那些她所不喜欢的东西，它们在艺术家看来可能正是她的"性格"，而她作为女人，认为这是缺点，甚至不愿意别人提起这位画家。斯万有一条精美的蓝色和粉红色相间的东方披巾，当初他买下来是因为《圣母赞歌》[1]中的圣母也戴这样一条披巾，但是斯万夫人从不肯戴它。只有一次她听任丈夫为她定做一套衣服，上面饰满了雏菊、矢车菊、勿忘草、风铃草，和《春》[2]一模一样。有时，傍晚时分她感到疲乏，斯万便低声叫我看她那双沉思的手，它们那无意识的姿势就像圣母在圣书上写字（那里已经写着《圣母赞歌》）以前往天使端着的墨水瓶里蘸墨水的姿势一样灵巧而稍稍不安。但是斯万接着说："您千万别告诉她，她要知道了准会改变姿势。"

除了斯万情不自禁地试图在奥黛特身上发现波提切利的忧郁节奏以外，在其他时刻，奥黛特的身体是一个统一体，它全部被"线条"圈住，线条勾画出这个女人的轮廓，而将旧款式的崎岖线路、矫饰的凸角和凹角、网络以及分散杂乱的小玩意统统删去，而且，凡当身体在理想线条内侧或外侧显出错误和不必要的弯曲时，这条线便大胆纠正大自然的错误，并且在整整一段路程上，弥补肉体和织物的缺陷。那些衬垫、奇丑无比的"腰垫"已经消失，带垂尾的上衣也无影无踪，以前，这种上衣盖过裙子，并且由僵硬的鲸须撑着，一直给奥黛特一个假腹部，使她仿佛是一堆七拼八凑的、零散的构件。如今，流苏的垂直线和褶裥饰边的弧线已被身体的曲线所取代，身体使丝绸起伏。仿佛美人鱼在拍水

---

[1] 波提切利的彩绘玻璃画。

[2] 波提切利的壁画。

击浪，贝克林纱也具有了人性，身体从过时款式那长长的、混沌和模糊的包膜中挣脱出来，成为有机的、活生生的形式。然而，斯万夫人喜欢并善于在新款式中保留旧款式的某些痕迹。有时，我晚上无心工作，又知道希尔贝特和女友们看戏去了，便临时决定去拜访她父母。斯万夫人通常身着漂亮的便服，裙子是一种好看的深色（深红色或橘红色），它不是流行色，因而似乎另有含义，裙子上斜绣着一条宽宽的、镂空的黑丝带，使人想到旧日的镶褶。在我和她女儿绝交以前，有一天，春寒料峭，斯万夫人邀我去动物园。她走热了便或多或少地敞开外衣，露出衬衣的齿状饰边，仿佛是她几年以前常穿而如今不再穿的背心上的齿形贴边。她的领带——她忠实于"苏格兰花呢"，但是颜色柔和得多（红色变为粉红色，蓝色变为淡紫色），以至人们几乎以为这是最流行的闪色塔夫绸——以特有的方式系在颔下，人们看不出它在哪里打结，并不由自主地回忆起如今不再流行的帽"带"。如果她再"坚持"一段时间，那么，年轻人在试图解释她的服饰时会说："斯万夫人本人就是整整一个时代，对吧？"优美的文体会表现为将各种不同形式重叠起来，暗藏在其中的传统使它更臻优美，斯万夫人的服饰也一样。对背心及圆结的朦胧回忆，加上立即被克制的"划船服"[1] 趋向，甚至加上对"跟我来，年轻人"[2] 的遥远而模糊的影射，这一切使古老的形式一一重现（不完全的重现）在眼前

[1] 划船式的短上衣。

[2] 此处指的是女帽上的一种飘带。

的具体形式之中，那些古老形式是不可能让裁缝或妇女服装商真正制作出来的，但它却牵动人们的思绪。因此，斯万夫人蒙上一层高贵色彩，而这也许是因为这些装饰既然毫无用处，那么它应该有一种比实利更高的目的，也许是因为它是过去岁月留下的痕迹或者这个女人所特有的衣着上的个性，总之，这种高贵色彩使她千姿百态的装束神态如一。人们感到她的穿着不仅仅是为了身体的舒适或装饰。她的衣着仿佛是整个文明精致而精神化的体系，将她团团裹住。

一般来说，每逢她母亲的接待日，希尔贝特往往请朋友来喝茶，有时却不然，她不在家，我便趁机赴斯万夫人的“午后茶会”。她总是穿得漂漂亮亮的，塔夫绸、双绉、丝绒、绫罗绸缎，她的衣着不像平日居家的便服那样随便，而是精心配色，仿佛准备外出。在这样一个下午，她那居家的闲散中又增添了某种灵敏与活跃。衣服的式样既大胆又简单，与她的身段动作十分贴合，而衣袖仿佛具有象征性，因日子不同而改换颜色。蓝丝绒表达的是突然的决心，白塔夫绸表达的是愉快的心情，而为了显示伸臂动作中所包含的雍容高贵的审慎，她选择了昭示做出巨大牺牲的材质——黑色双绉。与此同时，既无实际效益又无明显理由的“装饰”给色彩艳丽的袍衣增添了几分超脱、几分沉思、几分奥秘，而这与她一向的忧郁，至少与她的黑眼圈和手指节所蕴含的忧郁是完全一致的。蓝宝石吉祥物、珐琅质的四瓣小叶三叶草、银质纪念章、金颈饰、绿松石护身符、红宝石细链、黄玉栗子，在这大量的珠宝首饰下面，袍衣本身带有彩色图案，它越过镶贴部分而贯彻始终，还有一排虚设的、无法解开的、小小的缎子纽扣，以及富有微妙暗示的、既精致又含蓄的饰带；衣服上的这一切，和珠宝首饰一样，似乎——此外不可能有任何理由——泄露了某种意图，构成爱情的保证，保守隐情、遵守迷信，似乎是对痊愈、誓愿、爱情或双仁核游戏的纪念。有时，蓝丝绒胸衣上隐隐约约出现亨利二世式样的缝叉，黑缎袍上有轻微隆起处，它或是在靠近肩头的袖子上，使人想起一八三〇年的“灯笼袖”，或是在裙子上，使人想起路易十五的“裙环”。袍衣因而显得微妙，仿佛是化装服，它让对往日的朦胧回忆渗入眼前生活之中，从而赋予斯万夫人某种历史人物或小说人物的魅力。如果我向她提到这一点，她便说：“我不像许多女友一样玩高尔夫球。我没有任何理由像她们那样穿毛线衫。”

斯万夫人送客回来，或者端起点心请客人品尝而从我身边经过时，趁混乱之际将我拉到一边说：“希尔贝特特别叫我请您后天来吃饭。我原先不知道能不能见到您。您要是不来我正要给您写信呢！”我继续反抗，这种反抗对我来说越来越不费劲，因为，虽然你仍然喜爱对你有害的毒品，但是既然你在一段时间内由于某种必要性而不再服用，你就不能不珍视这种恬静（你以前曾失去），这种既无激动又无痛苦的状态。你对自己说永不再见你所爱的女人，如果这话不完全属实，那么，你说愿意再见她也不全是真话。人们之所以能忍受和所爱的人分离，正是因为他们相信这只是短暂的分离，他们想到的是重聚的那一天，然而，另一方面，他们深深感到，会见可能导致嫉妒，它比每日对团聚（即将实现但却一再延期！）的遐想更痛苦，因此，即将与所爱的女人相见的消息会引起令人不愉快的激动。人们一天天地拖延，他们并非不希望结束分离所引起的难以容忍的焦虑，但他们害怕那毫无出路的激情东山再起。人们喜欢回忆而不喜欢这种会见，回忆是驯良的，人们可以随心所欲地往回忆中加进幻想，因此那位在现实生活中不爱你的女人却可以在你的幻想中对你倾诉衷肠！人们逐渐将愿望掺进回忆，使回忆变得十分甜蜜。既然它比会见更令人愉快，会见便被一再推迟，因为在会见中你再无法使对方说出你爱听的话，你必须忍受对方新的冷淡和意外的粗暴。当我们不再恋爱时，我们都知道，不如意的爱情要比遗忘或模糊的回忆痛苦得多。尽管我没向自己承认，但我盼望的正是这种遗忘所带来的安详的平静。

此外，这种精神超脱和孤独疗法所引起的痛苦，由于另一种原因而日益减弱。此疗法在治愈爱情这个固执念头以前，先使它削弱。我的爱情仍然炽烈，坚持要在希尔贝特眼中赢回我的全部威望。我认为既然我有意不和希尔贝特见面，那么我的威望似乎应该与日俱增，因此，那些接踵而至的、连续不断的、无限期的日子（如果没有讨厌鬼干预的话），每天都是赢得的而非输掉的一天。也许赢得毫无意义，既然不久以后我就会被宣布痊愈。顺从，作为一种习惯方式，使某些力量无限增长。在和希尔贝特闹僵的第一个晚上，我承受悲哀的力量十分微弱，如今它却变得无法估量地强大。不过，维持现状的倾向偶尔被突然冲动所打断，而我们毫不在意地听任冲动的支配，因为我们知道在多少天、多少月里我们曾经做到，并仍将做到放弃它。在积蓄的钱袋即将装满时，人们突然将它倒空。当人们已经适应某种疗法时，却不等它生效而突然中断。有一天，斯万夫人像往常一样对我说希尔贝特见到我会多么愉快，这话仿佛将我长久以来已经放弃的幸福又置于我伸手可及的地方，我震惊地意识到，要品尝这种快乐，当时还不算太晚，于是我急切地等待第二天，我要在晚饭前出其不意地去看希尔贝特。

这整整一天，我耐心等待，因为我正在策划一件事。既然往事一笔勾销，既然我们重归于好，我要以情人的身份和她见面。我每天将送给她世上最美的鲜花。如果斯万夫人（尽管她无权当过分严厉的母亲）不允许我送花，那么我每隔一段时间就送些更为珍贵的礼品。父母给我的钱是不够买礼品的，所以我想到了那个中国古瓷瓶，它是莱奥妮姑妈给我的礼物，母亲每天都预言弗朗索瓦丝会来对她说："它都散架了。"既然如此，卖掉它岂不更好？那样一来，我就有条件使希尔贝特高兴了。它大概可以卖到足足一千法郎吧。我让仆人把它包了起来。由于习惯，我一向不注意这个瓷瓶，它的易手至少产生这样一个效果——让我认识它。我带上它出门，我将斯万的地址告诉车夫，让他从香榭丽舍大街走，因为那条街的拐角上有一家我父亲常去的大的中国古玩店。使我万分惊奇的是，店主立刻出价一万法郎，而不是一千法郎，我兴高采烈地接下这一沓钞票，整整一年我都有钱每天买玫瑰花和丁香花送给希尔贝特了。我走出商店坐上马车，由于斯万家离布洛涅森林很近，车夫没有走往常那条路，而是顺着香榭丽舍大街走。当车驶过贝里街的拐角时，在暮色中，我隐约看见在斯万家附近，希尔贝特正朝相反的方向走去，她步履坚定，但走得很慢，正和身旁一位青年男子交谈，那人的面孔我看不见。我在车上直起身来，想让车夫停车，但又迟疑。这时，两位散步者已走远了，他们那悠闲的步伐所勾画出的两条柔和的对称线很快就消失在香榭丽舍大街的阴影之中。我随即到达希尔贝特家门前。斯万夫人接待我说："啊！她会后悔的。不知怎么回事她不在家。刚才她上课时感到很热，对我说她想和女友出去换换空气。""我在香榭丽舍大街上看见的可能是她。""不会吧。总之，别对她父亲讲，他不喜欢她在这个钟点出门。Good evening（晚安）。"我告辞，叫车夫从原路返回，但没有找到那两位散步者。他们到哪里去了？黄昏中，他们神情诡秘地在谈什么呢？

我回家，绝望地想着那意想不到的一万法郎，它们本该使我有能力时时让希尔贝特高兴，而现在，我却决心不再见她。在中国古玩店的停留曾使我充满喜悦，因为我期望从今以后女友见到我时会感到满意和感激。但是，如果没有这次停留，如果马车没有经过香榭丽舍大街，那么我就不会遇见希尔贝特和那青年男子了。因此，从同一件事上长出了截然对立的枝杈，它此刻产生的不幸使它曾经产生的幸福化为乌有。我这次遭遇和通常发生的事恰恰相反，人们企望欢乐，却缺乏达到欢乐的物质手段。拉布吕耶尔说过："无万贯家财而恋爱是可悲的。"于是只好一点一点地，努力使对欢乐的期望熄灭。我的情况却相反，物质手段已经具备，然而，就在同时，出于第一个成功的必然后果，至少出于它的偶然后果，欢乐却消失了。这样看来，我们的欢乐就该永远无法实现。当然，一般来说，欢乐消失与获得实现欢乐的手段这两件事并不发生在同一天晚上。最常见的情况是我们继续努力、继续抱有希望（在一段时间内），但是幸福永远不会实现。当外界因素被克服时，天性便将斗争从外部转移到内部，逐步使我们变心，使我们期望别的东西，而不再是我们即将占有的东西。如果形势急转直下，我们的心尚来不及改变，那么，天性也决不放弃对我们的征服，当然它得稍稍推迟，但更为巧妙，同样见效。于是，在最后一刹那，对幸福的占有从我们身边被夺走，或者说，由于天性的邪恶诡计，这种占有本身竟毁灭了幸福。当天性在事件和生活的一切领域中失败时，它便创造最后一种不可能性，即幸福心理的不可能性。幸福现象或是无法实现，或是产生最辛酸的心理反应。

我捏着一万法郎，但它们对我毫无用处。我很快就花光了，比每日给希尔贝特送花还要快。每当暮色降临，我心中苦闷，在家里待不住，便去找我不爱的女人，在她们怀中痛哭。连使希尔贝特高兴一下的愿望也消失殆尽。如今去希尔贝特家只会使我增加痛苦。头一天我还认为，重见希尔贝特是世上最美的事，现在我却认为这远远不够，因为当她不在我身边时，她使我担心害怕。一个女人正是这样在不知不觉中，通过她给我们带来的新痛苦而增加她对我们的威力，但同时也增加我们对她的要求。她使我们痛苦，越来越缩小对我们的围困圈，增加对我们的枷锁，但同时也使我们在原先认为万无一失的枷锁之外增加了对她的束缚。就在头一天，如果我不害怕使希尔贝特厌烦，我会要求少数几次会晤，而现在我不能以此为满足，我会提出许多其他条件，因为，爱情和战争相反，你越是被打败，你提的条件就越苛刻、越严厉，如果你还有能力向对方提条件的话。但是我没有这个能力，所以我首先决定不再去她母亲家。我心中仍想：我早已知道希尔贝特不爱我，我如果愿意可以去看她，如果不愿意便可逐渐将她忘记。然而，这个想法犹如对某些疾病无效的药物，它对时时出现在我眼前的那两条平行线——希尔贝特和那位年轻男子在香榭丽舍大街上慢步远去——无能为力。这是一种新痛苦，有一天它会耗尽，有一天当这个形象出现在我脑海中时会完全失去它的毒汁，就好比我们摆弄剧毒而毫无危险，就好比我们用少许火药点烟而不用害怕爆炸。此时，我身上正有另一种力量与有害力量——一再重现希尔贝特在暮色中散步的情景——相搏斗。我的想象力朝相反的方向做有效的活动，以粉碎记忆力的反复进攻。在这两股力量中，前一种力量当然继续向我显示香榭丽舍大街上的那两位漫步者，而且还提供取自往日的，另一些令人不快的形象，例如，当希尔贝特的母亲要求她留下陪我时她耸肩的形象。但是第二种力量按照我的希望所编织的蓝图，勾画出未来的图景，它比起如此狭小而可怜的过去，更令人高兴，更充实。如果说，阴郁不快的希尔贝特在我眼前重现了一分钟的话，那么在多少分钟里我设想的是将来，她会想办法和我言归于好，也许还会促使我们订婚！当然想象力施展于未来的这种力量，毕竟来自过去。随着我对希尔贝特耸肩所感到的恼怒逐渐减弱，我对她的魅力的回忆也会减弱，而正是回忆使我盼望她回到我身边。过去还远远没有死亡。

我仍然爱着我自以为憎恶的女人。每当人们夸奖我的发型或气色时，我总希望她也在场。当时不少人表示愿意接待我，我十分不快，一概拒绝，甚至在家中引起争吵，因为我不肯陪父亲出席一个正式宴会，而那里有邦当夫妇及他们的侄女阿尔贝蒂娜——她几乎还是个孩子。我们生活中的不同时期就是这样相互重叠的。你为了今天所爱的，而有一天会认为可有可无的东西，而轻蔑地拒绝去见你今天认为可有可无，而明天将爱上的东西。如果你答应去看它，那么你也许会早些爱上它，它会缩短你目前的痛苦，当然，用另一些痛苦取而代之。我的痛苦在不断变化。我惊奇地发现，在我心中，今天是这种感情，明天又是那种感情，而它们往往和希尔贝特所引起的希望或恐惧有关。这里指的是我身上的希尔贝特。我本该告诫自己，另一个希尔贝特，真正的希尔贝特，也许与这个希尔贝特截然不同，她根本没有我所赋予她的惋惜之情，她大概很少想到我，不仅比我对她的思念要少很多，而且比我臆想中她对我的思念也要少得多（我想象和希尔贝特幽会，探寻她对我的真实感情，幻想她思念我，一直钟情于我）。

在这种时期，悲伤虽然日益减弱，但仍然存在，一种悲伤来自对某人日日夜夜的思念，另一种来自某些回忆，对某一句恶意的话、对来信中某个动词的回忆。其他形形色色的悲伤，留到下文的爱情中再做描写，在此只声明在上述两种悲伤中，第二种比第一种残酷许多倍，这是因为我们对所爱的人的概念始终活在我们心中，它戴上我们立即归还的光环而变得无比美丽，它充满频繁产生的甜蜜希望，或者（至少）永久的宁静忧伤（还应该指出，使我们痛苦的某人的形象，与它所引起的日益严重、不断延伸、难以治愈的爱情忧伤极不相称，就好比在某些疾病中，病因与连续发烧、缓慢痊愈极不相称一样）。如果说我们对所爱的人的概念蒙上了往往乐观的精神反光的话，那么，对具体细节的回忆，恶言，充满敌意的信（我从希尔贝特那里只收到一封这样的信）却是另外一回事，可以说我们所爱的人恰恰活在这些零散片段之中，而且具有比在我们对她的整体概念中更为强大的威力。这是因为我们读信时，一目十行，怀着对意外不幸的可怕焦虑，而并非像凝视我们所爱的人那样怀着宁静而忧郁的惋惜。这种悲伤是以另一种方式形成的，它来自外部，沿着最深沉的痛苦这条路一直深入我们的心灵。我们以为女友的形象是古老的、真实的，其实这形象一再被我们更新，而残酷的回忆却早于这个更新的形象，它属于另一个时期，是极端可怕的过去的见证人（少有的见证人）。过去仍然存在，但我们除外，因为我们喜欢抹掉它而代之以美好的黄金时代，代之以重归于好的天堂，而这些回忆，这些信件却将我们拉回到现实，对我们迎头痛击，使我们感到我们日夜等待的那种毫无根据的希望离现实多么遥远。这并不是说这个现实应该永远不变（虽然有时的确不变）。在我们的生活中有过许多女人，我们从不希望与她们相见，而她们当然以沉默来回答我们绝不包含敌意的沉默。既然我们不爱她们，我们便不算计与她们分离了多少年头，这是个反例，但当我们论证分离的效果时却忽略了它，好比相信预感的人忽略预感落空的实例一样。

然而，分离毕竟可以起作用。重新相见的欲望和兴趣最终会在此刻蔑视我们的心中重新燃起。但是需要时间，而我们对时间的要求与心对变化的要求同样苛刻。首先，时间是我们极不愿意给予的东西，因为我们急于结束如此沉重的痛苦。其次，另一颗心需要时间来完成变化，但与此同时，我们的心也会利用时间来进行变化，以至当我们原定的目标即将实现时，它却不再是目标了。目标是可以达到的，幸福是最终可以获得的（当它已不再是幸福时），这个想法本身只包含一部分真理。当我们对幸福变得冷漠时，它降临在我们身上。正是这种冷漠使我们变得不大苛求，使我们认为它如果出现在往日会使我们心满意足（其实当时我们会觉得这幸福并不圆满）。人们对于漠不关心的事不太苛求，也缺乏判断。我们所不再爱恋的人对我们所表示的殷勤，与我们的冷漠相比，似乎绰绰有余，但对我们的爱情而言，却远远不足。甜言蜜语和幽会使我们想到的只是它可能带来的乐趣，我们忘记了当初我们会希望其他一系列的情侣幽会，而正由于这种贪婪的渴望，我们会使幽会无法实现。因此，当幸福姗姗来迟，我们再无法享受它，我们不再爱恋时，这个迟到的幸福是不是我们从前苦苦期待的幸福呢？只有一个人知道，那就是当时的我，但他又不复存在，而且，只要他再出现，幸福——无论相同或不相同——便烟消云散。

我等待梦想——我将不再依恋它——的实现，我像当初不太认识希尔贝特时一样任意臆想她的话语和信，她请求我宽恕，她承认除我以外从未爱过任何人，并且要求嫁给我，由于这些想象，一系列不断更新的温柔形象终于在我思想中占据很大地盘，压倒了希尔贝特和青年男子的幻象，因为幻象缺乏补给。要不是做了一个梦，此刻我会再次拜访斯万夫人。我梦见一位朋友，究竟是谁难以确定，他对我背信弃义，并且认为我对他也无情无义，这个梦使我痛苦得猝然惊醒，醒来后痛苦未减，于是我重新想这位朋友，试图回忆这位梦中人是谁，他的西班牙名字已经朦胧不清，我开始释梦，仿佛既是约瑟又是古埃及法老[1]。我知道在许多梦中，人物的外表是不足信的，因为他们可以伪装，可以交换面孔，正好比无知的考古学者在修复大教堂中被损毁的圣像时，将此像的脑袋放在彼像的身躯上，而且使特性与名称混淆不清，因此，梦中人的特性与姓名可能使我们上当。我们只能根据痛苦的剧烈程度来认出我们所爱的人，而我的痛苦告诉我，梦中使我痛苦的那位忘恩负义的青年正是希尔贝特。于是我回忆起最后一次相见的情景。那天她母亲不许她去跳舞，她一面古怪地微笑，一面说她不相信我对她真心诚意，她这话也许出自真心，也许是瞎编的。这个回忆使我又联想起另一个回忆。在那以前很久，斯万不相信我是诚恳的人，不相信我能成为希尔贝特的良友。我给他写信也无济于事，希尔贝特将信交还给我，脸上露出同样的难以捉摸的微笑。她并没有立即把信给我。月桂树丛后面的那整个场面，我记忆犹新。一个人痛苦时就具有了道德感。希尔贝特此刻对我的反感似乎是生活对我那天行为的惩罚。人们以为在穿过马路时留心车辆，避免危险，就能逃过惩罚。其实还有来自内部的惩罚。

[1] 指《圣经·创世记》中法老做了两个梦以及圣约瑟释梦这段故事。

事故来自未曾预料的方面，来自内部，来自心灵。我厌恶希尔贝特那句“您要是愿意，我们可以再搏斗一会儿”，我想象她和陪她在香榭丽舍大街散步的青年男子单独待在家中的内衣间时，大概也是这样。前一段时间，我以为自己安安稳稳地栖息在幸福之中，如今我放弃了幸福，又以为我至少获得了平静，并能保持下去，这都同样地荒谬。因为，只要我们心中永远藏着另一个人的形象，那么，随时会被摧毁的不仅仅是幸福。当幸福消逝，当我们的痛苦得到平息时，此刻的平静与先前的幸福一样具有欺骗性，并且脆弱不堪。我终于恢复平静，那借助梦境而进入我们身上的，改变我们的精神和欲望的东西也必然逐渐消失，因为任何事物，甚至包括痛苦，都不能持久和永恒。此外，为爱情而痛苦的人，像某些病人一样，是自己的医生。既然他们只能从使他们痛苦的人那里得到安慰，而这痛苦又是那人造成的，那么，他们最终只能从痛苦中求得解脱。时刻一到，痛苦本身会向他们揭示良方，因为，随着他们的心灵将痛苦来回摆弄，痛苦便显示出那位被思念者的另一个侧面，这个侧面有时如此可憎，以至人们甚至不愿再见到她，因为在与她欢聚以前先得使她痛苦；这个侧面有时又如此可爱，以至人们将臆想的温柔变作她的优点并以此作为希望的根据。在我身上重新苏醒的痛苦终于平息下来，但我愿意尽量少拜访斯万夫人。这首先是因为，在仍然爱恋但遭遗弃的人身上，作为生活支柱的等待——即使是暗中的等待——自然而然地发生感情变化，尽管表面上一切如初，但第一种情绪已经为第二种相反的情绪所取代。第一种情绪是使我们惶惑不安的痛苦事件的后果或者反映。此时我们恐惧地等待可能发生的事，尤其是当从我们所爱的人那里没有传来任何新信息，我们更渴望有所行动，但我们不知道某个办法的成功率是多少，而在那个办法以后我们再不可能有所作为。然而，正如刚才所说的，等待虽然在继续，但很快便不再被我们所经历的过去的回忆所左右，而是对想象中的未来充满希望。自此刻起，等待几乎成为愉快的事。何况，第一种等待，稍稍持续以后，也使我们习惯于生活在期望之中。我在最后几次幽会中所感到的痛苦仍然存在于我们身上，但已昏昏欲睡。我们并不急于重温痛苦，何况我们并不太清楚此刻我们要求的是什么。我们在自己所爱的女人身上所占的地盘越多（哪怕稍稍多一点），我们就越觉得未被占领的部分对我们多么重要，而且它永远是不可得的，因为新的满足产生了新的需要。

后来，除了上述原因以外，还有一个原因使我完全停止对斯万夫人的访问。这个后来出现的原因不是因为我忘记了希尔贝特，而是我试图尽快忘记她。我的巨大痛苦结束了，但仍然忧伤，这时，对斯万夫人的拜访又如当初那样成为珍贵的镇静剂和消遣。但是既然对希尔贝特的回忆与这些拜访紧密相连，镇静剂的效应无助于我散心。要想散心，我就必须激励自己身上与希尔贝特毫无关联的思想、兴趣和热情，以与我的感情（由于和希尔贝特的分离而不再与日俱增）相抗衡。这种与我们所爱的人毫无关联的思绪会占据地盘，它虽然最初很小，但也是从原先占领我们整个心灵的爱情那里夺取过来的。我们必须发展这些思绪，使之壮大，与此同时，感情不断衰退，仅仅成为回忆，这样一来，进入我们精神中的新因素与感情展开争夺，夺得的地盘越来越大，最后整个心灵被夺了过来。我意识到这是消灭爱情的唯一办法，我还年轻，有勇气这样做，有勇气承受最残酷的痛苦，我相信不论付出多大的时间代价，我最终会成功。我在信中对希尔贝特说，我之所以不见她，是由于我们之间的某个神秘的误会，那纯粹是莫须有的误会，我这样说是希望希尔贝特要求我解释清楚。然而，即使在极其一般的交往中，当读信人知道对方故意用一句隐晦、虚假、指责的话来试探时，他高兴地感到自己掌握——而且保留——行动的控制权和主动权，他决不会要求对方解释。在亲密关系中更是如此，爱情口若悬河，而冷漠缺乏好奇心。希尔贝特既然不怀疑有误会，也不打听是什么误会，那么，对我来说，误会便成为真实的，我每封信都提到它。这种虚假的处境和矫饰的冷漠，具有一种魔力，使你不能自拔。我写道“自从我们的心分开以后”，好让希尔贝特回信说：“可它们并未分开呀，咱们谈谈吧。”但我一而再，再而三地重复，最终我自己也相信我们的心确实分开了。我写道：“对我们来说，生活改变了，但它抹杀不了我们曾经有过的感情。”为的是让她说：“可什么也没有改变呀，这感情比任何时候都强烈。”然而，在再三重复下，我也认为生活确实改变了，我们所回忆的感情不复存在，好比神经过敏者假装生病，久而久之，成为真正的病人。如今我每次给希尔贝特写信，都必然提到这个臆想的变化，她在回信中只字不提，无异于默认，于是变化便存在于我们之间。后来希尔贝特不再保持沉默，而采纳我的观点，就好比在正式祝词中，受款待的国家元首和东道国的国家元首几乎说同样的话。每次我在信中写道："生活纵然将我们分开，但我们对相聚时光的回忆却永存于心。"她肯定会在回信中说："生活纵然将我们分开，却无法使我们忘记那美好时光，它将永远是珍贵的。"（我们很难说明为什么"生活"使我们分开，究竟发生了什么变化。）我的痛苦减轻了许多。然而有一天，我在信中说香榭丽舍大街那位我们所熟悉的卖麦芽糖的老妇人死了，我写道："我想这会使你难过，它唤醒我许多回忆。"刚一写完，我便泪如雨下，因为我发现我谈到爱情时用的是过去时，仿佛它是一位几乎被遗忘的死者，其实，我不自觉地始终认为这爱情仍然活着，至少可以复活。不愿相见的朋友之间的书信最温柔动人。希尔贝特的信像我给陌生人的信一样，温柔文雅，充满表面上的热情，但对我来说，从她那里得到这种表示已极其甜蜜。

此外，逐渐地，拒绝和她见面不再使我难过。既然她不再像往日那般珍贵，我那痛苦的回忆在不停的再现中失去了威力，无法摧毁佛罗伦萨和威尼斯在我眼前日益增长的魅力。此刻我后悔放弃外交职业而选择了一种定居的生活，当初这样做是为了一位姑娘，但我将再也见不到她，并且几乎已经忘了她。我们为某人而设计我们的生活，但是，当我们终于能够在其中接待她时，她却不来，接着她从我们的视线中消失，而我们成为为她建造的生活中的囚徒。我父母似乎认为威尼斯太远，气候也太热（对我而言），去巴尔贝克可避免旅途劳顿，因此切实可行。不过如此必须离开巴黎，放弃对斯万夫人的拜访。这些拜访虽然并不频繁，但我偶尔可以听斯万夫人谈起女儿。我开始从中感到某种乐趣，而它与希尔贝特毫不相干。

春天临近，天气骤然变冷。在冰冻的大斋期和冷雨夹雪的复活节前一周，斯万夫人怕冷，便常常裹在皮裘里接待客人，双手和双肩抖瑟地缩在硕大的长方形手笼和洁白发亮的皮毛披肩下。手笼和披肩都是白鼬皮的，她从外面回来并不将它们摘下，因此，它们仿佛是比其他白雪更为持久的残留冬雪，无论是热的炉火还是季节的转换都未能使它们融化。然而，在这间我后来不再光顾的客厅里，这几个虽然冰冷但已经绽开鲜花的星期的全部真理已在我眼前显露，而它通过的是另一种令人醉倒的白色，例如“雪球花”——它那高高的、赤裸的茎干像拉斐尔前派画家[1]作品中的直线型小灌木，茎干顶端是既分瓣又合拢的球形花，它像报信天使一样洁白无瑕，并向四周散发柠檬的芳香。当松维尔城堡的这位女主人知道，在四月份，即使天寒地冻，也不可能没有鲜花，她知道春夏秋冬决不像城里人所想象的那样泾渭分明（城里人直到初夏时还仍然以为世上只有将房屋淋得透湿的淫雨）。斯万夫人是否只满足于贡布雷的花匠送来的这些花，而不从“特约”花店买来地中海岸的早春花以弥补这尚嫌不足的春之呼唤呢，我不敢肯定，何况当时我根本不在意。在斯万夫人手笼的晶冰旁，摆着那些雪球花（在女主人思想中，它们可能只是按照贝戈特的建议而组成一部与摆设和服饰相协调的《白色大调交响乐》[2]），这就足

---

[1] 此派绘画藐视约定俗成的规则，其风景画中常有开满白花的灌木。

[2] 法国诗人戈蒂埃（1811—1872）的一首诗。

以使我思念乡村,因为它们使我想到《帕西法尔》[1]中《耶稣受难节的魔力》的音乐其实就是大自然的奇迹的象征(而如果我们稍稍理智一些,每年都可以亲眼看见奇迹),因为它们夹杂着另一种花朵酸酸的、令人心醉的芳香,我不知道那种花的名字,但我在贡布雷散步时频频停下来欣赏,因此,斯万夫人的客厅像当松维尔的小斜坡地那样纯净、那样花满枝头(虽无一片绿叶)、那样充溢着浓郁而纯正的芳香。

然而我不该回忆往事,它很可能使我身上残存的对希尔贝特的爱情持久不灭。因此,尽管这些拜访不再使我感到任何痛苦,我还是一再减少拜访的次数,尽量少见斯万夫人。在我离开巴黎以前,我最多答应和她散步几次。阳光明媚的日子终于到来,天气转暖。我知道斯万夫人在午饭前必出门一个小时,在森林大道、星形广场及当时称作"穷光蛋俱乐部"(因为他们总是聚在那里观看他们听说过的有钱人)的地区附近散步,因此我请求父母允许我在星期日——因为平时我有事——晚一点吃午饭,先去散步到一点一刻时再吃饭。五月份希尔贝特去乡间友人家了,所以每星期日我都去散步。快到正午时我来到凯旋门,我在森林大道路口等待,眼睛紧盯着斯万夫人即将出现的那条小街,她的家离街口只有几米远。在这个钟点,散步者大都回家了,剩下的人寥寥无几,而且多半衣着入时。突然,在沙土小径上出现了斯万夫人,她姗姗来迟、不慌不忙,充满了生机,仿佛是只在正午开放的最

[1] 瓦格纳的歌剧,此处指最后部分。

美丽的花朵。她的衣裳向四周撒开，它们永远是不同的颜色，但我记得主要是淡紫色，她全身光彩照人，接着她举起长长的伞柄，撑开一把丝绸大阳伞，丝绸的颜色和衣服上的落花一样。整整一班人马簇拥着她，其中有斯万，还有五六位早上去探望她或与她相遇的俱乐部的男子。他们这一堆灰色或黑色的人顺从地做着几乎机械性的动作，像无生命的框架将奥黛特围在中央。这个唯一的、目光炯炯有神的女人在注视前方，越过这堆男人而注视前方，她仿佛站在窗前凝神远眺，在自己那裸露的柔和色彩中显得纤弱而无畏，她似乎属于另一个种族，陌生的种族，具有战争威力，因此她一个人就足以应付那众多的随从。她微笑着，对美好的天气，对尚未妨碍她的阳光感到满意，像完成作品以后再无一丝顾虑的创作者一样安详而自信，她确信自己的装束——即使不为某些过路的庸人所欣赏——是高雅之中最高雅的，这是为了她自己，也是为了朋友，当然，她并不过分重视，但也不是无动于衷。她让胸衣和裙子上的小花结在她身前轻轻飘舞，仿佛这是些小生灵，只要它们能跟上她的步伐，她便慷慨地听任它们按自己的节奏尽情嬉戏。她出现时手中的阳伞往往还未撑开，她朝这把淡紫色的阳伞投去幸福和温柔的目光，仿佛这是一束帕尔马紫罗兰，这目光如此温柔，即使当它不是投向一位朋友，而是投向无生物的物体时，似乎也洋溢着微笑。就这样，她为自己的衣裳保留了，或者说占据了一片高雅的空间，而与她亲热交谈的男人们也不得不尊重这片空间，当然他们像门外汉那样显出某种程度的敬畏，自愧不如，承认这位女友有能力和权利决定自己的衣着，正如承认病人有能力和权利决定吃什么特效药，母亲有能力和权利决定如何教育子女一样。斯万夫人在这么晚的钟点出现，又被那批奉承者簇拥（他们对行人视而不见），人们不免联想到她的住所——她刚刚在那里度过漫长的上午，并即将回去进餐。她从容安详地走着，仿佛在自家花园中散步，这似乎表明她的家近在咫尺，也可以说她身上携带着住所内室的清凉阴影，而正是由于这一切，她的到来使我感觉到户外的空气和热度。再说，我深信，她的衣着，按照她所擅长的礼仪，通过一根必然的、独一无二的纽带与季节和钟点紧紧相连，因此，她那柔软草帽上的花朵，在裙衣上的小花结，像花园和田野的鲜花一样，自然而然地诞生在五月。为了感受季节带来的新的变化，我的眼光只需抬到她那把阳伞的高度，它撑得大大的，仿佛是另一个更近的天空，一个圆圆的、仁慈的、活动的、蓝色的天空。如果说这些礼仪是至高无上的话，它们却在清晨、春天、阳光前屈尊俯就，并以此为荣（斯万夫人也以此为荣），而清晨、春天、阳光却并不因为受到如此高雅的女士的青睐而感激涕零。她为它们穿上一件鲜艳轻薄的裙衣，宽松的衣领和衣袖使我想到微微发湿的颈部和手腕，总之，她为它们打扮自己，就好比一位高贵夫人愉快地答应去拜访乡村人家，虽然谁都认识她，连最卑俗的人也认识她，她却执意在这一天做村姑打扮。我等斯万夫人一到便向她问好，她让我站住，微笑着说："Good morning（早上好）。"我们一同走了几步。于是我明白她遵守衣着法规是为了自己，仿佛遵守的是最高智慧（而她是掌握这种智慧的大祭司），因为，当她觉得太热时，便将扣着的外衣敞开，或者干脆脱下来交给我，于是我在她的衬衣上发现了上千条缝纫制作的细节，它们幸运地未曾被人觉察，就好比作曲家精心构思而永远不能到达公众耳中的乐队乐谱一样。她那件搭在我臂上的外衣也露出衣袖中的某些精美饰件，我出于乐趣或者出于殷勤而久久地注视它，它和衣服正面一样做工精细，但往往不被人看见，它或者是一条色彩艳丽的带子，或者是一片淡紫色衬缎，它们就像是大教堂中离地八十英尺高处的栏杆内侧所暗藏的哥特式雕塑一样，它们可以和大门廊上的浮雕比美，但是从来没有人见到它们，直到一位艺术家偶然出游到此，登上教堂顶端以俯瞰全村，才在半空中，在两个塔楼之间发现了它们。

斯万夫人在森林大道上散步仿佛在自家花园的小径上散步，人们——他们不知她有 footing（散步）的习惯——之所以有这种印象是因为她是走着来的，后面没有跟着马车。因为从五月份起，人们经常看见她像女神一样娇弱无力而雍容高贵地端坐在有八条弹簧的宽大敞篷马车里在温暖空气中驶过。她的马是巴黎最健美的，仆役的制服也是巴黎最讲究的。而此刻，斯万夫人却以步代车，而且由于天热步履缓慢，因此看上去似乎出于好奇心，想优雅地藐视礼仪规矩，就好比出席盛大晚会的君主自作主张地突然从包厢来到普通观众的休息室，随从们既赞叹又骇然，但不敢提出任何异议。斯万夫人和群众的关系也是这样。群众感到在他们之间隔着这种由某种财富筑成的壁垒，而它似乎是无法逾越的。当然，圣日耳曼区也有它的壁垒，但是对“穷光蛋”的眼睛和想象力却不大富有刺激性。那里的贵妇人朴实无华，与普通市民相似，平易近人，不像斯万夫人那样使“穷光蛋”自惭形秽，甚至自感一钱不值。当然斯万夫人这样的女人不会对自己那充满珠光宝气的生活感到惊奇，她们甚至不再觉察，因为已经习以为常，也就是说她们认为这一切理所当然、合情合理，并且以这种奢侈习惯作为判断他人的标准，因此，如果说这种女人（她们在本人身上显示的和她们能在他人身上发现的崇高，具有纯粹的物质性，容易被人看见，但难以获取，并且万一消失难以补偿）将路人置于最低贱的地位，那么反过来，她在路人眼前一出现便立刻不容辩驳地显得至高无上。这个特殊的社会阶层当时包括与贵族女人交往的伊斯拉埃尔夫人以及将要与贵族女人交往的斯万夫人，这个中间阶层低于它所奉承的圣日耳曼区，却高于除圣日耳曼区以外的其他一切。这个阶层的特点在于它已脱离富人社会，但却是财富的象征，而这种财富变得柔软，服从于一种艺术目的、艺术思想，好比是具有可塑性的、刻着诗意图案的、会微笑的金币。这个阶层如今可能不复存在，至少失去了原有的性格和魅力。何况当时组成这个阶层的女士们已人老珠黄，失去了旧日统治的先决条件。言归正传，此刻斯万夫人正走在森林大道上，雍容庄重、满脸微笑、和蔼可亲，仿佛从她那高贵财富的顶端，那芳香扑鼻的成熟夏季的光荣之巅走下来，像伊帕蒂阿一样看到天体在她缓慢的步履下旋转[1]。过路的年轻人也不安地瞧着她，不知能否

[1] 伊帕蒂阿（约370—415）：希腊女哲学家及数学家，以美貌博学著称。此处指法国一诗人关于她的诗句：“……天体仍在她那白色的脚下旋转……”

凭泛泛之交而向她问好（何况他们和斯万仅一面之交，所以怕他认不出他们来）。他们抱着不知后果如何的忐忑心情决定一试，谁知这具有挑衅性和亵渎性的冒失举动是否会损伤那个阶层不可触犯的至高权威，从而招来滔天大祸或者神灵的惩罚呢！然而，这个举动好比给座钟上了发条，引起奥黛特四周那些小人一连贯的答礼，首先是斯万，他举起镶着绿皮的大礼帽，笑容可掬，这笑容是他从圣日耳曼区学来的，但已失去往日所可能有的冷漠，取而代之的（也许因为他在某种程度上充满了奥黛特的偏见）既是厌烦——他得向衣冠不整的人答礼，又是满意——妻子的交游如此广泛。这种复杂的感情使他对身旁衣冠楚楚的朋友说："又是一位！我发誓，真不知道奥黛特从哪里弄来这么多人！"她朝那位惶恐不安的行人点点头，现在他已经走远了，但心脏仍然突突直跳。接着她转脸对我说："这么说，结束了？您永远不再来看希尔贝特了？您对我另眼看待，我很高兴，您不完全'droper'（丢弃）我。我很喜欢看见您。从前我也喜欢您对我女儿产生的影响。我想她也会很遗憾的。总之，我不愿强人所难，否则您就不愿意再和我见面了。""奥黛特，萨冈在向你打招呼。"斯万提醒妻子说。果然，亲王（仿佛在戏剧或马戏的高潮场面中，或者在古画中）正拨转马头，对着奥黛特摘下帽子深深致意，这个举动富有戏剧性，也可以说富有象征性，它表达了这位大贵人在女人面前毕恭毕敬的骑士风度，哪怕这位女性代表的是他的母亲和姊妹所不屑于交往的女人。斯万夫人浸沉在阳伞所投下的如流体一般透明又蒙上一层清亮光泽的阴影中，迟迟归来的最后一批骑手认出了她，并向她致意。他们在大道的耀眼阳光下飞驰而过，就像在摄影机前一样。这是赛马俱乐部的成员，是公众熟知的人物——安托万·德·卡斯特兰、阿达贝尔·德·蒙莫朗西以及其他许多人——也是斯万夫人熟悉的朋友。既然对诗意感觉的回忆比对心灵痛苦的回忆寿命更长（相对地长寿），我当初为希尔贝特所感到的忧伤如今早已消逝。但每当我仿佛在日晷上看到五月份从中午十二点一刻到一点钟这段时间，我仍然心情愉快，斯万夫人站定在宛如紫藤绿廊的阳伞下，站在斑驳光影中与我谈话的情景又浮现在眼前。

第二部

地名：地方

两年以后我与外祖母一起动身去巴尔贝克时，我对希尔贝特已经几乎完全无所谓了。我领受一张新面庞的风韵时，我希望在另一位少女帮助下去领略意大利哥特式大教堂、宫殿和花园的美妙时，常常忧郁地这样想：我们心中的爱，对某一少女的爱，可能并不是确有其事。那原因是：虽然愉快的或痛苦的梦混成一体，能够在一定时期内将这种爱与一个女子联系在一起，甚至使我们以为，这种爱定然是由这位女子撩拨起来的；待我们自觉或不知不觉地摆脱了这种梦绕魂牵的情绪时，相反，这种爱似乎就是自发的，从我们自己的内心发出来，又生出来献给另一个女子。不过，这次动身去巴尔贝克以及我在那里小住的最初时日，我的“无所谓”还只是时断时续的。（我们的生活很少按年月顺序，在后续的日子里，有那么多不以年月为顺序的事情插进来。）我常常生活在更遥远的时光里，也就是比我热爱希尔贝特的前夕或前夕的前夕更久远的时光里。这时，再也不能与她相见，便顿时使我痛苦起来，就像事情发生时一样。虽然曾经爱过她的那个我，已经几乎完全被另一个我所取代，但是从前那个我，会突然又冒出来，而这种时刻的来到，常常是由于一件小小不然的事，而不是什么重大的事情。例如——我现在把在诺曼底的小住提前来说，我指的就是在巴尔贝克的小住——我在海堤上遇到一个陌生人，我听到他说“邮政部司长一家”时（如果我当时还不知道这家人对我们的生活会有什么影响的话），我大概会觉得这句话毫无用处；可是与希尔贝特长期分离已经让我肌销神损、忍受巨大痛苦，这句话会引起我巨大的痛苦。其实希尔贝特当我的面与她父亲就“邮政部司长”之家谈过一次话，可是我从来就没有再想到这个。对爱情的回忆并不超出记忆的普遍规律，而记忆规律又受到习以为常这个更为普遍的规律之制约。习以为常能使一切都变得淡漠，所以，最能唤起我们对一个人的记忆的，正是我们早已遗忘的事情（因为那是无足轻重的事，我们反而使它保留了自己的全部力量）。所以我们记忆最美好的部分在我们身外，存在于带雨点的一丝微风之中，存在于一间卧房发霉的味道之中，或存在于第一个火苗的气味之中，在凡是我们的头脑没有加以思考，不屑于加以记忆，可是我们自己追寻到了的地方。这是最后库存的往日，也是最美妙的部分，到了我们的泪水似乎已完全枯竭的时候，它仍能叫我们流下热泪。是在我们身外吗？更确切地说，是在我们心中，但是避开了我们自己的目光，存在于或长或短的遗忘之中。唯有借助于这种遗忘，我们才能不时寻找到我们的故我，置身于某些事情面前，就像那个人过去面对这些事情一样，再度感到痛苦，因为这时我们再也不是我们自己，而是那个人，那个人还爱着我们今天已经无所谓的一切。在惯常记忆的强光照射下，往日的形象渐渐黯然失色，模糊起来，什么也没有剩下，我们再也不会找到它了。或者更确切地说，如果几个词（如“邮政部司长”之类）没有被小心翼翼地锁在遗忘中，我们就再也不会找到它，正如将某册书籍存在国立图书馆，不这样，这本书就可能再也找不到了。

但是这种痛苦和这种对希尔贝特的再生之爱，并不比人们梦中的痛苦和再生之爱更持久。这一次，倒是因为在巴尔贝克，旧的习惯势力再也不在这里，不能使这些情感持续下去了。习惯势力的这种效果之所以看上去似乎相互矛盾，这是因为这个习惯势力遵循着好几条规律。在巴黎，由于习以为常，我对希尔贝特越来越无所谓。我动身去巴尔贝克，改变习惯，即使习惯暂时停止，便圆满完成了习以为常的大业。这习以为常使事物变得淡漠，却又将事物固定下来，使事物解体却又使这种解体无限地持续下去。数年来，每一天我都好好歹歹将我的精神状态套在前一天精神状态的套子上。到了巴尔贝克，换了一张床。每天早上有人将早点送至床边，这早点也与巴黎的早点不同，这大概就再也支持不住我对希尔贝特的爱所赖以存在的想法了：有时候（这种时候很罕见，确是如此），久居一地会使时日停滞，赢得时间的最好办法便是换换地方。我的巴尔贝克之行正如大病初愈的人第一次出门一样，单等这一时刻来到，便可发现自己已经痊愈了。

从巴黎到巴尔贝克这段路程，如今人们一定会坐汽车走，以为这样会更舒服一些。这么走，在某种意义上，这段旅程甚至会变得更真实，因为人们会更亲切地、感受更深切地体会到大地面貌的各种渐变。但是归根结底，旅行特有的快乐并不在于能够顺路而下，疲劳时便停下，不是使动身与到达地点之间的差异尽量使人感觉不到，而是使人尽可能深刻地感受到；在于完全地、完整地感受这种差异，正如我们的想象力一个跳跃便把我们从自己生活的地方带到了一个向往地点的中心时，我们心中所设想的二者之间的差异那样。这一跳跃，在我们看来十分神奇，主要还不是因为穿越了一段空间距离，而是它把大地上两个完全不同的个性联结在一起，把我们从一个名字带到另一个名字那里，在火车站这些特别的地方完成的神秘的过程（比散步好，散步是什么地方想停下来就可以停下来，也就不存在目的地的问题了）将这一跳跃图像化了。火车站几乎不属于城市的组成部分，但是包含着城市人格的真谛，就像在指示牌上，车站上写着城市名一样。

但是，在各种事情上，我们这个时代有一个怪癖，就是愿意在真实的环境中来展示物件，这样也就取消了根本的东西，即将这些物件与真实环境分离开来的精神活动。人们“展示”一幅画，将它置于与其同时代的家具、小摆设和帷幔之中，这是多么乏味的布景！如今，一个家庭妇女头一天还完全无知，一旦到档案馆和图书馆去待上几天，便最善于在当今的公馆里搞这种玩意儿！但是人们一面进晚餐一面在这种布景中望着一幅杰作，那幅杰作决不会给予人心醉神迷的快感。这种快感，只应要求它在博物馆的一间大厅里给予你。这间大厅光秃秃的，没有任何特点，却更能象征艺术家专心思索以进行创作时的内心空间。

人们从车站出发，到遥远的目的地去。可惜车站这美妙的地点也是悲剧性的地点。因为，如果奇迹出现，借助于这种奇迹，还只在我们思想中存在的国度即将成为我们生活其中的国度，就由于这个原因，也必须在走出候车室时，放弃马上就会又回到刚才还待在里面的那个熟悉的房间的念头。一旦下定决心要进入臭气冲天的兽穴——经过那里才能抵达神秘的境界，进入一个四面玻璃窗的偌大的工场，就像我到圣拉扎尔的四面玻璃窗大工场里去找寻开往巴尔贝克的火车一样，就必须放弃回自己家过夜的一切希望。这圣拉扎尔车站，在开了膛破了肚的城市高处，展开广阔无垠而极不和谐的天空，戏剧性的威胁成团成堆地聚集，使天空显得沉重，与曼泰尼亚[1]或委罗内塞[2]笔下那几乎形成巴黎时髦的某些天空十分相像。在这样的天空下，只会完成某一可怕而又庄严的行动，诸如坐火车动身或者竖起十字架。

在巴黎，我躺在自己床上，从鹅毛大雪漫天飞舞中遥望巴尔贝克那波斯式教堂，此时，我的躯体对这次旅行并没有提出任何异议。只有当我的躯体明白了它必须亲自出马，抵达的当晚，人家要把我送到它很陌生的“我的”房间去的时候，异议才开始出现。动身的前一天，我明白了母亲并不陪同我们前往时，它的反抗就更加激烈。我父亲与德·诺布瓦先生动身去西班牙之前一直要留在部里，他宁愿在巴黎郊区租一所房子度假。此外，欣赏巴尔贝克的美景，并不因为必须付出痛苦的代价去换取就使人的欲望大减。相反，这痛苦在我看来，似乎能使我即将去寻求的印象

[1] 曼泰尼亚（1431—1506）：意大利画家，他画过一幅《钉上十字架》，作者生活的时代已在卢浮宫展出过。

[2] 委罗内塞（1528—1588）：意大利画家，他画过数幅《钉上十字架》。

现实化，保证它的真实性。任何所谓同样美丽的景色，任何我得以去观看，而又并不因此就妨碍我回到自己的床上去睡觉的“全景”都无法代替这种印象。我感到喜欢做什么事的人和为此而感到快乐的人并不是同一些人，这已不是第一次了。给我看病的大夫见我动身当天早晨神色痛苦，大为惊异，他对我说：“我向你保证，哪怕我只能找到一周的时间到海滨去乘乘凉，我决不摆架子等人来请我。你马上可以看到赛船竞渡，太好了！”我认为自己和这位大夫一样深深向往着巴尔贝克。对我来说，甚至早在去听拉贝玛演唱以前，我就已经知道，不论我喜欢什么，这件东西永远只能放在痛苦追求的尽头，而在这痛苦追求的过程中，我首先必须为这个最高的利益牺牲我的快乐，而不是去寻求快乐。

和从前一样，我的外祖母仍然热切希望人们给予我的馈赠带有艺术性，自然她对我们动身的想法就不同。为了通过这次旅行对我进行一项部分古典式的“考验”，她本来打算一半乘火车，一半乘马车，来完成当年德·塞维尼夫人从巴黎经过肖内和欧德迈尔桥到“东方”[1]去所走过的这段旅程[2]。但在父亲的明令禁止之下，外祖母不得不放弃这个计划。我父亲知道，外祖母安排一次外出，

---

[1] 这是一个城市名。该城建于 1666 年。在此两年以前成立了“东印度公司”，这个公司的造船厂造出的第一艘船定名为“东方的太阳”，取其中“东方”定为该城市名。后来该公司消失了，地名照旧。

[2] 见塞维尼 1689 年 4 月 27 日、5 月 2 日及 8 月 12 日各函，这三个地名分别在这三封信中出现。

以便将出门旅行所能包含的智力方面的好处全部发挥出来时，事先便可预知会有多少次误车，丢失行李，咽喉疼痛以及违章。她想到我们要到海滩去时，不至于因突然来了“该死的一车人”而受阻去不成，会十分高兴。这“该死的一车人”，是外祖母喜爱的德·塞维尼夫人的叫法[1]。因为勒格朗丹没有为我们给他姐姐写封引见信，我们在巴尔贝克一个人也不认识（这一忽略，我的姨祖母赛莉纳和维多利亚[2]均很不欣赏。为了突出往日的密切关系，她们至今仍称那个当姑娘时她们就认识的人为“勒内·德·康布尔梅”，而且还保留着那个人送的礼物。这礼品装饰一个房间，也装点谈话，只是当前的现实与这些礼品已经对不上号。我的这两位姨祖母，在勒格朗丹老太太家里，再也不提她女儿的名字，只是一走出他们的家门，便用诸如此类的话来互相道贺：“那个人，你知道的，我提都没提她。我想，他们心里自然明白。”她们以为这样便为我们报了仇，雪了恨）。

所以，我们就要乘一点二十二分的那趟火车从巴黎动身。我花了好长时间在铁路局时刻表上找这趟车以自得其乐，每次这时刻表都使我激动不已，甚至使我产生已经动身那种兴冲冲的幻觉。花的时间那么长，让我觉得仿佛已经对这趟车了如指掌

[1] 见1671年6月28日德·塞维尼夫人致格里尼昂夫人函。德·塞维尼夫人在这封信中写道：“令人愉快的来客走了，我多么伤心难过，你是知道的。叫我又受拘束又厌烦的该死的一车人走了，我又多么心花怒放，你也知道。正因为如此，我们认定：比起令人愉快的客人来，更希望来令人讨厌的客人。”

[2] 在第一卷中，这两位姨祖母叫赛莉纳和弗洛拉。

了。在我们对列车的想象中，幸福或不幸福的决定因素是它会给我们什么性质的快乐，而不是我们对这趟列车的情况是否了解确切，所以我觉得自己对这趟车已经了解得很细。我一点都不怀疑，当天气变得凉爽起来，我凝望着即将抵达某一车站会出现某种效果时，我将会在车厢里领略到一种特殊的快乐。这列火车，虽然在我心中总是唤起同一些城市的景象，我用列车穿过的下午时光的光线将这些城市镶嵌起来，可是我似乎觉得这列火车与任何其他列车都不相同。正像人们对一个从来没有见过，又喜欢想象已经得到他的友情的人常常所做的那样，我最后也赋予一个金发艺术家旅客以特有的不变的面容。他可能带我踏上他的旅途，我可能在圣洛大教堂[1]脚下向他告别，然后他朝着夕阳的方向远去。

我的外祖母好容易下定决心去巴尔贝克，总不能“白去”一趟，所以她将要在一位女友家停留二十四小时。我当天晚上从那人家里再度踏上旅程，以免叨扰，同时也为了第二天白天能去参观巴尔贝克教堂。我们早已获悉，这所教堂距巴尔贝克海滩相当远，从那里再赶到海滩开始我的海水浴治疗，可能就来不及了。我这次旅行中的精彩节目，列在残酷的第一夜之前，这种感觉可能还会叫我好受一些。在那残酷的第一夜里，我要走进一个新住所，而且要同意在那里生活。

---

[1] 圣洛大教堂：又称圣洛圣母院，始建于 13 世纪末 14 世纪初。拉斯金认为该教堂三角楣的尖顶为火焰式建筑之典范。

但是，首先得离开原来的住所。我母亲正好安排在同一天到圣克鲁安顿，她早已采取了一切措施，或者佯装已经采取了全部措施，把我们送到车站以后，就直接去圣克鲁，而不需要再回我们自己的家。她怕我不但不去巴尔贝克，反而要跟她回家。她甚至以在那所刚刚租下的房子里有许多事要做，时间又很紧为借口，决心不与我们待到火车开动，实际上是为了给我免去这残酷的告别。火车开动之前，她躲在来来去去、准备这准备那之中。再也无法避免分手时，因为精力完全集中在那无能为力而又无比高尚的清醒时刻上，分手也就突然显得无法忍受了。

我生平第一次感觉到，我母亲没有我，不为了我，而过另一种生活也能活。她就要和我父亲一起去住。说不定她觉得我身体不好，神经过敏，把我父亲的生活搞得更复杂、更惨淡了。这次分别使我更加难过，因为我心中暗想：说不定对我母亲来说，这是我引她不断伤心的结果。她没有对我说过我怎样不断使她伤心，但是经过那些事之后，她明白再也无法共同度假了。说不定也是过另外一种生活的初次尝试。随着父亲和她年岁的逐渐增长，为了将来，她要开始心甘情愿地接受这另一种生活。这就是与从前相比我与她见面要少；她对我已经有些形同路人；她成了一个人们看见她独自一人回到一幢房屋的妇人，而我并不在那房屋中；她向看门人询问是否有我的来信。这种情形，连在我做过的噩梦中也从未出现过。

车站雇员想把我的箱子拿走，我几乎无法答话。我母亲为了安慰我，使出她认为最有效的手段。她觉得对我的悲伤佯作不见没有用，便轻轻地拿这个开玩笑：

“喂，巴尔贝克教堂如果知道人家是准备这么愁眉苦脸地去看它，会说什么呢？拉斯金说的兴高采烈的旅行家[1]是这样的吗？再说，你是否能够适应环境，我会知道的。即使离得很远，我仍将和我的小狼在一起。你明天就能收到妈妈的一封信。”

“女儿，”外祖母说道，“我看你和德·塞维尼夫人一样，一张地图放在眼前，一刻也没有分开。”[2]

然后母亲又设法叫我开心，她问我晚餐时我要点什么菜，她对弗朗索瓦丝佩服得五体投地，称赞她把一顶帽子和一件大衣改得认不出原样，她从前看见这顶帽子新的时候戴在我姨祖母头上，这件大衣新的时候穿在我姨祖母身上，是曾经感到厌恶的。那帽子顶上有一只大鸟，大衣上到处是难看的图案和乌黑发亮的点点。可是大衣不能穿了，弗朗索瓦丝叫人把大衣翻个个，将色调很好看的一色里子露在外面。至于那只大鸟，因为坏了，早就被扔了。在一首民歌里讲到，最有艺术意识的艺术家费尽心血把最精致的装饰装点到农民住宅的门面上，使得这住宅门顶上正合适的地方开出一朵雪白或淡黄的玫瑰来。有时你遇到这么精致的东西，真叫你动心。与此种情形相同，天鹅绒结呀，鸡蛋壳形的丝带呀，

[1] 拉斯金在《亚眠的圣经》中，经常提到“旅行家”以及他在路上遇到了艺术品得到无限快乐的情形。普鲁斯特将拉斯金的《亚眠的圣经》译成法文，对其著作当然是了如指掌的。但拉斯金并不喜欢乘火车旅行。

[2] 见1671年2月9日德·塞维尼夫人致女儿函：“一张地图摆在我面前，你过夜的地方，我全知道。”

这些在夏尔丹或惠斯勒[1]的肖像画上会令人兴高采烈的东西，弗朗索瓦丝用无懈可击而又纯朴的审美观将这些东西缀在那顶帽子上，那帽子便变得十分动人了。

这事还得往从前说，谦逊和正直常常赋予我们这位年老的女仆以高贵的面部表情。她是内向而没有卑劣情感的女子，她很懂得“不越礼，保体面”，为这次出门，她穿上了人家不穿而送给她的衣裳，以便跟我们坐在一起既相配，又不至显出非要人家瞧她的样子。弗朗索瓦丝穿着樱桃红而又陈旧的大衣，毛皮围领并不硬扎扎地露出毛来，她那样子使人想到一位年长的大师在《时时刻刻》一书中所绘之安娜·德·布列塔尼[2]的某一形象。在那些形象中，一切都安排得那么妥帖，整个画面的情感在各个部分也分布得特别匀称，以至那华丽而又过时的特殊服装跟眼睛、嘴唇和双手一样，都表现出虔诚的严峻来。

说到弗朗索瓦丝，就不能提到思想。她一无所知，一无所知就等于什么也不懂，但内心能直接领会的几条罕见的真理除外。

---

[1] 夏尔丹和惠斯勒的名字，在这部小说中，是第一次出现。在普鲁斯特的美学观点形成中，这两位画家极为重要。夏尔丹（1699—1779）：法国著名画家。普鲁斯特在1895年左右曾就夏尔丹写过一篇研究文章。后来又将他对于伦勃朗的研究补充进去，一起发表在《驳圣伯夫》一书中。惠斯勒（1834—1903）：美国画家，在巴黎和伦敦住过多年。普鲁斯特经人介绍，与惠斯勒相识，并见到1891年画家为孟德斯鸠伯爵画的肖像。但是拉斯金很看不起惠斯勒。普鲁斯特摆脱了拉斯金的影响，在1905年所写的文章及书信中，对惠斯勒极为推崇。普鲁斯特此处所提情形，在惠斯勒的许多肖像画中均可见到。

[2] 《安娜·德·布列塔尼的时时刻刻》于1508年出版，为法国画家让·布尔迪松（约1457—1521）的作品。

庞大的思维世界对她来说是不存在的。但是，在她清澈的目光面前，在她那鼻子和嘴唇细腻的线条面前，在所有这一切证物面前，人们会像面对一条狗那智慧而善良的目光一样心慌意乱。可是人们明明知道，对于人的全部意念，这狗是一窍不通的。在许多有文化教养的人身上，竟然缺乏这些证物！如果有，对他们来说，那就会意味着绝顶的优秀，杰出品德的高尚表现了。人们确实可以琢磨这样的问题，就是在其他地位低下的兄弟中，在农民中，是否有相当于头脑简单的人群中的上等人这样的人类，更确切地说，是否有由于不公正的命运而注定在头脑简单的人之中生活，被剥夺了知识，但是他们更天然地、更出自本性地接近像大部分受教育的人那样的杰出的人呢？这些人就像耶稣家族分散、迷失、被剥夺了理智的成员，像最有智慧的阶层的亲属仍停留在童年时期一样，对他们来说，要具有才具，只差知识这一着了。这从他们眼睛闪射出来的、不可否认的光芒中看得出来，可是这光芒没有用到任何事物上。

母亲见我强忍泪水，对我说：“雷古鲁斯可见惯了大场面……[1]再说，你这样对妈妈可不好，咱们也像外祖母一样引用德·塞维尼夫人的话吧：‘我将不得不把全部勇气都用上，这种勇气你没有。’”[2]她又想起，对他人的深情可以转移自私的痛苦，便

---

[1] 雷古鲁斯：罗马大将，在与迦太基作战中表现极其英勇。但是普鲁塔克并未为雷古鲁斯作过传，倒是西塞罗和贺拉斯称颂过雷古鲁斯的业绩。

[2] 此处亦是引用1671年2月9日德·塞维尼夫人致女儿函的大意，原话是：“你若是愿意真叫我高兴，就把勇气全拿出来，我倒是缺少这种勇气的。”

尽量叫我高兴，对我说，她想，她去圣克鲁一路上会顺利，她对自己订下的出租马车很满意，车夫彬彬有礼，马车也很舒适。听到这些琐事，我强作微笑，做出同意、满意的表情，点了点头。可是这些事只会叫我去更真实地想象母亲的离去，我揪心地望着她，仿佛她已经与我分离。她戴着为去乡下而买的圆草帽，穿着薄薄的长裙。因为要在酷热之中长途跋涉，她才穿上这件长裙，可是这长裙已使她变了样，她已经属于蒙特都[1]别墅了，而我则不会在那个别墅见到她。

为了避免旅行可能造成我气闷发作，医生建议我在动身时稍微多喝些啤酒或白兰地，以便处于他称之为“欣快”的状态，在这种状态中，神经系统短时间不那么脆弱。是不是照医生的建议办，我还拿不定主意。但我至少希望，一旦我下定决心那么做，我的外祖母能承认我自己拥有这种权利和理智。所以我谈起这件事，犹豫不决之处似乎只在于我到什么地方去喝酒，是去冷餐部还是在酒吧车厢。我看到外祖母脸上现出责备，甚至根本对此不予考虑的表情。一见这种表情，我突然下定了决心非去喝酒不可，既然口头宣布未获得无异议通过，要证明我是自由的，实施这一行动变成了必然。我大叫起来：

“怎么？我病得多么厉害，你是知道的！医生对我说的话，你是知道的！可是你倒这么劝我！”

待我向外祖母将我身体不适的情形解释完，她现出那么歉

---

[1] 蒙特都在圣克鲁。

疚、善良的神情，回答我说："那就快去买啤酒或者白酒吧，既然这对你会有好处。"我听了立刻扑到她的怀里，在她的脸上印满了吻痕。我去酒吧车厢喝了过量的酒，之所以如此，是因为我感到，如果不这样，我的病会剧烈发作，那样她会最难过不过的。到了第一站，我又上车回到我们那个车厢，我对外祖母说，我多么高兴到巴尔贝克去，我感到一切都会顺利，我内心感到会很快习惯与母亲远离，这趟车很舒服，酒吧老板和雇员都那么热情，我真愿意经常来往于这条线上，以便有可能再和他们见面。对于所有这些好消息，我的外祖母却没有表现出我那样的兴高采烈。她有意避开我的目光回答我说"可能你该想办法睡一会儿了"，并且将目光转向窗户。我们已经放下了窗帘，可是窗帘遮不住整个玻璃窗框，所以太阳能将在林中空地上小憩的温和而又懒洋洋的光线投射在车厢门打蜡橡木上和靠椅的罩子上（比起铁路局挂在车厢高处的广告来，这似乎是对与大自然浑然一体的生活更有说服力得多的一则广告。车厢里的广告挂得太高，是什么地方的风景，我无法看清那地名）。

外祖母以为我闭上了眼睛，可我看见她透过她那带大圆点的面纱，不时向我投过一瞥，然后又将目光收回，然后再反复下去，就像一个人为了养成习惯，极力在进行困难的操练一般。

于是我与她谈起话来，不过似乎这并不使她开心。不管怎样，对我来说，我自己的声音使我感到快乐，同样，我的身体最令人觉察不到的、最内在的活动使我感到快乐。所以，我尽量使之持续下去，任凭我讲话的每一个抑扬顿挫长时间停留在字眼上，我感觉到我的每一目光都确确实实位于它落下去的地方，并在那里停留得超过惯常的时间。

“好了，休息吧！”外祖母对我说，“睡不着的话，就看看书！”

说着她递给我一本德·塞维尼夫人的著作。我打开书，她自己则沉醉在《德·博泽让夫人回忆录》[1]之中。每次旅行时，她非带这两位女作家的书不可。这是她偏爱的两个作者。这时，我有意保持头部不动，一旦采取了某种姿势，就保持这种姿势不变，从中感受到很大的快乐。我手擎着德·塞维尼夫人的著作，并不打开，也不垂下目光去看书，在我的目光前面，只有蓝色的窗帘。我凝望着窗帘，觉得真是美妙无穷，这时如果有谁想叫我将注意力从这上面转移过去，我肯定不予置理。我似乎觉得那窗帘的蓝色并非由于其美，而是由于它生机勃勃，正在把自我出生直到我终于将酒吞下去，那酒也开始起作用为止这期间在我眼前出现过的一切色彩全部隐去，以至与这窗帘的蓝色相比，其余的色彩对我来说全都黯淡无光，毫无意义。那些先天盲人，人们很晚才给他们做手术，他们终于看见了颜色，当初他们生活其中的黑暗世界想必就是这样的。一位上了年纪的雇员来查我们的车票。他身着制服上装，金属纽扣闪耀着银色的光芒，又使我着迷。我真想请他在我们身旁坐一坐。可是他到另一车厢去了。于是我怀着眷恋的心情想到铁路工人的生活，他们的全部时间都在铁路上度过，

[1] 此书名为作者所虚构，并不存在，很可能来源于布瓦涅伯爵夫人回忆录。普鲁斯特曾就布瓦涅伯爵夫人回忆录写过一篇文章，发表于1907年。

大概没有一天不看见这个上了年纪的雇员吧！我凝视蓝窗帘，感觉到自己的嘴半张半合所带来的快乐，程度终于开始降低。我想动一动。我活动活动。我打开外祖母递给我的那本书，能够将注意力固定在我这里那里挑选的页数上了。我一边看书，一边感到对德·塞维尼夫人越来越佩服。

千万不要为一些纯属表面的特点所蒙蔽，这些地方与时代、与沙龙生活相关。正是这些地方使一些人以为只要他们说了诸如“叫我好了，我的好人儿！”或“我看这位伯爵很风趣”，或者“翻动割下来的牧草是世界上最美妙的事情”[1]这类的话，他们就形成了自己的塞维尼形象。已经有德·西米阿纳夫人[2]的先例为证，她因为自己写了诸如“德·拉布里先生健康极佳，先生，听到他死亡的消息，他完全受得住”[3]或“噢，亲爱的侯爵，您的信多么叫我喜欢！有什么办法能不回信呢？”[4]或者什么“先生，似乎您欠着我一封回信，我欠您几鼻烟壶的香柠檬。我刚还清了八封信的债，马上又有别的信要来了……这大地从来产量没这么高过。看上去是为讨您喜欢”[5]此类的句子，就自以为与她的外祖

[1] 此句见于 1671 年 7 月 22 日德·塞维尼夫人写给库朗日的书信，当时被人认为极为风趣，争相传诵。

[2] 德·西米阿纳夫人（1674—1737）：德·塞维尼夫人的外孙女，闺名波林娜-阿黛玛尔·德·蒙德依·德·格里尼昂，1695 年嫁给路易·德·西米阿纳。她同意出版外祖母的信并亲自参加编纂，但出于某些顾虑，将她母亲的信大部分都毁掉了。她本人的书信于 1773 年发表。

[3] 此句出于 1735 年 3 月 15 日致德·埃里古尔函。

[4] 此句出于 1734 年 3 月 8 日致德·高蒙侯爵函。

[5] 此句出于 1735 年 2 月 3 日致德·埃里古尔函。

母很相像了。而且她也用这种体例写信谈放血，柠檬，等等[1]，自以为这就是德·塞维尼夫人的书信。但是我的外祖母是从内在的东西，从作者对家人的热爱，对大自然的热爱来接近德·塞维尼夫人的，她教我喜欢德·塞维尼夫人真正的美妙之处，那与上述的例子毫不相关。我即将在巴尔贝克遇到一位画家，他叫埃尔斯蒂尔[2]，对于我的审美观有非常深刻的影响。德·塞维尼夫人与这位画家是属于同一家族的伟大艺术家，因此她作品中的美此后不久便给我留下更深的印象。我在巴尔贝克意识到，她向我们展示事物的方式与埃尔斯蒂尔是相同的，是按照我们感知的顺序，而不是首先就以其起因来解释事物。那天下午，在那节车厢里，我反复读着出现了月光的那封信时，已经心花怒放了：

> 我无法抗拒这种诱惑，我戴上帽子，穿上颜色鲜艳的上衣，其实并非必须如此。我来到网球场上，那里的空气非常宜人，与我卧房一样。我看到千百种莫名其妙的东西，着白衣黑衣的修道士，数位着灰衣和白衣的修女，散乱各处的内衣，挺直身体紧靠大树躲起来的男子……[3]

---

[1] 谈放血的信写于1734年11月17日；谈柠檬的信有二，1735年1月13日和1月15日。这几封信都是写给德·埃里古尔的。

[2] 埃尔斯蒂尔的名字第一次在本书中出现。在“斯万之恋”中，这个画家以比施的名字出现。埃尔斯蒂尔的原型基本上是惠斯勒。1898年奥朗多夫书店出版的一本小说《亡人的太阳》中有一位画家，名字也叫尼尔·埃尔斯蒂尔。

[3] 德·塞维尼夫人1680年6月12日致格里尼昂夫人函片段。

这便是此后不久我称之为德·塞维尼夫人《书信集》中的陀思妥耶夫斯基一面（难道她描写景物和性格的方式不是和他一模一样吗？）的东西。

我将外祖母送到她的女友家里，我也在那里待了几个小时。然后，晚上，我又一个人乘上火车，至少我没有感到夜晚降临、时光难耐。这是因为我不需要在旅馆房间那样的监狱里度过这一夜，而旅馆房间那睡意蒙眬的模样大概会叫我毫无睡意。包围着我的，是列车各种运动那令人宁静的活动。这各种运动伴着我，如果我没有睡意。它们会主动过来与我聊聊，它们的声响像摇篮曲一样催我入睡。我把这声响像贡布雷教堂的钟声一样搭配起来，一会儿是这个节奏，一会儿又是另一种节奏（根据我的想象，首先听到四个叠声的等长的八分音符，然后是一个叠声的八分音符疯狂地冲到一个黑色的八分音符上去）。这声响使我那失眠的离心力动弹不得，对失眠施加了相反的压力，将我保持在平衡之中。我一动不动以及以后我睡意来临，我都感到与那压力密切相关，那种清新的印象与在大自然和生活的怀抱中有一股强大的力量作警戒，因而得到安息所给予我的印象完全相同，好像我在一瞬间得以化身为某种鱼类在大海中安睡，睡意蒙眬中被水流和浪涛荡来荡去，或者化成一只鹰，仰卧在暴风雨这唯一的支柱上。

和煮鸡蛋、带插图的报纸、纸牌、船在其中拼命开动却不前进的河流一样，日出也是长途铁路旅行的伴随物。我正在清点前几分钟充斥我的脑际的想法，以便意识到我刚才是不是睡着了（是确实没有把握才叫我提出这个问题自问，可是就是这个“没有把握”正在向我提供一个肯定的回答），就在这时，在窗玻璃里，一小块暗色的小树林上方，我看见了几片有凹边的云朵，那毛茸茸的边缘为玫瑰色，固定成形，死去一般，再也不会改变，有如点染鸟翼羽毛的玫瑰色，那羽翼也就化成了粉红，有如画家随兴所至将之置于画面上的粉画。但是我感到与之相反，这片色彩既不是毫无生气，也不是兴之所至，而是必不可少和蓬勃的生机。瞬间，这色彩后面，光线蓄积起来，堆积起来。这色彩越来越深，天空变成一片肉红。我将双眼紧贴在玻璃上，尽量看清楚些，因为我感觉到这与大自然的深邃存在紧密相关。可是铁路方向改变，列车拐弯了，窗框里的晨景为夜色笼罩的一座村庄所代替。小村的屋顶为月白色，在仍然镶满星斗的天空下，脏污的洗衣池[1]有如夜色下不透明的螺钿。我正为失去那片玫瑰色的天空而惋惜，就在这时，我在对面的窗子里再度望见了它，但这一次是红色的。铁路又拐了第二个弯，这片天空又抛弃了对面的窗子。结果我就将时间花在从这一面窗奔向那一面窗之中，为的是将我这美妙的、火红的、三心二意的清晨断断续续的片段连接起来，将画面装裱起来，以便形成一个全景和连续的画面。

窗外地势变得起伏，变得更加陡峭，列车停在两座山之间的一个小站上。峡谷之底，急流岸边，只能看见守道口人的一所小屋，它陷进水中，那河水就紧贴窗下流过。如果一个人可以是土地的产物，人们从他身上可以品尝到土地独特的风韵，一个村姑

[1] 法国农村多有公共的、露天的供村妇洗衣的地方，称为洗衣池。

就更是如此。我在梅塞格利丝那边鲁森维尔森林中独自漫步时，是多么希望看见一个村姑出现在我面前啊！我希望的，大概就是这个高个子姑娘。我看见她从这座小屋中走出来，背着一罐牛奶，沿着初升的太阳照亮的小路，向车站走来。在高山峻岭遮断了世界其余部分的山谷中，除了这些只停留一小会儿的列车，她大概从来没有在别处见到任何人。她沿着车厢走来，向几位已经醒过来的旅客出售牛奶咖啡。晨光映红了她的面庞，她的脸比粉红的天空还要鲜艳。面对着她，我再次感受到生活的欲望。每当我们重又意识到美与幸福的时候，这种生活欲望就在我们心中再次萌生出来。我们总是忘记美和幸福是单独存在的，在我们的头脑中总是用某一约定俗成的类型来代替，而这个类型是我们从讨我们喜欢的各个不同面庞、从我们领略过的快乐中找一个平均数而形成的。我们只有抽象的形象，而这些形象是死气沉沉的、沉闷乏味的，因为它们恰巧没有与我们领略过的事物不同的品性，这正是美与幸福所特有的品性。于是我们对生活做出悲欢的判断，我们还以为这是正确的，因为我们以为已经把美和幸福打到里面去了，实际上我们忽略了这两样东西并且用一些中和物来代替它们，而在这种中和物中连美和幸福的一个原子也没有。一个文人，人们向他谈一部新出的“好书”，他还没听就先生厌倦打起哈欠来，情形就是如此。因为他想象的是他读过的所有好书的综合，而一本好书是与众不同的、无法预见的，并不是由前面的所有杰作的总和构成的，而是由某种东西构成的，完全吸收前面的那一总和又决不足以叫人找到这种东西，因为正好存在于它之外。刚才感到厌倦的那个文人，一旦接触到这部新作，立刻会感到自己对这本书所描写的现实颇有兴趣。这位美丽的姑娘立即使我品味到某种幸福（唯一的，总是与众不同的，只有在这种形式下我们才能品味到幸福的滋味），一种生活在她身边可能会实现的幸福。这位美丽的姑娘也是如此，她与我一个人独处时头脑中描绘出的美貌模式毫无共同之处。但是这里在很大程度上又有一个习惯的短暂中止在起作用。我使卖牛奶的女郎受益于我的全部存在，是渴望品尝强烈享受、站在她对面的我。平时我们总是将我们的存在压缩到最低限度来生活。我们的大部分能力停留在睡眠状态，因为这些能力依凭着习惯，习惯知道要做什么，习惯不需要能力。但是在这旅途的早晨，我生活的老习惯中断了，时间、地点改变了，就使得各种能力必须出来。我的习惯是经常在家，不早起。这个习惯现在不在了，我的各种能力就全都跑过来以代替习惯，而且各种能力之间还要比比谁有干劲，像波涛一样，全都升高到非同寻常的同一水平——从最卑劣到最高尚，从呼吸、食欲、血液循环到感受，到想象。在我叫自己相信这个少女与任何其他女子都不同的时候，我不知道是这些地方优美的田园景色为她增加了魅力，还是她使这些地方产生了魅力。只要我能一小时一小时地与她一起度过，陪伴她一直走到急流那里、奶牛那里、列车旁，一直在她身边，感到她了解我，在她的心里有我的位置，那我会觉得生活该是多么甜蜜！她会教我领略乡村生活和晨曦初现的魅力。我向她招招手，叫她给我送牛奶咖啡来。我需要她注意到我。她没有看见我。我叫她。在她那高大的身躯之上，她的面庞是那样粉红、那样闪着金光，似乎别人是透过灯火照亮的彩绘大玻璃窗在看她。她回过头，朝我这边走来，她的面庞越来越宽阔，有如可以固定在那里的一轮红日，我简直无法将目光从她的面庞上移开。这面庞似乎会向你接近，会一直走到你身边，任凭你贴近观看，那火红与金光会使你头晕目眩。她向我投过机灵的一瞥。就在这时，列车员关上车门，列车开动了。我看见她离开车站，重又踏上小径。现在天已大亮：我正远离黎明而去。不论我的兴奋是由这姑娘激发出来的，抑或相反，我置身于她的身旁所领略的大部分快乐是由我的激动心情引起，总而言之，她与我的快乐是那样浑然一体，以至我要与她重见的欲望首先表现为在精神上向往着不要使这种兴奋状态完全消失，不要永远与参与其事的那个人分离，哪怕她自己并不知晓。不仅因为这种状态多么令人愉快，更重要的是（就像一根绳子拉得更紧会发出一种声响，或一根缀线更快地振动会产生另一种颜色一样）它使我看到的事物产生了另一种色调，它将我作为演员带进了一个陌生而又更加无比有趣的世界。列车加速前进，我仍然依稀望见那个美丽的姑娘，她就像与我熟悉的生活完全不同的另一种生活的一部分，一条带子将我的生活与她隔开。在那另一种生活中，事物唤起的感觉再也不相同，我现在从那种生活里走出来，就好像自己要死掉一样。为了能享受到至少感到自己与那种生活相联的温馨，大概只要我住在小站附近，就可以每天早晨向这位村姑买牛奶咖啡了。可叹！我向另外一种生活越来越快地走去，而她将再也不会出现在这种生活里！我设想着种种计划，好让我有一天再乘坐这同一列车，再在这同一车站停留，只有这样我才能勉强接受那另外一种生活。设想这种种计划同时还有一个好处，便是给我们那唯利是图的、活跃的、实用的、机械的、懒惰的、离心的精神状态提供了养料。我们的大脑确是这种状态，因为当需要做出努力，以便普遍地、不图个人利害地去加深我们有过的愉快印象时，我们的大脑往往喜欢避开这种努力。另一方面我们又希望继续想着这甜美的印象，大脑就宁愿从未来的角度对此做出设想，巧妙地为这甜美印象的再生准备时机。这对于理解那美好时刻的精髓丝毫无补，却免了我们费心劳神在自己内心重温那一时刻的辛苦，使我们指望再度从外界得到这种愉快印象。

一些城市名，维兹莱还是夏尔特尔，布尔日还是博韦，通过这简略的形式，用来指明其主要教堂。我们常常使用这种局部的含义，如果是我们还不了解的地方，最后就会把整个城市的名字刻在心上。当我们打算把城市的概念加进去的时候，这城市的名字立刻就会像铸模一样，给它印上同一风格的刻纹，也把它变成一种大教堂。不过这一次是在一座火车站，我看到了巴尔贝克这个地名，在一家冷餐馆的上方，在蓝色警报器上，几乎是波斯体的白字。我匆匆穿过车站和通往车站的大街，我向人询问海滩在哪，为的是只看教堂和大海。从人们的表情看，他们似乎不明白我问的是什么。我现在就在巴尔贝克老城，巴尔贝克陆地，这里既不是海滨，也不是海港。当然，依照传说，显圣的基督的确是渔民们从海里找到的。教堂就在距我几米开外的地方，教堂里有一扇彩绘玻璃窗，叙述的就是发现这位基督的故事。修建教堂大殿和钟楼的石头，也确实是从海浪拍击的峭壁上取来的。正因为如此，在我想象的大海中，海水是一直冲到彩绘玻璃窗前的。可实际上大海距这里还有五里[1]多路，在巴尔贝克海滨的教堂圆顶旁那个钟楼，我从前在书本上读过，说这钟楼本身就是一片诺曼底峭壁，上面各种籽粒汇聚，群鸟盘旋，所以我一直以为那钟楼底座是接受大海激起千重浪的飞沫的。实际上，钟楼耸立在一座广场上，两条有轨电车线从这里分岔，对面是一家咖啡馆，门口金字招牌上写着“台球”二字。钟楼的背后是一大片住宅，住宅屋顶上没有掺杂一根桅杆。我一面留神咖啡馆，一面留神向其问路的行人，一面又注意着要回去的车站，走进教堂。教堂与其余的一切构成一体，仿佛是一种偶然，是这天下午的产物。那软绵绵的在天空中鼓起来的圆顶好像一颗果实，住宅烟囱沐浴其中的同一片阳光，催熟了那粉红、金色而又进口就化的果皮。但是，认出众使徒的雕像——我曾经在特罗卡德罗博物馆看见过铸出的圣像——站在教堂大门口的门洞里，在圣母的两旁列队而立，等待着我，似乎是为着欢迎我时，我就只愿意考虑雕塑的永恒意义了。圣母那仁慈、温和的面孔，短而扁的鼻子，弓着的背，似乎唱着某一天的“哈利路亚”欢迎似的向前走来。但是人们发觉这些圣像的表情是呆滞不动的，正像死人的表情一样。只有人围着他们转时，他们的表情才有所改变。我心中暗想：就是这里，这就是巴尔贝克教堂。这个广场看上去知道自己的荣光，它是世界上唯

[1] 法国古里，一古里约等于四公里。

一拥有巴尔贝克教堂的地方。迄今为止我见过的，是这个大名鼎鼎的教堂、这些使徒、这大门之下圣母的照片，仅仅是拓片。而现在，是真的教堂，真的圣母像，独一无二的，近在眼前了：这就远远胜过从前了。

说不定也不如从前。好比一个小伙子，到了考试或者决斗的那一天，当他想到他储备的知识和他准备表现出的勇敢时，会感到人们向他提出的问题、他打出去的子弹，都没有什么了不起了。同样，我的头脑中远远超出我眼前的复制品的，是高高耸立在门洞中的圣母形象。各种变故可以构成对复制品的威胁，却无法企及我头脑中的圣母；如果有人将复制品摧毁，我头脑中的圣母却不受任何损伤；她是尽善尽美的，具有世界性意义。现在，我的头脑见到了这个早已为人雕塑过一千次的雕像，对这个雕像外表仅仅是石头，我伸出手臂即可触及，占据着一席之地，还有一张选举布告和我的手杖头做她的对手，都感到惊异。这一席之地与广场连成一片，与主要街道的出口不可分，她无法避开咖啡馆里和电车办公室里人的目光，她脸上受到半抹夕阳的照耀——过一会儿，几个小时之后，便是街灯之光的照耀了——另一半为贴现银号的办公室接受去了；她与那家信贷公司分理处同时被糕点铺灶间的怪味所降服，任凭凡人肆虐；如果我也想在这石头上刻上我的名字，那么她，这著名的圣母像，迄今为止我赋予她以凡人的生命和捕捉不到的美的，巴尔贝克的圣母，独一无二的（可叹，这也意味着只此一家）圣母，就要以她那沾满了与其毗邻的房屋同样的煤炱，向所有前来瞻仰她的崇拜者，显示我用粉笔画下的痕迹和我的名字的各个字母，而无法去掉这些字迹。总而言之，这向往已久的不朽的艺术品，我觉得她和教堂一样，变成了一个小小的石头老太太，我可以量出她的身高，数出她的皱纹了。

时间过得飞快，该回车站了。我要在车站等待外祖母和弗朗索瓦丝到来，然后一起到巴尔贝克海滨去。我忆起从前读过的对巴尔贝克的描写，忆起斯万的话："精美之至，和锡耶纳一样美。"我只能用偶然来解释我的失望，是我的精神状态不好，是我很疲劳，是我不会欣赏，我极力这样安慰自己，想到对我来说还有别的完美无缺的城市，说不定很快就能看到，就像在珍珠般的细雨中，在坎佩尔勒雨滴清新的淅沥中穿过沐浴着阿方桥[1]那绿色和玫瑰色的霞光一般。就巴尔贝克来说，我一走进这座城市，就好像把一个本应密封的地名打开了一条缝。这里，一列有轨电车，一家咖啡馆，广场上来往的人群，贴现银号的分店，无法抗拒地受到外部压力和大气力量的推动，一下子涌进了这个地名各个音节的内部。这些东西进去以后，这几个音节又关上了大门，现在，它任这些事物镶嵌起波斯式教堂的大门，再也不会将这些事物排除在外了。我在应该把我们送到巴尔贝克海滨的当地小火车里找到了外祖母，可是只有她一个人。她提前让弗朗索瓦丝来，以便事先做好一切准备。但是她指点弗朗索瓦丝有误，结果叫弗朗索瓦丝走错了方向。此刻，无须怀疑，弗朗索瓦丝的火车正向南特飞快奔驰，说不定到了波尔多她才会醒过来。

---

[1] 坎佩尔勒及阿方桥的联想，参见本书第一卷。

车厢里充满了日落时分那转瞬即逝的余晖和下午那不肯散去的炎热（可叹，在落日余晖映照下，我从外祖母的整个面庞上看到她因天气炎热而多么疲惫不堪）。我刚一坐下，她就问我："巴尔贝克怎么样？"因为满怀希望，她的微笑是那样热情爽朗，她以为我一定感受到了极大的快乐。见她如此，我简直不敢立即向她承认我很失望。加之，随着我的身躯越来越接近它应该习惯的地点，我头脑中追寻的印象不像从前那样萦绕在我的脑际了。到最后，距旅行的终点还有一个小时路程时，我就极力想象巴尔贝克的旅社老板是什么模样了。对他来说，此刻我还不存在。我多么希望向他做自我介绍时，有一个比外祖母更有名气的旅伴——外祖母肯定要求他降价。似乎他必然十分傲慢，但轮廓很模糊。

在这段小铁路上，火车不时在一个车站停车，一站又一站，巴尔贝克海滨始终没有到。光是这些车站的站名（安加市，马古维尔多市，古勒夫桥，阿朗布市，老圣马尔斯，埃蒙维尔，梅恩市[1]）就让我觉得莫名其妙。人们在一本书中读到这些地名时，说不定会觉得它们与贡布雷附近的某些地名有关系。但是对一位音乐家来说，两个音节，即使由数个相同的音符组成，如果谐音色彩和组合不同，也可能毫无相像之处。同样，这些由沙子、狂风呼啸而又空旷的空间和盐分组成的难听的名字，"城市"一词安在上面安不住，就像"飞鸽"这个词里面的"飞"也安不住一样。没有什么东西比这些名字更令我想到别的地名，如鲁森市或马丹

---

[1] 这些地名有真有假；有的在这条铁路线上，多数不在这条线上。

市。我在饭桌上，在“大厅”里那样经常听到我的外祖母提到这些地名，这些地名早已获得了某种暗中的魅力，说不定其中还混进了果酱的香味，木材燃烧的味道和贝戈特哪一本书书页的气味，以及对面房屋那赭红的颜色，以至直到今天，这些地名像气泡一样重又从我脑海深处漂上来的时候，虽然它们要穿过一层层，才能达到表层，却仍然保留着自己独特的品性。

有些小站高踞于自己的沙丘上，俯瞰着远方的大海，有些小站则位于深绿色、形状令人不快的小山脚下，已经准备睡去——那小山，形状就像刚走进去的一间旅馆房间里的长沙发，山下是一些别墅，再伸展下去便是一座网球场，有时是一家赌场。赌场大门上的旗帜迎着凉爽的海风飒飒作响，场中空荡无人，焦虑不安。初次向我显示自己主人的小站，是通过其司空见惯的外表来显示的——戴着白色遮阳帽的打网球的人，生活在自己的柽柳和玫瑰身边的车站站长，一位戴着扁平草帽的太太。那妇人沿着我永远不会体验得到的生活的日常轨迹，唤回在外久久不归的猎兔狗，然后回到自己的木头小板房里去，房中已经燃起灯火。这些小站以这些司空见惯、使人非常熟悉的现象，无情地刺伤着我这陌生的目光和人生地不熟的心。

我们走进巴尔贝克大旅社[1]的大厅，面对着仿大理石的偌大楼梯，我的外祖母不顾会招致那些陌生人的敌意和鄙视——我们就

---

[1] 普鲁斯特 1907—1914 年夏天到卡堡度假，他描写的巴尔贝克大旅社便是卡堡大旅社。

要生活在这些陌生人之中——在和旅社经理讲“条件”时，又怎样加重了我的痛苦啊！经理是个普萨式的人物，满脸满嘴都是毛病（挖掉好几个疣子，在脸上留下了伤疤。由于祖籍遥远，童年时期起便在世界各地闯荡而口音混杂，给他的声调留下了毛病），他身穿花花公子的大礼服，闪烁着心理学家的目光。“慢车”一到，他一般总是把阔老爷当成满腹牢骚的人，而把住旅馆的吝啬鬼当成阔老爷！他大概忘记了他自己一个月也挣不上五百法郎的薪水，却深深鄙视那些认为五百法郎——或者更确切些，如他所说，是“二十五路易”——“是个数目”的人，总是把这些人当成贱民的组成部分，而大旅社可不是给这些人预备的。在这家豪华大旅社里，有些人花不是很贵的房钱却也受到经理的敬重，这也是真的，条件是经理确切知道这些人注意开支是因为吝啬而不是因为穷。吝啬是一种毛病，在各个社会阶层中均可遇到，因此它确实丝毫不会损害威望。有社会地位，这是经理唯一注意的事情。更确切地说，是要有在他看来可以说明地位高的标志，例如走进旅社大厅不脱帽啊，穿高尔夫球裤和紧身短上衣啊，从镶金、带红色的高级皮革烟盒里往外掏雪茄啊之类（可惜，这些优越性，我一样也没有）。他用讲究的字眼去点缀自己的生意经，但意义总是用得相反。

我坐在一张长椅上等待。我听到外祖母拿腔拿调地问他：“房钱……是什么价？……啊！太贵了，我这点钱可不够！”他听外祖母说话时，帽子也不摘下，还吹着口哨，外祖母也不生气。我听着这话，尽量逃进自己内心深处，竭力到一些永不改变的想法中去游荡，不让任何有活力的东西露出我的躯体表面——就像动物的表皮出于抑制作用，当人们伤害它们的时候，它们装死一动不动一样——以便在这个地方不要太难受。我对这种地方还完全不习惯，看到别人对此很习惯就变得更加敏感。我看见一位衣着华丽的妇人，经理对她毕恭毕敬，对跟在她身后的小狗十分亲热；一个衣着讲究、样子可笑的青年，帽子上缀着羽毛，回到旅馆，问“有没有我的信”。所有这些人都将登上那假大理石的台阶视为回家，他们似乎对这一切都很习惯。与此同时，一些大概很不精通“接待”艺术却带有“首席接待”头衔的先生，严厉地向我投以米诺斯、埃阿刻和拉达芒特[1]的目光（我将自己赤裸裸的心灵投入这目光之中，就像投入一个再没有任何东西保护我的心灵的未知世界一样）。再远一些，在一扇关着的玻璃门后，有一些人坐在一间阅览室内，要描写这个阅览室，要依次描写我想到这些有权利在那里安安静静阅读的人上人所享的清福，想到如果我的外祖母不顾我会产生这样的印象，命令我走进去的话，她会使我感到多么恐惧，我恐怕必须相继选择但丁赋予天堂和地狱的各种色调了。

过了一会儿，我那种孤独的印象更加浓重。我向外祖母承认，我感到不舒服，我觉得说不定我们很快就不得不返回巴黎。她没有抗议，说她要出去买些物品，无论我们是走还是留下，反正这

---

[1] 这是宙斯的三个儿子，他们死后被召至地狱做判官。米诺斯的名字在《追忆似水年华》中经常出现。

些物品都有用（后来我才知道这些东西都是给我买的，因为所有这些我缺的东西，都在弗朗索瓦丝身上）；等待外祖母返回时，我到街上信步走走。街上熙熙攘攘，人群使大街保持着与室内同样的炎热，理发店和一家糕点铺子还开着门，常客们在糕点铺子里站在迪盖-特鲁安[1]塑像前吃冰淇淋。这塑像给我带来的快乐，与他的形象出现在一本画报中，也能给在外科医生的候诊室内翻阅画报的病人带来的快乐一样。一些人对我相当无所谓，使我感到惊异。旅社经理满可以建议我到城里走走散散心，一个新住所，这种受罪的地方，在某些人眼里显得也可以是“令人心旷神怡之小住地点”了。旅社的说明书就是这么说的。这说明书可能有些夸大其词，不过这是面向所有主顾的，他们专门迎合主顾之所好。确实，为了把主顾招到巴尔贝克大旅社来，说明书不仅提到什么“美肴佳馔”“游艺场花园令人销魂”，还说什么“时装女王陛下驻足，不被视为笨伯之人不会因奸污而不受惩罚，任何有教养的男子可能都不愿意冒此风险”。

我越是怕外祖母伤心，就越是需要她。她大概很灰心丧气，感到如果这么点累我都受不了，那就没有希望了，任何旅行对我都不会有好处。我下定决心回去等她。经理亲自走来按了一个按钮：一个我还完全陌生的人物，人称“lift”[2]的（此人被安顿在旅社的最高点，大概是诺曼底教堂灯笼式天窗的地方，好像是玻璃

[1] 迪盖-特鲁安（1673—1736）：圣马洛的海盗。他的塑像也在圣马洛。他在《回忆录》中，讲述了许多历险事情。

[2] 英语，意为电梯。

板后面的一位摄影师，或演奏室里的一位管风琴演奏者）开始朝我走下来，动作之轻盈有如家养松鼠，灵巧而又受到了束缚。然后他又沿着一个柱子滑下来，将我带在他身后，朝这商业主殿的圆顶升去。每一层上，通道小楼梯两侧，阴暗的游廊呈扇形展开。一个收拾房间的女仆人抱着一个长枕头，从游廊里走过。黄昏的光线使她的面庞模糊不清，我把自己最狂热梦想中的面具贴到她的脸上，但是从她朝我投过来的目光里，我看到的是对我这个一钱不值的人的厌恶。每一层唯一的厕所形成仅有的一排竖着的玻璃窗，从玻璃窗透进的光线照亮了这毫无诗意的半明半暗的地方，神秘得很。在永无尽头的向上走的过程中，为了打消我默默穿过这神秘地方所体验的致命焦虑，我便对那个年轻的管风琴演奏者、我的旅程的匠师、我被俘的伙伴开了腔，他还是继续拉他的乐器音栓和推导管。我为自己占这么大地方，给他惹这么多麻烦而向他表示歉意，问他我是否妨碍他施展艺术才能。在这种地方，为了吹捧名家高手，我不仅表现出好奇，而且还忏悔自己对此十分偏爱。但是他不理我，可能对我的话惊异不止；也可能专心致志于自己的工作，一心想着各种标记；也可能他耳背，对这个地点很尊重；也可能怕出危险；也可能懒得动脑子；也可能这是经理的命令。

一个人，哪怕无足轻重，我们认识他之前和认识他之后，他对我们所采取态度发生了变化，恐怕没有什么比这个更能赋予我们对外界现实的印象了。我一直是同一个人，下午稍晚时候，乘坐了来巴尔贝克的小火车，一直怀着同一颗心。但是，六点钟的时候，由于无法想象出经理、豪华大旅社、其服务人员是什么模样，我抵达的时刻心中有一种模糊而又带几分恐惧的期待。现在，在这颗心中，则是走南闯北的经理那脸上挖掉的疣子（虽然如他自己所说，“特点是罗马尼亚”[1]——因为他总是使用他认为高级的词儿，而又没有发现用得有毛病——实际上他的国籍是摩纳哥），为招呼电梯而按铃的姿势，开电梯的他本人，从大旅社这个潘多拉盒子[2]里冒出来的整个木偶戏剧场沿幕的人物。这一切都无法否认，就在那里。而且，像一切人造的东西一样，没有繁殖能力。我并没有参与这种变化，但至少这种变化向我证明在我的外界发生了什么事情——这事情毫无意义，是自在的——而我则像一个游客，开始游览时，太阳在面前；待他看见太阳到了身后时，便得知时间已经过去了。

我累得骨头都碎了，我发着烧，睡觉必需的物品一点也没有，不然我早就睡下了。至少我想在床上躺一会儿，可是面对这一大堆强烈的感受，我反正是无法歇息的，又何必呢？这一大堆强烈的感受对我们每个人来说，不等于他的物质躯体的话，至少也等于他的意识躯体，因为包围着这个躯体的陌生事物，虽然强迫它在一贯保持警觉的防御基础上进行感知，却也能将我的视觉、听觉乃至所有的感觉保持在很受局限、很不舒服的姿势上（即使我

[1] 经理将“祖籍”（origine）说成了“特点”（originalité）。

[2] 潘多拉是希腊神话中的人物，她有一个神秘的盒子。这盒子一打开，世界上所有的灾难、坏事都冒出来。

把腿伸开），就像拉巴吕红衣主教[1]在笼子里的姿势一样，既不能站，也不能坐。在一间卧房里，我们的注意力要求将一些物品放在这里，待习惯了又好像将这些东西搬走了，给我们自己腾出地方来。可是在巴尔贝克的卧室里（仅仅名义上是“我的”卧室），我觉得没有一点空地方，房间里塞满了不认识我的器物。我向它们投去戒备的目光，它们也报之以戒备的目光。它们丝毫不在乎我的存在，现出我打扰了它们正常生活秩序的模样。在家里，一星期当中我只有几秒钟听见我的挂钟走动，那就是我从沉思默想中走出来的时候。旅馆里这只挂钟则一刻不停地用一种陌生的语言连续说着可能使我极为不快的话语，因为宽大的紫色窗帘默默倾听，不做回答，但是那种态度，与人耸耸肩膀用以表示看见一个第三者使他们很恼火极为相似。房间天花板很高，窗帘几乎赋予房间一种历史意义，简直能叫人觉得它很适于暗杀德·吉斯公爵[2]，以后又适于库克旅行社的一个导游率领旅游者前来参观[3]，但是决不适于我的睡眠。沿墙有数个玻璃小书橱，它们的存在对我来说是一种折磨。特别是房间中横着一面全身大穿衣镜，这东西

[1] 让·拉巴吕（1421—1491）：本为路易十一之神师，后来为红衣主教，因为与大胆查理进行秘密谈判，被路易十一关在洛什城堡国家监狱中，在铁笼中度过十一年，后来经教皇西克斯特四世干预，获得释放。

[2] 德·吉斯公爵即亨利一世（1550—1588）：他于1588年12月28日被觊觎其王位的亨利三世在三级会议上暗杀。画家保罗·德拉罗什（1797—1856）曾据此画了一幅油画，勒巴吉及加尔麦特于1908年亦将此事拍成电影。

[3] 汤姆斯·库克（1808—1892）于1841年组织了一次“快乐列车”旅行，这便是他那鼎鼎大名的旅行社的起源。他死时将旅行社作为遗产交给他的长子。

搞得我心慌意乱，如果不挪走它，我就觉得自己根本别想放松下来。我不时抬眼望望天花板——在巴黎，我房间中的各种器物不妨碍我的目光，不比我自己的眼球更妨碍，因为它们只不过是我的各种器官的附件，是我自己的一种放大——天花板上方是旅社最顶端的平台，是外祖母特意为我挑选的。库斯草的气味将其攻势一直推进比我们看得见和听得见的更为幽密的地方，推进我们感受到各种气味的特点的地方，推进了我最后的战壕，几乎推进了我的内心。我不无厌倦地用惊慌不安的鼻子去嗅，以这种徒劳的不断反击去对付它的进攻。再也没有地盘，没有房间，没有躯体，只有一味受到将我重重包围的敌人的威胁，热度一直侵入我的骨髓，我孤立无援，我真想死。就在这时，外祖母走了进来。立刻，无限的空间向我受到压抑而要扩张的心敞开了。

她身穿一件高级密织薄纱室内便袍。在家时，每逢我们这些人中有哪一个病了，她就要穿上这件便袍（她说，穿了这件衣服很舒服，她总是将她做的事归之于自私的动机），这件便袍是为了照顾我们、看护我们的，是她的用人服、看护工作服、修女服。用人和看护对人的细心照顾，她们的善良，人们体会到的她们的优点，人们对她们的感激，都更增加了她们对人的印象，她们觉得人的外表与内心不同，人感到孤独，自己背负着头脑中思想的重负、自己的生活欲望。我知道，我和外祖母在一起时，不论我的内心多么忧郁，它都会被更大的怜悯所接受。我的一切，我的烦恼，我的欲望，在外祖母那里都会得到支持。用以支持的东西，便是她保持和扩大我的生活的欲望比我自己的这种欲望更强烈；

我的想法在她心中延伸，不需要改变方向，因为这些想法从我的头脑里传到她的头脑里并没有改换地点，也没有换人。就像一个人站在穿衣镜前想要打上领带，可是不明白他看见的那一头其实并非是在他的手移动的那一边，或者一条狗在地上追逐着昆虫跳跃着的影子一样。在这世界上，人们总是受到躯体外表的蒙蔽，因为我们不能直接感受到心灵。我也这样上当受骗，一头扎进外祖母的怀里，将我的双唇贴在她的脸上，似乎这样我就能进入她向我敞开的宽阔的胸怀。我这样把嘴紧贴在她的双颊上、她的前额上以后，我从那里吮吸到那样有益、那样富有营养的东西，我半天一动不动，带着吃奶孩子的那种认真和放心大胆的贪婪。

然后我百看不厌地注视着她那宽大的脸膛，那轮廓就像一片热烈而又平静的美丽云霞，可以感觉到那后面闪射着柔情之光。一切多少还能接受她的感受的东西，一切还可以说属于她的东西，都因此而立刻变得那样神圣，那样超俗，我情不自禁地用手掌理着她那刚刚灰白的秀发，怀着尊敬、小心翼翼和轻柔，似乎我抚摸的是她的善良。她在难过之中又为使我免去了一种痛苦而感到那样高兴，就这样一动不动过了一会儿。对我那疲惫不堪的四肢来说，这是那样平静安宁的一瞬，是那样甜蜜。过了一会儿，我见她想帮我睡下，打算给我脱鞋，我做了一个手势阻止她，开始自己脱衣裳。我的手已经碰到上衣和矮靴的头几个纽扣上，她用乞求的目光拦住我的手。

“噢，别这样，”她对我说，“对外祖母来说，这叫她多开心！尤其是你今夜需要什么时，不要忘了敲墙，我的床就靠着你的床，隔栅非常薄。等一会儿你睡下以后，就敲敲试试，看看咱们是不是能互相听得见。”

果然，那天晚上，我敲了三下。一个星期以后，我不舒服时，有几天我每天早晨都重复这三下，因为外祖母要早早喂我喝牛奶。当我觉得听见她已经醒了以后——为了不叫她等待并且能在喂我牛奶之后马上再度入睡——我鼓起勇气小声敲了三下，胆怯地，轻轻地，但不管怎样却是清清楚楚地，因为我担心如果搞错了，她还在睡，那就会打断她的觉，可我又不愿意她继续侧耳倾听是否是我在呼叫，如果她起先没有听清的话。我不敢再敲了。我这边刚一敲三下，立刻就听到另外三击。这三击音调不同，充满平静的威严，为了更加清晰还重复两次，那意思是说：“别着急，我听见啦！过一会儿就来！”顷刻，外祖母来到。我对她说，我真担心她听不见我的声音，或者她以为那是隔壁的什么人在敲。她笑了。

“将我可怜的小狼[1]的敲击声与别人混淆起来，怎么会呢！就是有一千个人敲，外祖母也辨别得出来呀！你以为世界上还有别人这么傻，这么激动，这样又怕吵醒我又怕人家听不明白他的意思吗？不管怎样，这个小老鼠只要一抓，人家立刻就能认出它来，特别是这个小老鼠跟我的小老鼠一样是独自一人，又叫人可怜的时候！我听见它犹犹豫豫已经有一会儿了，它在床上折腾，耍各种把戏。”

她把百叶窗打开一半。在大旅社前突的附属建筑上，阳光已

[1] 普鲁斯特的母亲对自己的两个儿子均称“我的小狼”。

经在屋顶上安身，就像早起的盖屋顶工人早早就开始干活，默默地干完活计以免吵醒还在沉睡的城市，而城市一动不动使他显得更加心灵手巧一样。她告诉我几点了，天气会怎样，说我用不着一直走到窗边去，说海上有雾，告诉我面包店是否已经开门，对我叙说听到其声响从街上驶过的那辆车是什么样的：这无足轻重的拉开窗帘，这可以忽视的、任何人都不在场的清晨“序曲”，只属于我们两个人的一小块生活。白天，当我谈到早晨六点钟的漫天大雾时，我会在弗朗索瓦丝或一些陌生人面前高高兴兴地提起这些，那意图并不在于显示我获得了某种知识，而是要显示我一个人所得到的疼爱。这甜蜜的清晨一刻，由我敲三下、另三下作答这富有节奏的对话开始，像一曲交响乐般展开。柔情和快乐力透隔墙，那墙变成了和谐的、非物质的东西，像天使一般歌唱着。那为人热烈期待的三击回答，重复两次。隔墙善于通过这三击，以天神报喜的轻盈和富有音乐美的忠诚，将外祖母整个的心灵和就要过来的诺言传送过来。但是抵达巴尔贝克当天那一夜，外祖母离开我以后，我又难过起来，就像在巴黎离家时我已经很难过一样。构成我们眼前生活中精华的事物，我们凭借自己的接受能力来赋予其未来的模式，而上述事物并不在这未来模式之中，总是以极大的拼死抗拒来对抗。我对于在陌生房间里过夜的这种恐惧——许多人也有这种恐惧——说不定只是上述这种抗拒最普通、最模糊、最机能性、几乎最无意识的表现形式。一想到我的父母有一天可能会死去，我可能为生活所迫不得不远离希尔贝特而生活，或者只是不得不在一个永远再也见不着自己朋友的国度定居，我就常常感到可怕至极，那抗拒就在这恐惧的深处。我自己的死亡，或者像贝戈特向人们许诺的那种在自己著作中永生，我很难想象。我无法让我的回忆、我的缺点、我的性格虽死犹生，这些东西不能接受自己不再存在的概念，也不希望我有一个它们没有位置的虚无或永生。

在巴黎时，有一天我身体特别不适，斯万对我说："你应该动身到大洋洲那些美妙的海岛上去。那时你就会知道，你再也不会回来了。"[1] 那时我真想回答他说："那我就再也看不见你的女儿了，那我就要在她从未见过的人和物之间生活了。"然而我的理智却告诉我："既然你不再为此苦恼，那又有什么关系呢？当斯万先生对你说你将不再回来时，他的意思是你会不想回来；既然你不想回来，就说明在那里你会幸福。"因为我的理智知道，习惯——这种习惯现在即将担负起一项重任，要使我爱上这陌生的住所，爱上改变了位置的大穿衣镜，爱上改变了颜色的窗帘，爱上停摆的挂钟——也担负着使一开始并不讨我们喜欢的伙伴变成亲爱的朋友，赋予面庞另一种形状，使一个人的嗓音变得热情动听，改变心中爱恋对象的任务。自然，对某些地点、某些人新的友情，就是忘记昔日友情的网。但是我的理智正好认为，我可以毫无恐惧地设想一种生活前景。在那种前景中，我将永远与一些人分离，我将忘记他们。这种生活向我的内心做出了忘却的承诺，而忘却只会

[1] 1888 年，英国小说家史蒂文森到大洋洲海岛上去休养，1894 年死于萨摩亚群岛。画家高更到大洋洲去以后，也于 1903 年死于马克萨斯群岛。

使绝望更加疯狂，这似乎构成一种安慰。这倒不是说，待习惯了分离之后，我们的心也不会感受到习惯势力那镇痛的效用，而是说，至今这颗心仍在痛苦罢了。惧怕将来我们再也看不见我们喜欢的人，再也不能与他们交谈，正是在这种前景下，我们今天才会得到最难得的快乐。如果我们想，在受到这种剥夺的痛苦之上再加上当前对我们来说似乎更为残酷的事（我们并不像感受一种痛苦一样感到这种担心，而是对此漠然置之），这种恐惧就不但不会消散，反而会更加增长了。因为，如果是这样，我们的“自我”就变了：不仅我们的父母、我们的情妇、我们的各位朋友的魅力再不存在于我们的四周，而且我们对他们的钟爱，也就完全从我们心中拔除了。而这种钟爱是我们今日内心很重要的一部分。今后我们会喜欢上这种与他们分离的生活，而今日一想到这种生活我们就感到恐惧。倘若如此，那便是我们自己真正的死亡。死亡继之以复活，这是真的，但这复活已在与前不同的自我之中，原来的自我中注定要死亡的那些部分是无法上升到热爱这个与前不同的自我的。如今恐惧、抗拒、反抗的，也正是原来的自我中注定要死亡的那些部分——甚至是最羸弱的部分，诸如对一个房间的大小、对气氛莫名其妙的眷恋之类。必须看到，这是一种抵抗死亡的潜在的、局部的、确实的、真实的方式，长期地、绝望地、逐日地抵抗那一部分一部分的、连续不断的死亡的方式。这种死亡潜入我们整个生命进程之中，每时每刻从我们身上分离出一片一片的我们自己。正是在这些东西坏死后，新的细胞增殖起来。对于像我这样一个天生神经过敏的人（也就是说，在这种天性的人身上，中间关节，即神经，不能正常发挥功能，阻挡不住哀叹沿着自己的道路朝意识驶去，而是相反，任凭这哀叹来到，清晰的、疲惫的、无数的、痛苦的哀叹，哀叹自我中那即将消逝的最朴素无华的成分）来说，在这陌生的过高的天花板下我们所感受到的那种焦虑的恐惧，只不过是友情发出的一种抗议。那种对于熟悉而较低的天花板的友情还劫后余生，活在我的心里。说不定这种友情也会消失，另一种友情占据了它的位置（到那时，死亡，然后是一种全新的生活，就会在“习惯”这个名词下，完成它们双重的大业）。但是，在这友情消亡之前，每天晚上，它还要痛苦，这第一天晚上尤甚。它面对着已经成为现实的前景，再也没有它的位置的前景，在反抗。每当我的目光无法从伤害它的东西上移开，设法停驻在不可企及的天花板上时，它就用哭诉的叫喊来折磨我。

到了第二天早晨怎么样了呢？一个仆役前来将我叫醒，给我送来热水。我洗脸梳头，拼命在我的旅行箱里找我需要的物品，可是徒然，我从里面拽出来的乱七八糟的东西，全都一点用也没有。我已经想到了早餐和散步的快乐，就在这时，从窗户和书柜的每一扇玻璃上望出去，就像从船舱的舷窗上望出去一样，我看到了裸露的大海，无遮无拦，有一半是在自己广阔的阴影中，那是一条纤细而移动的直线所划定的边界。啊，多么快乐！双眼追逐着浪涛，看那浪涛一个接一个地跃起，好像在跳板上跳跃的运动员。多么快乐！我手上拿着僵硬的、上了浆的、上面印着旅馆名字的毛巾，想用这块毛巾擦干身体，可怎么也擦不干。我不时回到窗旁，向这令人头晕目眩、山岳一般的庞大马戏团再看上一眼，向那此处彼处磨光而又半透明的蓝宝石一般的波涛那白雪般的峰巅再看上一眼。那浪涛，怀着沉着的凶猛和狮子皱眉般的架势，任凭其山坡崩坍，飞滚落下。阳光又用看不见面庞的微笑为这山坡增色。

此后，每天早晨我都置身窗口，就像在驿车里睡了一觉扑到驿车的玻璃窗口去一样，为的是看看我所向往的山脉在夜间是靠近了，还是远去了。在这里，这些大海的丘陵，在狂舞着回到我们身边之前，可能会后退得很远，以至常常要在一片长长的沙土平原后面，我才能在很远的地方依稀望见它们那最早出现的起伏，那远处半透明，雾气笼罩，蓝莹莹的，好似托斯卡纳[1]文艺复兴前期画家作品景深处的冰川[2]。有时，紧挨着我，阳光在这些波涛之上欢笑，那波涛呈嫩绿色，恰似潮湿的土地和光线液体般的流动使高山草地保持着嫩绿一般（在山上，阳光此处彼处展开，有如不均衡地跳跃着欢快地走下山坡的巨人）。此外，海滩与波浪在世界之余部分辟出这个豁口，为的是叫阳光从这里经过，叫阳光在这里积累起来。在这里，从大海过来的方向和我们的肉眼遵循的方向望过去，是阳光在移动着大海的山峦起伏，是阳光确定其位置。光线的千变万化同样会改变一个地点的方位，同样会在我们面前树立起新的目标，使我们产生要达到这目标的欲望，而只有

[1] 托斯卡纳：意大利中部地区。

[2] 例如乔凡尼的名画《耶稣诞生》《圣约翰·巴蒂斯特撤至荒原》等。

经过千辛万苦长途跋涉才能达到。

清晨，太阳从旅馆后方过来，在我面前展现出阳光普照的沙滩，直到大海最前沿的城堡。太阳似乎将城堡的另一坡也展示给我，并且鼓动我踏着它光芒的转轮，去继续旅行。这旅行是原地不动的，但是透过各个时刻起伏不定的景观中那最美妙的景色，它又是千变万化的。从这第一个清晨开始，太阳总是伸出一根微笑的手指，将远方大海那蔚蓝的峰巅指给我看。这些高峰在任何一张地图上都没有名字。太阳在山脊和雪崩那轰响而又纷乱的表面上尽情游荡累了，最后便来到我的房间里避风，在散乱的床上懒洋洋地躺着，在湿乎乎的洗脸池上，打开的箱子里，摘下它的珍宝。它那辉煌的光焰本身和用得不是地方的奢侈，更加深了杂乱文章的印象。

一个小时以后，在那偌大的餐厅里，我们正吃午饭，从柠檬的皮囊中往两条箬鳎鱼上洒上几滴金水。过了一小会，我们的盘子里就只剩下鱼刺了。鱼刺弯弯，有如一片羽毛；铮然有声，有如一把齐特拉琴。可惜，这时外祖母感觉不到海风那凉爽而富有活力的吹拂，她觉得真是残酷。这是因为门窗虽然透明，却关闭着，像一个橱窗一样，虽然让我们看到整个海滩，却将我们与海滩分隔开来。天空完全进入门窗玻璃之中，以至天空的蔚蓝色似乎是窗子本身的颜色，那雪白的浮云，似乎是玻璃上的毛病。我确信自己是如波德莱尔所说“坐在防波堤上”[1]或“贵妇人小客厅深

[1] 指波德莱尔散文诗《海港》中描述的模糊的回忆。

处”[1],我自问是不是他所说的“普照大海的阳光”[2]就是此刻的这种阳光——与落日的余晖很不相同，那是单纯而表面化的，如同一抹金光而又颤动不已——它像黄宝石一般燃烧着大海，使大海发酵，变成一片金黄而又呈乳状，好似啤酒；浮着泡沫，好似牛奶。此处彼处，不时又有大块蓝色阴影游来荡去，似乎哪一位神祇在天空中摆动着一面镜子，将阴影移来移去以自娱。巴尔贝克的这间餐厅，光秃秃，充满绿色的阳光，如同游泳池中的水。几米开外的地方，涨潮的海水和日正中天，如同在天堂前面一样，正竖立起由宝石和黄金筑成的不可攻克的游动堡垒。

可惜这间餐厅与贡布雷那间朝着对面房屋的“大厅”不仅仅外表上不同。在贡布雷，人人都认识我们，所以我不顾及任何人。在洗海水浴的生活里，人们是不认识他的邻居的。我年纪还不大，而且一直十分敏感，不会放弃讨人欢喜和占有他们的欲望。一个上流社会的男子面对在餐厅里用餐的人，可能会感到更为高尚的满不在乎。无论是他的这种满不在乎，还是从海堤上经过的青年男女那种满不在乎，我都没有。想到不能和这些青年男女一起去郊游，我心里就很难过。我外祖母对社交形式很鄙视，只顾我的健康，如果她向他们提出要求，要求他们接受我作为散步的伙伴，那对我真是侮辱性的，当然我就要更难过。不论他们回到某一陌生的木头别墅去也好，手执球拍走出别墅到网球场去也好，

---

[1] 出自《恶之花》中《忧郁与理想》。

[2] 出自《恶之花》中《秋歌》。普鲁斯特深爱此诗，在著作及通信中经常引用。

骑马也好（那马蹄就踩在我的心上），我总是怀着热切的好奇望着他们。在海滩那叫人眼花缭乱的光照中，社会惯常的比例改变了。我在这光照中，透过让这么多光线通过的透明大玻璃海湾，注视着他们的每一个动作。但是照我外祖母看来，这海湾挡住了风，乃是一个缺点。她一想到我损失了一个小时吹海风的益处就受不了，便偷偷打开一扇窗。忽地一下，不仅菜单吹跑了，所有正在用午餐的人的报纸、面纱和遮阳帽也都吹跑了。可外祖母自己，有这天堂好风的支持，在一片责骂声中，依然像布朗迪娜女圣徒[1]一样镇定，面带笑容。这些责骂使那些瞧不起人、头发给吹乱、怒气冲冲的游客团结一致来对付我们，更增加了我孤独悲哀的印象。

这些游客中的相当一部分，由法国这一地区主要省份的杰出人士组成，卡昂法院的主审官啊，瑟堡的首席律师啊，芒什的一位重要公证人啊之类。在那些地方，他们终年像散兵或国际象棋中的棋子一样分散着，每到度假时，便从各个点来到这个旅馆里集合。巴尔贝克这些豪华旅社的人口，平时一般是富有而且是国际性的，现在又具有一种相当突出的地区性了。他们在旅社里总是保留着那几个房间，与他们那装成贵族妇女模样的妻子一起，构成一个小小的群体。巴黎的一位大律师和一位大夫也加入这一群之中。临走那天，这两位巴黎人对那些人说：

---

[1] 女圣徒在公元 177 年受到严刑拷打，要她放弃自己的信仰。她始终镇定从容，回答：“我是基督徒。我们的人没有犯过任何罪行。”

“啊，真是，你们不和我们坐同一趟火车，你们真有福气，能到家吃晚饭呢！”

“什么？您说有福气？你们住在首都巴黎，大城市，而我住在十万人口的可怜小省城。最近人口统计是十万零二千，这倒是真的。你们有二百五十万人口，你们就要回到柏油马路和灯火辉煌的巴黎上流社会。跟你们比，我们这算什么？”

他们用巴黎卷舌“r”音说着这些话，并不含有尖酸刻薄之意，因为他们这外省的阳光似乎也能像人一样到巴黎去了。人家已经数次给卡昂的首席审判官一个上诉法院的席位——但是他们出于对自己城市的热爱，或是喜欢默默无闻，或是喜欢出人头地，或因为他们反动，或为了与别墅的邻居关系好，他们宁愿留在当地。再说，他们当中有好几位也并不立即回到他们的省城去。

在大宇宙之中，巴尔贝克海湾是一个特别的小宇宙，是一篮子四季水果，各种不同的日期和相继而来的月份集于一处，排成一圈。望得见里夫贝尔的日子，是暴风雨的信号。当巴尔贝克天色已经暗下来时，还看得见里夫贝尔房顶上的阳光。不仅如此，当寒冷已征服巴尔贝克时，可以肯定在另一侧海岸上还找得到加出来的两三个月的热天。大旅社的这些常客中，假期开始得晚或持续得久的，当秋季将近，秋雨和浓雾来到时，便吩咐别人将他们的旅行箱装上一只船，过海到里夫贝尔或科斯特多尔去与夏季会合。

巴尔贝克大旅社的这一小群人以提防的神情，注视着每个新来乍到的人。所有的人都一面做出对这个人不感兴趣的样子，一面就此盘问他们的朋友——旅社侍应部领班。每年都是他——埃梅——来干这一季，并且服侍他们用餐。这些人的太太，知道埃梅的妻子即将分娩，饭后每人都做一件婴儿用品，同时用她们手握的长柄眼镜对我外祖母和我指指点点，因为我们吃带煮鸡蛋的凉拌菜。这是普普通通的菜，但在阿朗松[1]的上层社会里没有这么吃的。对一个别人称之为“陛下”的法国人[2]，他们显露出讥讽加蔑视的态度。这个法国人也确实自称是大洋洲一个小岛的国王，小岛上只有几个野人居住。他和他那漂亮的情妇住在旅社里。每当她去洗海水浴，从这里经过时，淘气的孩子们便高喊：“皇后万岁！”因为她把五十生丁的硬币大把大把地朝他们扔过去。首席审判官和首席律师甚至不愿显出看见了她的模样。他们的朋友中若是有谁注视她，他们就认为应该提醒他，说那个女人不过是女工兼妓女出身。

“可是有人向我担保，说他们在奥斯唐德用的是皇家舱室呢！”

“那当然啦！二十法郎租的！你自己高兴的话，也可以用这个舱室。而且我确切知道，他曾经要求国王接见，可是国王叫人告诉他，国王不想结识这位木偶剧场上的君主。”

“啊，真的吗？真是太有意思了！有的人还真……”

---

[1] 阿朗松是这一地区的重要城市。

[2] 此处影射当时的一位有名人物。此人名叫雅克·勒波迪，其父为百万富翁，糖商。他在阿特拉斯山中购得一小块土地，便自封为撒哈拉皇帝，分封贵族称号，将一个女歌星玛格丽特·德里埃立为皇后。他们在美国时，他遵照法老的先例，要娶自己的女儿为妻，“皇后”一怒之下，用手枪将他打死。

大概这都是真的，不过也是因为他们感到对于大部分人来说，他们只不过是上等资产阶级，他们为自己并不认识这位扔硬币很大方的国王和皇后而十分恼火。公证人、首席审判官和首席律师，在他们称之为奇装滑稽木偶的这两个人经过时，感到那样不快，提高声调表现出他们的愤怒。他们的朋友，旅社侍应部领班对此十分理解。对这两位慷慨大方更甚于货真价实的君主，他一面不得不做出笑脸，可是在记下他们点的菜时，又远远地向他的老主顾会意地挤挤眼睛。有一个他们称为“漂亮先生”的服饰华丽、装腔作势的年轻人，是一个大工业家的儿子，身患肺病，且挥金如土。他每天换一件新礼服，扣眼上插着一朵兰花，午餐时喝香槟酒。然后，面色苍白，唇上挂着冷漠的微笑，到赌场的水晶玻璃赌台上去扔下很大的赌注。人家错误地认为他们这些人不如那个小伙子“帅”，他们也无法解释说他们就比他“帅”。可能也有点由于这种恼火，公证人对首席审判官说“他根本输不起这么大的数目”，首席审判官的老婆则“根据可靠消息来源”，说什么这个“世纪末”小伙子叫他的父母愁煞。

另一方面，首席律师及其朋友们又对一位富有而又有贵族称号的老妇人极尽讽刺挖苦之能事，因为她到任何地方去都要把自己的整个日常生活原封不动地带走。每次公证人的妻子和首席审判官的妻子在餐厅里吃饭看见她的时候，都用长柄眼镜狂妄地审视她，那种仔细和怀疑的劲头，似乎把她当成了一盘菜。这盘菜名称古怪、外表可疑，她们经过系统观察，结果是予以否定，做出拒之于千里之外的姿态和恶心的怪相，叫人把那盘菜端走。

无疑，她们做出这种样子，无非是要表现出：如果说有些东西她们没有，诸如没有这位老妇人的某些特权，没有跟她攀上关系之类，并非她们不能有，而是她们不愿有。久而久之，连她们自己也对此深信不疑，于是就成了对于自己不了解的生活方式没有任何欲望，没有任何好奇心，对讨好新认识的人不抱任何希望。在这些女人身上，这一切都为佯作轻慢、故作快乐所代替。这有一个弊病，就是叫她们在满意的幌子之下故作不快，而且经常不断地自己骗自己，这两条便足以使她们倒霉了。不过，大概这旅社里所有人的做法都与她们相同，只不过形式不同罢了。这样，不是出于自尊心的话，至少也是出于某些教育原则或思考习惯，便牺牲了参与完全陌生的生活那种其味无穷的妙处。显然，老妇人与外界隔绝、自己生活其中的微型宇宙，并未因气急败坏冷嘲热讽的公证人老婆与首席审判官老婆那一伙人的尖酸刻薄而受到毒化。相反，这个小宇宙散发着高雅而又有点老气横秋的芬芳，这种香气也同样矫揉造作。因为归根结底，老妇人如果能引来并维系住新认识的人神秘的好感（为此，她本人也要不断更新），她肯定会从中体会到无穷的乐趣。而现在她只是跟她自己那个小宇宙的人来往，总是想着这个小宇宙是大宇宙之精华，对他人的轻蔑也不大知晓，简直可以忽略不计。这样生活虽然令人愉快，却没有上述那种无穷的乐趣。可能她感到，如果她默默无闻地来到巴尔贝克大旅社，穿着她那黑毛料长裙，戴着她那过时的便帽，她一定会使哪位花天酒地的公子哥或者哪位要人发出一阵冷笑的。公子哥可能一面摇摇摆摆跳着舞，一面从牙缝里挤出“穷酸老婆子！”几个字来。要人，像首席审判官一样，在一圈花白连鬓胡子中保持住了红润的面孔和她喜欢的聪明智慧的眼睛，他那长柄眼镜的镜片一向眼睛靠近，就表示这奇人怪物出现了。人们知道这头一分钟是短暂的，但也令人畏惧——就像一头扎入水中一样。老妇人事先派遣一个仆人前来，将她的个性和习惯告知旅社。然后自己前来，打断经理的致意，那简短之中腼腆多于傲慢，她径直走进自己的房间，说不定就是由于下意识地惧怕这一分钟。房间里，自用的窗帘代替了原来挂在窗上的窗帘、屏风、照片等，在她与她本应适应的外界之间安置了她自己的生活习惯这扇隔栅，安置得那样好，以至可以说，这不是她本人在旅行，而是她的家在旅行。她依然待在自己家里。

在以她为一方，旅社人员及供应商人为一方之间，她安排下自己的仆人。此后便是她的仆人代她与这里的新人类进行接触，同时在女主人周围维持着惯常的气氛。在她与洗海水浴的人之间，她也道出自己的成见，而不顾忌会得罪一些人，这些人是她的女友根本不肯接待的。通过与女友的通信，通过回忆，通过内心意识到自己有地位，举止得体，礼节周到，她继续生活在自己的世界里。每天，她下楼乘坐敞篷四轮马车去散步时，贴身女仆带着她的衣物尾随其后，小厮在前，有如在使馆门口值勤的哨兵。在挂着自己所属国家国旗的使馆门前，哨兵置身于异国土地上，为使馆确保其特有的治外法权。

我们抵达那天，老妇人下午没有离开她的房间，我们在餐厅中没有望见她的影了。因为我们新来乍到，开午饭时，旅社经理将我们置于他保护之下，送我们到餐厅去，就像一个军官将新兵带到下士裁缝那里，让人给他们发军装一样。不过，过了一小会儿，我们在餐厅里见到了乡绅德·斯代马里亚先生及其女儿德·斯代马里亚小姐，他们来自布列塔尼一个默默无闻而又非常古老的世家。经理以为他们晚上才会回来，就把他们的桌子给了我们。他们父女就是为了会见居住在这附近的、他们认识的城堡主人而来到巴尔贝克的。除了接受外面的邀请和回访之外，他们在旅社餐厅中度过的时间只限于绝对必需的范围内。狂妄使他们对坐在周围的陌生人没有丝毫近乎人情的好感，没有丝毫兴趣。置身于这些人之中，德·斯代马里亚先生始终保持着冷若冰霜、急如星火、拒人于千里之外、粗暴、脾气很大、心怀恶意的态度。在火车的便餐厅里，置身于从不相识，也不会再次相见的旅客之间，与这些人的关系，除了保卫自己的冷烤鸡和车厢的这一角不受他们侵犯之外，就想不出还有什么别的关系，人的表情就是这样的。

我们刚开始用午餐，就有人来按照德·斯代马里亚先生的吩咐叫我们起身。这位先生刚刚来到，对我们没有丝毫致歉的表示，高声请旅社侍应部领班注意，不要再发生类似的错误，他“不认识的人”占了他的桌子，他觉得很不愉快。

某一个女演员（她因衣着华丽、才思敏捷、有成套的德国瓷器而著名，远远胜过她在奥代翁剧院扮的几个角色）及她的情夫（一个极为富有的年轻人，为了他，她才培养自己的情趣），还有两个在贵族阶层中非常出头露面的男士，他们四个人在生活上自成一伙，非一起出门不可，在巴尔贝克用午饭很晚，所有的人都用完饭他们才来，终日在他们的客厅中玩牌。在促使他们这样做的情感中，自然是不包含任何恶意的，他们只不过是对于某些幽默的谈话方式的趣味，对某些佳肴美馔的精细口味要求如此罢了。这种趣味和口味使他们从非一起生活、一起吃饭不可之中得到乐趣，如果和不得其中之韵味的一些人共同生活，他们就会受不了。甚至面对着已经上菜的桌子或一张赌桌，他们中的每个人还需要知道，坐在自己对面的客人或搭档头脑中的某些知识，和他们在任何事情上区别善恶的共同标准是否悬而不用了。许多巴黎人的住宅都用所谓真正的“中世纪”或“文艺复兴”时期的蹩脚货装饰着，某些知识使人能够辨别出真伪来。大概在这种时刻，这伙朋友希望到处都沉浸其中的那种特殊生活，就只能通过默默吃饭或打牌当中发出的难得而又滑稽的感叹，或者年轻女演员为午饭或玩扑克而穿的迷人的新裙子来表现了。这种生活用他们了解透彻的习惯将他们包围住，也就足以使他们不为周围生活的秘密所侵害。漫长的下午，他们面前的大海，只不过像挂在有钱光棍小客厅墙上的一幅色彩柔和的油画罢了。一个玩牌的人，在出牌的间歇无事可干，才抬起眼睛朝大海望上一眼，看看是否有什么标志着天气晴朗或者几点钟了，并且提醒其他人该吃下午的点心了。晚上他们不在旅社用晚餐。在旅社里，电源使餐厅光芒四射，餐厅似乎变成了偌大的、美妙的养鱼缸。巴尔贝克的工人、渔民以及小市民的家庭，躲在暗处。你看不见他们，他们却在这养鱼缸的玻璃四壁中拥挤着，想要远远看看这些人在金光摇曳中的奢侈生活。对贫穷的人来说，这些人的生活确与奇异的鱼类和软体动物的生活一样不可思议（玻璃壁是否永远能够保护住绝妙动物的盛筵，夜间贪婪凝望的、默默无闻的人是否就不会到养鱼缸里来把这珍奇动物掠走并且将其吃掉，这是一个很重大的社会问题）。在这驻足凝视、黑夜里看不清楚的人群里，说不定有个什么作家，什么人类鱼类学爱好者，他们注视着雌性老魔鬼张开嘴咬住一块食物又闭上的情景，便按照品种、生性以及后天获得的特性来对这些老魔鬼加以分类以自娱呢！一个塞尔维亚老太婆，口腔的延伸部分和一条大海鱼一样，因为她自童年时代起便生活在圣日耳曼区的淡水里。正是这后天获得的特性使她吃起凉拌菜来，犹如一个拉罗什富科家族[1]中人。

此刻，人们远远望见那三个身穿无尾常礼服的男子正在等待那位姗姗来迟的女戏子。过了一会儿，那女人穿着常换常新的长裙，戴着按照她情夫特殊趣味选定的围巾，从她居住的那一层叫了电梯，像从玩具盒子里出来一样走了出来。这四个人觉得豪华大厦这种国际怪物移植到巴尔贝克以后，使奢侈之花盛开，远远胜过高级烹调。他们钻进一辆车，到半里[2]以外的一家著名小饭馆吃晚饭去了。到了这家小饭馆，他们就食谱编排和烹调技术问题，与厨师进行了无尽无休的讨论。从巴尔贝克出去是一条两旁都是苹果树的路，在漆黑的夜色中，这条路与他们巴黎家中到英国咖

[1] 拉罗什富科家族为法国一古老贵族家庭。
[2] 法国古里。

啡馆[1]或到银楼的路相差无几，这段路程对他们来说无非是必须穿过的距离而已。他们抵达漂亮的小饭馆以后，富有年轻人的朋友们对他有衣着如此华丽的情妇艳羡不已。那女人的围巾在小团体面前展开，有如熏香而轻柔的面纱。但是这围巾也将小团体与外界隔绝开来。

可叹，为了安静休息，我根本无法像这些人那样行事。我关心着旅社房客之中的许多人。有一个男子，额头凹陷，目光在其成见与所受教育之间游移不定，他是本地的大财主，我真希望这个人不要对我视而不见。他不是别人，正是勒格朗丹的姐夫：他有时到巴尔贝克出访，每个星期天，他妻子和他举办每周一次的花园晚会，常常使旅社的房客减少一部分，因为这其中常有一两位应邀参加这些节庆活动。其他人为了不显出自己没有受到邀请的模样，便挑选这一天到远处去郊游。第一天，旅社对他接待得很冷淡，因为他刚从蔚蓝海岸[2]下船来，这里的工作人员还不知道他是谁。他不仅未着白法兰绒衣裤，而且对豪华大厦的生活完全无知，依然按照法国老规矩，走进大厅，看见那里有几位女士时，一进门便脱下了帽子。这一动作使得经理回答他的问话时，甚至没碰自己的帽檐一下，认为他大概是个出身最寒微的人，也就是经理自己称之为“老百姓出身”的人。唯有公证人的妻子感到自

[1] 这家饭馆因英国人常去而得到这个名字，当时很有名。巴尔扎克笔下，拉斯蒂涅曾在这里用餐。左拉笔下，娜娜也在这里吃过饭。该饭馆位于意大利人街与马里沃街相交处。

[2] 法国南方地中海海滨从马赛到尼斯一段，景色绝佳，人称“蔚蓝海岸”。

己受到这个新来者的吸引，认为他散发出有身份的人佯装俗气的味道。她宣称站在大家面前的这个人是一位出类拔萃的人，极有教养，而且在所有在巴尔贝克遇到的人当中，他如鹤立鸡群。她认为，只要她本人不能与他经常来往，那他就是不能与之经常来往的人。说这些话时，她用的是对芒什的最上等阶层了如指掌、辨别能力万无一失、对其权威无可辩驳的人的口气。她对勒格朗丹的姐夫做出这样有利的评断，可能是因为此人外表极为平淡，没有任何借势吓人的地方，也可能是因为她从这个举止有如虔诚教徒的乡绅身上认出了自己那一教派——共济会——的征象。

我徒劳地得知，每天在旅社门前骑马的几个小伙子，他们的父亲是一个新产品商店的老板，满肚子鬼主意。我的父亲永远不会同意与这些人结交。“洗海水浴的生活”使他们长成了大个头，在我眼中，他们简直是半人半神的骑士雕像。我抱的最大希望，就是他们永远不要把他们的目光停驻在我这个可怜的小男孩身上，就是这个为了到沙滩上去坐坐才离开旅馆餐厅的小男孩。我甚至希望得到曾是大洋洲某荒岛之王的那个冒险家和患肺病的小伙子的好感。我爱设想那个患肺病的小伙子在他那狂妄的外表下掩盖着一颗胆小怕事而又温柔的心，说不定对我一个人能慷慨赠予深情之珍宝。何况（与人们惯常对于旅途中之新交所说的情形相反），看见你跟某些人在一起，在有时再去的海滩上，会在真正的社交生活中给你增加一项无比重要的系数，在这里，也就只有洗海水浴的友情了。人们对友情倒也不是敬而远之，在巴黎生活中，人们还细心培植它呢！所有这些瞬时的或地方性的名人，他们会对我有什么看法，我很在意。我那爱为人设身处地、重现他们的思想状况的秉性，使我不仅把他们放在他们自己真正的地位上，把他们放在假如在巴黎他们会占据的地位上——那地位大概很低——而且还把他们放在他们自己认为应该处于的地位上。说老实话，在巴尔贝克，他们就是把自己放在了自认为应处的地位上。由于这里缺乏共同的尺度，便赋予他们某种相对的优越感和某种莫名其妙的趣味。可叹，所有这些人的轻蔑，没有一个像德·斯代马里亚先生的轻蔑那样叫我难受。

他的女儿一走进来，我就注意到了。我注意到她那苍白而又几乎蓝莹莹的美丽面庞，注意到她那高高的个儿，她与众不同的举止，令我不无道理地忆起她的遗传、她所受的贵族教育，尤其是我知道她的名字，这一切就更加清楚，正像天才音乐家所发现的那些具有表现力的题材，将闪烁的火光、江河的声响和田野的宁静为听众描绘得那样精彩一样。听众如果事先浏览过乐谱，更是早就将自己的想象力引导到了恰当的道路上。“世系”，又给德·斯代马里亚小姐的风韵加上了其缘由的概念，使其风韵更可理喻，更加完美。这也使其风韵更加撩人欲望，因为这等于宣布她是可望而不可即的，正像一件物品很叫我们喜欢，而价格昂贵就更增加了它的价值一般。这精选的上等津液组成了面庞，遗传的茎干又赋予它海外珍果或著名海鲜的香味。

一个偶然事件骤然间给我外祖母和我送来了合适的手段，使我们在大旅社的所有房客眼中，威信立即提高。确实，就在那头一天，那位老妇人从自己家中下楼。前有小厮开路，后有贴身女仆小跑跟随，手中拿着之前忘记拿的一本书和一条毯子。靠着这些，对人的心灵产生了影响，在所有人心中激起了好奇和崇敬。看得出来，德·斯代马里亚先生比任何人都更无法摆脱这种好奇和崇敬。就在这时，旅社经理向我外祖母弯下身来，出于客气（就像把波斯国王或拉娜瓦洛娜王后[1]指给一个默默无闻的看热闹的人看一样，显然这个看客不可能与那权势炙手可热的君王有任何关系，但也会觉得曾在几步开外的地方见过他很有意思），向她耳边溜出一句："德·维尔巴里西斯侯爵夫人。"就在此刻，这位老妇人远远望见了我的外祖母，情不自禁地射出惊喜交加的目光。

在这人生地不熟的地方，对于要接近德·斯代马里亚小姐而无可求助的我，最有魔力的仙女以一个小老太太的形象突然出现，还有什么会比这个更能使我心花怒放，诸位可以想见。实际上，我再也听不见任何人讲话的声音。从美学观点来说，人的数量极其有限，不论到哪里去，都会经常体验到见到熟人的快乐，即使不像斯万那样到前辈大师的画面中去寻找也会遇到。就这样，我们到巴尔贝克小住的头几天，我就遇到勒格朗丹、斯万的门房和斯万夫人。勒格朗丹成了咖啡店的侍者；斯万的门房成了过路的陌生人，我没有再见过他；斯万夫人则成了游泳教练。对于相貌和思想方法上具有某些特点的人，似乎有一种磁现象，将他们彼此吸引到一起，紧紧抓住分不开，以至于大自然这样将一个人引

[1] 指拉娜瓦洛娜三世（1862—1917）：她1883—1897年曾为马达加斯加王后，后被流放到留尼汪和阿尔及利亚。

进一个新的机体时，并不会使这个人受到过分的损伤。勒格朗丹变成了咖啡店侍者，但是他的个头、鼻子的侧影和下巴的一部分都保持完好。斯万夫人变成了男性，加上游泳教练的身份，不仅仅平时的长相跟随着她，甚至某种说话的模样也跟随着她。只是她现在系着红腰带，海上稍有长浪涌来，她便举起小旗，禁止游泳（游泳教练都小心翼翼，难得有人会游泳），对我已经用处不大，正像从前斯万在《摩西生平》那幅壁画中从叶忒罗的女儿的面庞中认出了她[1]，也不可能有什么用处一样。这位德·维尔巴里西斯夫人可是货真价实的，她并没有受到魔法的折磨，魔法一施可就夺去了她的权势。相反，她能够将一种魔法交给我的权势使用，使这权势顿时增加百倍。多亏有了这个，我就像有神鸟的翅膀托着一样，很快穿越了将我与德·斯代马里亚小姐隔开的无限远的社会地位的距离——至少在巴尔贝克是如此。

可惜，如果说这世界上有谁比任何人都更离群索居的话，那就是我的外祖母了。她知道我对舆论看得很重，如果我对哪一个人、哪些人有兴趣，她不会因此看不起我，但也不会理解我。这些人，她根本就没有注意到他们的存在，她大概一直到离开巴尔贝克也没有记住他们的名字。我不敢向她招认，如果这些人看见她与德·维尔巴里西斯夫人说话，我会非常高兴，因为我感到侯爵夫人在旅社中很有威信，而且她的友情能在德·斯代马里亚先

---

[1] 见第一卷《斯万之恋》中描述的情节：斯万发现奥黛特与波提切利所绘摩西壁画中叶忒罗的女儿西坡拉相像，因而越发觉得奥黛特美丽非凡。

生眼中提高我们的地位。再说，我外祖母的这位女友在我心目中也根本不代表贵族：我的思想还没有停驻在她的姓上面时，这个姓氏在我耳边就已那么熟悉，我已经司空见惯了。我还是孩童时，就常听见家里人提起这个姓。她的贵族头衔也只不过在姓氏上加上了一个莫名其妙的特殊玩意儿而已，就像一个不常见的名字一样。街名也是如此。在拜伦爵士街[1]，那么大众化、那么俗气的罗什舒阿街[2]，或在格拉蒙街[3]，发现不了任何比莱翁思－雷诺街[4]或希波里特－勒巴街[5]更高尚的东西。德·维尔巴里西斯夫人也好，她的表兄麦克－马洪也好，并不使我想到一个什么特殊世界的人。对麦克－马洪以及也是共和国总统的卡尔诺[6]，还有拉斯巴耶[7]，我也不加区分。弗朗索瓦丝买过拉斯巴耶和教皇庇护十一世的照片。

我的外祖母有一个原则，那就是：出门在外，不应该再有什么交往，上海滨不是为了去看望人的，要做这种事在巴黎多少时

---

[1] 拜伦爵士街：位于巴黎第三区，于这位英国诗人逝世的次年 1825 年命名。

[2] 罗什舒阿街：以蒙马特尔修道院女院长（1717—1727）玛格丽特·德·罗什舒阿的名字命名的街道，位于巴黎第九区。直到 18 世纪时，该区还有许多下等酒馆。到普鲁斯特在世时，此区内有了布雷耶尔音乐厅及罗什舒阿通俗戏院（1910 年成为现代剧院）。

[3] 格拉蒙街：位于巴黎第二区。此处原有格拉蒙家族之大公馆，18 世纪末以此命名街道。

[4] 莱翁思－雷诺街：于 1884 年命名，位于巴黎第十六区。莱翁思－雷诺本为工程师，领导海岸灯塔事宜，著有关于法兰西海岸照明之论文。

[5] 希波里特－勒巴街：于 1861 年命名，位于巴黎第九区。希波里特－勒巴为本区内洛莱特圣母院建筑师。

[6] 卡尔诺，1837 年生，1894 年在里昂被无政府主义者卡兹里奥暗杀。

[7] 拉斯巴耶（1794—1878）：政治家、医生、记者，参加了 1830 年和 1848 年革命。

间都有；这宝贵的时间应该全部在露天，面对海浪来度过，而礼尚往来、客气俗套会使你浪费宝贵的时间。她还以为所有的人都同意她的这个观点，她下令，老朋友在同一旅馆中巧遇，要演一出相互隐姓埋名的戏。她觉得这样更方便一些。听到旅社经理提到那个姓氏，外祖母只是扭过头去，装出似乎没有看见德·维尔巴里西斯夫人的样子。德·维尔巴里西斯夫人明白我的外祖母并不一定要相认，于是自己也露出漫无目标的目光。她走远了。我孤独地留在那里，好似一个落水者，一艘船似乎只是靠近了他，但是，接着，并没有停下便消逝了。

德·维尔巴里西斯夫人也在这个餐厅中用餐，不过是在另一头。住在旅社里的人或者来这里拜访的人，她一个也不认识，甚至不认识德·康布尔梅先生。有一天，德·康布尔梅先生和妻子接受邀请与首席律师共进午餐，果然我看到他并未向那位老妇人打招呼。首席律师与这位绅士同桌进餐，觉得十分光彩，喜不自禁。他回避往日的朋友，只远远向他们挤挤眼睛，以便（还算是不加声张地）暗示这一历史性重大事件，为的是不要让人理解为这是敦请他们前来。

“喂，我想您混得不错，成了个时髦人物啦！”当天晚上首席审判官的老婆对他说。

“时髦？为什么？”首席律师问道，故作惊讶地掩饰自己的喜悦，“是因为我请的客人吗？”他感到自己再装不下去了，便这样说道，“可是有几位朋友共进午餐，有什么可时髦的呢？他们反正得在哪儿吃饭呀！”

“就是，就是时髦！他们就是德·康布尔梅夫妇[1]吧，是不是？我确实认出来了。那是一位侯爵夫人，而且是货真价实的，并不是通过娘家继承的。”

“嗨，她是很朴实的一位女子，非常可爱，一点没有客套。我以为你们会来，我直跟你们打招呼……你们来了，我不就给你们介绍了！”他用轻微的讥讽口吻使这个提议的重要性稍微减弱一些，就像亚哈随鲁对以斯帖说“要不要把我这列国给你一半？”[2]一样。

“不，不，不，不，我们还是躲起来，像平平常常的紫罗兰一样的好。”

“我再跟你们说一遍，你们不该那样，”首席律师回答道，反正危险已经过去，他胆子壮起来了，“他们还会把你们吃了！咱们玩牌吧？”

“太好了，我们都不敢跟您提这个了，你们现在请侯爵夫人吃饭了！”

“噢，算了吧，这些人毫无不同寻常之处。喂，我明天晚上要去跟她们吃饭。你愿意不愿意替我去？我这么说是真心诚意的。说老实话，我也一样喜欢待在这里。”

“不，不，不！……那人家要把我当反动分子撤职了！”首席

---

[1] “德”是表明贵族身份的一个标记，一般应说“德·康布尔梅侯爵和侯爵夫人”或“德·康布尔梅先生和夫人”，不说“德·康布尔梅夫妇”。首席审判官老婆如此说话，表明她对上流社会很不熟悉。

[2] 见拉辛名剧《以斯帖》第二幕第七场。

审判官大叫大嚷道，因为自己开的这个玩笑笑得眼泪都出来了，“您也一样，人家在费代纳接待您。”他扭过身对公证人说话，加上这么一句。

“噢！我每个礼拜天去，一个门进，另一个门出。但是他们可不像在首席律师家那样在我家吃饭。”

德·斯代马里亚先生那一天不在巴尔贝克，真叫首席律师遗憾。但是他很狡诈地对饭店侍应部领班说：

“埃梅，您可以告诉德·斯代马里亚先生，他并不是在这间餐厅里吃饭的唯一贵族。今天中午与我一起用午饭的那位先生，您可看见？嗯？小胡子，军人模样？对，那就是德·康布尔梅侯爵！”

“真的吗？怪不得呢！”

“这应该向他表明，他并不是唯一有贵族头衔的人。捉弄捉弄他好了！煞一煞这些贵族的威风，不是坏事。埃梅，您知道吗，我说的这些话，请您一点也别告诉他。这倒不是为我自己。再说，这些他全知道得一清二楚。”

第二天，德·斯代马里亚先生知道了首席律师为他的一个朋友辩护的事，亲自出马自报家门。

“咱们共同的朋友德·康布尔梅夫妇本来正是打算让咱们在一起聚聚的，不巧咱们安排的日程凑不到一块儿，总之，我也不知道是怎么一回事。”首席律师说道，像所有撒谎的人一样，自以为人家是不会设法弄清某一个无足轻重的细节的。实际上某个细节便足以（如果碰巧你掌握了朴素的事实真相，那真相与这细节相互矛盾）揭示某人的性格，并叫人永远对你存有戒心。

我像往常一样望着德·斯代马里亚小姐。她父亲走开去与首席律师谈话时，就更方便。她的仪态显得异常放肆，又始终特别优雅。例如，她双臂支在桌上，将酒杯举到前臂之上，目光冷淡，很快就无精打采，固有的、家传的生硬，她的声音中个人的抑扬顿挫掩盖不住的这种冷淡和生硬，从口气里可以感觉到。这使我的外祖母非常不快。那是遗传的傲慢，每当她通过某个眼神或某种声调表达完自己的思想之后，就要回到那种傲慢的表情上去。这一切必须使注视她的人想到她的家系上去，是这个家系将缺乏人情味、缺乏敏锐感受和缺少宽大胸怀传给了她。有时她的目光从眼珠那飞快干涸的背景上瞬息闪过，从这目光中可以感到几乎谦恭的温柔，那是感官享乐占主导地位的滋味赋予世界上最骄傲的女子的温柔。这女子转眼间就只承认一种威望，那就是任何可以使她体会到这些感官享乐滋味的人在她面前的威望，哪怕是一个喜剧演员或者江湖艺人。为了他，说不定她会离开自己的丈夫一整天。有时她的面色现出肉感而且鲜艳的玫瑰色，这玫瑰在她那苍白的双颊上盛开，那面色犹如将肉红色加进了维福纳河中白色睡莲的花蕊。从某些这样的目光和这样的面色中，我似乎感觉到，她说不定会轻易应允，让我前来在她身上寻找她在布列塔尼过的那么富有诗意的生活的味道。也许是太司空见惯了，也许天生与众不同，也许厌恶自家的贫穷或吝啬，她似乎并未给这种生活找到很大的价值，不过，在她的身上就暗暗包含着这种生活。

遗传给她的意志力，储备量甚微，赋予她的表情某种懦弱，大概她从那微量的储备中找不到抵抗力量的源泉。她每次用餐都戴一顶灰色呢帽，从不变样，帽上插着一根已有些过时却又自命不凡的羽毛。在我眼中，这顶呢帽使她变得更加温柔，并不是因为这帽子与她那银白和粉红的面色十分相谐，而是因为这顶帽子使我设想她很贫穷，这就使她与我更加接近。父亲在场，她必须采取一种合乎习俗的态度，但是她对于面前的人有何感受，如何对这些人进行分类，她已经有了与其父亲不同的原则。说不定她在我身上并没有注意到地位不够，而是注意到了性别和年龄。如果哪一天德·斯代马里亚先生单独出门，不带着她，特别是如果德·维尔巴里西斯夫人走来坐在我们的餐桌上，使她对我们产生一个概念，我可能会壮起胆子去接近她，说不定我们就能交谈几句，约见几面，使我们的关系更密切。如果有一个月，她父母不在，她一个人就留在那富有浪漫情调的古堡中了。黄昏时节，在海浪汩汩敲击的橡树下，在那色泽暗淡下去的水面上，欧石南粉红的花朵发出更柔和的闪光，说不定那时我们两人就能单独散步了。我们的足迹会遍布这个岛屿。对我来说，这小岛充满了魅力，因为它隐藏着德·斯代马里亚小姐的日常生活，因为它安睡在她双眼的回忆中。当我穿过这些地点，这些地点以那么多的往事包围着她，我似乎感到只有在这里，我才真正地拥有她。这些往日的回忆如一层面纱，我的欲火真想将它掀开。还有大自然在女性与某些人之间投下的回忆（怀着同样的意图，大自然对所有的人，在他们与最强烈的快感之间，放上传宗接代的行为；对昆虫，在花蜜前放上花粉，好让昆虫将花粉带走），以便他们受到这样更能完全占有她的幻觉欺骗之后，不得不首先占有自然景色，她就在这景色之中生活。比起肉欲的快感来，这景色对他们的想象更有用。但是如果没有这种肉欲的快感，这景色是不足以吸引他们的。

可是这时我必须将视线从德·斯代马里亚小姐身上移开了，因为她父亲已向首席律师告辞，并且回来坐在她的对面，搓着双手，好像一个人刚刚得了什么宝物一样。他大概认为结识一位重要人物是一个奇怪而简短的举动，这举动本身就已足够；为了扩展这一举动所包含的全部意义，握一握手，注视一下也就够了，并不需要立即交谈，也不需要事后有什么交往。至于首席律师嘛，这次会见那初次的激动一过去，他就像平日人们有时听见他谈话那样，对旅馆侍应部领班开了腔：

“埃梅，我可不是国王；您去国王身旁服侍吧……喂，这头一道菜小鳟鱼，看上去很好吃，咱们再向埃梅要点。埃梅，你们做的这小鱼，我看完全可以再叫几盘。您再给我们送点来，埃梅，悄悄地。”

他不时反复叫着埃梅的名字，这就使得他请什么人吃饭时，他的客人会对他说：“我看出来，您在这里完全和在家里一样嘛！”从这种想法出发，客人觉得也应该在嘴里不断地叫着“埃梅”，这里面既有胆怯，又有俗气，还有愚蠢。某些人认为，一字不差地模仿跟他们在一起的人，是既聪明又漂亮的事，这些人就是又胆怯，又俗气，又愚蠢。他不断地重复这名字，但是面带笑容，因为他既要将他与旅社侍应部领班的良好关系展现在人们面前，又要将自己高于他的那种优越感表现出来。旅社侍应部领班也一样，每次他的名字又出来的时候，他都既感动又骄傲地微笑着，表明他既感到受抬举，又完全明白那是开玩笑。

大旅社这间宽大的餐厅，一般是座无虚席的。对我来说，在这里用饭总是很吓人的事。当旅社的业主（或者是合伙人公司选出的总经理，我不太清楚）来这儿待上几日时，这种情形尤甚。此人并非这一家豪华旅馆的业主，而是七八家旅馆的主人。这些旅馆遍布法国各地，他就在这些旅馆之间往来穿梭，在每一处不时待上一个星期。这时，几乎就在晚餐开始时，每天晚上在餐厅入口处，这个小老头儿就会出现，白头发，红鼻子，不动声色，衣冠整齐，不同寻常。据说，无论是在伦敦，还是在蒙特卡洛，他都以欧洲最大的旅馆主之一而赫赫有名。

有一次，晚餐开始时我出去了一会儿，回来时从他面前经过。他向我施礼，显然是为了表明我是他的顾客，但是十分冷淡。我无法辨清这种冷淡的原因，是一个人忘不了自己的身份而表现出的矜持，抑或是对一个无足轻重的顾客的蔑视。反过来，面对那些十分重要的客人，总经理鞠躬时亦同样冷淡，但是腰弯得更深一些，毕恭毕敬，垂下眼皮，好像在葬礼上站在死者父亲面前或圣体面前一样。除了这种冷淡而又难得的敬礼之外，他一动不动，似乎为了表明他那前突而又熠熠闪光的双眼什么都看得见，什么问题都能解决，在“大旅社的晚餐”中，既保证各种细处完美，又保证总体和谐。显然他感到自己比导演高明，比乐队指挥高明，是真正的大元帅。他认为，将凝视提高到最高限度，就足以保证一切就绪，犯下的任何过失也不会导致完全溃败。为了负起自己的责任来，他不仅不打任何手势，甚至连眼睛也不眨一眨。由于注意力集中，那眼睛几乎都变成了化石。可这眼睛对全部行动一览无余，而且指导着全部行动。我感到甚至我拿羹匙的动作都逃不过他的眼睛。一喝完汤，他就溜之大吉了。可是他刚才的检阅，叫我整个晚餐过程都没有胃口。

他的胃口倒极佳，因为他像一个普通人一样，与所有的人同时在餐厅里用午餐。大家都看得出来，他那餐桌只有一点特殊，那就是在他吃饭过程中，另一位经理，也就是平常的那位，一直站在他身旁与他谈话。因为这位经理是总经理的下属，他极力拍总经理的马屁，而且对总经理怕得要命。吃午饭时我的恐惧有所减少，因为总经理这时消失在顾客之中，极力不引人注目，如同一位将军坐在一家饭馆里，饭馆中也有士兵，他要显出不管他们的模样。尽管如此，穿制服的仆役环绕四周，门房向我宣布“他明天早晨走，到迪纳尔去，然后从那里去比亚里茨，然后去戛纳”时我总算呼吸更自由一些了。

我在旅社中没有什么交往，而弗朗索瓦丝结交了许多熟人，这就使我在这里的生活不仅很凄凉，而且很不舒服。看上去，似乎她结交的人应该使我们办事方便。实际则正相反。虽然那些无产者很难叫弗朗索瓦丝把他们当熟人待，只有在极为彬彬有礼待她的某些条件下，才能达到这个目的。反过来，他们一旦达到这种地位，那弗朗索瓦丝心中就只有他们了。她的老经验已经教她明白了，对她主人的朋友，可以丝毫不受约束。如果她有要紧的事，就可以把一位前来看望我外祖母的太太打发走。但是对她自己的熟人，就是说那些为她难得的友情所接纳的平民百姓，她的行为可是遵照最细致周到、最绝对的外交礼仪的。

弗朗索瓦丝认识了主管饮料的掌班，认识了一个小小的贴身女仆，她是给一位比利时太太做长裙的。弗朗索瓦丝认识他们以后，午饭后再也不马上上楼为我外祖母准备各种器物，而是在一小时之后，因为主管饮料的掌班要给她弄咖啡或者药茶喝，那个贴身女仆要她去看自己怎样做衣裳。而拒绝他们是不可能的，属于不可为之事之列。此外，她对那个小贴身女仆特别关心。那人是一个孤儿，几个陌生人将她养大，她就要到那些人家里去过几天。这种情形激起弗朗索瓦丝的怜悯之情，也激起她那善意的蔑视。她自己有家庭，从父母那里继承了一所小房子，她的兄弟在那里养了几头乳牛。她不能将一个无家可归的人视为她的同类。这个小姑娘希望8月15日[1]去看望她的恩人。弗朗索瓦丝情不自禁地反复叨念着："她真叫我觉得好笑。她说：'我希望8月15日回家去。'她说'家'！那根本不是她的老家，而是收养她的人，可她还说'家'，好像真是她的家似的。可怜的小姑娘！她真穷得可以，都不知道什么叫有个自己的家了。"

弗朗索瓦丝与顾客带来的一些贴身女仆要好，这些人跟她一起在"信件处"用晚饭。她们看见她那漂亮的花边便帽和苗条的体态，把她当作一位太太，说不定是贵族太太，因境况不佳或

[1] 8月15日为西方圣母升天节。

者对我外祖母非常依恋而来给她当个伴。如果弗朗索瓦丝只与这些人要好，也就是说，如果她只与不是旅社的人要好，那害处还不大，因为她还不会妨碍旅社的人为我们做事。其实，即使她不认识旅社的人，这些人在任何情况下也不会对我们有什么用。可是弗朗索瓦丝也与一个饮料掌班、一个厨房里的人、一个管一层楼的女管事交上了朋友。结果是，弗朗索瓦丝新来乍到，还什么人都不认识时，为一点点关于我们日常起居的小事，她就乱按铃叫人。有时时间不合适，我外祖母和我都不敢按铃，她却敢。我们如果为此对她稍加批评，她便回答说："花了不少钱嘛，就得这样！"似乎那钱是她付的。而现在，自从她成了厨房里一个大人物的朋友后，我们本以为这对我们住得舒服一些是个好兆头，然而不是这样，如果外祖母或我脚冷，哪怕是正常时间，弗朗索瓦丝也不敢按铃。她说，这样会叫人产生不好的印象，因为这等于逼他们再把锅炉打开，或者妨碍仆人吃晚饭，他们会不高兴的。最后她还要用上一个固定词组："事实是……"虽然她自己说时也不大有把握，可是这句话的意思很明显，就是明明白白地说我们不对。我们也不坚持，生怕她再对我们来上一个固定词组，而且更厉害得多："有什么了不得！……"结果是，因为弗朗索瓦丝成了烧热水的人的朋友，我们反倒再也没有热水了。

最后，通过我外祖母，我们也认了一个熟人，虽然她是不得已而为之。因为有一天早晨她和德·维尔巴里西斯夫人在一扇门边迎面相遇，不得不上前搭话，双方事先都做出惊讶和犹豫不决的手势，做出后退、怀疑的动作，最后又出于礼节和高兴做出抗议的动作，就像莫里哀戏剧的某些场面一样：两个演员相距几步远，但是长时间各自在一边进行独白，忽然，他们你看见了我，我看见了你，最后两人又一起说起话来，对话之后就来了个合唱，两人拥抱在一起。[1]

德·维尔巴里西斯夫人出于谨慎，过了一会儿就想离开我的外祖母。可是外祖母相反，更希望一直挽留夫人到午饭时刻，极力想知道她是怎么做到的，既能比我们早收到信件，又能吃到上好的烤肉（德·维尔巴里西斯夫人很贪吃，她很少品尝旅社里的饭菜。我们是在旅社里用餐的。我的外祖母总是引用德·塞维尼夫人的原话，认为旅社的饭菜是“丰盛到叫人饿死”[2]的）。从此，侯爵夫人养成了习惯，每天在餐厅里等人家给她上菜时，便到我们身旁坐一会儿，而且不许我们站起身来，不许我们在任何事上为她忙碌，至多在我们吃完午饭，桌上杯盘狼藉的时刻，多待一会儿与她聊聊。

我呢，为了能爱上巴尔贝克，为了保持我置身于地球尽头的想法，我竭力向更远的地方望去，只看见大海，在那里寻找波德莱尔所描写的各种效果，只有上什么大鱼的日子我的目光才低垂下来注视餐桌。这海中魔怪与刀叉相反，属于原始时代之物。那

[1] 普鲁斯特可能想到了莫里哀《太太学堂》的开头。

[2] 出自德·塞维尼夫人1689年7月30日致其女儿函，说的是瓦纳主教的华宴。意思是菜肴极为丰盛，但是客人不敢吃，因为全是不好消化的东西。

个时代，生命开始在大洋之中涌流，在西梅里安[1]时代，鱼类那无数椎骨和蓝色、粉红色神经的躯体已经由大自然创造出来，而且是按照一种建筑蓝图创造的，好像一座多彩的海上教堂。

一个理发师正在毕恭毕敬地服侍一位军官。一位顾客走进来，理发师见那军官认出了顾客，并与他搭起话来，聊了一会儿。理发师很高兴，他明白这两位属于同一阶层，去拿肥皂碗时，禁不住微微一笑，因为他知道在他这店里，在使用洗头肥皂这粗俗的活计之上，还可加上社会上的、甚至贵族味道的快乐。埃梅也像这个理发师一样，他看到德·维尔巴里西斯夫人发现了我们是老熟人，于是在去给我们端漱口水时，那种微笑和一位懂得适时走开的家庭主妇那既自豪谦虚又非常不引人注目的微笑一样。也可以说那是一位兴高采烈又深受感动的父亲，他密切地注视着在他的餐桌上行了订婚礼的子女的幸福，而又不去打扰这种幸福。再说，只要听人道出一个有贵族头衔的人名，埃梅就会显得兴高采烈。这与弗朗索瓦丝正好相反，谁若是在她面前说“某某伯爵”，她的脸色就阴沉下去，话语就变得干巴巴而又简短。但这并不说明她钟爱贵族的程度比埃梅差。

其次，弗朗索瓦丝还有一个本事，那就是她能从别人身上找出其最大的缺点来。她很为此自豪。埃梅属于令人愉快又善良纯朴的一类人，弗朗索瓦丝则不然。人们给埃梅他们讲一件多少带点尖

[1] 这是古代的一个民族，荷马在《奥德赛》中曾经提到。普鲁斯特在《追忆似水年华》中数次提到。据说这些人生活在天涯海角，那里永远是黑夜。

刻味道，但尚未在报纸上发表的事情时，他们便感到非常高兴，而且形之于色。弗朗索瓦丝可不愿露出惊异的神色。奥地利大公鲁道夫[1]，她从来就没想过有这么个人。若是在她面前说，这位大公并没有像人们认为确有其事那样已经死掉，而是还活着，她也会回答“对”，似乎她早就知道一样。此外，还应相信，她虽然那样谦恭地称我们为主人，我们也几乎完全驯服了她，但是她出身的家庭在自己的村庄里境况富裕，地位独立，享有一定威望，这个家庭的地位一定受到这些贵族的干扰。所以，即使是从我们嘴里听到一个贵族的姓名，她也没有不强忍怒气的。而埃梅则相反，他自孩童时代起便在贵族家中当仆役，甚至可以说是靠慈善在这些人家长大的。

因此，对弗朗索瓦丝来说，德·维尔巴里西斯夫人因自己是贵族就需要向人讨饶。这正是那些大老爷和贵妇人的天才之所在，也是他们唯一操心的事，至少在法国是这样。有些仆人，就他们的主人与他人的关系，不断收集些只言片语，从中有时得出错误的推理——就像人对动物的生活得出错误的推理一般。弗朗索瓦丝遵循这个倾向，总是觉得人家“亏待”了我们。再说，和她对我们极度偏爱一样，她从别人使我们不快中得到快乐，这也很容易使她得出这个结论。但是，当她看到——而且绝不可能看错——德·维尔巴里西斯夫人对我们和对她本人百般殷勤照顾以后，她便原谅了这位夫人的侯爵夫人身份，而且由于她不停地感谢这位夫人，她喜欢这

---

[1] 鲁道夫（1858—1889）：奥地利国王弗朗索瓦-约瑟夫一世的独生子。1889年，人们在梅耶林的猎宫中找到他与情妇玛丽亚·维茨拉的尸体，不知他们是自杀还是被暗杀。

位夫人胜过我们认识的所有人。这是因为我们认识的人当中，确实没有哪一个能努力做到这样保持持续不断的热情。每次我外祖母发现德·维尔巴里西斯夫人正看一本书，或者说觉得一位女友赠她的水果很漂亮，一小时过后，一位贴身男仆就会上楼来将书或水果送给我们。待我们此后与她相见、向她表示感谢时，她总是做出要给她的赠物找一个特殊用途以作为遁词的模样，只是说："那书并不是什么杰作，可是报纸到得这么晚，非得有点东西看不可。"或者说："在海边，弄些令人放心的水果，是比较谨慎的做法。"

"可我觉得你们从来不吃牡蛎，"德·维尔巴里西斯夫人对我们说（这更增加了我那时的厌恶印象，因为牡蛎的活肉叫我讨厌，更甚于黏糊糊的海蜇，这两样使我觉得巴尔贝克海滩黯然失色），"这一带海边，牡蛎非常鲜！啊，我要吩咐我的贴身女用人，去取我的信时将你们的信也一起取来。怎么，您的女儿*每天*给您写信？你们能找得出那么多话相互倾诉吗？"

我的外祖母沉默不语。可以相信这是出于蔑视。她在给我妈妈的信中反复地写到德·塞维尼夫人那句话："刚刚收到一封信，过一会儿又想再收到一封，我全靠收信才能呼吸。[1]我的这种感觉，能理解的人微乎其微。"下面的结论是："我寻求属于这少数之列的人，我回避其他人。"我真担心她会将这个结论应用在德·维尔巴里西斯夫人身上。她不得不转换话题，对前一天德·维尔巴里西斯夫人叫人给我们送来的水果大加赞扬。那水果也确实

---

[1] 此句见于德·塞维尼夫人1671年2月18日致女儿函，下面两句却不在此函中。

精美之至，旅社经理虽因自己的水果盘深受蔑视而妒意大发，依然对我说：“我跟您一样，比起其他任何餐后小吃来，我更喜欢水果。”我的外祖母对自己的女友说，旅社里的水果一般都非常糟糕，因此她对这些水果就更加喜欢。

“我可不能像德·塞维尼夫人那么说，”她补充一句道，“如果我们异想天开，想找一个坏水果，则不得不叫人从巴黎弄来。”[1]

“啊，对，您看德·塞维尼夫人的《书信集》。我从头一天就看见您手里拿着她的《书信集》（她忘了，她在门边与外祖母相遇之前，在旅社里从未见过我的外祖母）。她总是操心她的女儿，您不觉得有点过分？她谈女儿谈得太多了，不可能是真心诚意的。她写的东西不够自然。”

外祖母觉得辩论毫无用处。为了避免在无法理解她之所爱的人面前谈论这些事，她干脆把手提包放在《德·博泽让夫人回忆录》上边，把那本书遮住。

弗朗索瓦丝戴着一顶漂亮的便帽，旅社的全体人员对她敬重备至。她下楼“到信件处去吃饭”，她称这个时刻为“中午十二点”。德·维尔巴里西斯夫人如在这时遇到她，便拦住她打听我们的消息。弗朗索瓦丝将侯爵夫人的话转达给我们，她模仿着德·维尔巴里西斯夫人的口吻说道：“她说：‘您一定向他们问好。’”她以为是逐字逐句引用那位夫人的话，可是歪曲的程度，

---

[1] 见德·塞维尼夫人 1694 年 9 月 9 日函，原话是这样的：“如果我们异想天开，想找到一个坏甜瓜，可能就不得不叫人从巴黎弄来了，这里是没有的。”

不亚于柏拉图歪曲苏格拉底的话[1]，或者圣约翰歪曲耶稣的话。弗朗索瓦丝自然对这种关切十分感动。外祖母担保说，德·维尔巴里西斯夫人从前姿色出众。弗朗索瓦丝可不相信，她认为外祖母出于阶级利益在信口开河，富人反正总是护着富人。确实，那出众的姿色，如今已残留无多。除非比弗朗索瓦丝更具艺术家气质，否则是无法恢复这位夫人那已经毁坏的美貌的。要理解一位老妇人当初会怎样美丽，不仅要注视她，而且要对每根线条进行研究。

“我得想着哪一次问问她，是不是我搞错了，她是不是与盖尔芒特家有什么亲戚关系。”外祖母对我说。这话激起我满腔怒火。这两个姓氏，一个是通过亲身体验那低矮而可耻的门进入我的心中，另一个是通过想象那金色的大门进入我的心中。说这两个姓氏之间有共同的宗室，我怎能相信？

人们这几天经常看见德·卢森堡亲王夫人走过。车马华丽，她本人身材高大，红棕头发，美丽非凡，只是鼻子有些过大。她在此地度假，住几个星期。她的敞篷四轮马车停在旅社门前，一个小厮过来与旅社经理说话，又回到马车旁，然后送来一些上好的水果（集各种水果于一个篮子之中，正如海湾将各个季节都汇集在一处一般），附一张“德·卢森堡亲王夫人”的卡片，上面用铅笔写了几个字。蓝莹莹的、闪闪发光的、滚圆的李子，跟此刻大海一样那么圆；透明的葡萄挂在枯枝上，好似明媚的秋日；还

[1] 柏拉图确实经常在《对话录》中提及苏格拉底。仔细研究以后，苏格拉底的形象确实与柏拉图给我们描述的不尽符合。

有天青石般的梨子。这些水果，送给哪一位隐姓埋名住在这里的王子呢？亲王夫人希望来拜访的，不会是外祖母的女友。可是第二天晚上，德·维尔巴里西斯夫人就差人给我们送来了新鲜而又金光闪闪的串串葡萄、一些李子和梨。虽然李子已变成了紫色，犹如我们进晚餐时刻的大海；虽然天青色的梨子上，已飘着玫瑰色的云朵，但我们还是认出了这些水果来自何处。

过了几天，上午在海滩上有交响乐音乐会演出，散场时我们遇到了德·维尔巴里西斯夫人。我坚信自己听到的作品（《罗恩格林》序曲、《汤豪塞》序曲等）表达了最高的真理，于是尽量提高自己以达到那作品的境界。为了理解这些作品，我从自身提炼出一切最美好、最深刻的东西，也将一切最美好、最深刻的东西赋予这些作品。

外祖母和我从音乐会出来，踏上归途回旅社。我们在海堤上停了一会儿，与德·维尔巴里西斯夫人交谈几句。德·维尔巴里西斯夫人对我们说，她在旅社里为我们订了火腿干酪夹心面包片和奶油蛋。就在这时，我望见德·卢森堡亲王夫人从远处向我们走来。她半拄着一把阳伞，那高大而美丽的身躯现出微微的曲线，画出帝国时代美貌风流的女子珍爱的阿拉伯图案。这些女子双肩下垂，后背上提，臀部凹陷，腿部绷紧，很善于使她们的身躯像一条围巾一样无精打采地飘动。穿过躯体的那条肉眼看不见的柔软而倾斜的茎干作为骨架，她们的身躯便围绕着这骨架飘动。

德·卢森堡亲王夫人每天上午出来在海滩上转一圈。那时节，所有的人都洗完了海水浴，上岸准备吃午饭了。她是非到一点半钟才进午餐的，所以，洗海水浴的人放弃了那空荡而灼热的海堤之后，她才返回自己的别墅。德·维尔巴里西斯夫人向她介绍我的外祖母，也想介绍我。可是她不得不向我询问我的姓名，因为她想不起来了。说不定她根本就不知道我姓什么，或者说，她早就忘记我外祖母将自己的爱女嫁给谁了。我的姓氏似乎给德·维尔巴里西斯夫人留下强烈的印象。这时，德·卢森堡亲王夫人已向我们伸出了手。当人们向奶妈带着的婴儿微笑时，常常还要加上一个亲吻。她与侯爵夫人说话过程中，不时转过头来露出这种亲吻的雏形，向外祖母和我投过柔和的目光。她希望不要显出自己地位比我们高的样子，但是她肯定没有计算好这段距离。由于计算错误，她的目光充满了善意，以至于我看到她就要像抚摸两头可爱的动物那样用手来抚摸我们。在驯化动物园[1]里，两头可爱的小兽就会越过铁丝网，朝她伸过头去。顿时，这种关于动物和布洛涅森林的想法在我心中固定下来。

那时节，海堤上尽是来往走动、高声叫卖的小贩，卖的是点心、糖、小面包之类。亲王夫人不知道怎样表示她的好意，便拦住了从我们身边经过的第一个小贩。他只剩下一块黑麦面包了，就是人们扔给鸭子吃的那种。亲王夫人买了这块面包，对我说：“这是给您外祖母的。”可是她却把面包递给了我，微微一笑对我说：“您亲自交给她吧！”她大概以为，在我与动物之间如果没有中介，我的快乐就会更加完整了。

[1] 在巴黎布洛涅森林附近。

又有其他小贩走过来，她将所有的东西都买了来，塞满了我的口袋，有扎好的一包一包的，有角帽形小点心，有朗姆酒蛋糕，有大麦糖。她对我说：

“您自己吃，也给您外祖母吃吧！”

然后她叫穿红锦缎衣服的小黑人给商贩付钱。那小黑人到处跟随着她，成了海滩上的奇景。此后，她向德·维尔巴里西斯夫人告别，并向我们伸过手来，有意对我们和她的女友一视同仁，都当密友对待，而且有意降低自己的身份使我们能够接近她。不过有一次，她似乎将我们的水平在人的阶梯上放得不那么低，因为她与我们的平等，是通过亲王夫人向我外祖母温柔而充满母爱的微微一笑来表示的。人们像向一个大人告别一样向一个淘气孩子道再见时，就是这样微笑的。我的外祖母在进化上产生了美妙的飞跃，她不再是一只鸭子或一只羚羊，而已经成了斯万夫人大概会称之为的 baby（婴儿）。最后，亲王夫人离开了我们三个人，到充满阳光的海堤上继续散步去了。她那美丽的腰肢弯曲着，像绕在木棍上的一条蛇一样，缠绕在合拢起来拿在手中、白底蓝花的阳伞上。

这是我遇到的第一位亲王夫人。我说第一位，是因为玛蒂尔德公主从仪态上说完全不像亲王夫人。这第二位，以后诸位会看到，以其钟情也叫我大吃一惊。第二天，德·维尔巴里西斯夫人对我们说：“她觉得你们很迷人。这个女人很有眼光，心地十分善良。她跟那许多女君主或亲王夫人可不一样。她具有真正的价值。”这时我便明白了，那是一种大老爷的和蔼可亲，他们自愿在国君与资产阶级之间充当中间人。德·维尔巴里西斯夫人又带着坚信不疑的神情加上一句:“我想,她会很高兴与你们再见面。”她非常高兴能对我们这样说。

离开德·卢森堡亲王夫人之后,当天下午,德·维尔巴里西斯夫人告诉我一件事,叫我更为惊异,而且又不属于和蔼可亲的范围。

“你父亲可是部里的司长?”她问我道。“啊!据说你父亲是个美男子。此刻他正在做美妙的旅行。”

几天以前,我们从母亲的一封信中获悉,我父亲和他的旅伴德·诺布瓦先生丢失了行李。

“行李找到了,更正确地说,根本就没丢,就是这么回事。”德·维尔巴里西斯夫人对我们说。不知道为什么,对旅行的细节,她似乎比我们知道得更详细。“我想你父亲下个星期要提前回来了,他大概放弃去阿尔及西拉的计划了。不过他想在托莱多[1]多待一天,因为他对提香的一个弟子[2]十分欣赏。我想不起此人的姓名了,不过在当地那是很有名气的。”

对她所认识的那群人单纯、细微而又模糊的骚动,德·维尔巴里西斯夫人一向是用不动声色的目光远远打量的。我自忖,是什么巧合,使得她观看我父亲的那个地方,正好嵌了一块无限放大的镜片,使她那么有立体感地、极为详细地看到了我父亲所有

[1] 西班牙城市。

[2] 此弟子即指西班牙画家格雷戈。

令人愉快的东西，例如使他不得不回家的偶然事件呀，在海关遇到的麻烦呀，对格雷戈[1]的兴趣呀，等等。这块镜片改变了她视野的比例尺，在万头攒动的芸芸众生中唯一使她看到这一个人，就像居斯塔夫·莫罗画朱庇特在一个软弱的下界女子旁边，将他画得跟超人大小一样。[2]

我的外祖母向德·维尔巴里西斯夫人告辞，以便我们能在旅社前多呼吸一会儿新鲜空气，一面等待着人家隔着玻璃窗向我们打招呼，说我们的午饭已经备好。这时只听得一阵喧嚣。原来是野蛮人部落国王那年轻的情妇刚刚洗罢海水浴，回来进午餐。

“这真是一大害，她应该离开法兰西！”首席律师此时正经过这里，他义愤填膺地大喊大叫。

公证人的老婆却眼睛睁得大大的，死死盯着冒牌女君主。

“布朗代太太那样望着这些人，多么叫我气恼，我简直没法告诉你，”首席律师对首席审判官说道，“我真想给她一记耳光！这个女无赖，你这么看她就提高了她的身份，她就盼着人家注意她呢！你叫布朗代提醒提醒她，告诉她这很可笑。我呀，如果你再做出对这些冒牌货加以注意的模样，我就再也不跟你们一道出去了！”

德·卢森堡亲王夫人的马车，在她来送水果那天，已在旅社前停过。她的前来，自然也未逃过公证人、首席律师和首席审判

[1] 格雷戈（1541—1614）：西班牙画家。

[2] 指的大概是《朱庇特与塞墨勒》一画。画上，朱庇特将塞墨勒置于自己膝上，塞墨勒犹如其掌中玩物。也有说指的是《朱庇特与欧罗巴》。

官的老婆那一群人的眼睛。这几个女人看见德·维尔巴里西斯夫人这么受敬重，都迫不及待地想知道她到底配不配，她们已经手忙脚乱了一些时候，想知道她是真正的侯爵夫人还是一位女冒险家。德·维尔巴里西斯夫人穿过大厅时，到处刺探不对头的事的首席审判官老婆从活计上抬起头来，望着那位夫人，那劲头把她的女友们笑了个半死。

“噢，我呀，你们知道，”她骄傲地说，“我一开始总是往坏处想。非给我拿出一个女人的出生证和公证人证件，我才会相信这个女人真正结了婚。此外，你们别害怕，我要进行小小的调查。”

于是，每天这些女人都笑着跑来问：

“我们是来听新闻的。”

德·卢森堡亲王夫人前来拜访的那天晚上，首席审判官的老婆把一根手指搁到嘴上。

“有新鲜事。”

“啊！她真了不起，邦森太太！我从未见过……你说，你说怎么啦？”

“咦，一个女人，黄头发，脸上擦的粉有一尺厚，一里开外就能闻到风流味，只有那些小姐才会有这样的车，她刚才来看望那位所谓的侯爵夫人啦！”

“哟，哟哟哟哟哟哟哟！嘿，你们看哪！就是我们看见的那位太太，你想起来了吗，首席律师？我们真觉得她不怎么样，可不知道她是来看侯爵夫人的。一个女的，带一个小黑人，是不是？”

“就是，就是。”

“啊，你们说得够多了。你们不知道她的姓名吗？”

“知道，我故意装作走错门了，拿着了她的名片，她的外号叫德·卢森堡亲王夫人！我多加提防就是有道理嘛！这地方，人很混杂，还有这类天使男爵夫人[1]来搞鱼目混珠，真是够惬意的！”

首席律师向首席审判官引证了马杜林·雷尼埃和玛塞特[2]的故事。

再说，这一误会，并非像一出轻松的喜剧里那些第二幕形成，到最后一幕便解除了的误会一样只是暂时性的。德·卢森堡亲王夫人是英国国王和奥地利国王的外甥女。当她前来接德·维尔巴里西斯夫人一起出去坐马车兜风时，这两人总显得像两大怪一般，属于那种在海滨城市难以躲开的怪物。圣日耳曼区的人，在大部分资产阶级人士眼中，有四分之三是输光了赌本的恶棍（再说，个别人有时也确是如此），所以，任何人都不会接待他们的。在这方面，资产阶级是太老实了，因为贵族老爷的毛病决不会妨碍他们自己在凡是资产阶级永远不会受到接待的地方得到垂青，受到接待。而贵族自认为资产阶级了解这一点，所以他们在与己有关的事情上装得天真纯朴，而对他们那些穷困潦倒的朋友则故作诽谤，这就造成了误会。如果一个上流社会的人偶尔与小资产阶

[1] “天使男爵夫人”是小仲马 1855 年写的一个剧本《半上流社会》中的女主角。她是一个交际花，试图通过嫁人进入上流社会，但是没有成功。

[2] 马杜林·雷尼埃（1573—1613）：著有讽刺作品《玛塞特》，叙述一个浪荡女人晚年成了虔诚教徒的故事。

级发生关系，因为这个贵族非常富有，恰巧主持最大的一些财团，资产阶级终于会看到，一个贵族当资产阶级成员也很合适。但他还会发誓说，这个人决不会与一个破了产的赌徒侯爵交往，认为侯爵越是和蔼可亲，就越没有人缘。待到大宗生意管理委员会主席公爵先生娶了赌徒侯爵先生的女儿做自己的媳妇，资产阶级就更莫名惊诧了。那位侯爵虽是个赌徒，但他的姓氏在法国最为古老。正如一国之君宁愿娶已被废黜的国王之女做自己的儿媳，也不愿自己儿子娶现任共和国总统之女为妻一样，这说明这两个世界之间彼此的看法都很虚幻，正如巴尔贝克海湾这一端海滩上的居民对另一端的海滩的看法也很虚幻一样：从里夫贝尔隐约可以望见马古维尔这个“骄傲的公主”。但是就是这一点也是骗人的，因为里夫贝尔的人以为，从马古维尔也能看见里夫贝尔。事实上与此相反，里夫贝尔的灿烂美景，从马古维尔那里，大部分是看不到的。

我突然发烧，请来了巴尔贝克的医生。这位医生认为我不应该整天待在海边风吹日晒，给我开了几个药方。外祖母表面上恭恭敬敬地拿了药方，但我从那表面的恭恭敬敬上立刻看出来，她已坚定地下了决心，不照任何药方去买药。但是她对医生的保健建议很重视，并接受了德·维尔巴里西斯夫人的好意，下午带我们坐马车去兜风。这样，上午直到午饭前，我便在我的房间与外祖母的房间之间串来串去。

外祖母的房间与我的房间不一样，不直接面对大海，而且从三个不同角度采光：海堤的一角、一个内院、田野。这房间内的器物也与我的房间不同，有上面绣着金银丝线和粉红花朵的沙发。一走进去便闻到的那种清新芬芳，似乎从那玫瑰色的花朵上散发出来。我更衣出去散步之前，穿过这个房间。这时，从南面进来的光线，与不同时刻进来的光线一样，折断了墙角，在海滩的反光旁，将绚丽多彩的临时祭坛安放在五屉柜上，似乎放上了小径上盛开的鲜花；光线那收拢、颤抖而又温暖的双翼挂在墙壁上，随时准备重新飞起。那光线像洗浴一般，晒热了小院一侧窗旁的一方外省地毯，阳光如葡萄藤一般装点着小院，又为小院的美丽动人、丰富多彩加上动态的装饰，好似将沙发上那绣花丝绸一层层剥下，并将其金银丝边一一取下一般。这个房间有如棱镜，外面光线的七色在这里分解；有如蜂巢，我就要品尝的白昼的津液在这里溶解，散开，芳香醉人，看得见，摸得着；有如希望之园，溶成翩然跳动的银光和玫瑰花瓣。不过，先于一切的，还是我迫不及待地要知道今天早晨在海滨如涅瑞伊得斯[1]般游玩的大海是什么模样。我拉开窗帘。每一个模样的大海停驻的时间从未超过一天。第二天，就是另一个大海了，偶尔也与前一日的大海相像。但我从未见过完全相同的大海出现两次。

有时，大海现出那样罕见的美，我远远见了，惊异万状，欢喜不已。是这一天早晨，而不是另一天早晨，半开的窗扉在我沉

---

[1] 涅瑞伊得斯是涅柔斯和多里斯的五十个女儿之一，在希腊诗人笔下，她“以微笑自娱”，勒贡特·德·利尔则称她是“欢乐的格劳科斯女神”。在希腊神话中，海神格劳科斯本为男性。

迷的眼前展现出格劳科斯女神的丽姿。她那慵懒的秀色，无力的呼吸，像朦胧的绿宝石那样半透明。透过这雾气，我看到了给她点染上颜色的可以称得出来的各种元素在涌流。啊，真是得天独厚！女神露出睡意蒙眬的笑容，令肉眼看不见的薄雾使阳光千变万化。这看不见的薄雾，无非是在她那半透明的表面周围所保留的一块空间而已。正因为有这一方空间，那表面就变得更小，更为感人，就像雕刻家从整块石头的残存部分上分离下来的那些女神，他又不肯将这整块石头做成粗坯。女神就这样身着单色衣裙，邀我们到那粗糙而又在陆上的道路上去散步。我们坐在德·维尔巴里西斯夫人的敞篷四轮马车里，从这道路上，整日依稀望见她那慵倦跳动着的仙姿，却永远也到不了她的身边。

为了使我们有充足的时间或到圣马尔斯，或到格特奥尔姆山岩，或到别的什么郊游的地方去，德·维尔巴里西斯夫人吩咐早早驾车。对于一辆行进缓慢的马车来说，这都是很远的地方，要走上一整天。想到我们要去远足，我十分快乐，哼起最近听到的一首什么曲子，来回踱着，等待德·维尔巴里西斯夫人穿戴整齐。如果是星期日，那么在旅社门口的就不只是她的马车了。好几辆租来的街车，不仅等待着应邀前往费代纳城堡康布尔梅夫人家做客的人，也等待着别的人。这些人不愿像受惩罚的孩子一样留在这里，宣称巴尔贝克的星期天简直腻死人，他们一吃完午饭便启程躲到附近的海滩，或去参观什么名胜。当人们询问布朗代太太是否去过康布尔梅夫妇家中时，她甚至常常断然回答说：“没有，我们到贝克瀑布去了。”似乎纯粹是因为这个，她才没有到费代纳去度过一天。这时，首席律师就会大慈大悲地说：

“我真羡慕你，要是我跟你们一样改变主意就好了，那肯定别有情趣。”

马车旁，我等人的门廊前边，一个年轻的穿制服的饭店仆役笔直站着，好像一株稀有品种的灌木。他那染色的头发惊人的和谐，较之他那树木的外表更引人注目。大厅相当于前廊，或初学教理者的教堂，或罗曼时代的教堂，不住在旅社的人也有权经过。那大厅内的这位“外侍”的伙伴，并不比他多干多少活，但是至少还动弹动弹。很可能早晨他们是帮忙打扫的。但是下午他们就站在那里，像那些即使什么事也没有仍然站在台上增加哑角数目的合唱队员一样。叫我心惊胆战的那位总经理“站得高，看得远”，准备明年大大增加这些人的数目。他的这个决定叫这个旅社的经理心里好生难过，因为他觉得所有这些小伙子无非是“碍事的人”，意思是说他们什么用也没有，还挡道。不过至少在午饭与晚饭之间，在顾客出入之间，他们还能填补情节的空白，就像德·曼特农夫人的那些学生一样，他们身着年轻的古代以色列人的服装，每当以斯帖或若阿斯下场时，便由他们来演幕间插曲。[1]

门外的那个穿制服的仆役，衣着华丽，身体修长瘦削。我就在离他不远的地方等待着侯爵夫人下楼来。他木然不动，而且木然不动上面又加上一层悲悲切切的神色，因为他的兄长都已离开

[1] 影射拉辛的最后两个悲剧《以斯帖》和《阿达莉》，此二剧是应德·曼特农夫人之请为圣西尔的各位小姐写成，她们在这两个戏的合唱队中扮演角色。

了旅社去寻找更光辉灿烂的前程去了，他自己在这块异乡土地上感到十分孤独。

德·维尔巴里西斯夫人终于来到。照应她的车辆，服侍她上车，大概属于这个仆役的分内事。可是他也知道，一个随身带着仆役的人，是由自己的仆役来侍候的，而且一般来说，这种人在旅社里给的小费很少，圣日耳曼老区的贵族们就是如此行事。德·维尔巴里西斯夫人同时属于这两种人。于是这株灌木一般的仆役得出结论，他对侯爵夫人不抱任何希望，便任凭旅社侍应部领班和侯爵夫人的贴身女仆将这位夫人及其衣物安置停当，而他自己仍然在那里忧伤地梦想着自己那些小兄弟令人艳羡的命运，保持着他那植物般的木然不动。

我们启程。绕过铁路车站以后不久，便走上一条乡间小路。小路在迷人的园圃间拐一个弯，又拐一个弯。路两旁均为耕过的土地。很快我便感到这条小路像贡布雷的小路一样熟悉而亲切。耕地中间，不时可见一株苹果树。苹果树上确实已经没有花朵，只有一簇雌蕊。但这已足以令我心醉神迷，因为我又认出了那无法模仿的树叶。那大大的叶子，有如婚礼结束后台阶上的地毯，刚刚被红扑扑的花朵那白缎长裙的拖裾踏过。

翌年五月，在巴黎，有多少次，我在花店里买上一枝苹果树枝，然后在它那花朵前度过一整夜啊！花朵释出同样的乳白色的津液，将其飞沫又洒在叶芽上。卖花商人似乎对我十分慷慨，出于创造性的趣味，亦为了构成巧妙的对比，又在白色的花冠间，每边都加上了恰如其分的粉红色花苞。我久久凝望着这花朵，吩咐将花放在我的灯下，直到黎明给花朵送来了曙光，我还常常望着它们。在巴尔贝克，黎明大概也同时送来这曙光的吧？我在想象中极力将这花朵带回这条路，让这花朵大量增加，将它铺满已准备好的画布上那准备好的框架里。边框便是那些园圃。园圃的图案，我已牢记在心。我是多么希望，在春天怀着天才美妙的热情，以其各种色彩覆盖住其画稿时，重见这一切啊！

上车之前，我已经构思了大海的画面。我要去寻找这画面，我希望看到“普照大地的阳光”这一画面。而在巴尔贝克，在那么多的洗海水浴的人、小棚、游艇构成的俗气的插花地之间，我看到的只是支离破碎的画面，是我的梦幻接受不了的画面。

德·维尔巴里西斯夫人的马车到了一处海滨的高处，当我从树木的枝叶间依稀望见大海时，那些将大海移到大自然与历史之外的细节，自然都消逝了。我望着大海的波涛，可以尽情地想象，勒贡特·德·利尔在《俄瑞斯忒斯》[1]中给我们描绘的正是这样的波涛。那时，英雄赫楞手下那些长发勇士，“犹如食肉飞禽黎明时飞过”,“以十万船桨拍打着轰鸣的浪涛”[2]。反过来,我距离大海又不够近了，我似乎感到大海不是有生命的，而是固定不动的，我再也感觉不到在那一片色彩之中大海的勃勃生机，如同一幅画在树叶间展现出的一片色彩。此时大海显得和天空一样单薄，只不

---

[1] 埃斯库罗斯的三部曲是这个标题；但勒贡特·德·利尔从此汲取灵感写成的悲剧，剧名则叫《复仇三女神》。此剧于 1873 年 1 月 6 日首次在奥代翁剧院上演，剧本于当年出版。

[2] 这是剧中人道尔迪比奥斯说的话。

莫罗

《朱庇特与塞墨勒》

过比天空颜色更深罢了。

德·维尔巴里西斯夫人见我喜欢看教堂，便向我许诺说，我们以后要去看这个，要去看那个，尤其要去看克拉克维尔的教堂。她说那个教堂“完全掩映在常春藤之中”，说着做了一个手势，似乎很有兴味地将那不在眼前的教堂正面遮蔽在看不见而十分优美的枝叶之中。德·维尔巴里西斯夫人做出这种描写性的小小的动作，时常用很准确的字眼将一处古迹的诱人和特别之处表述出来，总是避免使用技术性的词汇。但她无法掩饰，对她所谈的事情，她是非常清楚的。她在她父亲的一座城堡中长大，那座城堡所在的地区里有些教堂与巴尔贝克周围的教堂为同一式样。那座城堡是文艺复兴时期建筑最完美的楷模，而她对建筑竟然没有产生兴趣，她似乎在极力为自己辩解。这座城堡也是一座真正的博物馆。另外，肖邦和李斯特在那里弹过琴，拉马丁在那里朗诵过诗作，整整一个世纪的著名艺术家都在那里，在她家的纪念册上写过感想，谱过和谐的乐章，画过速写。因此，德·维尔巴里西斯夫人出于美意、良好的教育、真正的谦逊，或由于缺乏哲学精神，对她自己掌握的关于各种艺术的知识，只赋予这种纯物质的来源，最后也就显得她似乎将绘画、音乐、文学和哲学均视为在著名的列入文物保护清单的古建筑中长大、受最最贵族式教育熏陶的一位少女的特权了。人们似乎有这样的印象，对她来说，除了她继承下来的画以外，就没有别的画。她戴的一条项链，垂到长裙上，我外祖母很喜欢，她感到十分高兴。在提香为她的一位曾祖母绘制的肖像上，就有这条项链。这条项链从来没有出过这个家族。这样就可以肯定这是真品了。别人谈起不知怎样买来的画着克里索斯的画，她听都不爱听，事先就确信那肯定是赝品，根本不想看。我们知道她本人也画一些花卉水彩。外祖母曾经听人吹捧过这些作品，就与她谈起这事。德·维尔巴里西斯夫人出于谦虚转了话题，倒也没比对恭维已经相当有名气的艺术家流露出更多的惊讶和快乐。她只是说，这是很令人愉快的消遣，虽然画笔下的花朵并没有什么了不起，但至少画花可以使你生活在自然花朵的世界中。尤其当人们不得不仔细注视以求临摹得很像时，对天然花朵的美，是百看不厌的。但是在巴尔贝克，德·维尔巴里西斯夫人给自己放了假，好让自己的双眼得到休息。

外祖母和我，见她比绝大部分资产阶级都更持“自由派”见解，真是惊讶万分。人们对驱逐耶稣会士感到愤慨，这让她迷惑不解。她说情况一直是这样，就算在王政时代，就算在西班牙，也是如此。她捍卫共和，只在下列情况下才谴责共和国的反教权主义：“我想去望弥撒，人家阻拦我；我不想去，人家非强迫我去。我认为这二者都一样糟糕。”她甚至说出这样的话来：“哟！今日的贵族，算什么玩意儿！”“在我看来，一个人不劳动，简直一钱不值。”说不定就是因为她感觉到人家从她嘴里撷取讽刺挖苦、味道醇厚、难以忘却的东西，她才这么说的。

我们很尊重一些人的聪明才智，采取小心翼翼、不偏不倚的态度拒绝谴责保守主义者的想法。德·维尔巴里西斯夫人正属于这种人。我外祖母和我，经常听到她坦率地表达一些很先进的见解——不过，还没有先进到赞同社会主义的地步。社会主义是她的眼中钉，我们几乎认为，在各种事情上，真理的尺度和典范都体现在她身上了。当她对自己的提香的画、她的城堡的廊柱、路易-菲利浦谈话的幽默发表评论时，真是她说什么我们信什么。

但是，那些谈起埃及绘画和伊特鲁立亚[1]铭文来令人着迷的学识渊博的学者，谈起现代作品来可就太平常了。我们不得不自忖，对于他们擅长的那些学问，是否我们估价太高，因为他们对波德莱尔的研究很简单，平平常常，而他们对现代作品的研究就连这种平平常常都显不出来。当我就夏多布里昂、巴尔扎克、维克多·雨果向德·维尔巴里西斯夫人提问时——往昔她的父母全接待过这些人，她自己也隐约见过他们——她嘲笑我对这些人十分佩服。像她刚刚对一些贵族大老爷或一些政治家讲一些挖苦的话一样，也对他们讲上一些挖苦的话。她对这些作家很苛刻，说他们正是缺少下列的优秀品质：谦虚，不自我炫耀，满足于一种朴实的艺术，恰到好处而不再多加一笔，避免口若悬河以免显得可笑，随机应变。总之，说他们缺少判断适度、简单朴素的品格。人们告诉她，一个真正有价值的人会达到具有这些品格的高度。看得出来，她毫不犹豫将一些人放在这些作家之上。也说不定那些人由于具有这些品格，确实能胜过巴尔扎克、雨果、维尼式的人物，或在一间客厅里，一次学会上，一次大臣会议上，能胜过莫

[1] 伊特鲁立亚：意大利古地区名。

莱[1]、冯塔那[2]、维特罗尔[3]、贝索[4]、巴斯基埃[5]、勒布伦[6]、萨方迪[7]或达吕[8]。

“这就像司汤达的小说一样。你好像很佩服司汤达，可你如果用这种语气与他谈话，那就会叫他大吃一惊了。我父亲在梅里美先生——至少这位是个天才人物——家里经常见到司汤达，他常常对我说贝尔（这是他的真名）俗不可耐，但在晚宴上又十分风趣，叫人简直无法相信他会写出那样的书。再说，你大概也看到了，巴尔扎克先生对他极度赞美时，他是怎样耸肩膀来回答的。至少在这一点上，他是有教养的人。”

所有这些伟人，她都有他们的真迹。她的家庭与这些人有过

---

[1] 德·莫莱伯爵（1781—1855）：参加过第一帝国政府，后拥护七月王朝，1836—1839年任路易-菲利浦政府的首相。

[2] 冯塔那（1757—1821）：曾拥护法国大革命，但又被革命暴力吓破了胆。他是重建帝国的倡导人之一。“百日事变”时，他没有响应拿破仑的召唤，因此得到路易十八的青睐，曾任国务大臣。

[3] 德·维特罗尔男爵（1774—1854）：曾在孔德反革命军队中战斗，后投到帝国一边，但又参与了泰勒朗的阴谋活动，无论是查理十世还是路易-菲利浦都未能使他实现自己的野心，但他始终是狂热的保皇党。

[4] 贝索（1816—1880）：因政治活动成功先后获男爵及公爵称号，1851年拒绝效忠第二帝国。1871年以后，曾被任命为高师校长。

[5] 巴斯基埃（1767—1862）：恐怖时期被关进监狱，效忠帝国和路易十八，曾在黎塞留和德卡兹内阁任职，被路易-菲利浦任命为元老院主席。

[6] 勒布伦（1785—1873）：七月王朝时期大为走红，拿破仑第三接纳他进了参议院。写过不少悲剧、诗歌。

[7] 德·萨方迪伯爵（1795—1856）：先后效忠于拿破仑和路易十八、查理十世、路易-菲利浦。

[8] 达吕（1767—1829）：先拥护革命，恐怖时期被捕入狱。曾为拿破仑勇敢作战。1819年成为法兰西元老院成员。

这样特殊的关系，她以此自夸，似乎认为与我这样未能同这些人有所交往的年轻人相比，她对这些人的评论更为正确。

“我认为我可以谈论他们，因为他们常到我父亲家里来。正如很风趣的圣伯夫所说，说到这些人，应该相信就近看见过他们而且能够对他们的价值做出更正确的评价的人。”

有时，马车在耕地之间走上一条上坡路，我们对田地感受更真切，上坡路给田地加上了真实的印记。像从前某些大师给自己的画幅添上一朵珍贵的小花一样，也有几株犹豫不决的矢车菊，与贡布雷的矢车菊十分相像，追随着我们的马车。很快，我们的马匹就把这些矢车菊甩在后面了。但是，再走几步，我们又远远看见另一株在等待着我们，早在草丛中、在我们面前就竖起了它那蓝色的小星。有几株更大着胆子走过来，立在路边。于是，这些矢车菊，与我遥远的回忆和家养的花朵一起，形成了一片星云。

我们下坡，向海岸走去。这时我们会迎面遇到步行、骑自行车、坐着蹩脚的车子或者坐着马车上坡的姑娘。她们是这美好一天里的花朵。但是她们与田间的花朵又不相像，因为每一个姑娘都显示出某种特有的东西，这种特有的东西在另一个姑娘身上是没有的。这就使得这一个姑娘在我们心中激起的欲望，是不能在其他姑娘身上得到满足的。某一个田庄姑娘赶着自家的乳牛，或者半躺在小车上，某一个小铺掌柜的女儿在散步，某一个衣着华丽的小姐坐在敞篷四轮马车的折叠式座席上，对面是她的父母。

我在梅塞格利丝一侧独自散步时，曾怀着幻想，希望有一个村姑经过，我将她拥在怀里。一天，布洛克告诉我，这种幻想并非是什么与我身外的任何事情都丝毫不相符合的非分之想。人们路遇的所有姑娘，村姑也好，小姐也好，都随时准备实现同样的梦。这一天，布洛克自然为我开辟了一个新时代，对我来说，改变了生命的价值。可我现在病魔缠身，从不单独外出，我是注定永远也无法与她们做爱了。一个在监狱或医院中生下的孩子，长时期以来，一直认为人的机体只能消化干面包和药，当他忽然获悉桃子、梨子、葡萄并不仅仅是田野的装饰品，而是鲜美、可以消化的食物时，该是多么兴高采烈，欢喜若狂！即使看守他的狱卒或他的看护不许他去采摘这些美丽的果实，对他来说，世界也显得更加美好，生活也显得更宽厚了。我就像这个孩子一样。当我们知道，在我们身外，现实与欲望相符，即使对我们来说，这欲望已无法实现，在我们看来它也更为美好，我们会更加有信心地依傍着它。我们会怀着更大的快乐想到，假设这种欲望得到了满足，那该是怎样的生活！当然要做到这一点，有一个条件，那就是能够暂时从我们的思想中排除那个小小的偶然的特殊障碍。正是这个障碍，使我们的这个欲望无法得到满足。自从我知道可以亲吻从身旁经过的美丽姑娘的双颊那一天开始，我对她们的内心就变得十分好奇起来，这个宇宙对我也显得更有兴味了。

德·维尔巴里西斯夫人的马车飞快奔驰。我刚刚来得及看清迎面走来的那个少女。然而人的美与物的美不一样，我们感到这是一个唯一的少女的美，是意识到了的、有意识的美。她的个性，她那隐约可见的心灵，她那我不了解的意愿，刚刚在她那并不专注的目光深处——转瞬间，这目光成了与为雌蕊准备的花粉完全相仿的神秘物——形成一个大大缩小了的，而又不完整的小小的形象，我就感到从自己的内心涌出一种尚为雏形的欲望，模模糊糊，很小很小，这个欲望就是：在她的思想没有意识到我这个人，我没有妨碍她的欲望向别人奔去，我没有停驻在她的幻想中、抓住她的心之前，不要让这个姑娘走过去！可是我们的马车走远了，那美丽的姑娘已经在我们身后。她对我没有产生任何构成一个人的概念，她的明眸刚刚看到我，就已经把我忘记了。是不是因为我只是对她瞥过一眼，才觉得她如此美貌呢？很可能。疾病或贫困使我们不能游历某一国度；此生所余时日无多，这时日已经黯然失色；首先，不可能在一位女子身边停留，很可能也不会再度与她相逢，这一切都顿时赋予她一种魅力，与上述那个国度，那些时日所具有的魅力相同。这是我们注定要失败的战斗。所以，如果没有习以为常这个因素的话，对于每时每刻都受到死亡威胁的人——也就是所有的人——来说，生活会显得十分甜美。其次，在这样的路遇中，一般来说，过路女郎的风韵与很快交臂而过紧密相关。对我们无法拥有的东西产生欲望，这种欲望导致的想象翻腾起来，不受上述路遇中完全感受到的现实的限制。尽管夜幕降临，马车飞快奔驰，在乡村，在城市，没有哪一个女性的身姿，像古代大理石像一般为将我们带走的快速所摧残；也没有哪一个女性的身姿受到将它吞没的黄昏的摧残。而这黄昏，在每一个路口，从每一家店铺的深处，无不向我们的心射来美神的箭矢。遗憾更挑起我们的想象力，我们的想象又给那转瞬即逝的、残缺不全的过路女子形象添加了许多东西。我们有时真想自忖，在这世界上，美神是否正是添加的这一部分，而不是别的呢？

如果我得以下车，得以与这位迎面相遇的女郎交谈，说不定她皮肤有什么毛病会使我幻想破灭，而从车上，我则没有看清那个毛病（于是，一切要进入她的生活的努力，我都立刻觉得不可能了。美是一系列的假设。我们已经看到向未知展开的道路，丑一拦住路，便把那些假设都缩小了）。说不定她只说一句话，微露笑靥，就能给我提供意料不到的启示、数字，使我能领会她脸上的表情和她举止的含义，而这一切立刻都会变得平淡无奇。这是可能的。有一阵，我与一个十分严肃的人在一起，尽管我找出千百个借口要把他甩掉，我都无法离开。我感到自己一生中遇到的姑娘，从未像那些日子里遇到的女郎那样撩人心弦！第一次去巴尔贝克以后数年，在巴黎，我与父亲的一位朋友坐马车兜风，夜色朦胧中看见一个女子匆匆行走。我想一个人就活一辈子，因为得体不得体的原因而丢掉这份幸福，未免太不讲道理。我于是没有道歉便跳下了车，开始追踪那个素未谋面的女郎。到了十字路口，我被她落下两条街。到了第三条街，才又找到她的踪影。最后，在一盏街灯下，我气喘吁吁地与年老的维尔迪兰太太撞了个满怀。原来是她！这个人，是我到处避之不及的！她又惊又喜，大叫道：“哎呀，跑着追我，为的是向我问个好，这可太客气了！”

这一年，在巴尔贝克，每逢这一类的相遇，我就对外祖母和德·维尔巴里西斯夫人说，我头痛得厉害，最好我一个人步行返回。她们不肯让我下车。这样，在我准备就近看个仔细的美好系列上，就又加上了这个美丽的姑娘（比一处古迹还要难找得多，因为她无名无姓，又是活动的)。不过其中有一个，碰巧又从我眼前经过，当时的情形，我认为是可以如愿以偿与她结识的。

那是一个卖牛奶的女郎，她从田庄来，给旅馆送增购的奶油。我想，她也认出了我，而且她确实也非常专注地望着我，大概这种专注只是由于我对她的专注使她感到惊异而引起。第二天，我整个上午都休息，弗朗索瓦丝近中午时分来拉开窗帘，她交给我一封信，是人家留在旅社里给我的一封信。我在巴尔贝克一个人也不认识。我毫不怀疑这信是那个卖牛奶女郎写的。可惜不是。那只是贝戈特的信。他从这里路过，想看看我，但是得知我在睡觉，就给我留了这封热情的短笺。开电梯的人给这封信写了一个信封，我还以为那是卖牛奶女郎的字迹。

我失望极了。即使想到能得到贝戈特一函确实更为难得，更是一种恭维，也丝毫不能安慰我因此信不是卖牛奶女郎所写而感到的失望。比起我只在德·维尔巴里西斯夫人的马车上远远瞥见的姑娘们来，就是这个姑娘，我也没有多见几次。一个个看见这些姑娘，又一个个失去这些姑娘，使我更加烦躁不安，我觉得那些告诫我们节欲的哲学家们确实很明智(万一他们肯谈到人的欲望的话。因为这是唯一能给人留下焦虑的欲望，适用于未知的意识。设想哲学肯谈论对财富的欲望，那恐怕太荒谬了)。不过我准备对这种不完全的明智做出判断，我心想，这些巧遇使我觉得这个世界更美了。这个世界要叫所有的乡间小路上开起既不寻常又寻常的花朵来，是每日转瞬即逝的珍宝，又是散步中意外的收获。种种偶然的情形可能不会经常重演，正因为偶然才使我无法受益，这又赋予生活以新的情趣。

我希望有一天，我更自由，能够在别的路上找到相同的少女。不过，也许我这样希望的同时，就已经开始歪曲了想生活在一个自认为漂亮的女人身边这种欲望所具有的纯个人性质。我认为能够人为地使这种欲望产生，仅从这一点来说，我已经暗暗承认这种欲望的虚幻了。

那天，德·维尔巴里西斯夫人带我们去克拉克维尔，她对我们说过的、爬满常春藤的教堂就在这里。这教堂建在一个小丘上，俯瞰着中世纪的小桥。我的外祖母以为让我一个人参观这个古迹我一定会很开心，就向她的女友建议，她们到糕点铺去尝尝点心。这铺子就在广场上，看得清清楚楚，金色的门面古色古香，犹如一件非常古老的文物的另一部分。我们约定，我随后去那里与她们会齐。她们将我留在一片绿荫前。在这里，要认出一所教堂来，一定要花些力气，才能叫我更确切地抓住教堂的概念。确实，当人们以本国语译成外国语，或外国语译成本国语的形式，强制学生将句子的意义从他们熟悉的形式中剥离出来的时候，他们往往会更具体地抓住句子的意思。与此相同，平时，当我站在叫人一见了就辨认得出来的钟楼面前时，我不大需要教堂的概念。可是今天，我不得不时时借助于这个概念才不至于忘掉这里，这个茂密的常春藤拱腹便是彩色的尖顶大玻璃窗，那里绿叶隆起，是因为那里有一个廊柱的凸起部分。这时，微风吹过，好似一抹阳光，颤抖而荡漾的伴流穿过会动的大门，那大门便也颤动起来。叶子如汹涌的波涛，一个挤着一个。花草组成的正面，震颤着，将波澜壮阔的、受到抚慰的、渐渐消失的巨柱统统卷走。

我离开教堂时，在古老的小桥前看见村中的一些少女。大概因为那天是星期日，她们精心梳妆打扮，站在那里，与过路的小伙子搭话。有一个个子很高的姑娘，半坐在桥沿上，双腿悬空，面前有一小缸，里面全是鱼，很可能是她刚刚钓上来的。她穿得没有别的姑娘好，但是似乎有某种权势高出她们一头，因为她们跟她说话，她几乎不理不睬。她的表情更严肃，更有意志力。她肤色深棕，目光柔和，但对周围的一切均流露出鄙夷，鼻子小小的，形状优雅而可爱。我的目光落在她的皮肤上，也可以勉强相信我的双唇是跟随我的目光的。但是，我要触及的，并不仅仅是她的躯体，还有活在她躯体中的心。而与心接触只有一种方法，那就是引起她的注意；只有一种进入的方法，那就是在她心中唤起一个想法。

这个美丽的钓鱼女郎，她那内心似乎仍对我关闭着。就在我根据折射的迹象瞥见我自己的影像在她那目光的镜子里飞快地反射出来以后，我仍然怀疑，我是否已经进入她的内心。这折射的迹象对我十分陌生，似乎我进入一只牝鹿的视野。我的双唇从她的双唇上得到快感，这对我还不够，我还要给她的双唇以快感。同样，我希望进入她内心的、在那里停驻的对我的想法，不仅仅给我带来她的注意，还要有她的钦佩，她的欲望，要迫使她记住我，直到我能与她重见那一天。

我只有一小会儿时间。我已经感到姑娘们见我如此呆立在那里，已开始笑起来了。我口袋里有五个法郎。我掏出这五个法郎来。为了使她听我说话的可能性更大一些，我把这个硬币在她眼前放了一会儿，然后才向这个美丽的姑娘解释我委托她办的事：

“看来您像是本地人，”我对钓鱼女郎说，“您能热心帮我跑一趟吗？得去一个点心铺子门口，据说这店铺在一个广场上，可我不知道在哪，那里有一辆马车在等我。再等一下！……为了不至于混淆，你就问这是不是德·维尔巴里西斯侯爵夫人的马车。此外，你要看清楚，这辆马车有两匹马。”

我就是想让她知道这些，以便她对我产生很深的印象。当我道出“侯爵夫人”和“两匹马”这几个字以后，突然感到极大的平静。我感觉到钓鱼女郎会记得我，想与她重逢的欲望也伴随着对再不能与她重逢的恐惧在消散而部分地消散。我似乎觉得刚才已经用肉眼看不见的嘴唇触及了她的内心，而且我很讨她的欢喜。这样强占她的精神，这种非物质性的占有，也与占有肉体一样，使她去掉一些神秘感……

我们下坡，朝于迪迈尼尔驶去。骤然间，我心中充满了深深的幸福。自贡布雷以来，我并不常常有这种幸福感，这与马丹维尔的钟楼赋予我的幸福颇相类似。但是这一次，这幸福感是不完全的。在我们所循的驴背形马路缩进去的地方，我刚刚隐约看见了三株树木，大概是一条林荫道的入口，构成了我并非第一次见到的图案。我无法辨认出这几株树木是从哪里独立出来的，但是我感到从前对这个地点很熟悉。因此，我的头脑在某一遥远的年代与当前的时刻之间跌跌撞撞，巴尔贝克的周围摇曳不定，我自问是否整个这一次散步就是一场幻觉，是否巴尔贝克是我只有在想象中才去过的地方，是否德·维尔巴里西斯夫人就是小说中的一个人物，而这三株老树，是否就是从你正在阅读的书籍上面抬起双眼来时重新找到的现实。它向你描绘出一个环境，人们最后会以为自己确实置身于这个环境之中了。

我凝望着这三株树，我看得清清楚楚。但是我的头脑感觉到它们掩盖着某种东西，我的头脑抓不住，就像有些物件放得太远，我们伸直了胳膊，手指头也只能碰着那物件的封套，而一点没抓住那物件一样。这时，我们稍事休息，再使一个猛劲伸出胳膊去，极力达到更远的地方。但是对我来说，要让我的思想能这样集中起来，使一个猛劲，我必须独自一个人才行。就像我离开父母到盖尔芒特那边去散步那样。此时此刻，我多么希望能够躲开！

可能我那么做就好了。我辨认出了这种快乐，确实，它要求某种就思维而进行的思维活动。与这种活动相比，使你放弃这种活动的那种慵懒舒适看来就很平庸了。这种快乐，其对象只能预感到，我要自己为自己去创造。我只感受过难得的几次，但是每一次我似乎都觉得，这中间发生的事情无关紧要，只要依靠这每一件事实，我都可以开始一次真正的生活。

有一会儿，我将手放在眼前，为的是能够闭上眼睛，而又不要为德·维尔巴里西斯夫人所察觉。我坐在那里，什么也不想，然后从我用更大的力气集中起来的思想中，向三株树的方向再往前一跃，或者更准确地说，往我内心的方向一跃。在这个方向的尽头，我在内心看见那三株树。我重又感到在那树后还是那个熟悉而又模糊的物件，而我无法拉到自己身边来。随着马车的前进，我看见这三株树都在靠近。从前，在什么地方，我曾经注视过这三株树呢？在贡布雷周围，没有哪一个地方有这样开始的一条林荫道。三株树使我忆起的名胜，在有一年我与外祖母一起去洗矿泉浴的德国乡间，也没有位置。是否应该相信，它们来自我生活中已经那样遥远的年代，以至于其四周的景色已在我的记忆中被完全抹掉，就像在重读一部作品时突然被某几页深深感动，自认为从未读过这几页一样，这几株老树也突然从我幼时那本被遗忘的书中单独游离出来了呢？难道不是正相反，它们只属于梦幻中的景色？我梦幻中的景色总是一样的，至少对我来说，这奇异的景观只不过是我白天做的事在晚上梦中的客观化罢了。白天，我努力思考，要么为了探得一个地方的秘密，预感到在这地方的外表背后有什么秘密，就像我在盖尔芒特那边经常遇到的情形一样；要么是为了将一个秘密再度引到一个我曾渴望了解的地方，但是，见识这个地方的那天，我觉得这个地方非常肤浅，就像巴尔贝克一样。这几株老树，难道不是从前一夜的一个梦中游离出来的一个全新的影像，而那个影像已经那样淡，以至我觉得是从更远的地方来的吗？抑或我从未见过这几株树，它们也像某些树木一样，在身后遮掩着我在盖尔芒特那边见过的茂密的草丛，具有跟某一遥远的过去一样朦胧、一样难以捕捉的意义，以至它们挑起了我要对某一想法寻根问底的欲望，我便认为又辨认出某一回忆来了？抑或它们甚至并不遮掩着什么思想，而是我视力疲劳，叫我一时看花了眼，就像有时在空间里会看花眼一样？这一切，我不得而知。

这期间，几株树继续向我走来。也可能这是神话出现，巫神出游或诺尔纳[1]出游，要向我宣布什么神意。我想，这更可能是往昔的幽灵，我童年时代亲爱的伙伴，已经逝去的朋友，在呼唤我们共同的回忆。它们像鬼影一般，似乎要求我将它们带走，要求我将它们还给人世。从它们那简单幼稚又十分起劲的比比画画当中，我看出一个心爱的人变成了哑人那种无能为力的遗憾。他感到无法将他要说的话告诉我们，而我们也猜不明白他的意思。不久，两条路相交叉，马车便抛弃了这几株树。马车将我带走，使我远离了只有我一个人以为是真实的事物，远离了可能使我真正感到幸福的事物。马车与我的生活十分相像。

我看见那树木绝望地挥动着手臂远去，似乎在对我说："你今天没有从我们这儿得悉的事情，你永远也不会知道。我们从小路的尽头极力向你攀去，如果你又叫我们堕入这小路的尽头，我们给你带来的你自己的一部分，就要整个永远堕入虚无。"确实，虽然以后我又一次体会到刚才这种快乐和焦虑，虽然有一天晚上——已为时过晚，而且永远不再来——我非常怀念这种快乐和焦虑，可是我到底没明白这些树想给我带来什么，也不知道我从前到底在什么地方见过他们。待马车再次改变方向，我背对着大树，再也看不见大树的时候，德·维尔巴里西斯夫人问我为什么面露沉思状，我当时心里真是十分难过，似乎我刚刚失去了一位朋友，我自己刚刚死去，我背弃了一位死者或者没有认出一位天

[1] 诺尔纳：斯堪的纳维亚神话中的命运之神。

神来。

该想到归去了。德·维尔巴里西斯夫人对大自然颇有欣赏能力，比我外祖母更为冷静。甚至除了博物馆和贵族住宅之外，她也能辨认出某些古老的事物那纯朴而壮丽的美。她吩咐车夫走通往巴尔贝克的老路。这条路来往的人很少，两旁种着老榆树，看上去叫我们叹为观止。

我们一旦得知有这条老路，以后出去时，总要走这条路，除非去时我们已走过这条路，返回时，为了换换花样，我们才走另一条路，穿过尚特雷纳和冈特卢的树林。林中，无数小鸟就在我们身边相互应答，但是我们看不见小鸟在哪里，使人产生与闭上眼睛完全相同的宁静印象。我就像普罗米修斯被锁链拴在山岩上一样被紧紧拴在我的折叠式座席上，倾听着我的俄刻阿尼得斯[1]。纯属偶然，我望见一只小鸟从一片树叶跳到另一片树叶底下，表面看上去它与这合唱似乎没有多大关系，以至于我觉得从这个跳跃的、吃惊而又没有眼神的小小躯体上，看不出来为何要来这个大合唱。

这条路与人们在法国遇到的许多这一类的路完全相同，上坡很陡，然后下坡很长。当时，我不觉得这条路有什么迷人的地方，只是为返回住所而感到高兴。但是后来，对我来说，这条路变成了一个快乐的因由，它留在我的记忆中，如同一条道路开头的一

---

[1] 俄刻阿尼得斯是大洋神与忒提斯的女儿，海洋中的女神，相传有三千个。在埃斯库罗斯的《被缚的普罗米修斯》中，她们组成合唱队，对英雄的痛苦表示无限同情。

段。我后来散步时或旅行中经过的所有与此相像的道路，无法延续下去，都立刻与它连接起来，借助于它，能够与我的心即刻相通。马车或汽车一踏上这样的路，似乎是我与德·维尔巴里西斯夫人一起走过的那条路的延续，就像刚刚过去的事情支撑我现在的意识一样，我在巴尔贝克附近出游的那些下午产生的印象便立刻来支撑我的意识（这中间的年代完全消失）。那时，树叶散发着芳香，薄雾在缓缓升起，即将抵达的村庄后面，可在树木之间依稀望见落日的余晖，似乎那里便是我们的下一站，树木葱郁，距离遥远，当晚是到不了的。现在我在另一个地区，在一条相似的路上，我感受的印象，充满了与那时的印象相同的次要感觉：自由呼吸，好奇，懒散，有胃口，欢快，排除一切其他的感受。原来的印象与此刻的印象连接在一起，又得到了加强，变得更加浓稠，成为一种特殊的快乐类型，几乎是一种生活框架，后来我很难得有机会再次遇到。但是在这个框架之中，唤起回忆便在具体物质感受的现实之中注入了相当大一部分回忆的、想象的、难以捕捉的现实，在我经过的这些地区里，除了一种美感以外，又叫我产生希望从此永远在这里生活这种转瞬即逝而又狂热的欲望。有多少次，只是因为闻到了树叶的芳香，便忆起坐在德·维尔巴里西斯夫人对面的折叠式座席上，与德·卢森堡亲王夫人擦肩而过时，亲王夫人从自己的马车上向她致意，忆起回到大旅社进晚餐的情景。这一切都如同难以形容的幸福一般出现在我的面前。而这种幸福，无论是现在，还是未来，都不会重现。人的一生中只能领略一次！

常常，我们未返回，太阳就已落山。我将天上的月亮指给德·维尔巴里西斯夫人看，腼腆地背诵出或夏多布里昂，或维尼，或维克多·雨果的美丽诗句："它将忧郁的古老秘密撒下来"[1]，或"像迪亚娜在泉边那样哭泣"[2]，或"暗影如新婚之夜，庄重而崇高"[3]。

"您觉得这些诗句很美，是吗？"她问我，"'天才'，像您所说的那样？我告诉您吧，我看见人家现在把一些事情看得太重，总感到很奇怪。而这些先生的朋友们，虽然充分肯定他们的长处，却也首先拿这些事情开玩笑。从前不像现在这样滥用天才这个词。如今，如果你对哪一个作家说，他只有些才华，他会把这当作一种污辱。您刚才给我背诵了夏多布里昂先生关于月光的一个长句子，我可反对，我有我的道理，您马上会明白。夏多布里昂先生常到我父亲家里来。单独跟他相处时，他非常令人愉快，因为这时他很纯朴，逗人开心。可是客人一多，他就开始装腔作势，变得十分可笑。在我父亲面前，他宣称是他将辞职书摔到了国王的脸上，并且指导教皇选举会。他忘了，是他亲自托我父亲去向国王求情再次起用他，我父亲也曾亲耳听到他对选举教皇发表那些疯狂的预言。关于这个颇有名气的教皇选举会，应该听听德·布拉加斯先生的话，他跟夏多布里昂先生可不是一样的人。[4] 至于夏

[1] 这是夏多布里昂《阿达拉》中的诗句。

[2] 这是维尼《牧羊人之家》的倒数第二句。

[3] 这是维克多·雨果《世纪传说》中《沉睡的布兹》中的诗句。

[4] 教皇列昂十二世于1829年去世。当时夏多布里昂为驻罗马大使，对选举新教皇极为关切。德·布拉加斯当时为驻那不勒斯大使，对选举新教皇亦极关切。最后是红衣主教卡斯蒂格里奥尼当选，成为教皇庇护八世。

多布里昂先生关于月光的那几句话嘛，在我们家完全成了一种负担。每次城堡四周月光明亮时，如果有新来乍到的客人，我父亲总是建议他晚餐后带夏多布里昂先生出去换换空气。待他们回来时，我父亲一定会把客人拉到一边，对他说：

“‘夏多布里昂先生口若悬河吧？’

“‘噢，是的。’

“‘他跟您谈月光。’

“‘对，您怎么知道呢？’

“‘等一下，难道他没有对您说……’于是父亲背出那个句子。

“‘对对，可这是怎么个秘密呢？’

“‘他甚至还与您谈到罗马乡间的月光。’

“‘您简直是巫神嘛！’

“我父亲并不是巫神，而是夏多布里昂先生不论对谁都上那一盘现成菜。”

听到维尼的名字，她笑起来。

“就是那个总说：‘我是阿尔弗雷德·德·维尼伯爵’的人。是伯爵也好，不是伯爵也好，这丝毫无关紧要嘛！”

说不定她认为还是多少有点紧要的，因为她接着这样说下去：

“首先，我不敢肯定他就是伯爵。不论怎么说，他出身很寒微，这位先生在他的诗里曾提到他的‘绅士顶饰’[1]。对于读者来说，这格调多么高雅，多么有趣！这就像缪塞身为巴黎的普通市

[1] 引自诗作《思想纯正》。

民而大肆夸张地说什么‘武装我帽子的金雀鹰’[1]一样。一个真正的贵族大老爷从来不说这类的话。不过，至少缪塞作为诗人还是有才华的。可是德·维尼先生，除了他的《桑-马尔斯》以外，别的作品，我从来就一点也看不进去，枯燥无味会叫书从我手里掉下去。莫莱先生既风趣又很机灵，而德·维尼却没有，莫莱让他进了法兰西学院可把他安排得够好的。怎么，你没有读过他的演说？那可是狡诈和狂妄的杰作！”

她见自己的侄儿们钦佩巴尔扎克大为惊讶，她责备巴尔扎克宣称自己描绘了“他被拒之门外”的社会，对这个社会他讲述了大量不可靠的事情。至于维克多·雨果嘛，她对我们说，她父亲德·布永先生在浪漫主义青年派里面有几个伙伴，借助于他们的帮助，《艾那尼》首演式[2]时他进去了。但是他未能坚持到底，他觉得这位聪明但过分夸张的作家的那些诗句太可笑了。他得到伟大诗人的头衔只不过是一笔谈好的生意，是对他出于利害关系容忍社会主义者危险的胡言乱语而给他的报酬。

我们已经远远望见旅社了。刚到的第一天晚上那充满敌意的灯火，现在变成了具有保护性的柔和灯光，成了家园指示灯。待马车到达大门附近时，门房、青年侍者、开电梯的人，表现得殷勤又天真，对我们晚归已隐隐约约感到不安，已聚集在台阶上等待着我们。他们变得很亲切。他们属于那种在我们生命过程中要

---

[1] 引自诗作《致阿尔弗雷德·达戴先生》。

[2] 《艾那尼》于1830年2月25日在法兰西剧院首次演出，成为著名的古典派与浪漫派征战战场。

变化多次的人，正像我们自己也在变一样。但是，在某个时期内，他们是我们司空见惯的事物的镜子，这时，我们从他们身上找到了亲切感，感到我们自己得到了忠实的、友好的反映。我们喜欢他们更甚于喜欢某些久未见面的朋友，因为他们身上，更多地包含着我们当前的状况。只有那个穿着制服的仆役例外。白天他经受了风吹日晒，现在为了不再忍受夜间的寒冷，已将自己移进室内，并以呢绒裹身。再加上他那橘红色的头发和如花朵般呈现出粉色的双颊，在玻璃大厅中间，不禁使人想到做防寒保护的一棵温室植物。

我们在仆役的帮助下下了车。其实用不着那么多人，但是他们感到这场面很重要，自认为必须在里面扮演一个角色。我饥肠辘辘。为了不推迟用晚餐的时间，我常常不回房间。这房间最后也真正属于我了，以至重见那紫色的大窗帘和低矮的书架，就等于与自己单独相逢。物品也和人一样，向我提供了自己的形象。我们一起在大厅里等候，等候着侍应部领班来向我们报告晚餐已备好。这时，又是我们听德·维尔巴里西斯夫人讲话的机会。

“我们借您的光了。”外祖母说。

“说哪儿去了！我真开心，这真叫我心花怒放。”外祖母的女友带着顽皮的微笑回答，拖着长腔，语调优美动听，与平时的纯朴自然形成鲜明对照。

在这种时刻，她确实很不自然，她想起自己所受的教育，想起一位贵妇人在她高兴与之相处的布尔乔亚面前应该表现出什么样的贵族风度。她并不狂妄，而她身上唯一真正礼节不周的地方，正是她的过分客套。因为人们从这种过分的客套中辨认出圣日耳曼区贵妇人职业性的习惯。在她眼中，在某些资产阶级中总是有情绪不满的人，某些时候，她也注定要装成不满的样子。在与这些人热情相处的账上，她贪婪地尽可能利用一切机会，将贷方的钱早早支出去，这样，就使她可以在今后将她不邀请这些人出席的晚宴或盛大晚会记入她的借方。她那个社会阶层的天才从前已经对她产生了永久的影响，但是她不知道现在情形已经不同，对象已经不同。她希望以后经常在巴黎的家中见到我们，而特许给她的可以热情待人的时间又很短，所以她那个社会阶层的天才狂热地推动着她，在我们逗留巴尔贝克期间，她经常派人给我们送来玫瑰花和甜瓜，借给我们书，与我们坐马车出游以及与我们长谈。正因为如此，正如海滩那令人头晕目眩的美景，旅社房间里色彩斑斓的灯火和如同大洋深处的光线，将小商贩的儿子看作与亚历山大·德·玛塞多瓦纳一样的神奇骑师一样，德·维尔巴里西斯夫人每日的殷勤相待，加上我外祖母接受这些殷勤相待的那种暂时的、夏季的随和，这一切都作为洗海水浴这一段生活的特征留在我的回忆中。

“把你们的外套交给他们，叫他们送上楼去！”

外祖母将外套交给经理。他好像对这种不尊敬感到难过。他对我一向很和蔼热情，我为此心里很不好过。

“我看这位先生是不高兴了，”侯爵夫人说，“他肯定自以为是大老爷而不能给您拿披巾。我还记得德·纳穆尔公爵[1]的故事。那

[1] 这里可能是指路易·夏尔·菲利浦·德·奥尔良，路易–菲利浦的次子。

时候我还很小，我父亲住在布永公馆最高一层。德·纳穆尔公爵走进我父亲的房间，胳膊底下夹着一大包东西——信件和报纸。从我家那有漂亮木雕的房门框里，我觉得眼前出现的是身着蓝色礼服的王子。我以为那是巴加[1]的手艺，您知道的，那些细木匠有时用很精巧的木棍做成小船，就像用缎带包扎花束一样。

"'给您，西律斯，'他对我父亲说，'这是您的门房让我交给您的。'他说：'既然您要到伯爵先生那里去，我就不用上好几层楼了。不过，当心，别把捆信报的绳子弄坏了！'好，现在既然您已经把外衣交给人了，请坐吧，来，坐这。"她拉着外祖母的手对她说。

"噢，如果哪里对您都一样，我就不坐这张沙发了！两个人坐太小，我一个人坐又太大，我会不自在的。"

"噢，您说这话，倒叫我想起一张沙发，跟这张完全是一样的。那是很久以前人家让我坐的一张沙发，但我最后还是没能坐成，因为那是可怜的德·普拉斯兰公爵夫人送给我母亲的。我母亲其实是世界上最单纯的人，可是她还有些老年头的思想，我已经不大理解。她刚开始不愿意让人将她介绍给德·普拉斯兰夫人，因为这位太太做闺女时，不过是塞巴斯蒂安尼小姐[2]。而这位小姐呢，因为自己已经成了公爵夫人，就认为不应该自己主动叫人介绍给别人。而事实上，"德·维尔巴里西斯夫人又加了一句，忘了

---

[1] 巴加（1639—1709）：法国雕刻家，同时代人称他为"伟大的恺撒"。他有时也搞木雕。

[2] 指这位太太并非贵族家庭出身。

她对这些细微的差别并不大懂行，“如果她是德·舒瓦瑟尔夫人，她那种雄心也许还能站得住脚。舒瓦瑟尔家族是最伟大的家族，他们是胖子路易国王的一位妹妹的后代，他们是巴希尼真正的君主。[1] 我承认，从姻亲和知名度方面说，我们家占上风，但若论家族的古老，那几乎是一样的。这个谁先谁后的问题引起了一些很可笑的事端，诸如有一次午宴晚开一个多小时，就是因为有一位贵妇人争了这么长时间才同意让人将她介绍给对方。虽然如此，我母亲和德·普拉斯兰公爵夫人还是成了非常要好的朋友，公爵夫人让我母亲坐一张这种式样的沙发。但就像您刚才这样，谁都拒绝坐。

“有一天，我母亲听见一辆马车进了公馆的院子。她问一个小仆人是谁来了。

“‘是德·拉罗什富科公爵夫人，伯爵夫人。’

“‘啊，好的，我就见她。’

“过了一刻钟，不见人。

“‘喂，怎么回事，德·拉罗什富科公爵夫人呢？她在哪儿？’

“‘她在楼梯上喘气呢，伯爵夫人。’小仆人回答道。这个小仆人刚从乡下来到这儿不久。我母亲有个好习惯，就是到乡下去雇人，她常常是看着他们生下来的。这样家里就有非常老实可靠的用人，这也是最高级的奢华。果然，德·拉罗什富科公爵夫人上

[1] 舒瓦瑟尔家族在巴希尼扎根可上溯到 10 世纪末期。他们与于格·德·香巴涅伯爵是亲戚，这位伯爵的妻子是法国国王路易六世（1108—1137，人称胖子路易）的姐妹贡斯唐丝。

楼艰难，因为她异常肥硕，以至她走进门来时，我母亲一时焦急不安起来，心想可让她往哪儿坐呢？就在这时，德·普拉斯兰太太送的这件家具在她眼前一闪：

"'请坐。'我母亲说，将沙发向她跟前一推。

"公爵夫人于是坐满了这张沙发，一直满到边边上。这位太太，虽然这么……肥，可一直相当令人愉快。

"'她走进来时依然会产生某种戏剧性效果。'我们的一位朋友说。

"'走出去时尤甚。'我母亲回答。她的词儿来得很快，可如今这么说可就不大合适了。

"在德·拉罗什富科夫人自己家里，人们可以在她面前随便开玩笑，她本人首先会对自己比例太大说上几句笑话。

"'怎么，您一个人在家吗？'一天，我母亲前去拜访公爵夫人，可是在进门处却受到她丈夫的接待。妻子在里头窗口那里，我母亲没有看见，便这样开口向德·拉罗什富科先生发问，'德·拉罗什富科夫人不在吗？我怎么看不见她呢！'

"'您真是太客气了！'公爵回答说，他这是做出了我见过的最错误的判断，但是倒不乏风趣。"

用毕晚饭，我与外祖母上楼以后，我对她说，德·维尔巴里西斯夫人使我们着迷的那些长处，机灵、周到、谨慎、不炫耀自己，说不定并不那么稀罕，因为最高限度拥有这些优点的人只不过是莫莱·洛梅尼这样的人。虽然没有这些长处会使日常相处不愉快，这倒不妨碍他们成为夏多布里昂、维尼、雨果、巴尔扎克。

一些没有判断能力、爱虚荣的人，像布洛克这样的，倒很容易嘲笑他们……一听到布洛克的名字，我的外祖母便大叫起来。于是她大肆吹捧德·维尔巴里西斯夫人。正如人们常说的那样，在爱情上，人各有一好，由人种的利害来主导。为了使生下的孩子构造最正常，要叫胖男人找瘦女人，瘦男人找胖女人。同样，神经过敏，多愁善感，孤僻自傲的病态倾向威胁着我的幸福。而我的幸福顽固地要求外祖母将稳健和有判断能力这样的优点放在首位。这不仅是德·维尔巴里西斯夫人所特有的品质，而且也是我能在其中找到消遣和满足的整个上流社会的品质。这个社会与杜当[1]、德·雷米萨[2]这样的人物思想大放光华的社会很相像，至于博泽让夫人、儒贝[3]、德·塞维尼夫人这样的人自然更不用提了。这种思想比起与之相对的精华来，在生活中注入了更多的幸福和尊严。与之相对的精华则将波德莱尔、爱伦·坡、魏尔伦、兰波这样的人引向痛苦，使他们不受尊敬。我的外祖母可不愿意她的孙子这样。我打断她的话，亲了她一下，然后问她是否注意到德·维尔巴里西斯夫人说的哪句哪句话，那句话表现出她这个人实际上比她自己所承认的更看重自己的出身。我就这样把我的印象全都掏给外祖母，因为只有在她的指点下，我才知道对某某人应该尊敬

---

[1] 杜当（1800—1872）：文学评论家、政治家，据说不擅在大庭广众之下演讲，小圈子集会时则口若悬河。

[2] 德·雷米萨（1797—1875）：1840 年曾加入梯也尔内阁任内政大臣。1847 年反对基佐，1848 年站在共和国一边。1851 年路易-拿破仑·波拿巴政变后，他被放逐，1859 年才回到法国。1871 年，梯也尔任命他为外交大臣。

[3] 儒贝（1754—1824）：伦理学家。

到什么程度。每天晚上，我便将白日里根据除她以外的所有这些不存在的人物所作的速写像呈现在她面前。

有一次我对她说："没有你，我将无法生活。"

"不应该这样！"她语气慌乱地回答我说，"心要更硬点。不然，如果我出门在外，你怎么办呢？相反，我出门去了，希望你能很讲道理，高高兴兴。"

"你如果出门几天，我能做到很讲道理，可我一定度日如年。"

"那我若是出门几个月呢……（一想到这，我的心就揪得紧紧的）几年呢……甚至……"

我们两个人都默默无语。谁也不敢看谁。不过，我为她的焦虑而感到难过，更甚于因自己的焦虑而感到痛苦。我走近窗户，眼睛不望她，一字一顿地对她说：

"我是一个多么注重习惯的人，你是知道的。我刚刚与我最热爱的人分开的头几天，我很难过。可是我慢慢会习惯，虽然我还和从前一样热爱他们，但是我的生活变得平静了、温和了。与他们分开的几个月、几年，也许我受得了……"

我说到这里，不得不住了嘴，向窗外望去。我的外祖母离开房间，出去了一会儿。

第二天，我谈起了哲学，用的是完全无动于衷的口气，但是安排得很好，让外祖母注意到我说的话。我说，真是怪，科学上有了最新的发现以后，唯物主义似乎破产了，而更有可能的仍然是灵魂永在以及它们未来的相聚。

德·维尔巴里西斯夫人已预先告诉我们，不久之后她就不能这样经常与我们见面了。她有一个侄孙，现在正在附近的东锡埃尔驻防，他正在准备报考索穆尔军校，要到她身边来度几周的假期，到那时她的许多时间都要给她侄孙了。在我们出游过程中，她在我们面前大肆吹嘘这个侄孙绝顶聪明，心地特别善良。我心里已经设想他会对我产生热情，我将是他的挚友。在他来之前，他的婶祖母在我外祖母面前透露：可怜他落到了一个他为之神魂颠倒的坏女人手里，那个女人紧抓住他不放。我早就确信，这种爱情，最后注定要以发疯、杀人和自杀来结束。想到留给我们友谊的时光这样短暂，虽然我还没见过他，这友谊在我心中已经那样伟大，我为这友谊和为等待着他的不幸而大哭一场，好像一个亲爱的人，人家刚刚告诉我们他已身患重病将不久于人世，我们也为他痛哭一样。

一个酷热的下午，我待在餐厅里。为挡住阳光，被太阳晒黄的窗帘已经放了下来，餐厅沉浸在半明半暗之中。透过窗帘的缝隙，碧蓝的大海在闪烁。这时，我看见在海滩与大路的中间，一个小伙子走过，他高个，瘦削，颈部外伸，高傲地扬着头，目光敏锐，皮肤和头发像吸收了所有的阳光一样金黄。他的衣料薄而发白，我从来就没想到一位男子敢穿这样的料子。他那瘦削的身材更使人想起餐厅的凉爽以及外面的炎热和大好天气。他健步如飞。他的眼珠与大海同样颜色，一只单片眼镜总是从一侧眼睛上掉下来。每个人都好奇地望着他走过，人们知道这位年轻的德·圣卢-昂-布雷侯爵是以衣着华丽而著名的。他最近在一次决斗中为年轻的德·于塞斯侯爵做证人时穿的那身礼服，每一家报纸都描写过。他的头发、眼睛、皮肤、举止所特有的长处，使他在人群中，如同稀有的天蓝色而又熠熠生辉的蛋白石矿脉隐藏在粗糙的物质中一样，立刻显现出来。与这一切相对应的生活，大概与他人的生活截然不同吧？因此，在德·维尔巴里西斯夫人所抱怨的那场暧昧关系发生之前，当上流社会最标致的女人们都在相互争夺他的时候，假如他伴着自己追求的著名美人在一处沙滩上出现，那不仅要使这个美人成为明星，还要引来多少目光注视着他，也注视着她！由于他的“时髦”，像幼“狮”般的狂傲，主要还是由于他非同寻常的美，某些人甚至觉得他的神情有些女性化，但并不以此相责，因为他那么健壮，他那么狂热地追求女性，是尽人皆知的事。德·维尔巴里西斯夫人与我们谈起的，就是这个侄孙。

想到就要在几个星期中与他相识，我真是心花怒放，而且我确信，他会将全部疼爱都倾注在我的身上。他飞快地横穿过旅社，似乎追逐着他的单片眼镜，那眼镜在他身前像蝴蝶一样飞舞。他从海滩上来，将大厅玻璃窗浸到半身高的大海，构成了他的背景。他全身从这个背景上突出出来，就像在某些肖像画上，一些画家在极准确观察当前生活上一点不掺假，为他们的模特儿选择一个合适的环境，马球草坪啊，高尔夫球草坪啊，赛马场啊，游艇甲板啊，认为这样便赋予了这些画幅一种当代等同物，而那些原始的画家则叫人像出现在一处风景的近处。

一辆两匹马驾的车在旅社门口等待着他。待他的单片眼镜又在阳光普照的路上蹦蹦跳跳玩耍起来时，姿态的优美与动作的娴熟，就像一位伟大的钢琴家在最简单的一触琴键之中找到了办法，表现出他就是比一个二流演奏家高出一头一样，而表面看上去，通过这最简单的一触琴键是不可能表现出这么多东西的。德·维尔巴里西斯夫人的侄孙这时接过车夫递过来的缰绳，坐在车夫身旁，一边将旅社经理交给他的一封信拆开，一边叫牲口起步。

此后的日子，每当我在旅社内或旅社外与他相遇时——他衣领高高，单片眼镜跳来跳去转瞬即逝，似乎是他四肢的重心，他总是围绕着单片眼镜来平衡四肢的动作——我都可以意识到，他根本不想接近我们。我也看到他不和我们打招呼，虽然他不会不知道我们是她姊祖母的朋友！我感到多么失望啊！我忆起德·维尔巴里西斯夫人，还有在她之前的德·诺布瓦先生，他们对我那样和蔼可亲，便想到，可能他们只是一些可笑的贵族，而且统辖贵族阶级的法律中可能有一项秘密条款，允许女子和某些外交家在与凡人的接触中，可以不表现出傲慢（什么原因我不得而知）。相反，一位年轻的侯爵则必须铁面无情地表现出傲慢来。

我的智慧本来可以告诉我，事实正好与此相反。可是我正处于可笑的年龄——绝不是什么都不懂，而是十分多产的年龄，这个年龄的特点就是不去向智慧讨教，而且认为人的每一种属性似乎都是他们人格不可分割的一部分。周围全是魔鬼和神祇，简直不得安宁。那时的一举一动，几乎没有一件是希望以后能够忘掉的。相反，应该遗憾的是，当时使我们做出那一举一动的那种自然，发自内心，以后却没有了。以后看问题更实在了，与社会的其他部分完全相符了，但是，少年时期是唯一学到东西的时期。

我猜测到的德·圣卢先生的傲慢以及这种傲慢所包含的铁石心肠，都通过他每次从我们身边走过时的那种态度得到了证实：身体修长而不能弯曲，头部总是高昂着，毫无表情。光说毫无表情还不够，他还恶狠狠的，完全没有一般人那种对他人权利的隐隐尊重，即使这些人不认识你的婶祖母。正是这种对他人权利的隐隐尊重使我在一位老妇人面前和在一盏煤气路灯前行为不一样。前几天我还设想他会给我写几封十分讨人喜欢的信，以向我表示好感；一个善于想象的人自称代表民众，正在用令人难忘的演说鼓动民众，待他这样一个人高声道出他的梦幻，想象的欢呼声一旦平息下去，他就和以前一样还是一个大傻瓜，依然平平庸庸，默默无闻，距离议会与民众的热情很远。这位公子那冷冰冰的姿态，与上述那想象的来信相距十万八千里，与上述那议会与民众的热情亦相距十万八千里。

那个秉性傲慢而又心怀恶意的人，那很说明问题的外表，在我们心中产生了极坏的印象，大概是为了尽力消除这种坏印象，德·维尔巴里西斯夫人又与我们谈起她的侄孙（他是德·维尔巴里西斯夫人一个侄女的儿子，比我年龄稍大）心地无限善良。世界上竟有人能够不顾一切事实真相，将好心肠这一优秀品质借给心肠那么硬的人，哪怕他们对组成自己那个圈子的有名气的人彬彬有礼也好！对这一点，我算服了！有一天，我在一条窄路上与他们二人相逢，她没有别的办法，只能将我介绍给他。这一次，德·维尔巴里西斯夫人本人倒给她侄孙天性的基本特点加上了一点肯定成分，虽然是间接地加上的。我对那些基本特点已经确信无疑。

他似乎没有听见人家在他面前道出某一个人的名字，面部肌肉没有一块动弹一下。他的眼睛里，没有一丝最微弱的人类好感之光闪过，从目光的无知与空虚之中，只流露出一种过分的夸张。若没有这一点，他的眼睛可就与没有生命的镜子完全无异了。然后，那冷酷的眼睛盯住我，似乎是想在向我答礼之前，了解了解我的情况。那种突然的发动，与其说来自有意的行为，还不如说来自肌肉反射。他在自己和我之间留出尽量大的距离，将整个手臂伸出来，远远地向我伸过手来。

第二天他差人将他的名片送给我，我以为至少要有一场决斗。可是，他只与我谈文学，谈了很久之后，他声称非常希望每天能见到我几个小时。但在这次拜访过程中，他对精神方面的事情并没有表现出热烈的兴趣。他对我表示的好感也与前一天的答礼大相径庭。待我后来见到每当人家向他介绍某个人，他都是这个样子时，我明白了，这不过是他那个家族中某一部分人特有的社交习惯。他母亲十分看重他要非常有教养这一点，要求他的躯体服从这一习惯。他这样施礼，是没有经过考虑的，并不比想到他的漂亮衣服、他的漂亮头发时想得更多。这是从思想上来说什么也说明不了的一件事，纯粹是学来的，而我之前曾认为这能说明问题。这与他的另一个习惯一样：他认识了谁，立刻要人家将他介绍给此人的亲属。这个习惯，在他已经变成本能了，所以第二天我们遇到的时候，他一见了我，就朝我冲过来，连好也没问，便要求我向身边的外祖母通报他的名字。那种狂热的速度，似乎这要求是来自某种自己的本能，正像挡住迎面一击那个动作，或热水喷过来赶紧闭上双眼一样，不采取这样的防护措施，再过一秒钟停住不动，就会有生命危险。

这第一轮驱魔咒仪式一旦完成，就像怒气冲冲的女妖剥下她的第一层外衣，用迷人的风韵将自己装饰起来一般，我见过的这个傲慢的尤物变成了我遇到过的最可亲可爱的人，最殷勤体贴的小伙子。

“好啦，”我心想，“我已经看错了他，我受了海市蜃楼的害。可是，我不过上了一次当然后醒悟，马上就要上第二次当，因为他是一个迷恋贵族阶级的大老爷，他又要极力掩盖自己的真相了。”果然，圣卢所受的全部良好教育，他的全部可爱可亲，不久之后，便叫我见识了另一个人，而这个人与我怀疑的很不相同。

这个外表上是个傲慢贵族和运动员的小伙子，只对精神方面的事情看得重、有兴趣，特别是对文学和艺术上的时髦表现得十分有兴趣，这在他婶祖母看来，似乎是那么可笑。此外，他满脑子都是他婶祖母称之为“社会主义演说”的玩意儿，他对自己的阶层充满了深深的蔑视，经常花几个小时研究尼采和普鲁东。他是很快便佩服人家钻在一本书里，只关心抽象思维的那种“知识分子”[1]。这种倾向非常抽象地表达出来，使他与我平常操心的事情距离很大，甚至就在他这样表述的时候，虽然我觉得很能打动人，

[1] “知识分子”在当时还是新词。

可是也有些厌倦。我可以说，在我刚刚读了关于著名的德·马桑特伯爵那充满逸事的回忆录之后那些日子里，当我确实知道了这德·马桑特伯爵就是他的父亲以后，我特别希望对德·马桑特先生过去的生活知道得更准确、更详细一些。想到罗贝·德·圣卢不但不满足于做他父亲的儿子，不但不能将我引进他父亲的一生这部过时的小说中去，反而培养自己去热爱尼采和普鲁东，我真是气得要发疯。在德·马桑特伯爵身上，一个已经处于遥远时代那样特别的风雅与充满幻想的精神合二为一了。他的父亲说不定不会赞同我的遗憾。他本人是一个聪明人，越出了他那个花花公子生活的界限。他几乎没有来得及了解他的儿子，但他希望儿子比自己有出息。我相信他可能与家族中其他人相反，会赞赏他的儿子，会为儿子将构成父亲从前可怜的消遣的东西抛在一边去进行严肃的思考而感到高兴。他会不露声色地，怀着他那伟大神师的谦虚精神，去偷偷阅读儿子最喜爱的著作，以估计一下罗贝比他高明多少。

再说，还有一件令人伤心的事，就是虽然德·马桑特先生心胸很开阔，会欣赏与自己那么不同的儿子，但是罗贝·德·圣卢是相信品德与某些艺术形式和生活方式相联系的人，他对自己的父亲怀着虽说充满感情却又有些蔑视的记忆，他的父亲一辈子就是关心打猎、赛马，听瓦格纳的曲子要打哈欠，对奥芬巴赫却非常着迷。圣卢还不够聪明，他不懂得智力价值与附和某种美学模式毫无关系，他对德·马桑特的“智慧”看不起，同布瓦尔迪欧的儿子可能会看不起布瓦尔迪欧、拉比什的儿子可能会看不起拉比什一样，因为这些儿子如果是最具象征意义的文学和最复杂的音乐的信徒，就必然会看不起自己的父亲。

“我对父亲了解很少，”罗贝常说，“据说他是一位杰出的人。他的不幸就在于他生活在那个可悲的时代。出生在圣日耳曼区，生活在‘美女海伦’的时代，这造成了他一生中的灾难。如果他是热衷于‘Ring’[1]的小资产者，说不定还能做出完全不同的事情来。人家甚至告诉我，说他很喜爱文学。无法知道究竟，因为他所理解的文学，完全由过时的作品组成。”

对我来说，我觉得圣卢有些严肃，而他则不理解我并不比他更严肃。他判断每一事物，只凭这事物所包含的智慧有多重，某些事物赋予我美妙的想象，他体会不到，而认为这些事物很肤浅。他自认为我比他逊色得多，可是我能够对这些事情感兴趣，他很惊异。

头几天，圣卢就征服了我的外祖母。他不仅时时刻刻地、巧妙地向我们两人表现出好意，而且在好意上又加上自然，他在各种事情上均是如此。自然——大概是因为透过待人接物的艺术，他叫人感觉到自然——是我外祖母看得最重的优点，无论是在花园里，还是在烹调上，还是在钢琴演奏上，都是如此。在花园里，例如在贡布雷的花园里，她不喜欢特别整齐的花坛；在烹调上，她讨厌所谓的“拼花样”，讨厌那种几乎辨认不出是用什么东西做出来的食物；在钢琴演奏上，她不喜欢过分雕琢，加工过细，她

[1] 意为戒指，此处是指瓦格纳的四部曲《尼伯龙根的指环》。

甚至对鲁宾斯坦[1]弹琴音符不清、走调都有一种特殊的好感。这种自然，她甚至能从圣卢的衣着上体会出来，是轻松的华丽，无任何“装腔作势”以及“拘泥、刻板”，不僵硬，也不上浆。她更欣赏这个富有的年轻人那股毫不在乎、自由自在的劲儿，生活在奢华之中却没有“铜钱臭”，不摆阔架子。圣卢依然无法阻止自己的面部透露出某种激情，她甚至从这上面也找到了这种自然的动人之处。一般来说，随着童年的逝去，那个年龄的某些生理特点也一起消失了。例如他热切地期望着什么，而又没有指望得到什么，哪怕是一句恭维话，都会使他骤然迸发出那种火热、有感染力而又外露的快乐，他无法控制，也无法掩饰。快活的怪相无可阻挡地飞上他的面庞，他双颊细腻的皮肤透出红晕，双眼映出羞涩和快乐。对这种直爽和天真无邪的优美表露，我外祖母无限感动。这种表情，在圣卢身上，至少在我与他友情甚笃的时代，是不骗人的。

我认识另一个人——这样的人很多——对这个人来说，那种来得快去得快的红晕所表现出的生理上的诚恳，丝毫不排除道德上的表里不一。这种红晕，常常只证明一些足以干出最卑鄙、奸诈行为的人感到高兴的强烈程度，他们在快乐面前甚至不能自持，不得不向别人承认这种快乐。使我外祖母酷爱圣卢的，自然是他那样毫不拐弯抹角地承认他对我怀着好感。为了表达这种好感，他用的那些词语，我外祖母说，似乎连她自己也找不到，是

[1] 鲁宾斯坦（1829—1894）：俄国钢琴家、作曲家。

最准确的、真正动情的，是同时属于“塞维尼和博泽让”的词语。他也毫无拘束地拿我的毛病开玩笑——他挑我的毛病那种细心劲儿，叫我外祖母觉得好玩——但也像我外祖母一样，是满怀柔情的。相反，他热情地、毫无保留地、毫不冷淡地尽情赞扬我的优点，而他那个年龄的年轻人一般认为，非要借助于保留和冷淡才能显出自己了不起。我稍感不适，他就去叫人来；天气转凉，我自己还没发觉，他已经把毯子盖在了我的腿上；若是感到我很忧郁或者不快活，他便不声不响地安排好，晚上陪我陪得更晚。他表现出那样的细心周到，但从我健康的角度来说，他表现得更严酷一些对我说不定更有好处。我外祖母觉得这几乎有些过分，但是，对于他对我的疼爱，她深深地受到感动。

我们两人很快就说好了：我们已经成了永不相弃的挚友。他说“我们的友谊”时，就好像谈一件什么存在于我们身外的重要而甜美的事情一般，而且很快他便将“我们的友谊”称为他生活中最大的快乐了——对他情妇的爱不计在内。这些话让我产生了某种感伤，我很为难，不知如何作答，因为和他在一起，和他谈话——肯定，与任何别的人也是如此——我丝毫感觉不到没有人陪伴时反而会感觉到的那种幸福。独自一人的时候，有时我感到有一种感觉从内心深处涌来，是那种给我以甜美的快意的感觉。但是，我一跟什么人在一起，一跟一位朋友谈话，我的思想就来了个一百八十度大转弯，思想朝着谈话对象而去，而不是朝我自己而来了。思想循着这样的反方向而去时，丝毫不能让我快乐。我一离开圣卢，便借助于语句，将我与他一起度过的纷乱的每一分钟理出点头绪来。我心里想，我有一个好朋友，一个好朋友是罕见的，我感到周围皆是难以到手的财富，这时我恰恰体会到与对我来说实为自然的快乐相反的东西，与从我内心汲取了什么，并将这个隐藏于半明半暗之中的念头置于光天化日之下而体会的快乐相反。如果我花上两三个小时与罗贝·德·圣卢聊天，他对我说的话又很赞赏，我便感到某种后悔、遗憾、厌倦，觉得不如一个人独处，准备开始工作。但是我心里又想，一个人聪明并不仅仅为了自己，最伟大的人物也期望为人欣赏，我不能将这几个小时视为浪费，在这几个小时的过程中，我在朋友的心目中建立起了自己高大的形象。我很容易地说服了自己，认为应该为此感到高兴，正因为我不曾体会到这种幸福，我更热切地期望别人永远不要剥夺我这种幸福。对于我们身外的财富，人们总是担心它们会消失，超过担心其他任何财富，因为我们的心没有占有这些财富。

我感到自己能够比很多人更好地体现友谊的美德（因为我总是将朋友的利害放在所谓的个人利益之上，我对这些个人利益是不在乎的，而其他人对此极为关切）。但是感到我的心灵与他人心灵之间的差异——我们每个人心灵之间都是有差异的——不但没有扩大，反而会消失，我却无法因此而感到快乐。相反，有时，我的思想从圣卢身上辨别出一个比他本人更普通的一个人——一个“贵族”，而且就像一种内在的精神指挥着他四肢的动作一样，是这个“贵族”在指挥着他的一举一动。这时候，虽然我在他身旁，实际上我是独自一人，我在他面前好似我面对一处风景，理解了这景色的和谐一样。他只不过是一件物品罢了，我力图通过思考加深对这件物品的认识。我总是从他身上找到那个先入为主的、上百岁的人，那个恰巧是罗贝期望自己不是的贵族，这时我感到极度的快乐，但这种快乐属于智力范畴，而不属于友谊范围。

他身心机敏，赋予他的是无限可亲可爱的风雅；他很随便地请外祖母坐他的马车，并且扶她上车；他怕我着凉，灵巧地从座位上跳下来，将他自己的外套披在我的肩上。从这些举动里，我感觉到的是，在罗贝身上不仅有伟大的猎手世代相传的灵巧（这个年轻人的祖先世世代代就是猎手，而他却一心要搞智力活动），还有他们对富有的蔑视——罗贝也蔑视富有，但同时又对富有很有兴味，那只是为了能够更好地宴请他的友人。正是这种蔑视才使他那样漫不经心地将自己的奢华奉献于友人的脚下。从这些举动里，我更感觉到这些贵族大老爷那种认为自己“高人一头”的自信或幻觉。幸亏如此，他们未能将那种想表现自己“与别人一样”的欲望遗传给圣卢，未能将那种怕显得过分殷勤的恐惧遗传给圣卢。圣卢确实不知这种恐惧为何物，而这种恐惧以其僵硬和笨拙，使最诚挚的平民百姓的和蔼可亲都变成了丑态。

有时我责备自己这样视自己的朋友为一件艺术品，并从中得到乐趣，也就是说，注视着他这个人各个部分的动作，似乎由一个总思想和谐地指引着，这每一部分都拴在那个总思想上，而他自己并不知道这个总思想是什么。因此，这个总思想并不能给他自己的品质、给他个人的智慧和道德的价值增加任何一点东西，而他对这些是看得很重的。

然而，在某种程度上，这个总思想倒成了他的品质得以存在的条件。正因为他是一个贵族，他的思想活动，他对社会主义的向往，在他身上才具有某种真正纯洁和无私的色彩。这种活动和向往使他去寻找一些野心勃勃、衣衫破旧的年轻大学生，可那些人的活动和向往并不具有纯洁和无私的色彩。他认为自己是一个无知而又自私的社会阶层的继承人，坦诚地希望大学生们原谅他这些贵族根底。事实与此相反，正是这些贵族根底对大学生产生了诱惑力，正因为如此，他们才找他，同时又对他装出冷淡甚至傲慢的样子。

他就这样弄到要主动追求一些人的地步。我的父母忠于贡布雷的社会学，见他这样对这些人并不扭头而去，一定会惊诧不已的。

有一天，我和圣卢坐在沙滩上，背靠一顶帆布帐篷。我们听见从帐篷里传出咒骂，嫌巴尔贝克犹太人麇集，把巴尔贝克都弄臭了。

“就没法走上几步不碰上一个！”那声音说道，“我并非从什么原则出发，对犹太民族有不共戴天的仇视情绪，可是这里，真是过剩了！就听见‘喂，亚伯拉罕，chai fu Chakop[1]’这种话。真觉得自己是置身于阿布吉尔街呢！”

如此大发雷霆反对以色列的那个人终于从帐篷里走出来了。我们抬起头来看看这个排犹主义者。他正是我的伙伴布洛克。圣卢立即请我提醒布洛克，说他们在大考时遇见过，布洛克那次大

[1] 希伯来语，意为你这个断子绝孙的。

考得到荣誉奖，后来他们又在一所民众大学里遇见过。圣卢的哪位志同道合的朋友在交际场合出了差错，做了可笑的事，圣卢毫不在乎。但是他感到，如果别人发现了，那出了错的人是会脸红的。每逢这时，怕伤害别人的自尊心便使他现出一幅窘态。这种时候圣卢常常是满脸通红，似乎出错的是他。从他的窘态中，我能找到他受耶稣教会教士教育的痕迹，对此我最多偶尔讥笑一下也就罢了。布洛克答应到旅社去看他那天，情形就是如此。布洛克一面应允，一面又加上一句：

“在那种伪装时髦的、供商队住宿的大旅社里等人，我受不了；茨冈女人又叫我恶心，你对‘laïft’[1]说，叫她们住嘴，并且立即去通知你！”

从我个人来说，我并不很坚持叫布洛克到旅社来。他在巴尔贝克并不是独自一人，而是和他的姐妹们在一起，可惜！他的姐妹们在这里又有许多亲戚朋友。这个犹太群体很有特色，并不太令人愉快。巴尔贝克和某些国家（如俄国和罗马尼亚）一样，地理课教给我们，在这些地方，犹太居民并不享有与在巴黎同等的优惠，也不像在巴黎那样达到了那种程度的同化。布洛克的表姐妹和叔伯们，或者与他信仰同一宗教的男男女女上游乐场时，女的是去“舞厅”，男的则上了岔路到纸牌赌博的地方去。他们总是一块去，不与任何其他成分混杂。他们组成一个与自身同质的队伍，与注视他们走过，每年在这里看见他们却从来不和他们打

---

[1] 布洛克出于无知，将“lift”（开电梯的人）读成“laïft”。

招呼的人是完全不同的一帮。不论是康布尔梅的圈子，首席审判官的山头，还是大小资产者，甚至巴黎某些普普通通的杂粮商人，他们的女儿，美貌，傲慢，嘲笑一切，完全是法国式的，就像兰斯的雕像一样，不肯与这群没有教养的丫头混在一块。她们念念不忘“洗海水浴”这种时髦，甚至总做出刚刚钓大虾回来或正在跳探戈的模样。说到男子，虽然他们无尾礼服光鲜夺目，皮鞋溜光锃亮，但是举止装腔作势，使人想到画家那些所谓“聪明的”讲究：他们要给福音书或《一千零一夜》作插图，考虑到那些事情发生在什么国度里，偏偏把巴尔贝克最大腹便便的“大人物”的模样赋予了圣皮埃尔或阿里巴巴。

布洛克将他的姊妹一一介绍给我，粗暴得无以复加地叫这些女孩子住嘴。她们对这个哥哥崇拜备至，将他看成偶像，他每说出一句俏皮话，她们都要哄堂大笑。所以，很可能这个阶层也与任何其他阶层一样蕴含着许多吸引人之处，以及许多优秀品质和崇高道德。要体会到这些，则必须深入这个阶层中间去。可是，这个阶层不讨人喜欢，他们感受到排犹主义的气氛，看到排犹主义的表现，他们结成密集的封闭的群体与此对抗，任何人都别想开出一条路打进这个圈子。

说到“laïft”，这事还不如那之前几天发生的另一件事叫我惊奇：布洛克问我为何前来巴尔贝克（相反，他似乎觉得他自己来这里是极其自然的事），是不是“指望认识几个美人儿”。我对他说，这趟旅行是我向往已久的，然而比去威尼斯的欲望还差一层。这时，他回答说：“对，当然了，为的是一面装作读约翰·拉斯金

爵士的 *Stones of Venaïce*[1]，一面和漂亮太太们一道吃冰淇淋。那位拉斯金是个面色阴沉、令人讨厌的家伙，是世界上最叫人讨厌的绅士之一。”[2] 布洛克显然以为，在英国，不仅所有的男性都是“爵士”，而且字母“i”也总是发“aï”的音。圣卢认为这个发音错误并不严重，因为他从中主要看出我这位新朋友缺乏社交概念。我这位新朋友既没有这些概念，又蔑视这些概念。罗贝生怕哪一天布洛克知道了人说“威尼斯”而不是“威耐斯”，拉斯金并不是爵士以后，会进一步想到罗贝一定觉得他无知可笑，反倒觉得自己罪过，似乎自己不够宽宏，实际上他真是宽宏无度。布洛克有一天发现自己的错误时面颊会染上红晕，罗贝已提前感到红晕飞上了自己的面颊。他肯定布洛克比他自己把这个错误看得更重。这正是此后不久，有一天布洛克听到我说到“lift”时的感受。他立刻打断我说：“啊，应该说‘lift’。”同时他又用生硬而高傲的语气说道：“其实这完全无关紧要。”类似的话，所有自尊心很强的人，无论是在最重大的场合，还是在最微不足道的场合，也都这么说。这说明，对于声称无关紧要的那个人来说，即使在微不足道的场合之中，所说的那件事也是非常紧要的。任何一个有些高傲的人，

---

[1] *Stones of Venice* 为拉斯金的作品，共三卷，第一卷出版于 1851 年，第二、第三卷出版于 1853 年，均在伦敦出版。但直到 1874 年新版及 1881 年的缩写本出版，这部著作才打响。1900 年春普鲁斯特游览威尼斯的圣马可时，手里就捧着这本书。缩写本于 1906 年由玛蒂尔德 · 克雷默译成法文，书名为《威尼斯的石头》。此处布洛克出于无知，将“Venice”（威尼斯）说成“Venaïce”（威耐斯）。

[2] 普鲁斯特极喜欢拉斯金的著作，这里，布洛克的话怎样刺激了他，诸位可以想见。

刚刚夺走了他紧紧攀住的最后的希望，拒绝给他提供帮助，从他嘴里也会首先冒出这句话来，这时便是令人伤心的话，也是悲剧性的一句话了："啊，好吧，这完全无关紧要，我另作安排吧！"这完全无关紧要地向他推去的"另作安排"，有时竟会是自杀。

此后布洛克对我说了一些非常热情的话。他肯定希望对我非常客气、可亲。可是，他问我："你与德·圣卢–昂–布雷交往甚密，是想把自己抬高到贵族吗？——那贵族阶层与其余的人是差不多的，你太幼稚了。你可能正处在赶时髦的狂热之中。告诉我，你是不是时髦青年？是，对不对？"

他这样说，并不是因为他想对我客气的这种愿望突然改变了，而是因为他的缺点正是人们用很不正确的法语所说的"没有受过良好教育"。他自己对这个缺点无所察觉，更不会认为别人会因此而感到不快或反感。

在人类中，人人具有的品德，与每个人特有的众多的缺点相比，所占的比例并不大。显然，"世界上最普遍的事物"，并不是良知，而是善良。在最遥远偏僻的角落里，人们会惊异地看到善良这朵花自动开放，犹如在幽静的山谷中开放着一朵丽春花。这朵花与世界上其他地方的丽春花无异，但它从未见过其他的丽春花，只见识过有时叫它那孤独的小红帽颤抖不已的狂风。即使这种善良因利害关系而变成瘫痪，表现不出来，它依然存在。每当没有任何自私的动机妨碍它发挥的时候，例如读一本小说或一份报纸的时候，这种善良便会大放光彩，向弱者、向正义者、向受迫害的人而去。甚至一个杀人犯，在他作为长篇连载小说爱好者时，他的心仍然很软，在这种人心中，这善良也是如此放光。

与美德令人佩服的情形相似，缺点的多种多样也令人叹为观止。最接近完美的人也有某个缺点使人不快或令人着恼。某一个人智力超群，高瞻远瞩，从不说任何人的坏话，但是，你亲自交给他最重要信件请他转交，他却放在自己口袋里忘了交，后来又叫你误了一次重要的约会，而且也不微笑着向你道歉，因为他一向以自己从不知道现在几点钟为荣。另外一个人思想细腻，性情温柔，待人接物高雅，关于你本人，从来只说会叫你高兴的话，但是你感觉到他对有些事闭口不谈，将某些事埋在心底，各种各样的事在他心里闷着发酵。他见到你很高兴，他把这高兴看得那么宝贵，宁愿叫你累死，也不离开你。第三位更诚恳一些，但是，当你说自己因健康状况不佳而未能前去看望他，请他原谅时，他把诚恳推进到非叫你知道，有人见你去戏院了，人家觉得你脸色很好不可。或者非叫你知道他并未完全受益于你为他进行的斡旋，再说已经有另外三个人主动提出为他进行活动，所以他对你也只是稍加感恩而已。在这两种情况下，前面那位朋友可能装作不知道你上戏院去了，装作不知道别人也能帮他这样的忙。至于这最后一位朋友，他感到需要向什么人反复地说或者揭示出可能最令你反感的事，对自己的直爽感到十分得意，而且拼命对你说："我就是这样。"

有的人则因为过于好奇或绝对没有好奇心而叫你着恼。你可以对他们谈到最为轰动的重大事件，而他们完全不知所云。有的人等几个月才给你回信，如果你的信是关于你自己的一件事而与他们无关的话。或者，他们对你说，要来问你什么事。你怕错过了他们的来访一直不敢出门，他们却并不前来，叫你等上几个星期，因为他们没有收到你的回信（而他们根本没有要求你回信），以为他们惹你不高兴了。某些人高兴起来，想来看你，他们只顾自己愿意而不顾你愿意不愿意，口若悬河，不给你留下插嘴的地方，也不管你有什么紧急的事情要做。可是，若是他们感到时间长了，累了，或者心情不好，你就引不出他们一句话来，任凭你怎么使劲，他们都用无精打采来对付你，再也不肯回答你的话，甚至不肯用一个字来回答，就像没听见你说的话一样。

我们的每个朋友都有自己的缺点，为了能继续喜欢他，我们不得不寻些东西来自我安慰——想到他的才华，他的善良，他的温柔——或者更正确地说，将我们的好意充分发挥出来，对他们的缺点置若罔闻。可惜，我们这样好心对我们朋友的缺点极力做到视而不见，总是敌不过他的极力放纵，因为他看不见自己的缺点，或者以为别人看不见。讨人嫌这种危险主要来自我们很难评价不显眼的或未被察觉的事，所以出于谨慎，至少应该从不谈论自己。可以肯定地说，在这个问题上，别人的看法与我们自己的看法永远不会一致。人们参观一幢外表平平的房屋，里面不论是珍宝满室，还是遍地皆是盗贼用的撬门铁棒或死尸，发现了别人真正的生活，那表面天地之下的真天地时，都会感到同样的惊异。借助于每个人对我们说的话，我们对自己形成了一个印象。通过他们在背后就我们发表的言辞，我们得知他们对我们和我们的生活怀有怎样完全不同的形象时，我们的惊异不会比上述情形更小。

因此，我们每次谈论过自己以后，都可以确信，我们说的那些无害而谨慎的话语，被人听了去表面上彬彬有礼并虚伪地表示赞同以后，会叫他们做出最叫人恼怒或最令人快乐的评论，一言以蔽之，是最不利的评论。至少我们对自己的想法和我们的话语之间不一致，也很会激怒别人。这样的不一致，一般总是使人们就自己所说的话显得非常可笑，就像那些冒牌音乐爱好者，虽然做出极其赞赏的样子，但是他们叫我们听到的话语并不能说明他们的赞赏。他们一面用有力的指手画脚和一副赞赏备至的表情来补偿那含糊不清、喃喃低语的不足，同时又感到需要哼一首他们喜爱的曲调。

除了谈自己，谈自己缺点这个坏习惯之外，还要加上另外一个与此结成一体的坏习惯，那就是揭露别人身上的某个缺点，恰恰自己也有这同一缺点。人们总是谈论这些缺点，似乎是一种谈论自己的方式，实际上是用拐弯抹角的方式，把承认自己的快乐与宽恕自己的快乐结合在一起。

此外，似乎我们的注意力总是被吸引到构成我们自己特点的东西上去，与别人身上的其他东西相比，这些东西更容易被发现。一个近视眼谈论别人时会说“他眼睛几乎睁不开”；一个肺结核患者对一个最健壮的人肺部是否完好总有疑问；一个很不爱清洁的人总说别人不洗澡；一个嗅觉不灵敏的人总认为别人身上有味道；一个丈夫，自己老婆作风不正，会到处看到老婆作风不正的丈夫；一个举止轻浮的女人到处都看到举止轻浮的女人；一个追求时髦的青年，到处看到时髦青年。每种毛病，也像每种职业一样，要求一种专门知识，并不断发展这种专门知识。将这些知识卖弄一下，并不令人恼火。性欲倒错的人发现性欲倒错的人，一位裁缝应邀到社交场合，他还未与你谈话，就已经品评起你的衣料，他那手指已经迫不及待要来捻一捻看质量如何了。如果你与一位牙医谈上一会儿话，然后问他对你有何真实想法，他就会告诉你，你有几颗坏牙。在他看来，没有比这更重要的了。待你也发现了他的坏牙，你会觉得没有比这更可笑的了。

不仅仅我们谈到自己时，以为别人都是盲目的，就是我们做事时，也似乎以为别人是盲目的。对我们每个人来说，都有一个专门的上帝无时不在，他遮掩住我们每个人的缺点，或向我们每个人许诺看不见我们的缺点，犹如对不洗澡的人，对他们耳朵上的一条污垢，臂弯里的汗味，他都闭上眼睛，堵上鼻孔，并且要他们坚信，他们可以带着这些污垢和汗味在人间游荡，不会受到任何处罚，人们什么也发觉不了。佩戴假珍珠或以假珍珠相赠的人，以为别人定会把假珠当成真珠。

布洛克很没有教养，有神经病，追求时髦，来自一个不受尊重的家庭，如同在海底一般承受着无法计算的压力。这压力不仅来自表层上的基督徒，还来自高于他所在的阶层的一层层犹太阶层，每一层都以自己的蔑视压迫着紧挨着自己下面的那一层。要从一个犹太家庭上升到另一个犹太家庭，穿过一层又一层，直到呼吸到自由的空气，布洛克可能要花上数千年的时间。最好是设法从另一个方向上开辟一个出口。

布洛克跟我说什么我正处在赶时髦的狂热之中，要我向他承认我是时髦青年时，我本可以这样回答他："如果我是，我就不会与你常来常往了。"可我只是对他说，他这样讲话太不客气。于是他想道歉，但是没有教养的人实在有福气，他们的处理方式是一面毁掉自己之前说的话，一面伺机将那些话语变得更加沉重。

"请你原谅我，"现在他每次遇到我都这样说，"我曾经叫你难过，曾经折磨你，我是故意使坏。不过——从总体来说，所有的人，从个体来说，你的朋友，都是奇怪的动物——你无法想象，我虽那么无情地取笑你，可我心中对你是一片柔情。我想到你时，这种柔情常常令我落泪。"说着，他便叫人听到一声呜咽。

布洛克身上使我惊异的，还有更甚于他举止不适度的地方，便是他的谈话质量好坏相差很大。这个小伙子十分挑剔，对一些最时髦的作家，他常说："这个人是个面色阴沉的白痴，那个人完全是个傻瓜。"可他有时能十分开心地讲述一些毫不可笑的传闻逸事，引证某一个完全平庸的人的话，说："那人真是了不起。"评断人的智慧、价值、意义的这一双重天平，总是使我惊异不已，直到我结识他的父亲老布洛克先生那一天，这个谜才算解开。

我真没想到，有一天我们竟然同意结识老布洛克。因为小布洛克在圣卢面前说了我的坏话，又在我面前说了圣卢的坏话。他特别对罗贝说我（一直）追求时髦，追求得要死。"对，对，他能结识勒——勒——勒格朗丹先生十分荣幸。"他说。布洛克这样将一个词分开说，既表示讽刺，又流露出文学味道。

圣卢从未听说过勒格朗丹这个名字，大吃一惊："此乃何人？"

"噢，这是一个很了不起的人。"布洛克回答，哈哈大笑，同时怕冷似的将两手插进外衣口袋里，确信他此刻正在欣赏一位了不起的外省绅士那独具特色的外表。与这位绅士相比，巴尔贝·多尔维利的外表简直就是小巫见大巫。布洛克不会描绘勒格朗丹先生的形象，便用赋予他好几个"勒"字和像躲在柴捆后面品酒一样品味这个名字的办法聊以自慰。但是这种主观的享受别人是领略不到的。

他一方面在圣卢面前说我的坏话，另一方面在我面前也没少说圣卢的坏话。到了第二天，我们两人便都知道了这些谗言的详细情形，倒不是我们俩相互学舌，那我们可就太罪过了。但是布洛克会觉得这是非常自然而几乎不可避免的事，以至他在心神不安之中——他认为我们肯定会从这个或那个人嘴里得知我们要知道的事——宁愿先下手。他把圣卢拉到一边，向他招认了自己故意说他坏话的事，又告诉圣卢，他以"誓言监护人，克洛诺斯之子宙斯的名义"起誓，他爱圣卢，愿意为圣卢献出生命，说罢又抹去一滴眼泪。同一天，他又安排好单独见我，向我做了忏悔，宣称他那么做是为了我的利益，因为他认为某种社交关系对我有害，而我"比这个更有价值"。然后像醉汉那样动情地抓住我的手，虽然他醉酒纯属神经质的表现：

"相信我好了，"他说，"若是昨天想到你，想到贡布雷，想到我对你无限的柔情，想到你自己甚至回忆不起来的某些下午上课的情形，我不曾哭了一整夜，就叫黑煞神凯尔立即把我捉了去，让我穿过人类厌恶的哈得斯[1]之门好了！对，一整夜，我向你发誓！可是，我知道，我了解人，我知道你不相信我的话。”

确实，我不相信他的话，我感到这些话是临时编造出来的，是随说随编出来的。他“以凯尔的名义”起誓，也并没有增加很大重量，因为布洛克对古希腊宗教的信仰停留在文学层面。此外，每当他激动起来，同时也希望别人为一件虚构的事实所感动时，他总是说“我向你发誓”。与其说这是为了叫人相信他说的是实话，不如说那是为了撒谎骗人而制造的歇斯底里的官能享受。他对我说的话，我不相信。不过我也不怪他，因为我从母亲和外祖母那里继承了不会怀恨在心的天性，甚至对比这大得多的罪过也不怀恨。我同时也继承了永不谴责任何人的天性。

再说布洛克也不是绝对的坏孩子，他也能做出非常热情的事情来。自从贡布雷人种，也就是如我外祖母和我母亲这样的绝对完美无缺的人从中产生的人种似乎濒于灭绝以来，我只能在未开化的、无动于衷的、忠心耿耿的正直人——他们一开口讲话，那声音便很快表明他们根本不关心你的生活——和另一种人之间进行选择。这后一种人，只要在你身边，他们就理解你，钟爱你，感动得落泪，可是过了几个小时又会翻脸不认人，跟你开上一个残酷无情的玩笑。此后，他们还会回到你的身边，仍是那样善于察言观色、热情可爱，立刻就能与你融为一体。相比之下，我可

[1] 亦为克洛诺斯之子，宙斯之兄弟，为冥王。他在魔鬼和煞神（其中就有凯尔）帮助下，想尽一切办法将活人拉进他那黑暗的王国中去。谁掉进他的冥府，便再不得永生；也无返回之路。

能还是更喜欢这后一种人，就说不喜欢他们的道德价值吧，至少喜欢与他们相处。

“我想你的时候那种难受劲儿，你是无法想象的，”布洛克又说，“归根结底，这是我身上相当有犹太人味道的一面又冒出来了。”他冷嘲热讽地加上一句，同时眯起自己的双眼，好像要在显微镜下为那数量极小极小的“犹太血液”定量一般。一个法国贵族大老爷，在全是基督徒的祖先之中，也可将萨米埃尔·贝尔纳或者再往前数，将圣母马利亚打进去。他可能也会这么说（实际上他是不会这么说的）。据说，莱维家族就自称是圣母马利亚的后代。

“我相当喜欢这样从我的情感中分出这一部分来，再说这是很小的部分，这部分可能属于我的犹太血统。”他又补充道。他道出这句话，因为他觉得道出自己种族的真相，既聪明又正直。在这同一场合，他又设法莫名其妙地减轻这真相的分量，就像那些下定决心还债，又只有勇气偿还一半的吝啬鬼。拿出勇气来宣布真相，同时又在其中掺上很多歪曲真相的谎言，这种弄虚作假的方法，比一般人想象的更为普遍，甚至一般不这么做的人也会如此：生活中某些紧要关头，特别是关系到恋爱关系的紧要关头，便给他们提供了这样的机会。

布洛克瞒着我在圣卢面前对我抨击谩骂，瞒着圣卢在我面前对圣卢抨击谩骂，这一切均以邀请我们前去做客而结束。若说布洛克开始时没有进行尝试以便单独邀请圣卢，我当然不相信。他看上去很可能进行了这样的尝试，但是没有成功，于是有一天布洛克对我和圣卢说：

“亲爱的师兄，还有你阿瑞斯[1]和圣卢－昂－布雷心爱的骑士，驯马人，既然我在乘飞舟的默尼埃家族[2]帐篷附近、飞沫轰鸣的安菲特里忒[3]海岸上与你们相遇，二位是否愿意赏光，这星期当中的哪一天到我那位鼎鼎大名、良心清白的父亲家中用晚餐？”[4]

他向我们发出这一邀请，因为他极想与圣卢结成更密切的关系，他希望圣卢能使他进入贵族阶层。如果这个希望是我提出来的，是为我自己提出来的，那布洛克就会觉得这是令人十分厌恶的附庸风雅之举了。这与他对我本性的一个方面的看法完全符合，至少到现在为止，他不认为这是我本性中的主要方面。但是同样的希望从他那里提出来，他就觉得是他的头脑有良好求知欲望的表现了，他热切希望与某些与己不同的社会阶层交往，说不定能从中找到某些在文学上有用的东西。

儿子对老布洛克说，要带一位朋友来吃晚饭，用一种略带讽刺挖苦又心满意足的口气道出这朋友的名字和头衔“德·圣卢－昂－布雷侯爵”时，布洛克老先生感受到强烈的震动。他大叫起来：

“德·圣卢－昂－布雷侯爵！啊！他妈的！”对他来说，使用骂

---

[1] 阿瑞斯：希腊神话中的战神，相当于罗马神话中的马尔斯。

[2] 可能指巧克力商人加斯东·默尼埃一家，他们的游船“亚里安娜号”当时是很著名的。

[3] 安菲特里忒：海中女神，波塞冬的妻子。

[4] 此处布洛克模仿荷马的笔调讲话。

人的话，那是对人最高敬重的表现。

他向儿子投过赞美的一瞥：儿子竟能结交上这样的人！那目光意味着：

“他真叫人大吃一惊。这个浪子，他是我的孩子吗？”

这目光使我的伙伴快乐不已，好比每个月给他增加五十法郎零用钱一样。布洛克在家中很不自在，感到父亲将他当成不走正道的人，因为他靠崇拜勒贡特·德·利尔、埃雷地亚[1]和其他“游手好闲的人”过活。可是他跟圣卢-昂-布雷结交上了，后者的父亲曾是苏伊士运河公司董事长啊！（啊！他妈的！）这可是“无可争议”的成果啊！

因为人们怕把立体镜弄坏了，将它留在了巴黎，现在更加感到遗憾。只有布洛克老先生一个人掌握了使用这立体镜的艺术，至少他有权使用。再说他也难得用一次，用得非常小心翼翼，也就是在贵客上门设华宴的日子用。所以，观看立体镜表演的人，觉得这是特殊礼遇，是对上宾的优待；而组织表演的主人，则产生了威信，与天才产生的威信相仿。即使风景照是布洛克先生本人亲自拍摄的，这个镜是他自己发明的，那威信也不会比这更高。

“昨天您没有得到邀请去所罗门家吗？”人们在家中这样谈论。

“没有，我没有被慧眼看上！都有什么名堂？”

“排场很大，立体镜，全套玩意儿。”

“啊，如果有立体镜，我很遗憾，据说所罗门将立体镜拿出来

[1] 这是布洛克最佩服的两位巴那斯派诗人。

示人时，非同寻常。”

“有什么办法！”布洛克先生对儿子说道，“不应该同时把什么都给他，这样，他就总是还有点什么东西欲求不得。”

他出于父爱，并且因为想打动儿子，他确实想到要把那仪器弄来。但是“具体时间”不够，或者更正确地说，人们以为时间不够。不过，我们不得不将晚餐的时间推迟，因为圣卢走不开，他在等一位舅舅，这舅舅将到德·维尔巴里西斯夫人身边过四十八小时。这位舅舅非常热衷于体育锻炼，尤其热衷于长途步行，他要从他在乡间度假的那个城堡，基本上步行而来，在农庄过夜，所以他何时抵达巴尔贝克是说不准的。圣卢不敢动，我这位朋友每天给他的情妇发的电报，甚至都委托我去电报局所在的安加维尔发出。

他们等待的舅舅名叫巴拉麦德，他从自己的祖先德·西西里亲王那里继承下来这个名字。后来我在阅读历史著作时，遇到过这个名字——有人说这是真正古老的名字，属于中世纪意大利及法国南部某些城市的某某最高行政长官或某某教会之长[1]，如同文艺复兴时期的漂亮招牌。这个名字一直留在这个家族中，代代相传，从梵蒂冈办公室一直传到我朋友的舅舅那里。有的人因为没有钱，无法成立勋章馆、美术馆，便去追求古老的姓名（地名，像一张古老的地图，一张骑士照，一个招牌或一个普通人的姓名那样有文献意义又有地方色彩；受洗礼的名字，在美妙的法兰西

[1] 指红衣主教、大主教和主教。

文字结尾音节中震荡着，叫人听得出来舌头有毛病。某地居民俗气的语调，发音不正确，我们的祖先正是按照这些使拉丁词和撒克逊词发生了持久的变化，这些变化后来又成为语法了不起的立法规则），总而言之，借助于这些古老音响的汇集，这些人给自己开起了音乐会，就像那些到处搜罗低音古提琴[1]和抒情古提琴以便在古老的乐器上奏出往昔音乐的人一样。当我读到这个名字时，我体会到上述这些人的那种快乐。

圣卢对我说，即使在最封闭的贵族社会中，他的舅舅巴拉麦德仍然以特别难以接近、蔑视一切、醉心于自己的贵族出身而与众不同。他与自己的弟媳和另外几个精心选择的人在一起，组成了所谓的“凤凰圈子”。就是在这个小圈子里，他也因傲慢令人恐惧，以至以前发生过社交场上有人想与他结识，前去与他的亲弟弟打交道，遭到拒绝的事。

“不，不，不要要求我将你们介绍给我哥哥巴拉麦德。我妻子，我们所有的人，都合力去做，也无能为力。不然，你们会撞上他很无礼，我不希望如此。”在赛马俱乐部，他和几位朋友指定了二百名俱乐部成员，他从来不让人将这些成员介绍给他们自己。在德·巴里斯公爵家里，他因衣着华丽、性情高傲而以“亲王”这个绰号为人所周知。

圣卢向我谈了他这位舅舅早已逝去的青年时代。他与跟自己一样漂亮的两个朋友合住一套单身汉小公寓，他每天将一些女人

[1] 大提琴的前身。

带到公寓里来，因此人称他们是“美惠三女神”。

“有一天，一个人——照巴尔扎克的说法，这个人如今是圣日耳曼区最出头露面的一个人，但在那还不走运的最初阶段，流露出莫名其妙的嗜好——向我的舅舅要求到这套单身公寓里来。刚一到，他就开始求爱，并不是向女人，而是向我的舅舅巴拉麦德。我舅舅装作听不懂，找个借口把那两位朋友带了出去。然后他们一起回来，捉住那个坏蛋，剥掉他的衣服，打得他血迹斑斑，在零下十度的大冷天把他踢到门外。人家发现他时，他已经半死不活，结果法院前来进行调查，那个倒霉鬼[1]好不容易才叫法院停止调查。今日，我舅舅大概再也不会干这么残酷的事了。他这个人对上流社会的人那样高傲，可你想象不到，如今他对多少平民百姓怀有热烈的友情，保护他们，哪怕得到的报答是忘恩负义。一个从前在某一公馆里服侍过他的仆役，他会安插到巴黎去。一个农民，他会叫人教他学会一门手艺。这是他身上相当讨人喜欢的一面，与他那花花公子的一面形成鲜明对照。”

圣卢确实属于上流社会的这种青年之列，他们所处的地位，使人可以对他们道出这样的词句：“他身上有相当讨人喜欢的东西，讨人喜欢的一面。”这是相当宝贵的种子，很快就会生产出一种待人接物的方式。在这种方式中，他人一钱不值，而“平民百姓”便是一切。一言以蔽之，这种方式与平民百姓的骄傲截然相反。

---

[1] 那个倒霉鬼，便是福古贝。

“据说，他年轻时，在整个那个社会阶层里，他就是表率，他说了就算，简直令人难以想象。对他来说，在任何情况下，他认为怎样最令人愉快、最实惠，他便怎样办，但是立刻便有附庸风雅的人来加以仿效。在剧场里，他很渴，叫人将饮料送到他的包厢后头。到了下周，每个包厢后头的小客厅都装满了清凉饮料。有一年夏天阴雨连绵，他有些风湿痛，便定做了一件柔软而暖和的驼绒外套，无非是当旅行毛毯用，上面蓝色和橘红的条条他一动未动。马上，高级裁缝便见他们的主顾都来定做蓝色长毛带流苏的外套了。他在某一城堡度过一天，如果由于某种原因，他希望免去一次晚宴的庄重性质，为了表示出这种细微差别，他没有带礼服来，穿着下午的上装入席，那么，在乡下着普通上装参加晚宴便成为时髦。为了吃一块点心，他没有使用小勺，而使用了一个叉子或什么向金银器匠定做的自己发明的餐具，那以后便不许他用别的方法吃了。他想再听一遍贝多芬的某几首四重奏（即便他有这些异想天开的想法，也一点都不愚蠢，而是非常聪明），便请了一些艺术家来，每个礼拜为他和几位朋友演奏，那么这一年，聚集为数不多的人，听室内音乐，便是最为高雅的事。我相信他生活中没有烦闷过。像他从前那么漂亮，女人，他肯定有过不少的！不过我无法准确地告诉你都是谁，因为他这个人守口如瓶。但是我知道，他反正把我那可怜的舅妈欺骗得够呛！可这并不妨碍他跟她在一起很愉快，她对他无比钟爱。舅妈死后，他哭了好几年。他在巴黎时，仍然几乎每天到墓园去。”

罗贝就这样一面等待着他的舅舅，一面对我谈到他。结果是白等。第二天上午，我回旅社，独自一个人从游艺场前面经过时，感觉到离我不远有一个人在注视我。我扭过头去，看见一个男子，四十岁左右，很高，相当胖，唇髭很黑。他一面用一根小手杖神经质地拍打着裤子，一面用睁得大大的眼睛聚精会神地盯着我。有时，极其灵活的两只眼珠在眼眶里骨碌碌地转。只有站在一个陌生人面前，而这个陌生人又由于某种原因使你产生其他人——例如疯子或暗探——不会产生的一些想法时，人才会有这种眼神。他向我飞送过来绝妙的一瞥，既大胆，又谨慎，既飞快，又深沉，好似逃跑时投出的最后一瞥。他环视一下四周，骤然摆出心不在焉而又高傲的神情，整个人突然一转，扭身去看一张海报。他专心致志看海报，一边哼着一首曲子，并整理垂在他扣眼间的那朵苔蔷薇。他从口袋里取出一个摘记簿，好像是将戏名记在本子上。他掏了两三次怀表，把一顶扁平的黑色草帽向下拉到眼睛上，手又做帽檐状，接长了草帽的帽檐，似乎想看看是不是有什么人来。他做了一个不满意的动作，通过这个动作，可以叫人看出，他已经等烦了。但是如果真的在等什么人，则永远不会做出这样的动作。然后他把帽子推向脑后，露出剪得很短的刷子头。可是两侧都还留着相当长而弯曲的鸽子翅膀[1]。他大声吐出一口气来。人不仅很热，而且希望表现出自己热得受不了时，就是这样吐气的。

我忽然想到，这是个旅社骗子，他可能前些日子已经注意到了我外祖母和我，正准备敲我们一下，可他刚才发现，就在他觊

[1] 指鸽子翅膀一般的头发。

觎我的时候，让我给撞见了。为了骗我，他可能想通过这种新姿态，极力表现出心不在焉和漠不关心的样子。可是他未免夸张到了剑拔弩张的程度，以至显示出他的目的是打消我可能产生的怀疑，报复我不知不觉可能对他进行的侮辱，让我明白他不仅没看见我，而且我是一个太无足轻重的东西，根本不可能引起他的注意。他做出勇夫模样，挺起腰杆，撇起嘴唇，翘起胡子，在眼神里再配上某种毫不在乎、生硬而又几乎侮辱人的东西。结果是他那奇异的表情，叫我一会儿将他当成偷儿，一会儿将他当成疯子。

然而他的衣着极其讲究，比起巴尔贝克我看见的所有洗海水浴的人的衣着来，要严肃得多，简洁得多，也叫我放了心，因为那些人的海滨装那刺眼而又俗气的淡颜色常使我的上装受到侮辱。

可是这时我的外祖母来迎我了，我们一起转了一圈。一小时以后，她回旅社去了一小会儿，我在旅社门前等她。这时我看见德·维尔巴里西斯夫人与罗贝·德·圣卢以及在赌场前那样死死盯住我看的那位陌生人一起走了出来。他的目光与我看见他那时一样，闪电一般飞快地从我身上扫过，然后，就像没有看见我一样，收回到自己的眼前稍下的地方，那是迟钝、有如中性的目光，假装外表上什么也没有看见，内心什么也看不见。这目光仅仅表示睁圆了眼睛，撑开了睫毛，为四周有睫毛而感到满意。这是某些伪君子那种虔诚而又沉醉的目光，是某些蠢人自命不凡的目光。

我看到他已经换了衣服。现在他穿的上装颜色更深，显然这是因为真正的优雅比虚假的优雅距离简朴更近一些。但是，还有别的东西：更靠近些，人们感受到，这些服装之所以几乎没有别的颜色，并不是因为取消这颜色的人对此无动于衷，而是因为出于某种原因，他禁止自己使用颜色。这些服装显示出来的朴素似乎是源于对某种规定的服从，而不是源于对颜色没有胃口。在长裤的料子中，有暗绿的丝，与袜子上的条纹非常和谐，那种精细透露出一律着深色这种审美观的强大力量，出于容忍精神，只对这种趣味做了这唯一的让步。领带上有一个红点，表示胆敢放肆，是难以察觉的。

“您好吗？我来向您介绍，这是我的侄子德·盖尔芒特男爵。”德·维尔巴里西斯夫人对我说。陌生人并不看着我，咕咕哝哝地说了句含糊不清的“荣幸”，后面紧接着便是“哦，哦，哦”，为的是赋予他的和蔼某种勉强的意味。他蜷起小拇指、大拇指和食指，向我递过中指和无名指来，这两个手指上没有一个戒指。我隔着他的瑞典手套，握住这两个指头。然后他没有对我抬起眼皮，朝德·维尔巴里西斯夫人转过身去。

“天哪，我昏了头了吧？”这位夫人笑着说，“我把您叫成德·盖尔芒特男爵了！我向您介绍，这位是德·夏吕斯男爵。不管怎么说，这错误不太严重，”她又添了一句，“反正您确实姓盖尔芒特嘛！”

这工夫，我外祖母出来了，我们便一起上路。圣卢的舅舅不仅不对我们说一句话以示给我面子，甚至不瞧我一眼。虽然他打量陌生人（在这次短短的散步过程中，他向一些无足轻重的、出身最寒微的路人投过两三次他那凶狠而又深沉的目光作为试探），反过来，他从来就不注视他认识的人，如果以我的判断为准的话——像一个执行秘密任务的警探将自己的朋友置于职业监视之外一般。我任凭外祖母、德·维尔巴里西斯夫人与他谈天说地，将圣卢拉到后面：

“告诉我，我是不是没听清楚？德·维尔巴里西斯夫人对您的舅舅说他从前是盖尔芒特家人。”

“是啊，当然啦，他就是巴拉麦德·德·盖尔芒特。”

“在贡布雷附近有一座城堡，自称是热纳维耶夫·德·布拉邦特后代，他与那家姓盖尔芒特的，是一家吗？”

“绝对没错：我舅舅，没人比他更讲究纹章学了，他会回答您说，我们的‘呐喊’，我们的‘战斗口号’，首先是‘贡布雷人’，后来才变成了‘帕萨王’，”他笑着说，为的是不要显得为拥有“呐喊”的特权而扬扬自得，只有几乎可以称王的家族，大的帮派首领才有这种‘呐喊’，“这城堡的现主人，便是他的兄弟。”

这位德·维尔巴里西斯夫人就这样与盖尔芒特家族结成了近亲。但是对我来说，她很长时间里一直是我小时候送我一盒鸭子叼着的巧克力的太太，那时，她与盖尔芒特那边要比说她被关在梅塞格利丝那边更为遥远，在我看起来，还不如贡布雷的眼镜店主人显赫，社会地位高。可她现在突然身价倍增，与此平行的，是我们拥有的其他物品出人意料地贬值。增值也好，贬值也好，都在我们的少年时代和我们少年时代残存之中的各个部分，导入与奥维德的变形一样众多的变化。

“是不是在这座城堡里有盖尔芒特世家古代高官的全部胸像？”

“对，是个好景。”圣卢冷嘲热讽地说。“咱俩说说，勿告他人：我觉得这些东西无味得很。不过在盖尔芒特有更有意思的东西！那就是加里埃[1]所绘制的我姨母的肖像，十分动人。与惠斯勒或委拉斯开兹的作品一样美。”圣卢又加了一句，他在新教徒的狂热中，不能总是准确地把握住伟大的标尺。“也有居斯塔夫·莫罗的动人的画。我的姨母是您的朋友德·维尔巴里西斯夫人的侄女，她是这位夫人带大的，她嫁给了自己的表兄，也是我的婶祖母维尔巴里西斯夫人的侄子，就是现在的德·盖尔芒特公爵。”

“那您的舅舅又是什么人呢？”

“他的贵族头衔是德·夏吕斯男爵。照规矩，我的外叔祖父去世时，我的舅舅巴拉麦德本应取得德·洛姆亲王的头衔，他的哥哥成为盖尔芒特公爵之前就是这个头衔。这个家族里，人们更名改姓就像换衬衣一样。可是我舅舅对所有这些事都有一些特别的想法。他觉得意大利的公爵，西班牙的什么高级称呼等都用得太滥，虽然他可以在四五个亲王头衔中进行挑选，但他出于抗议，保留了德·夏吕斯男爵的头衔。这个头衔表面上很朴素，实际上里头包含着许多自傲。他说：‘如今什么人都是亲王，可是毕竟得有点东西使你与众不同。待我想隐姓埋名出门旅行时，我一定取一个亲王头衔。’照他的说法，没有比德·夏吕斯男爵更古老的头衔了。德·蒙莫朗西男爵自称是法兰西最古老的男爵，其实不准确，因为他们那时只是他们的采邑法兰西岛的男爵。为了向您证明德·夏吕斯男爵早于德·蒙莫朗西男爵，我的舅舅会兴致勃勃地

[1] 加里埃（1849—1906）：肖像画及家庭场景画家。

给您解释上几个小时。他虽然非常精明，有才干，仍然觉得这是一个非常生动的谈话题材，”圣卢微微一笑说道，“可是我不像他，您不要叫我谈什么谱系，我真不知道还有什么比这个更叫人昏昏欲睡，更过时的了。确实，人生太短暂了。”

从刚才在赌场附近使我转过身去的那股生硬的目光中，我现在认出了当年在当松维尔，斯万夫人召唤希尔贝特时我见过的死死盯住我的目光。

“您告诉我，您的舅舅德·夏吕斯先生有过许多情妇，这里头有没有斯万夫人？”

“噢！绝对没有！他是斯万先生的一位好友，一向给斯万先生许多支持。可是，从来没有人说他是斯万老婆的情夫。如果您流露出相信这个的样子，肯定会在上流社会里引起极大的惊异。”

我没敢回答他说，如果我流露出不相信这个的样子，在贡布雷，人们会感到更加惊异的。

我外祖母被德·夏吕斯先生迷住了。当然，他对一切关于世家和社会地位的问题极为重视，外祖母也发现了。但是人们对此严加指责时，一般总有隐隐的妒意和恼怒在里面，因为看到另外一个人享有自己也想有却无法拥有的优越地位。外祖母则丝毫不带此等的严厉指责。相反，她对自己的命运很满意，丝毫不为自己并不生活在一个更加显赫的社会阶层而感到遗憾，所以她只是运用自己的智慧去观察德·夏吕斯先生的毛病而已。她谈到圣卢的舅舅时，怀着达观和接近好感的善意，微笑着。我们用这种善意来报答他，因为他作为我们进行毫无利益关系的观察对象，给我们带来了快乐。何况这一次，这观察对象还是一个人物，外祖母觉得他的自命不凡，不说是合情合理吧，至少也独有之处，这使得他与外祖母一般有机会见到的人相比，显得对照鲜明。

可以看得出来，与圣卢嘲笑的许多上流社会的人相反，德·夏吕斯先生极其聪明，感受力极强。我的外祖母也正是因为这一点而轻易地原谅了他的贵族成见。然而无论是舅舅，还是外甥，都没有因为更杰出的优秀品质而丢掉这种成见。更确切地说，德·夏吕斯先生将二者调和起来了。像德·纳穆尔公爵和德·朗贝尔亲王的后代一样，他拥有档案、家具、壁毯，还有拉斐尔、委拉斯开兹和布歇为他的祖先绘制的肖像。只要概述一下他对自己家族的回忆，就可以不夸张地说，他是在“参观”一座博物馆和一间无与伦比的图书室。可是相反，他将贵族的全部遗产都置于他的外甥将他贬到的那个地位上。说不定还有另外一个因素，那就是他不像圣卢那样空想，不尚空谈，是更现实的人类观察家，他不愿意忽略别人视为根本的威望因素。虽然他赋予自己的想象以非物质利害的享受成分，但是对于他那功利主义的活动，这个因素却常常可以成为一剂极为有效的补药。

这种人与另一种人之间一直是有争论的。另一种人听从内心理想的召唤，内心的理想促使他们舍弃这些好处，去一心寻求实现理想。在这方面，他们与那些放弃自己高超的技巧的画家、作家很相似，与采用现代手法的手艺人很相似，与主动实行普遍裁军的善战民族很相似，与实行民主、废弃严酷法律的极权政府很相似，而现实常常并不能酬谢他们高尚的努力。有时和平主义反倒使战争增加，宽容也使犯罪增加。如果从外部效果来判断，只能说圣卢努力做到诚恳和外露是非常了不起的，但也容许人们庆幸德·夏吕斯先生恰恰缺乏这二者。德·夏吕斯先生叫人将盖尔芒特公馆一大部分精美的木器运到了他外甥家里，而不是像他的外甥那样拿这批家具换了一套时髦款式的家具和一些勒布[1]和纪约曼[2]的画。

德·夏吕斯先生的理想非常做作，这也是真的，如果“做作”这个修饰语可以与理想这个词联系起来的话，也就是说，他既有社交气又有艺术性。说到几个姿色倾城又有罕见文化素养的女性，两个世纪以前，她们的祖先就已与君主制度全部的荣光与风雅结为一体。他从这样的几个女性身上找到了出众超群的东西，使他能够和她们在一起才感到快乐。诚然，他对这些女性的钦佩是诚心诚意的，但是她们的名字所唤起的许多历史与艺术上的模糊回忆也起了很大的作用。恰如贺拉斯的一首颂歌说不定比如今的一些诗歌逊色，但是一个文人读起前者来会感到快乐，对后者却无动于衷，对古代的回忆是他感到快乐的原因之一。对他来说，这些女性中的每一个，与一个漂亮的布尔乔亚女子相比，犹如那些古画，之于当代一幅画着一条路或一次婚礼的油画。对那些古画，知道它们的历史，从订购这些画的教皇或国王开始，中间又经过什么大人物，这

[1] 勒布（1849—1928）：法国画家，早期自由发展，1877 年他与莫奈、毕沙罗、德加结识，深受印象派影响。

[2] 纪约曼（1841—1927）：法国画家，与印象派画家关系密切，自觉与塞尚和毕沙罗最接近，其作品已显示出表现主义与野兽派的某些特点，但总的来说他是自然主义的。

些画，通过馈赠、购买、取得或继承遗产，又唤起我们对某一重大事件的回忆，至少也唤起我们某一有历史意义的联想，因此我们获得的知识便赋予这些作品以一种全新的用处，增强了我们头脑中或我们学识中拥有财富的感觉。如果与德·夏吕斯先生的偏见相似的偏见妨碍了这几位贵妇人去与血统不那么纯正的女性为伍，而将她们未起任何变化的崇高完整地奉献到他的祭坛上，就像某一十八世纪建筑的门面，由玫瑰色大理石平滑的廊柱支撑着，新朝代来到并未丝毫改变这门面一样，他是很为此庆幸的。

德·夏吕斯先生赞赏这些女性真正精神崇高，心地高尚[1]，就这样用模棱两可来搞文字游戏，这模棱两可欺骗了他自己，其中也有这一含混概念，这种将贵族、心地高尚与艺术混为一谈所造成的虚假表象，同时也有德·夏吕斯先生诱人的一面。对于我外祖母这样的人，这种引诱是非常危险的。一个贵族，只看到自己的营盘，对其余的则不闻不问，那么他的偏见会更荒唐，但也更无害人之心。对我外祖母来说，她似乎觉得这种偏见过于可笑，但是一旦某种东西在超人智慧的外表下出现，她就无还手之力了，以至她以为王子们都出众超群、令人艳羡，是因为他们有拉布吕耶尔[2]和费纳龙[3]这样的人做私人教师。

---

[1] 这里用的“崇高”和“高尚”与“贵族”为同一个法语词——noblesse。

[2] 拉布吕耶尔 1684 年被指定为德·波旁公爵（1668—1710）的历史、地理、法国各机构、哲学教师。

[3] 国王路易十四于 1684 年任命费纳龙为其孙子德·勃艮第公爵（1682—1712）的私人教师。

在大旅社门前，三位盖尔芒特家人离开了我们。他们到德·卢森堡亲王夫人家用午餐去了。就在外祖母向德·维尔巴里西斯夫人道再见，圣卢向外祖母道再见的时候，直到那时还没有与我讲过话的德·夏吕斯先生向后走了几步，来到我身边。

“今天晚上晚饭后，我要在维尔巴里西斯婶母房内喝茶，”他对我说，“我希望您能赏光与您外祖母前来。”说完他追侯爵夫人去了。

这天虽是星期天，旅社门前的出租马车并没有度假季节开始时多。尤其是公证人的妻子，她觉得因为不去康布尔梅家而每次租一辆马车实在太破费，干脆待在自己房间里。

“布朗代太太身体不适吗？”人们问公证人，“今天没见她呀！”

“她有点头疼，天这么热，又下雷阵雨。有一点事她就要……我想今天晚上你们能看见她。我已经劝她下楼了。这会对她有好处。”

我以为德·夏吕斯先生邀请我们去他婶母那里，是想弥补上午散步时他对我的无礼，我也不怀疑他肯定通知了他的婶母。但是，当我走进德·维尔巴里西斯夫人的客厅，想向她的侄子问好时，我在他周围转来转去，一点也搭不上话。他正用尖细的嗓音，针对他们的某个亲戚讲一个相当不怀好意的故事。我无法捕捉他的目光。

我下定决心向他问好，而且声音相当大，为的是提醒他注意我的存在。可是我明白他早已注意到了我的存在。因为就在我躬身施礼而从我的双唇还没有发出一个字音的时候，我看到他伸出两根手指叫我握，而眼睛却没有转过来，亦未中断他的谈话。显然，他看见了我，只是不露声色。这时我发现他的双眼从来都不定睛望着谈话对方，而是不停地四面转动，就像某些受惊野兽的眼睛，或者露天小贩的眼睛。这些露天小贩，他们一面大吹特吹，展示他们那违法的商品，一面头虽不转，却眼观六路，窥视着可能会出现在地平线上的警察。

我看出，德·维尔巴里西斯夫人看见我们来了很高兴，但是她似乎没有料到我们会到来。我有点惊异。德·夏吕斯先生对我外祖母说："啊，你们来了，这个主意真不错。婶婶，这真好，是不是？"

我听到这话，更惊诧莫名。显然他发现他婶母见我们进来大吃一惊，作为惯于定调子的人，他想只要指出他本人感到很高兴，就足以将这惊讶变成快乐了，而且我们前来也确实应该激起快乐的情绪。

这件事他算计对了，因为德·维尔巴里西斯夫人对她侄子看得很重，而且知道要讨他开心是多么困难。她似乎突然发现我外祖母有什么新的优秀品质，不断地殷勤招待她。

我无法理解，德·夏吕斯先生在几个小时之内便将当天早上向我发出的邀请忘得一干二净。这邀请虽然很简短，但表面上看是那样有意为之，那样经过考虑，他竟然将这个完全是他自己的主意，称作我外祖母的"好主意"。我那时还是"丁是丁，卯是卯"的，直到后来长大了，才明白：对于一个人的意图到底如何，不是向他本人询问就能得知真相的；不妨去冒产生误会的危险，误会说不定未引人注意就过去了，这种风险远远小于天真地认死理。

“先生，”我怀着非要弄个一清二楚的心情对他说，“您可记得，不是您向我要求，请我们今晚来的吗？”

没有一个动作，没有一点声音能透露出德·夏吕斯先生听到了我的问题。看到这种情景，我又重复了一遍我的问题，就像外交家或那些闹了别扭的年轻人一样，他们不厌其烦地要得到对方的澄清，但是毫无用处，对方就是下定决心不予以澄清。德·夏吕斯先生并不给我进一步的答复。我仿佛看见他的双唇上掠过一丝冷笑，那是居高临下品评别人的性格和所受教育的人发出的冷笑。

既然他拒绝给予任何解释，我便尝试自己做出解释，结果我在数种解释之间犹疑不决，哪一种解释都不能算是合情合理。可能他想不起来了，或者是我将他今天上午对我说的话理解错了……更可能的是，由于傲慢，他不愿意显出自己曾极力吸引他蔑视的人的样子，而宁愿将我们的主动到来推到我们自己头上。如果是这样，既然他蔑视我们，那为什么他又非要我们来不可呢，或者更准确地说，为什么非要我外祖母来不可呢？因为整个晚上，他只跟我外祖母一个人讲话，而没有跟我讲过一次话。他藏在外祖母和德·维尔巴里西斯夫人身后，就像在包厢里头一样，他与她们极其热烈地谈着，只是有时将他那洞察一切、探究一切的目光，停驻在我的脸上。看他那一本正经和专心致志的劲头，似乎我的脸是一部难以辨识的手稿。

显然，如果没有这双眼睛，德·夏吕斯先生的面庞与许多美男子的面庞会十分相像。圣卢后来与我谈起盖尔芒特家的其他人时，对我说："当然，我舅舅巴拉麦德那种从头到脚、直到指甲尖的大老爷派头、家族派头，他们是没有的！"他这么说也就肯定了，贵族的家族派头和贵族特点，毫无神秘和新鲜之处，而是由这些因素组成的。我能够毫无困难地分辨出这些因素，而且没有什么特别感想，我应该感到我的某一幻想破灭了。

但是这张面孔，薄薄的一层粉赋予它舞台上面孔的某些外表，德·夏吕斯先生将其表情封闭得再严实也没有用。他的双眼好比一条缝隙，好比一处枪眼，只有这个他无法堵上。别人从与他所占据的不同角度出发，通过这条缝隙和这处枪眼，感到骤然被某种内部装置的交叉反光映住了。看来这内部装置丝毫不能令人放心，就算对于虽然并非这装置的绝对主人却自身携带着它的那个人也是如此。他本人处于不稳定平衡状态，随时有垮台的危险。这双眼睛塑造的表情谨慎而又时刻惴惴不安，带着全部倦意，对面部造成的后果，便是眼睛周围形成一个下缘很低的大黑眼圈。不论组合、修饰得如何好，都会使你想到这是一个隐姓埋名的人，是一个有钱有势的人身处险境的化装，或者根本不是什么有钱有势的人，而只是一个危险而又悲剧性的人物。当我上午在游乐场附近见到德·夏吕斯先生时，对我来说，一桩秘密已将他的目光变成了谜，而其他男子身上是没有这种秘密的。我真想参透这桩秘密。但是依我现在所知的他的亲属关系，我再也无法相信这是偷儿的目光；依我所听到的他之谈话，我再也无法相信这是疯子的目光。他之所以对我那样冷淡，而对我外祖母那样和蔼可亲，大概并非来自个人的好恶，而是一般来说，他对女人怀着多少好意，谈论女人的缺点时一般也带着极大的宽容，但对男人，尤其是年轻男人，就怀着深仇大恨，这种仇恨使人想到某些厌恶女人的男人对女性的仇恨。他们家族中抑或圣卢的亲密好友中有两三个小白脸，圣卢偶然提到他们的名字时，德·夏吕斯先生便说道：

"这些坏蛋！"表情凶猛，与他惯常的冷淡形成鲜明对照。我明白了，他特别谴责今日之青年人的，便是他们太女人腔。

"这是地地道道的婆婆妈妈！"他常常怀着轻蔑说。

但是与他希望的一个男子应该过的日子相比，还有什么样的生活不会显得女人气呢？他一向认为这种生活劲头不足，男子气概不足（他本人在徒步旅行中，疾走了几个小时之后，身上热乎乎地便跳进冰冷的河水中）。他甚至不能容忍一个男子戴戒指。

但这种对大丈夫气概的固有之见并不妨碍他具有非常细腻敏感的特质。

德·维尔巴里西斯夫人请他给我外祖母描绘德·塞维尼夫人住过的一座城堡，同时加上一句话，说与那个令人厌烦的德·格里尼昂夫人分离，德·塞维尼夫人那么伤心，她本人觉得这无非是文学上的夸张而已。

"相反，我觉得没有比这个更真实的了，"他回答道，"再说，那个时代，人们是很能理解这种情感的。拉封丹笔下莫诺莫塔帕的居民梦中看见自己的朋友有些悲伤，便奔至他的家中。一只鸽子最大的痛苦就是另一只鸽子不在自己身边。[1] 婶婶，您大概会觉得这和德 · 塞维尼夫人迫不及待要与她女儿单独相聚一样是夸张吧！她离开自己女儿时，说的那些话多好啊！——‘这次分别使我内心痛苦，我像感觉到肉体痛苦一样感觉到它。在分别中，人们对时间很大方。[2] 人们在渴望的时间中前进。’”

我外祖母听到别人用与她自己完全相同的方式谈到这些书信，真是心花怒放。一个男子能够把这些书信理解得如此之妙，她惊讶不已。她觉得德 · 夏吕斯先生真像女性一样高尚而且情感细腻。后来我们两人单独在一起谈起他的时候，我们说他肯定受过一位女子深刻的影响，或是他的母亲，或是晚些时候的他的女儿，如果他有女儿的话。我想起圣卢的情妇，在我看来，她对他产生了极大的影响。我心里想：“一个情妇。”这种影响使我意识到：男人与女人一起生活，这些女子会把男子的情感磨炼得多么细腻！

“这位德 · 塞维尼夫人，一旦到了自己女儿身边，很可能反倒与她无话可谈了！”德 · 维尔巴里西斯夫人回答道。

“肯定有话可谈的，哪怕是那些她称之为‘只有你和我才能注意到的微不足道的事情’[3]。而且不管怎么说，德 · 塞维尼夫人常在

---

[1] 见拉封丹寓言《两个朋友》和《两只鸽子》。

[2] 普鲁斯特在这里将德 · 塞维尼夫人致德 · 格里尼昂夫人的两封信混在一起了。1671 年 2 月 18 日函为：“这次分别使我内心痛苦，我像感觉到肉体痛苦一样感觉到它。”1689 年 1 月 10 日函为：“在分别中再不是这样，人们丝毫不考虑这些，有时甚至向前推，人们希望：在渴望中时间过得快。人们对一天天的时光很大方，谁愿意要就送给谁。”

[3] 出自德 · 塞维尼夫人 1675 年 5 月 29 日致女儿的信。

女儿身边。拉布吕耶尔告诉我们，这就足够了：‘在自己热爱的人身边，与他们谈话也好，什么话都不谈也好，全是一样的。’[1]他言之有理，这是唯一的幸福，”德·夏吕斯先生又用忧郁的语气补充道，“说到这种幸福，可惜，人的生活被安排得这样糟糕，以至难得品味到这种幸福。总的来说，德·塞维尼夫人并不比别人更值得可怜。她的大半辈子是在自己喜欢的人身旁度过的。”

“你忘了，咱们说的不是爱情，而是她的女儿。”

“但是生活中重要的不是我们所爱的人，”德·夏吕斯先生以权威性的、不容置喙的、几乎是斩钉截铁的口气接着说下去，“而是我们在爱。德·塞维尼夫人对女儿的感情，与其说与公子哥塞维尼和情妇们之间的那种庸俗关系相似，不如说更类似于拉辛在《安德洛玛克》或《淮德拉》中所描写的那种激情。因爱上帝而爱这种神秘主义，亦是如此。我们围绕着爱情划出的分界线过于狭窄，唯一的原因是我们对生活太无知。”

“你很喜欢《安德洛玛克》和《淮德拉》吗？”圣卢问他的舅舅，语气微带轻蔑。

“拉辛的一出悲剧所包含的真理，比维克多·雨果先生所有正剧包含的还要多。”德·夏吕斯答道。

“这上流社会，不管怎么说，是够吓人的！”圣卢附耳对我说，“喜欢拉辛胜过雨果，不管怎么说，这太过分了！”他舅舅的话真叫他心里难过，不过，道出“不管怎么说”和“过分”，他又得到

[1] 这句话只是大意，引自拉布吕耶尔《论性格》第22章。

了快乐，对他是一种安慰。

德·夏吕斯先生对于离愁别恨发表的一通感想，使我外祖母后来对我说，德·维尔巴里西斯夫人的侄子对某些作品的理解远远超过她的婶母，而这个侄子头脑中有点什么东西，使他远远超出大部分贵族俱乐部的人。从这些感想中，他不仅仅显露出情感的细腻，这在男人身上确实罕见，就连他的嗓音也与众不同，他的嗓音与某些女低音相像，这女低音的中音区训练得不够，唱起歌来似乎是一个小伙子和一个女人的二重唱。在他表达这些细腻的思想时，他的嗓音落在高音符上，显出出人意料的温柔，似乎包含着未婚妻、姐妹的合唱，发挥出她们的柔情。可是德·夏吕斯先生是非常讨厌女性化的，如果说在他的嗓音里，似乎庇护着一群少女，他心里大概会很难过。但是这群少女不仅仅局限在对表现情感的文学片段的解释和音调转化上。他与人谈天时，人们常常可听到她们尖细而又爽朗的笑声，这些住宿生或爱俏的女孩正用风趣而幽默的语言，噘着小嘴向她们身边的男子进攻。

他说，有一幢房屋，从前属于他那个家族，玛丽－安托瓦内特[1]曾经在那幢房子里住过，花园为勒诺特尔设计。现在这幢房屋属于富有的金融家伊斯拉埃尔[2]家族了，他们将这幢房子买了去。

“伊斯拉埃尔是这些人的姓，可我总觉得这是人的分类、人种方面的一个词汇，而不是一个专有名词。不知道怎么回事，也可

[1] 法国国王路易十六的妻子，与其丈夫都死在断头台上。

[2] 伊斯拉埃尔与“以色列”同音同字，因此有下面之发挥。

能这类人没有姓，只能用他们所属的集体来称呼。这倒无所谓！可是从前是盖尔芒特家的房屋，现在属于伊斯拉埃尔家族！！！”他大叫起来，“这使人想到布卢瓦城堡中的一个房间，带人参观的城堡看守人到了那里，对我说：‘从前玛丽·斯图亚特在这里祈祷，现在我把扫帚什么的放在这里。’自然，对这座丢人现眼的房子以及离开丈夫出走的我的堂嫂克拉拉·德·希梅[1]，我什么都不想打听！但是我还保存着这所房屋仍然完好无缺时的照片，也保留着亲王夫人的照片，那时她的大眼睛里还只有我的堂兄一个人。当照片不再是真实事物的复制品，向我们显示的是已不再存在的事物时，照片便赢得了某些威望。既然您对这类建筑感兴趣，我可以送给您一张。”他对我外祖母说。

这时，他发现自己口袋中绣花手帕那鲜艳的花边露出来了。他赶快将手帕放进袋中，惊恐的表情犹如一个过分腼腆而又绝非天真无邪的女子在遮掩自己的某些魅力。由于顾忌太多，她觉得显露这些东西不合体统。

“请你们设想一下，”他接着说下去，“这些人首先就把勒诺特尔的花园毁了，这简直和撕碎普桑的一幅画一样罪过！就为这个，这些伊斯拉埃尔家的人就该给关进监狱里去。”沉默了一会儿，他

[1] 希梅公馆位于马拉盖河堤十七号，1640 年芒萨尔建。五十年以后，勒诺特尔又为其设计了花园。此公馆后来相继属于贝尔特朗·德·拉巴吉尼埃尔、亨利埃特·德·法朗士和德·布永公爵，1823 年成为财务总监拜拉波拉的财产。后者他的女儿嫁给了德·希梅亲王。1884 年，这所房屋成为美术学校的一部分。克拉拉·德·希梅亲王夫人于 1896 年离开丈夫与一个小提琴家私奔。

又微笑着加了一句："当然还有许多事，为那些事，他们也应该进监狱，这是真的！不管怎么样，请你们设想一下，在这些建筑物前面，搞上一个英国式花园会产生什么效果！"

"可是那房子与小特里亚农[1]是同一款式，"德·维尔巴里西斯夫人说，"玛丽-安托瓦内特不是也叫人在小特里亚农修了一个英国式花园嘛！"

"那英国式花园总是有损加布里埃尔那建筑正面的美观嘛！"德·夏吕斯答道，"显然，如今要将那田园房舍拆毁，几乎是野蛮的罪行！但是不论现代精神是什么，在这个问题上，要说伊斯拉埃尔太太的一个什么异想天开的念头能与对王后的回忆具有同样的威信，我总归是怀疑的。"

这期间，虽然圣卢一再挽留外祖母已经向我示意，要我上楼睡觉去。圣卢在德·夏吕斯先生面前暗示说，我常常晚上入睡前感到悲哀，他的舅舅一定觉得这未免太缺乏男子气概，真是羞煞我也！我又滞留了一些时候，后来就走了。过了一会儿，我听到有人敲门。我问是谁。令我惊异的是，我听到的竟是德·夏吕斯先生的声音。他干巴巴地说：

"是夏吕斯。先生，我可以进来吗？"他走进来，关上房门以后，仍是那样干巴巴地说下去，"我外甥刚才说，您入睡以前有些

[1] 小特里亚农为凡尔赛王宫的一部分，建筑师为雅克-昂日·加布里埃尔（1698—1782）。在小特里亚农周围，设计的是英国式框架，建有一些小型房屋，如爱情坛、观景亭、微型剧场及田园房舍等，建筑师为理查·米克（1728—1794）。王后玛丽-安托瓦内特特别喜欢住在这里。

烦闷，另外，您又非常欣赏贝戈特的著作。我箱子里有一本贝戈特的书，您很可能没有读过，我就把这本书给您送过来，以帮助您度过这段您觉得不大快活的时光。”

我非常激动地向德·夏吕斯先生表示感谢，并对他说，相反，我怕的是，圣卢对他说我在夜晚来临时感到不适，会使我在他眼中显得比我的实际情形更加愚蠢可笑。

“没有的事。”他答道，语气更温和一些，“您可能没有什么个人才能，我对此一无所知。可是有才能的人是何等罕见！不过，至少有一段时间，您青春年少，这本身就总是很有诱惑力的东西。再说，先生，最大的蠢事，是认为凡是自己没有感受到的情感，便都是滑稽可笑的或值得谴责的。我喜欢夜晚，可是您对我说，您害怕夜晚。我喜欢玫瑰花的芬芳，可是我有一位朋友，玫瑰花的香气会使他发烧。您难道会以为我因此就觉得他不如我吗？我尽力理解一切，我避免谴责任何事物。总而言之，不要过分抱怨。我不是说这种忧郁感不难受，我知道人可以为某些事情非常痛苦，而别人却不理解。但是至少您已经把自己的爱寄托在您的外祖母身上，您经常看见她。而且这是一种得到别人允诺的柔情，我的意思是得到回报的柔情。有许多人，他们还不是这样的呢！”

他在房间里踱来踱去，看看这件物品，举起那件东西。我的印象是他有什么事需要对我宣布，但是找不出适当的词句来说。

“我在这儿还有另一本贝戈特的书，我叫人给您拿来。”他加了一句，便打铃。

过了一会儿，来了一个青年侍者。

“去把你们的侍应部领班给我找来！这儿只有他办事机灵。”德·夏吕斯先生高傲地说。

“先生，您是说埃梅先生吗？”侍者问。

“我不知道他的名字。噢，对，我想起来了，我听见人家叫他埃梅。快去，我有急事。”

“他马上会来，先生，我刚刚在楼下看见他。”侍者回答，想做出消息灵通的模样。

过了一会儿，侍者回来了。

“先生，埃梅先生已经就寝了。我可以替您去办。”

“不，不，您只要叫他起来就行了。”

“先生，我没办法，他不在这儿过夜。”

“那，算啦，你走吧！”

“先生，”待侍者走后，我说，“您太好了，贝戈特的书，有一本对我已经足够了。”

“对，看来是这样。”德·夏吕斯先生还在走来走去。

就这样过了几分钟。然后，他又犹豫了一会儿，又改口好几次。最后，他原地打了一个转，说话的嗓音又变得很粗暴刺耳，对我说了一句“先生，晚安！”就走了。

这天晚上，我听他表达了各种高尚的情感。第二天他要走了。上午，在海滩上，我刚要去洗澡，德·夏吕斯先生走到我身边提醒我说，我一出水就要去找我外祖母，她正等着我。出乎我意料的是，他扭住我的脖子，用庸俗、随便而又嘲弄的口气对我说：

“人们对年迈的外祖母才不放在心上呢，是不是，小滑头？”

“先生，您说什么，我十分爱她！……”

“先生，”他迈开一步，冷冰冰地对我说，“您还年轻，您应该好好利用青年时代学会两件事：第一，您要避免表达一些过于自然的情感，以免让人听出弦外之音来。第二，别人对您说的话，在您未明白那些话究竟意味着什么之前，不要趾高气昂地去回答。前些时候，如果您采取了这样小心谨慎的态度，您就不会显得像聋子一样胡说八道了，同时也就不会在把船锚绣上泳装这样可笑的事情之外再干出别的滑稽可笑的事来。我借给您一本贝戈特的书。我现在需要它。请您叫那个名字可笑、对他很不合适的侍应部领班，过一个小时，把那书给我送回来。我想，他总不至于这时候还在睡觉吧！您使我感到，昨天晚上对您谈什么青春有诱惑力为时太早了，如果我向您指出青春年少的人的傻气、前后不一和不解人意，也许倒会对您更有帮助。先生，我希望这个小小的冷水澡会比海水浴对您更有好处。不过，别站在这儿一动不动，您会着凉的。再见，先生。”

显然他为这些话感到后悔。因为过了一些时候，我收到他寄来的一本书，就是他借给我，我又请人还给他的那本书。不过那本书不是埃梅去还的，他碰巧“出去了”，而是开电梯的人去还的。这本书是高级皮面精装，书面上又夹镶了一块皮革，半凸起，呈一枝勿忘草形状。

德·夏吕斯先生一走，罗贝和我终于能够去布洛克家进晚餐了。在这次小小的晚会上，我明白了，原来我们的伙伴轻易觉得滑稽可笑的那些故事，正是老布洛克的故事；“完全莫名其妙的”人，正是他的一位朋友，他总是这样评论他。有一部分人，人们在童年时代很佩服他们，例如比家里其他人更聪慧的父亲啊，向我们揭示了玄学，而在我们眼中他本人即受惠于玄学的一位老师啊，成绩比我们好（布洛克就比我成绩好）的一个伙伴啊等等。我们还喜欢缪塞的《上帝的希望》时，他已经看不起写了《上帝的希望》[1]的缪塞了。而当我们喜欢勒贡特老爹[2]或克洛代尔时，他又只为

在圣·勃莱兹，如祖埃卡模样，
你是那样、那样轻松自如……[3]

这样的诗句所陶醉了。还要再加上：

帕多瓦[4]是美丽的地方，
伟大的法学博士[5]
但我更喜欢玉米粥……
夜幕降临，托帕黛尔双眸柔情似水，
身着乔装用的黑色长外衣走过。
可以走近她身边，毫无危险。

---

[1] 《上帝的希望》是缪塞写于1838年2月的一首诗，1840年发表在《新诗集》中。
[2] 故事发生时，勒贡特·德·利尔刚逝世不久。
[3] 这首诗的题目为《歌曲》，亦发表在《新诗集》中，为缪塞作。
[4] 帕多瓦：意大利一城市。
[5] 此句补全为“创造了奇迹”。

并且对她说："我是异乡人，您真美。"[1]

从各首《夜诗》中，他只记得这几句：

在哈佛尔，面对大西洋，
在威尼斯，可怕的丽都旅馆，
苍白的亚德里亚姑娘，
死在一坟墓的青草上。[2]

对于发自内心信任而佩服的某个人，人们满怀钦佩之情收集、引用一些句子，实际上这些句子还不如人们发挥自己的天才写出来的东西。可是对后者，人们却严厉地拒绝接受。一位作家在一本小说中，借口真实，使用了一些"词"，塑造了一些人物，在有血有肉的整体中，这些词、这些人物反倒成了死沉的重物，平庸的部分，实际情形亦是如此。圣西门笔下的人物肖像，他自己并不欣赏，却非常精彩；而他认为迷人的笔触，他了解的聪敏过人的人，却很一般，抑或变成了别人无法理解的人。关于戈尼埃尔夫人[3]或路易十四，他写的那些文字，他本人是不屑于去杜撰的，

[1] 最后四行原文引文不全，经译者补足。这首诗题目为《致意大利归来的兄弟》，亦发表在《新诗集》中。

[2] 这是《十二月之夜》中的一段，亦为缪塞作。

[3] 戈尼埃尔夫人（1605—1694）：据说非常机敏风趣，她在巴黎的沙龙里十分出名。她说的那些笑话，当时在社交界广为流传。

却如此细腻或如此生动。这种现象值得注意，在许多作家身上也同样存在。对此有各种解释，此刻我们记住下面这一种解释也就足够了：这是因为在“观察”的精神状态中，人们的水平远远低于创作时的水平。

所以，我的伙伴布洛克与他那比儿子落后四十年的老子完全是一个模子塑造出来的，他讲些莫名其妙的逸事，放声大笑。外露的老布洛克也是那样，他一面放声大笑，一面将最后一句话重复两三次以便使听众完全品出那故事的味儿来。他的儿子此时也放声大笑，总是这样在餐桌上对父亲的故事表示敬意。就这样，小布洛克道出最富有智慧的事情，显示出他从自己家中得来的财富。此后，他又第三十遍道出几句俏皮话。这种俏皮话，老布洛克只在非常隆重的日子才往外拿（同时还有他的燕尾服），那就是小布洛克带来一个什么人，值得向这个人炫耀一番：他的什么老师啊，门门得奖的一个“同学”啊，或者像那天晚上那样，圣卢和我啊……例如他说：“一位了不起的军事评论家，提出了种种证据，出于某种不可置辩的原因，大做文章地演绎出日俄战争中，日本必败，俄国人必胜[1]。”或者说：“这个人很了不起，他在政界中被认为是一位大金融家，而在金融界中被认为是一位大政治家。”这一类的笑话还可以换成关于德·罗特希尔德男爵的故事和鲁弗斯·伊斯拉埃尔爵士的故事。用模棱两

[1] 此处事件发生时间有误，因日俄战争发生在1904—1905年。日本战胜，俄国战败。

可的方式将这些人物搬上舞台，暗示布洛克先生对这些人本人都认识。

我自己也上了当。从老布洛克谈论贝戈特那模样看，我也相信了贝戈特是他的一位老朋友。而实际上，所有的名人，老布洛克都是“并不相识”地认识，即在剧场里，在马路上，远远看见过他们。此外他还想象，以为他自己的面孔、名字、人品对那些人来说并不陌生，那些人看见他的时候，常常不得不控制自己隐隐要与他打招呼的欲望。上流社会的人，因为认识有才华的人，第一流的人，他们接待这些人共进晚餐，却不因此就对他们更加了解。但是如果在上流社会中稍微过上几天，这个社会中居民的愚蠢就会使你希望生活在那个“并不相识”地认识人的默默无闻的阶层中，使你想象他们有许多智慧。我在谈到贝戈特时，马上就体会到了这一点。

老布洛克在家中很有名气，但并非他一个人如此。我的伙伴在他姐妹面前更是如此。他把头埋在盘子里，以咕咕哝哝的语气，不断盘问她们，搞得她们笑出眼泪。她们也采用兄弟的那种语言，说得很流利，似乎这种语言实为必须，而且是聪明人所能使用的唯一语言。我们来到时，大姐便对一个妹妹说：“快去向我们谨慎行事的父亲和令人尊敬的母亲禀告。”

“母狗们，”小布洛克对她们说，“我来向你们介绍一下，这位是圣卢骑士，他手持锋利的标枪，从东锡埃尔来到石头磨光、雕满奔马的住所度过几日。”他既庸俗又识文断字，他的演说一般总以不那么有荷马味的玩笑结束：“喂，把你们那别针华丽的无袖长衣[1]裹紧点。哟，这个装腔作势的家伙是什么人呀？反正不是我父亲！[2]”于是布洛克家各位小姐哄堂大笑，笑得前仰后合。我对他们的兄弟说，他推荐我读贝戈特的书，给我多少快乐！我对贝戈特的书真是喜欢至极。

老布洛克只是远远见过贝戈特，对贝戈特的生平只是道听途说有些了解。看样子，他对贝戈特的著作也是借助于肤浅的文学评论，间接了解。他生活的世界，是“差不多”，在空虚中致意，在虚假中判断。在这个圈子里，不准确，不在行，并不会降低人的自信，相反，只会使之增加。这是自尊心受人欢迎的奇迹，能够有显赫熟人和精深学识的人很少，所以缺乏这二者的人仍可自认为了不起。因为从社会阶梯的视角望去，似乎处于某一地位的人，都觉得自己的地位最好。对那些最伟大的人，他可以指名道姓，虽然不认识却可以诽谤他们，虽然不理解他们，却可以对他们评头品足，予以蔑视，认为他们没有自己地位优越，运气不好，值得可怜。自尊心可以将微薄的个人利益扩大几倍，即使在这样仍不足以保证每人都有一份幸福时，每人所必不可少的幸福，总是要高于给别人的份额，便有嫉妒来补充那差额。确实，当嫉妒用蔑视的语句来表达时，就必须将“我才不愿意认识他呢！”翻译成“我无法与他结识”来理解。这是理智上的意思。但感情上的意思确实是“我才不愿意认识他呢！”。明明知道并非真的如此，

[1] 古希腊和古罗马妇女穿的无袖长衣，用别针别在肩上。

[2] 这是乔治·费多的喜剧《马克西姆店中的女人》（1899）中一个人物克莱威特的著名台词。

但是，就这么说，并非只是出于虚假，而是确实如此感觉，这也就足以消除上述那个差距，即幸福上的差距了。

自我中心主义使每一个人将自己看成国王，使他们这样去看待比自己低的那个世界。布洛克先生赋予自己一种奢侈享受，就是当一个无情的国王。每天早晨他喝可可时，从刚刚打开的报纸上看到一篇文章底下署着贝戈特的名字，便满怀蔑视地对他简短开庭审判，宣布对他的判决，赋予自己以舒适的快感，每喝一口滚烫的饮料，便重复一句："这个贝戈特写的东西简直没法看了！这个畜生真叫人讨厌！这报不能订了！这真是叫人上当受骗！写的什么破玩意儿！"说着又吃一块涂了黄油的面包片。

老布洛克这种幻觉式的自觉了不起一直扩展到他自己的感受圈子以外。首先，他的子女将他视为一个出类拔萃的人。子女对自己的父母总是要么倾向于看不起，要么倾向于歌颂、赞扬。对于一个孝顺儿子来说，自己的父亲总是最好的父亲，这一点与佩服他的一切客观理由都没什么关系。而对布洛克先生来说，这些客观理由并不绝对缺少，他受过教育，敏锐，对妻子儿女非常有感情。在家族近亲中，人们跟他在一起非常愉快，因为在"上流社会里"，人们根据十分荒谬的标准和一成不变的规则来评断人。与其他那些体面华贵的人相反，在资产阶级的这个小圈子里，晚宴、家庭晚会总是围绕着人们宣称令人愉快和好玩的人进行的，而这些人在真正的上流社会里，两个晚上就要垮台。总而言之，在这个不存在贵族阶级又故作了不起模样的阶层里，人们用更加莫名其妙的与众不同来代替贵族的装模作样。在其家人，甚至很远的远亲看来，老布洛克的唇髭模样和鼻子上部与某贵族相像，因此人们都称老布洛克为“假德·奥马尔公爵”[1]。（在“骑士”俱乐部圈子里，某一个人歪戴着制帽，穿一件紧身的上装，显出外国军官的模样，在他的伙伴眼里，难道不也算个人物吗？）

这种相像是最捉摸不定的，但毋宁说这是一个头衔。人们反复地说：“布洛克？哪一个？德·奥马尔公爵吗？”就像人们说“缪拉公主？哪一个？（那不勒斯）王后[2]吗？”一样。某些其他细小的迹象最后又赋予他那与什么人物相似的眼睛以某种所谓的与众不同。布洛克还没有富到拥有一辆马车的地步，某些日子他从马车公司租一辆两匹马拉的维多利亚式敞篷马车穿过布洛涅森林。他有气无力地斜躺在马车里，两个手指头按在太阳穴上，另外两根手指托住下巴。如果不认识他的人因此认为他是一个装腔作势的家伙，家里人则确信，要论“帅”，所罗门大叔简直可以胜过格拉蒙-加德鲁斯[3]。他属于那种人：因为他们曾经和《激进报》[4]主编在巴黎林荫大道[5]一家饭馆中同桌用过饭，所以他们去世

---

[1] 真德·奥马尔公爵（1822—1897）：路易-菲利浦的第四个儿子。在阿尔及利亚屡建战功。著有《孔德亲王传》，1871年进入法兰西学院。

[2] 唯一一位当过那不勒斯王后的缪拉公主是拿破仑的妹妹卡洛琳娜·波拿巴。她嫁给了缪拉。缪拉1808年被封为那不勒斯王。

[3] 格拉蒙-加德鲁斯（1808—1865）：帝国时代一位将军的儿子，由路易-菲利浦养大。他由于行为不端而逃至东方度过晚年，遗嘱中将其财产传给德·克拉医生和一位风靡一时的女演员。

[4] 《激进报》创办于1871年，为巴黎一份左翼日报。1881年转入维克多·西蒙及亨利·马莱手中，1885年时发行四万份以上，到1912年时仍发行三万份以上。

[5] 指巴黎市内巴士底广场与玛特莱广场之间的林荫大道。

的时候，这家报纸的“交际纪事”栏里会称他们为“巴黎人熟悉的面孔”。

布洛克先生对圣卢和我说，贝戈特很清楚为什么布洛克先生不和他打招呼，以至每当贝戈特在戏院里或俱乐部里远远看见他时，总是回避他的目光。圣卢面孔绯红，因为他考虑到这个俱乐部大概不是自己父亲曾担任主席的赛马俱乐部。另一方面，这可能是一个相对来说很封闭的圈子，因为布洛克先生说，如今贝戈特要去的话，人家是不会接待他的。所以圣卢诚惶诚恐地生怕“低估了对手”地问道，这个俱乐部是不是王家街的那一处。圣卢家族认为那一处是“不上等的”，他知道有某些犹太人在那里受到接待。

“不是，”老布洛克先生回答，一副不在意、骄傲而又羞愧的神情，“是一个小圈子，但是令人愉快得多，叫加纳什俱乐部。那里的人对画廊评头品足相当厉害。”

“俱乐部主席不是鲁弗斯·伊斯拉埃尔爵士吗？”小布洛克向父亲问道，为的是给他提供个机会，叫他撒个体面的谎，同时他也没有料到，这位金融家在圣卢眼中并不具有在他家里人眼中那样的威信。实际上，加纳什俱乐部根本没有鲁弗斯·伊斯拉埃尔爵士，只有他手下的一个雇员。但是这个雇员与自己老板的关系非常好，可以使用大金融家的名片。布洛克先生要出门旅行，那条铁路的董事长正好是鲁弗斯·伊斯拉埃尔爵士，那雇员便送了一张名片给布洛克先生。因此老布洛克常说：“我到俱乐部去，向鲁弗斯·伊斯拉埃尔爵士请教一下。”他用这张名片把列车长搞得晕头转向。

各位布洛克小姐对贝戈特更有兴趣，谈话又回到他身上，而不是继续谈“加纳什”。妹妹以极其严肃的口吻问哥哥：

“这位贝戈特确实是一个令人惊异的椰子[1]吗？他是属于大人物，比如维利埃[2]或卡蒂尔[3]那类的椰子吗？”她认为，为了说明有才华的人，除了她哥哥使用的那些词语以外，这世界上便没有其他词语。

“我在好几次彩排时见过他，”纳西姆·贝尔纳先生说，“他很笨拙，是施莱米尔[4]式的人物。”

对夏米索寓言故事的这种影射丝毫不是什么严重的事，但是“施莱米尔”这个形容词是半德语半犹太语的方言词，在自己家里用一用，叫布洛克先生心花怒放，但是在外人面前，他觉得太庸俗，不合适。所以他狠狠瞪了自己的叔父一眼。

“他很有才华。”小布洛克说。

“啊！”他妹妹表情严肃地说道，似乎是说，如果这样，我说的话是情有可原的了。

“所有的作家都有才华。”老布洛克轻蔑地说。

“据说他就要自荐进法兰西学院呢！”他儿子说，举起叉子，

[1] “椰子”指人，用作贬义。但布洛克的妹妹此处并不带有贬意。

[2] 维利埃·德·利尔·阿达姆（1838—1889）：其作品受到巴那斯派诗人的欢迎。

[3] 卡蒂尔·孟戴斯（1841—1909）：被认为是巴那斯派的创始人。

[4] 这是祖籍法国的德国作家夏米索（1781—1838）的作品《彼得·施莱米尔》中的主人公，他将自己的影子卖给了魔鬼。在犹太－德国土话中，“施莱米尔”的意思是“白痴”。

眯起眼睛，露出魔鬼般冷嘲热讽的表情。

“算了吧！他的学问不够。”老布洛克答道。他对法兰西学院似乎不像他的儿子和女儿那样怀着轻蔑，“他的口径不够。”

“再说，学院是一家沙龙，贝戈特没有立足之地。”布洛克夫人的叔父宣称。她就要继承叔父的遗产了。这是个无害而温和的人物。只要听到他的姓贝尔纳，说不定就能唤醒我外祖父的诊断天才，但是这个姓又与他那面孔不够协调。他的面庞似乎是从达里奥斯宫带回来，又经过迪欧拉富瓦夫人[1]复原的，如果他的名字纳西姆，被某个热切希望给这个苏斯面孔加冕的业余爱好者选中，没有让霍尔萨巴德[2]的兽身人面雄牛翅膀在这面孔之上翱翔的话。但是布洛克先生不断地侮辱他的叔父，也许是因为他这个出气筒那和善的面孔叫他来火，也许是因为纳西姆·贝尔纳先生已经付清了别墅的款项，受益者希望表现出自己保持着独立，根本不想用什么甜言蜜语去竭力保住自己要从这位阔佬那里继承来的遗产。

使这位阔佬特别不快的，是人们当着旅社侍应部领班的面那样粗暴地对待他。他咕咕哝哝地道出一句谁也不明白的话，人们只能辨别出“米煞在的话”几个字。米煞是《圣经》中上帝的侍

---

[1] 迪欧拉富瓦夫人（1851—1916）与丈夫一起于1885年参加了苏斯·达里奥斯宫殿的发掘工作。她将一幅壁画复原，壁画表现猎狮的场面，现存卢浮宫。她是乔治·迪欧拉富瓦教授的侄女。

[2] 霍尔萨巴德为公元前8世纪末萨尔恭二世国王所建之亚述新帝国之首都。萨尔恭王死时，此城亦被弃。遗址在1843—1855年之间先后为法国考古学家所发掘，卢浮宫现存几件该城的绘画和雕刻，尤为著名的是兽身人面雄牛，高4.2米，有五蹄，正面看侧面看均可。这些雄牛是该城城门的守卫者。

者。[1] 在他们内部，布洛克家的人使用这个词来指仆人，每次都为此而嬉笑，因为他们确信，无论是基督徒还是那些仆人自己都不明白，这使纳西姆·贝尔纳和布洛克先生更加突出感到他们作为“主人”和“犹太人”的双重特点。但是有客人的时候，这后面一种心满意足的原因便变成了不满的一个原因。所以，布洛克先生听到他的叔父说“米煞”时，觉得他未免过分暴露了他那东方人的一面。这与一个卖身的女人请了自己的几个女朋友和一些像样的人前来做客，如果那些女朋友影射她们自己干的营生或者使用一些难听的字眼时，她会着恼是一样的。所以，叔父的请求根本没有对布洛克先生产生任何效果，布洛克先生大发雷霆，再也无法控制自己。他不失任何时机地辱骂这位可怜的叔父。

“当然，有什么平庸而一本正经的蠢话可以说的时候，可以肯定，您是不会错过这种时机的。如果他 [2] 在这儿，您肯定第一个上去舔他的脚！”布洛克先生大叫起来，而伤心的纳西姆·贝尔纳先生将他那萨尔恭国王的鬈胡子朝盘子低下去。我的伙伴自从也留了胡子以来，与他的叔祖父十分相像，他的胡子也是短而卷曲、微微发蓝的。

“怎么，你是德·马桑特侯爵的儿子？我与他很熟。”纳西姆·贝尔纳先生对圣卢说。

我想，他所说的“熟”，那意思与老布洛克说他认识贝戈特是

[1] 据《旧约全书》，米煞是巴比伦王尼布甲尼撒所派管理巴比伦事务的三个人之一。

[2] 此处的“他”，系指贝戈特。

一样，就是说，见过。

但是他又加了一句："你的父亲是我的一位好朋友。"

这时小布洛克已经满面绯红，他的父亲看样子深深不快，各位布洛克小姐掩口而笑。这是因为纳西姆·贝尔纳先生喜欢吹嘘，已经养成了不断说谎话的习惯。布洛克先生及其子女也有这种爱好。例如，出门旅行，住在旅馆里，纳西姆·贝尔纳先生待所有的人都聚集在餐厅里，正吃午饭的时候，要他的贴身男仆将所有的报纸送到餐厅里来，好叫人看清楚他是带着贴身仆人出门旅行的。老布洛克有条件的话，也会这样做。对于他在旅馆里交上的朋友，这位叔父说自己是参议员，这个嘛，他的侄子可永远不会这么干。他可以肯定人家有一天会知道这个头衔是假冒的，但是这也无济于事，他在当时无法抵制要把这个头衔授予自己的那种需要。

布洛克先生对他叔父的谎言和这些谎言给他惹来的麻烦深以为苦。

"你们别在意，他特别好吹牛！"他低声对圣卢说。这么一说，圣卢倒更有兴趣了，因为他对说谎者的心理活动很感兴趣，非常想知道个究竟。

"雅典娜称伊塔克人是最会说谎的人，他比伊塔克人还要厉害。"我们的伙伴布洛克又补充了一句。[1]

---

[1] 布洛克在此卖弄自己的学识，他指的是《奥德赛》第13章中，奥德修斯刚到伊塔克，在那里遇到一个牧人盘问他的身份，奥德修斯对牧人存有戒心，就说了谎，然而这牧人正是雅典娜所扮，她责备奥德修斯不说真话。

“哎呀！这可真是！”纳西姆·贝尔纳大叫道，“我怎么会料到和我朋友的儿子一起进晚餐呢！在巴黎，我家里，有一张你父亲的照片，还有多少他的信！他一直叫我‘我的叔父’，我从来不知道为什么。他是个有风度、神采奕奕的人！我还记得在尼斯，在我家的一次晚宴，那天有萨尔杜，拉比什，奥吉埃……”

“莫里哀，拉辛，高乃依。”老布洛克冷嘲热讽地说下去。他的儿子继续完成这一串列举，又加上了“普鲁塔克，米南遮[1]，迦梨陀娑[2]。”

纳西姆·贝尔纳先生自尊心受伤，故事戛然而止。这位禁欲主义者自我剥夺了一项极大的快乐，直到晚宴结束，没有再开口说一句话。

“戴钢盔的圣卢，”布洛克说，“这鸭子大腿很肥，著名的家禽献祭者又在上面洒满了祭奠的红酒，来，再吃点！”

一般来说，老布洛克先生为儿子一个杰出的伙伴，抛出了关于鲁弗斯·伊斯拉埃尔爵士及其他人的故事以后，感到儿子已经感激涕零，便自行撤退，以便不要在“中学生”面前“破坏自己的形象”。不过，如果有什么特别重大的理由，例如他的儿子通过了考试，布洛克先生便会在惯常的逸事系列之上增加一个讽刺性的感想。这个节目，更确切地说，他是保留给自己的私人朋友的。小布洛克见到父亲为自己的朋友表演这个节目，为此而感到极度

[1] 米南遮（约公元前 342—前 292 年）：雅典喜剧家。

[2] 迦梨陀娑（公元前 4—5 世纪）：印度诗人，《沙恭达罗》的作者，此书于 19 世纪译成法语。

骄傲。只听得老布洛克说："政府简直不可原谅，竟然没有征求戈克兰先生[1]的意见！戈克兰先生已经告知，他对此极为不满。"（布洛克先生自吹是反动分子，非常看不起戏子。）

老布洛克为了表示自己对儿子的两个"拉巴登丝"[2]郑重其事到底，吩咐送上香槟酒来，并且马马虎虎地宣布，为了"招待"我们，他已经为一个喜剧剧团当晚在游乐场的演出订了一个楼下前排座。听到这话，各位布洛克小姐和她们的哥哥满面红光，这简直太出乎他们意料了！老布洛克为未能搞到包厢而遗憾。所有的包厢全让人租去了。再说，他经常光顾包厢，坐楼下前排更舒服。只是，如果说儿子的缺点，即他的儿子以为别人看不见的东西都是粗俗的，父亲的缺点则是吝啬。他称之为香槟酒的，是他叫人用一个水瓶给大家斟的一种小汽酒；他称之为楼下前排座的，实际上是正厅后座，票价较之便宜一半。他像相信奇迹一般坚信通过神祇的干预，不论在餐桌上，还是在剧场里（实际上所有的包厢都空着），人们都发现不了差异。

布洛克先生让我们将嘴唇在平酒杯——他的儿子以"坡深且陡的火山口"这个名称来形容这酒杯——内浸了一下之后，又让我们欣赏一幅画。他是那么喜欢这幅画，以至把它随身带到了巴尔贝克。他对我们说，这是一幅鲁本斯的画。圣卢天真地问他

[1] 波努阿－贡斯当·戈克兰（1841—1909）：法兰西喜剧院极有威望的演员之一。1897年，他成功地上演了爱德蒙·罗斯当的《西拉诺·德·贝日哈克》一剧。

[2] 暗指拉比什的喜剧《鲁西纳街公案》（1857）。该剧叙述拉巴登丝寄宿学校两个同学所碰到的倒霉事。此处"拉巴登丝"成了"老同学"的代名词。

画上是否有画家的署名。布洛克先生红着脸说，由于画框大小的缘故，他叫人将署名裁掉了。不过这无关紧要，反正他不想将画卖掉。然后很快就把我们打发走，以便专心致志去阅读《政府公报》。各期报纸充塞房间，他非看不可。据他说，这是“出于他在议会中所处的地位”使然。究竟这地位的确切性质如何，他并未对我们加以说明。

“我戴一条围巾，”布洛克对我们说，“因为西菲洛斯[1]和波瑞阿斯[2]正在争夺着盛产鱼类的大海，而且散戏以后我们只要耽搁一小会，就得等到紫红手指的厄俄斯[3]初放晨曦时归来。对了，”待我们走出门外，他向圣卢问道（我浑身发抖，因为我很快就明白布洛克用这种冷嘲热讽的口气谈论的人正是德·夏吕斯先生），“前天上午我看见你在海滩上跟一个身着深色上装的潇洒幽灵散步，那人是谁？”

“是我舅舅。”圣卢回答，他被刺伤了。

可惜，布洛克根本看不出应该避免说“蠢话”。他笑得弯了腰：

“恭喜恭喜，我本应猜想得到的，他非常‘帅’，又长了一张高贵人家的愚蠢面孔。”

“您完全大错特错了，他非常聪明。”圣卢怒气冲天地回击道。

“我很遗憾，如果这样，他就不够完整了。再说，我很希望与他相识，就这类人我肯定能描写出合适的机体来。看这个家伙

[1] 西菲洛斯：希腊神话中的西风神。
[2] 波瑞阿斯：希腊神话中的北风神。
[3] 厄俄斯：晨曦女神，古希腊作家一般称她为“长着玫瑰色手指的女神”。

走过去，真叫人心烦。不过我可以对漫画式的一面轻描淡写，对于一个热爱句子的造型美和镢子的艺术家来说，这漫画式的一面从根本上说是相当令人瞧不起的。请您原谅，他真是叫我捧腹大笑了好一阵。我要突出描写您舅舅那贵族的一面，总的来说，他给人印象很深，而且继第一阵大笑过后，他依然给人风度翩翩的印象，使人难以忘怀。不过，”这次他是对我开言了，“有一件事，完全属于另一概念范畴，我想问问你。可每次我们在一起时，总有一位神祇，奥林匹斯山上的幸福居民，使我完全忘记了向你打听这件事。否则我早就打听到了，而且这个消息肯定对我非常有用。我在驯化外国动物的动物园遇见你同一个美人在一起，还有一位先生和一个长头发的小女孩伴着她。这位先生，我好像在哪儿见过。可那个美人是谁呢？”

我早就看出斯万夫人不记得布洛克的名字，既然她对我说的是另外一个名字，而且她将我的同学视为某一个部的随员。后来我也从未想过要打听打听他是否进过那个部做事。但是，照斯万太太那时对我所说，布洛克曾经请人将自己介绍给她。那布洛克怎么会不知道她的名字呢？我简直惊讶得呆若木鸡，半天回答不上那问话来。

“不管怎么样，我恭贺你，”他对我说，“你大概没有跟她搅在一起。在那之前几天，我在环城火车上遇到她。她同意垂青你的奴仆，为他宽衣解带。我从未度过那样美好的时刻。不巧，我们刚要订下各种安排以再次见面时，有一个她认识的人不识时务，在倒数第二站上了车。”

我一言不发，似乎这使布洛克先生感到不快。

“我希望借助于你得知她的地址，”他对我说，“并且每周数次到她家去品尝厄洛斯[1]的快乐，神仙们也珍视这种快乐的。不过我并不坚持，既然你装模作样要为一个职业妓女保密。她在巴黎和日角站之间，一连委身于我三次，而且非常风流。哪天晚上，我一定会找到她的。”

这次晚餐之后，我又去看望布洛克。他来访问我，可我出去了。他要求见我时，被弗朗索瓦丝看见。虽然他来过贡布雷，但是不巧，弗朗索瓦丝直到那时从未见过他。所以她只知道一位我认识的“先生”来看过我，她不知道他“为何而来”，那个人衣着一般，并没有给她留下很深的印象。弗朗索瓦丝对社会的某些看法我一直是搞不大懂的，可能一部分看法是建立在对一些词义的混淆上。一些名词，她有一次把这个当成那个，从此一直混淆下去。这些事我很清楚，很久以来在这些情况下我已经不再费力气去琢磨，但我还是情不自禁地其实是白费力气地去研究一下，布洛克这个姓对弗朗索瓦丝来说，究竟意味着什么了不起的东西。

我刚对她说，她远远看见的那位青年人是布洛克先生，她便后退了几步。她是那样的惊讶，那样的失望！

“怎么？布洛克先生，就这样？！”她惊恐万状地大叫起来，似乎一个如此有威望的人物应该具有一种外表，“叫人立即知道”站在自己面前的是一位地球上的大人物。她就像觉得一个历史人

[1] 厄洛斯：希腊神话中的爱神，即罗马神话中的丘比特。

物名不副实一样，用激动而又使人感到普遍的怀疑即将萌芽的口气反复地说："怎么？布洛克先生就这样！啊！看见他，可真想不到就是他！"她那模样，似乎对我怀恨在心，好像是我什么时候在她面前"过高树立了"布洛克的形象。不过她还是好心地加了一句："嘿，就算他是布洛克先生吧，我家先生可以说自己和他一样俊。"

她对圣卢喜欢得不得了。过了不久，她也经历了一场性质不同的幻想的破灭，但持续的时间较短：那就是她得知了圣卢是共和主义者。例如谈到葡萄牙王后时，她说"阿梅莉，菲利浦的妹妹"[1]，口气不大恭敬，但对老百姓来说，这是最高的恭敬。虽然如此，弗朗索瓦丝仍是个保王党。但是，一位侯爵，一位使她头晕目眩的侯爵赞成共和国，她似乎觉得太不可思议。她对此很为气恼，就像我送她一个盒子，她以为是金的，对我千谢万谢，后来珠宝商告诉她这个盒子只不过是镶金的，她很气恼一样。她立即收回了自己对圣卢的尊重。不过很快又还给了他，因为她考虑过了：作为德·圣卢侯爵，他不可能是共和主义者。他是出于利害考虑，只是装装样子，因为从现在掌权的政府来说，这样可以给他带来许多好处。从这天起，她对圣卢的冷淡，对我的气恼都停止了。她谈起圣卢时，总是说"他是个伪君子"，并善意而舒畅地微笑着，叫人完全明白，她又和第一天一样"看重"他，而且原

[1] 这里是指德·巴里斯伯爵的女儿阿梅莉·德·波旁-奥尔良，她生于1865年，1886年嫁给卡洛斯王子。1889年卡洛斯一世登上王位，她成为葡萄牙王后，至1908年其夫被暗杀。她的哥哥菲利浦是德·奥尔良公爵，路易-菲利浦的侄子。

谅他了。

与此相反，圣卢的诚恳和不追求物质利益是绝对的。这种高度的道德纯正从爱情这样自私的情感中无法得到完全满足，另一方面在他自身也没有遇到除了在自身以外便找不到精神食粮的问题，而这个问题在我身上是存在的。正是这种高度的道德纯正使他能够承受友谊，正像我无法承受友情一般。

弗朗索瓦丝说，看上去圣卢对于平民百姓倒没有瞧不起的样子。她这样说又是大错特错了。事实并非如此，只要看看他对自己的车夫如何大发雷霆就可以明白。确实，有时罗贝非常粗暴地斥责他的车夫。这证明，他心中对阶级差异的感觉远远胜过对阶级平等的感受。

“可是，”我责备他对这个车夫有些粗暴时，他回答我说，“为什么我要装出文质彬彬的样子和他谈话呢？他难道不是跟我一样的人吗？他难道不是跟我的叔伯或堂兄弟们与我一样亲近吗？您似乎认为我应该对他以礼相待，像对一个下等人那样！您讲话完全像一个贵族！”他又轻蔑地加上一句。

确实，如果说他对哪一个阶级有成见和偏见的话，这个阶级就是贵族阶级。他甚至难以相信一个上流社会的人会出类拔萃，却很轻易地相信一个平民百姓会出众超群。我对他谈起德·卢森堡亲王夫人，说曾经遇见她与圣卢的姑祖母在一起。

“傻瓜一个，”他对我说，“跟她所有的同类一样。说起来，她还算是我的表姐呢！”

对于经常与他来往的人，他抱有某种成见。他难得到交际场合去。他在交际场合所持的那种可鄙的、敌视的态度，又使他的所有近亲因为他和一个女“戏子”保有暧昧关系而更加伤心。他们认为这种关系对他简直是致命的，特别是因为这在他身上进一步发展了那种诽谤精神、坏思想，将他“引入歧途”，只等他完全“堕入底层”了。所以，圣日耳曼区的许多轻浮男子谈到罗贝的情妇时，嘴上非常无情。

“妓女干她们那一行，”人们说，“和别人一样值钱。可是这个女人，不行！我们决不宽恕她！她对我们喜欢的一个人，干下了太多的坏事！”

当然，他不是第一个与烟花柳巷有瓜葛的人。但是，别的男人是作为上流社会的人玩玩，他们继续以上流社会的人的身份去考虑政治问题，考虑一切。而圣卢，他的家人觉得他“学坏了”。他家里的人意识不到，对许多上流社会青年来说，如果没有这种经历，他们思想上仍是未开化的，在友谊方面仍是粗糙的，没有温情，没有味道。而他们的情妇常常是他们真正的老师，这种男女关系是他们更高级文化入门的唯一道德学校。在这里，他们可以得知交上排除利害关系的朋友要花什么代价。甚至在下等民众中（论粗野的话，这下等百姓与上流社会常常是那样相似），女人更敏感，更细腻，更闲来无事，对于某些高雅的东西也迫不及待要了解，对于某些情感美和艺术美也很尊重。她虽然不太理解这些东西，但是她把这些放在金钱与地位之上，而这两样似乎是男人最向往的东西。

不论是像圣卢这样的俱乐部青年成员的情妇，还是一个年轻工人（例如，电工如今已列入真正骑士的行列之中）的情妇，情夫对她无比崇拜，无比尊敬，必定会将这种崇拜与尊敬扩展到她本人欣赏和尊重的事物上去，而对他来说，价值的阶梯便倒了一个个。她的性别本身决定了她很柔弱，会有无法解释的神经混乱。如果是一个男子，甚至是另一个女子，是她的姑母或表姐，这些表现都会使这个健壮的年轻人一笑置之。但是，对自己心爱的人，他不能眼看她受痛苦折磨。像圣卢这样的年轻贵族有了一个情妇，会养成到酒馆与她用晚餐时口袋里带上缬草精的习惯，说不定她会需要；会养成习惯坚决而又不带讽刺意味地叮嘱侍者注意关门不要发出声响，不要在桌子上放置潮湿的苔藓类植物，以免引起女友的不适，而他自己从未感受过这种不适。对他来说，这构成了一个隐秘的世界，她教他学会了相信这个世界确实存在。现在，他用不着自己去感受这种不适的滋味，便可怜起这种病症来。将来即使遇到别人感到这样的不适，他也会产生怜悯之情。

圣卢的情妇——像中世纪最早的基督教教士一样——教他学会了可怜动物，因为她酷爱动物，走到哪里都随身携带着自己的小狗、金丝雀和鹦鹉。圣卢怀着母爱照看这些小动物，而把不善待动物的人看作野蛮人。另一方面，一个女演员，或者所谓女演员，就像与他一起生活的那个女人那样——她聪慧与否，我完全不知道——使他感到上流社会的女人圈子是多么令人厌倦，使他把必须到那里去参加晚会视为一项苦役，就已经使他免受附庸风雅之苦并治愈了他的轻浮症。多亏了她，上流社会的交往在情夫的生活中地位更小了。反过来，如果他只是一个出入沙龙的男子，肯定是虚荣或利害关系来主导他的交友，正如这些友谊关系必然会打上冷酷的烙印一样。而情妇教会他在友情中注入高尚和细腻的情感。她更欣赏男人的某些细心周到，如果没有她，情夫对此很可能不理解或者加以嘲笑。再加上她那女性的本能，她一直能很快地在圣卢的朋友中间分辨出哪一位朋友对圣卢有真正的感情，并能很快地更喜欢这位朋友。她善于促使圣卢对这位朋友感到感激之情，并向他表示出这种感情，注意到什么事情使这位朋友高兴，什么事情使这位朋友难过。很快，圣卢便开始再不需要她的提醒，便能照应到所有这一切了。他的情妇并不在巴尔贝克，她也从来没有见过我，甚至在信中圣卢可能还没有谈起我，他便主动地将我坐的马车的窗子关好，把使我难受的花拿走。当他临走要向好几个人同时告别时，他能安排好先离开他们一会儿，以便单独最后跟我在一起，这样来显示那些人与我之间的区别，以表示对我和对别人有所不同。

他的情妇开阔了他的精神，使他看到肉眼看不见的东西，她在他的生活中注入严肃认真，在他的心中注入了高尚的情感。但这一切，圣卢的家庭是看不见的，他们眼泪汪汪地反复说：

“这个婊子定会要了他的命，在这以前还要他丢人现眼。”

总之，他从她那里吸取了她能使他得到的一切优良品质，这是确切无疑的。而现在，她成了他不断痛苦的缘由，因为她讨厌他了，而且在折磨他。有一天，她突然开始觉得他愚蠢可笑了，因为她在年轻剧作家的男演员群中的朋友向她保证说圣卢是愚蠢可笑的，她也就人云亦云，那种狂热和毫无保留，正是人们接受来自外界的见解或接受自己完全不了解的风俗习惯时所表现出来的劲头。她像那些喜剧演员一般，心甘情愿地鼓吹什么她与圣卢之间有不可逾越的鸿沟哪，因为他们完全是两种人哪，她自己是个智力型的人，而他，不管如何自许，天生就是智慧的敌人哪，等等。她这种看法似乎根深蒂固，而且到情夫最无足轻重的话语中、最细小的举动中去寻找证明。此外，还是这些朋友对她说，本来，为她而难得形成的那个圈子的人对她寄予很大的希望，可现在，她正在摧毁这些希望，说她的情夫最后肯定会感染她，说与他一起生活，她会毁掉自己艺术家的前程，等等。待她被这些人说服之后，便在对圣卢的蔑视上又加上了仇恨。如果圣卢非要叫她染上一种致命的疾病，她也不过如此恨他而已。她尽量与他少见面，同时又不断推迟最后决裂的时刻，在我看来，这最后决裂不大可能。圣卢为她做了这样大的牺牲，她要找到也同意做出同样牺牲的第二个男人，看来不那么容易，除非她有倾国倾城之貌（圣卢从来不愿意将她的照片给我看，对我说什么“首先，她并不是什么美人；其次，她又不上照。这都是我自己亲自用我的柯达克[1]为她拍的快速曝光照片，给你看了，会使你对她产生一个错误的概念”）。

我没想到，就算对于一个轻佻女人，自己根本没有才华，又有出名的狂热欲望，加上一些人强加于你的个人尊重（说不定圣

[1] 最早的柯达克相机出现于1888年。此后，“柯达克”很快就成了“相机”的代名词。

卢的情妇还不属于这种情况），就能成为比赚钱的快乐更有决定意义的动机。圣卢对于自己的情妇脑子里到底是怎么回事并不清楚，她对他的不公正的责备也好，永恒相爱的诺言也好，他都认为不完全真诚。可是在某些时候，他又感到，到她能够与他断绝关系时，她会断然实行。因此，大概出于想保住自己爱情的本能，这种本能可能比圣卢本人更明智，他用了很实用的一计。这一计与他心中最伟大而又最盲目的激情融为一体。那就是他拒绝给她存一份本金，他借了很多钱，以便她应有尽有，但是只是一天一天地交给她。如果她确实想到要离开他，大概也要冷静地等待到“发财”之后。从圣卢给的钱数来看，大概需要不了多长时间。但是无论如何，这又补充了一段时间，可以延长我这位新朋友的幸福——或痛苦。

他们关系的这一戏剧性阶段现在达到最尖锐的程度。对圣卢来说，这是最残酷的阶段，因为她不许他待在巴黎，她一见他就恼，迫使他到离自己驻地不远的巴尔贝克来度假。这个阶段是一天晚上在圣卢的一位姑母家里开始的。那天，姑母家有许多客人，圣卢得到姑母同意，让他的女友前来为客人表演一个象征主义剧本的片段。她曾在一家先锋派剧院里演过一次这个戏，而且圣卢也同意了她自己对这个戏的赞美。

她出现了，手里拿着一大朵百合花[1]，服装是仿效《上帝的奴

[1] 在中世纪宗教画里，圣母马利亚几乎总是手持一朵百合花。天使向她宣告她将生一个儿子的时候，她回答道：“我是上帝的奴仆。”

仆》[1]。她说服了罗贝，说这套衣服有真正的“艺术眼光”。在这个贵族俱乐部男子和公爵夫人聚集的人群里，她一上台，迎接她的就是一些人的冷笑。她那念经一般的单调语气，某些莫名其妙的字眼，再加上这些字眼又频繁地出现，将冷笑变成了哄堂大笑。刚开始，人们还强忍不要笑出声来，后来笑声竟是那样不可阻挡，以至可怜的朗诵者无法继续下去。

第二天，圣卢的姑母受到一致谴责，说她竟然让这样荒谬可笑的女戏子出现在她家中。一位著名的公爵毫不掩饰地对这位姑母说，她受到批评，是咎由自取。

“见了鬼了，给我们来个这种劲头的节目！如果这个女人有点才华，倒也可以，可是她没有才气，而且永远也不会有一点点！见鬼！巴黎人可不像人们想的那么愚蠢。上流社会不是光由蠢货组成的。这位年轻小姐显然以为她会叫巴黎大吃一惊。可是巴黎可不那么容易吃惊，毕竟有些事，我们是无法忍下去的。”

至于说到那位演员嘛，她走出房门时对圣卢说道：

“你把我引到什么人家里来了？都是傻瓜，笨蛋，没有受过教育的小丑！我告诉你吧，在场的男士中，没有一个没向我丢过眼风，踩过脚，我拒绝了他们对我的追求，他们现在便设法进行报复！”

这一席话把罗贝原来对上流社会人等的恶感变成了夹杂着痛苦的深仇大恨，其中最不该恨的一些忠心耿耿的亲戚，尤其叫他

---

[1] 可能指的是但丁·加布里埃尔·罗塞蒂的画《上帝的奴仆》(1850)。

恨得咬牙切齿，因为家里人委派他们去说项，设法说服圣卢的女友与圣卢断绝关系。女友在他面前将这种活动说成那些亲戚出于对她倾心才这么做的。虽然罗贝立即与这些亲戚断绝了来往，但是当他像现在这样远离女友时，他想，也许这些人以及其他人会利用他的远离，卷土重来向那个姑娘求爱，说不定已经得到她的青睐；他谈起那些欺骗自己的朋友，那些引诱妇女、竭力将女人弄到妓院里去的混世魔王时，满面痛苦和仇恨。

“我宰一条狗都比宰了他们还要悔恨，狗毕竟是乖顺、效忠、忠诚的动物。这些人就该上断头台！比起那些因为自己贫穷和富人不义而被迫走上犯罪之路的可怜人来，他们这些人更坏！”

他把大部分时间都用来给情妇寄信，发电报。她一面阻止他到巴黎去，一面还在远距离想方设法与他闹别扭。每当发生这种事，我都能从他那变了模样的面孔上获悉。他的情妇从来不告诉他，她到底对他有什么不满。圣卢猜想，她之所以不对他讲，说不定她自己都不知道有什么不满的，只是对他厌倦了。他仍希望得到一些解释，便给她写信：“我什么地方不好，请你告诉我。我随时准备承认自己的错误。”他那么伤心，结果是确信自己做得不对。

她总是叫他无限期地等待答复，而那些答复都是没有意义的。所以我看见圣卢从邮局回来，几乎总是眉头紧皱，又常常是两手空空。整个旅社的人里面，只有他和弗朗索瓦丝亲自到邮局去取信或送信。他是出自对情人的迫不及待，弗朗索瓦丝则是出于对仆人的不信任。为打电报，他不得不走还要多得多的路。

在布洛克家进晚餐之后，过了几天，外祖母兴高采烈地告诉我，圣卢刚才问她，愿不愿意在他离开巴尔贝克之前为她拍几张照。为此，她穿上了自己最漂亮的衣裳，为在几顶不同的帽子中选择该戴哪顶而拿不定主意。看到这种情况，我感到有点冒火，真料想不到她竟会有这样孩子气的行为。我甚至自忖我是否看错了外祖母，是否将她看得太高了，她是否并不像我一向认为的那样对有关自己相貌的一切都很淡然，是否也有些卖弄风骚，而我一向认为这是与她格格不入的东西。

要照相，特别是我外祖母看上去对此那么心满意足，引起我的不满。可惜的是，我这种情绪流露得相当明显，弗朗索瓦丝注意到了，急急忙忙给我来了一套令人感动的情感说教。我根本不想装出同意那套说教的样子，她这样不知不觉地更增加了我的不满情绪。

“噢，先生，可怜的太太，人家给她照个相，她会多么高兴！她还要戴上老弗朗索瓦丝亲自给她整理好的帽子。应该让她去照，先生。”

想起在各方面是我的理想人物的母亲和外祖母也常常嘲笑弗朗索瓦丝的过敏，我确信我那样嘲笑她并非挖苦。可是外祖母发现了我神色不快，便对我说，如果这次照相会使我不悦，她就不照了。

我没同意，向她保证，我认为没有任何不合适的地方，任她去打扮自己。但我对她说了几句冷嘲热讽、刺人的话，目的是要打消看上去她为拍照而感到的兴高采烈，我觉得这样也就表现出自己敏锐的洞察能力和很强硬的态度了。结果是，虽然我不得不看外祖母那漂亮至极的帽子，至少我让那兴高采烈的表情从她脸上消失了。本来这种表情应该叫我高兴，可是只要我们最喜爱的人还活在人世，就常常发生这样的事情，就是我们觉得那种表情是低下的怪癖的表现，叫人着恼，而没有将那看成我们多么希望给他们带来的幸福，而那就是幸福的宝贵表现形式。

我的心情不好，主要是由于那个星期外祖母似乎总躲着我。白天也好，晚上也好，我未能有片刻时光单独跟她在一起。下午我回到旅社，想跟她单独在一起待一会儿时，人家告诉我说，她不在。要么她就是关起门来与弗朗索瓦丝长时间窃窃私语，不许我去打扰。在外面与圣卢一起度过晚上以后，回去的路上，我就想着就要重见外祖母并且亲吻她的那一时刻。我等待着她在隔壁墙上轻轻敲几下，叫我过去向她道晚安。但是我徒劳等待，听不见一点声音。最后我便上床，有点怨恨她，她毫不在乎地剥夺了我看得很重的快乐，这种毫不在乎可是新近才有的。我仍像童年一样，心儿剧烈跳动，一直倾听着墙壁发出声音。可墙壁始终一言不发，我流着泪进入梦乡。[1]

那天，像前几日一样，圣卢不得不到东锡埃尔去。在他还没有最终完全回去之前，很可能直到晚上那里一直需要他，他不在

---

[1] 下面开始，可视为《在少女们身旁》的第三部分。第一次出版时，下面打有三个星号。此处只以空两行表示。

巴尔贝克，我很遗憾。我看见一些少妇，远远望去，觉得她们令人心醉。她们从马车上走下来，有的进了游艺场的舞厅，有的进入冷饮店。我正处在年轻人的那样一个阶段，就是还没有一个具体的爱恋对象，心里还空着。在这样的阶段，就像一个堕入情网的人向往着、寻求着他钟情的女人一样，年轻人到处向往，到处寻求，到处看见美人儿。只要有真实的一笔——远远望见一个女子，或只见背影的一个女子，哪怕分辨出一点点模样——就可以叫我们设想出在我们前头的美人是什么模样，我们想象自己认出了她，心儿在剧烈跳动，脚步也加快了。只要那女子消逝了，我们便一直半信半疑到底是不是她；只有能追上她的时候，才会明白我们是大错特错。

再说，我的身体越来越不舒服，就更受到诱惑，将最简单的享乐更加夸大，因为我很难接触到女性。风雅标致的女郎，因我在任何地方都不能与她们接近，便觉得随处可见。如果是在海滩上，则因为我身体太衰弱。如果是在游艺场或糖果店里，则因为我过于腼腆。不过，如果我很快就要死去，我真希望知道，生命能够提供的最漂亮的少女在现实生活中究竟是怎样造就出来的。不管怎么说，将是我之外的另一个人，抑或竟没有任何人能够享受这种供给（事实上，我意识不到，在我这种好奇的根源上，就有着占有的欲望）。如果圣卢与我在一起，也许我就敢进舞厅了。但我是一个人，只好呆立在大旅社门口，等待着与外祖母会面的时刻到来。就在这时，几乎在大堤的尽头，我看见五六个小女孩向前走过来，在大堤上形成一片移动的奇异的印痕。无论是外貌还是举止，她们都与人们在巴尔贝克见惯的所有姑娘不同。一群海鸥不知来自何处，正在海滩上不紧不慢地踱着方步，姗姗来迟的几只飞来飞去，追逐着别的海鸥。鸟儿飞来飞去，似乎与洗海水浴的人一样漫无目的地散着步。鸟儿似乎没有看见洗海水浴的人，同时对于它们那鸟类头脑来说，它们的目的又是明确规定了的。只有那群海鸥大概已对这些鸟儿司空见惯了。

这些陌生女孩中，有一个手推着自己的自行车。另有两个，手里拿着高尔夫球“俱乐部”球衣。她们的打扮与巴尔贝克其他少女截然不同。其他少女中确实也有几位从事体育运动，但并不因此就采用专门装束。

这正是各位先生太太每天到堤上来转一圈的时刻，他们都暴露在对着他们定睛细看的手持长柄眼镜的无情火力之下，似乎他们身上有什么毛病，那长柄眼镜非要将每一细部都审视清楚一般。首席法官的老婆骄傲地坐在音乐亭前那令人生畏的一排椅子中间。他们自己刚刚从演员变成评论家，走来坐下，轮到他们对面前走过的人评头品足了。所有这些人都沿海堤走着，似乎这海堤如同一只船的甲板一般摇摇晃晃（因为他们不会在抬起一条腿的同时晃动手臂，转动眼睛，放平肩膀，用向相反方向晃动的动作来平衡他们刚才在另一侧所做的动作，并叫脸上充血），装出什么都没看见的模样，以便叫人相信他们对这几个女孩根本不在意。实际上却在对她们偷偷地凝望，以免撞上她们。走在她们身边或从反方向来的人，相反却撞在她们身上，对她们紧追不舍，因为双方都是彼此暗暗注意的对象，虽然双方都用同样的轻蔑来掩盖这种注意。

对人群的喜爱——因此也是对人群的恐惧——在每个人心里都是最强有力的动机之一。或者极力讨别人喜欢，或者叫别人惊奇，或者极力向别人表现出自己很看不起他们。在蛰居者心中，绝对的，甚至持续到生命终结的监禁，其缘由常常是对人群有一种失常的嗜好。这种嗜好会那样压倒任何其他的情感，以至由于外出时无法得到门房、行人、停车的车夫的赞美，他宁愿永远不叫他们看见，于是便放弃了一切必须外出的活动。

这些人中，有几个正在沿着某个思路思考，但是通过手势急促，目光走神，与他们的邻人那考虑周到的摇摇晃晃的步伐不相谐，而暴露了自己的思想活动。我远远看见的几个女孩，在所有这些人中，径直前行，身体完全放松，对其余的人发自内心的蔑视使得她们动作自如，毫不犹豫，也不僵硬，准确地做出她们想做的动作，四肢每一部分对其他部分而言都完全独立自主，身体的大部分保持不动。华尔兹舞行家就是这样，那是非常精彩的。虽然她们当中每个人都是一个类型，与他人类型不同，但是这几个人无一例外，全都姿容姣好。不过，说老实话，我看见她们才这么一小会儿工夫，而且还不敢定睛凝望，我还没有抓住她们之中哪位的个性。有一个除外，她那笔直的鼻梁，棕色的皮肤与他人形成鲜明对照，与文艺复兴时期某一幅画上朝拜初生耶稣的三王之中那位阿拉伯人模样的人肤色相近。我对她们的了解，一个，仅仅是通过那一双不大灵活、固执而又带着笑意的眼睛；另外一个，仅仅是通过那粉红的双颊。那粉红中又带着一抹镀铜的色调，不禁使人想起绣球花。就连这些面部特点，我也还无法将任何一种特点分别固定在这一个少女而不是另一个少女身上（这个整体是那样优美动人，最不相同的外貌相邻，各种色彩相聚，又像一首乐曲那样叫人难以捉摸。乐句一个个过去的时候，我无法将一句句分开，一句句辨认出来，待我分辨出来以后，马上又忘记了。按照这个整体行进的顺序），我看到一个白色的椭圆形，黑眼睛、绿眼睛相继出现，我不知道她们是不是就是刚才已经对我施展了魅力的姑娘，我无法将看到的东西归到我从众人中分别出来、辨认出来的哪一个少女身上。在我的视野中，没有分界线（过了一会儿我才弄清了她们之间的区别），透过她们这一组人，一种和谐的浮动在扩展，是液体美、集体美和动态美的持续转移。

在生活中将几个朋友聚集在一起，把她们挑选得个个这么漂亮，可能并非只靠偶然。估计这几个少女（她们的态度足以揭示出大胆、轻浮和狠心的天性）对任何滑稽可笑和任何丑陋的事都极为敏感，接受不了德或智方面的吸引，便在她们同龄的同伴中，自然而然地聚在一起。对于那些通过腼腆、拘谨、笨拙以及她们大概称之为“讨厌的类型”而透露出沉思或敏感的天性的所有女伴，她们感到厌恶并置之不理。相反，风雅、灵活、体态优美的某种混合，将她们吸引到别的人身旁，她们与这些人结下友谊。她们那具有诱惑力的直爽和与她们一起度过幸福时光的允诺，只有通过这唯一的方式才能表现出来。她们属于什么阶级，我无法准确判断出来，说不定那个阶级正处于发展阶段，或者由于富有和闲暇，或者由于进行体育运动（这是一个新习俗，就连在某些民众阶层也已普及），但是在体育之上尚未加上智育，这个社会阶层有如尚未追求扭曲表现形式的那些和谐而又多产的雕塑学校，自然而然地而且大量地生产出美丽的躯体，大腿和臀部那么优美，面庞圣洁而安详，表情机敏而又流露出智谋。我在这里，面对大海看见的，难道不是人体美、高尚而又平静的模特儿吗，犹如希腊某海岸上那些暴露在阳光下的雕像？

她们这一帮，如闪光的彗星，沿着海堤，向前行进。即使她们认为四周的人群由另一个种族组成，就连他们的痛苦都不会在她们心中唤起同情，但表面上她们似乎没有看见人群。她们迫使停步的人让路，好像突然有一台机器通过，不能期望机器躲开行人一般。对一位年迈的先生，她们是不承认他的存在，拒绝与他接触的。如果这位先生心怀恐惧或怒气冲天但匆匆忙忙而又可笑地逃开，她们最多也就相视而笑罢了。对于不属于她们这一群的人，她们没有故作轻蔑，她们内心的轻蔑已经足够。但是她们每遇障碍，都无法不以克服障碍为快，或者冲过去，或者双脚并拢，因为她们个个都充满青春活力，是那样需要发挥出去，以至即使在悲伤或痛苦的时候，也是更服从年龄的需要而不是当日的心情。她们从不放过一次跳跃或打滑的机会，而又不是有意识地这样干，只是打断缓步前行，在缓步前行中播撒上优美的转弯，心血来潮与高度的技巧合二为一，正如肖邦在他最忧郁的乐句中播撒上优美的曲线一般。

一位年迈的银行家，他的老伴正在为他寻找好地方，在好几处都未下定决心。最后，叫他面对海堤坐在一个折叠小凳上，有音乐亭为他遮住海风和烈日。老伴见他坐好了，便离开他去买报纸，准备过一会儿读给他听，叫他消遣消遣。只不过走开一小会儿，她也就将他单独留在那里。这一小会儿从不超过五分钟，对老头来说似乎已经相当长。老太太对自己的老伴既悉心照料，又不表露在外。她经常这样走开五分钟，好让老伴觉得自己还能像所有的人一样生活，而决不需要保护。他头顶上的音乐家表演台，构成了一个天然而又有诱惑力的跳板，那一小帮子少女中年龄最大的一个毫不犹豫地朝表演台跑过来。她从老头头顶上跳了过去，灵巧的双脚擦着了老头海军帽的边缘。老头吓得面如土色，可是另外几个姑娘觉得实在好玩，特别是绿眼珠、娃娃脸的那一个。她的目光中，表现出对这一行为的钦佩和快活。我似乎从她的眼睛里辨出少许的腼腆，既害羞又假充好汉的那种腼腆，这种表情在别人脸上是没有的。

“可怜的老头子，真叫我心里难受，简直半死模样！”其中一个少女说道，嗓音嘶哑，语气里半是嘲讽。

她们又向前走了几步，然后在路中间停步一小会儿，也不顾挡住了行人的来往，呈形状不规则、完整、奇特而又叽叽喳喳的一个集合体，像起飞前聚在一起的一群小鸟。然后她们沿着高出海面之上的海堤继续漫步下去。

现在，她们那迷人的面庞不再是模糊不清、相互混淆的了。以个子最高、从老银行家头顶上跳过去的那个为中心，我已经将她们区分和聚集起来（每个人的名字暂缺，我不知道）。小个子的那个从海平面上分离出来，双颊丰满而粉红，绿眼珠；另一个皮肤为棕色，鼻子笔直，与其他人形成鲜明对照；还有一个，面孔雪白像个鸡蛋，鼻子形成一个弓形小弯，好似鸡雏的嘴，她的面孔与某些年纪很小的人相似；还有一个，大个子，裹着一件斗篷（这件斗篷使她显得那么穷酸，与她那优雅的举止那样不相称，以至人们头脑里产生这样的解释：这个少女的父母大概地位相当显赫，但是他们的虚荣心远在巴尔贝克洗海水浴的人之下，也不在乎自己的孩子衣着是否华丽，所以让她穿什么衣服在海堤上散步，对他们来说绝对一样，小市民才会认为这衣裳穿着太寒酸）；还有一个姑娘，双眸明亮而又含笑，颧骨很高，皮肤无光泽，头戴一顶黑色马球运动员式女帽，压得很低。她推着一辆自行车，臀部扭动得好像骨头都脱了节，使用的行话俚语那么粗野，叫嚷的嗓门那么大，我从她身边经过时（从她那些词语里，我听见一句难听的“混他的日子”），便放弃了刚才她的伙伴的斗篷令我做出的假设，而更倾向于得出结论说，所有这些女孩都属于经常光顾赛车场的那帮小民，她们大概是自行车运动员们最年轻的情妇。总而言之，我的假设中，没有一个认为她们可能是贞洁的。看上一眼——从她们彼此相视而笑的样子，从双颊无光泽那个姑娘那紧盯不放的目光里——我就明白了，她们不是贞洁的女子。加之，外祖母一直过于谨小慎微地悉心照顾我，以至我不会不相信，不可为之事是不可分的整体，对老年人缺乏尊重的少女，碰到比从八十岁老翁头顶上跳过去更有诱惑力的快乐时，决不会骤然间为顾忌之心所阻拦。

现在，她们一个个都有了自己的个性。她们的目光因自我满足和伙伴义气而变得炯炯有神，眼中不时燃起兴致勃勃或狂妄而满不在乎的火光，视对象为自己的女友或路上行人而定。她们相互之间了解相当深入，能够一直一起散步，形成“独立大队”。目光相互传递着话语，意识到彼此相互了解，随着她们那独立而彼此分开的身躯缓缓向前，在这些身躯之间注入了一种联系。这种联系虽然肉眼看不见，却很和谐，好似同一个火热的身影，同一个氛围，使她们的身躯合成了一个整体。这整体的各个部分是同质的，而对这一行列在其中缓缓行进的四周人群，又无动于衷。

我从那个颧骨很高、推自行车的棕色皮肤姑娘身边经过。有一瞬间，我的目光与她那斜睨的笑盈盈的目光相遇。这目光来自将这个小部落的生活封闭其中的非人世界的深处，那世界是无法接近的未知数，我是什么人这个想法，肯定达不到那个世界，在那里也找不到位置。这个头戴运动帽、帽子在脑门上压得很低的姑娘，全神贯注倾听同伴们说话。她双眸中闪现出来的黑色光芒与我相遇的那一刻，她是否看见我？如果她看见了我，我对她又意味着什么？她辨别出我属于哪个世界了吗？这些问题我难以回答，好比借助于望远镜，在相邻的一个星球上，某些奇怪的生物出现在我们面前时，我们很难就此得出结论说，有人类居住在那里，他们看得见我们，看见了我们又会在他们心中唤起一些想法。

如果我们认为，这某某姑娘的双眸只不过是发亮的云母圆片，我们就不会贪婪地要了解她的生活并且将她的生命与我们的结为一体了。但是我们感觉到，在这个反光圆体中闪闪发光的东西，并非只源于其物质结构。我们感觉到，这是这个生命对于它了解的人和地点——赛马场的草地，小径上的沙土——所形成的看法的黑色投影。这黑色投影是什么，我们还不了解。这个小贝里，比波斯天堂中的贝里[1]诱惑力更大。她蹬着车穿过田野和树林，可能会把我带到那些地方去。我们感觉到，她那目光也是她就要回去的家、她正在酝酿的计划或者人们已经为她做出的安排的投影。我们尤其感觉到这就是她本人，怀着她的欲望，她的好感，她的厌恶，她那朦朦胧胧、断断续续的意愿。我知道，如果我不能占有她目光中的东西，我就更不能占有这个骑自行车的少女。因此，使我产生欲望的，是她整个的生命。这是痛苦的欲望，因为我感到这是无法实现的，也是令人心醉的欲望；直到此刻我的生命已骤然停止，它已不再完整，而是成了我面前这块空间的一小部分，我迫不及待地要将这空间占据，这空间乃由这些少女的生命组成。是这种欲望赋予我这种自我延伸、自我扩展的感觉，这就是幸福。无疑，我们之间没有任何共同的习惯、共同的思想，这使我更难与她们交友，讨得她们欢心。但是，说不定正是由于这种差异，由于意识到我所经历的、拥有的任何因素（成分）都不会进入这些少女的天性构成的行为，我心中才刚刚用对某种生活的渴求代替了心满意足。我如干渴的大地那样干渴——迄今为止，我的心灵从未得到过一滴这样的甘露，它会更加贪婪地大口大口地吮吸。

---

[1] 在波斯神话中，贝里是天堂的使者，手执象征永生的荷花。普鲁斯特此处可能想到了根据保罗·杜卡斯的诗作而创作的芭蕾舞剧《贝里》。1912 年俄国芭蕾舞团在巴黎演出该剧，娜塔莉亚·特鲁哈诺娃任编导。舞剧中有贝里引诱伊斯康德王子，王子夺走她的荷花，她返回天国的情节。

那个目光明亮的推自行车的姑娘，似乎发现了我那样凝神望着她，便向那个个子最高的姑娘说了一句话。说的什么，我没有听见，只见那个高个子姑娘笑了起来。说老实话，这个棕色皮肤的姑娘，正因为她的皮肤是棕色，并不最讨我喜欢。从在当松维尔那陡峭的小山坡上见过希尔贝特那一日起，一个头发棕红、肤色金黄的少女，一直是我心中不可企及的理想。可是，就说希尔贝特本人吧，我之所以爱她，难道主要不是因为她戴着贝戈特女友的光环，和贝戈特一起去参观大教堂吗？同样，看见这个棕色皮肤的姑娘望着我（这使我刚开始时抱着希望，以为也许与她接触更容易些），我并不感到高兴，因为她会把我介绍给从老头头上跳过去的那个无情的姑娘，介绍给说“可怜的老头子，真叫我心里难受”的那个残忍的姑娘，然后逐次介绍给每一个姑娘，因为她享有这种威望，是她们形影不离的朋友。我做了一个假设：有一天我会成为这几个少女中哪一个的男朋友。这些眼睛里那陌生的目光给我留下深刻的印象。她们自己并不知道，有时会对我产生阳光照在一堵墙上那样的效果。通过奇迹般的炼金术，这些眼睛也许会叫“我是存在的”这个想法以及对我个人的某些友情穿透它们那难以形容的立体。有一天，我本人也可能跻身于她们之中，在她们沿海边行走发挥的理论中占一席之地。我觉得这个假设本身就包含着一个无法解决的矛盾，就像站在阿提刻时代的剧场前或面对着描绘宗教仪式行列的画幅，我也曾以为我这个观众也能受到诸神的喜爱，在列队行进的诸神中占据一席之地一般。

那么，与这些少女结识的幸福，真是无法实现的吗？自然，在我放弃的这类事当中，这大概已经不是第一桩了。只要回忆一下，就在巴尔贝克，有多少陌生女郎，因马车飞驰远去便叫我永远放弃了她们，便已足够了。这一小帮女孩，在我心中是那样高尚，仿佛由希腊神话中的处女组成。就连她们给我带来的快乐，也源自她们有些路上行人飞快离去的味道。我们不认识的人，迫使我们从惯常生活中启碇的人，具有一种转瞬即逝性。这种转瞬即逝性使我们处于一种追逐状态中，再没有任何东西阻拦我们的想象。而在惯常生活中，我们与之经常来往的女子，最后都将她们的缺陷暴露出来。将我们的快乐剥去想象这层皮，等于将快乐压缩至其本身，就空无一物了。诸位已经看到，我并不蔑视拉线的中间人。但是这些少女如果到牵线人那里去自荐，她们便失去了赋予她们丰富多彩和捉摸不定的因素，就不会叫我如此着迷了。对于是否能够企及追求的对象没有把握，这一点能唤起人的想象。必须叫想象创造一个目的，这个目的遮掩住另一个目的；必须叫想象用进入一个人的生活之中这种想法代替感官的快乐，以阻止我们去分辨这种快乐，阻止我们去品尝其真正的味道，阻止我们将其限制在本身范围之内。钓鱼的那些下午时光，在我们与鱼之间，非有翻腾的流水将我们隔开不可。光滑的肉，不明确的形状，在天蓝色透明而又活动的流体中，在我们身边滑来滑去，而我们不大知道该拿这玩意儿干什么。如果我们第一次就看见那鱼做成了菜端上桌子，就会觉得不值得千方百计、拐弯抹角去捉它了。

在这里，社会地位所占的比例发生了变化，这是海水浴生活的特点。这些少女也占了这个便宜。在我们习惯的阶层中能使我们延伸、放大的一切优势，在这里，都变成了看不见的东西，事实上，也就消失了。反过来，那些别人认为他们大概并不具有这些优势的人，倒被一个人造出来的范畴变得高大起来，大步向前了。这个人造的范畴比素未谋面的女郎叫人更自在。那一天，这些少女在我眼中显得那么了不起，而我根本无法让她们了解我有什么了不起的地方。

对这一小帮少女来说，她们漫步海滨只不过是路上无数女客飞逝的一个片段，这种飞逝总是使我心绪纷乱。在这里，这种飞逝又回到那么缓慢的动作上去，几乎接近于停滞不动。更确切地说，在某一个这样慢速的阶段中，人的面庞不再被旋风卷走，而是变得平静而又清晰，我就觉得更美。但是，正像德·维尔巴里西斯夫人的马车将我飞快拉走时我的体验一样，这并不妨碍我想，如果我停下一会儿就近观看，某些细部，有麻点的皮肤啊，鼻翼上有个毛病啊，眼神很平庸啊，微笑时做鬼脸啊，身段不美啊，都会在女郎的面孔和身段上代替我原来肯定是凭空想象的细部。只要有美丽的曲线，远远望见的面色很红润，我就能好心地再加上一直记在心底的或事先想好的动人的肩膀、甜美的顾盼。对一个一眼而过的人产生这样飞快的猜测可能使我们犯下错误，恰似有时看书太快，刚看见一个音节，还未来得及看清其余的音节，便在我们脑海中已有的字里，安上另一个字，其实书上写的根本不是那个字。

现在不可能属于这种情形。我已经仔细端详过她们的面庞。每个人的面孔，我不是从各个侧面看的，也极少从正面看，但至少根据两三个不同的特点，我便足以对第一眼望去时对线条和肤色所做的各种假设进行修正，或者进行核实和“证明”；足以看到，透过一系列的表情，她们的面孔上还存在着某种永久不变的物质的东西。

因此我可以蛮有把握地想：无论在巴黎还是在巴尔贝克，在最美好的设想中，甚至在我能够停下脚步与之攀谈的令我目光停驻的行路女子中，都从来没有过像今年这几个女子这样的，我根本就不认识她们，但是她们的出现和消失给我留下这样的惆怅，使我想到与她们交友会是多么令人陶醉。无论是在女演员中，村姑中，或在教会学校寄宿的小姐中，我从未见过如此美貌、如此未知未闻、如此宝贵，又这样令人难以置信、不可企及的少女。就生活中未品尝过而又可能的幸福而言，她们是那样甜美的样品，且状态极其完好，以至几乎完全出于理智我才灰心丧气，怕的是体验不了美女能够给予我们的最神秘的东西。我要在绝无仅有的条件下，保证不会上当受骗才去体验。她们是人们一直向往的美女，是人们永远不占有也可聊以自慰，而不会去向自己没有欲望追求的女人要求快乐的美人——正像斯万从前爱上奥黛特以前一直拒绝做的那样——结果是一直到人死了也从不知道那另一种快活是什么滋味。也许从未体验过的快乐事实上并不存在，也许到了跟前，这种快乐的神秘性就烟消云散了，也许这只是欲望的一种投影，一种海市蜃楼。如果是这种情形，那我只能责怪自然规律的无情。如果这种自然规律适用于这些少女，也应该适用于所有的少女，而不适用于不完善的对象。她们是我在所有对象中挑选出来的，我怀着植物学家那种心满意足的心情，很清楚地意识到不可能找到比这些少女更罕见的如此齐全的品种。此刻，她们就在我面前中断了她们那轻巧的篱笆般的流动线。这篱笆就像一丛宾夕法尼亚玫瑰[1]，是悬崖上一处花园的装饰品。一艘轮船驶过的整个大洋航线均映在其中，这轮船在蓝色平面上滑行得那样慢，相当于从一个茎到另一个茎。一只懒惰的蝴蝶在花冠深处滞留，船体早已超过这只蝴蝶。可是蝴蝶确有把握能比轮船先到达目的地，那船只正向花朵驶去。蝴蝶可能还要等到轮船的船首与玫瑰花的第一个花瓣之间出现一片蓝色才起飞呢！

我回房间去了，因为我要与罗贝一起去里夫贝尔共进晚餐。外祖母要求我最近几天晚上动身以前在床上躺一小时，小睡片刻，这是巴尔贝克的医生提出的要求。不久，他便让我每一天晚上都小睡一会儿。

再说，要回房间甚至不需要离开大堤，也不需要从大厅，也就是说从后面进入旅社。在贡布雷，每星期六午饭提前一小时。现在这里正是盛夏，白天那么长，以至在巴尔贝克大旅社里，根据与此类似的提前规则，人们为晚餐摆放餐具时，太阳还高高挂在天上呢，似乎是吃下午点心的时刻。带滑轮的大玻璃门依然开着，与海堤在同一平面上。我只要跨过单薄的木制窗框就到了餐厅里，然后立刻离开餐厅去乘电梯。

---

[1] “宾夕法尼亚玫瑰”这个名称在某些植物学家的著作中可以见到，用以指美国东部的某一玫瑰品种。这个名称在普鲁斯特那个时代并不流行，只不过表现了普鲁斯特学识的渊博而已。

从办公室门前经过时，我向经理送去一个微笑，而且一点也不讨厌地从他脸上收回一笑。自从我到巴尔贝克以来，我那宽容的关切已经渐渐地像备自然课一样将微笑灌输到他的脸上，改造了他的面孔。他的面庞在我看来已经变得熟悉起来，显示出某种很一般的意义，但可以像一个人的笔迹一样被我看懂，已经与第一天他的面孔向我显示的那些莫名其妙、无法忍受的方块字毫无相像之处。那一天我在面前看见的那个人物，如今已被忘却。或者说，如果我还能回忆起来的话，他的形象与那个无足轻重而文质彬彬的人物那令人厌恶而又略微加以漫画化的形象相比，已经完全不同，无法辨认了。

我初来巴尔贝克那天晚上的那种腼腆和忧郁已经消失，我按铃叫电梯。在电梯里，我像沿着脊椎动物的胸腔一样，在开电梯的人身旁向高处升去。现在，他再不是默默无语了，而是向我叨叨："人比一个月以前少了，开始走了，天凉了。"他这么说，并非因为确实如此，而是因为他在这海滨一个气候更炎热的地方又找了个事情做，他希望我们都赶快走，旅社好关门，这样他"回到"新岗位之前，可以有几天归他自己支配。"回到"和"新"这两个词并不矛盾，因为对于一个开电梯的人来说，"回到"乃是"进入"这个动词的惯用形式。[1]唯一使我感到惊异的是，他竟屈尊使用"岗位"一词，因为他属于希望在语言中抹掉雇佣制度痕迹的现代无产

[1] 在法语中，受教育不多的人常常将"entrer"（进入）与"rentrer"（回到）二动词混为一谈。

者。此外，过了一小会儿，他告诉我，在即将“回到”的“岗位”上，他会有一套更漂亮的“工作服”和更好的“待遇”。“制服”和“薪俸”两个词，他已觉得陈旧和不适合了。由于莫名其妙的矛盾，在“老板”口中，词汇不顾一切，仍然比不平等这个概念活得更长久，所以，开电梯的人对我说的话，我总是听不懂。我唯一关心的，是要知道外祖母是否在旅社。开电梯的人抢在我提出问题之前对我说：“那位太太刚才从你住的地方出去了。”

我又上当了，以为是我的外祖母出去了。

“不是，我想那位太太是你们家的雇员。”

从前的市民语言，确实应该废除。但是由于在从前的市民语言中，一个厨娘是不叫“雇员”的，所以我考虑了一会儿，心想：“他搞错了，我们既不拥有工厂，也没有雇员。”忽然我想起来了，“雇员”这个词也和咖啡馆的侍者留小胡子一样，给予仆人一种自尊心上的满足。刚刚出去的那位太太一定是弗朗索瓦丝（她很可能是去拜访旅社里的饮料掌班，或者正在观看那位比利时太太的贴身女仆做女红）。

对于开电梯的人来说，光是满足自尊心还不够，因为他在怜悯自己的阶级时说“工人家里”或“小人物家里”，像拉辛说“穷人”[1]一样，用的是单数。

我第一天刚到时的那种热情和腼腆早已远去，平时我已不再和开电梯的人说话，现在是他在上下穿过旅社这个短短过程中，

[1] 见拉辛《阿达莉》第二幕第九场第837—838行。

得不到我的回答了。旅社像一个玩具一样，中间镂空，一层一层地在我们四周展开那分枝一般的走廊。走廊深处，灯光昏暗，越来越弱。通道的门或内部楼梯的台阶都变得窄小，灯光使这一切都成了金色的琥珀，像黄昏时刻一样绵软而又神秘。在黄昏中，伦勃朗只需瞬间便勾画出窗棂或井上的轱辘。每一层楼上，一缕金光映在地毯上，展露出落日的余晖和起居室的窗户。

我自忖，刚才我看见的少女是否住在巴尔贝克，她们会是何许人也。欲念这样朝着自己选择的一个小部落的人群而去的时候，一切可能与这个小小的部落有关系的人都成了动情的缘由，然后又成了梦幻的缘由。我曾经听见一位太太在海堤上说："她是小西莫内的一个女友。"那种肯定好事的神情就好像谁在解释说"他是小拉罗什富科形影不离的伙伴"一样。立刻，从听到这件事的那个人脸上，你可以感到有一种强烈的欲望，巴不得再仔细瞧瞧那个作为"小西莫内的女友"受到如此厚爱的人。这肯定是一种特权，大概不会随便赋予什么人。贵族阶级是相对的，有些价值不高的小小缝隙，在那里，一个家具商的儿子可以当上风雅王子，并且像一个年轻的威尔士亲王一样统治一个宫廷。自那以后，我经常极力回忆在海滩上西莫内这个名字是怎样对我产生影响的，那时我还辨别不出它的形式，对这个名字也没有把握，至于它意味着什么，指的是这一个人抑或是另一个人，也不肯定。这个名字充满了激动人心的既模糊又新鲜的感觉，每一个字母、每一秒钟，都由于我们不断的重视而更深地刻在我们的心上，这个名字变成了（从我对小西莫内的态度来说，只是几年以后才如此）回到我们脑海中（或睡醒时，或昏厥之后）的第一个词汇，甚至先于“现在是几点钟”“我们在什么地方”这些概念，甚至先于“我”这个字，似乎它所指的人就是我们自己，却更胜于我们自己，似乎失去知觉一刻以后，先于一切而结束的，便是没有想到这个词汇的那个过程。

不知为什么，从第一天起，我心里便想，西莫内大概是这些少女之中哪一个的名字。我不断地琢磨，怎样能够结识西莫内一家。当然是通过她认为地位比她高的人。如果这些人只是市井小民中的小烟花女，要叫她不要产生瞧不起我的看法，大概也不难。不可能有十全十美的故友，只要没有战胜这种蔑视，那些蔑视你的人，就不能完全将你纳入他心中。每次彼此那样不同的女子形象进入我们心中，在被遗忘，或被其他形象排挤出去之前，只有当我们将这些外来人变成与我们自己相似的某种东西之后，我们的心灵才会得到安宁。在这方面，我们的心灵与我们的肉体具有同样的反应和活动。我们的肉体不能容忍异体的侵入，除非立刻将入侵者消化或同化。

小西莫内大概是所有姑娘中最俏丽的那个——我似乎觉得，她本可以成为我的情妇，因为只有她一个人两三次扭头顾盼，似乎意识到了我那死死盯住的目光。我问开电梯的，在巴尔贝克是否认识什么人，姓西莫内。此人不喜欢说他对什么事不知不晓，便回答说，他似乎听人提起过这个姓。到了最后一层，我请他叫人将外地人的最新名单给我送来。

我从电梯里走出来，但没有朝自己的房间走去，而是在走廊里一直向前走去。此刻，虽然管这一层楼的仆役害怕穿堂风，也已将走廊尽头的窗户打开。这扇窗子不向着海，而是朝着小山和山谷，但人们从来也不曾看清楚外面的景色，因为窗上的玻璃不透明，且常常关着。

我在窗前稍事停留，也就是对这个“景”朝拜一下的时间。这一次，倒叫人可以望见比小山更远的地方。旅社背依这座小山，山上，只在远处有一座房舍，但是远景以及落日的余晖在保留了其大小的同时，又用精致的雕刻和丝绒般的首饰匣装饰了它，犹如装饰微型建筑模型一般。好像圣物，只在难得的日子才拿出来供善男信女们瞻仰的金银或珐琅制小寺庙或小教堂。可是这朝拜的时刻已经为时过长，仆役一手拿着一大串钥匙，另一只手触到他那教士无边圆帽上向我敬礼，因为晚上空气清新而凉爽，倒没有将帽子摘掉。他已经走来又把两扇窗板关上了，就像将圣人遗骸盒的两扇门板关上一样，这样也就遮住了我看小型圣殿和金色圣物的视线。

我走进自己的卧室。随着季节向前推移，从窗中看到的画面也变了。首先是室内很明亮，只有天气阴霾时，室内才昏暗。这时，大海镶嵌在海蓝色的玻璃里，在我窗户的铁框中，就像镶在教堂彩绘玻璃的铅条中一样。大海那圆形的波涛使玻璃变得无边无际。在海湾那整个布满岩石的深深边缘上，大海撒开一些三角，三角上装饰着细腻的笔触勾画出来的不动的飞沫，如皮萨内罗[1]笔

[1] 皮萨内罗是意大利画家及木刻家，其所作鸟类草图保存在卢浮宫中。

下的羽毛，雪白的、永不褪色的、奶油般的珐琅色把这些三角固定在那里。在加莱[1]的玻璃制品中，这代表着一层白雪。

不久，白昼渐短。我回到房间的时候，淡紫色的天空，似乎被太阳那僵硬的、几何图形的、转瞬即逝的、闪闪发光的面庞打上了烙印（好像代表着什么神奇的符号、神秘的鬼怪），沿着地平线的链条正向大海弯下身去，犹如主祭坛上方的宗教画。落日余晖的各个部分，映在沿墙摆开的桃花心木低矮书橱的玻璃上，我心目中已将它与由它脱胎而来的名画联系在一起，似乎那是昔日某大师为哪一个宗教团体在一个框架上绘制的几组场景，后来在博物馆的大厅中，人们将它一片一片分开陈列，观众只有通过想象才能将它们放到祭坛后部装饰屏组画上原来的位置上去。

几个星期过后，我上楼时，已经日落了。大海上方，天空是一条火红的彩带，与我在贡布雷散步归来准备下楼到厨房用晚饭时在髑髅地[2]顶上之所见一模一样。这火红的彩带，是完整的一片，又像肉冻一样可以切开。顷刻大海已经发凉，变成蓝色，好似人称鲻鱼的那种鱼，天空则像我们过一会儿在里夫贝尔点的鲑鱼一样粉红。这一切，更增加了我就要更衣外出晚宴的快乐心情。沉重的暮霭，呈现出烟灰般的黑色，有光泽，如玛瑙那样坚实，

[1] 加莱（1846—1904）：他于1890年创立了一所适用于工业的艺术学校——南锡学校。其玻璃艺术作品在万国博览会上获得极大成功。他的艺术以对大自然的热爱和研究为基础，本人作为有实践经验的植物学家，又将植物题材用于其装饰艺术及玻璃制品中。

[2] 髑髅地原指《圣经》中耶稣受难的地方。

肉眼看得见，紧贴着海洋，吃力地从海上升起。这儿几片，那儿几片，高高低低，一层一层，越来越宽阔。最后，最高的几层向已经变形的根茎弯下身来，一直到脱离了直到此刻仍支持着它们的重心，似乎就要将已到中天高度的脚手架拖走，将它扔到大海中去。

我从前坐在车厢里有一种印象，觉得需要从困倦和关在一间房里受监禁的状态中解脱出来。见一艘轮船如夜行者一般远去，也使我产生同样的印象。但是，在此刻我自己置身的房间里，我并不感到受监禁。因为一小时以后，我就要离开这里乘马车外出。我扑到床上。我看得见距我相当近的船只。奇怪，人们在夜间也看得见船只在黑暗中移动，好似颜色幽暗、默默无声却没有入睡的天鹅。我似乎觉得自己就在一艘轮船的卧铺上，大海的图画从四面八方将我团团围住。

不过，确实经常只是一些图画而已。我忘记了，在图画的色彩下，海滩正在形成凄惨的空旷地带，夜晚那不安的海风吹遍整个海滩。刚到巴尔贝克时，夜风袭来，我是那样焦灼不安。现在，即使在我的房间里，我的全部心思仍在我目睹从我面前走过的几个少女身上，我的情绪再也不能平静，再也不能停留在事不关己的状态。在我心中，是不会产生真正富有美感的印象了。等待去里夫贝尔赴晚宴更使我心浮气躁起来。在这种时刻，我的意念停留在躯体的表面。我就要给这躯体穿上衣服，以便在那灯火辉煌的饭店中，在打量我的女性的目光前，尽量显得讨人喜欢。我无法在事物的色彩后面注入深邃的思想。我的窗下，雨燕和燕子不倦地轻轻地翻飞，像喷泉，像生命的火焰，将高喷的泉水与平面方向上长长的轨迹那不动的白色线条融合在一起。这种地区性的自然现象将我眼前涌现的景色与现实联系起来。如果没有这一令人着迷的奇迹，说不定我会认为眼前的景色只不过是每日更新的绘画选。人们主观地在我所在的地点展开这个绘画选，而那些绘画作品与这个地点并没有必要的联系。有一次，我觉得那就是日本木版、铜版画展览：在精雕细刻出来的好似月亮一般滚圆的红太阳旁边，有一朵黄色的云，犹如一面湖。湖边，是黑色利剑，有如湖滨树木的侧影。还有一道淡淡的玫瑰色，自从我有了第一个彩笔盒以来，从未见过这样的玫瑰色。这颜色绽开，好似一条江，两岸上似乎有船只搁浅在沙滩上，等待着人们前来将它们拖入水中。我露出业余爱好者或在两次交际访问之间到画廊转上一转的女人那种蔑视、厌烦而又轻浮的目光，自言自语道："真奇怪，这落日，与众不同，不过我早已见过和这一样优美、令人惊异不已的落日了。"

晚上，一条船被地平线吸收，它变成了流体，显得和地平线完全是一种颜色，宛如一幅印象派的画。船只似乎也与地平线一样，由同一种原材料制成，似乎人们只是在雾蒙蒙的蓝天中勾画出船体和缆绳。缆绳交错，船体显得更加细小，变成了金银制品。有时，大洋几乎占满了我的整面窗户，上方是一抹天空，只有一条线，与海一样的蓝，因此我以为那还是大海，只在光照作用下，才显出不同的颜色。

另一日，大海只在窗子的下部描绘出来，窗子其余的部分布满了浮云。水平方向上，一朵一朵的云你推我搡，结果好像出于艺术家的预谋或专长，那窗玻璃正在介绍“云朵研究”。与此同时，书橱的各块玻璃上显示出相似的云朵，但这是在另一部分地平线上的云朵，而且被光线染上了不同的色彩，似乎在向你反复提供同一题材。这是某些当代画家十分珍爱的反复，总是取自不同的时刻。而现在，由于艺术的固定作用，可以在一个房间里对它一览无余，呈彩粉画形式，并且被压在玻璃板下面。

有时，在海天一色的灰色上，细腻精巧地加上一点粉红。这时，在窗子下方安睡的一只小蝴蝶，就像将双翼落在这幅有惠斯勒[1]风味的、题为《灰与粉红色的和谐》的画下方。这是切尔西大师亲自签名的作品。这粉红色渐渐消失，再没有任何东西可以注目。我呆呆站立片刻，然后拉上窗帘，再次躺下。从床上，我看见窗帘上方还留有一线光亮。这一线光亮也渐渐暗淡下去，越来越细。平日，这个时刻，我已坐在饭桌上。今天，我就这样让这个时刻在窗帘上方逝去，既不忧伤，也不惋惜，因为我知道，今天与别的日子不一样，像黑夜只有几分钟的极地的白天一样，今天比平时更长一些。我知道，从这黄昏的蛹壳里，里夫贝尔饭店的万丈光芒正在准备经过美好的变形脱壳而出。

我自言自语：“到时间了。”我在床上伸伸懒腰，起身，梳洗完毕。这样无用的时光，脱去了物质生活的重负，我觉得自有其

[1] 惠斯勒（1834—1903）：美国画家及雕刻家，他在伦敦安家落户，住在切尔西区。他对日本艺术和马奈极为赞赏，尤致力于色彩和谐研究。《灰与粉的和谐》是他的一幅画的名字。

魅力。别的人在楼下进晚餐，而我在这里，将下午无所事事积蓄起来的精力，只用在洗浴后晾干我的身躯、穿一件无尾常礼服、系领带上。指引这些动作的，已经是期待已久的与某个女子重逢的快乐。那是我上一次在里夫贝尔注意到的一个女子，她似乎对我注视良久。有一会儿她离席了，也许希望我尾随而去。我怀着快乐的心情给自己加上所有这一切诱饵，以便使自己全心全意、全神贯注地投入一种新生活。这是自由的、无忧无虑的生活，我要让圣卢的冷静来支持我的犹豫不决，并在生物的各个品种和来自各地的物产之中进行选择。这些菜，我的朋友一点，便构成罕见的佳馔，会大大刺激我的食欲或者我的想象。

最后，这样的日子终于来到，我再也不能通过餐厅从海堤回到房间了。餐厅的玻璃窗不再敞开，因为外面夜色已经降临，而且这个玻璃蜂巢灯火通明，将贫苦的人和好奇的人都吸引来了。他们无法进入这灯光通明之中，便像秋风卷下的一片黑乎乎的蜂群一样，扒在玻璃蜂巢那发光而又光滑的四壁上。

有人敲门。是埃梅亲自给我送来了外地人的最新名单。

埃梅走之前，非要告诉我，说德雷福斯罪该万死。[1]

“人们会得知一切的，”他对我说，“不是今年，而是明年。这

[1] 书中年代为 1898 年。自 1897 年 10 月 29 日参议员史海尔-凯斯杜埃提出重新审理该案件以来，这件事又成为舆论注意的中心。1898 年 1 月 13 日，左拉在《震旦报》上发表了《我控诉》一文。埃梅所指的文件可能是亨利上校所准备的文件，据说根据这些文件可以最后确定德雷福斯有罪。后来，亨利上校被确认犯了伪造文件罪，于 8 月 31 日自杀。但在本书中，直到《盖尔芒特家那边》第一部分中，人们谈论德雷福斯事件时，亨利上校还活着。

是与参谋部关系非常密切的一位先生对我说的。”

我问他，是不是在年底以前人们还下不了决心马上揭露一切。

“他放下烟卷。”埃梅继续说下去，模拟着那个人的动作，并且像他的顾客那样摇着头，晃着大拇指，那意思是说：“不要要求过高。”

“‘不是今年，埃梅，’他敲着我的肩膀对我说，‘今年不可能。到了复活节，行’。”

然后，埃梅轻轻拍着我的肩膀，对我说：“您看，他怎么说的，我都原样告诉您了。”那意思，要么是这样一个大人物对他那么随便，他很得意扬扬，要么是我更能清楚明白地看到那论据的价值和我们抱希望的根由。

我在外地人名单的第一页上，看到“西莫内及其家属”几个字，禁不住心头一震。我心中仍藏着童年时代便产生的由来已久的梦幻。梦想中，心中有的和所感受的全部柔情融成一片，由一个尽量与我不同的人给我带来。这个人，我现在用西莫内这个名字来称呼她，并且忆起在海堤上看见的充满青春活力的躯体。她们组成可与古代和乔托的名画相媲美的体育队形，是多么和谐。我用这个名字和对这优美的和谐的回忆，创造出了这个我等待的人。我不知道这几个少女中哪一个是西莫内小姐，也不知道她们当中是否有哪一个真姓这个姓。但是我知道西莫内小姐爱着我，我要靠圣卢设法立即与她结识。可惜在这个条件下，圣卢只得到允许延长假期，他不得不每天回到东锡埃尔去。为了叫他不去尽那个军队义务，我本来以为，除了可以指望他对我的友谊之外，还可以指望人类博物学家的那种好奇心。我经常有这种好奇心，常常我并未见过人家说的那个人什么模样，只要听到人家说，哪家水果铺子里有一位漂亮的收款员，我就想去结识女性美的这个新变种。我希望在圣卢面前谈及我那几个少女，也在他心中激起这种好奇心。谁知我大错特错。他是那个女演员的情夫，他爱她，因此，这种好奇心早已麻木。即使稍有感觉，他也将它压抑下去，因为他很迷信，以为情妇对自己忠实与否，取决于他自己是否忠实。所以我们动身去里夫贝尔晚宴时，他并没有应允积极地去管我那几个少女的事。

最初，我们抵达里夫贝尔时，太阳刚刚落山，但是天色依然很明亮。饭店的花园里，灯火尚未点燃。白昼的热度下降，好像存放在一个花瓶的底部，沿着这花瓶的边壁，空气凝成了透明、暗色而又浓稠的果冻。偌大的一丛蔷薇，贴着墙，在暗淡下来的墙上画出粉红的条纹，宛如人们在缟玛瑙石里看到的树枝状纹路。

过了不久，我们走下马车时，夜色已经降临。或是天气不好，或是希望暂时安静一会儿而推迟了叫人驾车的时间，总之我们从巴尔贝克启程时，夜色就已经降临。但是这样的日子，我听到海风吹拂也不感到忧伤，我知道这并不意味着要放弃我的计划，并不意味着就要关在一个房间里。我知道我们要在茨冈音乐声中走进饭店的大厅，那里无数的灯火将用金光灿烂的宽宽的烙铁，不费吹灰之力地战胜黑暗和寒冷。于是我高高兴兴地上了马车，坐在圣卢旁边。马车在滂沱大雨中等待着我们。

现在，我每天一坐到桌前开始一项评论研究或阅读一本小说，便感到厌倦。贝戈特说，他坚信，我是特别能体会脑力劳动乐趣的材料，虽然我自己并不持有这种看法。在“我以后能干什么”这个问题上，最近这些时候，贝戈特的话倒使我感到，这种厌倦透露出一点希望。

“归根结底，”我心中暗想，“说不定写一本小说时能否体验到快乐，并不是判断一篇文字是否美丽、是否有价值的无懈可击的准则。说不定这只是一种常常附带而来的次要状态，而缺乏这种快乐并不能就预先断言文章不美。也许某些杰作就是打着哈欠写出来的。”

外祖母对我说，如果我身体好，我就会写得很好，而且会怀着快乐的心情去写。这话打消了我的疑虑。可是我家的家庭医生认为，更谨慎的做法，还是提醒我，我的健康状况可能会使我面临什么严重的危险。他给我列出了应该遵循的各种保健措施，以免发生意外。我认为各种快乐应从属于目标。与快乐相比，目标无比重要。这个目标便是要变得身强力壮，足以能够完成可能蕴藏于我自身的大业。自从来到巴尔贝克，我对自己进行了周密而频繁的控制。喝一杯咖啡会使我彻夜失眠，而睡眠对我第二天不感到疲倦必不可少。那么，谁也别想叫我去碰那杯咖啡。

可是，一到了里夫贝尔，在新的快乐刺激下，我又处于另一种思想状况之中了。例外情况才叫我们进入这种状况之中。这么多天以来耐心织成的、将我们导向明智的网已经撞破，似乎再也不该有什么明日，有什么待以实现的高尚目标了。顷刻间，为了维护这高尚目标而起作用的、整个周密谨慎的保健机制烟消云散。

一个跟班小厮问我要不要外套时，圣卢总是对我说：

“您会不会冷？最好还是穿着，天气可不太热。”

我总是回答说：“不要，不要。”可能当时我并不感到冷，但是不管怎样，我再也不知道害怕病倒、不要死去以及重视写作这些事为何物了。我把外套交出去。我们在茨冈人奏出的军乐声中进入饭店大厅，在一排排已经上了饭菜的桌子间前进，就像在轻易获得荣誉的道路上前进一样。乐队授予我们军事荣誉和我们配不上的凯旋曲，我们感到音乐的节奏将快乐的奔放灌输到我们身上。我们用庄重而冷冰冰的表情和懒洋洋的举止将这种情绪掩盖起来，以便显出与那些咖啡馆音乐会里服饰华丽、装腔作势的女人不同。她们就着火药味十足的曲调，唱着轻佻、放肆的歌曲，跑着上台，那尚武的举止犹如打了胜仗的将军。

从这一刻起，我便成了另外一个人，再也不是我外祖母的外孙子，只有到出了门的时候，才会想起她，而是成了就要服侍我们就餐的小伙计的临时小弟弟了。

在巴尔贝克我一个星期也达不到的啤酒量——更不用说香槟——现在，我一个小时就喝下这么多，还要加上几滴波尔多酒。我心不在焉而不知其味。在我冷静而清醒的时候，这些饮料的味道意味着明显可以称道而又轻易放弃的快乐。我一个月节省下来的两个“路易”，本来想买一件什么东西，此时再也想不起来要买什么，而赏给了提琴师。在桌子之间撒欢上菜的侍者，有几个跑得飞快，张开的手心里托着一盘菜，似乎这里就是那种看谁不把菜盘掉在地上的比赛的终点。确实，巧克力蛋奶酥没有打翻而抵达目的地，英式炸土豆，虽然疾驰快跑本来会摇动，可是抵达目的地时，仍然在波亚克乳羊肉[1]四周排列整齐如初。我注意到一个侍者，个子非常高，长着一头乌黑的秀发，脸上像扑了粉一样，使人更容易想起某些珍禽而不是人类。他不停地从大厅这头跑到那头，似乎没有目的，叫人想到一只南美大鹦鹉。这些南美大鹦鹉以其色泽艳丽的羽毛和不可理解的骚动不安填满了动物园的大鸟笼。

不久，场面变得井然有序了，变得更高雅更平静，至少在我眼中如此。所有这些令人头晕目眩的活动全集中成为安静的和谐。我望着那些圆桌，无数的群体将饭店充满，每一桌有如一个星球，有如从前讽喻画中的行星。在这各不相同的星球之间，有一种无法抵挡的引力在起作用。每桌的就餐者，眼睛都望着别的餐桌，只有某个阔气的东道主例外，他有办法，带来了一位著名的作家。借助于旋转小桌的特点，极力逗引作家说些毫无意义的话，太太们倒听得兴高采烈。这些星球般的餐桌之间的和谐，倒也不妨碍无数侍者不停地运转。因为他们不像就餐者那样坐着，而是站着，所以是在高层地区运转。有的跑着送冷盘，有的换酒，有的添加酒杯。虽然有这些特殊原因，他们在圆桌间不断地奔跑，最后还是揭示出这令人头晕目眩而又有规律的运行法则。两个奇丑无比的女收款员，坐在一大丛鲜花后面，忙于没完没了地算账，好像

---

[1] 波亚克为法国西南部纪龙德河上一河港，在波尔多附近。波亚克羊肉为法国一名菜。

两个女魔术师，忙于通过天文计算以预见在这个按照中世纪科学设计的天体苍穹中偶尔会发生什么大动荡。

我有些可怜起这所有进餐的人来，因为我感到，对他们来说，这些圆桌并非星球，他们在办事时也从不运用什么分类法，以使我们摆脱其惯有外表形式的束缚，能观察到一些相似之处。他们认为，他们正在与某某人进晚餐，这一餐大概多少钱，他们第二天还要再来。对于年轻侍者服务行列的行进，他们显得完全无动于衷。这些侍者很可能这会儿没有什么紧急的活，正排着队递送面包小篮子呢！有几个年纪特别小，饭店总管经过时打他们几巴掌，把他们打得晕头转向，忧郁的眼睛直勾勾的，在那里出神。他们从前曾在巴尔贝克大旅社干过，如果有哪一个巴尔贝克大旅社来的顾客认出了他们，跟他们搭上几句话，亲自吩咐将无法下咽的香槟酒拿走，他们就非常得意，只有这时才得到点安慰。

我听到自己的精力在鼓荡，其中有舒适的成分，但这是独立于能使我们感到舒适的外界物品之外的舒服。身体、注意力的极微小的变化，都足以使我感受到这样的舒适，正像轻轻一压便足以使一只闭着的眼睛感觉到颜色一样。我已经喝了很多波尔多葡萄酒。我之所以还要喝，主要并不是为了享受再加几杯能给我带来的新的舒适感，而是因为前几杯所产生的舒适感。我任凭音乐随着每一节拍牵动着我的快乐，快乐乖乖地来到每一节拍中停息。多亏有了那些化学技术，能大量地生产出自然界中只能偶然遇到的物质。里夫贝尔的这家饭店，与那些化学技术相似，它在同一时刻内汇集了许多女子。从她们那里获得幸福的前景激动着我的心。靠散步或旅行的邂逅，一年之内我也不会遇见这么多人。另一方面，我们听到的音乐——华尔兹、德国轻歌剧、咖啡馆音乐会歌曲交相混杂，这一切对我都是全新的——本身就像是神仙快活的去处，它与另一种快活相重叠，又比那另一种快活更醉人。每一个旋律，都像一位女子一样特别，却不像女子那样，将流露出来的感官享乐的秘密只留给某个备受青睐的人。它主动向我举荐这种快乐，贪婪地望着我，迈着任性的或淫荡的步伐向我走来，与我攀谈，抚摸我，似乎我骤然间变得更有魅力、更加强壮或更加富有了。我感到这些曲调里有某种很无情的东西。因为这些曲调对一切脱离物质利害的美，一切智慧的辉映，都是格格不入的。对它们来说，只存在肉体的快乐。它们将这种快乐——自己爱慕的女子与另外一个男人去品尝的快乐——作为世界上存在的唯一事物呈现在那个可怜的妒者面前。对他来说，这实在是最无情、最找不到出路的地狱。

但是，我低声重复着这曲调的音符，并不给它一个亲吻时，它使我感受到的它所独有的肉欲，对我又变得那样珍贵，我甚至会离开自己的父母追随这旋律到一个奇异的世界中去。它用一行又一行一会儿慵懒不已一会儿又充满生命活力的音符，正在肉眼看不见的地方建立起这个奇异的世界。这样的快活并不能赋予得到它的人以更高的价值，因为只有他自己感受得到。每次在生活中，我们没有讨得注意到我们的女子的欢心时，她并不知道那个时刻我们是否拥有这种主观的、内心的极度幸福，因而这也丝毫不能改变她对我们的看法。虽然如此，我仍感到自己更加强壮有力，几乎成了无法抗拒的男子。我似乎觉得，我的爱情再不是什么令人讨厌、别人可以嗤之以鼻的东西，而确实具有这音乐的感人之美、诱人之处。这音乐本身好像一个可爱的去处，我心爱的女子与我在这里相逢，我们顿时变得亲密无间。

这饭店的常客，不但有半堕入风尘的女子，也有最风雅阶层的人，他们下午五点左右才吃茶点或者在这里设盛大的晚宴。茶点设在一条狭窄的过道一般的玻璃长廊里。长廊从衣帽间通往餐厅一面，靠近花园的一侧，除了几根石柱以外，与花园之间只有玻璃门窗。这里那里，门窗敞开着。结果是除了许多处穿堂风以外，骤然射进的强光，令人头晕目眩和不稳定的光照几乎使人无法看清用茶点女客的模样。所以，这些女客两张桌子两张桌子地拼在一起，沿着这狭窄的细颈瓶一长条地坐在那里的时候，她们喝茶或相互打招呼的每一个动作都闪闪发光，简直可以说那是一个鱼池或鱼篓，捕鱼人将捕来的颜色鲜艳的鱼儿堆积在这里。鱼儿半身露在水外，沐浴着阳光，在人们的眼前闪着变化不定的光芒，像镜子一样。

过了几个小时，便到了开晚餐的时刻。晚餐自然是在餐厅里开的。那时，虽然外面天色依然明亮，餐厅里已燃起灯火。从餐厅里向前望去，可见花园中的楼宇，在落日余晖的映照下，好似夜间面色苍白的幽灵。楼宇旁有株株千金榆，一抹夕阳正穿过那淡绿的树叶。从进晚餐的灯火辉煌的厅室中望出去，玻璃窗外边，那绿树再不像是在闪闪发光而又潮湿的渔网之中，正如我们形容下午沿着闪射着蓝光金光的长廊用茶点的那些妇人一样，而是像神光照耀下淡绿色巨大养鱼池中的水草了。

人们离席了。如果说，在进餐过程中，各位宾客把时间都用在望着、辨认着邻近各桌的宾客，也叫附近各桌的宾客叫出自己的名字，而在自己桌子的周围则保持着完美的统一的话，围绕着一个晚上的东道主形成重心的引力，在他们到进茶点的那条走廊上去喝咖啡时，便失去了其强大的力量。常发生这样的事：有人经过时，某桌正在进行的晚餐便放弃了一个或数个微粒子。这个粒子或这数个粒子因为受到对方餐桌极大的吸引，便从自己的餐桌分离出来。而前来向朋友问好的一些先生或太太又顶替了他们的位置，然后又回到原位，说："我得溜了，回到某某先生那儿去……今天晚上我是他的客人。"这一刻，人们可以说，这分开的两束花，互相交换了其中的几朵。

然后，长廊本身也渐渐空了。常常是，晚餐后天色还有些亮，这长长的走廊没有点起灯火，沿廊玻璃窗外树木摇曳，倒像是树木丛生、笼罩在黑暗之中的公园小径。偶尔会有一位进餐的女士在阴影中滞留良久。一天晚上我穿过长廊出去，发现美丽的德·卢森堡亲王夫人正在那里，坐在我不相识的一群人中。我脱帽向她致意，但没有停下脚步。她认出了我，微笑着点点头。远远超过这致意的，是通过这个动作本身向我道出的几句话，如仙乐一般。可能是较长的一句道晚安的话，并非叫我驻足，仅仅是对那点头致意的补充，以构成有声的问好。但是这句话说的是什么，非常含混不清，结果我只听到了声音。这声音那样柔和地拉着长腔，我觉得那样富有音乐美，宛如在树林幽暗的纤细树枝中，一只黄莺啼啭起来。

有时圣卢碰巧遇见了他的哪一伙朋友，决定到附近一处海滩的游乐场去与他们一起消磨时光。如果他与那些人一道走，便将我一个人安顿在马车里。这时，我就吩咐车夫奋力疾驰，以便让这没有任何人陪伴度过的时光不要显得那样漫长，免得我向自己敏感的心灵叙述到里夫贝尔以来自己从别人身上得到哪些变化——用回顾和力图走出已陷入齿轮咬合之中一般的被动地位的形式。狭窄的小路只容一辆马车通过，又是在伸手不见五指的夜晚，很有可能与来自相反方向的另一辆马车相撞。悬崖上经常有崩塌的土方石块滚下，路面也不平稳。悬崖陡壁垂向海中，就在眼前。这一切都无法在我心中唤起必需的一点点力量，以将对危险的意识和恐惧拉回到我的理智上来。这是因为，使我们得以创作出一部作品的，并不是要成名成家的欲望，而是勤奋的习惯；帮助我们保护未来的，并不是眼前的欢愉，而是对往昔睿智的思考。帮助我们残废的头脑走正路的，是理智思考和自我控制这一副拐杖。然而，如果我抵达里夫贝尔时，早已把这副拐杖扔得远远的，破例地放松我的神经，处于任凭精神失调、酒精肆虐的状态中，就等于我赋予当前的每一分钟以质量和魅力。其结果是既不能使我更有能力，也不能使我更有决心去保护这每一分钟。我听凭自己将这些看得比我剩余的生命贵重一千倍的时候，我的激情就已将这每一分钟与剩余的生命割裂开来了。我像英雄，像醉汉一样将自己关闭在现时之中。我的过去已暂时隐去，在我面前再也映不出自己的影子，我们管这个影子叫作自己的前程。我将自己生活的目的，不再放在实现往昔的梦幻之上，而放在现时这一分钟的欢愉中，我看不到比这一分钟的欢愉更远的东西。结果是，正是在我感到格外快活的时候，正是在我感到我可以过上幸福生活的时候，正是在我看来我的生命应该更有意义的时候，我摆脱了生活至今能够使我设想到的各种烦恼，我毫不犹豫地将生命交给发生意外事故的偶然。看上去这很矛盾，但这只是表面的矛盾。再说，简而言之，我只不过将轻率集中在一个晚上而已，对其他人来说，这种轻率稀释在他们的整个生存过程中。在整个生存过程中，他们每天都并非必要地面临着海上旅行、坐飞机或坐汽车游玩所包藏的危险，他们的死亡会使之肝肠寸断的人正在家中等待着他们归来。或者一本书最近就要出版是他们活着的唯一缘由。这本书还与他们脆弱的大脑联系着。

同样，在里夫贝尔的饭店里，我们逗留的晚上，如果有人怀着杀死我的动机来到，由于我在一个不现实的远景中只看到我的外祖母、我未来的生活和我要写的书，由于我完全融入了邻桌那个女子的香水味、旅社侍应部领班的彬彬有礼和正在演奏的华尔兹乐曲的婉转与悠扬之中，我完全依附在现时的感觉上，除了与它不要分离，再也不能想得更远，再也没有其他目标，我就会紧紧抱着这感觉死去，我就会任人杀害，不去自卫，一动不动，恰似那被烟草的烟雾熏得麻木的蜜蜂，再也无心去保护自己辛辛苦苦积蓄起来的食物，再也不指望保全自己的蜂巢了。

此外，我还应该说，在我极度振奋的心情下，最严重的事情也变得无足轻重，这使我终于理解了西莫内小姐及其女友们。要与她们结识的大业，现在在我看来似乎轻而易举但又无所谓了，因为只有我现时的感觉极度强烈又有每一细微的变化，甚至只是这种感觉持续下去会使我快乐，对我才有重要意义。其余的一切，父母、工作、游玩、巴尔贝克的少女，都不比不容其停留的、大风中的一抹飞沫更有重量，只是与这种内心的强烈感受相比较才存在：酩酊大醉将主观唯心主义、纯粹的现象论实现了几个小时。一切都只不过是表象，只是随着我们自己的崇高而存在而已。这并不是说，真正的爱情在这种状态中无法存在——如果我们确实有情，而是我们如同新到一个地方那样清楚地感觉到，有一些莫名其妙的压力改变了这种情感的规模，以至我们对它再也无法等同视之了。这同一爱情，我们还能再次寻找到，但是已经易位，再也不考虑我们自己，满足于现时赋予它的感觉，这种感觉对我们已经足够，因为非现时的东西，我们是不在乎的。可惜的是，如此改变价值观的系数，只在酩酊大醉这个时刻才能发生作用。此时此刻再没有任何重要性，像吹肥皂泡一样一吹就破的人，到了明天，会重又具有他们的重量。又得尽力重新开始现在看来已毫无意义的研究工作了。更严重的是，这种明日数学，与昨日数学一样，我们将再度不可自拔地陷入这些数学题目之中，这便是甚至在这样的时刻也约束我们的数学，事实上对我们自己失去了约束力而已。如果恰巧在我们近旁有一位端庄的女子或充满敌意的女子，前一天还那样难办的那件事——即使我们能讨她喜欢——现在我们却觉得一百万倍地更加轻而易举。实际上绝非如此，因为这只是在我们看来，在我们内心看来如此，只是我们自已变了。就在当时，如果我们来得放肆，她也会对此不满，就和我们到了第二天，要为给了侍者一百法郎小费而对自己不满一样。那道理是一样的：此时已不再酒醉。只不过对我们来说，理智迟来一步而已。

那晚在里夫贝尔的女子，我一个也不认识。她们与我的酩酊大醉密不可分，正如反射与镜子密不可分一样。所以她们显得比西莫内小姐一千倍地合乎我的欲望，而西莫内小姐对我则越来越不存在了。一个金发姑娘，独自一人，神情抑郁，戴一顶插满野花的草帽，出神地望了我好一会儿，她显得那样讨人喜欢。然后轮到另一个，再后轮到第三个。最后轮到一个肤色有光泽的棕发姑娘。圣卢几乎认识所有这些姑娘，我则不然。

认识现在成为他情妇的这个人之前，圣卢确实在这个花天酒地的有限世界里生活过那么长久。这些晚上到里夫贝尔来用晚餐的女子，几乎没有他不认识的，他本人或者他的某一位朋友至少和她们睡过一夜。其中有不少是纯粹出于偶然，才出现在里夫贝尔饭店。她们来到海滨，有的是来与情夫重聚的，有的则是极力想找一个情夫。如果她们和一个男人在一起，圣卢便不与她们打招呼。她们则比望着自己身边的男人更多地望着圣卢，看那神情，似乎并不认识他，因为谁都知道，除了那个女演员，他现在对任何女人都毫不在意了。在这些女人眼中，这一点又赋予他一种特殊的威望。

有一个女子嘁嘁喳喳耳语道：“那是小圣卢。看来他一直爱着那个妓女。真是情意缠绵呢！他真是美男子！她觉得他真是了不起！多么帅！不管怎么说，有些女人就是有运气！而且是多么神气的男人！我原来和德·奥尔良在一起时，跟他很相熟。他们是形影不离的一对！他那时为她花天酒地！可现在，他再不那么干了。他不做对她不忠的事。啊！她可以说自己真有运气！我真不知道，他从她那里能得到什么。他肯定也是个大傻瓜！她那两只脚像船一样大，像美国女人一样长着唇髭，内衣脏得很！她的裤子，我相信一个小女工都不要！你瞧瞧他那一双眼睛，为这样一个男人，往火坑里跳也愿意呀！咦，别说话，他认出我来了，他笑了，哎呀，他从前与我很熟呢！跟他提一提我就行。”

她们与他默契地相视，让我撞见。我真希望他把我介绍给这些女子，真希望能够要求与她们一见，她们也慨然应允，即使我无法接受这样的约会。如果不这样，在我的脑海中，她们的面庞便永远缺乏自身独特的那一部分——似乎为面纱所遮掩——这一部分，是每一个女子都不相同的。没有见过时，我们无法想象。只有在向我们投过来的目光中，这一部分才显现出来，那目光对我们的欲望表示赞同，并向我们做出许诺：我们的欲望会得到满足。

她们的面目，虽然我只局部见到，但对我来说，仍然远远胜过我猜想大概会恪守妇道的那些女子的面孔。那些女人的面孔与这些姑娘毫无相像之处，平淡，无底蕴，平板一块，没有厚度。这些姑娘的面庞之于我，肯定又不同于之于圣卢。对于佯装与他并不相识的那种不动声色，他显然毫不在乎，打招呼那么平平常常，向任何人打招呼都可以如此。透过这毫不在乎或平平常常，他心中忆起，眼前浮现出散乱的头发、痴狂的嘴和半睁半闭的眼睛。这整个一幅无声的画，恰似画家为了欺骗大部分观众，用一幅得体的油画将它盖上的那种画。我感到自己的生命中不曾有一丝一毫进入这些女子中哪一位的心灵，也不会有任何东西被带到她一生所走的吉凶未卜的道路上去。对我来说，这些面庞自然一直是封闭的。但是，知道这些面庞曾经喜笑颜开过，已经足以使我感到这是一种奖赏。如果她们的面庞不是其下隐藏着爱情回忆的圆形饰物，而只是漂亮的奖章，我是不会发现她们的价值的。

至于罗贝，他坐着时永远无法正襟危坐，他用宫廷宠儿的微笑来遮掩武将的渴求行动。仔细端详他时，我意识到，他那三角脸上精力充沛的骨架与其祖先该是多么分毫不爽。这骨架对一位豪情满怀的弓箭手更合适，而不适合于一位风雅文士。在细腻的皮肤下，显现出大胆的房屋建筑，封建时代的建筑艺术。他的头使人想到古老城堡主塔上那些塔楼。塔楼上毫无用处的雉堞依然可见，但是在内部，已把这些塔楼改成了图书室。

返回巴尔贝克的路上，对于他介绍给我的那些陌生女子中的某一位，我一秒钟不停又几乎不知不觉地在心中反复说着这句话："多么甜美的女子！"好像唱叠句一样。自然，更确切地说，这些话是在神经亢奋状态下说出的，而不是出自持久的判断。如果我当时身上有一千法郎，而且到那时还有开门营业的珠宝店，我定会给那个陌生女郎买一个戒指。这是真的。当我们像这样在极为不同的环境中度过生活中的某些时刻时，我们常常向各种人过于慷慨相赠。到了第二天，大概又会觉得这些人毫无趣味。但是对于前一日对他们说过的话，人们感到负有责任，而且希望实现自己的诺言。

这样的晚上，由于迟归，回到我的房间，见到床，我很高兴。房间对我已不再抱有敌意。我初来乍到那天，还以为自己永远也无法在这张床上安歇呢！现在，疲倦已极的四肢要在这里寻求一个支撑。因此，我的大腿，我的臀部，我的肩膀，一个接一个地从各个点上尽量与包着床垫的床单合成一体，似乎我的疲倦有如一位雕刻家，打算取得一个完整的人体模具。

但我无法入睡，我感到清晨即将来临。平静的心情，健康的体魄，都不存在。在忧郁中，我似乎感到这些东西再也不会失而复得。我必须安睡多时才能重新得到这些。即使小憩一会儿，再过两个小时也要被交响音乐会吵醒。可是我骤然入睡，堕入了梦乡。梦中，回到了青春时代，逝去的岁月重返，失去的感情重来，灵魂脱离躯体，到处游动，对亡人的回忆，对荒唐生活的幻想，倒退到大自然作为最原始主宰的时代（据说我们在梦中经常看见动物，却忘了我们自己在梦中几乎总是个没有理智的动物，是这种理智对事物放射出确实性之光。相反，我们在梦中对于生活中的景象只是提出一种不可信的看法，每一分钟这看法又被遗忘摧毁，前一个景象在后一个景象面前烟消云散，就像走马灯一样，换了一张片子，下一个景出来，前面一个景烟消云散）。所有这些奥秘，我们以为不了解，实际上我们几乎每天晚上都在与之初步接触，同时也接触另一个大奥秘，就是消灭与重生。自己往事中某些已经暗淡下去了的地方，又逐个被照亮，里夫贝尔的晚餐难以消化，使这种光亮更加游移不定，这使我成了这样一个人：似乎最高的幸福就是与勒格朗丹相遇，因为我刚才在梦中与他聊天。

其实，就是我自己的生活也完全被一个新布景挡住了视线，恰似舞台上所置的布景。后台换景时，一些演员在前台演出一个逗人开心的节目。我在其中扮演角色的滑稽节目，具有东方故事的味道。由于所置布景极具东方色彩，我在戏中对自己的过去，甚至对自己都一无所知，我只是一个因为犯了过失身遭棒打和受各种惩罚的一个人物。是什么过失，我没有发现，实际上这个过失便是喝了太多的波尔多酒。

我忽然醒来，发现多亏这一大觉，竟没有听到交响乐音乐会的喧闹。时已下午。我用力起身想看看表，想知道是否确实如此。一开始，怎么使劲也毫无成效，头又沉沉落在枕头上，半途而废。这是继困倦和醉态而来的短暂的下沉，或由饮酒或由大病初愈而引起。何况，甚至就在看时间之前，我也肯定中午已过。昨天晚上，我不过是一个被掏空了心肝的、无重量的人（就像非得先躺下才能坐起来，非得睡醒才能住口一样），我不停地翻腾，说话，再也没有重量，没有重心，我被抛掷出去，似乎可以继续这闷闷不乐的奔跑，一直跑到月亮上去。虽然睡着了，我的眼睛没有看见时间，我的身体却能计算出来。它不是在表面绘制出时间的表盘上量度时间，而是通过逐步称量我的力气恢复了多少来计算。像一个大钟一样，我的身体让力气从头脑向身体的其余部分一级一级走下去，现在这力气已经将其积蓄的充足数量实实在在地堆积到了膝盖以上。如果说，从前，大海是我们生命所系的环境，必须将我们的血液重新投入大海之中才能恢复我们的力气，就遗忘和精神空虚而言，情形也是如此。有时，在几个小时之内，似乎脱离了时间。但是，在这个时间内积聚起来而没有花费的力气，通过其数量衡量了时间，与时钟的重量或沙山塌陷衡量时间一样准确。

何况，从这样的睡眠中醒过来，并不比长时间熬夜后再想睡着更容易，任何事情都有持续下去的倾向。如果说，某些麻醉剂确实会催人入睡，那么长时间睡眠则是一种更厉害的麻醉剂。长时间睡眠之后，要醒过来很困难。我就像一个水手，他清清楚楚看见自己的船只绳缆系在码头上，但是船只仍被海浪摇来摇去。我确实想看看时间，想起床，但是我的身体每时每刻都再次被投进睡眠中。着陆很困难，我又倒在枕头上两三次，然后才站起来，走到我的表跟前，将表上的时间与我那软绵绵的双腿所拥有的丰富的物质所指示的时间加以对照。

最后我终于看清楚了："下午两点！"我按了铃，可是我立刻又睡着了。从我再次醒来时感到的平静和对已经过了一个漫漫长夜的感觉来看，这次大概睡的时间长得多。然而，我之醒来乃由弗朗索瓦丝走进室内而引起，而她进来又是我按了铃的缘故。所以这次睡着，我自己觉得大概比上一次更长，而且给我带来这样的惬意和忘却，而实际上只持续了半分钟的工夫。

外祖母推开我的房门，我就勒格朗丹家族向她提了一大串问题。

只说我恢复了平静和健康，还远远不够，因为这已经远远超出与前一天相比平静与健康同我距离有多远这样一个简单问题。我一整夜都在与逆流搏斗，然后，不仅仅是我又回到平静与健康身边，而是平静与健康又回到我身上。我的头空空的，有一天大概会粉碎，头上有几处位置明确，还有些难受。头脑任凭我的思想驰骋。思想再次各就各位，并与生命重逢。可叹的是，时至今日，我的思想还不会好好利用我的生命。

我再一次逃脱了无法入睡的困难，躲过了宇宙洪荒，躲过了歇斯底里发作的覆没。前一天晚上我无法得到安宁时威胁着我的一切，现在，我都不再害怕了。面前展现出新的生活。虽然我已经很舒服，但是仍然像骨头散了架一样。我一动不动，怀着喜悦品味着我的疲倦。疲倦将我双腿、双臂的骨头都拆散了，折断了，现在我感到，这些骨头都集中在我面前，随时准备重新接合起来。只要像寓言中的建筑师那样唱起歌来，我马上就能将骨架重新竖立起来。[1]

突然，我忆起了在里夫贝尔见到的，凝望了我好一会儿的那个神情忧郁的金发少女。整个晚上，还有许多别的少女看上去很顺眼，而现在，只有她一个人刚刚从我记忆的深处升起。我似乎觉得她注意到了我，预料里夫贝尔的一个侍者会前来给我捎上

[1] 宙斯与安提俄珀之子安菲翁从赫耳墨斯处得到竖琴这个礼物后，一心一意沉醉于音乐，经常与其兄仄忒斯争吵。但二人一致同意去解救他们的母亲（她身陷吕科斯及狄耳刻之手），并在底比斯称王。他们想在底比斯周围筑起城墙来。仄忒斯背石头时，安菲翁演奏竖琴将石头引到自己身边。拉斯金在作品中数次引用这个神话，认为它象征着各社会阶级之间的和谐。

她的一句话。圣卢不认识她，但是认为她还像样。与她见面，经常与她见面，可能很困难。但是为此我会不惜一切，我心中只想着她。

哲学经常谈到自由的行为和必要的行为。一个行为，由于行动过程中抑制了升力，一旦我们的思想处于休整状态，这个行为便这样使某一回忆再次升起——直到此刻之前，这一回忆已被消遣的压力将它与其他回忆拉平——并叫它奔腾起来，因为它比其他回忆更有魅力。我们当时不知不觉，二十四小时过后我们才发觉。比这种行为更为我们所完整感受的行为，恐怕没有了。说不定也没有比这更自由的行为，因为它还不具有习惯性的性质。在爱情中，正是这种精神怪癖有助于使某一个人的形象单独复活。

正是我在海边看见那一群美女列队而过的第二天，我向好几位几乎每年都到巴尔贝克来的旅社房客询问她们的情况。他们未能给我提供什么情况。此后，一张照片给我解释了何以如此。仅仅几年以前，她们还是一群依然孩子气十足、未定型而又甜美无比的小姑娘，人们可以看见她们在帐篷四周，围成一圈坐在黄沙上：她们好似隐隐约约的白色星群，即使你从中分辨出一双比他人更明亮的眼睛，在这看不清的银河星云中，也立即会将她忘掉，并与其他人的眼睛混成一片。现在，她们虽说才刚刚脱离女大十八变的年龄，但确实已经脱离了那个年龄。谁又能认出，她们就是几年前那一群小姑娘呢？

在距今不远的那些年代里，她们并不像前一日在我面前第一次出现时那样，给人一个群体概念。这个群体本身那时还不够清晰。那时节，这些小毛孩子还太小，还处于成形的基本阶段，个性还不曾在每一张脸上打上自己的烙印。正像个体还浑沌存在的初级器官一样，更确切地说个体是由珊瑚骨构成，而不是由组成珊瑚骨的一个个珊瑚虫构成。那时她们还是你挤我，我挤你地挤在一起。有时，一个小孩将身旁的小孩弄倒了，于是，发出一阵狂笑，似乎这是她们个体生命的唯一体现。人人前仰后合，这些线条尚不清晰、做着鬼脸的面孔混成了一团肉冻，闪闪发光，颤颤巍巍。在她们后来有一天给我看，而我亦保留下来的一张旧照片上，她们这孩子气的群体与日后她们那行列的面孔已经是同样数目。人们感到她们在海滩上已经留下了不同寻常的痕迹，禁不住对她们望上几眼。但是人们还只能通过理性逐个地辨认她们，而任凭女大十八变，直到这些重新组合的形状逐渐侵占到另一个有个性的人上去，才算是分界线，又必须去认明那另一个有个性的人了。高高的身材与卷曲的头发并存，又一个人的俏丽面庞很可能就是这照相簿上所显示的从前那个干瘪黄瘦的小毛丫头。这些少女，每个人的容貌特点在短暂的时间里有了那么大的变化，反使得这些特点成了一项模糊的标准。另外一方面，她们之间共同的和似乎群体性的东西，从那时起就是那么突出，在这张照片上，有时连她们最好的朋友也会把这一个认作那一个。要消除疑团，只能通过服装上的某个小玩意儿，才可以肯定哪个人穿过这样的衣服，戴过这样的小玩意儿，而其他人肯定没有。那个时节与我刚刚在海堤上看见她们那一天相比，差异是多么大，而这两个时间距离又是那么近。那个时节以来，她们仍然像我前一日感觉到的那样放声大笑，但是这种笑已不再是童年时期那种断断续续几乎是自发的笑声了。从前那种痉挛性的放松随时能叫这些脑袋去扎个猛子，犹似维福纳河中的鲹鱼群，散开了，消失了，过了一小会儿又聚拢成群了。

现在，她们的容貌已经成了自己的主人，个个目光紧紧盯着自己追逐的目标。只有我昨天那样第一次依稀望见，犹犹豫豫又抖抖瑟瑟，才会将这些孢子混淆起来，正像往日的狂笑与陈旧的照片将这些孢子混成一团一样。时至如今，这些孢子都具有了个性，与那苍白的石珊瑚分离了。

肯定，有许多次，在美丽的少女从我面前经过时，我向自己许下诺言，一定要再与她们见面。一般来说，她们不再出现。何况，记忆很快将她们遗忘，很难再找到她们的面庞。可能我们的眼睛还没有认出她们的时候，已经望见别的少女经过了。这些新出现的少女，我们将来也不会再与她们见面。

另外有些时候，就像这狂傲的一群出现这样，偶然又非把她们再次带到我们眼前不可。这时，我们感到这是美妙的偶然，因为我们将从这偶然上分辨出似乎机体形成、发育之初以组成我们生命的东西。对于占有某些形象，事后我们会认为这是天注定的，而这种偶然将我们对某些形象的忠诚变成了轻而易举、不可避免的事，有时——继某些使人希望中止回忆的间断之后——则是很残酷的事。如果没有这种偶然，我们很可能像很多人一样，刚刚开始，就轻易地遗忘了。

不久，圣卢的逗留已接近尾声。我并没有在海滩上与这些少女重逢。圣卢下午只在巴尔贝克待一小会儿，时间太短，无法顾及她们，也无法为了我去与她们结识。晚上他更得空一些，仍然常常带我去里夫贝尔。在这些饭馆中，正像在公园里和火车上一样，有些人在普普通通的外表之下隐形，而他们的名字会叫我们大吃一惊。偶然问到他们的名字，我们就会发现，他们根本不是我们以为的无足轻重的小人物，而正是我们久闻大名的某一位大臣或公爵。

在里夫贝尔饭店里，已经有两三次，在圣卢和我看见所有的人开始离席时，有一个人刚刚来到，在一张桌旁落座。此人身材高大，肌肉发达，五官端正，胡子花白，然而沉思的目光总是死死地望着天。一天晚上，我们问老板这位阴沉沉的、孤独的、姗姗来迟的用餐者是何等人氏。

“怎么，这是鼎鼎大名的画家埃尔斯蒂尔，你们不认识？”他对我们说。

有一次，斯万在我面前提过这个名字。怎么提起来的，我完全忘记了。但是，某一记忆的疏忽，与看书时对某一句子成分的疏忽一样，有时不是促进把握不定，反而促进了过早的肯定。

“他是斯万的一位朋友，是非常著名、身价极高的艺术家。”我对圣卢说道。

顿时，犹似一个寒战传到他身上和我身上，我们两个人都想到，埃尔斯蒂尔是一位大艺术家，是名人。然后，我们又想到，他把我们与其他用餐人混成一团，肯定不会料到，想到他的天才我们多么激动。他对我们的崇拜一无所知，他也不知道我们认识斯万。如果我们没有来洗海水浴，大概我们也不会受到这场折磨了。但是，我们还迟迟停留在无法让热情保持沉默的年龄上，又设身处地地想到隐姓埋名似乎令人压抑的生活，于是我们写了一封信，署上我们的名字。在信中，我们向埃尔斯蒂尔披露，坐在他几步开外地方的两个用餐者，是对他的才能极为倾倒的两个业余爱好者，是他的好友斯万的两个朋友。在信中我们要求向他致以敬意。一个侍者承担了将这封信函送交那位名人的任务。

埃尔斯蒂尔虽然已经颇有名气，但是那时节，可能他还没有饭店老板声称的那样有名，稍微过了几年之后，他才大有名气。他在这家饭店还仅仅是农庄一样时，最早来到这里居住并带来一群艺术家（那些艺术家，一俟人们在简单的挡雨披檐下露天吃饭的农庄变成阔气的用餐中心，便全部迁徙到别处去了。埃尔斯蒂尔本人与妻子住在距此不远的地方，只因妻子不在，他此刻才又到饭店来）。一位伟大的天才，即使在他还没有得到承认的时候，也必然会激起某些崇拜现象。不止一个稍事停留的英国女人，极想打听埃尔斯蒂尔生活的情形，农庄的老板从英国女人所提的问题或画家收到国外许多来信中便得以猜度出几分来。这时老板更注意到：埃尔斯蒂尔作画时不喜欢别人打扰；月色皎洁时，他深夜起床，把一个小模特儿带到海边，让她裸体摆出姿势来。待他从埃尔斯蒂尔的一幅画中认出挂在里夫贝尔入口处的木制十字架时，不禁心中暗想，受了那么多累没有白费，游人的赞美也并非没有道理。

“就是这个十字架，”他瞠目结舌地反复说，“四块木头全在！啊，他费了多大的劲啊！”

可是，埃尔斯蒂尔送给他的一幅小小的《海上日出》是否价值连城，他倒不知道。

我们看到埃尔斯蒂尔读了我们的信，将信放进自己的口袋，继续吃饭，然后开始要他的衣帽，站起来要走了。可以十分肯定，我们的做法使他不快，我们现在真希望（也真害怕）趁他还没注意到我们时，就赶快溜掉。我们从来没想到一件事，可在我们看来那是最重要的事，那就是我们对埃尔斯蒂尔的热情，我们不容许别人对这种热情的真诚表示怀疑，我们确实也可以拿等待时那颗悬着的心，愿意为这个伟人赴汤蹈火来加以证明。但是这种热情，并非如我们自己想象的那样，意味着佩服，既然我们还从未看见过埃尔斯蒂尔的任何作品。我们情感的对象可能就是“大艺术家”这个空洞的概念，而不是一幅我们不曾见过的作品。充其量这是空洞的佩服，是没有内容的佩服的精神框架、感情骨架，也就是说，这是与童年紧密相连的某种东西，正像在成年人身上再也不存在的某些器官一样。我们还是孩子。然而埃尔斯蒂尔就要走到门口时，突然一拐弯，朝我们走来。我又惊又喜，紧张得无以复加。如果是几年之后，我就不会有这样的感受了。因为随着年龄的增长，人的能力越来越差，而对社交场合司空见惯又使人再也不会产生这样的念头，去挑起这样不同寻常的机会，去感受这样的激动了。

埃尔斯蒂尔坐在我们餐桌旁跟我们谈了几句。我数次与他提到斯万，但是他从未回答我。我开始认为他并不认识斯万。他倒没有因此就不请我到他在巴尔贝克的画室去看他。这个邀请，他并没有对圣卢发出，这是因为我说了几句话，使他认为我很喜欢艺术，于是邀请了我。即使埃尔斯蒂尔与斯万是亲密好友，斯万的推荐恐怕也不会达到这样的效果（因为在人的生活中，无利害关系的情感所占的比例要比人们想的大）。他对我极其和蔼可亲，比圣卢还要过之，正像圣卢的和蔼可亲超过一个小市民的殷勤一样。与一位大艺术家的和蔼可亲相比，贵族大老爷的和蔼可亲，再动人，也有演戏、做作的味道。圣卢千方百计讨人喜欢，而埃尔斯蒂尔喜欢的是给予和献身。他拥有的一切，思想，作品，以及他认为次之又次之的其余东西，都会被他兴高采烈地送给一个理解他的人。但是他没有自己忍受得了的交际圈子，他在孤独中生活，还带有野性的成分。对此，上流社会的人称之为虚假作态，没有教养；当权者称之为思想有问题；邻舍称之为神经病；家人称之为自私和傲慢。

肯定，最初时，即使在孤独中，他也愉快地想过，对于那些不理解他或触犯过他的人，他通过作品与他们交谈，使他们对他有充分了解。说不定他独自生活，并非出自对他人漠不关心，而是出自对他人之爱，正如我为了有一天能以更可爱的面目重新出现而放弃了希尔贝特一样。说不定他的作品就是为某些人画的，犹似返回他们之中。在这个返回中，人们虽然没有看见他本人，但是会喜欢他，钦佩他，谈论他。不论是病人也好，修道士也好，艺术家也好，英雄人物也好，当我们以当初的心态决定放弃什么的时候，一开始并不总是完全彻底的，后来，由于反作用，才对我们产生影响。如果说他曾经希望为某些人作画的话，那么作画的时候他可是为自己活着，远离他已经漠然视之的社会。孤独的实践使他爱上了孤独，正像我们一开始对任何大事都恐惧万分一般。因为我们知道这大事与更小的事不相容，而我们将小事看得很重。大事并没有剥夺掉我们的小事，而更多的是使我们脱离小事。在没有经历大事之前，我们一心想着去弄清楚我们可以在什么程度上将其与某些小小的快活调和，一旦我们经历了大事，那些小小的快乐便再也不成其为快乐了。

埃尔斯蒂尔并没有与我们交谈很久。我准备那之后两三天内到他的画室去。但是，这个晚上的第二天，我陪外祖母从海堤尽头往卡那维尔悬崖方向去散步，回来走到直通海滩的一条小街拐角处时，我们与一个少女迎面而见。她低着头，像一头被人驱赶而很不情愿回圈的牲口，手里拿着高尔夫球棒，身后跟着一个盛气凌人的男士。此人很可能是她的“英国女家庭教师”，或是她一位女友的“英国女家庭教师”。那人与贺加斯[1]《杰弗莱一家》中的肖像十分相像，面孔红红的，大概他最喜欢的饮料不是茶，而是杜松子酒。他蓄着花白而浓密的唇髭，没嚼完的嚼烟形成一个黑黑的弯钩，把唇髭又加长了一截。走在他前面的小姑娘，与那

[1] 贺加斯（1697—1764）：英国画家、木刻家，生于伦敦。其作品常具讽刺性，他希望创造出一种性格和风俗画派。其肖像画《杰弗莱一家》画的是律师杰弗莱、其妻及其二子女。也有另一种“版本”，不是律师杰弗莱，而是杰弗莱将军。此处不知指哪一幅。

一小帮少女中那个戴着马球运动员式的黑色女帽、面颊丰满、面孔呆板却有着含笑的双眸的那个十分相像。此刻回家的这一个也戴着一顶黑色马球帽，但我觉得她比那一个更漂亮，她的鼻子线条更直，下部的鼻翼更宽、更丰满。其实，那一个在我面前显得是一个面色苍白而又傲气十足的姑娘，而这一个则显得像一个被制服了的孩子，面色红润。不过，由于她推着一辆一样的自行车，也戴着一样的鹿皮手套，我得出结论说，所见之差异可能是我所处的位置不同、情景不同所致，因为不大可能在巴尔贝克还有面孔如此相似、穿着打扮又集中了同样特点的第二个姑娘。她飞快地往我这边扫了一眼。此后的日子里，当我又在海滩上看见这一小帮人，甚至以后我认识了组成这一帮的所有少女之后，我都从未敢绝对肯定，她们当中的哪一个——甚至在所有的人当中，与她最相像的那个推自行车的姑娘，就是我那天晚上在海滩尽头、街角上看见的那个少女。那个少女与我在这一帮子中注意到的那个，虽然差别不大，但毕竟是有些差别的。

前些日子，我特别想那个高个子姑娘。但从那天下午开始，便是那个持高尔夫球棒、被我认为是西莫内小姐的姑娘重又搅得我六神无主了。她与别人在一起时，常常停下脚步，迫使她的女友们——看上去她们对她很尊重——也中止行进。我现在眼前仍然浮动着她停下脚步的样子，马球帽下的双眸闪着光，这身影映在大海在她身后为她构成的屏幕上，她与我之间，隔着透明的碧蓝的空间和自那时以来流逝了的时间。这面庞的第一个影像，在我的记忆中非常单薄，我向往着、追寻着，后来又将它遗忘，然

惠斯勒
《肉色与粉色的和谐》

后又找到了它。自那以后，我常常将这面庞映在往昔上，以便面对一个在我房间里的少女时，心中可以这样暗想：“就是她！”

可是，我最想结识的，可能还是那个面色如绣球花、有绿色眸子的姑娘。何况，不论哪一天我更希望见哪一个，即使没有这一个，其余的姑娘也足以使我心情激动。我的欲望，即使这一次基本扑在这个身上，下一次又基本扑在那个身上，但是仍像第一天我那模糊的视觉一样，我的欲望继续将她们聚集在一起，继续将她们当成一个单独的小世界。一个共同的生命使这个小世界活跃起来，大概她们也企望构成这个单独的小世界吧！如果我成了其中一个的男友，我大概就能进入一个令人更加年轻的圈子里去，就像一个细腻的异教徒或一个小心谨慎的基督徒到了蛮夷之中。这个圈子洋溢着健康、无意识、肉欲、狠毒、非智性和快乐。

我向外祖母讲述了与埃尔斯蒂尔的匆匆一晤，她为我能从埃尔斯蒂尔的友情中得到各种精神收获而感到高兴，认为我到此刻尚未去拜访埃尔斯蒂尔，既荒谬绝伦，又对人缺乏热情。可是我一心只想着那一小帮少女，对于这些少女何时从海堤上经过没有把握，我不敢远离。外祖母对我衣冠楚楚也大为惊讶，因为我突然想起了直到那时一直扔在箱底的礼服。我每天更换一件，不重样，甚至给巴黎写了信，让他们给我寄新帽子和新领带来。

在巴尔贝克这样的海滨休养胜地，如果一位美丽少女，一个卖海鲜、糖果或鲜花的女郎，其面庞在我们的心中用鲜艳的色彩描绘出来，对我们来说每天从清晨开始，便成为在海滩上度过的那些游手好闲而又阳光普照的日子的目标，生活便增加了极大的魅力。这样的日子虽然无事可干，像某些工作日一样轻松，但是给引到了某个方向上，受到了磁铁的吸引，朝某一即将到来的时刻稍微翘起了一点，这就是人们一面买油酥饼、玫瑰花、菊石，一面由于在一个女性面孔上见到了犹如纯洁地撒在一朵花上的鲜艳色彩而兴高采烈的时刻。但是，首先，这些小商贩，人们至少可以与她们讲话，这便免得用想象去建造简单视觉向我们提供的方面以外的其他各方面，去重新创造她们的生命，去夸大她们的魅力，如在一幅肖像画面前那样，特别是，正因为跟她们讲话，便可以得知在什么地方，什么时刻，可以再次见到她们。可是就那一小帮少女而言，对我来说，却绝非如此。她们的习惯，我不知晓。某些日子，不见她们的踪影，不知道她们不出现是何种原因。我便想找出一个规律，是否她们不出现有固定的时间，是否只能每两天看见她们一次，或者是与天气如何有关，抑或是否有些日子就永远也见不到她们。我事先将自己想象成她们的朋友，并且对她们说："哪天哪天，你们不在吗？""啊，对，那天是星期六，星期六我们从来是不来的，因为……"我还想寻找一个答案，即：如果知道凄凉的星期六，怎么玩命也没有用，你尽可以在海滩上东奔西跑，坐在点心铺子门前，装作吃奶油糕点，走进稀奇小玩意儿商店，等待洗海水浴时刻到来，音乐会开始，涨潮来到，日落，夜幕降临，反正看不见心中向往的那一小群人，是否事情就同样简单呢？

那要命的日子，可能一个星期内不只是重来一次。可能不一定非在星期六降临。可能某些气候条件对此也有影响，抑或与气候条件完全无关。对于陌生世界表面上这些不规则的运动，必须收集多少耐心却丝毫不平静的观察的资料，才能肯定自己没有为巧合所捉弄，肯定我们的估计不会错，才能对这激动人心的天文现象归纳出确切的规律来啊！这可是通过痛苦的体验换来的呀！有时我想起与今天相同的那个星期几没有看见她们，心中暗想，她们不会来了，在海滩上滞留毫无用处。可就在这时，我依稀望见了她们。反过来，有一天，我以为有些规律决定着这些星宿要返回了，我算出来这天应是一个黄道吉日，可是她们竟没出来。我会不会看见她们，这还是没有把握的事情中的第一件。还有一件更严重的没有把握的事情，那便是我以后会不会与她们重逢，因为我完全不知道她们是不是要动身到美国去或返回巴黎。这便足以叫我开始爱上她们了。对一个人是可以有口味的。但是要让作为爱情前奏的那种悲哀，感到无法弥补、焦躁不安一发而不可收，则必须有“不可能”这个危险才行。“不可能”这个危险焦躁不安地寻找一个目标去拥抱狂热，说不定目标正在这里，而不在一个人身上。相继谈恋爱过程中不断反复的这种影响，已经在这样起着作用（相继谈恋爱是可以发生的，但是恐怕更多是在大城市生活中。对女工而言，不知道她们哪天放假，生怕她们走出车间时没有看见她们），至少这些影响在我相继谈恋爱时是不断反复的。可能这与爱情密不可分。可能所有构成第一次恋爱特殊的地方又通过回忆、启示、习惯，通过我们生活前后衔接的一个个阶段，补充到后来的恋爱中去，赋予其各个方面以一种普遍性。

在希望能与她们相遇的时刻里，我找到各种借口到海滩去。

有一次，我们正在用午餐，我远远望见了她们。可惜我到的时候已经太晚，在海堤上等了很久，等待她们走过。此后我在餐厅里只待一小会儿，眼睛在蓝色的玻璃窗上搜寻。还没上餐后点心，我便站起身来，怕她们换了另外一个时间，而跟她们错过。外祖母叫我与她待在一起的时间超过我认为最有利的时机时，我对她便很恼火，这成了她自己未意识到的坏心眼。我把椅子斜放，以尽量延长视野。如果我偶然瞥见了这群少女中的无论哪一个，既然她们全都属于同一特殊种类，我就像在眼前移动的魔怪般的幻觉中看见了幻梦的影子。这幻梦跟我作对，我又狂热地贪恋着它。这一刻之前，这幻梦还只存在于我的脑海中，此后却又经常在那里滞留了。

我不专爱哪一个，我个个都爱，尽量与她们相遇对我打发日子又构成唯一甜蜜的因素，只有与她们相见才能使我心中升起打破一切障碍的希望。如果我没有看见她们，继这种希望之后而来的，便是狂怒。这种时刻，在我心中，这些少女遮住了外祖母。这时，如果说到什么地方去，她们会在那里，我立刻会高高兴兴奔了去。我自以为在考虑别的事情，或什么都不想时，实际上我的心思完全愉快地勾在她们身上。当我自己不知不觉地，更加无意识地想到她们时，对我来说，她们就是大海起伏的碧波，就是大海前列队而过的侧影。如果我到她们所在的哪个城市去，我定希望与大海重逢。对一个人最排他性的爱，总是对其物的爱。

我现在对高尔夫球和网球极有兴趣，而放过了观看一位艺术家——外祖母知道他是最伟大的艺术家之一——作画和听他大发宏论的机会。外祖母为此很瞧不起我，我认为这种瞧不起乃源于某些狭隘的看法。从前我在香榭丽舍大街观察到，从那时起我自己更意识到，我们钟情于一个女子时，只是将我们的心灵状态映射在她的身上；因此，重要的并不是这个女子的价值，而是心态的深度；一个平平常常的少女赋予我们的激情，可以使我们自己心灵深处最隐蔽、最有个人色彩、最遥远的、最根本性的部分上升到我们的意识中来。和一个出类拔萃的人的谈话，甚至满怀钦佩地注视他的作品所能给予我们的愉快，却不能产生这样的效果。

我最后只好服从外祖母。更叫我心烦的是埃尔斯蒂尔住在巴尔贝克最新开辟的一条街上，离海滩相当远。有电车从海滩街经过，白昼的炎热使我不得不乘电车前往。为了想象我是处于西梅里安的古王国之中、玛克王的国度中或波劳斯良德森林遗址中[1]，我极力不去注视在我面前伸展开去的建筑物那蹩脚的豪华。埃尔斯蒂尔别墅可能是这些建筑物当中最难看而又豪华的了。尽管如此，他还是租了下来，因为在巴尔贝克现存的别墅中，唯有这一栋里有一间宽敞的画室。

我穿过花园时，也是眼睛望着别处。花园中有一片草地，像巴黎郊区随便哪一位布尔乔亚的家中都拥有的一样，但是更小一些：有一个风流园丁的小雕像，从中可以端详自己的玻璃球，秋

---

[1] 在《特里斯坦与伊索尔德》这个传说中，公主伊索尔德许配给了玛克，他是高尔努阿耶国王。但是在船上，特里斯坦与伊索尔德饮了魔酒，双双堕入爱河，他们逃进了波劳斯良德森林。这个森林如今叫班朋森林，位于伊尔-维兰省，大部分骑士文学中的爱情故事发生在这里。

海棠做的边饰和一个小小的凉棚。凉棚下，一张铁桌子前，几把摇椅排开。接触到这些充满城市丑陋的东西之后，待我到了画室里，便不再注意覆盖接缝板条那巧克力颜色的条纹了。我感到很高兴，通过我四周的所有作品，我感到有可能将自己的情感升华到充满喜悦的诗意般的认识中去，形式多样，直到那时为止。我还没有把这些作品与现实中的整个情景分离开来。

埃尔斯蒂尔的画室在我眼中，犹如世界上某种创新实验室。在这个实验室里，从我们见到的各种杂乱无章的事物之中，他从这里抽出在沙滩上碾碎自己丁香色泡沫的大海波涛，从那里抽出一个着白色人字纹布上装、臂肘支在船甲板上的青年，将它们画在各个长方形的画布上。这些长方形横七竖八地放在那里。青年的上装和飞沫四溅的浪涛，虽然失去了人们认为存在的内容，波涛再也不能溅湿，上装再也不能给任何人穿，但它们仍然继续存在，并因此而得到新的尊严。

我走进去的时候，创作大师手中正握着画笔完成落日的形状。

四面的窗板几乎完全关闭着，画室相当凉爽，只有一个地方，强烈的阳光在暗色的墙上印上那鲜艳而又转瞬即逝的装饰；只有一个长方形的小窗开着。小窗四周忍冬环绕，朝着一条大街，下面是花园一角。因此画室的绝大部分暗淡无光，空气透明，结成完整的一团，但在阳光将它嵌镶的裂缝处，既潮湿暗淡又闪闪发光，好似一大块水晶岩，其中的一面已经经过雕琢，磨平，此处彼处像一面镜子在闪烁，放出七色光。应我的要求，埃尔斯蒂尔继续作画，我则在这半明半暗中转来转去，在这幅画前停留一会儿，又在另一幅画前停留一会儿。

我四周的画都是他的作品，大部分并不属于我最期望看到的类型。这些画，正如在大旅社桌子上扔着的一本英国艺术杂志所说，属于他的第一和第二画法，即神话画法和受日本影响的画法[1]。据说，这两种画法，在德·盖尔芒特夫人的收藏中，均得到精彩的体现。当然，他画室中的作品，几乎全是在这里，在巴尔贝克取的海景。但我从中仍能辨别出，每一景的魅力都在于所表现的事物有了某种变化，类似诗歌中人们所说的暗喻。如果说天父创造了每一事物，同时又给了它们一个名称，埃尔斯蒂尔则重新创造了它们，脱去了其名称，或者赋予它们另一个名称。表示事物的名称总是与理性上的某一概念相呼应，而理性与我们的真正印象是格格不入的，这又使我们不得不把一切与这个概念不相关的东西从事物中排除出去。

在巴尔贝克旅社里，早晨，弗朗索瓦丝将遮住阳光的毯子拿掉时，晚上，我等待着与圣卢一起外出的时刻到来时，我伫立窗前。由于光线的作用，有时我错把大海颜色更深的那部分当成了遥远的海岸，或者满怀欣喜地凝望着蓝色的流动的一片，不知那是海还是天。很快，我的理性将各个成分重新区分了开来，而我的印象则又取消了这种区别。在巴黎也是如此。有时我在自己房间里听到一场争吵，几乎是骚动，直到我将这声音与其原因联系

---

[1] 日本艺术首次在法国出现是在 1855 年的万国博览会上。1867 年与 1878 年的万国博览会，日本馆获得极大成功，日本艺术在法国风行。有的学者认为惠斯勒（他于 1883 年在法国定居）对于日本艺术在法国的发展起了重要影响作用。

上为止，例如一辆马车行驶到近前，我才能将那尖厉刺耳的斥骂声从这个声音里排除出去。我的耳朵确实听到了那尖厉刺耳的斥骂，而我的理性知道，车轮不会产生这样的声音。人们一如其本色富有诗意地见到大自然的时刻是罕见的，埃尔斯蒂尔的作品正是由这样的时刻组成。此刻在他身边的各幅海景中，他最常用的比较之一正是海天对比，而取消了二者之间的任何分界线。正是在同一幅画中，心照不宣地、不倦地重复这种对比，才在他的画中引进了形式多种多样的高度和谐。埃尔斯蒂尔的绘画在某些爱好者心中引起热烈反响，其原因正在于此，有时这些人自己反倒没有明确认识到这一点。

最近几天他刚画完一幅画，这幅画表现的是卡尔克迪伊海港，我对这幅画凝望良久。例如在这幅画中，埃尔斯蒂尔就让观众对这种比较做了思想准备，他对小城只使用与海洋有关的语汇，而对大海，只使用与城市有关的语汇。要么房屋遮住海港的一部分，要么捻缝的水塘，甚至大海深入陆地成为海湾，巴尔贝克一带常有这种情形。从修建了城市的前突尖角那边，房顶上露出桅杆（就像房顶上露出烟囱或教堂的钟楼一样），好似屋顶构成了船只，成了船只的一部分。然而这又具有城市特色，是在陆地上修建起来的。其他沿防波堤停靠的船只更加强了这种印象。船只那样密密麻麻挤在一起，竟然可以站在这只船上与另一只船的人聊天，而分辨不出他们是分开的，也分辨不出小的间隙，这捕鱼的船队还不如克里克贝克的教堂那样好像属于大海。克里克贝克的教堂，远远看上去，四面被水包围，因为人们看不见城市。在阳光和海浪有如尘土飞扬之中，教堂好像从水中钻出来一般，宛如白石或泡沫吹鼓而成，系在富有诗意的彩虹腰带上，构成一幅不真实而又有神秘色彩的图画。在前景的海滩上，画家想到了办法使人们的眼睛习惯于在陆地和大洋之间辨认不出固定的界线，绝对的分界线。几个壮汉正在把船只推向海中，他们既在海浪中奔跑，也在沙滩上奔跑。黄沙被打湿，仿佛成了水，映出船体。就是海水也不是齐平地往上涨，而是循着海岸的曲线上溢。远景更将沙岸撕成条条缕缕，一艘在茫茫大海上行驶的船只，被军舰修造厂快要完工的工程掩住了一半，竟像在城市中航行了。在岩石中捡拾海虾的妇女，因为四周都是水，又由于她们置身于岩石筑成的堡垒后面，地势较低，海滩（在最接近陆地的两端）降到了海平面上，她们倒像在海内岩洞之中了。这海内岩洞上部伸向船只和海浪，本身却在奇迹般分开的波涛翻滚中开辟出来并受到保护。虽然整个画面使人对海港产生海洋进入陆地之中，陆地具有海洋性质，人则成了两栖动物这样的印象，但是大海元素的力量仍然到处迸发出来。在防波堤入口处，岩石旁，大海喧嚣的地方，从水手的辛苦中，从船只倾斜成锐角卧在高耸的船坞、教堂、城市中的房屋前，从有人回到城市、有人在城市出海打鱼中，人们感觉到他们艰苦地在水上奔忙，好似骑在马背上一般。这匹马性情暴躁，健跑如飞，但是，如果他们不够机敏和灵巧，那牲口一抖擞，就会将他们掀翻在地。

一群游人兴高采烈地乘坐一只小船出海，小艇摇摇晃晃，像一辆蹩脚的马车。一个天性快活同时又很聚精会神的水手，犹如用缰绳驾驶马匹一样驾驭着小船，张开有力的风帆。每个游客都乖乖地坐在自己的位置上，避免船只一侧过重而倾翻。在阳光灿烂的田野里，在绿荫覆盖的名胜区，人们也是这样奔跑着滚下山坡的。虽然下过暴雨，仍是风和日丽的上午。甚至人们还能感觉到平稳不动的船只享受着阳光和阴凉，在大海那样平静的部分，要保住这完美的平衡需要制服什么样的强大阻力！大海那样平静，比起由于阳光的作用似乎已经蒸发的船体来，水中的倒影似乎更稳定，更真实。远景更使船体显得鳞次栉比。或者更正确地说，我们还没有提及大海的其他部分。这些部分之间，差异很大，就和某一部分与出水的教堂以及城市后面的船只之间差异很大一样。这边暴风雨，漆黑一片；稍远一些，色彩鲜艳，而且与天空一样如同涂上了釉彩；那边，阳光、云雾和泡沫使大海那样雪白，那样连成一片，那样具有土地气息，那样具有房屋的假象，人们甚至会以为那是一条石路或一片雪原。可是人们又看到那石路或雪原上有一条船，不免吓了一跳。船只悬在陡坡上，停在旱地里，好像一辆马车刚刚走出涉水而过的地段正在晾干。可是，过了一会儿，人们又在这结结实实的高原那高低不平的辽阔平面上，看见了一些摇摇晃晃的船只。这时人们才醒悟过来，这还是海，而这各种景象都是真实的。

人说在艺术上无进步无发现可言，只在科学上才有；每个艺术家都得自己重新开始个人的努力，任何别人的力量既帮不了他的忙，也阻碍不了他。虽然这么说不无道理，但是还必须承认，在艺术揭示了某些规律的范畴内，一旦某种技巧将这些规律普及，回头一看，先前的艺术就失去了一些新颖独特之处。自埃尔斯蒂尔开始作画起，我们已经经历了人们称之为自然景色和城市的“精彩”摄影阶段。业余爱好者在这种情况下使用的这个形容词到底指的是什么呢？要想说明白，我们就会看到，这个形容词一般是用来指一个熟悉的事物所呈现的奇特形象。这个形象与我们司空见惯的不同，奇特然而又是真实的，因此对我们来说倍加引人入胜，因为这个形象使我们惊异，使我们走出了常规，同时又通过唤起我们一种印象使我们回归到自己。例如，这些“精彩”摄影中的某一帧，体现了远景的一个规律，给我们看的是我们的城市中司空见惯的某一大教堂，却从精心选择的一个点上来拍摄。从那个点上看，它似乎比房屋高出三十倍，而且与江边呈凸角状，实际它与江边距离很远。埃尔斯蒂尔下了功夫，不是原封不动地——他知道原是什么样的——将事物摆出来，而是按照我们原始视觉赖以构成的光学幻觉将其呈现出来。这种功夫正好使他要阐明某些远景规律，这就更叫人惊异，因为是艺术首先揭示了这些规律。一条江，由于水流的曲折，一海湾，由于表面上看靠近悬崖，似乎成了平原或山中掘出的四面绝对封闭的一湖泊。从巴尔贝克取景，赤日炎炎的一个夏日画的一幅画中，大海凹进来的一块，由于封闭在粉红花岗岩岩壁中，似乎不是大海，而大海从稍远的地方才开始。大洋的连续性只通过一些海鸥暗示出来。海鸥在观众以为是石头的东西上面飞旋，吮吸着波涛的潮湿气息。

这同一张画，还揭示出其他的规律。例如，在高高耸立的悬崖脚下，点点白帆映在蓝色明镜中，宛如沉沉入梦的蝴蝶，极尽小巧之美；又如某些阴影之暗与光线之亮的强烈对比等。摄影艺术已使阴影的变化无穷家喻户晓，但是埃尔斯蒂尔对阴影的变化无穷那样感兴趣，从前他竟专心致志地喜欢画真正的海市蜃楼。在海市蜃楼中，顶部有塔楼的古堡显出一座完全圆形的古堡模样，顶部有一塔楼将其延长，底部反方向又有一塔楼，也许是格外晴朗的天空赋予映在水中的倒影以石头的坚硬和光泽的缘故，也许是晨雾使石头与影子变得一样烟雾缥缈。同样，远处，大海之外，一排远树之后，另一大海开始，落日将它染成玫瑰色，而这正是天空。阳光，如同一种新的固体被创造出来，推动着它直接照射的船体，后面另一船体则笼罩在阴影之中，犹如将一级一级的水晶楼梯摆在一个表面上。从物质构成说，这表面是平的，但是清晨大海的光照将这表面折断了。一条江从一座城市的桥下流过，从那样一个视角取景，这条江竟然显得完全支离破碎了，这里摆成湖，那里细如网，别处又由于安插了一座树木覆盖山顶的小丘而折断，城中的住户晚上到这山顶的树林中来呼吸夜晚凉爽的空气。这座动荡的城市，其节奏本身，只通过钟楼那不折不弯的垂直来表现。钟楼并不伸向天空，通过沉重的直线，就像在凯旋进行曲中一样表明生活的节奏，似乎在自己的身躯下悬挂着楼房，楼房沿着折断、压碎的江流，笼罩在薄雾之中（这是因为埃尔斯蒂尔最初的作品产生于用一个人物点染风景画的时代）。在悬崖上或在山中，道路，这自然景色中半有人情味的部分，也和江河或海洋一样，受到远景的侵蚀。或是山峰，或是瀑布的烟雾，或是大海，使人无法沿着道路持续向前，这道路对于游人是可见的，对我们却并非如此。着过时服装的小小人物，迷失在这荒凉孤寂之中，似乎常常在深渊前停步，他遵循的羊肠小道在这里已是尽头。而在再过去三百米高处的松林中，我们看见小道那好客的沙土，白白细细的一条道又在游人脚下出现，真是叫我们放了心，眼睛也受到了感动。是山坡环绕着瀑布或海湾，为我们掩住了小路中间衔接的九曲十八弯。

埃尔斯蒂尔下功夫在现实面前脱去智性的一切概念，是非常了不起的。尤其他在作画前要让自己变成一无所知，出于正直而忘掉一切（因为人们所知道的事物并不属于自己），而这正是有高度修养的智慧。我在他面前承认我站在巴尔贝克的教堂前感到很失望时，他对我说：

“怎么，那大门使您感到失望吗？这可是民众永远读不明白的历史化了的最美的圣经啊！那圣母像和所有叙述她生平的浮雕，是中世纪为歌颂圣母所创作的长卷赞美诗最美好、最有诗意的体现。除了要细致准确地表现《圣经》以外，年迈的雕刻家又有怎样崇高的发现，进行了多少深邃的思考，赋予其怎样的优美的诗意啊！天使们运送圣母躯体的裹尸布，太神圣了，他们不敢直接触及（我对他说，人们也在圣安德烈教堂研究了这个主题。他见过圣安德烈教堂大门的照片，但他向我指出，那些小农民，所有的人都同时在圣母的周围奔跑，与此处的两位几乎意大利式的那么苗条，那么温柔的大天使，不可同日而语），这是多么了不起的想法！将圣母的灵魂摄走以便与圣母的肉体合在一起的那个天使；

在圣母与伊丽莎白相遇那一节[1]，伊丽莎白触到马利亚的乳房，感到乳房隆起而深感惊异的那个动作；没有亲手摸到之前，怎么也不肯相信无玷始胎的接生婆那包裹着的手臂；圣母为了向圣徒多马证明她已复活而向他掷过去的腰带；还有圣母从自己胸前撕下用以遮掩自己儿子赤裸的身体的那块细麻布——在其子的一侧，教会收集鲜血，那是圣体圣事的饮料；另一侧，是统治已结束的会堂，蒙着双眼，手握折断一半的权杖，王冠从头上落下，同时任凭前朝法版滚落在地；最后审判时节，丈夫帮助自己年轻的妻子从坟墓中走出来，将她的手按在她自己的胸口上，为的是叫她放心，并向她证明那心脏确实在跳动，这不也是相当费心思找到的不错的想法吗？还有那个将太阳和月亮带走的天使，既然十字架的光辉将比星辰的光辉强七倍，太阳和月亮不是毫无用处了吗？！还有将手浸在耶稣的洗澡水里，看看水是否够热的那个天使；从云端里降下将花环戴在圣母前额上的那个天使；还有所有从天上耶路撒冷圣殿的栏杆之间俯身向下，看见恶人受罪、好人享福，分别由于恐惧或快乐扬起手臂的那些天使！您看到的这些，就是天上的各个团体，就是神学和象征性的整个伟大诗篇！这简直荒唐，简直神妙至极，比您将在意大利之全部所见好上一千倍！何况意大利的三角楣是才华大为逊色的雕塑家原封不动抄袭来的。您一定明白，所有这些玩意儿，无非是一个天才问题。人人都有天才的时代，并不曾有过。这么说，全是胡说八道，那要

[1] 见《新约全书》路加福音第一章。

比黄金时代还厉害。雕了这样的门面的家伙，请您一定相信，他也很厉害，与现在您最崇拜的那些人相比，他的思想也和他们一样深刻。如果我们一起去意大利，我会把这些指给您看。圣母升天节宗教仪式的某些歌词在这里得到非常精巧的表现，就是勒东[1]也无法与之媲美。”

他与我谈到的这个广阔仙界，庞大的神学诗篇，现在我终于明白是这样谱写出来的了。当初我在正门前睁开充满渴望的双目时，却没有看见这些。我与他谈起那些高大的圣徒雕像，竖在高高的底座上，似乎形成了一条大道。

“这条大道从远古时代开始，最后达到耶稣基督，”他对我说，“一边是耶稣精神上的祖先，另一边是犹大之王，是耶稣肉体上的祖先。每一世纪都集中在这里了。您视为底座的那东西，如果您看得更仔细一些，您就能叫出蹲在高处的人的名字了。因为在摩西脚下，您会认出金牛来；在亚伯拉罕脚下，您会认出羊来；在约瑟夫脚下，您会认出给皮蒂法尔老婆出主意的恶魔。”

我还对他说，我本来以为会看到一所几乎是波斯式的建筑，这大概也是我感到失望的原因之一。

“不，不，”他回答我说，“有许多是真的。某些部分完全是东方式的。有一根柱子是那样准确地重现了一个波斯题材，东方传说无所不在这一点竟然不足以解释这种现象。雕刻家肯定是抄袭

[1] 勒东（1840—1916）：法国油画家，也是水彩画家、石板画家、粉画画家。从一开始就强调想象在艺术中的作用。作品中宗教题材占很大比重。新的一代画家如鲍那尔、维亚尔、莫里斯·德尼等将他视为大师。

了航海家从东方带来的一匣子东西。”果然，他给我看了一根柱子的照片，我从柱头上看见几乎是中国式的龙相互吞噬。但是在巴尔贝克，在建筑物总体中，这一小块雕刻未引起我们注意就过去了，而建筑的总体与“几乎是波斯式的教堂”几个字向我展现的情景并不相似。

在这个画室里，虽然我体会到精神上的快乐，但是这丝毫挡不住我感觉到透明涂料的温热，房间那火星四溅的半明半暗，忍冬环绕的小窗外完全乡下气味的大街上被烈日烧灼的土地那持续的燥热。这一切包围着我们，我们已无法自主。只有远方的树荫才给太阳蒙上一层面纱。看到《卡尔克迪伊港》这幅画叫我十分快乐。这个夏日使我感到的意识不到的舒适，可能又像一条河流的支流一样，扩大了我的快乐。

我本来以为埃尔斯蒂尔很谦和。可是在一句表示感谢的话里，我用了“荣誉”一词时，我看到他的面孔因悲哀而稍稍变了样，这时我才明白我是大错特错了。认为自己的作品永世长存的人——埃尔斯蒂尔正属于这种情形——惯于将自己的作品置于他们本人已化成尘土的时代之中。所以，“荣誉”这个概念使他们不得不对这个虚无世界进行思考，叫他们悲伤，因为这个概念与死亡的概念密不可分。

想不到无意间使这高傲感伤的乌云升上埃尔斯蒂尔的眉宇，我赶紧改变话题以驱散这片乌云。

“人家劝我不要到英国去，”我想到从前在贡布雷与勒格朗丹的谈话，而且希望就这一席谈话得知他的见解，便对他说，“说是这对一个已经爱好幻想的头脑不利。”

“哪里！”他回答我说，“一个人的头脑已经倾向于幻想的时候，不应该让它离开梦幻，不应该对它进行限制。一旦你叫自己的头脑离开梦幻，你的头脑就再也不理解自己的梦幻了。你将为千百种表象所捉弄，因为你没有理解那表象的本质。如果说有点幻想是危险的，那么医好这一病症的，绝不是少幻想，而是更多的幻想，整个陷入幻想。为了不再为幻想所苦，要完全理解自己的幻想，这一点很重要。将幻想与生活适当分开，大有益处，以至我自忖，是否应该像某些外科医生主张应该将所有儿童的阑尾一律割掉以避免将来罹患阑尾炎那样，早早就预防性地将幻想与生活适当分开。”

埃尔斯蒂尔和我一直走到画室的尽头，站在窗前。窗子在花园后面，朝向一条狭窄的横街，几乎是一条乡间小路。我们来到这里呼吸将近傍晚的清新空气。我认为自己离那一小群少女十分遥远，正是下定决心牺牲一次看见她们的希望，我才终于听从了外祖母的请求来看埃尔斯蒂尔的。你寻找的东西在哪里，你并不知道，而且常常长时期回避由于别的原因每个人都请我们去的地方。但是我们料想不到，正是在这里我们会看见自己日夜思念的人。我毫无目的地望着这条乡间小路。小路从画室外紧擦画室而过，但已不属于埃尔斯蒂尔。

突然，那里出现了一小帮少女中那个推自行车的少女。她快步沿着这条小路走来，乌黑的秀发上，戴着她那顶马球帽，帽子压得很低，下面是她那丰满的面颊和快活而又有些执拗的双眼。

我看见她在这条奇迹般幸运、充满柔情许诺的小路上，从树下向埃尔斯蒂尔送过一个友好而洋溢着笑意的问候。这简直是一道彩虹，对我来说，它将我们的地球世界与迄今为止我们认为无法企及的地域连接了起来。她甚至走过来将手伸给画家，但没有停下脚步。我看见她下巴上有一颗美人痣。

“先生，您认识这位姑娘吗？”我问埃尔斯蒂尔，我明白他可能把我介绍给她，请她到他家来。于是，这间乡间景色环绕的宁静的画室，充满了更多一层的诗意。好比在一所房子里，一个孩子已经待得很高兴，当他又得知，漂亮的东西和高贵的人非常慷慨大方，要无限增加他们的馈赠，正在为他准备一席精美的茶点时一样。

埃尔斯蒂尔告诉我，她叫阿尔贝蒂娜·西莫内，同时也一一道出她的其他女友的名字。我对这些女孩描述得相当准确，所以他道出她们的名字时毫不犹豫。对她们的社会地位，我想错了，但是与一般在巴尔贝克的判断错误并不属于同一类型。店铺掌柜的儿子骑在马上，我轻易地将他们当成王子。可是这一次，我倒把属于相当富有的小布尔乔亚、工商业界家庭的一些少女给安到一个可疑的阶层里去了。这个社会阶层问题，一开始时我最没有兴趣。对我来说，无论是下层民众，还是盖尔芒特家那样的上层社会，都没有什么神秘色彩。肯定，如果海滨生活那色彩斑斓的空虚没有在我看花了眼的双目前事先赋予她们某种魅力，而且她们再也不会失去这种魅力的话，说她们是大批发商的女儿，我大概也不会与这个概念胜利地抗争到底。现在，我只能对法国布尔乔亚是一个绝妙的最丰富多彩的雕塑作坊表示钦佩了。多少出人意料的类型！从面部特征上，是多么了不起的发明！面部线条上，又是怎样的决断，怎样的新鲜，怎样的质朴！这些狄安娜[1]和仙女竟然出自吝啬的老布尔乔亚阶级，我真觉得这些老布尔乔亚也是最高大的塑像了。

这些少女社会地位的变化，我还没来得及察觉，在她们那流里流气的面孔后面，又一个想法已经扎下了根。原来我认为她们是自行车运动员、拳击冠军的情妇，现在又觉得她们很可能与我们认识的某一律师家庭关系非常密切了。对这些错误地发现，使一个人观念的改变简直具有化学反应般的瞬时性！

阿尔贝蒂娜·西莫内是什么样的人，我所知甚少。肯定她对于某一天她之于我如何，也毫无所知。甚至我在海滩上早已听人说过的西莫内[2]这个姓，有人叫我写出来的话，我可能会写两个"n"，一点也料想不到这个家族对于只有一个"n"看得很重。在社会阶梯上，越往下，时髦玩意儿越抓住一些鸡毛蒜皮不放。这些鸡毛蒜皮的事，可能并不比贵族的那些标记更毫无意义，但是，这些玩意儿更莫名其妙，更因人而异，更叫人惊诧。可能有过姓Simonnet的人干过坏事，甚至比这还糟。总而言之，据说，别人若是将他们的姓写成两个"n"的，这西莫内家的人便要大光其火，犹如受了诽谤一般。蒙莫朗西家族为自己是法兰西最早的男

[1] 狄安娜为罗马神话中的猎神和月神。
[2] 西莫内写作"Simonet"。

爵而感到自豪，而他们为唯有自己姓只有一个“n”的西莫内而不是两个“n”的西莫内，大概感到同样自豪。

我问埃尔斯蒂尔，这些少女是否住在巴尔贝克。他回答我说，其中某些姑娘是住在巴尔贝克的。有一个姑娘家的别墅就在海滩的尽头，就是卡那维尔悬崖开始的地方。由于这个姑娘是阿尔贝蒂娜·西莫内的挚友，我更加有理由相信，我和外祖母在一起遇到的那个姑娘正是阿尔贝蒂娜·西莫内。当然，有那么多条与海滩成垂直方向的小街街角都很相似，我也无法准确无误地认出那是哪一条街。人们希望记忆准确无误，但是就在当时，视觉就是模糊的。然而，阿尔贝蒂娜与走进女友家的那个少女是同一个人，这一点实际上可以肯定。虽然如此，此后，棕色头发的高尔夫球运动员在我面前呈现的无数形象，不论此形象与彼形象多么不同，全都重叠在一起。如果我沿着回忆的线索上溯，在这个特征掩护下，就像在一个内部通道中一样，我可以从所有这些形象面前经过，而无法从同一个人中绕出来。反过来，如果我希望一直上溯到我与外祖母在一起那天路遇的那个少女，我必须再走到露天中去。我确信又找到了阿尔贝蒂娜，她与走在自己的女友中间，在散步中经常停下来，高出海平线的那个，是同一个人。但是，所有上述的形象依然与最初的那一个形象相分离，因为我无法在事后赋予她在给我的双眼留下深刻印象那一刻对我而言她不具有的特点。不管概率计算能给我什么保证，在小街与海滩的转角处那样大胆地望了我一眼的，我以为可能会爱上我的那个双颊丰满的姑娘，我从来没有与她重逢过。

我在这一小帮少女之间犹疑不定，她们每个人都保留了一点首先使我心荡神驰的集体魅力。这种犹疑是不是又给上述的原因增加了一条，给我后来，即使在我最热恋阿尔贝蒂娜——是我第二次谈恋爱——的期间，留下一种间歇的而且短暂的不爱她的自由呢？由于先在她的所有女友之间游荡，后来才固定在她身上，我的爱情有时在爱与阿尔贝蒂娜的形象之间保留着某种“游戏”性质，这种游戏，像没有对准的光束一样，使爱情先落在别人身上，然后才回来施加在她的身上。我心中感到不自在与对阿尔贝蒂娜的回忆之间，似乎并没有什么必要的联系，说不定与另一个人的形象也能联系在一起。这种想法在闪电般的一瞬间，使我能够将现实化为乌有，不仅是如我对阿尔贝蒂娜的爱这样的外部现实（我承认我对阿尔贝蒂娜的爱是一种内心状态，在这种心态中，完全从自己心中引出我爱的人的特殊品格，特别性格，使得爱情成为我的幸福不可或缺的一部分），甚至是内心的纯主观的现实。

“没有哪一天，她们当中这个人或那个人不从画室前经过并走进来略做拜访的。”埃尔斯蒂尔对我说。如果外祖母叫我来看他的时候我立刻就来，很可能我早就结识阿尔贝蒂娜了。想到这里，埃尔斯蒂尔的话真叫我伤心。

她走远了。从画室里再也看不见她了。我想，她到海堤上会女友们去了。如果我早能和埃尔斯蒂尔一起到海堤上去，就会结识她们了。我编出一百样借口来，好叫他同意跟我到海滩上去转一圈。那个少女在那面小窗的窗框里出现之前，我的心是平静的。现在我失去这种平静。那面小窗，直到那时为止，在忍冬的包围中是那样动人，现在却变得空荡荡了。

埃尔斯蒂尔对我说，他要去跟我走几步，但是他不得不首先画完正在画的那幅画。这叫我感到快乐，快乐中又夹杂着折磨。他画的是花，但不是山楂花、刺玫花、矢车菊、苹果花——我如果要向他订一幅画，我更希望订这些花的画，而不是一幅人物肖像，以便通过他天才的揭示，得悉我经常在这些花前寻觅而始终不可得的东西到底是什么。埃尔斯蒂尔一面作画，一面与我谈植物，但是我听不进去。光是他一个人已经再也不够，他现在只不过是那些少女与我之间必要的中介。他的威望，不久以前对我来说，还由他的天才赋予。而现在，只有在他即将为我介绍的那一小帮少女眼中，他将这种威望泽被到我，这威望才有价值。

我踱来踱去，巴不得他赶快画完。我抓住一些习作仔细端详。许多习作靠墙翻过去，一个压一个地摞在那里。我就这样碰巧发现了一幅水彩画。这幅画大概是埃尔斯蒂尔绘画生涯中很久以前某个时代的作品，使我特别着迷。一些作品不仅仅技巧高超，而且立意那样不同寻常，那样诱人，我们竟然会将作品的一部分魅力归之于立意，似乎这种魅力，本来在大自然中就已经具有物质存在形式，画家只要去发现，去观察，去描摹出来就行了。这样的作品使人特别着迷。这样的物品能够存在，甚至将画家的表现形式抛开不谈也是美的，这就满足了我们心中天生便具有而后来又被理性所打倒的唯物论，而且为美学的抽象充当砝码。

这幅水彩画，是一位少妇的肖像。她并不美丽，却属于一种独特的类型。她头上戴着一顶包头软帽，与帽檐上饰有樱桃红绸带的瓜皮帽很相似。两只手戴着露指手套，其中一只擎着一支点燃的烟卷，另一只将一顶纯粹为了遮阳用的果园大草帽样的东西举到膝盖那么高。她身旁有一张桌子，桌上有一花瓶，插满了玫瑰花[1]。这类作品妙就妙在它们是在特殊条件下完成的，而我们一下子弄不清楚。常有这种情形，这幅画即是如此。例如我们不知道一个女性模特儿那奇异的装束是不是化装舞会上的化装，抑或一个老头身着红大衣，看上去他故意穿上这件衣服以迎合画家的异想天开，可是我们不知道这是他的教授袍还是董事袍，或是他的主教披肩。我眼前的这张肖像画，画中人的性格叫人捉摸不透，原因是这是一位昔日的年轻女演员，半反串，叫人不明白。她那短发在瓜皮帽下蓬松隆起。她那丝绒上装没有大翻领，中间是白色的硬胸。这瓜皮帽和上装叫我一时拿不准这时装是何时期之物，这模特儿是男是女。结果是，除了知道我眼前是画家最明快的一幅画以外，我什么也说不准。

这幅画使我感到的快活，又被担心所扰乱，我怕埃尔斯蒂尔又磨磨蹭蹭，叫我错过了那些少女，因为那小窗上的日影已经西斜。这幅水彩画上，没有哪一件东西可以简简单单地加以证实就算了事，之所以画出来，那是因为在这场景中有用。画衣着是因为那女子必须穿衣，画花瓶是因为有花。花瓶的玻璃本身就招人喜爱，似乎灌上了水，石竹花的花茎插在瓶中，犹如浸在与水一样清澈，几乎与水一样液态的物质中。女子的服装以独具一格而

---

[1] 以下两处则说花瓶中插的是石竹花。

又令人感到亲切的魅力笼罩着她，似乎工业产品可以与造物主的奇迹相媲美，这些奇迹就和猫毛、石竹花瓣、鸽子羽毛一样娇嫩，视觉接触时感到那样甜美，画得那样鲜艳。硬胸雪白，细如雪霰，那轻盈的褶皱呈钟形小花状，恰似铃兰的花朵，在房间明亮的折射光中开放。这折射光本身本来很强烈，但是正像花束会在被单上映出镂空的花朵一样，这光线也稍稍减弱了一点。上装的丝绒闪射着珠光，这里那里有什么竖起来，有什么撕碎了，有什么毛茸茸的，使人想到花瓶中散乱的石竹花。但是人们特别感觉到的，是埃尔斯蒂尔对一位年轻女演员的这身化装服饰会表现出什么样的道德败坏完全不在乎，对他来说，她会对某些观众那已经麻木或已经堕落的感官产生什么样的刺激，与她扮演自己角色的天才相比，大概更加重要。因此他反而着力于这些模棱两可的特点，就像着力于某一值得突出，他也极尽所能加以强调的美学成分一样。

循着面部线条看，似乎就要承认其性别是一个有点男孩子气的姑娘了。可是就在这时，那性别又消失了，再过去，重又出现，而暗示给人的，毋宁是这样的想法：这是一个女性化的、有恶习的、想入非非的小伙子。此后性别又逃走了，始终无法捕捉得住。目光中那种耽于幻想的忧郁，与属于花天酒地的阶层和戏剧界的那些细节形成强烈对比，这个特点并不是最不会使人心绪动荡的。此外人们会想，这是假扮的，着这身富有挑逗性的服装似乎主动送给人家去抚摸的这个年轻人，很可能觉得再加上点保留在内心的秘密情感、秘不告人的忧郁这样浪漫主义的表情，会更有刺激性。肖像的下方写着：Miss Sacripant[1]，1872 年 10 月。

我忍不住叫起好来。

“噢，这算不上什么，是年轻时候匆匆画成的东西，那是给杂耍剧院[2]演出画的服装。是老早以前的事了。”

“那模特儿后来怎么样了？”

我的话先是叫他一怔，过了一秒钟，他的脸上现出一副毫不在意、心不在焉的表情。

“喂，快把那幅画给我，”他对我说，“我听到埃尔斯蒂尔太太的脚步声，她来了。虽然我向你保证，戴甜瓜帽的那个年轻人在我的生活里没有起过任何作用，但是叫我妻子看见这幅水彩画毫无益处。我之所以保存这幅画，不过作为那个时代戏剧一个很好玩的材料罢了。”

可能埃尔斯蒂尔已经很久没见过这幅水彩画了。他向画注视了一下，然后将它藏起来。

“我必须只保存头部，”他自言自语地说，“下方画得太糟糕了，那双手简直是商人的手。”

埃尔斯蒂尔夫人来到，更要耽搁我们，我心里真难受。窗户的边很快就成了玫瑰色。我们即使出门去，大概也要一无所获了。

[1] 塞克里本特小姐。《塞克里本特》为吉尔和杜布拉多于 1866 年创作的一部喜歌剧。剧中男主角男扮女装出现。

[2] 杂耍剧院始建于 1807 年，位于蒙马特大街 7 号，第二帝国时代因上演轻松的喜剧及歌剧而名气大振。后来主要在这里上演通俗喜剧。普鲁斯特本人曾于 1909 年 11 月 27 日去该剧院观剧。

再没有看见那些少女的任何可能了。因此，埃尔斯蒂尔太太离开我们是快是慢，也再没有任何意义。她并没有待很久。我觉得她特别令人生厌。若是她现在二十岁，在罗马乡间牵着一头牛，很可能是个美人儿。但是现在，她的黑发正在变白。她普普通通，却又不朴素自然，因为她认为举止庄重、态度庄严乃为她那雕塑美所必需，而她的年龄已使她的雕塑美失去全部魅力。她的服饰极为朴素。埃尔斯蒂尔每时每刻都用带着敬意和柔情蜜意说："我的美人加布里埃尔！"似乎只要说这句话，就会使他动情，使他满怀尊敬。听到他这样说，人们很受感动，但也感到惊异。后来，当我见识了埃尔斯蒂尔的神话题材绘画以后，倒也觉得埃尔斯蒂尔太太姿色增加了几分。我明白了，既然他将自己的全部时间、整个的思考工夫，也就是将自己的整个生命都献给了更好地分辨这些线条，更忠实地重现这些线条，那么事实上，他早就将几乎天神般的性格归之于某种理想类型，某种准则了。这种理想类型可归结为某些线条，某些在他的作品中不断反复出现的阿拉伯花纹。这样的理想给予埃尔斯蒂尔的灵感，确实是那样严肃、那样要求很高的迷信，这种信仰竟然从不允许他感到满意。这个理想，就是他本人心中最秘不示人的部分，所以他无法将这理想看得很淡漠，无法从中得到激情，直到他遇到了这个理想的那一天。那一天，他在一个女郎的躯体上，遇到了已在外部实现的这个理想。这就是后来成了埃尔斯蒂尔太太的那个人的躯体。从她身上，他得以感到那理想是崇高的、感人的、神妙的——只有对不是我们自己的一种存在，我们才能有这种感受。直到那时为止，必须千辛万苦从自身开发的美，顷刻，神秘地化成了肉身，主动献身给他，以结成卓有成效的情感一致的硕果。将双唇按在这美上，啊，心灵会得到怎样的宁静！

那时的埃尔斯蒂尔，已不再处于只期待思维旺盛就可以实现其理想的青春年少时代，他已接近指望通过肉体的满足来促进精力充沛的年龄。我们精神疲劳了，往往倾向于物质至上；活动减少了，往往倾向于被动接受影响。精神的疲劳与活动的减少开始使我们同意这样的观点，那就是可能确有某些得天独厚的躯体、行业、节奏能那样自然而然地实现我们的理想，以至即使没有天才，只要描摹某一肩部动作，某一脖颈的紧张，我们就能创造出一幅杰作来。这是我们喜欢用目光去抚摸美的年龄，这美在我们身外，在我们身边，在一幅挂毯上，在旧货商店里发现的一幅提香所作的美妙画稿中，在与提香画稿同样美丽的情妇身上。我理解了这一切之后，每次见到埃尔斯蒂尔太太，再也不能不感到快乐，她的身躯也失去了沉重的臃肿，因为我用一个想法充满了她的躯体，那就是她是非物质的造物，是埃尔斯蒂尔的自我写照。对我来说，她也是一幅肖像画，对他大概也是如此。对艺术家来说，生活中的材料是不算数的，只是显露其天才的一个机会而已。将埃尔斯蒂尔创作的十幅不同人物肖像画排列在一起去看，人们会清楚感觉到，首先，这些人跟埃尔斯蒂尔全是一家人。天才汹涌澎湃覆盖住生活，只有大脑疲劳了，渐渐失去了平衡时，生活才又占上风。好比一条大江，大潮涨来，江水倒灌之后，才又恢复正常水流。在第一个阶段中，艺术家逐渐摸索出自己意识不到的天才所具有的规律和模式。如果他是小说家，他知道，什么情景能向他提供素材；如果他是画家，他知道什么景物能向他提供素材。这素材本身无关紧要，但对他的探索必不可少，正如一间实验室或一间画室之必不可少一般。他清楚地知道，用柔和光线所产生的效果，用对某一过失改变看法而产生的内疚，用站在树下或半潜入水中美如雕像的一些女郎，他造就了自己的杰作。终于会有那么一天，他的大脑已经衰退，面对他的天才使用的材料，他再也无力进行心智活动，只有心智活动才会产生作品。然而他会继续寻找这些材料，为置身这些材料身旁而兴高采烈，因为这些材料在他身上唤起精神上的快乐，精神上的快乐乃是工作的激发剂。他会将这些材料笼罩在迷信的氛围之中，似乎它们高于一切，似乎艺术作品的很大一部分已寓于其中，它们在某种程度上便蕴含着现成的艺术作品。与模特儿经常来往、对模特儿宠爱至极，如此而已，他不会走得更远。他会与一些已经幡然悔悟的杀人犯无止无休地聊下去，这些杀人犯的悔恨和堕落昔日曾构成他小说的题材；他会在薄雾使阳光变得轻柔的国度买上一处乡间住所；他会连续几个小时地注视女人洗浴；他会收集好看的衣料。生活美好，在某种程度上是毫无意义的词，尚处于艺术境界之下。我见过斯万就停留在这个阶段上。生活美好是一个阶段，由于创作天才速度减慢，由于对促进创造天才的各种形式怀有偶像崇拜，由于希望少下功夫，像埃尔斯蒂尔这样的人，有一天大概就会渐渐蜕化到这样的阶段上去。

他刚才终于给他的花卉画上了最后一笔。我望了望花卉，又浪费了一会儿工夫。既然我知道那些少女大概再也不会在海滩上了，我望望花卉浪费时间，也就没什么了不起。即使我认为她们还在海滩上，浪费这几分钟就会使我错过与她们见面的机会，我也还是会看的，因为我心中暗想，埃尔斯蒂尔毕竟对他的花卉比对我与这些少女相见更有兴趣。我外祖母的天性与我完全的自私自利截然相反，但她的天性仍在我的天性中有所反映。与我毫不相干的一个人，我对他一直装作很有感情或恭而敬之的人，在我面临着危险，而他只有点小麻烦时，我只会对他的烦恼深表同情，像什么大事一样，而将自己面临的险境视为小事一桩，因为我感到在他看来，这些事大概是这样的比例。如果实事求是地讲，甚至还有过之，我不仅不为自己所处的险境而悲叹，而且还要迎着这风险走上去；而事关别人的危险，则相反，哪怕自己更有可能为危险击中，也要尽量使别人免遭这种危险。这样做原因很多，说起来并不能为我增加光彩。其中一个原因便是，虽然我一味思考时，觉得自己将生命看得很重，但在我生命过程中，每当我为道德上的忧烦，或仅仅是精神上的不安而受到折磨时（有时这些精神不安是那样孩子气，我竟然不敢明说出来），如果突然出现什么意外情形，给我带来生命危险，这种新的思想负担与其他思想负担相比，是那样轻快，以至我会怀着轻松甚至是欢乐的感觉去迎接这种危险。虽然我是世界上最胆怯的人，但我领略过这样对危险的沉醉。在我理智地思考时，看上去这与我的本性是那样格格不入，那样不可想象。即使在一个完全平静而幸福的阶段，当出了某种危险而且是生命危险时，例如我与另一个人在一起，我仍然不会不将他人置于安全的地位，而为自己选择危险的位置。相当数量的实践体验叫我明白了，我一直会这样做而且会高高兴兴地这样去做时，我发现，与我一向自认为和肯定的相反，原来我对别人的看法是非常在乎的，这真叫我感到羞愧。

这种不可告人的自尊，却与虚荣、狂妄毫无关系。因为能使虚荣心与狂妄得到满足的东西，一点也不会使我感到快乐，而且我一直是力戒虚荣、力戒狂妄的。在有的人面前，我做到了完全隐藏起自己小小的长处，一旦他们知道这些小小的长处，对我的看法就会不那么平庸。对这些人，我从来无法剥夺自己的快乐，向他们表明，我更加热心的是从他们前进的道路上，而不是从我自己前进的道路上移开死亡的威胁。由于我的动机是自尊而不是品德高尚，在任何情况下，他们的做法与此相反，我都觉得极其自然，我根本不会因此而责怪他们。如果我自己是出于一种义务感而这样做，我大概会感到，在这种情况下，无论是他们，还是我自己，都必须这样做，可能就会因他们不这样做而责怪他们了。相反，我觉得他们保护自己的生命是非常明智的，同时也无法阻止自己将自己的生命置于第二位。炸弹即将爆炸，我自己置身于他人之前。后来我发现了，在这些人当中，有许多人的生命更没有价值。自那时以来，我觉得这样做就尤其荒唐甚至罪恶了。

话又说回来，拜访埃尔斯蒂尔那天，距我意识到这种价值差距时间还很远，何况也谈不上有任何危险，只不过作为很有害的自尊心的前奏信号，要求自己对于本人那样热切向往的快乐，不要显得比对人家尚未完成的水彩画作品看得更重而已。这幅画终于完成。一走到外面，我立即发现——这个季节白昼是多么长——天色并非我想象的那么晚。

我们到海堤上去。我以为那些少女可能还会从那里经过，使出了多少诡计，才叫埃尔斯蒂尔待在那个地方啊！我将我们身边高耸入云的悬崖指给他看，不断地要求他与我谈这些少女的事，以便叫他忘记时间，叫他留在那里。我似乎感到往海滩的尽头走，截住这一小帮少女的可能性更大。

“我想跟您一起稍微再靠近一些，去看看这些悬崖。”我对埃尔斯蒂尔说，因为我发现这些少女中有一个常常往那边去。“一边走，您一边跟我谈谈卡尔克迪伊吧！啊，我多想到卡尔克迪伊去啊！”我又加一句，并没有想到，在《卡尔克迪伊港》这幅画中那么强有力表现出来的崭新特点，说不定更多地是来自画家的视觉，而不是因为这片海滩真有什么特别价值。

“自从我看了这幅画以后，这个港口和海啸角，可能就是我最想见识的地方了，而海啸角从这里去，又路途遥远。”

“即使卡尔克迪伊不是更近一些，我大概还是会更倾向于建议您去卡尔克迪伊。”埃尔斯蒂尔回答我说，“海啸角当然很精彩，不过归根结底不过是诺曼底或布列塔尼的那种大悬崖罢了，您已经见识过。而卡尔克迪伊，低矮的海滩上岩石遍布，完全是另一回事。在法国，我不曾见过与此相似的景色，更使我忆起佛罗里达的某些景观。又奇，又极其有野趣。它位于克利杜和纳奥姆[1]之

[1] 这两个地方似乎为作者所杜撰。

间，这些海域是多么荒凉，您是知道的，海滩曲线优美动人。这里，海滩曲线平平常常。可是那里，那曲线多么优美，多么柔和，我简直无法对您形容！”

夜幕降临，必须归去了。我送埃尔斯蒂尔回别墅，突然，有如梅菲斯托费勒斯骤然在浮士德面前显现，在大街的尽头——有如与我的气质截然相反的气质，把几乎野性而又残酷无情的生命力不真实而又魔鬼般地具体化了，而我那多病之躯、病态的敏感以及过度使用的头脑正缺少这样的生命力——出现了精灵的几颗斑点，人们决不会将这些精灵与其他东西相混淆，出现了少女植虫类群体的几颗孢子。她们装作没有看见我，但是毫无疑问，正在对我进行冷嘲热讽、评头品足。我感觉到她们与我们势必相遇，不可避免，也感到埃尔斯蒂尔就要叫我，便像一个泳者看到浪峰即将袭来那样转过身去。我骤然停步，任凭我那位鼎鼎大名的同伴继续向前，我则留在后头。当时我们正走过一家古玩店前，我朝古董商的橱窗俯下身去，似乎这橱窗突然吸引了我。我装作不在想这些少女，而为自己能够想别的事感到颇为得意。而且我已经隐约知道，待埃尔斯蒂尔呼唤我以便将我介绍给她们时，我会露出询问的目光。那目光流露出的不是惊异，而是希望装出的惊异——每个人都是蹩脚的演员，或者说，每个人身边的人都是善于根据外表判断性格的人——我甚至会用手指指着胸脯问：“您是叫我吗？”并且一溜小跑奔过去，乖乖地低着头，脸上冷冷地掩藏起烦躁，因为我正在聚精会神欣赏古老的瓷器而被打断，要被介绍给我并不希望认识的人。

这时，我打量着橱窗，等待着埃尔斯蒂尔呼唤我的名字，恰似等待一颗期待已久而又没有杀伤力的子弹打到我身上的时刻到来。确信自己一定会被介绍给这些少女，结果不仅是叫我装出对她们毫不在意的样子，而且要感受到毫不在乎。既然结识她们的快乐已经不可避免，这种快乐反而受到压抑，缩小，反而没有与圣卢谈话，与外祖母一起进晚餐，在附近郊游那么令人愉快了。有些人大概对古迹不大感兴趣，后来由于与这些人关系微妙，我不得不错过一些郊游的机会，我非常遗憾。此外，使我即将得到的快乐大大逊色的，不仅是它来得这样突兀，而且是这样前后不相连贯。有些规律与流体静力学规律一样准确，使我们头脑中按固定顺序形成的形象保持着层次。可是，事件突然在眼前出现，便打破了这些规律。

埃尔斯蒂尔就要叫我了。而我在海滩上、在房间里所设想的与这些少女的结识，完全不是通过这样的方式。即将发生的，是另外一件大事，我毫无思想准备。从这件大事中，我既认不出我的向往之情，也辨别不出这向往的目标。我几乎后悔与埃尔斯蒂尔一起出来了。特别是，我本来以为会感受到的快乐，现在反倒因为肯定再没有任何障碍可以剥夺这种快乐，而大大缩小了。我下定决心扭过头去，见埃尔斯蒂尔站在距这些少女几步开外的地方正与她们说再见时，根据弹力定律，这种快乐便又整个恢复了其高大的形象。距他最近的那个少女，大大的脸儿，双眸熠熠生辉，面孔好似一块大蛋糕，上面还给天空留了点位置。她即使是在目不转睛地凝视，也给人以动态的感觉，正如狂风怒吼的日子，虽然肉眼看不见空气，却能感觉到它流动的速度。有一瞬间，她的目光与我的目光相遇，好似暴风雨日子里天上那风驰电掣的乌云靠近了一块行进速度不那么快的云朵，与这块云朵擦肩而过，触着了它，又超过了它。但是，它们互不相识，各自远去。我们的目光也是如此。有一瞬间，你对着我，我对着你，但是，谁也不知道自己面前的这个天国对将来来说蕴含着什么承诺，什么威胁。只是在她的目光并没有减缓速度而正好从我的目光下经过时，那目光轻轻遮上了一层薄雾，有如明朗的月夜，风儿卷走了月亮，一块云彩将月亮遮住时，有一瞬间，月光便被迷雾遮掩，然后很快又显现出来。埃尔斯蒂尔并没有叫我，就已经离开了这些少女。她们从一条街斜穿过去，埃尔斯蒂尔向我走过来。一切都错过了。

我曾经说过，那天，在我眼中，阿尔贝蒂娜与以前不同，而且我似乎觉得她一次一个样。在那个时刻，我感觉到，一个人的外表——肥瘦、身长的某些改变，也可能来自这个人与我们之间某些状况的变化。在这方面，起作用最大的因素是信还是不信（那天晚上，我先是坚信就要与阿尔贝蒂娜结识，后来这种坚信又烟消云散。几秒钟之间，在我眼中，她先是变得无足轻重，继而又变得宝贵无比。几年以后，先是坚信阿尔贝蒂娜会忠实于我，后来这种坚信又消失，也引来相似的变化）。

当然，在贡布雷，我早已感受过，在不同的时间，按照平分我的最敏感之处的两大方式，不在母亲身边那种痛苦会缩小抑或是增大。整个下午，母亲就像红日高照时谁也感觉不到的月光。夜幕一降临，便只有她占据我这颗惶惑不安的心了。那时，就连新近的往事也已经消逝得无影无踪。

但是那一天，当我看到埃尔斯蒂尔没有呼唤我，正在离开那些少女时，我又明白了；一种快乐或一种忧伤，在我们眼中，其程度变化不同，不仅仅源于两种状态的转换，也是由于肉眼看不见的信仰移位。例如这种看不见的信仰可以使我们视死如归，因为这种信仰为死亡洒下了脱离实际的光辉。也是这种信仰使我们对赴一次音乐晚会看得很重。可是，一宣布我们就要上断头台，音乐晚会立刻就失去了魅力，笼罩着晚会的信仰便会突然消失了。这种“信”所起的作用，头脑中某些东西对此真是明明白白，那就是意愿。但是，如果理性、感性继续无视这种作用，那么意愿再明白也没有用。理性和感性认为我们想离开一个情妇，只有我们的意愿知道我们的心还系在她身上。在这种时候，理性和感性是值得信赖的。正是因为信仰将理性和感性弄得模糊不清，所以我们要在这些时候才能恢复信仰。但是，只要这种信仰消散，只要理性和感性得知这个情妇已经一去不复返，这时理性和感性完全失去了针对性，就变得控制不住，小小的快乐便扩大到无限。

爱情的虚无也是信仰的变种。爱情早已存在，正在四处游动，它停在哪一个女子的形象上，无非因为这个女子几乎无法企及而已。从这一时刻起，对这个女子想得并不多，脑海中很难现出她的模样，而考虑更多的是用什么办法能够把她搞到手。一连串的忧思滋长起来，这就足以将我们心中的爱固定在她身上，她成了我们几乎还不熟悉的爱的对象。爱情变得巨大无比，那个真正的女子在其中占的位置多么小，我们并不考虑。如果突然间，就像我看见埃尔斯蒂尔停下脚步与少女们说话那个时刻一样，我们停止焦虑，停止不安，由于我们整个的爱就是她，在我们终于将猎物抓在手里时，那爱可能骤然间就烟消云散了，对于这猎物的价值，我们并未足够地考虑过。

我对阿尔贝蒂娜了解什么呢？在海上映出的一两个身影，肯定不如委罗内塞笔下那些女郎的侧影漂亮。如果我服从某些纯美学的缘由，我本会喜欢那些女郎胜过喜欢阿尔贝蒂娜。然而，我能服从别的缘由吗？既然丢掉焦虑不安以后，我只能重新找到这些无声的身影，除此之外我根本就别无其他。

自从我见了阿尔贝蒂娜，每日就她进行过千百种思考，与我称之的“她”，进行着内心的对话。在这些对话里，我叫她提问题，回答，思考，行动。在我心中，每时每刻，无穷无尽的想象的阿尔贝蒂娜一个接一个地出现。在这一长串里，真正的、在海滩上远远望见的阿尔贝蒂娜，只出现在排首，正如“扮演”某一角色的明星，在长系列演出中，只在首演式上出现一般。这个阿尔贝蒂娜只是一个侧影，一切附加上去的成分，全是我的想当然。在爱情上，我们内心进行的添枝加叶，远远胜过从所爱的人身上来到我们心中的东西——哪怕从数量上来说，也是如此。最最实际的爱情也是如此。有的人不仅能自我培养情绪，还能靠一点点东西活着——即使已经得到过肉欲满足的人当中也有如此的。

我外祖母从前有一位图画教师，他跟一个身份不明的情妇生了一个女儿。孩子出生以后不久，那母亲就死了。图画教师伤心难过得自己也没再活多久。实际上他并未与她正式居家度日，而且与她发生关系也不多。外祖母和贡布雷的几位太太，在她们的老师面前甚至从不愿意提到这个女人。在他生命的最后几个月中，她们想到要给这小姑娘一生的命运提供一个保证，每人出了一份钱，给她搞了个终身年金。首先是外祖母倡议，她的某些女友则颇为勉强，她们认为：这个小姑娘难道就真的那么叫人感兴趣，她到底是不是那个自认为是她父亲的人所生的呢？对于那个小女孩的母亲那种人，人们一向是拿不准的。最终她们还是下定了决心。小女孩前来致谢。她长得奇丑无比，与上了年纪的图画教师一模一样。顿时一切怀疑都烟消云散。小姑娘唯一长得好的是头发。一位太太对带小女孩前来的父亲说："她的头发长得多好！"我的外祖母觉得，既然那戴罪的母亲已死，图画教师也将不久于人世，对于一向讳莫如深的那段往事提上一句已无关紧要，便加了一句："这大概是随家里。她母亲是不是头发这么好？"

"我不知道，"孩子的父亲天真地回答道，"我见她的时候，她总是戴着帽子。"

该追埃尔斯蒂尔去了。我从一面大镜子里看见了自己。除了没有得到被介绍的机会这大灾大难之外，我又发现自己的领带完全歪了，长头发也从帽子里露了出来，显得很难看。但是，不管怎么说，就是这样，她们也遇到了我和埃尔斯蒂尔在一起，不会将我忘记。这已经运气不错。那天，照我外祖母出的主意，我穿了那件漂亮的背心，又拿着我最漂亮的手杖，我差点换上另一件难看的背心。这又是好运气一桩。我们期望的重大事件从来不会正如我们所预料的那样发生，因为缺少我们以为可以指望的那些有利条件；而我们并不希望发生的其他重大事件却接踵而至，与之相辅相成。我们是那样担心最坏的事，最后我们竟会认为，就总体而言，偶然还算是帮了我们的忙。

“若是结识了她们，我该多高兴！”我走到埃尔斯蒂尔跟前，对他说。

“那您为什么躲在十里开外呢？”

这就是他说的话。他之所以这样说，并非因为这表达的是他的思想。如果满足我的愿望便是他的愿望，叫我一声，岂不易如反掌？他之所以这样说，可能是因为他曾经听别人说过这一类的话，让人揪住了错的凡夫俗子是常常这么说的。他之所以这样说，还因为即使是伟人，在某些事情上，与凡夫俗子也是一样的，他们也从与那些人相同的俗套里寻找日常的遁词，就像总到同一家面包铺子里去买每日的面包一样。要么，这样的话在某种程度上应该从反面去理解，既然这些字眼的意义与真实情况相反，这种话便是某种反应所产生的必然结果、反面的图像。

“她们挺急的。”

我心想，更主要的原因恐怕是：某个人对她们不大热情，她们阻止他去叫这个人。如果不是这样，他决不会不叫我。就这些女孩，我向他提过那么多问题，他明明看出我对她们有兴趣嘛！

“我刚才正与您谈卡尔克迪伊，”我就要在他家门口与他分手时，他对我说道，“我曾经画了一幅草图，上面可以清楚看到海滩的轮廓。那张油画不算太糟糕，但已不可再提。如果您允许，为纪念咱们的友情，我把那幅草图送给您，”他接着加了一句，“拒绝给予您向往之物的人，会给您点别的东西。”

“如果您有的话，我倒很希望有塞克里本特小姐小幅肖像的照片。可是这个名字是怎么回事呢？”

“这是那个模特儿在一部莫名其妙的轻歌剧中扮演的角色的名字。”

“先生，我一点也不认识她，这您是知道的，可看您的样子，事实似乎与此相反。”

埃尔斯蒂尔沉默不语。

“那总不是婚前的斯万太太吧！”我说，突然不幸而言中。这种情况是相当少见的，但却足以给预感理论提供某些根据，如果把将这种理论归之无效的种种错误都忘记的话。

那确是奥黛特·德·克雷西的一幅肖像。她不愿保留这幅画像，原因很多。有的原因十分明显，也还有一些别的原因。画像时间较早，此后，奥黛特训练了自己的线条，将自己的面庞和身段化成了如今的这个造物。年复一年，她的理发师，她的裁缝，她自己，在她坐卧的姿势，怎么谈话，怎么微笑，手怎么放，眼神怎么传递，怎么思考上，都得遵从这个造物的大致轮廓。非得是一个餍足了的情郎堕落下去，才会像斯万那样，在他那令人心醉神迷的妻子奥黛特 ne varietur[1] 不可胜数的照片中，唯独喜爱自己卧房中那张小照。在那张照片上，人们看到的是一个相当丑陋而瘦削的少妇，戴一顶饰有三色堇花的草帽，头发蓬松，形销

[1] 拉丁语，意为永不改变。

骨立。

话又说回来，即使这幅画像并非像斯万心爱的小照那样，是在奥黛特的线条系统化，成为一个威严而又令人着迷的新式人物之前画就，而是在那之后画成，只要有埃尔斯蒂尔的眼光，也就足以将这个类型拆散。极高的温度可以将原子结构打散，根据另一种类型将这些原子按照完全相反的序列组合起来。艺术天才也能做到这一点。每日出门之前，她要在穿衣镜中严加审视，这个女人强加于自己各部分线条的那种矫饰的和谐，一定要它坚持下去。改变帽子的倾斜度，头发的光滑度，目光的活泼度，以保证这种和谐持续下去。这种和谐，大画家的目光在一秒钟之内就能将它摧毁，而以女子线条的另一种组合取而代之，以使自己心中的某种女性理想美、绘画理想美得到充分的满足。同样，也常有这样的情况，从某一年龄起，一位伟大研究家的目光到处能找到构成某种关系的必要成分，他只对这种关系有兴趣。就像那些工人和赌徒，他们不会犯难，手上来什么就是什么，对随便什么东西，他们都可以说：行，这就行。德·卢森堡亲王夫人的一位表妹，是最高傲的一位美人。她从前爱上了一种艺术，这种艺术在那个时代还是新东西。她请一位最伟大的自然主义画家为她画像。艺术家的目光顿时找到了他到处寻找的东西。在画布上，出现的不是贵妇人，而是一个跑腿的女店员，身后是成斜坡而下的紫色宽阔背景，使人想到比加尔广场[1]。一位伟大艺术家所作的女子肖

[1] 比加尔广场在巴黎蒙马特区，是妓女群集的地方。

像，不仅根本不去考虑如何满足这位女子的某些要求——例如有的女人已开始苍老，却要穿上小女孩的服装要人家给她拍照，这小女孩的服装叫她显示出仍然如少女一般的体形，显得似乎是自己女儿的姐姐甚或是自己女儿的女儿，而她的女儿站在她身旁，倒按照这种场合的需要而“打扮得十分难看”——反而将她极力掩饰的短处突出表现出来，例如发烧一般的脸色，甚至是发青发紫的脸色。正因为这些短处“极有个性”，就对画家更有吸引力。即使不走到上面那一步，有这些也就足够了，足以使趣味不高的观众幻想破灭，使他们的理想粉碎。那个女子那样自豪地支持着这种理想的骨架，也正是这种理想以其唯一的、不可制服的形式将她置于人类之外，人类之上。而现在，这个女人遭了贬，离开了她稳坐金銮不可侵犯的原型，就只不过是个平平常常的女人而已，对她的出类拔萃，我们已失去任何信心。对这种典型，一般来说，我们是那样下苦功夫，不仅表现出奥黛特式的美貌，而且表现出其个性、特点，以至站在这幅剥去了奥黛特式美貌、个性、特点的画像前，我们不仅要大叫一声：“比她丑多了！”而且要大叫：“一点也不像！”我们几乎不敢相信这就是她。我们没有认出她来。这个人，我们确实感到在什么地方曾经见过。但是这个人，又不是奥黛特。这个人的面庞、体态、神情，我们都非常熟悉。这一切使我们忆起的，不是奥黛特这个女子，她从来不采取这种姿势，她惯常的姿态绝不会勾画出这样莫名其妙而又具有挑逗性的阿拉伯图案。使我们忆起的，倒是别的女子，所有埃尔斯蒂尔画过的女子。虽然这些女子彼此很不相同，但埃尔斯蒂尔总是喜欢叫她们摆出正面姿势，足弓弯弯，露出裙外，宽大的圆草帽提在手中，草帽遮住膝部高度，与正面望上去的另一圆形——面孔呈对称呼应。总而言之，一幅天才的肖像画不仅肢解了一位女子的原型——其卖弄风骚及其利己主义的美的概念所决定的类型，而且如果这幅肖像画很古老，还会不满足于如照片那样使原型穿着过时的服饰而老化。在画像上，标志时间的不仅是女子怎样着装，还有艺术家怎样作画。这种作画方法，也就是埃尔斯蒂尔最早的作画方法，那便是提炼出对奥黛特压力最大的出身问题，因为这幅画不仅像奥黛特那时期的照片一样，把她表现为著名风流女郎中的一位后来人，而且成了马奈或惠斯勒绘的许多肖像画的同时代作品。马奈或惠斯勒这些作品的模特儿已经消逝得无影无踪，已经属于为人遗忘之物或历史的陈迹了。

我一面送埃尔斯蒂尔回家，一边在他身旁默默咀嚼着这些想法。刚刚对其模特儿身份的发现，将我引至这些思考之中。这第一个发现又导致第二个发现，那就是对艺术家其人的发现，这更加使我心慌意乱。他为奥黛特·德·克雷西画过肖像。这位奇才，这位智者，这位孤独者，这位谈吐惊人并在任何事情上都出手不凡的哲人，是否有可能就是从前维尔迪兰家收留的那个可笑而又恶习不改的画家呢？我问他是否认识维尔迪兰一家，他们那时是否凑巧给他起了一个绰号叫比施先生[1]。

他回答我说是的，并不觉得难堪，似乎这是他一生中已经相

[1] 比施意为母鹿。

当遥远的一段，似乎预料不到他在我心中会唤起极其失望的情绪。他抬起眼来，从我的面部表情上看到了这种情绪。他的面孔现出不满的表情。这时，我们已经差不多走到了他家门口。换一个理智和情感不这么高尚的人，大概就会简简单单地道一声有些干巴巴的再见，此后便避免再与我见面了。埃尔斯蒂尔并没有这样对我。作为一个真正的导师——从纯创作观点来说，说不定好为人师是他唯一的缺点，因为一个艺术家，为了在精神生活上完全站在真理一边，应该保持孤独，而不要挥霍自我，哪怕是对一些弟子——在任何情况下，为了对年轻人最有裨益，他总是极力去开掘某一情境中所包含的部分真理，哪怕这真理对他或对别人都是相对的。与其说上几句可能会挽救自己的自尊心的话，他宁愿说几句对我有教育意义的话。

“一个人，不管多么明智，”他对我说，“在年轻时的某一阶段，没有说过什么话，甚至过着某种生活，事后回忆起来觉得很不愉快，希望将其抹掉，这样的人恐怕是没有的。但是他不该绝对地为此而悔恨，因为，只有经过所有的可笑、丑恶之现形，他才能有把握在可能的范围内变成一个贤哲。这一切可笑、丑恶的现形应该是这最后现形的先导。我知道有些年轻人，是杰出人物的子孙，他们的家庭教师从他们中学时代起便教导他们要精神崇高、道德高尚。可能他们的生活中没有任何要遮掩的地方，凡是他们说过的话，都可以发表，签上自己的名字。但是，这是一些精神贫乏的人，是理论说教者软弱无力的后代，他们的明智是消极的，是不能开花结果的。明智不能接受而来，必须自己去走一段路亲自去发现，任何人不能代替我们去走，不能免了我们这趟差，因为明智是对事物的一种观点。你钦佩的世人，你觉得端庄的仪态，并不是家长或家庭教师安排妥当的。这些东西的先导，是与此完全不同的人生开端，受到周围占统治地位的恶或俗的影响。这些代表着一场战斗，一次凯旋。我们在最初某一阶段是什么模样，那形象已模糊不清，无法辨认，不管怎么说，是不讨人喜欢的。这我明白。但是我们不应该否认这个形象，因为它是我们确实经历的见证，按照生活和思想的规律，我们从生活的共同因素中——如果是一位画家，就还从画室生活、艺术小团体中——提炼出来超越这一切的东西。”

这时我们早已走到他家门口。没有结识那些少女，我很失望。但是现在终于有了可在生活中再次找到她们的一线希望。她们已不再像从前那样只从天际闪过，我想再不会望见她们从那里出现了。在她们周围，那将我们隔绝的巨大旋涡已不再漂浮。这大旋涡不过是她们可能永远可望而不可即，永远溜掉而在我心中唤起的欲望的表现而已。这种欲望时时在心中活动，游移不定，迫不及待，惴惴不安。我对她们的渴望，现在可以放下歇一歇了，可与其他许多欲望一起储备起来。一旦知道这些欲望可以实现，我便将实现的时刻推迟下去。

我离开埃尔斯蒂尔，又是独自一人了。这时，骤然间，我尽管很失望，仍在头脑中看到了所有这一切巧合。这些巧合的出现，完全出乎我的意料。埃尔斯蒂尔正好与这些少女关系密切。这些少女，就在当天早上，对我仍是一幅以大海为背景的油画上的人物，现在她们看见了我，看见了我与一位大画家过从甚密。这位画家现在也了解我有与她们结识的愿望，一定会助我一臂之力。所有这一切都在我心中唤起无比的快乐。但是这快乐对我仍藏而不露。有的客人来到，也叫人禀报过了。但是他们要等别的客人离开，没有别人在场时才走出来。于是我们看见了他们，我们可以对他们说“我们就来见您”，并且听他们谈话。这种快乐即属于这样的客人之列。有时，在这快乐走进我们心中的时刻与我们自己可以走进这快乐之中的时刻之间，又过去了许多时刻，我们在这个空隙里又见了那么多人，以至我们担心，这快乐大概不等我们了。但是，它们很耐心，并不厌烦，一旦所有的人都离去，这快乐立即就出现在我们眼前。有时，是我们自己太疲劳了，以至觉得我们头脑衰竭，已经精神不够，无法将这些回忆、这些印象牢记心中了。而对这些回忆、这些印象来说，我们那个脆弱的自我是唯一可以居住的地方，是唯一的成形方式。我们也许会为此感到遗憾，因为只有在现实的灰尘与神奇的沙土混在一起的日子里，在某个平平常常的变故成了传奇的契机的日子里，生活才有趣味。这时，不可企及的世界的整个岬角突然从梦幻的光照中涌现出来，进入我们的生活。我们则像一觉醒来便见到了我们日夜热切向往的人一样，本来以为只有在梦幻中才会见到他们呢！

后来的几天，时间都被圣卢离去的准备工作占去，我无法继续窥视这些少女。现在，很有可能在我希望的时刻与她们结识，这给我的心灵带来了平静。这种平静尤其可贵。我的朋友对外祖母和我那样殷勤，外祖母很想向他表示一下自己的感激之情。我告诉过外祖母，说圣卢对普鲁东极为钦佩。这倒叫她有了一个主意，她吩咐人将她从前购买的这位哲学家的许多亲笔书信送来。这些东西到的那天，正是圣卢动身的前夕，他前来旅社观看。他贪婪地阅读了这些书信，恭恭敬敬地用手抚摸每一页纸，极力将每一个句子牢记在心。然后他起身告辞，请我外祖母原谅他待了这么久。就在这时，他听到外祖母回答他道：

“用不着，拿走吧，这是给您的。我吩咐人送到这里来，为的就是要送给您。”

他不禁喜形于色，并不比对一种不以意志为转移的身体状况更能控制自己。他满面通红，好像一个刚刚受了处罚的孩子。他一再道谢，并极力控制激荡全身的喜悦心情（并未做到）。我外祖母见他如此这般控制自己，更为感动。可是圣卢一直担心自己没有表达出应有的感激之情，第二天，他乘坐当地的小火车返回他所在的部队驻地时，还将身子探出车窗外，请求我原谅。实际上，他的驻地并不远。他本来想坐马车去。他晚上还要回来，并不是一去不复返时，常常坐马车。但是这一次，必须将许多行李放进车厢。他觉得坐火车走更简单些。在这件事上，他采纳了站长的意见。他征求站长意见时，那站长说，马车或者小火车，“几乎意义不清”。可他以为这句话的意思是“几乎相当”（总而言之，这与弗朗索瓦丝说“这差不多是一回事”所表达的意思差不多）。

“好吧，”圣卢得出结论说，“我就坐这九曲十八弯的小火车走吧！”

我若不是病魔缠身，也会坐上小火车，一直把我的朋友送到东锡埃尔的。我们待在巴尔贝克车站的时间里——小火车的司机不紧不慢地等一些姗姗来迟的朋友，他们不来，他是不想开车的，同时他也不紧不慢地喝着清凉饮料——我答应每周至少去看他数次。布洛克也到车站来送行——圣卢很讨厌他。圣卢见他听见自己要我到东锡埃尔去吃午饭，吃晚饭，去住，最后也对他说：

“如果您哪天下午凑巧路过东锡埃尔，我又有空，您可到司令部来找我。不过，要说有空嘛，我几乎从来就没空。”口气极为冷淡，为的是纠正发出邀请时那迫不得已的热情，防止布洛克认真对待邀请。可能罗贝也担心，我一个人不会去。他以为我与布洛克的交情要胜过我自己之所言，这样就叫我能有一个同路的伙伴，一个带动人。

我真怕这种口气，这种一面邀请一面又劝人家不要来的邀请方式会使布洛克不快，觉得圣卢干脆什么都不说也许还更好些。可是我错了。火车开走以后，我和布洛克一起离开车站，一直走到我们必须分手的两条大街交叉处。一条大街通向旅社，另一条通向布洛克家别墅。整个这段路上，布洛克一直不停地问我，我们哪一天到东锡埃尔去，因为“圣卢对我那么好”，如果不应邀前去，他未免“太感情粗糙”。我很高兴，他竟然没有发现，那邀请是用怎样毫不迫切、勉强算得上彬彬有礼的口气发出的。或许他还没有不高兴到那种程度，还愿意装作没有发现。不过我还是为他着想，希望他不要立刻去东锡埃尔，以免成为笑柄。但我又不敢向他表明圣卢远不如他那样迫不及待，也不敢给他出个主意。那主意只会使他不快。他真是太迫不及待了。虽然他这类缺点完全可以由一些杰出的优点来补救，换上更内向的人，是不会有这些缺点的。但他这样的冒昧，确实叫人恼火。照他说，我们这个星期之内非去东锡埃尔不可（我想，他说“我们”，是有点指望我去，好给他去当借口）。整整这一路，走到绿树掩映的体育场前，走到网球场前，走到市政府前，走到卖海鲜的小贩前，他都停下来，求我定一个日子。我不干。他离开我时，生气了，对我说：“请便吧，先生。不管怎么样，既然他请了我，我不得不去。”

圣卢特别担心自己对我外祖母感谢得不够。第三天我收到他一封信。在这封信里，他再次委托我向外祖母致谢。这封信是从他驻防的城市寄来的，在信封上邮局盖上了邮戳，上有那个城市的名称。这封信似乎向我飞奔过来，对我说，在路易十六骑兵团军营的四堵墙内，他思念着我。信纸上印着马桑特的家徽，我从上面分辨出一头雄狮高踞于一花环之上，花环下方是一顶法兰西元老帽构成的圆形。

“旅途顺利，”他在信中告诉我，“一路阅读在车站上购买的一本书。这本书的作者叫阿费德·巴丽纳[1]（我估计这位作者是俄国人，一个外国人能写得这么好，我觉得真了不起。告诉我，您对此书如何评价吧！您大概很熟悉，您是无书不读的渊博学者）。我现在又回到这粗俗的生活中。唉！我觉得自己在这里简直是被流放。我留在巴尔贝克的一切，在这里是没有的。在这种生活中，

[1] 阿费德·巴丽纳是露意丝·塞西尔·万桑（1840—1908）的笔名，她是《论坛报》的撰稿人，著有研究贝尔纳丁·德·圣–彼埃尔、缪塞的作品，也曾向法国读者介绍易卜生、斯宾塞和托尔斯泰。

我找不到任何温馨的回忆，任何智慧的魅力。您一定会蔑视这样的生活环境，不过这种生活也并非没有任何动人之处。自我上次离开这里以来，我好像觉得一切都变了样。因为在这期间，开始了我生命中最重要的一个时代，也就是我们的友谊开始的时代。我希望这个时代永远不要结束。我只向一个人谈到这个时代，谈到你，这个人就是我的女友。她出我意料地来到我身边，我们一起度过一个小时。她很希望与您结识，我想你们一定会谈得很融洽，因为她也非常爱好文学。为了回忆咱们的交谈，为了重温我永远不会忘记的那些时刻，我躲开了我的同伴。他们是些很好的小伙子，但是我对他们说这些，他们可能无法理解。对于与您一起度过的那些时光，第一天，我几乎更喜欢自己单独回忆，不给您写信。可是，您思维细致，性情极为敏感，又怕您收不到我的信胡思乱想。您肯俯就这个粗野的骑兵，但是要把他改造得文雅一些，更细腻一些，更与您相称一些，您可要下大功夫。”

这封信，因为充满柔情，与我自己凭空想象的他给我写的信很相像。我那时尚未结识圣卢。后来，他第一次接待我时非常冷淡，使我从幻想中清醒过来，面对冰冷的现实。这冰冷的现实倒没有永远那般一成不变。

我收到此信以后，每当午餐时刻信件送到时，哪一封信如果是他寄来的，我立即会认出来，因为这信总具有一个人不在时所显示出来的第二张面孔。从这张面孔的线条（笔迹的特点）上，我们没有任何理由认为我们抓不住一个人的心灵，正像我们从鼻子的线条或声音的抑扬顿挫上能抓住人的内心一样。

现在，撤掉餐桌上的杯盘碗盏时，我心甘情愿地坐在桌旁了。如果不是那群少女可能经过的时刻，我就不只是朝大海那边凝望了。依然斜放着的刀叉那中断了的动作，凌乱的餐巾那鼓起的圆形，阳光又在上面增添了一块黄色的丝绒，半空的酒杯更加显示出其形状上那美妙的下小上阔，在半透明玻璃而又似乎凝聚着目光的杯底，残酒颜色很深却熠熠生辉；移动容器，光照引起液体饮料的嬗变；在已经半空的高脚水果盘里，李子从绿到蓝，从蓝又变成金色；用旧的椅子移来移去，每天两次来到桌布四周落座；桌布铺放停当，好比在祭坛上铺放停当，在这里举行美食庆典一般。桌布上，牡蛎壳底还残留着水晶般清澈的几滴汁，如同石雕的小小圣水缸中的几滴水。自从在埃尔斯蒂尔绘的水彩画上看见了一些这样的东西之后，我极力在现实中重新找到这些东西。我喜欢这些东西，正如我喜欢具有诗情画意的某些东西一样。在我从未设想过有美的地方，从最常用的物件中，从“静物”的深沉生命中，我极力寻找美。

圣卢走了几天之后，我终于促成埃尔斯蒂尔举办一次小小的招待会。招待会上，我将会遇到阿尔贝蒂娜。我走出大旅社时，人们感到我魅力无穷，风度翩翩。这完全是暂时性的（而且由于经过长时间的休息和精心的打扮），未能将这魅力与风度保留下来（也未能将埃尔斯蒂尔的信任保留下来）去征服某一更有意义的他人，我深以为憾。花费那么多心血，就是为了得到与阿尔贝蒂娜相识的快乐，我也深以为憾。自从这一快乐有了保证以后，我的理智就认为这一快乐并不珍贵了。但是在我内心，意愿无时无刻不在分享这一幻觉。意愿是我们不断变幻、接踵而至的个性坚韧不拔、永恒不变的奴仆，他躲在暗处，受人蔑视，不倦地保持忠诚，不顾我们的自我千变万化，不断地为使我们永不缺少必需之物而辛劳。一次向往已久的旅行即将变为现实的时候，理智和感性开始自忖这次旅行是否确实值得一去。意愿知道，如果这趟旅行无法成行，这些无所事事的主人立刻又会觉得这次旅行一定妙不可言，便任凭这二位主人在车站前无止无休地说下去，更加踌躇不决。但是，他负责买票，并按开车时间将我们安顿在车厢里。正如理智和感性变化无常一样，意愿则是永恒不变的。但是，由于它默默无言，并不道出自己的缘由，看上去它似乎不存在。我们自我的其他部分清清楚楚地辨别出自己没有把握的时候，却不知不觉地保持着坚定的决心。当我从大穿衣镜中望着毫无用处、不堪一击的各种装饰物时，我的感性和理智便展开了一场辩论，辩论的内容是结识阿尔贝蒂娜的快乐究竟有什么价值，说不定感性和理智希望将这些东西完好无损地保留起来，为另一场合所用。但是我的意愿不允许应该出门的时刻过去，它将埃尔斯蒂尔的地址交给了车夫。既然抽签已经完毕，我的理智和感性便有了闲工夫感到这很遗憾。如果我的意愿给的是另一个地址，我的理智和感性很可能就上当受骗了。

过了一会儿，我到了埃尔斯蒂尔家。最初我以为西莫内小姐不在画室内。确实有一位少女坐在那里，身穿丝绸长裙，头上没戴帽子。但是，那秀发，那鼻子，那面色，我都不认识。我从一个漫步海滩、头戴马球帽、骑自行车的少女身上归纳出的那个实体，在这些地方我没有找到。可是，她确是阿尔贝蒂娜。甚至得悉了这一点之后，我也没有多留意她。一个年轻人，走进一处社交聚会时，这个人的自我就已经死亡，他变成了迥然不同的另一个人。整个沙龙是一个新天地，在这个新天地中，人们受着另外一种精神环境规律的制约，将注意力完全集中在跳舞、牌局上以及一些人上，似乎这些人和事对我们永远至关重要，实际上，到了第二天便忘个一干二净。为了向与阿尔贝蒂娜交谈几句这个目的走去，我不得不走一条根本不是由我开辟出来的路线。这条路首先停在埃尔斯蒂尔面前，然后又经过其他好几群客人。有人向这些客人报出我的名字。此后这条路沿着冷餐台延伸，在那里，有人给我送上草莓饼。我将草莓饼吃掉，一面一动不动地听着开始演奏的一首乐曲。对这个阶段，恰巧我都赋予将我介绍给西莫内小姐同样的重要性。将我介绍给她，无非是这各个阶段中的一段。在那之前几分钟，我已经完全忘记了这是我前来的唯一目的。再说，在实际生活中，我们真正的幸福时刻以及我们遇到大灾大难的时刻，不也是如此吗？在许多他人中间，从我们心爱的人口中，得到了我们等待了一年之久的肯定答复或者要命的答复。但是必须继续与人聊天，各种念头相继涌来，形成了一个表面。灾难已降临到我们头上，这个深而狭的记忆，只能不时地在这个表层之下无声地显露出来。如果不是不幸，而是大幸，则可能只有过了数年之后，我们才忆起，我们感情生活中最重大的事件原来发生在一次社交聚会中，我们就是怀着对这件大事的期待去参加那次社交聚会的。而当时我们根本没有时间对这件事给予长时间的注意，几乎没有时间意识到其重要意义。

埃尔斯蒂尔要我过去，以便将我介绍给坐在稍远些的阿尔贝蒂娜的时候，我先将一个咖啡奶油小糕点吃完，然后很有兴味地请我刚刚认识的一位长者详细给我谈谈某些诺曼底地区集市的情况。这位老先生对我扣眼上的那朵玫瑰花十分欣赏，我想可以把这朵花赠送给他。这并不是说，接踵而来的介绍没有引起我任何快乐，在我眼中此事并不具有什么重要性。要说快乐嘛，自然我只在稍晚些时候才体会到，是我回到旅社，一人独处，又变成了我本人之后。有些快乐与拍照相似。心爱的人在场时，拿到的只是一张底片，然后回到自己家中，可以使用内部暗室时，才将这底片冲印出来。只要待客，暗房的入口便“关闭”着。

我的快乐体验虽然这样推迟了几个小时，这次介绍的重要性，我倒是立刻就感觉到了。介绍时，尽管我们感到自己忽然得到赏赐，握着一张“券”，适用于今后的快乐。我们朝思暮想希望得到这张“券”，已经好几个星期。我们也清清楚楚地明白，对我们来说，得到这张“券”不仅仅结束了艰苦的寻找——这只能使我们充满欢乐——而且也结束了某一个人的存在。这个人，我们的想象将他歪曲了，我们惴惴不安，担心他永远不会认识我们，又使他变得格外高大。我们的名字在介绍人口中响亮道出的时候，特别是如果介绍人又像埃尔斯蒂尔那样把我们的名字夹在赞扬之词之中的时候——这个行圣事的时刻，与鬼怪故事中妖精一声“变”，一个人骤然变成另一个人那个时刻很相似——我们热切希望接近的那个女子骤然消失了：首先，她怎么能仍然如同从前她本人一样，既然——由于陌生女子不得不重视我们的名字，不得不注意我们这个人——在昨日还位于无限远的双眸中（我们以为，我们自己那游移不定、目光分散、伤心失望、漫不经心的双目永远也不会与她相对而视），我们原来寻找的有意识的目光，无法辨认的思绪，顷刻间就被我们自己的形象神奇而又十分简单地代替了。那形象就好比绘在笑容可掬的一面镜子深处。如果我们本人化成了与我们最不相像的人，这种转化也会极大地改变人家刚把我们介绍给他的那个人，他的形状就更相当模糊。我们可以自忖，他到底是神像、桌子还是脸盆。[1] 但是，陌生女郎就要开口对我们说的几句话，就和那些五分钟之内在我们眼前就能塑成一座胸像的蜡像家一样灵巧。这几句话使这个形状明确了起来，而且赋予这个形状某种决定性的因素，会将前一天我们的欲望和想象力发挥出来做出的全部假设一扫而光。无疑，即使来参加这个招待会之前，阿尔贝蒂娜对我来说已不再完全是那个值得扰乱我们生活的唯一幽灵。我们一无所知、勉强看清模样的一个过路女郎，一直是幽灵。她与邦当太太是亲戚，这已经限制了那些美丽的设想，已经堵住了美丽设想能够传播的一条路。随着我越来越接近这个少女，对她了解得越来越多，这种了解反倒要以减法计算了，欲望和想象的每一部分，都为一个价值小得多的看法所代替。确实，这看法之上又加上了一种在生活方面，与财团归还最初股份之后

[1] 此处影射拉封丹寓言第 9 卷第 6 个寓言《雕刻家和朱庇特的像》：“一块大理石是这样的漂亮，一个雕刻家去把它买下。他说：‘我的刀要把它刻成什么呢？是刻成神像、桌子还是脸盆？’”

之所予完全相同的东西，财团称之为本金已还股。她的姓，她的亲戚，给我的设想加上了第一个边框。我站在她身边，又在她眼下的面颊上看到了那颗小小的美人痣。她那和蔼可亲的样子又是一个界限。最后，我听到她该用“完全”这个副词时却使用“完美”这个副词，真是大吃一惊。她是在谈论两个人，对一个人她说：“这个人完美得疯疯癫癫，但待人依然非常热情。”对另一个人，她说：“这位先生完美得平平常常，完美得令人厌倦。”这样使用“完美得”一词令人不快，但是这可以表明一个人的教养、文化程度。我还真无法想象一个骑自行车的荡妇、玩高尔夫球饮酒纵乐的缪斯能达到这样的水平。此外，这也不妨碍阿尔贝蒂娜经过这第一次变形之后，在我看来又变了好多次。一个人摆在你眼前所显露出来的优缺点，如果我们从另外一个不同的角度走近它，这些优缺点会以完全不同的形式排列起来。正像在一座城市中，从某一条线来看，其名胜古迹分布得很零乱，而从另一观点来看，它们则错落有致，以其各自的宏伟而交相辉映。刚一开始，我觉得阿尔贝蒂娜的神情非但不是桀骜不驯，反而很胆怯。对于我与她谈到的每一个少女，她都加之以“她风度很差”或“她看上去很怪”这样的形容语。由此判断，我似乎觉得她很像样而不是毫无教养。最后，她面孔上的瞄准点是有一侧太阳穴相当火红，看上去很不舒服。她那奇异的眼神也令人不舒服，直到现在我还一直忘不了这眼神。但这还只是第二眼，肯定还有其他的地方，我会渐渐地走过去。正是这样，并非不经过摸索，只有辨认出了刚开始时观察的错误，才能达到对一个人的正确认识，如果这种认识是可能的话。但是，认识是不可能的。因为当我们对这个人的视角不断校正时，他本人并不是一个静止不动的目标，他自己又变了。我们以为能追上他，但他又移动了位置。我们以为终于将他看清楚了，但是我们捕捉到的仅仅是从前的影像。我们终于将这些影像搞清楚了。但是这时，这些影像已经再也不代表他了。

然而，朝着依稀望见的事物走去，朝着有工夫想象出来的事物走去，这个过程，不管会带来怎样不可避免的失望，对于感官来说，都是唯一健康、有益的过程，能吊住人的胃口。有的人，出于怠惰或腼腆，坐了马车直接到他们认识的朋友家里去。到达之前，在路上看见自己向往的东西也从来不敢停一停。这些人的生活该是多么单调乏味啊！

我回到住处，一面想着这次招待会，眼前又浮现出我乖乖跟随埃尔斯蒂尔到阿尔贝蒂娜身边之前吃完的那块咖啡奶油小糕点，浮现出我送给那位老先生的那朵玫瑰花。所有这一切，我们不知不觉而由情景选择下来的细节，对我们来说，经过精心而又偶然的安排，构成了首次相逢的画幅。但是，这幅画，我似乎是从另一个角度去看的，是在距我自己很远的地方。我明白了，这幅画不仅仅对我来说是存在的。几个月以后，我与阿尔贝蒂娜谈起我认识她的第一天时，使我大为惊异的是，她也跟我提起奶油小糕点，我送人的花。我认为的一切，当然我不能说这只对我有重要意义，但是，这只是我自己的感受。现在我在阿尔贝蒂娜的思想中也见到了，它转化成了另一种说法，我根本想不到这会存在的。

从这第一天起，我一面走回住处，一面便得以看到我刚才转述的那种回忆，这时我明白了，完全是变了一个什么魔术，叫我与一个人谈了一会儿。魔术师技艺高超，这个人竟然与我在海滨跟踪了那么久的那个少女毫无共同之处，而那个人被这个人所取代了。何况我本来可以事先预料到这一点，因为海滨少女本是我自己杜撰出来的。虽然如此，因为我在与埃尔斯蒂尔的交谈中，已将那个少女与阿尔贝蒂娜等同起来，我便感到对阿尔贝蒂娜负有一种道德义务，要实践自己向想象中的阿尔贝蒂娜许下的爱情诺言。由别人代理订了婚，就自以为此后必须娶这个插进来的人为妻不可了。此外，一回忆起那得体的风度，“完美地平平常常”的说法以及那火红的太阳穴，就足以平息我的忧虑。这种忧虑至少暂时从我生活中消失了。回忆这些还在我心中唤起另一种欲望。这种欲望虽然很甜美，丝毫不痛苦，与对兄弟姊妹的情感相似，但是时间长了，也会变得危险，叫我随时随地感到需要将这个新认识的人拥在怀中。她那得体的举止，腼腆的表情，出人意料的随和，使我想象力那毫无用处的驰骋停止下来，又产生了动情的感激。然后，由于记忆立即开始取出相互独立的一张张底片，在记忆展现的底片系列中，将底片上显现的各个场景之间的任何关联，任何进展全取消了，最后一张底片不一定就能毁掉前面的各张。面对着我与之交谈过的那个平平常常、令人动情的阿尔贝蒂娜，我又看见大海对面那个神秘的阿尔贝蒂娜。到此刻，全是一些回忆，也就是一些画面，在我看来，此一幅并不比彼一幅更真实。

为了再也不想这介绍相识的第一个晚上，我又极力想再看看眼睛下面、面颊上的那颗小小的美人痣。我想起阿尔贝蒂娜离开埃尔斯蒂尔家的时候，我看见这颗痣是在下巴颏上。总而言之，我看见她时，我注意到她有一颗美人痣，但是我那游移不定的记忆随后又带着这颗痣在阿尔贝蒂娜的面庞上漫游，一会儿放在这儿，一会儿放在那儿。

我感到与我认识的所有少女相比，西莫内小姐与她们几乎无甚差异，这让我颇为失望。但是，正像我对巴尔贝克大教堂深感失望并不妨碍我想去甘贝莱、阿方桥和威尼斯一样，我心中暗想，虽然阿尔贝蒂娜本人并非我所希望的那样，至少可以通过她认识她那一小帮朋友。

开始时，我以为在这件事上我又要遭受挫折。她大概还要在巴尔贝克待很久，我也一样，所以我认为最好不要太千方百计地去见她，而等待时机来临，叫我与她相遇。结果我每天都遇到她，她每次只是满足于老远地回我一个招呼。这真叫人担心：如此下去，这整个夏季里，我每天反复跟她打招呼，事态却可能毫无进展。

过了不久，一天早晨，一场雨过后，天气很凉。海堤上，一个少女向我走来。她戴着一顶无边帽、一副套袖，与我在埃尔斯蒂尔家的聚会上见过的那个少女截然不同，以至我头脑怎么也转不过弯来，会从她身上认出这二者是同一个人。经过一秒钟的惊异，我的脑子总算转过来了。我想，那一秒钟的惊异，并没有逃过阿尔贝蒂娜的眼睛。另一方面，此时此刻我回忆起曾给我留下深刻印象的“得体举止”，此刻她粗暴的口气和“小帮少女”的举止又令我朝相反方向大吃一惊。此外，太阳穴不再成为面孔上的视力中心。也许是因为我处在另一边，也可能是无边帽遮住了太阳穴，也可能是那太阳穴并不总是发炎。

“这是什么天啊！”她对我说，“总而言之，说巴尔贝克夏季无尽头，纯粹是胡说八道！怎么，您在这什么也不干哪！从来也没见过您打高尔夫球，去游艺场参加舞会。您也不骑马。您该多烦闷啊！您不觉得一天到晚待在海滩上，人都变傻了吗？啊！您喜欢当蜥蜴[1]？您倒是有时间。我看出来，您跟我不一样，我对各种运动都酷爱！拉索尼赛马，您没去吧？我们坐火车去的。我明白，坐这样的破车，您不会觉得好玩！我们路上花了两个小时！有那工夫，骑我的破车，已经打上三个来回了！”

因为这铁路弯弯曲曲，圣卢将这条地方性的小铁路自然而然地称为“九曲十八弯”，我对他已经十分佩服。现在阿尔贝蒂娜轻而易举地说什么“破车”，又叫我吓了一跳。我感觉到她在指称方式上运用自如，我真怕她发现我在这方面是个庸才，并且因此看不起我的无能。不过，到那时为止，那一小帮少女用来指这条铁路所用的丰富同义词，尚未在我面前显露出来呢！

阿尔贝蒂娜说话时，头部保持不动，鼻翼紧缩，只活动双唇。结果是带着拖腔，鼻音很重。这种声调的组成部分里，可能有外省遗传，年轻人故意模仿英国人的冷漠和外国女教师上课，以及鼻黏膜充血性肥大等各种因素。这种腔调，待她对人了解更深，

[1] 指晒太阳。

自然而然又变得孩子气时，很快就消退了。这声调本来可以叫人觉得很不舒服，可是，又别有风味，令我着迷。每当一连数日没有与她见面时，我就心浮气躁起来，一面还用她说这话时那种鼻音很重的腔调，人站得笔直，头部一动不动，自己反复说：“从来没见过您玩高尔夫球。”这时我便认为没有什么人比她更合我的心意了。

人们一对一对，聚拢，停步，以此装点海堤，交谈几句马上又散开，每人沿自己散步的路线走去。那天早晨，我们也构成了这样的一对。我利用静止不动的时刻仔细观看，终于确切知道了那颗美人痣位于何处。凡德伊的《奏鸣曲》中有一段乐谱令我陶醉，但在我的记忆中，这段乐谱从行板到乐曲游荡不定，直到有一天，我手中握着乐谱，才找到了这个段落，并在我的记忆中将它固定在自己的位置上，原来是在谐谑曲中。与此相同，我一会儿忆起那颗美人痣在面颊上，一会儿又记得是在下巴上。现在，这颗痣永远停留在鼻子下方的上唇上了。有些我们倒背如流的诗句，忽然我们在一个剧本里碰到，太出乎我们意料了。以上情形也是如此。

这时，阿尔贝蒂娜的女友们显露出她们这一群的身影，双腿动人，身材苗条，彼此又那样各不相同。这一群身影越来越大，依傍着大海，呈平行线朝我们走来，仿佛这些沐浴着阳光和海风，既身披霞光又红光满面的处女展开美丽的队形，构成丰富多彩而又富有装饰美的整体，要以其形状的千变万化，自由自在地在大海面前繁衍滋长。我请求阿尔贝蒂娜允许我陪她走上一会儿。可惜她只向她们挥了挥手打招呼。

“对您的朋友们这样不理不睬，她们会埋怨的。”我对她说，心里希望着我们能和她们一起散步。

这时一个五官端正的小伙子，手里拿着球拍，走到我们跟前。他就是那个玩纸牌时其荒唐行为令法院首席审判官的太太气愤不已的人。他态度冷淡地、无动于衷地向阿尔贝蒂娜问好，显然自以为他那高人一等就表现在这种神情中。

“奥克达夫，您从高尔夫球场来吗？”她问道，“一切顺利吗？体力好不好？”

“噢，真恶心，我晕晕乎乎的。”他回答。

“安德烈也在吗？”

“在，她打了七十七。”

“噢，这是个纪录嘛！”

“昨天我打八十二呢！”[1]

此人是一位工业巨富的儿子，据说其父在下届万国博览会[2]的组织工作中要扮演相当重要的角色。这个小伙子以及这些少女十分罕见的几位男性朋友，对于一切有关服装、着装、雪茄、英国饮料、马匹的事所掌握的知识真是极善其详，无所不知，令人骄傲，已达到学者那默默无言的谦虚程度。但是这些知识单独扩展，并未伴随着哪怕一丝一毫精神文化修养，实在叫我吃惊。他对于

[1] 此段话暴露出作者对高尔夫球游戏的规则知之甚少。

[2] 如果我们肯定普鲁斯特此次巴尔贝克之行是在 1898 年，“下届万国博览会”便是 1900 年那一届。

无尾常礼服或睡衣怎样穿适宜丝毫无须犹豫，而想不起在什么情况下是否可以使用某一个词，甚至对于最简单的法语规则也搞不清楚。两种文化如此不调和，在他父亲身上大概也是如此。他的父亲是巴尔贝克房地产主联合会主席，在致选民的一封公开信中，竟有这样的词句："我本想见见市长与他聊聊这个问题。他不肯听取我有正当理由的不满。"他不久前吩咐在每一面墙上都贴上这封信。

奥克达夫在游乐场中，在波斯顿牌戏、探戈等各种比赛中都经常得奖。如果他愿意，这会使他在"洗海水浴"这个阶层中结成一门好亲事。在这个阶层中，说少女嫁给她们的"舞伴"，那是本义，而不是引申意义。[1]

他一面对阿尔贝蒂娜说"对不起"，一面点燃一支雪茄，那样子似乎是请求对方允许自己一面聊天一面结束一件要紧的工作。因为他从来无法"待在那儿什么事都不干"，虽然他实际上从来什么事都不干。完全无所事事，到最后会与辛劳过度产生同样的效果，无论是在精神上还是在身体上，都是如此。奥克达夫那沉思默想的前额遮掩着他从来不动脑筋的事实，尽管神情安详，最后还是毫无效益地渴望思考。这种渴望使他深夜难以成眠，正如一位劳累过度的玄学家也会难以入睡一样。

我以为，如果我认识这些少女的朋友，就会有更多的机会见

---

[1] 在法语中，"嫁"（épouser）这个词的引申意义是"配合默契"，所以"嫁给她们的舞伴"也可理解为"与她们的舞伴配合默契"。这里说的是真正嫁给某人，所以说"是本义"而不是"引申意义"。

到她们，于是立刻准备要求将我介绍给奥克达夫。奥克达夫嘟哝着“我晕晕乎乎的”走了。他一走，我便对阿尔贝蒂娜谈了上述想法。我希望这样她会牢记在心，下次就会这样做。

“可是，”她大叫起来，“我不能将您介绍给一个小白脸！这地方，这种人多得很！他们无法跟您谈话。这一位玩高尔夫球很棒，如此而已。我很清楚，他压根不是您这种人。”

“您这样抛下您的女友们，她们该埋怨了。”我对她说，心中希望她会向我提议与她一起去追她们。

“不会的，她们根本不需要我。”

我们与布洛克走了个头碰头，他对我机智而意味深长地笑笑。见到阿尔贝蒂娜，他又有些难堪。他不认识阿尔贝蒂娜，或者至少是只闻其名而“未见其人”，他做了一个僵硬的叫人讨厌的动作，将头朝衣领方向低了下去。

“这个怪物叫什么名字？”阿尔贝蒂娜问我道，“我不知道为什么他跟我打招呼，既然他并不认识我。所以我没还礼。”

我来不及回答阿尔贝蒂娜的话，布洛克已经直冲我们走过来了。

“请你原谅我打断你的话，”他说，“我想告诉你，明天我到东锡埃尔去。我不能再等，再等就不礼貌了，圣卢-昂-布雷对我不知已经怎么想了呢！我通知你，我坐两点钟的火车去。请你安排。”

我这时一心想着再与阿尔贝蒂娜见面并设法结识她的那些女友。东锡埃尔，她们并不去；我去了，回来时就要错过她们到海滩上去的时刻。所以我觉得东锡埃尔简直是世界的尽头。我对布洛克说，我不能去。

“那好，我自己去。我要引阿鲁埃老爷[1]两句可笑的亚历山大体诗，对圣卢说：

“你要知道，我的义务不取决于他的义务。

“如果他愿意，他不尽义务好了。但我应尽我的义务。

“这样以便引诱他的教权主义。”

“我承认他是相当漂亮的小伙子，”阿尔贝蒂娜对我说，“可他真叫我讨厌！”

我从未想过布洛克会是美男子。不过他确实是。他的头有些鼓，鼻子有鹰钩，神情非常高雅，又显出对自己的高雅十分自信的样子，他的面部叫人看上去很舒服。但是他不会讨阿尔贝蒂娜喜欢。说不定这是由于阿尔贝蒂娜的缺点所致，由于这一小帮少女生硬，无动于衷，由于她们对凡是小圈子以外的东西全很粗暴。后来，我给他们做介绍时，阿尔贝蒂娜对布洛克的厌恶有增无减。布洛克属于某一阶层，在那个阶层里，人们一方面对上流社会任意诽谤，一方面对一个“双手干干净净”的人应该有的良好举止又表示出充分的尊重，结果在二者之间来了个特别的妥协，既有别于上流社会的举止，又不管怎样，总是显出一种特别可憎的交际客套。人们将他介绍给别人时，他弯腰鞠躬，既带几

[1] 阿鲁埃为伏尔泰之本姓。但这几行诗作者并非伏尔泰，而是高乃依，为其剧本《波利耶克特》中女主角波莉娜之台词。布洛克在这里暴露出他既“学究气”——因为他称伏尔泰为“阿鲁埃老爷”，又很无知——将高乃依的诗句安到伏尔泰头上。

分怀疑地微微一笑，又带着过分夸大的恭敬。如果对方是一位男子，他总是说：“先生，很荣幸。”那嗓音似在嘲笑自己道出的话语，同时又意识到这嗓音属于一个并非粗野的人。这第一秒钟用在一个他既遵守又加以嘲笑的习惯上（就像他一月一日时说“我祝您一年称心如意”一样），然后他露出机敏而狡猾的神情，并“高声道出很微妙的事情”。这些事情常常饱含真理，但是叫阿尔贝蒂娜“受不了”。那第一天，我对她说他叫布洛克时，她便大叫起来：

“我可以打赌，他是个犹太鬼。装出彬彬有礼的德行，正是他们那一套。”

此外，布洛克后来大概又以另外的方式叫阿尔贝蒂娜恼火。正如许多知识分子一样，他不会将简单的事情简简单单地说出来。他为每一事物寻找一个讲究的形容词，然后又大而化之。这叫阿尔贝蒂娜十分讨厌，她不大喜欢别人管她的事，也不喜欢她扭伤了脚，安安静静待着的时候，布洛克说的那句话：

“她坐在长椅上，但是作为普遍现象，她不停地同时来往于隐隐约约的高尔夫球和普普通通的网球之间。”这无非是“文学手法”而已。但是阿尔贝蒂娜感到这会在她与一些人的相处中造成困难。她拒绝了那些人的邀请，说她动弹不了。正因如此，这便足以叫她讨厌那个说出这些话的小伙子的面孔和嗓音了。

我与阿尔贝蒂娜分手，相互许下诺言要一起出去游玩一次。我与她谈过了话，但是不知道我的话语落在何处，不知道我的话语起什么作用，仿佛不知道我是否将石头扔进了无底的深渊一样。一般来说，倾听我们话语的对象，用他从话语要旨中提炼出的意义来充实这些话语，而这个意义与我们赋予这些话语的意义又很不相同。这是日常生活不断向我们揭示的一个事实。更甚之，如果就在一个人的身旁，而我们对这个人所受的教育觉得无从想象（如阿尔贝蒂娜所受教育之于我），对他的爱好，读的书，做人原则都不了解，我们就不知道，是否我们的话语会在他身上唤起某种感觉，这与要在动物身上唤起某种感觉更为相似，因为对动物，还是可以叫它们明白某些事情的。因此，设法与阿尔贝蒂娜交往深厚起来，在我看来，似乎是与未知数接触，如果不说是与不可能接触的话。这似乎是与驯马一样艰难，与养蜂或栽种蔷薇一样费劲的事。

几个小时以前，我还以为阿尔贝蒂娜以后只会对我的招呼远远应答。刚才我们分手时已经做出了一起出游的计划。我在内心里向自己许下诺言，以后再遇到阿尔贝蒂娜时，我要对她更大胆一些。我要对她说什么，甚至（既然我完全得到她大概很轻佻的印象）要向她要求什么快乐，我全都提前订出了计划。但是人的思想，像花草，像细胞，像化学元素一样，是可以受影响的。如果将思想深入环境之中，那么改变思想的环境，便是情境，是一个新的环境。当我再次和阿尔贝蒂娜在一起时，由于她的在场这个事实本身，我便与平时不同了，结果我对她说的话与我事先计议中的话完全不是一回事。然后，我回忆起那发炎的太阳穴，我又自问是否阿尔贝蒂娜会更欣赏另一种殷勤，她会明白那是不图什么的殷勤。总而言之，在她的某些目光、某些微笑面前，我感到尴尬。这些目光、微笑既可以意味着作风轻浮，也可以意味着一个天性活泼但秉性正直的少女的快活。脸上同一个表情，语言上同一表达方式，可以具有不同的含义，我简直就像一个学生面对拉丁语翻译练习的重重困难一样犹豫不决。

那一次，我们几乎立刻就遇到了那个高个子的姑娘。她叫安德烈，就是从首席审判官身上跳过去的那个女孩。阿尔贝蒂娜不得不将我介绍给安德烈。她这位女友双眸极为清澈明亮，感觉就像在绿荫遮掩的一套房间里，从一扇敞开的门走进面向阳光和阳光普照的大海那绿莹莹的反光的一间卧房一样。

五位男士走过去，自从我来到巴尔贝克，经常看见他们，非常面熟。我心里经常琢磨他们是什么人。

“他们不是很阔的人，”阿尔贝蒂娜现出蔑视的神情，冷嘲热讽地对我说，“那个染头发的小老头，戴黄手套，长得还可以，是不是？他很会做怪相，他是巴尔贝克的牙科医生，人很正直。那个胖子，是市长。不是那个小矮胖子。那小矮胖子，您大概见过，他是舞蹈教师。他长得怪难看的，很受不了我们，因为我们在游艺场太吵闹，不是把椅子弄坏了，就是想不用地毯跳舞什么的，所以他从来不让我们得奖，虽然只有我们会跳舞。牙科医生是个正直的人，我本应该跟他们打个招呼好气死那个舞蹈教师。可是不行，因为还有德·圣克瓦先生和他们在一起，这个德·圣克瓦先生是董事长，出身于贵族家庭，可是为了金钱，这个家庭和共和党站到一边去了。没有哪一个正直的人和他打招呼。由于内阁的关系，他认识我叔叔。但我家其余的人都不理睬他。那个穿风雨衣的瘦子，是乐队指挥。怎么！您不认识他？他弹琴简直是仙乐。您没去听 *Cavalleria Rusticana*[1]。啊！我觉得那真是尽善尽美！他今晚还举行音乐会，可是我们不能去，因为今晚的音乐会是在市政府大厅举行。和游艺场没关系，但在将基督像摘走了的市政大厅，如果我们要去，安德烈的母亲说不定会气得中风的！您会对我说，我的姨父也在政府中任职嘛！可是，那有什么办法？姨妈就是姨妈。并不因此我就得喜欢她！她从来只有一个愿望，那就是把我甩了。真正给我当母亲，而且具有双倍功德的，倒是一位女友，因为她与我一点亲戚关系也没有，我就像爱母亲一样爱她。以后我给您看她的照片。”

有一阵，高尔夫球冠军和玩巴卡拉纸牌戏的奥克达夫走过来和我们说话。我以为发现了我们之间有一种关联，因为从谈话中我得知，他与维尔迪兰家沾点亲，而且还相当为他们所喜爱。但是他谈起那大名鼎鼎的星期三时，满怀蔑视地加上一句：维尔迪兰先生根本不知道穿无尾常礼服。他还说：在某些杂耍歌舞剧院碰到他，真叫人难堪。在那种地方，可真不喜欢听到一位身穿平时的上装、系着黑领带、乡村公证人模样的先生大喊大叫地对你说：“你好啊，淘气的孩子！”

后来，奥克达夫离开了我们。过了一小会儿，我们又碰上了

[1] 意大利语《乡村骑士》。这是意大利作曲家玛斯卡尼的作品。普鲁斯特在此突出阿尔贝蒂娜对意大利歌剧的热衷，以显现其趣味不高，因当时法国的高等人物对意大利歌剧一律嗤之以鼻。

安德烈。散步了一程，她一句话也未对我讲。走到她家那木屋别墅前，她便进去了。我要阿尔贝蒂娜注意，她的女友对我是多么冷淡，并且阿尔贝蒂娜好像很难将在我和她的女友们之间建立起亲密的关系与埃尔斯蒂尔为了实现我的期望似乎第一天就撞到了敌意上这两件事联系在一起。正在这时，一些少女经过，是昂布勒萨克家的各位小姐。我向她们打招呼，阿尔贝蒂娜也向她们问好。这种情形，使我对安德烈的离去更感遗憾。

我想，在与阿尔贝蒂娜的关系上，我的地位会即将得到改善。这几位小姐是德·维尔巴里西斯夫人一位亲戚的女儿，这位亲戚也认识德·卢森堡亲王夫人。德·昂布勒萨克夫妇非常富有，在巴尔贝克有一所小小的别墅，但是他们过着最简朴的生活，丈夫总是穿着同一件上装，妻子总是穿一条深色长裙。夫妻二人见了我外祖母总是恭恭敬敬地问候，但并无所图。女儿们，天生丽质，衣着更为华丽，但那是城市的华丽而不是海滨的华丽。她们身着长裙，头戴很大的草帽，与阿尔贝蒂娜相比，那样子属于另一种人类社会。她们是谁，阿尔贝蒂娜知道得清清楚楚。

“啊！您认识昂布勒萨克家的小姑娘？嘿，您还真认识一些很棒的人呢！不过，她们很简朴。”她补充一句，似乎这二者是相当矛盾的，“这些姑娘对人很好，但是家教那么严，家里不许她们去游艺场。这主要是因为我们，我们太不像样子。这些女孩讨您喜欢吗？天哪，说不准。她们完全是小白鹅。说不定她们有她们的魅力。如果您喜欢小白鹅，您算是如愿以偿了。看上去，她们也会讨人喜欢，既然有一个已经与德·圣卢侯爵订了婚。那妹妹也爱上了这个小伙子，这可叫她够难受的。我呀，她们讲话那嘴唇几乎不动弹的样子就够叫我腻味的了。她们的衣着也真可笑。她们穿着丝绸长裙打高尔夫球。小小的年纪，衣裳穿得比一些很会打扮的上了年纪的妇女还要自命不凡。您看埃尔斯蒂尔太太，人家才是衣着华丽的妇女呢！”

我回答说，我似乎觉得埃尔斯蒂尔太太衣服穿得简朴得多。阿尔贝蒂娜听了，大笑起来。

“确实，她衣服穿得很简朴，可是她穿得叫人心里快活。为了达到您认为的简朴，她花了好多钱呢！”

埃尔斯蒂尔太太的长裙，在一个对于衣服饰物没有踏实而简朴的审美观的人眼中，不会引起注意。我正缺乏这种审美观。照阿尔贝蒂娜的说法，埃尔斯蒂尔具有这种审美观，而且达到了最高的限度。这我倒没有料到。我也没有料到，充塞他画室的那些华丽而又简朴的东西，都是他向往已久的珍贵文物。他密切注视这些物品屡次出售的情形，了解其整个的历史，直到有一天，他攒到了足够的钱，才终于把这些东西买到手。但是在这些事情上，阿尔贝蒂娜与我一样无知，不能教我学会什么东西。而对衣着打扮，出于爱俏姑娘的本能，也可能出于贫苦姑娘的遗憾心情，更能以无利害关系的观点，更有高雅口味地在富人身上去欣赏不能用来打扮自己的东西。她谈起埃尔斯蒂尔的讲究真是头头是道。埃尔斯蒂尔是那么挑剔，以至他觉得所有的女人都打扮得很糟糕。他把比例、细微的差别摆在最重要的地位上，不惜出重金叫人给自己的老婆制作阳伞、帽子、大衣。他教阿尔贝蒂娜学会了欣赏这些东西的迷人之处，而一个没有审美能力的人则不会比我更能注意这些。此外，阿尔贝蒂娜也搞过一点绘画，虽然她自己承认没有任何“天分”。她对埃尔斯蒂尔佩服得五体投地。多亏了埃尔斯蒂尔对她之所言以及给她看的东西，她在欣赏绘画上很是在行，这与她对 *Cavalleria Rusticana* 的热衷形成强烈对比。这是因为，虽然现在还不大看得出来，她实际上非常聪颖。她谈吐中的愚蠢，并不是她自己愚蠢，而是她那个环境和她的年龄所致。埃尔斯蒂尔对她产生了很好的影响，但不过是局部的。在阿尔贝蒂娜身上，不是所有的智慧形式都达到了同一水平。对绘画的欣赏能力几乎赶上了对衣着以及华丽高雅的各种形式的欣赏能力，但是对音乐的欣赏能力则没有跟上，远远落在后面。

阿尔贝蒂娜知道昂布勒萨克一家是什么人毫无用处。正像一个人可做大事不一定就能做小事一样，我向这家的各位小姐施礼之后，并未感到阿尔贝蒂娜就比从前更积极准备叫我与她的女友们相识。

“您对她们很看重，您心地真好。不过，不要注意她们，不值得。对于您这样有身份的人来说，这些小丫头能算得上什么呢？至少安德烈倒是聪颖过人的。她是一个善良的小姑娘，虽然有点想入非非。其他的几个确实愚蠢到家了。”

离开阿尔贝蒂娜，我骤然感到一阵心酸，因为圣卢向我隐瞒了他订婚的事，而且他竟要干出与自己的情妇并未断绝关系就结婚这样的坏事来。

没过几天，我被介绍给了安德烈。她谈了不少时间，我利用这个机会对她说，我很想第二天再与她见面。但她回答我说不行，因为她母亲身体很坏，她不想让母亲一个人留在家中。两天以后，我去看望埃尔斯蒂尔，他对我说安德烈对我极有好感。我回答他说："我从第一天起便对她有好感，我要求第二天再与她见面，可是她不能来。"

"对，我知道，她对我说了，"埃尔斯蒂尔对我说，"她为此十分遗憾。但是她先答应了人家到十里以外[1]的地方去野餐，她必须坐四轮大马车去，无法再取消邀请。"

安德烈太不了解我。这种谎言虽然无关紧要，但是，一个竟然干出这种事的人，我是决不应该继续与之来往的。干得出来第一次，还会干无数次。你每年去看一个朋友，第一次他未能赴约，说他伤风感冒了。下一次，你会发现他又感冒了。再与他约会，他又没来，原因总是同一个，而他以为这是根据情况临时想出来的不同的原因。

安德烈对我说她不得不留在母亲身边的那天早晨之后，又一天早晨，我远远看见阿尔贝蒂娜手上牵着一段丝绳，上面吊着个莫名其妙的物件。这使她与乔托笔下的《偶像崇拜》[2]那幅画很相像，这物件叫"小鬼"，早已停止不用。面对手里拿着这个玩意儿

---

[1] 法古里，一里约等于四公里。

[2] 这里指的是乔托《善与恶寓意画》，为帕多瓦斯克洛维尼小教堂（又称竞技场圣母院）中之壁画。此画也称《不忠》，表现一个男人（不忠之人）手擎一女人偶像，偶像已将一根绳子绕在他的脖颈上，使他背离了俯身向着他的上帝。1900年5月，普鲁斯特在威尼斯小住时，曾专门到帕多瓦欣赏乔托的壁画。

的少女肖像，未来的评论家们对于她手里的这个玩意儿，可以像面对竞技场圣母院[1]那幅寓意图一样，发表长篇大论。我与阿尔贝蒂娜走上几步。过了一会儿，她们那位看上去较贫困、表情严峻的女友走过来对阿尔贝蒂娜说："你好，我有没有打扰你们？"她就是第一天安德烈大步擦过那个老先生头顶时，恶意讽刺"可怜的老头子，真叫我心里难受"的那个小姑娘。

帽子碍事，她把帽子摘了。她那头发，有如丰富多彩而又叫不上名字来的花草，四处散开，精巧优美地贴在前额上。阿尔贝蒂娜大概见她光着头，而心中有气，一言不发，一字不答，保持冷冰冰的沉默。

虽然如此，那个女孩仍留下未走。阿尔贝蒂娜总叫她与我保持一段距离，她一会儿设法单独和她在一起，一会儿又设法跟我一起走，将她甩在后面。为了叫阿尔贝蒂娜将我介绍给这个女孩，我不得不当着那女孩的面这么请求阿尔贝蒂娜。待阿尔贝蒂娜道出我的名字时，刹那间，我看见那女孩的脸上和碧蓝的双眸中闪过一丝热情、爱恋的笑容。她向我伸过手来，而在她说"可怜的老头子，真叫我心里难受"那句话时，我觉得她的神情是那样冷酷！她的头发闪着金光，而且不只是她的头发，她那粉红的双颊和碧蓝的眼睛，也像清晨朝霞红遍的天空一样，到处闪着金光。

顿时我浑身发热，心中暗想，这是一个爱恋起来很腼腆的姑娘。阿尔贝蒂娜那么粗暴无礼，她依然留下来，为的是我，是出

[1] 斯克洛维尼小教堂建于一古竞技场的原址上，因得此名。

于对我的爱。她终于能够用那含笑而充满善意的眼神向我供认，她既能对我十分温柔，也能对别人十分凶狠，大概心中十分快活。甚至在我还不认识她的时候，她大概早就在海滩上注意到我，从那时起心中就想着我了。她之所以嘲笑那位老先生，说不定就是为了让我佩服她；说不定后来那些日子她神情抑郁，就是因为她无法与我结识。傍晚，我从旅社里经常望见她在海滩上散步，很可能她期望着与我相遇。正如过去整个一小帮少女在场使她局促一样，现在，阿尔贝蒂娜一人在场。她也感到局促。尽管阿尔贝蒂娜的态度越来越冷漠，她仍然紧跟我们不放，很显然，她指望着留在最后，与我订个约会，找个她能溜出来的时间，而又不让家里和女友知道，在望弥撒之前或玩高尔夫球之后，与我在一个可靠的地点幽会。由于安德烈与她关系不好而且很讨厌她，要与她见面就难上加难。

“对她那可怕的伪善、卑鄙，以及她对我干的卑鄙勾当，我忍了很久，”安德烈后来对我说，“为了别人，我全都忍下来了。但是，终于有一次，我忍无可忍了。”于是她给我讲了那个女孩掀起的一场轩然大波，这件事确实可能有损安德烈的形象。

但是，希塞尔眉目传情，期望着阿尔贝蒂娜会让我们聚在一起好对我讲的话，始终无法道出，因为阿尔贝蒂娜固执地置身在我们两人中间，继续越来越简短地回答女友的话，后来干脆不回答她的话了。最后希塞尔只好放弃了这个位置。我责备阿尔贝蒂娜为何如此别扭。

“教训教训她，要她放谨慎些。她不是坏女孩，可是叫人讨厌。用不着她到处管闲事。又没请她来，她干吗死缠着我们？再过五分钟我就要叫她滚蛋了！再说，她头发那个样子，我很讨厌，看上去很不正经。”

阿尔贝蒂娜与我说话时，我凝望着她的双颊，心里琢磨着：她那脸蛋会多么香甜，多么有滋味！——那天，她的面颊不是鲜艳，而是光滑，连成一片的粉红，稍带紫色，如奶油一般，仿佛某些花瓣上带着一层蜡霜的玫瑰花。正如有人对某一品种的花朵极为热衷一样，我对那双颊产生了狂热。

“我从前没注意到她。”我回答她说。

“您今天倒对她看得很仔细，人家简直要说，您想给她画像呢！”她对我说。明明我此刻仔细凝望的是她本人，可是这也无法叫她情绪平息下来，“不过，我不认为她会讨您喜欢。她一点不会调情。您大概喜欢会调情的姑娘吧，您！无论如何，她再也没有机会要黏糊，也没有机会叫人甩开她了，她马上就要回巴黎了。”

“您那些别的女友也和她一起走吗？”

“不，就她一个人。她和 Miss[1]，因为她要补考。她得闷头用功了，这可怜的孩子。我向您保证，这可不是什么开心的事。可能会撞上一个好题目。偶然性太大了，我的一个女友就碰到过叙述一下您目击的交通事故这样的题。嘿，真是好运气！可是我也认识一个姑娘，她要阐述（而且还是笔试）的题目是：在阿尔赛

[1] 英语，意为英国女家庭教师。

斯特和菲兰特[1]之间，您更喜欢谁做您的朋友？我若是碰上这个题目可就傻眼了，首先，什么都不说吧，就不该向女孩提这样的问题。女孩应该和别的女孩关系密切，而不应该认为她们应该找男士做朋友（这句话向我表明，接纳我进那小帮少女的可能性很小，真叫我浑身颤抖）。不过，不管怎么说，即使向一些年轻人提出这个问题，人家能找出什么话来说呢？有好几位家长都给《高卢人报》[2]写了信，抱怨这类题目太难了。更不像话的是，在一本得奖最佳学生作业集中，这个题目竟然出了两次，而做法完全相反。一切取决于考官。有一个考官要求回答说菲兰特是个交际老手，溜须拍马，骗子；而另一个考官则要求回答说，不能不赞美阿尔赛斯特，但是由于他太好寻衅，脾气太坏，要做朋友嘛，最好还是挑菲兰特。连老师之间意见都不统一，您怎么能叫可怜的学生搞清楚呢？这还不算，问题是一年比一年难。希塞尔恐怕非得走后门才能过关了。”

我回到旅社，外祖母不在，我等了她很久。待她回来，我央求她让我出去远游一次，条件很好，时间大概是四十八小时。与外祖母吃了午饭，我叫了一辆马车，吩咐将我拉到火车站去。希塞尔在车站看见我，大概不会感到惊讶。待我们在东锡埃尔换上

---

[1] 莫里哀喜剧《愤世嫉俗》中的两个人物。

[2] 该报的思想倾向为反动和保皇。自 1882 年阿尔图尔 · 梅耶重任该报社长以来，在使君主主义者归附布朗基主义上起了重要作用。阿尔贝蒂娜的这句话，除了告诉我们邦当家里阅读这份报纸以外，还给我们一个信息，就是她的排犹主义思想从何而来，因为《高卢人报》是坚决反对宣布德雷福斯无罪的。

了去巴黎的火车，便有带单独过道的车厢。待 Miss 打盹时，我就可以将希塞尔带到僻静的角落去，与她订我回巴黎以后的约会，我尽量赶快回巴黎。然后根据她向我表示的意愿，说不定我会一直将她送到卡昂或埃夫勒，然后再坐下一趟车回来。可是，如果她知道了我在她和她的女友之间曾经长期犹豫不决，又想钟情于她，又想钟情于阿尔贝蒂娜，又想钟情于那个明眸少女，又想钟情于罗斯蒙德，她会怎么想呢！既然我与希塞尔彼此有情，即将结为同心，我对上述的事一定感到悔恨不已。何况我可以信誓旦旦地向她保证，我已经不喜欢阿尔贝蒂娜了。今天早晨我见她对我扭过头远去，为的就是我与希塞尔说话。在她那赌气垂下的头上，脑后的头发与别处不同，颜色更深。头发闪着光，似乎她刚刚出水。这使我想到一只落汤鸡，这样的头发使我从阿尔贝蒂娜身上看到另一种心灵的体现，与迄今为止那略显紫色的面孔和神秘的眼神完全不同。她脑后闪亮的头发，有一阵，我能从她身上看到的，就是这个，我继续看见的也只有这个。有的商店这次在橱窗里陈列着某一个人的这张照片，下次又陈列出她的另外一张照片。我们的记忆与这些商店十分相似。一般来说，在一段时间内只有最新的照片摆在那里供人观看。

车夫扬鞭催马，我倾听着希塞尔对我道出的细言软语，这完全是从她那嫣然一笑和伸过来的手中衍生出来的。这是因为我在生活中处于还没有钟情于人而希望钟情于人的阶段，我不仅心怀肉体美的理想——诸位已经看到，我从每个过路女子身上远远辨认出这种理想美，但这过路女子离我相当远，以便她那模糊的线条与这种认同不要发生矛盾——而且心里怀着一个精神幽灵。这幽灵随时准备化身为人，那就是即将钟情于我，即将向我道出爱情喜剧台词的那个女郎。这出爱情喜剧，自童年时代起，在我头脑中已全部写就，我似乎感到所有可爱的少女全都一样愿意扮演这出戏，只要她们外形过得去。在这个戏中，不论我召来创造这个角色或重演这个角色的新“星”是谁，剧本、剧情变化，甚至戏文，都保持着不变的形式。

虽然阿尔贝蒂娜并不热心为我们介绍，过了几天，我还是认识了第一天的那一小帮少女。除了希塞尔之外，她们依然齐集在巴尔贝克（由于在车站道口前马车停留时间很长，加上列车时刻表的变化，我没有赶上火车，我抵达车站时，火车已开走五分钟了。再说，这时我已经不再想着希塞尔了）。此外，我也认识她们的两三位女友，是她们应我的要求，给我介绍的。这样，通过一个少女再认识另一个少女，希望与这个新认识的少女一起得到快乐，于是那刚刚认识的一个，便好似通过另一品种的玫瑰而得到的新品种的玫瑰花了。在这一系列的花朵中一个花冠一个花冠地溯源而去，认识了一朵不同的花得到的快乐，又使我转回到通过哪朵花认识了这朵花的那一朵上去，感激的心情中又夹杂着向往和新的希望。过了不久，我就终日与这些少女相伴了。

可叹！在最鲜艳的花朵上，也可以分辨出无法觉察的小斑点来。今日绽成花朵的器官，经过干燥或结实的过程，会变成籽粒。对于一个老练的人，这无法觉察的数点已经勾画出籽粒那不变的、事先已经注定的形状。人们的目光追随着一艘船，如醉如痴。风以其优美的姿态吹皱清晨的海水，涟漪似乎一动不动，可以入画，因为大海是那样平静，根本感觉不到海潮的汹涌。那船只犹似涟漪。在注视人的面孔的一瞬间，人的面孔似乎是不变的，因为这面孔演变的进程太慢，我们觉察不到。但是，只要看看这些少女身旁的母亲或姑妈，就能衡量出这些线条在一种通常很可怕的内部引力作用下，在不到三十年的时间内会走过多少距离，直到目光无神、面庞已完全落到了地平线以下再也沐浴不着阳光的时刻。即使在那些自认为完全摆脱了自己种族束缚的人身上，犹太爱国主义或基督返祖遗传都是根深蒂固而且无法避免的。我知道，在阿尔贝蒂娜、罗斯蒙德、安德烈那盛开的玫瑰花之下，与上述思想根深蒂固、无法避免一样，隐匿着粗大的鼻子、隆起的嘴、臃肿的身躯。这个，她们自己也不知不晓，将来是要伺机出现的。那时会叫人大吃一惊，但是实际上已在后台随时准备出人意料、定人生死地登场了，正像什么德雷福斯主义、教权主义、民族和封建英雄主义，一俟时机呼唤，便骤然从先于本人个性的本性中跳出来一样。一个人按照本性思考，生活，演变，强壮起来或死亡，自己都无法从因本性而采取的特殊动机中将这本性分辨出来。甚至在精神上，我们也受到自然规律的制约，其程度远远超过我们的想象。我们的思想，像某种隐花植物，某种禾本科植物一样，事先便拥有某些特点，而我们以为这些特点是选择而来的。我们只抓住次要的观念，而意识不到首要的原因（犹太人种，法兰西家庭，等等）。首要的原因必然产生出次要的观念来，到了希望的时刻我们会将这首要的原因表现出来。有的观念我们觉得似乎是思考的结果，有的似乎是因为不注意卫生而得来。正像蝶花科植物其形状来源于其种子一样，说不定不论我们赖以生存的观念也好，我们因之死去的疾病也好，全是从我们的家庭传下来的。

就像一株花期成熟时间各异的植物，在这巴尔贝克的海滩上，我从那些老妇人身上，看到了坚硬的籽实，柔软的块茎。我的女友们有一天可能就要成为这般物品。但是这又有什么关系？此刻，正是开花时节。所以，德·维尔巴里西斯夫人邀我出去散步时，我总是寻找借口说我不得空闲。我去拜访埃尔斯蒂尔，也只有我新交的女友伴我同行时才去。我甚至无法找出一个下午遵守我对圣卢许下的诺言去东锡埃尔看望他。交际聚会，严肃的谈话，甚至友好的闲聊，如果要占去我与这些少女外出的时间，对我产生的效果，简单得就和到了早餐时间，不是带我们去吃饭，而是让我们去看画册一样。我们以为和他们在一起得到乐趣的男子，青年人，老年或中年妇女，对我们来说，只触及一个不坚固的表平面，因为我们只通过压缩为这个表平面的视觉感受去认识他们。这种视觉感受朝少女奔去时，则是作为其他感官的代表前去的。其他感官将到她们一个个身上去寻找色、香、味的各种优点，将品尝这各家之长，甚至无须借助于双手和双唇。借助于情欲十分擅长的移植艺术和综合天才，各种感官足以在双颊或酥胸的色彩下还原成手的接触，初次品尝和严禁的接触的感受，会赋予这些女郎甜美而坚固的形态。在玫瑰园采摘或在葡萄田里用眼睛吞食着一串串葡萄时，也是如此。

坏天气吓不住阿尔贝蒂娜，人们有时见她在瓢泼大雨下仍然身穿雨衣骑着自行车飞奔。虽然如此，如果下雨，我们则到游艺场去度过白天。那些日子，我不去游艺场简直就不行。我对从来不进游艺场的各位德·昂布勒萨克小姐蔑视到了极点。我心甘情愿地帮助我的各位女友要弄舞蹈教师。我们一般总是受到老板和攫取了领导权的雇员的申斥，因为我这些女友从衣帽间到礼堂去，无法控制自己的激情，非要从所有的椅子上跳过去不可；回来的时候，又非要一溜坡滑下来不可。她们用美妙的手臂动作保持平衡，一面唱着歌，犹如古老年代里的诗人那样将各种艺术形式糅进这青春年少的时光。对于古老年代里的诗人来说，各种文学体裁尚未分开，他们在一首史诗中可以将农谚和神学训示混杂在一起。我说"我这些女友"，就连安德烈也不例外。正因为如此，我第一天时还以为她是充满激情的女孩呢！实际上与此相反，她瘦弱，聪颖，那一年身体极为不适。即使如此，她仍不顾自己的健康状况，为那个年龄的特点所驱使，在这种年龄，不顾一切，快活时将病人与身强力壮的人混为一谈。

这个安德烈，第一天时我觉得她最为冷淡，实际上她比阿尔贝蒂娜文雅、多情、细腻多了，她对阿尔贝蒂娜表现出大姐姐那种抚慰、温存的疼爱。她来到游艺场，坐在我的身边，与阿尔贝蒂娜相反，她懂得拒绝跳一场华尔兹，甚至在我疲倦时，放弃去游艺场，到旅社里来看我。她表达对我的友谊，对阿尔贝蒂娜的友谊，都有着细微的差别，证明她极为聪慧地体会着内心情感，令人心情舒畅。这种聪慧可能部分源于她的病体。她总是面带快活的微笑原谅阿尔贝蒂娜的孩子气。快活的事对阿尔贝蒂娜产生的不可抗拒的诱惑，她都天真有力地表现出来，她不会像安德烈那样，坚决拒绝，而宁愿与我谈天……

去高尔夫球场吃茶点的时刻即将来临，如果我们大家都在一起，阿尔贝蒂娜自己做好准备，然后朝安德烈走过来，说：

“喂，安德烈，你还等什么，为什么还不走？你知道的，我们要去高尔夫球场吃茶点。”

“我不去，我留下来和他聊天。”安德烈指着我，这样回答。

“可是，迪里欧太太请了你，你是知道的。”阿尔贝蒂娜大叫起来，似乎安德烈打算与我待在一起，只能用她不知道人家邀请了她这一点来解释。

“你看，我的小姑娘，别那么傻。”安德烈回答道。

阿尔贝蒂娜并不坚持，生怕人家也劝她留下来。她摇摇头：

“你想怎么着就怎么着吧，”她回答，“对一个喜欢慢性自杀的病人，就是这么说的。我可跑了，我想你的表慢了。”说完拔腿就跑。

“她叫人着迷，可她也是一大怪。”安德烈说道，对女友微微一笑。这微笑既抚慰她，又对她做出评断。

在爱好消遣娱乐这一点上，阿尔贝蒂娜与少年时期的希尔贝特有些相似。在我们相继爱恋的各个女子之间，总存在某种相似之处，虽然也有所变化。这种相似，与我们气质的固定化有关系，因为这些女子是我们的气质所选择的，而气质会将所有与我们既不相反，也不相辅的女子，也就是专门既满足我们的官能享受又折磨我们的心的女子全部淘汰掉。这些被选中的女子，是我们气质的产物，是我们感性的倒影、反成像、“底片”。因此，一个小说家，在描写他笔下主人公的生活时，可以将他历次的恋爱描绘成几乎完全相同，而并不给人以自我抄袭的印象。相反，给人的印象是他在创造，因为虚假的革新总不如旨在暗示一个崭新真理的重复更有力量。在堕入情网者的性格中，小说家还应该指出变异的迹象，随着进入人生其他纬度上新的地区，这种变异的迹象更加突出。如果对自己笔下的其他人物，他描绘出不同的性格，而对自己心爱的女子，则没有赋予她任何性格，说不定这位小说家就再次表达出了另一条真理：对于无关紧要的人，我们了解他们的性格。但是对一个与我们的生命合二为一的人，很快我们就再不能将她与我们自己分开的人，对于她的动机，我们不断地做出各种令人不安的假设、对这假设又不断做出修改，对这样一个人，我们怎么能够捕捉住她的性格呢？对于我们爱恋的女子，我们的好奇心是从理智之外升腾起来的，其驰骋大大超越这位女子的性格。即使我们想停留在这个问题上，恐怕也做不到。我们惴惴不安调查研究的目标，要比这些性格上的特点更为紧要。这些性格上的特点与表皮上那些小小的菱形十分相似，其变化丰富的组合构成了肌肉花纹般的特点。我们直觉的辐射穿透了这些，带给我们的影像完全不是一张特殊的脸的影像，而代表着一副骨架那阴沉而痛苦的普遍性。

安德烈非常富有，阿尔贝蒂娜则贫穷而又孤苦无依，因此安德烈怀着极度的慷慨让她分享自己的奢华。而安德烈对希塞尔的感情，则与我所想的不完全一样。果然不久阿尔贝蒂娜拿出她收到的希塞尔的来信，大家便有了这位女大学生的消息。此信是希塞尔专门写来，要将她旅途和抵达的消息告知这一小帮少女，同时也请大家原谅她的怠惰，尚未给其他人写信。安德烈说：

“我明天就给她写信。如果等她先来信，可能要等很久，她那么粗心大意。”

本来我以为她与希塞尔龃龉得要死，听到她道出这番话来，我真是大为惊异。

安德烈朝我转过身来，补充了一句：“显然您大概不觉得她如何出类拔萃，可她是一个非常正直的姑娘，我对她非常有感情。”

我由此得出结论，安德烈与人龃龉时间不长。

除了这些下雨的日子，我们应该骑自行车到悬崖上去或到乡间去的时候，提前一个小时，我就要极力打扮得漂漂亮亮的。如果弗朗索瓦丝没有将我的衣物准备好，我就要叽里咕噜地埋怨。弗朗索瓦丝受到夸奖，自尊心得到满足的时候，她是谦恭、谦虚而又可爱的。但是，哪怕你挑出她一点点错，即使在巴黎，她也要骄傲而气恼地挺起腰板——年迈已开始使她弯腰驼背了。这自尊心是她生活中最大的发条，她满意和快乐的情绪与要她做的事的难度成正比。她在巴尔贝克要做的，都是那样轻而易举的事，以至她几乎总是现出不快的神情。我要去会我的女友，抱怨我的帽子没有刷，或者我的领带没有整理停当时，她那不快的神情会突然增加一百倍，还要加上冷嘲热讽的表情。本来她能做到千辛万苦而并不因此就觉得自己干了什么了不起的事，可现在，只要指出一件上装不在应在的地方，她就不仅要自吹一通她是怎样精心将这件上装“收藏起来，而不是叫它在外面落灰尘”，而且还要对自己的活计照理夸奖一遍，抱怨她在巴尔贝克可不是度假，在这里就找不着第二个人过她这样的日子。

“我真不明白怎么能叫自己的东西这么乱，您去瞧瞧，是不是换个人，就能在这乱七八糟之中找出个头绪来。就连魔鬼恐怕也要晕头转向。”

要么她就摆出女王的面孔，火冒三丈地瞪着我，一言不发。可是一关上房门，进了走廊，她的沉默就立即打破了。于是话语响彻走廊，我猜想那是骂人的话，可是又跟剧中人上场以前在边幕上道出的头几句台词一样，叫人听不清楚。何况我这样穿衣打扮准备与女友们外出，即使什么也不缺，弗朗索瓦丝情绪也很好的话，她也要表现出叫人无法忍受的样子。在我感到有一种需要，要对人谈谈这些少女的时候，我在她面前曾就这些女孩说过一些开玩笑的话。现在，她利用这些笑谈，摆出向我透露什么的样子。其实，如果是真的，我肯定比她知道得更清楚。可她说的根本不是那么回事，因为她根本就没有听明白我的话。像所有的人一样，她有自己的性情。在人身上，这种性情永远不会与一条笔直的道路相似，而是以其莫名其妙而又不可避免的弯弯曲曲令人惊异。别人发现不了这些弯路，我们要从这些弯路走过，很困难。每次我走到“帽子不在原处”，“安德烈或阿尔贝蒂娜的名字”这个点的时候，弗朗索瓦丝就要强迫我走上弯弯曲曲、莫名其妙的小路，使我迟迟动不了身。我吩咐给我准备夹 chester[1] 和生菜的三明治和买点心时，也是这样。这是准备到了吃茶点的时候，我和这些少女在悬崖上吃的。可是弗朗索瓦丝宣称，她们如果不是这么看重物质利害的话，本可以轮流出钱买嘛！外地的贪婪和庸俗这整个返祖现象倒来救了弗朗索瓦丝。在她看来，简直可以说，死去的欧拉莉那分裂的灵魂在我的女友这一小帮少女那迷人的躯体上找到了比在圣埃罗瓦身上更优美的化身。[2] 听到这些谴责，我真是火冒三丈，感到撞到了这种地方，从这里开始，这乡间熟悉的小路竟变成无法通行的死胡同。幸亏时间不太长。这乡间熟悉的小路，代表着弗朗索瓦丝的性情。后来，上装找到了，三明治准备好了，我便去找阿尔贝蒂娜、安德烈、罗斯蒙德，有时还有别人。于是，我们动身，步行或骑自行车。

如果是从前，也许我更喜欢天气不好时这样去散心。那时，我极力在巴尔贝克重新找到“西梅里安人的故乡”，风和日丽的天气在那时大概是不存在的，美好的时光便是洗海水浴的人在普普通通的夏天这个为云雾笼罩的古老地区。现在，我从前鄙视的、视野中避开的一切，不仅是阳光的变幻，甚至还有竞渡、赛马，我都狂热地追求了。与我过去只希望看见风暴席卷的大海原因是一样的，这些都与美学观念相关。这是因为，我和女友们有时去拜访埃尔斯蒂尔。少女们在场的时候，他更喜欢拿出来给大家看

[1] 英语，意为柴郡乳酪。

[2] 见第一卷《贡布雷》，女圣徒欧拉莉在勃艮第变成了圣埃罗瓦。

的，是根据驾驶快艇的俏丽女郎画的几幅速写或取材于巴尔贝克附近一个跑马场的一幅草图。我首先腼腆地向埃尔斯蒂尔承认，说我从前不愿意参加那种地方的集会。

“你错了，”他对我说，“是那么美，又那么奇！首先，那个特别人物，骑手，多少人定睛望着他！他穿着鲜艳夺目的绸上衣，在遛马场前，神情抑郁，面色发灰，与他紧紧牵住的旋转跳跃的马化成了一体。分析出他那职业性的动作，显示出他构成的闪闪发光的一个亮点，该是多么有趣！在赛马场上，马衣也形成闪闪发光的一个亮点！在赛马场这个光芒四射的广阔天地里，各种事物都发生了怎样的变化！阴影，反光，这么多，光看见这个，简直叫人惊异！女人在赛马场上可以显得多么美！尤其是首场，真叫人心花怒放！在那种类似荷兰有些湿气的光线里，感觉到海水那刺骨的寒气在阳光里上升，这里还有衣着极为华丽的女子。这样的光线大概来自海滨的湿气。我从来没见过在这样的阳光中，坐马车前来或将望远镜按在眼睛上的女子。啊！我是多么希望将这阳光表现出来呀！我看赛马归来，就像发了疯一样，有那样强烈的工作欲望！”

然后他对游艇盛会发出赞美，比对赛马更有甚之。于是我明白了，盛装女子沐浴在海滨赛马场那海蓝色的阳光之中的竞渡，体育比赛，对一个当代艺术家来说，可以是与委罗内兹或卡帕契奥这样的画家那么喜欢描绘的节日同样有趣的题材。

“他们作画的城市，”埃尔斯蒂尔对我说，“这些节日有一部分具有航海性质，所以你的比喻就更准确了。只是那个时代登船的美经常存在于其沉重、复杂之中。有水上比武，和此地一样，一般这是为招待某使节举行的，与卡帕契奥在《圣乌尔苏拉的传说》中所表现的相仿。[1] 船体庞大，造得如同建筑物一般，似乎可以水陆两用，有如威尼斯城中小小的威尼斯城。借助于铺着深红锦缎和波斯地毯的可移动船桥，船只停泊了。就在镶嵌着各色大理石的阳台旁，身着樱桃红织锦或绿色花缎的妇女上船了。阳台上方，别的妇女身着黑袖白衩、缀着珍珠或镶着镂空花边的长袍，探身观望。人们再也不知道陆地在哪里终止，大海从哪里开始，什么是宫殿或船只，小帆船，威尼斯式帆桨大木船和彩船 [2] 了。”

对埃尔斯蒂尔为我们描述的这些服饰细节，这些奢华的形象，阿尔贝蒂娜聚精会神、十分起劲地听着。

“啊，我真想看看你说的那镂空花边，威尼斯花边，太漂亮了！”她大叫起来，“我真想去威尼斯！”

“说不定您不久就可以欣赏到从前那里人们穿在身上的妙不可言的衣料了，”埃尔斯蒂尔对她说，“现在只能从威尼斯画派画家的画幅上见到这些，或者难得在教堂的珍藏中得以一见，有时甚至会有一种衣料拿出来销售。不过，据说有一位威尼斯艺术家，

[1] 这是九幅油画组成的画卷，第一幅《圣乌尔苏拉来到科隆》完成于 1490 年，五六年之后完成全部，其中有《外交使节》及《情侣话别》等场景。此画卷自 1812 年起属于威尼斯美术学院画廊，普鲁斯特 1900 年威尼斯之行时欣赏过这些油画。

[2] 古代威尼斯大公在耶稣升天节这天所乘的船只。

叫福迪尼[1]的，他找到了织这些衣料的窍门。再过几年，妇女们就可以身着锦缎出来散步，尤其是身着锦缎待在家中了，与威尼斯为其贵族妇女设计的用东方图案装饰的锦缎一样精美华丽。不知道我会不会喜欢这个，对于今日之妇女，这种服装是不是太不符合时代，哪怕是为竞渡招徕看客。咱们那些现代化的游船，可与往昔那‘亚得里亚海的女王’威尼斯的时代完全相反。一艘游艇，游艇的内部陈设，艇上人的衣着打扮，最动人的地方便是其海上物品的简易、朴素，我是多么爱大海！我向你们坦率承认，比起委罗内兹，甚至卡帕契奥时代的服装式样来，我更喜欢如今的式样。咱们那游艇美的地方，就在于一色，简单，明亮，漆成灰色，阴天时显得蓝莹莹的，奶油一般线条模糊——尤其是在中型游艇里，我不喜欢庞然大物般的游艇，船味十足。这就跟帽子一样，得有个尺寸。人活动的舱室必须像个小咖啡馆模样。一艘游船上妇女的打扮，也是一样。最优美动人的，是轻松、雪白和一色的打扮，帆布，上等细麻布，北京棉布，人字斜纹布，在阳光下，在碧蓝的大海上，变得跟白帆一样雪白耀眼。话又说回来，会穿衣服的妇女很少，可有的人真是妙不可言。在赛马场上，莱娅小姐戴一顶小白帽，打一把小小的白阳伞，真是迷人！为了得到这

[1] 这个福迪尼全名为玛丽亚·福迪尼·德·玛德拉佐（1871—1949），为西班牙画家玛丽亚·福迪尼之子。普鲁斯特在《追忆似水年华》中经常提到他。福迪尼在威尼斯自己的寓所中，数年潜心研究，力图复活威尼斯历史上最美的服饰。前文谈到的卡帕契奥的画《圣乌尔苏拉的传说》亦为他的样本之一。在妻子亨利埃特的帮助下，他设计出不少服装，也创作了一些画，制造出了壁毯、帷幔、首饰，等等。普鲁斯特对他极为佩服。

把小阳伞，多少钱我都愿意出！”

这把小阳伞与其他阳伞究竟有何不同，我多么想知道！阿尔贝蒂娜比我更想知道，但那是出于别的缘由，是女人爱俏。正像弗朗索瓦丝谈到蛋奶酥时说“这是耍魔术”一样，原来那差别就是剪裁不同。

“小极了，圆极了，像一把中国阳伞！”埃尔斯蒂尔说。

我提到某些妇女的阳伞，埃尔斯蒂尔都说完全不是那样，他觉得我说的那些阳伞都奇丑无比。他是一个鉴赏能力高而又挑剔的人。四分之三女性打的阳伞，他都觉得难看得吓死人。这些人的阳伞与叫他着迷的一个小巧玲珑的玩意儿之间小小不然的差别，他就能将这个说成了不得。在我看来，一切奢华都会使人思想贫乏。他与我相反，大肆鼓吹他那种“极力画出与这一样美的东西”的绘画欲望。

“你们看，这个小姑娘已经明白那帽子和阳伞是什么样的了。”埃尔斯蒂尔指着阿尔贝蒂娜对我说。阿尔贝蒂娜的双眼闪烁着觊觎的光芒。

“我多么希望发财，好买一艘游艇啊！”她对画家说，“内部装修，我一定向您请教。我要做多么美好的海上游！去看看考斯[1]的竞渡该多美！有一辆汽车怎么样？女子汽车服装式样，你觉得漂亮吗？”

“不漂亮，”埃尔斯蒂尔回答说，“不过，将来会漂亮的。再

[1] 考斯是英国怀特岛上一海港，以海水浴场及竞渡而闻名。

说，时装大师很少，也就一两个：加洛[1]——虽然花边用得有些太多，杜塞[2]，谢吕伊[3]，有时还有巴甘[4]。其余的全都吓死人。”

“如此说来，穿着加洛店里的服装与穿着普普通通的裁缝做的衣裳，差别很大喽？”我问阿尔贝蒂娜。

“当然大极了，我的小傻瓜！”她回答我说，“噢，对不起。只是，唉！别处三百法郎的东西在他们那就要两千法郎。但是确实不一样，对于完全外行的人来说，看上去好像差不多。”

“完全正确。”埃尔斯蒂尔答道，他倒没有说，那差异之大，就和兰斯大教堂的一尊雕像与圣奥古斯丁教堂的一尊雕像[5]之间一样。

“对，说到大教堂嘛，”他专门对着我说，因为我们有一次聊天谈到这个问题，那些姑娘没有参加那次谈话，再说，那也决不会使她们感兴趣，“那天我对你谈到巴尔贝克教堂就像一座高大的

---

[1] 加洛姊妹自 1895 年起在泰布街 24 号开设服装店，曾经设计出带花边的紧腰女用衫。

[2] 杜塞父子服装店设在和平大街 17 号（1853—1928，也有说是 21 号的），专营衬衣、高级素色手帕、绣的数字及家徽等。其设计构图简洁，多用黑色。埃尔斯蒂尔对高雅而简洁的美极为爱好。

[3] 谢吕伊于 1902 年在旺多姆广场 2 号开业（有说是 21 号的），直至 1915 年的旧金山博览会时仍然代表巴黎时装。

[4] 巴甘夫人于 1891 年（又一说是 1880 年左右）开店，店址在旺多姆广场。1900 年左右迁至和平大街 3 号。顾客中有西班牙、比利时、葡萄牙王后，也有半上流社会的妇女。她的专长是缎子与丝绒并用的舞会服装。

[5] 巴黎圣奥古斯丁教堂建于 1860—1871 年，建筑师为巴达尔，其风格吸取意大利文艺复兴及拜占庭艺术之长。教堂前有保尔·杜布瓦作圣女贞德雕像，乃为兰斯贞德像之仿制品。

悬崖，是当地的石头垒起的大悬崖。可是，相反，”他指着一幅小彩画对我说，“你看这些悬崖（这是一幅草图，取景于克勒尼埃[1]，距这里很近），你看这些切割得有力而又十分高雅的山岩，又多么会叫人想到一座大教堂！”

果然，简直可以说那是高大的玫瑰色拱墙。但是，这是在酷热的一日画的，那山岩似乎碎成了齑粉，炎热似乎使山岩蒸发了。炎热吞饮了一半大海，在整个画布的大小上，几乎化成了气体状态。在这阳光似乎已将现实世界摧毁的日子里，现实世界则集中在几个色彩阴暗而又透明的人身上。由于对比鲜明，这些人使你对生命产生更动人心弦、更接近的印象：那是一些影子。大部分渴求凉爽，逃离了火热的海面，躲在山岩脚下，避开阳光。有些人像海豚一样在水上慢悠悠地游着，紧贴着漫游的船舷。在白花花的水面上，人以其油亮而发蓝的身躯使船体显得更高大。说不定正是这些泳者透露出的渴望凉爽的情形，最使人产生这一天那种炎热的感觉。正是这一点叫我发出感叹，我没有见识过克勒尼埃，多么遗憾！

阿尔贝蒂娜和安德烈打保票说，我肯定去过一百次了。如此说来，有一天看到克勒尼埃就会不知不觉地、意料不到地给我以这种对美的渴求了，虽然并不正好是迄今为止我在巴尔贝克的悬崖中寻求的自然美，更确切地说是建筑美。尤其是我，出门去为

[1] 克勒尼埃位于特鲁维尔附近。普鲁斯特 1905 年 7 月 14 日致露意莎 · 德 · 莫尔南的信中曾谈到这个地方。

的是看暴风雨的王国，在我与德·维尔巴里西斯夫人一起出去散步过程中，我们经常只是远远地从树木的空隙中依稀望见大海。我从来不觉得大海真实，流淌，有生命力，使人足以感到它能掀起万顷波涛。我可能只喜欢看到在冬日裹尸布包裹下一动不动的大洋。我真不大能相信，现在我梦寐以求的，竟是失去了其坚固性与色彩的，只不过成了一团白雾的大海！但是，埃尔斯蒂尔，正像那些在因炎热而变得麻木迟钝的船中堕入遐想的人一样，对这样的大海的魅力，已经深得个中三昧，已经善于将海水那觉察不到的涌动，欢乐的一分钟那脉搏的跳动报道出来，固定在画布上了。人们看到这具有魔力的肖像时，只会想到要走遍世界，去寻回那逝去的时日，寻回它那转瞬即逝的沉睡的美。

对埃尔斯蒂尔进行这些访问之前，看到他那幅海景之前，面对着大海，我总是极力从视野中排除前景中的泳人，以及张着帆的游艇——那帆颜色太白，好似海滩礼服，即我排除一切妨碍说服自己我是在凝望着自古不变的水流的东西。早在人类出现以前，这水流就已经宣泄着它那神秘的生命了。眼前的这幅海景上，一位少妇身着巴莱日纱[1]或细麻布的长裙，站在一艘挂着美国国旗的游艇上。她将一条白细麻布长裙和一面国旗这“双重”教权注入我的想象之中。我的想象力立刻酝酿起一个贪得无厌的欲望，要立刻在大海附近看见白细麻布长裙和国旗。风和日丽的日子仿佛

[1] 巴莱日纱纬纱为毛，经纱为棉或丝，产于比利牛斯山区中一小村。此小村村名为巴莱日，此种轻而薄的衣料由此得名。

给这雾气与暴风雨笼罩的海岸裹上了包罗万象的夏季那平平常常的景观，标志着一个时间的简单休止，相当于人们在音乐中称的休止符。现在，在我看来坏天气则成了某种悲惨的变故，坏天气在美的世界里再也找不到位置了：我热切地希望到现实中去找到使我那样激动的事物，我希望天气晴朗，以便能从悬崖顶上看到与埃尔斯蒂尔的画中同样的蓝色的人影。

从前我设想大自然的生命早于人类的出现，而且与令人厌烦的各种工业的完善设备相抵触。这些工业设备直到今日还叫我一参观万国博览会或进女帽商店就要打哈欠。那时我看大海，只是极力观看没有汽船的地段，以便在头脑中保持千古不变的大海的形象，与大海和陆地分离的年代同时，至少也与希腊最初存在的几个世纪同时。这样我便可以反复吟咏布洛克喜爱的“勒贡特老爹”的诗句，并视之为永恒真理：

> 他们出发了，精神抖擞、意气风发之王，
> 将英雄赫楞手下的长发勇士，
> 带往惊涛骇浪的大海上！[1]

埃尔斯蒂尔对我说过，制帽女工以美妙的动作对已经完工的帽子进行最后的修饰，对蝴蝶结或羽毛再至关重要地抚弄一下，这种动作使他很感兴趣，想在绘画上表现出来，就与表现骑手的

[1] 此诗句源于勒贡特·德·利尔的悲剧《复仇三女神》。

动作一样（这叫阿尔贝蒂娜心花怒放）。既然如此，我再也不能看不起制帽女工了。但是，制帽女工，要等我返回巴黎才会见到。赛马和竞渡，则要待我重返巴尔贝克才会见到。直到明年以前，在巴尔贝克已经不再举行赛马和竞渡。就连载着身穿白细麻布衣裙妇女远去的游艇也已经无处寻觅了。

我们常常遇到布洛克的姐妹。自从我在她们父亲家里用过晚餐，见了她们就不得不打招呼。我的女友们不认识她们。

“家里不许我和以色列人玩。”阿尔贝蒂娜常说。

她将“以色列”说成“以射列”，即使你没听见这句话的开头，这种读音方法也足以告诉你，这些信仰虔诚的布尔乔亚家庭小姐对于上帝的选民并不怀有好感，说不定她们还会轻易相信犹太人将信仰基督的小孩宰杀之类的话。

“何况你的那些女友举止很不像样。”安德烈对我说，微微一笑，表明她很清楚地知道那些人并非我的女友。

“所有与这个部落相关的事都是如此。”阿尔贝蒂娜回答道，用的是经验丰富的人那种格言警句式的口气。

说老实话，布洛克的姐妹，既穿得太多又半裸身体，无精打采，胆大包天，又摆阔，又邋遢，不会叫人产生良好印象。她们有一个表妹，只有十五岁，她对莱娅小姐之倾倒令整个游艺场产生反感。老布洛克先生对莱娅小姐的艺术才能极为赏识，但是他对男性演员的艺术才能却缺乏判断能力。

有的日子，我们到附近的一个农庄餐馆去吃茶点。这里的农庄叫什么埃戈尔·玛丽－泰蕾斯、爱尔朗十字架、琐事、加利福尼亚、玛丽－安托瓦内特，等等。这一小帮少女选择的常是玛丽－安托瓦内特农庄[1]。

有时我们不到哪个农庄去，而是一直攀登到悬崖之巅。一到那里，坐在野草上，就将带来的三明治、糕点包打开。我的女友们更喜欢吃三明治，见我只吃一块用糖装饰着哥特体字母的巧克力点心或一块杏子排，都惊讶不已。这是因为，面对夹了柴郡乳酪和生菜叶子的三明治这种崭新而无知的食品，我无话可说。而点心受过教育，水果排又絮絮叨叨。点心里有奶油的平淡，水果排里有水果的鲜味，它们对贡布雷、希尔贝特（不仅是贡布雷的希尔贝特，而且是巴黎的希尔贝特；她吃茶点时，我又寻回了贡布雷和在贡布雷的希尔贝特）所知甚多，使我忆起上面有《一千零一夜》故事的那些盛小炉点心的盘子。[2]弗朗索瓦丝今天将《阿拉丁和神灯》，明天将《阿里巴巴》、《睁眼睡觉的人》和《辛伯达携带全部宝物登上巴索拉船》[3]送给姑妈莱奥妮时，这些故事的"臣民"们真叫我的姑妈开心透了。我真希望再见见这些碟子，可是外祖母不知道这些碟子后来命运如何了，而且她认为那不过是当地买的十分俗气的碟子罢了。这都无关紧要，反正在那香槟省灰蒙蒙的贡布雷，碟子上的商标依然镶嵌着五光十色的图案，正如黑乎乎的教堂内宝石闪动的彩绘玻璃，正如我的房间里黄昏时节那走马灯上映出的影像，正如在车站和省属铁路的风景照前的

[1] 爱尔朗十字架农庄和玛丽－安托瓦内特农庄位于卡堡与特鲁维尔之间。

[2] 莱奥妮姑妈的盘子每一打一套故事。

[3] 这些均为《一千零一夜》中的名篇。

印度金纽扣和波斯丁香，正如在那外省老太太的阴暗住宅中我姑妈那一套中国古瓷器一样。

我躺在悬崖上，眼前只见一片片草地。草地上方，并不是基督教理论的七重天，而只有两重：一重较深——大海，高处的一重较浅。如果我带去了一件什么小玩意儿，能讨得女友中这一位或那一位的欢喜，她们会那样骤然喜形于色，她们那透明的脸庞一瞬间便变得火红。她们的嘴压抑不住那欢喜，一定要让那欢喜表现出来，于是便开口大笑。我们品味着这种喜悦。她们聚集在我的周围，彼此的面庞相距不远。将一个个面庞分开的空气勾画出碧蓝的小径，有如园丁希望留些空隙，以便自己能够来回走动而在玫瑰丛中辟出的小径。

带来的食物吃光了，我们就做游戏。直到那时为止，我一直觉得这些游戏枯燥无味，有时甚至与“宝塔站岗”或“看谁先笑”一样幼稚可笑。但是，那个时刻，就是给我一个帝国，我也不会放弃这些游戏。这几位少女的面庞仍然洋溢着青春初绽的光彩，我的年龄则已经不再如此。这光彩在她们面前照亮了一切，恰似某些早期宗教画家那酣畅的画面，金色的背景上最无关紧要的细节也从她们的生命中突出起来。对这些少女中的大部分人来说，她们的面庞本身与黎明时那虚无缥缈的红霞混为一体，真正的个性尚未迸发出来。人们见到的，只是艳丽的色彩，在这色彩之下，还无法分辨出来几年之后的轮廓会是什么样。今日的轮廓中还没有任何成分可算是最后定型，只能算作与家庭中某一位已逝的成员暂时有些相像罢了，造物主已向这位去世的成员尽了此种纪念性的礼节。身体已经固定不变，再没有什么指望了，再不会向你许诺什么令你喜出望外之处。不久就会看到尚未显老的面庞之上头发脱落或者变白，就像在盛夏时节的大树上看到已枯的树叶一样，已经毫无希望。这样的时刻会来得那样飞快，这万道霞光的清晨是这样短促，以至有人竟只走到爱情窦初开的少女的地步。这些少女的身体，像一块宝贵的面团，尚在发育。她们只不过是一撮可塑物质，左右她们的转瞬即逝的印痕随时都在塑造着她们。简直可以说，她们每个人都是直率、完整而又转瞬即逝的表情相继塑造而成的快活、少年老成、撒娇、惊讶的小塑像。一个少女对我们流露出的热情关切，这种可塑性会赋予它极度的丰富多彩和极大的魅力。当然，这种热情关切对一位妇女来说也是必不可少的。不喜欢我们的妇女，或者不让我们看出我们讨她喜欢的妇女，在我们眼中，总有某种令人厌倦的千篇一律之处。

这种关切本身，从一定年龄开始，在因生存竞争而变得线条生硬、变成永远有武士气概或出神入化一般的面孔上，再也不会带来柔和的变化。有的面孔，由于乖乖服从丈夫这种力量的反复作用，似乎已经不是女人的面孔，而是士兵的面孔了。另一张面孔，受到母亲每日心甘情愿为子女做出牺牲的雕凿，成了使徒的面孔。又有一张面孔，经过多年的逆境和风暴成了一只老海狼的面孔，只有身上穿的衣裳能揭示她的性别。当然，我们爱这个女子的时候，对我们来说，一个女子的关切尚能在我们在她身边度过的时光上撒播上新的魅力。但是对我们而言，她不会是相继变化前后不同的女子。她的快活对一张不变的面孔而言，乃是外来之物。而少年时代则在完全固体化之先，因此，人们在少女身旁有一种清新感。观看不断变化的形状，不断形成不稳定的对比，就给人以清新感，使人想到大自然中各主要元素永不间断的重新创造。人们面对大海凝望并沉思的，正是这种永不间断的重新创造。

我为这些女友的“环坐猜物集体游戏”或“猜谜语”所牺牲的，还不仅仅是一次白日交际聚会，与德·维尔巴里西斯夫人的一次散步之类。有好几次，罗贝·德·圣卢叫人告诉我，既然我不到东锡埃尔去看他，他可以请二十四小时的假，到巴尔贝克来看我。每次我都写信给他，叫他千万不要这样做，我的借口是我那天正好不在，我要同外祖母到附近什么地方去走亲戚。他从自己的姑祖母那里得知这是我的什么亲戚，扮演我外祖母角色的到底是何人时，肯定对我看法不好。不过，我不仅牺牲了交际活动的快乐，而且也牺牲了友情的欢乐，去选择终日在花园中徜徉的快乐，大概没有错。有这种可能性的人——他们都是艺术家，这倒是真的，而我早就确信自己永远也成不了艺术家了——也有义务为自己生活。友情对他们来说，是对这种义务的支出，是放弃自我。就连作为友谊表现形式的交谈本身，也是非常肤浅的胡言乱语，令我们一无所获。我们可以闲聊上一辈子，什么也不用说，只要无限重复一分钟的空虚即可，在艺术创作的单独工作中思想则是向纵深前进的，唯有这个方向没有对我们封闭，我们可以朝这个方向继续前进。越来越困难，这是真的，但是可以得到真正的成果。而友谊不仅像谈话一样毫无成效，而且有害。我们当中，成长规律纯属内在的人，他们在自己朋友身旁，停留在自己的表面，而不是向纵深方向继续进行自己发现新大陆的航行，就不会不感到烦闷。这种烦闷的印象，在我们恢复独处时，友好的情谊又劝说我们要加以纠正，劝我们激动地回忆起我们的朋友对我们说了什么话，将这些话当成宝贵的收获。而我们与可以从外部添加石头的建筑不一样，倒与以自己的汁液滋养下一节枝干和最上层花朵的大树十分相像。我庆幸自己得到像圣卢这样善良、聪颖、人人愿意与之交往的人的喜爱和欣赏，我不是叫自己的智慧去适应自己纷乱的印象——厘清这些纷乱的印象，本是我的义务——而是去适应朋友的话语。我自己再次重复这些话（我叫活在我们身上、却与自我不是一个人的那个人给我重复这些话，人总是很高兴把思考的重担卸给他人），极力找到这位朋友的美。这种美与我真正孤独一人时所求索的美完全不同，但是这种美赋予罗贝、我自己、我的生命以更大的价值。我这么做的时候，是在自己骗自己，是中断了成长的过程。如果沿着原来的方向发展下去，我确实可以真正地成长起来，得到幸福。在这样的朋友为我建造的生活里，我仿佛娇气地避开了孤独，高尚地希望为他牺牲自己，实际上却意识不到自己的使命了。

相反，在这些少女身旁，虽然我品尝的快乐是自私的，但是至少它不以谎言为基础。谎言极力要我们相信，我们并不是不可救药地孤独，谎言不许我们承认：我们交谈的时候，谈话的不是我们自己，那时候我们是依照别人的模样塑造自己，而不是塑造一个与他人不同的自我。

这一小群少女与我交换的话语没有什么趣味，话也很少，从我这方面又被长时间的沉默所打断。这并不妨碍她们跟我讲话的时候，我怀着同样快乐的心情倾听她们讲话，正如我无比快乐地凝望她们，从她们每个人的声音发现一幅色彩斑斓的图画一样。我怀着极大的乐趣听着她们叽叽喳喳。钟情能帮助人分辨、区别。在一片树林里，鸟类爱好者立刻分辨得出每一种鸟特有的啼啭，一个平常人则搞不清。喜爱少女的人知道人的嗓音比那还要变化多端。每一种嗓音拥有的音符，都比表现力最丰富的乐器还多。每种嗓音对这些音符的组合方式又和人的个性变化无穷一样无穷无尽。与其中一位女友谈天时，我发现，表现她的个性而独有的那幅原画，既通过她嗓音的抑扬顿挫也通过她面部表情的变化，在我面前巧妙地勾画出来，暴虐地强加于我。我发现这是两出戏，每一出在自己的范畴内，表现同一奇异的现实。

肯定，嗓音的曲线与面部的线条一样，尚未最后固定。嗓音还要变，面庞也要变。正如婴儿有一种唾液腺，分泌的液体帮助他们消化牛奶，而长成大人以后这个唾液腺就再也不存在了一样，在这些少女吱吱喳喳的鸣叫声中，也有长成成年妇女以后就再也没有了的音符。这些少女用双唇，怀着贝里尼[1]音乐小天使[2]的认真和热情弹奏着这件更为丰富多彩的乐器，这种认真与热情也是青春特有的质地。这热情自信的音色赋予最简单的事情以动人的

[1] 此处指让迪勒·贝里尼（1429—1507）。

[2] 此处普鲁斯特指的是威尼斯圣马利亚教堂中围绕在圣母及圣婴身旁的那些音乐小天使。

魅力。无论是阿尔贝蒂娜以权威的口气道出一些俏皮话，还是安德烈谈起她们学校的作业，都是如此。阿尔贝蒂娜说话时，年纪最小的少女无比钦佩地听着，直到最后就像打喷嚏一样怎么也忍不住地狂笑起来；安德烈谈起她们学校的作业，比她们所做的游戏更孩子气，是稚气十足的一本正经。在古代，诗歌与音乐分别还不大时，是以不同的声调来吟诵诗篇的。她们的话语铿锵有声，有如古代的诗句。

尽管如此，这些少女的嗓音已经明确表现出这些小小的人儿每个人对生活的主见。这些主见是那样具有个人色彩，我们如果说这个“她把什么都当玩笑”，说那个“她从肯定到肯定”，说第三个人“她总是停在充满期待的犹豫之中”，都是用词太泛。以后，这些少女会失去这种嗓音。我们面孔上的线条差不多只是由于习惯而形成的、最后不再变化的动作而已。造物主，如同庞贝的灾难，仙女变形一般，将我们固定在习惯性的动作上。同样，我们语调的抑扬顿挫包含着我们的人生哲学，是人对事物随时的思考。

当然，这些线条不仅仅属于这些少女。这些线条是他们父母的。个性浸淫于比本人更普遍的事物之中。在这一点上，父母所提供的，不仅是面部线条和嗓音特点这些习惯性的东西，还有某些谈话姿态，某些惯用语句。这些东西几乎与声调一样自己意识不到，几乎与声调一样深刻，也和声调一样，标志着对生活的一种观点。对这些少女来说，在她们达到某种年龄以前，有些词语，她们的父母还没有交给她们，这是真的。一般来说，要待到她们长成成年妇女之后，才会完全交给她们。那些词语现在还储存着。例如，如果谈到埃尔斯蒂尔一位朋友的画，长发还披在身后的安德烈，就还不能使用她母亲和她已成婚的姐姐常用的那种语汇：“那个男子似乎很迷人。”但是，待到准许去王宫时，这样的时刻就到来了。阿尔贝蒂娜自从第一次领圣体以来，已经像她姑妈的一位女友那样常常说“我会觉得那相当可怕”这句话了。人们还送给她一个习惯，那就是将别人对她说的话再重复一遍，以便显出很感兴趣并且极力形成有个人特色的看法的模样。如果有人说某一画家的画很好，或者他的房子很漂亮，她就要说：“啊？！他的画好？啊？！他的房子漂亮？”

总而言之，她们出生的省份所强加给她们的有滋有味的原料要比家庭遗产更普遍。她们的嗓音就从出生的外省得来，她们的声调紧紧咬住这乡音。安德烈干巴巴地拨动一个低音音符时，只能使她那发声乐器的短粗弦发出一个带唱腔的音，与她那南方式的五官端正非常和谐。罗斯蒙德呢，她那面孔和嗓音的北方原料与永不休止的顽皮话相呼应，不论她带着自己那个省的口音说什么，都是如此。我发现，这个省份与决定抑扬顿挫的少女气质之间，进行着美妙的对话。是对话，而不是不和。没有任何不和可以将少女与她的故乡分离开来。她依然是它。此外，地方原料对于使用这些材料的天才所产生的反作用，赋予天才更大的活力。对于建筑师的作品也好，精致木器细木工的作品也好，抑或音乐家的作品也好，这种反作用都不会使他们的作品个人味道减少，反映艺术家个性最微妙的特点也不会不细致，因为艺术家不得不在桑利的粗沙岩或斯特拉斯堡的紫砂上创作，他依从了白蜡树上特有的木节，他在写作中考虑到音响的来源及限制，考虑到笛子或中提琴（或女中音）的可能性。

我意识到这一切，我们的交谈却那样少！我与德·维尔巴里西斯夫人或圣卢在一起的时候，我会通过话语表达的快乐，比我真正感受的快乐多得多。我离开他们时，总是身心疲惫。相反，静卧在这些少女当中，我丰富的感受无限地超越我们贫乏而稀少的话语，淹没了我不动的身姿和沉默，溢成幸福的河流。流水潺潺而来，消逝在这些初放的玫瑰花脚下。

一个大病初愈的病人，终日在花园或果园中休息，一股花香或果香对于他那悠闲怠惰生活赖以组成的千万琐事来说，绝不及我的目光在这些少女身上寻找的色与香对我感染之深，她们的甜美最后与我融为一体。葡萄就是这样在阳光下积聚起自己体内的糖分。这些如此简单的游戏，慢慢地继续着，给我的内心带来了轻松，给我带来了幸福的微笑，隐隐约约的头晕目眩，一直叫我闭上了眼睛，正如那些无所事事，终日躺在海边，吸着盐风，晒黑皮肤的人一样。

偶尔，哪一位少女热心的关怀会在我心上唤起激烈的震颤，在一段时间内移开了对其他人的向往。有一天就是这样。阿尔贝蒂娜说："谁有一支铅笔？"安德烈给了她铅笔，罗斯蒙德给她纸。阿尔贝蒂娜对她们说："各位女士，正在书写，严禁观看。"她把纸贴在膝盖上，专心致志地将每个字母工工整整写出来，然后把纸递给我，对我说："注意，别叫人看见！"我将纸条打开，看到她给我写的是这么几个字：“我很喜欢您。”

“咱们别写蠢话了，”她向安德烈和罗斯蒙德转过身去，高声叫道，口气激烈而又庄重，“今天早晨我收到希塞尔给我写的信，我得给你们看看。我真是疯了，这信就在我口袋里，对我们会大有用处！”

希塞尔认为应该将她为得到中学毕业证书所写的作文给她的女友寄来，以便她读给其他女友听听。有两个题目供希塞尔任选，阿尔贝蒂娜担心出题会很难，没想到选择起来更难。一个题目是索福克勒斯从冥府致函拉辛，以安慰《阿达莉》上演失败；另一个题目是《以斯帖》首演之后，德·塞维妮夫人致函德·拉法耶特夫人，向她表达为后者不在场而深感遗憾的心情。请拟信稿。这两个题目里，第一个更难。希塞尔卖劲得很，大概感动了考官。她选了第一个题目，阐述得非常精彩，结果得了十四分[1]，评分委员会也向她祝贺。若不是她西班牙语考试“考砸了”，说不定她能得到“优秀奖”呢！阿尔贝蒂娜立刻给我们读了希塞尔寄给她的作文考卷，因为阿尔贝蒂娜也要参加同样的考试，她很希望听听安德烈的意见。安德烈在这方面比她们所有的人都厉害，可以给她出些好主意。

“她真够走运的，”阿尔贝蒂娜道，“这正是她的法语老师叫她在这做过的一个题目！”

希塞尔写的索福克勒斯致拉辛函，是这样开头的：

---

[1] 法国以二十分为满分。

亲爱的朋友，

至今无缘与您相识，冒昧致函，乞谅。新作《阿达莉》岂不表示您对拙作已进行过充分研究？您不仅通过悲剧中主角或主要人物之口道出诗句，且为合唱队写出了精彩诗句。请允许我毫不阿谀奉承地告知于您，据说在希腊悲剧中这合唱队尚可应付，但在法国，此乃地地道道之创举。何况您的天才如此精雕细刻，如此敏锐，如此迷人，如此细腻，如此高尚，已达炉火纯青地步，本人向您致贺。阿达莉、若阿斯等人物，您之对手高乃依均无法超出其右。性格粗犷，情节简单、有力。此悲剧并不以情爱为机关，我向您致以真诚赞美。最有名的格言亦非永远最正确。我向您引证的例子便是。

对这一激情动人的描绘，

是打动人心的最可靠之路。[1]

您表明您的合唱队所洋溢的宗教情感并非无法打动人心。广大观众会晕头转向，真正的行家则会给您以公正评价。谨致衷心祝贺并致崇高敬意。

阿尔贝蒂娜朗读过程中，双眸不断闪动，熠熠生辉。“真要叫人相信，她这是从什么地方抄来的，”念完以后，她大叫起来，“我从不相信希塞尔能下出这样的蛋来！还有她引的诗句！她是到什么地方去偷来的呢？”

---

[1] 引自布瓦洛《诗艺》，第 3 章。

接着，阿尔贝蒂娜钦佩的对象换了，这是真的，但是她的佩服之情有增无减。在安德烈谈话的整个过程中，她眼睛一直瞪得大大的，赞佩之情不停地叫她“眼睛瞪得要掉下来”。安德烈年龄最长，本事也最大，别人要听听她的意见。她首先带着某种讽刺口吻谈到希塞尔的作业，然后又带着难以掩饰真正严肃的轻佻表情，以自己的方式重写了那封信。

“还算是不错，”她对阿尔贝蒂娜说，“不过，如果我处在你的地位，人家给我也出这个题目——这是有可能发生的，因为经常出这道题——我就不这么做。我怎么做呢？首先，如果我是希塞尔，我可不那么一下子就冲动起来，我首先在另外一张纸上列出我的提纲。第一行，提出问题，展开主题；然后，要在发挥部分列出大概意思；最后是评价、文体、结论。这样，从要目一看，就知道思路如何。蒂蒂娜[1]，主题刚一展开，如果你喜欢，既然这是一封信，不妨说一入题，希塞尔就干了蠢事。索福克勒斯给一个十七世纪的人写信，他不应该写‘亲爱的朋友’。”

“确实，她本应该叫索福克勒斯说‘亲爱的拉辛’，”阿尔贝蒂娜充满激情地大叫起来，“这样就好多了。”

“不对，”安德烈用有点讽刺嘲笑的口吻回答道，“她应该写‘先生’。同样，结尾的地方，她本应找到诸如‘先生（最多是‘亲爱的先生’），恕我直表敬意，臣仆谨拜’这一类的字眼。另一方面，希塞尔说在《阿达莉》中合唱队是创举。她把《以斯

[1] 阿尔贝蒂娜的爱称。

帖》忘了，还有两出不太著名的悲剧，今年老师正好分析了这两部悲剧。所以，只要提到这两出悲剧，这是老师喜爱的话题，就可以确有把握考取。这两出戏是罗贝·加尼埃的《犹太女人》和蒙克莱斯基安的《饶命》。”[1]安德烈道出这两个戏名，掩饰不住善意的、比别人高出一头的情感，这种感情通过微微一笑表现出来，且是优美动人的一笑。

阿尔贝蒂娜再也忍不住了：

“安德烈，你太棒了，”她大叫起来，“你得把这两个戏名给我写下来。你信不信？我若是碰上这道题，那该多走运！甚至口试碰到了，我也要立刻谈起这两出戏，那一定会给人留下深刻印象。”

此后，每次阿尔贝蒂娜要求安德烈再给她说一遍这两出戏的戏名，好把它记下来的时候，这位学识渊博的朋友都声称已经忘了，从来没有再告诉她。

“其次，”安德烈接着说下去，口气里对比她更幼稚的伙伴有一种难以察觉的蔑视，但仍为自己能叫别人佩服而兴高采烈，而且对自己怎么写这篇作文的重视，超出她希望别人对此予以的重视，“冥府中的索福克勒斯应该很熟悉情况。他应该知道《阿达

---

[1] 古希腊悲剧诗人的作品，例如索福克勒斯、欧里庇得斯的剧本（剧中均有合唱队），于16世纪上半叶相继译成法文。1553年，艾提安·若代尔创作了《被俘的克丽欧巴特尔》，开法国带合唱队的悲剧先河。罗贝·加尼埃及蒙克莱斯基安走的是同一路子。这两个剧本与《以斯帖》为同一题材，即犹太人的痛苦遭遇。罗贝·加尼埃（1544—1590）于1583年写成《犹太女人》，是一个复仇故事。蒙克莱斯基安（1575—1621）的剧本《饶命》于1601年写成，情节与《以斯帖》十分相近。

莉》是在太阳王[1]和几位重要的朝臣面前演出的[2],并不是给广大观众演出。希塞尔就此而言的行家赞美倒一点不错，不过，似乎还可以再补充一些。索福克勒斯已成不朽，很可以具有预言的天才，宣称依伏尔泰之言,《阿达莉》不仅是拉辛的杰作，而且是人类才智的杰作。[3]”

阿尔贝蒂娜贪婪地饮啜着这些话语。她的双眸燃烧着火焰。这时，罗斯蒙德提议开始做游戏，她十分气愤地加以拒绝。

“最后,”安德烈以同样淡漠、随便、有点嘲讽意味而又相当热情自信的口气说道，“如果希塞尔首先将她要加以发挥的总的观点都从容地记下来，她说不定会想到我会怎么做，那就是指出索福克勒斯的合唱队所受宗教之启发与拉辛的合唱队所受宗教之启发之间的不同。我要叫索福克勒斯指出，虽然拉辛的合唱队像希腊悲剧合唱队一样充满宗教情感，然而他们所信奉的，并非同样的神祇。若阿斯的神与索福克勒斯的神毫无共同之处。到了发挥部分的结尾，会十分自然地得出这样的结论：‘宗教信仰不同又有什么关系？’索福克勒斯强调这一点可能有些顾虑。他可能担心这样会伤害拉辛的宗教信念，于是在这个问题上又对拉辛在王家港的各位老师[4]添上几句，宁愿对自己的对手诗才水平之高加以祝

[1] 太阳王指路易十四。

[2] 《阿达莉》为1691年拉辛应路易十四宠幸的德·曼特农夫人之请而写的悲剧，因抨击宗教，宣扬宽大容忍而触怒国王。

[3] 伏尔泰为自己所写的悲剧《信奉袄教的波斯人》(1769，未上演）著一文，其中有“《阿达莉》可能为人类才智的杰作”一句。

[4] 此处影射拉辛曾在王家港修道院小学校就读的事。

贺了。”

钦佩和聚精会神使阿尔贝蒂娜浑身发热，此刻她已大汗淋漓。安德烈则保持着女性纨绔子弟那种微微含笑的冷淡。

“再引几位著名批评家的一些评论，也不坏。”她说。然后我们就又做游戏了。

“对，”阿尔贝蒂娜答道，“有人对我说过这个。一般来说，最值得推崇的，便是圣伯夫和梅莱[1]的论点，是不是？”

“你倒不一定错。”安德烈回答。不管阿尔贝蒂娜怎么哀求，她始终拒绝给她写出那两个剧本的名字，“梅莱和圣伯夫坏不了事。但是特别应该引用德都尔[2]和加斯克－代福塞[3]。”

这工夫，我一直想着阿尔贝蒂娜递给我的那张从笔记本上撕下来的小纸条：“我很喜欢您。”一个小时以后，踏着回巴尔贝克的小路——对我来说，这路过于陡峭——下山时，我心中暗想，我的罗曼蒂克肯定是和她了。

有一系列的信号，一般来说，通过这些信号我们可以辨别出来我们已经堕入了情网。例如，我吩咐旅社不要因任何人来访而叫醒我，唯独这几个少女中的哪一位来访除外；等待她们（不论

---

[1] 居斯塔夫·梅莱（1828—1891）：路易大帝的中学法语教师，专门讲授修辞，写过许多文学批评研究文字，主要著作有《高级修辞班及文科中学毕业会考法国古典大师文学研究》（1875）等。

[2] 费利克斯·德都尔（1822—1904）亦为法文教师，他于1859年出版《拉辛的敌人》一书。

[3] 列翁·加斯克－代福塞于1898年发表《拉辛剧作选》，在引言中，他引了安德烈上文提到的伏尔泰的话。

该来的是哪一位）前来时，我的心房那样剧烈地跳动；这种日子，如果我未能找到理发师为我修面，不得不难堪地出现在阿尔贝蒂娜、罗斯蒙德或安德烈面前，我是多么气恼，等等。以这一系列信号为特征的这种状态，因这一个少女或另一个少女轮流反复出现，与我们称之为爱情不同，大概与植形动物类的生命与人的生命之不同情形相仿。如果可以这么说的话，在植形动物类中，生命、个性分布在不同的器官上。但是博物史告诉我们，这样的动物机体是可以观察的，而我们自己的生命，无论如何已经比植形动物更加进化，就我们从前意想不到而现在应该经历的状态的真相而言，并非更加无法肯定，除非我们后来放弃了这种状态。例如，对于我来说，这种同时将心分到好几个少女身上的恋爱状态。一心数爱，或者更确切地说是数爱一体，因为最常使我觉得甜美无比的，与他人不同的，对我来说开始变得那么宝贵，以至成了我生活中最大的快乐的，希望第二天依然如此的，可以说便是这一组少女的全体，从悬崖上，一片草地上，海风吹拂的数小时的总体中获取的全体少女。阿尔贝蒂娜、罗斯蒙德、安德烈的面庞在那一方草地上流露出千姿百态，那样激发起我的想象能力。我无法道出使这些地点对我变得那样珍贵的是哪一个，我最想爱的是哪一个。一场恋爱开始时，也和结尾时一样，我们并非一味依恋爱的对象，更确切地说，因这爱的对象而起的爱恋欲望（以后则是爱的对象留下的回忆）带着肉欲在可相互置换的魅力区域中游荡——这种魅力有时纯属生理、美食、住所范畴——各种魅力之间相当和谐，使这种爱的欲望在哪一种魅力身边都不会感到陌生。此外，在她们面前，我还没有因司空见惯而厌倦，我有能力看到她们，这意思就是，我有能力在每次置身于她们之间时都感受到深深的惊异。

显然这种惊异的部分原因，是此人此时又向我们展示出他新的一面。每个人的多面性是那样庞大，面庞与身体的线条那样丰富，很少现出同样的线条。我们刚刚离开这个人的身边，在我们回忆的绝对简单化之中，正如同记忆选择了给我们印象深刻的某一特点，将这个特点孤立起来，加以夸大一样，我们觉得个子很高的一位女子，在草图中就成了身高异乎寻常；我们似乎觉得金发、皮肤白里透红的一位女子，在草图中就成了纯粹的《粉红与金色之和谐》了[1]。待到这位女子重新出现在我们身旁，所有构成她的平衡的被遗忘了的其他长处，以其纷乱的复杂性向我们袭来时，她的身高降低了，粉红的面颊被淹没了，我们专门前来找寻的东西，被其他的特点代替了。这其他特点，回想起来，第一次时我们也曾注意到，只是不知为何竟没有料到会再度看到这些。我们回忆一下，我们想去迎接一只孔雀，可是找到的是一朵牡丹。此种不可避免的惊异无独有偶。还有另一种惊异，从差异而产生，并非回忆的因袭形式与现实之间存在的差异，而是在上一次我们见到的人与今天从另一角度在我们面前出现、向我们显示了一种新面貌的这个人之间的差异。人的面孔确实与东方某多神教神谱

[1] 此题目为杜撰，但画家惠斯勒的作品常有这样的题目，例如《金与黑的夜景》《灰与绿的和谐》《粉红与银色音符》《金色与栗色的和谐》等。据说惠斯勒是埃尔斯蒂尔的原型之一。

中神的面孔一样，是从不同角度重叠在一起的一连串面庞，凡人是不能同时完全看见的。

但是，我们惊异的大部分原因，在于别人在我们面前呈现的是同一个面孔。我们必须下很大功夫才能重新创造出我们的身外之物向我们提供的一切——哪怕是一种水果的味道——我们刚刚得到一个印象，便不知不觉地沿着回忆的斜坡滑了下去，结果是在很短时间内，我们已经不知不觉地距离我们的感受很远了。于是，每一次重新见面都是一种纠正，将我们带回我们真真切切之所见上去。我们已经想不起来了，人们称之为记住某某的，实际上是忘记某某。只要我们还有机会重见，已经遗忘的线条在我们面前出现的那一刻，我们又认出来了，我们不得不纠正在记忆中产生了偏差的线条，就这样，无止无休而又丰富多彩的惊异使我与这些海滨少女每日的约会变得那样有益于身心健康，轻松愉快。这惊异既由许多发现，也由许多模糊的回忆组成。再加上她们在我心中唤起的动荡——这种内心动荡从来就不完全是我所想的那样——更使得我对下一次聚会的期望与上一次的期望不再完全相同。从最后一次交谈那尚动人心弦的回忆中，可以明白，每次散步都对我的思想重重打上一闷棍，而且丝毫不是朝着我在自己房间的孤寂中头脑冷静时所能规划出来的方向。当我头脑里轰响着像一群蜂一样使我心潮翻滚、久久在我心中回荡的话语回到旅馆时，早已把这个既定方向忘到九霄云外去了。每个人，我们不再看见他的时候，他就被消灭了。此后他再次重现，便是一次新的创造，与紧挨在前面的那次出现便不同，甚至比前面的哪一次都有所不同。在这些创造中主导一切的变化，至少有两个。当我们回忆起精神抖擞的目光、大胆的表情时，到了下一次，不可避免地会是无精打采的身影，若有所思的神气，这正是我们在上次回忆中所疏忽的地方。到下一次相见时，我们又一定感到惊异，也就是说，几乎只对这些留下深刻印象了。在我们的回忆与新的现实对照时，给我们的失望或惊异打上烙印的，正是这个，似乎对现实进行修改，提醒我们记忆不准确的，正是这个。反过来，上一次所忽略的面庞特点，正因为如此，这一次成了最能抓住人、最真实、最有纠正意味的特点，又将成为思考和回忆的材料。我们希望再度见到的，又是无精打采、圆乎乎的身影，和气而又若有所思的表情了。可是，到了下一次，有洞察力的眼睛、尖尖的鼻子、紧闭的嘴唇所包含的意志方面的内涵又要重新来纠正我们的愿望及其认为与之相符合的对象之间的差距了。当然，此种对初次印象的忠实，而且纯粹是外表方面的印象，每次在我的女友们身边都重新得到修正的这些印象，并不仅仅与她们面部五官有关系，诸位读者已经看到，我对她们的嗓音也同样敏感。说不定她们的嗓音更叫人心慌意乱（因为嗓音不仅仅提供了与面庞同样的特殊而又官能性的表面，它还是不可企及的深渊的组成部分，使人产生无望的亲吻那种头晕目眩）。她们的嗓音犹如一件小小乐器的单音，每种声音都全力以赴，却又只属于它自己。哪个嗓音，我已将它遗忘，当哪一种抑扬顿挫又将它勾画出来，我又辨认出这嗓音时，它的某一深曲线又叫我惊异。就这样，每次相见，我不得不进行校正以便回到完全准确上去，就和调音师、音乐教师或制图员进行的校正一样。

这些少女在我心中传播开各不相同的情感波。每种波都对其他波的扩散进行抵制，各种不同的波便相互抵消，已有一些时候。这种和谐的黏合，一天下午我们玩环坐猜物集体游戏时，终于被打破，而倾向阿尔贝蒂娜一边。那是在悬崖顶上一片小树林中。那天我们大概人数很多，那小帮少女又带去一些圈外的人。我的位置在不属于这小帮少女的两个少女中间，我满怀艳羡地望着阿尔贝蒂娜旁边的一个小伙子，心想如果我在他那个位置上，在那可能永不会再来的意料不到的几分钟里，就可以触到我女友的手了。想到只要接触到阿尔贝蒂娜的手，甚至没有想这样必然会导致什么后果，我已经觉得甘美无比。这并不是因为我从未见过比她的手更好看的手。甚至就在她的女友这一小组里，安德烈的手，修长而又细腻得多，似乎过着特殊、乖乖服从那姑娘指挥而又独立的生活。那手常常在她面前伸得长长的，好似高贵的猎兔狗，懒洋洋的，又好似漫长的梦。突然拉拉某一节指骨，都会使那手变得更长，因此埃尔斯蒂尔还为这手画过好几张习作。从一张习作上，可以看到安德烈正在火前烤手。在灯光下，她的双手如同两片秋叶，为半透明的金色。阿尔贝蒂娜的手更肥胖一些，与她握手时，在你的手紧握下，她的手先松弛一下，然后便抵住那握力，给人以一种极为特殊的感觉。阿尔贝蒂娜的手着力时，性感又柔和，似乎与她的皮肤那粉红之中稍带紫色调的色泽形成浑然一体。这样的着力似乎使你进入少女体内，进入她的感官深处，如同她那响亮的笑声与鸽子叫或某些叫喊相似一般，不大得体。某些女子，与她们握手是那样令人快乐，人们真要感谢社会文明将 shake hand[1] 变成了初次接触的青年男女之间可以允许的行为。阿尔贝蒂娜就在这样的女子之列。如果有什么不近人情的施礼习惯以另一种动作代替了握手，我大概就只能每天怀着迫不及待的心情望着她那不可触知的手兴叹了。这种迫不及待要接触她的手的心情，与迫不及待要知道她的面颊是什么味道的心情同样强烈。如果做环坐猜物游戏时我坐在她旁边，我期望的，并不仅仅是将她的手长时间握在我的手里的那种快乐：那样，直到如今因腼腆而憋在心中的那么多爱情倾诉和表白，就能通过手的某些着力动作传递出去。她那方面，用不同的着力来回答，可以多么轻而易举地向我表示她接受这种感情！多么好的串通，多么美的感官享乐开端！在这样在她身旁度过的几分钟之内，我的恋爱会比自我与她相识以来有更大的进展！我感到这样的时刻不会长久，很快就要结束，因为肯定不会长时间玩这个小小的游戏。游戏一结束，那就为时太晚了！我简直坐不住了！

我故意叫人把戒指抢走。一到了圈子中间，那戒指往下传时，我佯装没有发觉，却用目光瞟着它，等待着它传到阿尔贝蒂娜身边那个男孩子手里的时刻到来。阿尔贝蒂娜放声大笑，游戏很热闹，也很快活，她满脸粉红。

---

[1] 英语，意为握手。

“我们正巧是在树林里。”安德烈指着我们四周的树木对我说，眼中含笑。那笑是只为我一个人的，似乎超越了做游戏的人，好像只有我们两个人有足够的聪明才智，能够相互窥视内心并对游戏做出具有诗意的评论。她甚至心细到像去特里亚农[1]便不能不在那里举行路易十六式的庆祝活动的人，或者觉得在为之写了曲子的环境里叫人唱那个曲子才有滋味的人一样，虽然并不特别有情绪，还是唱了起来：

> 女士们，白鼬从这里过去了。
> 美林白鼬从这里过去了。

如果我有闲工夫想到这个，肯定要为从这个艺术处理中找不到优美之处而难过。可那时我的心思完全不在这个上。参加游戏的男男女女，开始对我那么愚蠢、抓不住戒指而感到奇怪了。我望着阿尔贝蒂娜，她那么漂亮，那么毫不在乎，那么快活。她怎么也料想不到，待我终于从别人手里截住戒指时，她就要在我旁边了。必须借助于她丝毫不会起疑的一计，不然她会恼火的。在玩得热火朝天之时，阿尔贝蒂娜的长发已经散开，成了一绺一绺的卷发，散落在她的双颊上。那头发干干爽爽，金色，更加突出了她那粉红的肤色。

---

[1] 特里亚农为凡尔赛宫殿的一部分，分大、小特里亚农。大特里亚农建于 1670 年，后来 1687 年芒萨尔建“大理石特里亚农”，代替了原来的大特里亚农。

“你有与劳拉·迪安娜[1]、埃莱奥诺·德·居荣[2]以及她那位受到夏多布里昂如此钟爱的后代一样的发辫。”为了接近她，我常常附在她耳边说。

忽然，戒指传到了阿尔贝蒂娜身边那个男孩的手里。我立刻扑上去，粗暴地掰开他的手，抓住戒指。他只好到圈子中央我原来的位置上去了，而我则取代了他的位置，坐在阿尔贝蒂娜旁边。几分钟以前，我看见这个小伙子的手滑到小绳上，随时都碰得到阿尔贝蒂娜的手，我非常羡慕这个小伙子。现在轮到我了。可是我太羞涩，不敢去寻求这样的接触；太激动，体验不到这样接触的滋味。我感觉到的，只有我的心在剧烈而痛苦地跳动。

有一阵，阿尔贝蒂娜会意地将她那丰满而又粉红的面庞朝我凑过来，佯装手中握有戒指的样子，以欺骗白鼬，防止他往戒指正在传递的方向看。我立刻明白了，阿尔贝蒂娜目光中那暗示是指的这个把戏。当我看见纯粹为了游戏的需要而佯作有一桩秘密、有一种默契的目光在她眼中闪烁时，我真是心慌意乱。这秘密，这默契，在她与我之间并不存在。但是从此时起，我觉得这似乎

---

[1] 劳拉·迪安娜（1476—1534）为阿方索一世的宠姬。有人认为提香的肖像画《梳妆的妇人》（陈列于卢浮宫中）画的就是她，但证据并不确凿。此处普鲁斯特想到的正是这幅画：一位美丽的少妇对镜自赏，手中握着半编成发辫的一部分长发。

[2] 埃莱奥诺·德·居荣（1122—1204）也以秀发而出名。但是“受到夏多布里昂如此钟爱”的那位女子与她似没有亲戚关系。此人为德·居斯蒂娜侯爵夫人，她是玛格丽特·德·普罗旺斯的后代。但是埃莱奥诺·德·居荣的孙子娶了玛格丽特·德·普罗旺斯的妹妹，而且她的妹妹名字也叫埃莱奥诺。这可能是普鲁斯特搞混的原因。

是可能的，而且觉得如天堂一般甜美。这个念头搅动着我，就在这时，我感到阿尔贝蒂娜的手轻轻压在我的手上，她那抚慰人的手指滑到了我的手指下面。我看到她同时向我眨眨眼睛，极力叫别人觉察不到。顿时，直到此刻我自己尚看不清楚的一系列希望形成了：

“她这是利用游戏叫我感觉到她很喜欢我。”我高兴得上了天，想道。就在这时，我听到阿尔贝蒂娜恼火地对我说：

“快拿住啊，我递给您递了一个钟头啦！”

我的情绪立刻跌了下来。

我难过得痴痴呆呆，松开了小绳。白鼬瞥见了戒指，朝她扑过来。我不得不再次到圈子中央去，心灰意懒，望着那发疯的圆圈继续在我四周打转。所有的姑娘都与我开玩笑，诘问我。为了应答，我只好笑，可我一点也不想笑。

阿尔贝蒂娜却不停地说：

“不想聚精会神就别玩！成心叫别人输，就别玩！安德烈，以后咱们做游戏的日子再不请他了，不然我就不来了。”

安德烈超然于游戏之上，仍在唱着那首《美林》。罗斯蒙德见样学样，也并无坚定信念地接着唱起来。安德烈想转移一下阿尔贝蒂娜的责备，对我说：

“您那么想看的克勒尼埃景色，就离这儿几步远。来，我领您从一条美丽的小路一直走过去，让她们这些疯子去装八岁小孩吧！”

安德烈对我极好，于是路上我对她谈到似乎在阿尔贝蒂娜身上特有的、足以叫我爱上她的一切。安德烈回答我说，她也很喜欢阿尔贝蒂娜，觉得她非常动人。不过，我对她女友的恭维似乎并不令她开心。

忽然，在低洼的小路上，我停下了脚步，童年时代温馨的回忆打动了我的心：从那经过修剪、闪闪发光、探到路边的树叶上，我认出了一簇山楂树，可叹自暮春便落了花。我的四周，荡漾着从前马利亚月[1]、星期日下午、已忘却的信仰和失误的气息。我真想抓住这气息。我停下脚步一秒钟，安德烈怀着动人的预见，让我与树叶交谈片刻。

我向树叶询问开花的情况，这些山楂树的花与天性活泼、冒失、爱俏而又虔诚的少女颇为相似。

“这些小姐早已经走了。”树叶对我说。

说不定树叶心里在想，我自称是这些花朵的挚友，可是看上去我对花儿的生活习惯并不怎么了解。是一位挚友，但是已经这么多年没有与她们重逢了，虽然曾经许下了诺言。然而，正像希尔贝特是我与少女的初恋一样，这些花朵也是我与花朵的初恋。

“对，我知道，她们六月中旬前后走，”我回答道，“但是见见她们在这里住过的地方，我也很高兴。她们曾经到贡布雷我的卧房里来看我，是我生病的时候我母亲带她们来的。我们总是在马利亚月的星期六晚上重逢。她们也能到这里来吗？”

“噢，当然啦！再说，人们对在荒漠圣德尼教堂里见到这些小

[1] 马利亚月即 3 月。

姐看得很重呢！荒漠圣德尼教堂就是离这儿最近的教区。”

“那么，现在要看她们呢？”

“噢，明年五月以前是不行了。”

“可以肯定她们明年一定会在这里吗？”

“每年都准时在这。”

“只是我不知道我是不是还找得到这个地方。”

“会的！这些小姐性情那么快活，只有唱赞美诗的时候，才中断笑声。你从小径的尽头就能分辨出她们的香味，决不会错！”

我追上安德烈，重又在她面前赞扬起阿尔贝蒂娜。我那么反复强调，似乎觉得她不会不在阿尔贝蒂娜面前学舌。可是我后来从来没听阿尔贝蒂娜说她知道这些事。安德烈对别人心事的理解和待人之周到，要胜过阿尔贝蒂娜十分。找到恰如其分的眼神、字句、动作，极为巧妙地叫人开心；一个感想，可能叫人难受，便吞进腹中；牺牲一小时的游戏，甚至一个上午，一次游园聚会（又显出这不是一种牺牲的样子）以留在心情悲伤的男友或女友身边，向他（或她）表示她宁愿陪他（或她）一个人而不喜欢那些轻浮的快乐，这都是她习惯成自然的高尚情怀。当人们进一步了解她时，简直可以说，她的情形犹如那些本来很胆小但是不愿意显出恐惧的小英雄，她们的勇武尤其值得赞扬。简直可以说，这种善良丝毫不存在于她的天性之中，她随时随地表现出来，乃出于精神高尚，感觉敏锐，要表现出是别人的忠诚朋友的良好意愿。

关于我和阿尔贝蒂娜之间的缘分，听着她对我说的动人言辞，似乎她会全力以赴以成全我们。然而，可能出于偶然，可以安排的、能够将我和阿尔贝蒂娜结合在一起的事情，她从来没有干过一桩。我不敢发誓说，为了让阿尔贝蒂娜爱上我，我下的那些功夫在她朋友的心中即使没有引起搞些什么秘密勾当以从中作梗的欲望，至少引起了某种愤怒。当然这种愤怒掩饰得很好，而且出于高尚的情操，说不定她自己也在与之做斗争。安德烈的种种善意周到，阿尔贝蒂娜是做不到的。然而安德烈内心深处是否善良，我无法肯定，正如那以后我对阿尔贝蒂娜是否善良也不能肯定一样。

安德烈对阿尔贝蒂娜感情奔放而流于轻浮，总是表现出慈爱的宽容，对她说话，微笑，全是一个女友的话语和微笑。更有甚之，她总是以朋友的身份行事。为了叫这个贫困的朋友享受她自己的奢华，为了使这个穷朋友幸福，我日复一日地看见她比打算得到君主垂青的弄臣还要卖力，而个人从中没有任何好处可捞。别人在她面前怜悯阿尔贝蒂娜的贫困时，她是那样温和，话语忧伤而感人肺腑，真是令人动容。较之对待一个富有的朋友，她更是操上一千倍的心。如果有人提出，阿尔贝蒂娜说不定并不像人们说的那么贫穷，安德烈的眉宇间就会罩上一层难以察觉的乌云。她似乎怏怏不乐。如果别人还要进一步说，归根结底，阿尔贝蒂娜也许并不会像人们想象的那么难找婆家，她就要极力与您说相反的话，几乎恼火地反复说：“可惜，她一定嫁不出去！这我知道，而且这叫我心里够难受的了！”

甚至对我而言，在这帮少女中，她也是唯一在我面前从未传过别人对我说的不好听的话的人。更有甚者，假如是我自己唠叨这些话，她还佯装不相信或者做出解释，使那些话变得不伤人了。这一系列的长处，就叫机灵。有的人，如果我们要去跟谁决斗，他们首先要向我们祝贺，并且补充一句，说没有理由要这样干，这是为了在我们眼中更抬高我们表现出的勇气，我们并不是不得已而为之。机灵就是这些人的特性。有人与这种人正相反，在同样的情况下，他们说："您肯定很讨厌与人去决斗，可是另一方面您又咽不下这口气,不这么干不行。"[1] 在任何事情上总有说好与说坏的。如果我们的朋友在我们面前复述别人说我们的伤人的话，而且为这样做而感到高兴，或至少感到无所谓，便证明他们对我们讲这些话的时候，并不怎么能设身处地，并不怎么爱我们，还要往我们身上针刺、刀割，就像往动物肠膜上针刺、刀割一样。而另外一种朋友，也就是满脑子机灵的朋友，他们听到别人对我们的行动之所言，或者我们的行为使他们产生什么看法，会使我们不快，他们总是对我们加以隐瞒，这种艺术可以证明他们具有高超的遮掩本事。如果他们确实不往坏处想，而且人家说的话叫他们不好受，正像这些话也会叫我们难过那样，这种遮掩是并无不妥之处的。我想，安德烈就属于这种情况，当然我这样说并无绝对把握。

我们早已走出小树林，沿着人迹罕至的崎岖小路前进。安德烈倒一点不转向。

"看，"她忽然对我说，"这就是您那了不起的克勒尼埃。您还

---

[1] 1897 年 2 月 6 日普鲁斯特在默东森林与让 · 洛兰决斗过。

挺有运气，这正好是埃尔斯蒂尔画的那种天气，那种光线。”

顿时，在我脚下，我辨别出了埃尔斯蒂尔所窥视和撞见的海上仙女，她们躲藏在山岩之间，避过炎热。在可与达·芬奇的一幅画相媲美的暗色透明涂料下，这些美丽动人的影子，在树荫遮掩下，转瞬即逝，灵活敏捷，默默无语，随时准备在阳光一抖动之时便溜到石头下面去，躲藏在石缝间。阳光的威胁一过去，这些影子又飞快回到山岩或海带旁。在悬崖和颜色消退的大洋那碎成斑斑点点的阳光下，这些影子似乎又在看守着山岩或海带小憩，是一动不动而又轻浮的看门女人，紧贴着水面露出她们那凝脂般的身体和暗色眼珠那专注的目光。可惜我还在为环坐猜物游戏时从希望的顶巅跌落下来而痛苦悲伤，所以我并没有体会到不是这种情绪时我会体会到的那种快乐。

我们又和其他少女会齐，踏上归途。现在我知道我爱的是阿尔贝蒂娜了。可惜，我倒不为让她知道此事而操心。自从在香榭丽舍大街游戏以来，虽然我相继眷恋的人几乎都一样，我的爱情观却已发生变化。一方面，向我心爱的人倾诉，表白自己的柔情，我似乎觉得这不再是谈恋爱最重要、最必要的一幕了；爱情本身，我似乎也觉得不是外在的现实，而只是主观的快乐了。这种快乐，我感到，唯其阿尔贝蒂娜不知道我会感受到，她才会更加高高兴兴地去做一切必须做的事来维系它。

整个归途中，从别的几位少女身上放射出的光焰吞没了阿尔贝蒂娜的形象，她的形象对我来说并不是唯一的存在。但是，正如白昼时月亮只是形状更具特点、更固定的一小片白云，阳光一旦消失，月亮就显示出其全部巨大威力一样，待我回到旅社以后，从我心中升起并开始光芒四射的，便只有阿尔贝蒂娜的形象了。我似乎骤然间觉得我的房间变了样。当然，这房间早已不是第一天初来乍到的那个晚上那充满敌意的房间了。我们不断地改变着我们四周的住处，随着司空见惯免去了我们的感受，便将体现我们不自在感觉的那些有害的颜色、空间和气味各种因素都取消了。这个房间虽然对我的情感还起着相当大的作用，显然已不再使我痛苦，而是给我以快乐了。它成了美好时日的酿造池，好像一个游泳池，美好的时日使浸着阳光的一片蔚蓝在泳池半人高的地方如明镜般闪烁，阳光像热量散射一样看不见摸不着而又雪白一片，一度覆盖了水中映出的、飞驶的一艘帆船。这房间也不再是欣赏绘画的傍晚那纯粹具有审美意义的房间。这是我在这里住了这么久以至我已经视而不见了的房间。现在，我又开始对它睁大了眼睛，但是这一次，是从恋爱这个自私自利的角度出发了。我想，这倾斜的漂亮大镜子，镶着玻璃的华丽书柜，如果阿尔贝蒂娜来看我，会使她对我看法不错。我的房间作为我逃往海滩或里夫贝尔之前在这里过上一刻的过渡地点，对我又变成实实在在、十分宝贵、焕然一新了，因为我是以阿尔贝蒂娜的眼睛来观看和欣赏室中的每件家具的。

做环坐猜物游戏以后过了几天，我们外出散步。信步走去，走得太远了，最后在梅恩维尔找到了两辆有两个座位的小“酒桶”车[1]。坐上这两辆车能叫我们吃饭时回到家，大家真是高兴

[1] 轻型马车，车棚低矮。要从后面钻进车内，因而称为“酒桶”车。

极了。我对阿尔贝蒂娜已经爱得很强烈，其效果是，我先后向罗斯蒙德和安德烈提议与我同乘一辆马车，而没有一次提出让阿尔贝蒂娜与我同坐一辆车。后来，我一面优先邀请安德烈或罗斯蒙德，一面用时间、路线、大衣这些次要问题的考虑，让大家做出决定——似乎违背我的心愿——最实在的办法还是我与阿尔贝蒂娜同坐一辆车。对于她来陪我，我装作勉强接受的样子。可惜爱情总是倾向于要把一个人完全吸收进去，只不过通过谈话方式，任何人均无法食用。归途中，阿尔贝蒂娜极尽热情之能事。但是这毫无用处。待我将她送到家，留下我一个人，我感到非常幸福，却比动身时对她更加渴望。我只把刚才一起度过的时光看成一个序曲，与此后一起度过的时光相比，其本身并无多大重要性。然而它具有初次的魅力，一去不复返。我对阿尔贝蒂娜尚未提出任何要求。她可能已在想象我会要求什么，但她并没有什么把握，可能设想我只倾向于并无明确目的的男女关系。在这种关系中，我的女友大概会找到甜蜜的、富有期待的意外的浪花，这就是浪漫情调。

此后的一个星期中，我并不千方百计要见阿尔贝蒂娜。我佯装更喜欢安德烈。恋爱开始，人们希望在自己心爱的女子面前，仍保留着她会爱的陌生人形象。但是人们又需要她，又需要更多地接触到她的关注，她的心，更甚于接触她的肉体。在一封信中，人们无意地写上一句恶言恶语，这将迫使那个无动于衷的女人向你要求一份热情。爱情，按照一种必然有效的技艺，对我们来说，就是用双向运动来拧紧齿轮系统，我们在这齿轮咬合之中，再也不能不爱，也再也不能被爱。

别人去参加什么白天的聚会，我把这个时间给了安德烈，我知道她因为高兴，会为我牺牲这次聚会，她甚至会很烦闷地出于高尚情操而为我牺牲这几个小时，为的是不让别人和她自己产生什么想法，认为她将相对说来属社交性质的快活看得太重。于是我安排每天晚上单独和她在一起，倒不是为了叫阿尔贝蒂娜妒意大发，而是为了提高我在她眼中的威望，或者至少在告诉阿尔贝蒂娜我爱的是她，而不是安德烈时，不会降低自己的威信。这样的话，我也不对安德烈说，担心她会在阿尔贝蒂娜面前学舌。我与安德烈谈起阿尔贝蒂娜时，故作冷漠。我上了她表面轻信的当，她对我的故作冷漠恐怕不会上当。她佯装相信我对阿尔贝蒂娜无动于衷，佯装希望阿尔贝蒂娜与我完美结合。实际上很可能正相反，她既不相信我对阿尔贝蒂娜无动于衷，也不希望我与阿尔贝蒂娜完美结合。在我对她说我并不将她的女友放在心上时，我的心里只想着一件事，那就是极力与邦当太太搭上关系。邦当太太在巴尔贝克附近小住几天，阿尔贝蒂娜大概很快要去她家过上三天。当然，我不叫安德烈看出这个欲望，我与她谈起阿尔贝蒂娜的家庭时，是毫不在意的神情。安德烈那些明确的回答，倒显不出她对我的诚恳有所怀疑。可是有一天，她对我冒出一句："我正好看见了阿尔贝蒂娜的姨母。"这是为什么呢？当然，她并没有对我说："您那些似乎偶然说出的话，我理出个头绪来了，我知道您一心想与阿尔贝蒂娜的姨妈拉上关系。"但在安德烈的头脑中，显然有这个想法，她认为向我隐瞒这个想法更好一些，而"正好"

这个词似乎就是与这个想法相联系的。有些眼神，有些动作，虽然没有逻辑的、理性的形式，没有直接为听话人的智力而规划的形式，但是这些眼神和动作会叫他理会到其真正的含义，正像人的语言在电话中先转变为电，然后又转化为语言为人所听见一样。这个“正好”就属于这一家族。为了从安德烈的头脑中抹去我对邦当太太感兴趣的想法，我再谈到这位太太时，不仅心不在焉，而且还带有恶意。我说从前曾经见过这类疯女人，但愿以后不再遇到这种事。实际上正好相反，我千方百计要与她见面。

我极力要埃尔斯蒂尔同意在邦当太太面前谈起我，并且要我与她见一次面。但我没有对任何人说我求埃尔斯蒂尔办这件事。埃尔斯蒂尔答应让我与她相识，但对我希望做这件事大惑不解，他认为这位太太是一个可鄙的、专门搞鬼的、既没有趣味又贪图钱财的女人。我想到，如果我见邦当太太，安德烈早晚要知道，所以我想最好还是提醒她一下。

“什么事，你越想躲，越躲不开，”我对她说，“世界上再没有比与邦当太太见面更叫我腻味的事了。可是，我逃不过这一关。埃尔斯蒂尔大概要跟她一块儿请我。”

“对这事我一刻也未怀疑过，”安德烈大叫起来，语气酸楚，因不满而睁大的失神的眼睛，直勾勾望着什么看不见的东西。安德烈的这些话还构不成对一个念头的条理清楚的表述，这个念头可以概括如下：“我清清楚楚知道您爱阿尔贝蒂娜，您千方百计要接近她的家庭。”而她的话是这个念头不成形的、可以重新拼凑起来的碎屑。我触动了这个想法，让它暴露出来了，安德烈并非有意如此。就像我们刚才说的“正好”一样，这些话只在第二层才有含义。有些话（而不是直接的肯定）使我们对某个人产生敬重或戒心，使我们与这个人格格不入。安德烈的话即属于这一类。

我对安德烈说，我对阿尔贝蒂娜的家庭无所谓，安德烈没有相信我的话，这是因为她以为我爱阿尔贝蒂娜。她很可能为此感到不快。

一般来说我与她的女友约会时，她总是以第三者身份在场。然而也有的日子我得见阿尔贝蒂娜一个人。我在狂热中等待着这样的日子。这些时间渐渐过去，并没有给我带来任何决定性的东西，也没有成为我立即将其作用委托给第二天的那种重大的日子，第二天也不比前一天更起什么作用。日子就这样一天一天地过去，好似后浪推前浪的海浪。

从我们玩环坐猜物游戏那天算起，大约过了一个月，有人对我说，阿尔贝蒂娜第二天早晨要动身到邦当太太家去度过四十八小时。她不得不坐早班车走，所以头天晚上要住在大旅社，这样，第二天早晨她可以从旅社坐公共马车去赶头班火车，不致打扰她寄居的人家的朋友。我与安德烈谈起这件事。

“我一点也不相信，”安德烈回答我说，满脸的不高兴，“再说，这也不会使您有什么进展。我可以肯定，如果阿尔贝蒂娜一个人到旅社来，她根本就不想见您。这不合乎礼节，”她又加上一句，使用了最近她非常喜欢的一个形容词，那意思是“这种事情是做不得的”，“我对您这么说，因为我了解阿尔贝蒂娜的想法。至于我个人，您见她与否，关我什么事？这跟我毫无关系。”

这时奥克达夫遇上了我们。他轻松地告诉安德烈，他前一天在高尔夫球场上打了多少分，阿尔贝蒂娜打了多少分。阿尔贝蒂娜一面散步，一面像修女摆弄自己的念珠一样摆弄着她的球拍。幸亏有这种游戏，她可以独自一人待上几个小时而不会厌烦。她一来和我们聚在一起，那调皮的鼻子尖就出现在我面前，这几天我想到她时，倒把她这调皮的小鼻子尖忘却了。她那深色头发下，前额笔直，与我保留的不准确的形象形成鲜明对照，这已不是第一次了。眉宇间白皙的皮肤，又紧紧吸引住我的目光。阿尔贝蒂娜从回忆的灰尘中走了出来，在我面前重现。

玩高尔夫球使人习惯于独处的乐趣。球拍带来的乐趣肯定也是如此。阿尔贝蒂娜遇上我们以后，一面与我们聊天，一面继续玩球，就像一位妇女，她的女友来看望她，她并不因此就停下手中钩的活计一样。

“据说德·维尔巴里西斯太太向您父亲提出了抗议，”她对奥克达夫说（我从“据说”二字里听到了阿尔贝蒂娜特有的一个音符。每次我发现自己已将这些音符遗忘时，同时便想起在这些音符后面，曾依稀见过阿尔贝蒂娜那决断而又法西兰式的面部表情。即使我是盲人，也能从这些音符里和她的鼻子尖上认出她的某些机灵而又有外省味道的特点来。音符和鼻子尖都很有价值，说不定能够相辅相成，而她的嗓音又像未来的电视电话那样在声音里清楚地显现出视觉形象来），“她不只是给您的父亲写了信，同时还给巴尔贝克市长写了信，叫人在海堤上不要再玩马球了，因为一个马球落到了她脸上。”

“对，我听人说到这个抗议。这很可笑。这里已经没有多少消遣。”

安德烈没有插言，她不认识德·维尔巴里西斯夫人，其实阿尔贝蒂娜和奥克达夫也不认识德·维尔巴里西斯夫人。

“不知道这位太太为何要如此小题大做，”安德烈还是开了口，“德·康布尔梅老太太脸上也挨了一球，她并没有提出抗议嘛！”

“我给你解释一下这二者的差别，”奥克达夫表情严肃地一面搓着一根火柴棍一面答道，“这是因为在我看来，德·康布尔梅太太是一个交际花，而德·维尔巴里西斯夫人则是一个暴发户。你们今天下午去不去打高尔夫球？”说着他便离开了我们。安德烈也走了。

我与阿尔贝蒂娜单独留下来。

“您瞧，”她对我说，“现在我照您喜欢的样子弄我的头发了，看看我这绺头发！没有人不嘲笑这个，可是没有一个人知道我这是为了谁。我的姨妈肯定也要嘲笑我的。当然我也不会告诉她这是什么原因。”

我从侧面望着阿尔贝蒂娜的双颊。她的双颊常常显得苍白，但是，这样，便得到浅色血液的浇灌，那血液照亮了双颊，使它闪闪发光。某些冬日的清晨也这样闪闪发光，局部被阳光照耀的石头仿佛粉红色的大理石，放射出快乐的光芒。此刻，看到阿尔贝蒂娜的双颊也给予我极大的快乐。不过这快乐导向另一种欲望，不是想去散步，而是想亲吻。

我问她，人家说的那些计划是否属实。

“对，”她对我说，“今晚我在您那个旅社过夜。我有点感冒，甚至晚饭前我就要上床。您可以到我床边来看我吃晚饭，然后咱们玩一会儿。您想玩什么，咱们就玩什么。如果您明天早晨到车站来，我会非常高兴。不过我怕这会显得莫名其妙，我说的不是安德烈，她很聪明；我说的是别的去车站的人。有人告诉我姨妈，又会成为闲话。但是我们可以一起度过今天晚上。这个，我姨妈一点也不会知道。我去向安德烈告别。好，一会儿见。早点来，咱们时间好多一点。”她又微微一笑补充一句。

听到这些话语，我又回到爱希尔贝特以前的时代，回到我觉得爱情似乎不仅是一个外在的整体，而且是可以实现的那个时代。我在香榭丽舍大街看到的希尔贝特，与我独自一人时在我心中重现的希尔贝特完全不同。骤然间，想象的阿尔贝蒂娜，当我还不认识她的时候，我自认为在海堤上偷偷望着我的阿尔贝蒂娜，见我远去现出不心甘情愿回家神情的阿尔贝蒂娜，化成了真正的阿尔贝蒂娜，我每天见到的阿尔贝蒂娜。我原来还以为她充满资产阶级偏见，对她的姨妈特别坦白呢！

我去与外祖母一起用晚餐，感到自己心中有一桩她不了解的秘密。同样，对阿尔贝蒂娜来说，明天她的女友们与她在一起，也不知道在我们之间刚刚发生的事。当邦当太太吻她甥女的额角时，她根本不会知道在她们两人之间还有一个我，甥女头发梳成那个式样，是为了讨我喜欢，而这个目的对所有的人都是秘而不宣的。直到那时为止，我是那样羡慕邦当太太，因为她的亲戚也是她甥女的亲戚；她为什么人戴孝，她甥女也为什么人戴孝；她到什么亲戚家走动，她甥女也要到什么亲戚家走动。碰巧对阿尔贝蒂娜而言，我胜过她姨妈本人。在她姨妈身边时，她思念的会是我。过一会儿会发生什么事情，我不大清楚。总而言之，这大旅社，这夜晚，在我看来已不再空荡荡，它们蕴含着我的幸福。

我打铃叫来开电梯的人，以便上楼到阿尔贝蒂娜开的房间去。房间是在山谷一侧。任何细小的动作，例如坐在电梯里的长凳上之类，我都觉得那么甘甜，都与我的心息息相通。电梯借以上升的缆绳，走出电梯后还要迈上的几级台阶，在我眼中，只是我的欢乐物化成了齿轮和阶梯。在这条走廊里，我再走上两三步，就到了那个房间，那玫瑰色的身体宝贵的精华就藏在那房间之中。那个房间，即使会有甜美的事情在其中发生，过后仍会保持常态，对于不晓得内情的过客，这房间仍与其他所有的房间无异。所有这些房间都将其中的物件变成了死不开口的见证，谨慎小心的心腹，神圣不可侵犯的快乐保管员。从楼梯口到阿尔贝蒂娜房间的这几步，任何人再也无法阻止的这几步，我满怀快乐、小心翼翼地走过去，仿佛投身于一个崭新的环境中，似乎我每前进一步，都在缓缓地移动着幸福，同时又有一种从未体验过的强大无比的感觉，感到自己终于进入了本来一直就应该属于我的遗产之中。

然后，我忽然想到，我不该有什么怀疑，她要我待她上床之后前来的。这再明白不过了，我高兴得直跺脚。路上碰见弗朗索瓦丝，差点把她撞倒。我双眸发亮向女友的房间跑去。

我见阿尔贝蒂娜躺在床上。白衬衣展露出她的脖颈，改变了她面庞的比例。也许是床，也许是感冒，也许是晚餐使她的面孔更加充血，更加显得艳如桃李。我想到几个小时之前在海堤上我见到的面色，现在终于就要知晓这秀色是什么味道了。为讨我喜欢，她那两条乌黑、卷曲的长辫，已经完全解开，其中一条从上到下穿过面颊。她微笑着望着我。她身旁，窗户里，皎洁的月光照亮了山谷。见到阿尔贝蒂娜裸露的脖颈和那胜过玫瑰的面颊，我是那样如醉如痴（也就是说，对我而言，现实世界再不是在大自然之中，而是投入了感觉的激流中，我几乎控制不住），这一见便完全打破了在我体内运行的那个偌大、坚不可摧的生命与相比之下那样弱不禁风的宇宙生命之间的平衡。从窗户上，我依稀望见山谷旁边的大海，梅恩维尔最高几处悬崖那隆起的乳房，月亮尚未升到中天的夜空。比起我双眸四周的绒毛来，我似乎觉得这一切扛起来都更轻一些。我感到上下眼皮之间的绒毛已经膨胀起来，坚固结实，准备在其柔嫩的表面上举起许多其他重物，全世界的高山峻岭。地平线这半球本身再也不足以填满这绒毛天体了。与胀满我胸膛的这深深吸上的一口气相比，造物主所能给我带来的全部生命，在我看来已非常微弱，大海的呼吸在我看来已显得那样短促。我向阿尔贝蒂娜俯下身去，想拥抱她。此刻，就是死亡向我袭来，我也会毫不在乎。更确切地说，我觉得那不可能，因为生命不在我身外，而在我身内。此时如果有一位哲学家，阐述他的思想，说有一天，哪怕是遥远的一天，我也要死去；大自然永恒的力量则仍会存活下去，在这大自然力量神圣的脚下，我只不过是一粒尘埃；我死后，这些圆形的、隆起的悬崖，这大海，这月光，这天空还会在，我对他一定发出怜悯的一笑！这怎么可能呢？世界怎么能比我存在得更久，既然我并没有迷失在世界之中，而是世界锁在我心中，世界远远不能充满我的心房，我感到自己心中还有位置，可以容得下许许多多别的珍宝，我会充满蔑视地将天空、大海和悬崖扔在一个角落里。

“快收场，不然我可打铃了！”阿尔贝蒂娜见我向她扑去要亲吻她，大叫起来。

但在我看来，一个少女叫一个小伙子偷偷前来，安排得叫她的姨妈不知不晓，肯定不是为了什么事都不干；善于抓住时机的人，只要有胆量，就能成功。我当时处于那么激动的状态之中，阿尔贝蒂娜那圆圆的面庞，为内心的火焰所照亮，仿佛被通宵点燃的小灯所照亮，对我来说，是那样有立体感，以致在我看来它在模仿地球仪的转动而转动，如同米开朗琪罗的群像为静止不动而又令人头晕目眩的旋风所卷走一般。[1] 这个从未品尝过的粉红色果子，闻起来是什么味，吃起来是什么味，我马上就会知晓！就在这时，我听到急促、延续而又刺耳的声响。阿尔贝蒂娜已经使足全身力气拉了铃。

从前我一直认为，我对阿尔贝蒂娜的爱情并不建立在对肉体占有的希冀上。但是，那天晚上的尝试所得到的结果，便是在我看来这种占有已不可能。第一天在海堤上见到她，我就曾怀疑她是放荡的女子，后来又经过中间的各种假设，我似乎已最终确认

[1] 此处系指西斯廷教堂穹顶上米开朗琪罗所绘制之《创世记》组画。

她是绝对洁白如玉的。一星期以后，她从自己姨妈家回来之后，冷冷地对我说：“我原谅您了，甚至为叫您难过而感到后悔。可是，永远不要再做那种事了！”这倒与布洛克对我说的可以把任何女人搞到手完全相反。似乎我见到的不是一个真正有血有肉的少女，而是一个蜡制玩具娃娃。

此后，我那种要进入她的生活之中，要跟随她到她度过童年的国度去，要由她启蒙开始生活的欲望便渐渐与她疏远了。思想上极力想知道她对某件事有何想法的那种迫切心情，也没有比相信我能够亲吻她这种信念活得更长久。对占有的希冀一旦停止向我的幻梦提供食粮，我的幻梦就放弃了她。而我从前一直认为这幻梦是独立于对占有的希冀之外的。从此，这些幻梦又恢复了自由，转移到阿尔贝蒂娜的这位或那位女友身上去，首先是安德烈身上——视某一日我在哪一位女友身上寻到的魅力，尤其是我依稀望见的为她所垂青的可能性与机遇如何而定。不过，即使没有和阿尔贝蒂娜这一段瓜葛，此后的日子里，对于安德烈对我表现出的热心，我大概也不会越来越高兴。我在阿尔贝蒂娜那里碰上的钉子，她没对任何人讲过。有些俏丽女郎，一进入豆蔻年华，总是能比姿色与富有程度超过她们的女子更招人喜爱——在家中，在朋友中，在交际场中都是如此。这当然是由于她们姿色动人，但更重要的是由于她们拥有相当神秘地令人快乐、令人着迷的魅力——其源泉可能是她们有无穷无尽的生命力，没有受到造物主如此垂青的人则到她们这里来解除干渴。阿尔贝蒂娜便属于这种人。有些少女，尚未到恋爱年龄——到了恋爱年龄就更甚之——

人家就向她们索取比她们自己的要求多得多的东西，甚至是她们无法给予的东西。她也属于这种人。阿尔贝蒂娜从童年时代起，跟前就有四五个小伙伴对她佩服得五体投地。其中就有安德烈，而安德烈比她出类拔萃得多，安德烈自己也清楚知道这一点（说不定正是阿尔贝蒂娜这种完全无意间对人产生的吸引力帮了她的忙，成为构成这一小帮少女的根由）。

这种吸引力甚至作用到相当远的地方，一直达到相对而言更引人注目的一些阶层：如果要跳孔雀舞[1]，他们宁愿请阿尔贝蒂娜去，而不是请一位出身高贵的少女。结果是，虽然她毫无分文做嫁妆，依靠邦当先生过活，日子过得很清苦，人都说这位邦当先生心术不正，又一心想甩掉她，但是不仅有人邀请她进晚餐，而且有人邀她住在自己家里，这些邀请阿尔贝蒂娜的人在圣卢眼中，大概是没有一丝光彩的，但在罗丝蒙德或安德烈的母亲看来——她们也是很有钱的妇女，但是她们不认识这些人——这些人已经代表着很了不得的势力了。就这样，阿尔贝蒂娜每年都在法兰西银行一位总裁、一个大铁路公司管理委员会主任的家中度过几个星期。金融巨头的妻子接待一些很重要的人物，却从来未告诉过安德烈的母亲哪一天是她的“接待日”。安德烈的母亲觉得这个女人甚是无礼，但是对她家发生的一切事情仍然怀着极大的兴趣。她每年都鼓动安德烈把阿尔贝蒂娜请到他们的别墅中来，因为据她说，向一个自己无钱旅行、自己的姨妈又对她不加照管的姑娘

---

[1] 16 世纪时在法国和西班牙很盛行的一种舞蹈。

提供在海滨小住的机会，这是善举。

安德烈的母亲很可能并非出于这样的动机：希望银行总裁及其妻子得悉她和女儿对阿尔贝蒂娜爱如掌上明珠，因此会对她们母女产生好感。她也更不会指望那么善良而又正直的阿尔贝蒂娜会叫人邀请她，或者至少邀请安德烈去出席金融家的花园晚会。每天晚上进餐时，她一面做出轻蔑和毫不在意的模样，一面津津有味地听着阿尔贝蒂娜向她叙述自己在金融家的城堡中生活时那里发生的事，那里接待的人，等等。这些人，她几乎全都目睹或耳闻过。甚至想到阿尔贝蒂娜只是以这种方式认识那些人，也就是说，并不了解这些人（她把这叫作认识“各朝各代”的人），也使安德烈的母亲感到一丝忧伤，她露出高傲和心不在焉的神情，轻蔑地就这些人向阿尔贝蒂娜提出一些问题。若不是她对家中总管说“请你对厨子说，这豌豆没烧烂”这句话，从而肯定了自己的地位，而且重新置身于“现实生活之中”的话，这位夫人对自己的重要地位可能要把握不住并且焦虑不安了。说了这句话以后，这位太太又恢复了平静。她早下定决心非叫安德烈嫁个人不可。这个人自然要出身高贵，同时又要相当富有，以使安德烈也能拥有一个厨子和两名车夫。有地位，实实在在的东西就是这个。但阿尔贝蒂娜在银行总裁的城堡中与某某太太共进晚餐，这位太太甚至邀请她去过下一个冬季，在安德烈母亲眼中，这都不能不叫人对这个少女肃然起敬。这种肃然起敬与她身遭厄运而引起的怜悯之情甚至蔑视，正好交织在一起。由于邦当先生背叛自己原来的旗帜投向内阁一边——据隐隐约约的传闻他是巴拿马分子——

这种蔑视就变本加厉。但是，这也挡不住安德烈母亲出于热爱真相，对那些似乎认为阿尔贝蒂娜出身下贱的人不屑一顾。

“怎么？人家出身再好不过了，人家姓西莫内，只有一个‘n’！”

自然，这一切事情发生在金钱起着那么重要作用的阶层。在这个阶层中，风姿绰约可以叫人对你发出邀请，却不能叫人娶你为妻。阿尔贝蒂娜虽然受到如此特殊的厚爱，这厚爱并不足以补偿她的贫寒。这种厚爱的有益后果，对阿尔贝蒂娜来说，似乎绝不会是一桩“过得去的”婚事。这样的“出风头”，即使不能带来成就婚姻的希望，也已激起某些心怀恶意的母亲的妒羡。她们见银行总裁的妻子，甚至安德烈的母亲，将阿尔贝蒂娜当作“自家孩子”来接待，而她们自己几乎不认识这两位太太，一个个气得要死。于是，她们向自己共同的朋友以及这两位太太共同的朋友说，这两位太太如果得知事情真相，一定会怒火满腔。那真相便是阿尔贝蒂娜在这家（“反过来亦然”）讲了在那家的一切发现，人们不慎十分亲密地接待她，便使她有了这些发现。这千百种小小的秘密，当事者见到被揭露出来，是很不舒服的。这些嫉妒心重的妇人道出这些话语，目的便是希望有人去传话，好叫阿尔贝蒂娜与她的保护人之间产生不和。但是像常常发生的那样，托人办这种事，一点也没办成。主使他们干这些事的恶意动机，人们感觉太明显了，结果只会使人更加蔑视打这种主意的女人。安德烈的母亲对阿尔贝蒂娜的看法早已固定，不会改变。她把阿尔贝蒂娜视为一个“可怜的孩子”，天性善良，只会想出各种名堂来叫人喜欢。

阿尔贝蒂娜这样风靡一时，看上去并不包含任何实实在在的结果，倒使安德烈的这个女友形成了某些人的那种特性。这些人一向成为别人追求的目标，从来不需要自己主动送上门（由于相同的原因，这种性格在社会的另一极端，即某些风姿绰约的女性身上，也可以见到），但她们从不把别人对她们的追求拿来夸耀，更确切地说，她们总是把这些隐瞒起来。谈到某某时，她从来不说："他很想见我。"谈到任何人，她都怀着极大的善意，似乎追求别人的是她。一个小伙子几分钟之前与她面对面谈话，因她拒绝与他约会而对她大肆谴责。谈起这个小伙子的时候，她不但不因此当众吹嘘或责怪他，反而称赞他说："这个小伙子真热情！"她甚至为自己如此讨人喜欢而感到烦恼，因为这样她势必要惹人难过，她的天性却是喜欢叫人高兴。

她喜欢叫人高兴，甚至达到使用某些只求实利的人和某些爬上高位的人所特有的那些谎言的地步。这种不诚恳，其实在很多人身上都以雏形状态存在着，其内容便是不善于以办一件事只叫一个人高兴为满足。例如，如果阿尔贝蒂娜的姨妈希望她的甥女陪她去出席一次并不好玩的白日聚会，阿尔贝蒂娜去了，她本应该因为得到叫自己的姨妈高兴这种精神收获而感到满足的。但是，当她受到聚会的主人热情接待时，她更喜欢对他们说，她早就想与他们见面，因此选定这个机会并征得姨妈同意而前来。这还不够：这次聚会上，有阿尔贝蒂娜的一个女友，正好刚刚失恋。阿尔贝蒂娜还要对她说："我不愿意让你一个人孤孤单单的，我想到我在你身边，可能你会好过些。如果你希望咱们离开这聚会，到别处去，你说怎样，我就怎样，最重要的，是我希望看到你情绪好一些。”（再说，这也是真话。）

有时，假目的毁了真目的。阿尔贝蒂娜为她的一个女友要去求别人办件事，为此前去看望某夫人，情形就是如此。一到这位善良而又热情的太太家里，这位姑娘不知不觉地遵循自己“一事多用”的原则，觉得如果做出纯粹是因为自己感到见到这位太太会多么高兴才前来的样子，就更热乎一些。这位太太见阿尔贝蒂娜纯粹出于友谊这样长途跋涉而来，真是无比感动。阿尔贝蒂娜见这位太太几乎被感动了，便更加喜欢她。可是问题出在这里：她谎称自己纯粹出于友情动身前来，她那样强烈地感受到友情的快乐，如果她为自己的朋友请求这位太太帮忙，反倒担心会叫这位太太怀疑她的感情了。事实上，她是真心实意的。那位太太会以为，阿尔贝蒂娜是为这件事来的，这倒是实情；但她会得出结论说，阿尔贝蒂娜见了她高兴，并非没有利害得失考虑。这倒不确切。结果是阿尔贝蒂娜没有提出要求帮忙便走了。这与那些对一个女人极其殷勤周到，指望得到她的青睐，但是为了使这种热情保持高尚的性质，便不向女人表白自己的爱情的男人情形相似。

在其他情形中，倒也不能说，她总是为了次要的、事后想出的目的而牺牲真正的目的。但是真正的目的与次要的目的针锋相对，如果阿尔贝蒂娜向那个人道明了一个目的，使之大受感动，而当她也得知另一个目的时，她的快乐立刻会变成最深沉的痛苦。下面的故事讲下去，会叫人更加明白这类矛盾之所在。

我们借一个与此完全不属于同类型的例子，可以说明在生活所呈现的五花八门的情形中，这类矛盾比比皆是。一个丈夫将情妇安顿在自己驻防的城市里。他的妻子留在巴黎，对事情真相有所耳闻，很难过，给丈夫写了几封充满妒意的信。正好情妇不得不到巴黎来一天。情妇求他陪同前往，这位丈夫抵挡不住，于是请准了二十四小时的假。可是，他心眼很好，因自己使妻子难过而感到愧疚，到巴黎以后便去妻子那里，流着真诚的眼泪对她说，读了她的信自己真是心乱如麻，设法逃出一天以便前来安慰她、拥抱她。这样，他就想到了办法，用一次旅行同时向情妇和向妻子证明了爱情。但是，如果他的妻子得知他来巴黎的真正原因，她的快乐肯定会变成痛苦，除非这个忘恩负义的家伙不管怎么说，使她感到的幸福胜于用谎言给她带来的痛苦。

依我看，一贯使用这种“目的多用”体系的人，应首推德·诺布瓦先生。有时他接受在两个发生龃龉的朋友之间进行调停的任务，以获得“最热心的人”这个美名。在前来请他帮忙的人面前，他做出热心相助的姿态还嫌不够，在另一方面前，他还要将自己进行斡旋说成并非因前者的请求而干，而是出于对后者的利害考虑。这样他便轻而易举地说服了对方，事先向对方做出了暗示，说明站在他面前的是“最肯帮忙的人”。这样，他两面讨好，干着用行话称之为“里外光”的事，他的声望不会冒任何风险。实际上他所帮的忙，并不构成什么割让，相反，却构成他的一部分威望结出的硕果。另一方面，他帮的每一个忙，似乎都对双方有益，这就使他“肯帮忙的友人”的名声更增加一分，而且是极有成效的“肯帮忙的友人”，每一次斡旋都有成效。这表明双方当事人对他都感激不尽。这种热心相助中的口是心非，再加上任何人身上都有的种种矛盾，是德·诺布瓦先生性格的一个重要组成部分。在内阁中，他常常一面利用我父亲，一面还叫我父亲相信他是为我父亲效力。我父亲相当幼稚，也就轻易信以为真。

阿尔贝蒂娜比她自己希望的更讨人喜欢，她不需要对自己的情场得意大吹大擂。对于在她床边发生的、我与她之间的那一幕，她始终守口如瓶。如果是一个丑八怪，恐怕要让全世界都知道了。她在这一幕中的态度，我始终不得其解。对于她绝对贞洁这种假设（阿尔贝蒂娜那么粗暴地拒绝让我亲吻，拒绝让我得到她的肉体，我首先归因于这样的假设。但就我对自己女友的善良、基本正直的观念而言，这种绝对贞洁绝非必不可少），我不得不反复揣测多次。这种假设，与我第一天见到阿尔贝蒂娜时做出的假设，是那样截然相反！其次，为了逃脱我，她拉了铃。这个粗暴的动作四周，又环绕着那么多与此截然不同的行动，对我均为热情倍加的行动（抚慰性的，有时是焦虑不安的，警觉性的，嫉妒我偏爱安德烈，等等）。为什么她要我前去，在她床边度过晚上的时光？为什么她一直使用柔情的语言？想见一个男友，担心他喜欢你的女友胜过喜欢你，设法讨他欢喜，浪漫地对他说别人不会知道他在你身边度过晚上的时光，可是你又拒绝给他这么简单的快乐。如果对你来说，这不是一种快乐，那么，这种种欲望又以何为依托？无论如何，我不会相信阿尔贝蒂娜的女性贞洁竟会达到这种地步。所以我又自忖，是否她的粗暴之中，有些搔首弄姿的缘由，例如，可能她觉得自己身上有一股难闻的气味，怕我不喜欢；或者是胆怯，例如，她对情爱的真实情形完全无知，以为我的神经衰弱症状也会通过亲吻而得以传染呢？

她肯定因未能叫我快活而悔恨，便送我一支烫金铅笔。有的人为你的热情所感动，但是不同意将你的热情所索取的东西给予你，却同意为你办其他的事，例如批评家本该写文抬举小说家，却邀请小说家在广场上用晚餐；公爵夫人则并不亲自把纨绔子弟带到剧院去，而是哪天晚上自己不占那个包厢时才叫他去！做得越少，且可以什么都不干的人，谨慎小心却推着他们去干出什么事情！阿尔贝蒂娜送我一支烫金铅笔就是这种美德心理的反常行为！我对她说，她送我这支铅笔，叫我很高兴。但是与她来旅社过夜那天晚上，如果她允许我亲吻她，我会得到的快乐相比，这种高兴便大大逊色了。

“那该叫我多么快活！对您又有什么坏处呢？您拒绝了我，我真是奇怪。”

“使我奇怪的，”她回答我道，“是您竟觉得这事令人奇怪。真不知道您过去都见识过什么样的姑娘，以至我的行为才会使您感到奇怪。”

“叫您不快，我深感歉疚。但是，即使是现在，我也不能对您说，我认为自己错了。我的看法是这些事无关紧要，我不明白，一个能够轻而易举使人快乐的姑娘，竟拒绝这样做。咱们说好了，”我又加上一句，为的是叫她那些道德观念得到一半满足，同时也回忆起她和她的女友们是怎样鞭挞女演员莱娅的女友的，“我的意思并不是说，一个少女可以什么事都干，没有任何不道德的事。您听着，有一天您对我谈到住在巴尔贝克的一个小女孩，谈到她与一个女演员之间的那种关系。我认为这种关系太丢人了，太丢人了，以至于我认为是少女的敌手编造出来的，并非真有此事。我认为那不大可能，不可能。但是任凭一位男友拥抱，甚至更有甚者，既然您说我是您的朋友……”

“您是我的朋友，但是在您之前，我也有过别的朋友。我见识过一些小伙子，我向您保证，他们对我有着同样的友情。可是，没有一个人敢这么干。他们知道，如果这么干，头上会挨上两巴掌。再说，可能他们连想也没这么想，大家就是很直截了当地，很友好地，作为好伙伴，握握手。从来没有人说过拥抱的事，可是并没有因此降低友情。好啦，您看重我的友情的话，您就会满意，我肯定相当喜欢您才会饶恕您。不过我可以肯定，您不会把我放在心上。请您承认，讨您喜欢的是安德烈。归根结底，您说得对，她比我热情得多，她又那么叫人心醉神迷！啊，男人们！”

我最近虽然非常失望，阿尔贝蒂娜如此坦率的一番话，倒叫我对她敬重万分，给我留下十分良好的印象。说不定这种印象此后对我产生了巨大而不良的后果，因为从这个印象开始，形成了那种几乎亲切的情感、那种道德的内核，在我对阿尔贝蒂娜的爱情中，这种情感和内核一直持续存在。这种情感可以成为最大痛苦的根源。因为要真正为一个女人而忍受痛苦的折磨，必须首先对她完全信任不可。目前，这个道德、敬重、友情的雏形，在我的心中仍像一块石头一般留在那里。如果它就这样停留下去，不再增长，像第二年，甚至像我初次在巴尔贝克小住的最后几个星期那样保持着其毫无生气的状态，只这一个因素，对我的幸福是丝毫不会起到破坏作用的。有些客人，无论如何，较为谨慎的办法还是将他们赶走，但是人们让他们留在原地，不去招惹他们，他们的弱点，是在一个陌生的心灵中感到孤独，这已经使他们暂时不会伤害人了。上述这种情感在我心中，就好像这样的一位客人。

现在，我的幻梦重又可以自由自在地落在阿尔贝蒂娜的这个或那个女友身上，首先是安德烈身上了。安德烈对我的热情是否会被阿尔贝蒂娜得知，如果这一点我没有把握，她的热情可能就不会那么叫我感动了。当然，长期以来我佯装偏爱安德烈，交谈习惯，表白柔情的习惯，为我对她现成的爱情提供了材料。迄今为止，只缺一样，那就是加上点诚挚的情感。现在我的心又自由了，可以提供这种诚挚的情感。可是，安德烈聪明过分，神经过敏，过分病态，与我过于相像，我不会爱她。如果说我现在感到阿尔贝蒂娜似乎过于空虚，安德烈则充满了某种我过分熟悉的东西。第一天，在海堤上，我本来以为见到的是自行车运动员的情妇，沉醉于对体育运动的爱好之中。可是安德烈对我说，她之所以从事运动，乃是遵从医嘱，为的是治疗她的神经衰弱和营养紊乱，而她最美好的时光是翻译乔治·艾略特的一本小说。对于安德烈是什么样的人，我从一开始就大错特错了。结果是我很失望，事实上，这种失望对我无关紧要。这个错误属于这样的类型：虽然这样的错误仍可以允许爱情产生，但是，只有在爱情再也无法改变时，这样的错误才会为人所承认，因而也就成为痛苦的根源之一。这种错误——可以与我在安德烈的问题上所犯的错误很不相同，甚至相反——尤其是就安德烈而言，常常是由于相当看重外表，希望如此而实际上并非如此的举止，导致第一次接触便产生了幻想。不论是好人还是坏人，除了他们的外表，他们的装腔作势，模仿他人，希望为人欣赏以外，还要加上言谈、举止的假象。有些厚颜无耻的人、残忍的人，也不比某些善良的人、讲义气的人更能经受得住这种考验。同样，人们常常会发现一个以慈善闻名的人原来是一个虚荣的吝啬鬼，一个老老实实、观念正统的女孩竟是梅萨琳娜[1]式的人物。我本来以为安德烈是健康而单纯的姑娘，实际上她只不过是一个寻求健康的人。安德烈认为许多人是健康的，事实并非如此，正如一个肥胖粗大、面孔通红、身穿白色法兰绒上衣的关节病患者并不一定就是大力士一样。因为某人显示出来的健康而爱上了他，而他事实上只不过是一个病人。这种病人只从别人身上得到健康，就像某些星球借其他发光星体的光，或某些物体只容电流通过一样。有些情况下，这种情形对幸福并不是无关紧要的。

这些都无关紧要。像罗斯蒙德和希塞尔一样，安德烈毕竟是阿尔贝蒂娜的女友，其友谊甚至胜过罗斯蒙德和希塞尔，她与阿尔贝蒂娜共享生活，效仿她的举止，以至第一天刚开始时，我分辨不出她们来。这些少女是一枝枝玫瑰，其主要魅力是散布在海

[1] 梅萨琳娜为古罗马皇帝克罗德的第五个妻子，以荒淫、残暴、奢侈而著名。

上，她们之间仍然保持着我与她们尚未相识时的那种不可分离性。那时，她们之中不论哪一位出现，都会叫我那样激动，向我宣告那一小群已经不远。现在依然如此，看见其中一个人，便使我感到快乐。这快乐中含有见到其他人随她出现或过一会儿来与她会齐的快乐的成分。即使其他人这一天不来，还有谈论她们的快乐，知道别人会告诉她们说我在海堤上的快乐。至于这成分究竟占多大比例，我就说不上来了。

这已经不再单纯是初来时期的那种吸引力，而是真正在爱情上的三心二意，我在她们每个人之间犹豫不决，显然她们每个人都可以代替另一个人。我最大的悲哀，并不是这些少女中我最喜欢的一个抛弃了我，而是我无法做到立刻喜欢上哪一个。如果能做到，我倒可以将不清不楚地在所有人身上飘荡的全部忧伤和幻想集中在她一个人身上，即会抛弃我的那个人身上。在这种情况下，是不是在她的所有其他女友眼中，我会立刻威信扫地，是不是我会不知不觉地留恋她的所有其他女友，因为在那之前我对她们怀着一种集体性的爱呢？政治家或演员对公众也怀着这种集体性的爱，他们得到公众的厚爱之后，如果被丢在一边，是无法感到欣慰的。我未能得到阿尔贝蒂娜的青睐，现在，哪一个少女晚上离开我时，对我说上一句模棱两可的话，向我飞过一个意义不明的眼神，我便骤然希望从这个少女那里得到这青睐。借助于这么一句话，这么一个眼神，我的冲动会一整天围着她打转。

在她们那机灵活泼的面庞上，线条刚刚开始相对固定，足以叫人辨认出可塑的、飘忽不定的人像来，哪怕此后还要变。正因为如此，这种冲动就更加带着肉欲成分在她们之间游荡。这些少女的面庞虽然彼此那样不同，倒说不定能够一一重叠起来，她们的面庞长、宽方面的差异，远远比不上五官之间的差异。但我们对面庞的认识是非数学性的。首先，这种认识并非从衡量每一部分开始，而是以某一表情、一个总体印象为出发点。以安德烈为例，她温和的双眼、细腻的线条好像与细小的鼻子连接在一起，鼻子窄而细，有如画出来的一条简单的曲线，为的是叫分在双眸中的微笑那高尚的意念能在一条线上得以继续。她的秀发中也有一条同样的细线，轻盈而幽深，有如风儿在沙上犁过而画出的线条。这一点上，她大概受遗传影响，因为安德烈母亲那满头银丝也完全是如此造型，这里形成一块凸起，那里形成一块凹陷，如同随着地形起伏隆起或下陷的白雪。

自然，与安德烈鼻子那秀气的线条相比，罗斯蒙德的鼻子似乎提供了宽大的平面，有如一座高塔耸立在宽大的底座上。一条无比细小的线条能构成极大的差异，面部表情便足以使人相信这差异是多么大——一条无比细小的线条本身就能构成一个绝然特殊的表情、一个人的个性——使这些面庞显得彼此不会雷同的，还不仅仅是无比细小的线条和表情的特点。在我这些女友的面庞之间，面色构成更深刻的区别，那原因倒也不在于面色为面庞提供了丰富多彩的美。罗斯蒙德沉浸在撒了琉粉的玫瑰色中，双眼那发绿的光芒又作用于这玫瑰色。安德烈雪白的双颊从她乌黑的秀发中得到那么多庄重高贵之气。她们的肤色是那样不同，以至我站在罗斯蒙德面前与站在安德烈面前领略到的，是先后凝望生长在阳光普照之海滨的一株绣球与夜色朦胧中的一株茶花时所得到的同样的快乐。肤色构成更深刻的区别，更主要地是因为通过颜色这个新因素，线条之间无比细小的差别，无比扩大，平面的比例完全改变了。这个新的因素与配色器一样，是一个大发生器，或者至少可以说，是一个比例改变器。结果是，可能构造差异不大的面庞，视其为火红的头发、粉红的肤色之火或为不反光的苍白光线所照耀而会变长或变宽，成了另外的面庞，如同俄国芭蕾[1]的道具，如果白天观看，有时就是简单的一张圆纸片。而巴克斯特[2]这样的天才，视其将布景笼罩在肉红色或月光的光线之下，便可在一座宫殿的正面镶上绿松石，或者使一座花园中孟加拉玫瑰柔和地盛开。我们认识面孔也是这样，我们是以画家身份仔细衡量面孔，而不是以土地测量员身份去衡量的。

阿尔贝蒂娜及其女友们，情形均如此。某些日子，她身材纤弱，面色发灰，神态抑郁，紫色的半透明的光线下她的双眸深处，如同大海有时呈现的颜色，她似乎忍受着放逐者之悲哀。另外的时日，她的面孔更加光滑，放着釉彩的表面黏附着欲望，又防止那欲望走得更远。除非我突然从侧面看她，因为她那无光泽的双颊，就像一支白蜡烛，表面上由于半透明而呈现玫瑰色，真叫人想去亲亲那双颊，去触触这为他人所看不见的不同的肤色。还有

---

[1] 俄国芭蕾舞团于 1909 年首次赴巴黎演出，普鲁斯特非常欣赏。

[2] 莱昂 · 巴克斯特（1866—1924）：俄国画家，为《火鸟》（1910）、《达夫尼斯和克洛埃》（1912）等设计过布景。普鲁斯特与他见过面，对他的才华及和蔼可亲有深刻印象。

的时候，幸福使她的双颊沐浴在那样颤动的明亮之中，以至皮肤变成了流体，变得模糊不清，似乎有日光偷偷地闪过，使皮肤呈现出与双眸不同的另一种颜色，而不是另一种质地。有时，完全出你意料，望着她那撒播着棕色小斑点，又只有两处更显蓝色的痕迹飘浮的面孔，似乎为金翅鸟的卵做成，又常常像是用只在两处加工并磨光的乳白色的玛瑙做成。在棕色宝石中，她的双眸闪闪发光，如同一只天蓝色蝴蝶那透明的双翅。肌肉成了明镜，使我们产生比起身体的其他各部分来，更让我们心灵接近的幻想。更常见的情形，是她面色更鲜艳，于是也更生机勃勃。有时在她白皙的脸上，只有鼻子尖是粉红的。她的鼻子很纤巧，好似一只狡猾的小猫的鼻子，你真想跟那小猫玩耍片刻。有时她的双颊是那样光滑，以至目光在那玫瑰色的珐琅质上滑下去，就像在一个小巧玲珑的艺术品小壶那玫瑰色的珐琅上流淌下去一样。她乌黑的秀发构成半开而又多重的壶盖，使这玫瑰色的珐琅显得更加优雅、内在。有时她的双颊达到仙客来花朵那种粉红带紫的程度。有时她充血或发烧，更使人想到她是病态体质，这使我的欲火下降，成为某种更性感的东西，也使她的目光表现出更邪恶、更不健康的东西。这时她的面色呈现某些红得几乎发黑的玫瑰的那种深紫色。

这样的一个个阿尔贝蒂娜，各不相同，就像一个女舞蹈演员，随着舞台灯光的千变万化，她的色彩、身影和性格不断变化，每次出场都各不相同一样。说不定正因为那个时期我在她身上欣赏到的人物是那样变化多端，后来我也养成了习惯，根据我想到的是哪一个阿尔贝蒂娜，我自己也化成另一个人物：或妒火中烧，或毫不在乎，或追求肉欲，或郁郁寡欢，或怒气发作，不仅仅随着复苏的记忆偶然而至，而且根据我理解同一回忆的不同方式所施加的信念强度去重新创造这些人物。应该反复地谈这个问题，谈这些信念。大部分时候，这些信念在我们不知不觉间填满了我们的心灵，对我们的幸福来说，它比我们看到的某个人本身更为重要，因为我们是通过这些信念来看他的，是这种信念赋予这个被注视的人以转瞬即逝的大小。为了表述得更准确，我大概应该给以后想到阿尔贝蒂娜的每一个我起一个不同的名字，更应该给在我面前出现的每一个阿尔贝蒂娜起一个不同的名字。在我眼前出现的阿尔贝蒂娜，从来不是一个模样，正像接踵而至的各不相同的各种大海——为了更方便起见，我简单地叫它大海，阿尔贝蒂娜是另一个海中仙女，她在大海中轮廓更加清晰地显现出来。更有甚者——以同样的方式，而且据说更为有益，在一处叙事中，提到那一天天气如何——我应该一直将天气这名称交给信念，哪一天我看见阿尔贝蒂娜，哪一种信念笼罩着我的心灵，构成这一天的气氛。人的外表，就像各种各样的大海的外表一样，这些都取决于那些肉眼几乎看不见的云团。这些云团以其集中的情形，流动的情形，撒播的情形，逃遁的情形，改变着每样事物的色彩——正像有一天晚上，埃尔斯蒂尔停下脚步与那些少女谈话，而没有将我介绍给她们，他撕破了一片云，这些少女远去的时候，她们的形象在我眼中骤然显得更加美好一般——过了几天，我与她们相识了，那云团又形成了，遮住了她们的光彩，经常横亘在她们与我的双眼之间，这云团是不透明的、温和的，好似维吉尔笔下的琉科忒亚[1]。

自从这些少女的话语在某种程度上向我指出应该用什么方法去观看她们的面部表情以后，对我来说，无疑她们每个人面孔的意义都改变了很多。我用提问题的方式，按照我的意愿挑起她们的话语，使话语千变万化，就像一个做实验的人通过反证来证明他的假设一样。对这些话语我就可以赋予更高的价值。将从远处看显得优美而神秘的人与事移到近处，便足以使我们意识到这些人与事既无神秘之处，也无优美之处。总的来说，这是解决人生问题的一种方式。在许多种方式中，这也是可以选择的一种有益于健康的方法。这种方法可能不值得特别推荐，但是这会使我们得到某种平静用以度日，用以忍受死亡——这种方法会使我们毫不留恋，使我们确信我们已经接触到最杰出的人与事，而这最杰出也并没有什么了不起。

我原来以为，在这些少女的头脑深处，是蔑视贞洁，并且靠对贞洁的蔑视，回忆日常那些短暂的男女私情过活。现在，我认为是正直的原则在她们头脑深处起作用了。这些原则可能还会动摇，但是迄今为止防止了那些从他们的布尔乔亚阶层中接受这些原则的女孩走上任何歧路。一个人一开始就误入歧途时，连在小事上也会如此。假设错误或记忆错误使你到错误的方向上去寻找

[1] 琉科忒亚是底比斯王卡德摩斯的女儿，是航海神。在《奥德赛》中，她救奥德修斯一命，免得他淹死。维吉尔在《埃涅阿斯纪》中提到她，说她专门拯救海上遇难的人。

某一流言蜚语的制造者或丢失物品的地方时，可能会发生这样的事：发现了谬误，但是并没有用真理去代替，而是用另一谬误去代替。我与她们亲切交谈时，从她们脸上确实见到清白无邪这个词，就这些少女的生活方式和与她们相处的行为而言，我确实体验到这个字眼的全部效果。不过，说不定我观察得丢三落四，解字过于仓促有误，在她们脸上并没有写着这个词，正像我第一次看拉贝玛的日场演出，朱尔·费里[1]的名字并没有写在那次的节目单上，而这并没有妨碍我对德·诺布瓦先生说，朱尔·费里很可能为那次演出写了开场小戏。

既然在我们关于一个人的回忆中，凡是对我们每日发生的关系没有立竿见影的用处的事，头脑一律将其排除（甚至而且特别是如果这些关系还染上一点爱情的话，这爱情从未得到满足，在最近的将来还活着），对于这一小群少女中我的任何一个女友来说，我所见到的最后一张面孔，怎么能不是我回忆的唯一面庞呢？头脑任凭往日组成的链条通过，只死死留住这链条的最后一截。制成这一截的金属常常与消逝在黑夜中和我们人生旅途中的各截链条完全不同。我们的头脑只把我们现在所在的国度当作真实的国度。我最初的印象已经那样遥远，在我的记忆中无法找到什么凭证防止其每天变形。在我与这位少女一起聊天，吃茶点，一起游玩所度过的漫长时光里，我竟然不记得，她们与我从前如同在壁画上见过一般，在大海前列队走过的无情而又肉感的处女

---

[1] 朱尔·费里（1832—1893）：1879 年任公共教育部部长，从未写过开场小戏。

是同一批人。

地理学家、考古学家会把我们带到卡利普索岛[1]去，会挖掘出米诺斯的宫殿[2]。只是卡利普索不过是一个女子，米诺斯不过是一个毫无神祇气息的国王。甚至历史告诉我们的作为这些极为真实的人的特性的长处和短处，也常常与我们赋予那些叫同样姓名的想象中的人物的长处和短处很不相同。我初来乍到那几天创造的优美的大海神话，就这样消失了。但是，至少我们在曾认为不可企及而热烈向往的不拘礼节气氛中度过了一些时光，这是不能等闲视之的。

那些我们开始时觉得别扭的人，在与他们相处中，即使最后在他们身边终于会体验到不自然的、做作的快乐，这快乐之中也始终滞留着他们掩盖住了的缺点的那种掺假的味道。在我与阿尔贝蒂娜及其女友这样的关系之中，构成其根源的真正的快乐，则留下一股馨香。这股馨香，任何人工的办法都无法将它赋予强摘下来的水果，或赋予未曾在阳光下成熟的葡萄。在一段时间内，对我来说，她们是仙女。甚至在我不知不觉中，她们在我与她们之间最普普通通的关系之中，加进了某些奇妙的成分，或者说，她们防止这些关系中有任何平庸的成分。我的欲望那样贪婪地寻找双眸的含义，如今这双眸了解了我并对我微笑，但是第一

---

[1] 卡利普索岛为仙女卡利普索居住之岛，她在这里接待了奥德修斯并挽留他十年。

[2] 普鲁斯特此处可能指克诺索斯宫殿。据荷马史诗，这克诺索斯宫殿是米诺斯王国的大城市，伟大的宙斯每隔九年前来，对米诺斯讲述心腹之言。1900 年，考古学家阿尔图尔 · 伊文斯（1851—1941）挖掘出了这座宫殿，神话遂让位于现实。

天，这双眸与我的目光相交时，犹如另一宇宙的光芒。我的欲望那样广袤地、细致周到地将色彩与芳香撒播在这些少女那有血有肉的表面上，她们卧在悬崖上，纯朴地向我递过三明治或者玩猜谜游戏，以至常常一个下午，我躺在那里——就像那些画家，他们要在现代生活中寻找古代的雄伟，赋予正在剪趾甲的一个女人以《拔刺的人》[1]那样的高尚，或者像鲁本斯一样，将自己认识的一些女人画成女神[2]以构成古代神话场面——这些类型很不相同的长着棕发和金发的美丽身躯，在草地上散布在我的周围。我望着这些美丽的身躯，说不定它们并没有去除全部平庸的内涵，日常的体验使她们充满了平庸的内涵，然而（我并没有回忆起她们那天仙般的出身）我却像赫拉克勒斯或忒勒玛科斯一样，似乎正在仙女之中嬉戏。

此后，音乐会结束，坏天气来临，我的女友们离开了巴尔贝克，不是所有的人都像燕子那样一起走，却都在一周之内离开。阿尔贝蒂娜第一个走了，突然走了，她的哪一个女友无论是当时，还是事后，都没有弄明白为什么她忽然回巴黎去了，既没有功课，也没有什么消遣呼唤她到巴黎去。

“她一声不吭就走了。”弗朗索瓦丝嘟嘟哝哝地说。其实，说

---

[1] 《拔刺的人》是古希腊时代的铜塑，表现一个小伙子正从脚跟上往外拔刺，为罗马博物馆最美的藏品之一。普鲁斯特肯定在卢浮宫见过其复制品。

[2] 普鲁斯特这里可能指表现玛丽·德·美第奇生活的系列画，因为朱诺、密涅瓦和美惠三女神均簇拥着这位王后。也可能是指一些神话人物画，如《向维纳斯献祭》，画上就有画家自己的妻子出现。

不定她巴不得我们这样。她觉得我们在旅社的雇员面前和经理面前太不谨慎。雇员数目已大大减少，但仍有极少数顾客留在这里，依然留下一些雇员。经理则“侵吞钱款”。

确实，旅社很快就要关门，几乎所有的人都走光了。可是旅社从未这样舒适。当然经理并不这样认为。客厅里，人们冻得发抖，客厅门口再没有一个侍者照应。经理沿着各个大厅，在过道上踱着方步。他身穿崭新的礼服，头发理得那么讲究，那枯燥乏味的脸似乎构成了一个混合体，一份肉大概就有三份化妆品。他不断更换领带（这样摆阔要比保证取暖和保留工作人员少花钱，这就像一个人再也无法为一件善举送上一千法郎，但是还能毫无困难地摆出大方的样子，给前来送电报的电报员一百个苏小费）。他那样子像在视察虚无，似乎要借助于个人的良好衣着，赋予这凄凉景象一种临时性质。在这个时令已经不佳的旅社里，人们对这凄凉景象感受良深。经理宛若君主再现的幽灵，出没于自己昔日宫殿的废墟之中。这条地方性铁路见旅客不足，已停止运行，直到明年春季才会恢复。经理对此特别不满。

“这里缺的就是交通手段。”他经常这么说。

虽然出现了赤字，他仍为今后几年进行宏伟的规划。不论如何，当一些漂亮字眼施用于旅馆业，而且又能使这一行业显得宏伟壮丽时，他还能准确地记住一些。

“尽管我在餐厅里有一个优秀班子，但帮手仍然不够，”他常常说，“穿制服的仆役仍有待改善。明年我会聚集什么样的优秀部队，你们会看到的！”巴尔贝克邮政总局服务中止，使他不得不派人去取信，有时用蹩脚马车去送旅客。我经常要求上车，坐在车夫旁边，这样，不论什么天气，我都可以出去走走，就像在贡布雷度过的那个冬天一样。

有时暴雨如注，游艺场早已关闭，外祖母和我只好留在空荡荡的一些房间里，就像狂风呼啸时，待在船舱尽头一样。与远渡重洋一样，每天在这船舱里，我们在他们身边度过了三个月而并不了解的人当中，会有一个朝我们走来。雷恩的首席审判官呀，卡昂的首席律师呀，一位美国太太及其女儿呀，与我们搭搭话，想出点什么花样，让时间不要显得那么漫长，或露出点什么本事，教我们一种玩牌的办法呀，请我们喝茶呀，或请我们弹奏些乐曲呀，请我们某个时刻聚一聚呀，一起设法消遣呀，等等。这些消遣的真正奥秘就是自寻快乐，不要声称烦闷得很，只是互相帮助度过这烦闷的时光。这些人终于在我们小住的末尾与我们结成了友谊。第二天，他们相继离去，又使这友情中断了。

我甚至认识了一个有钱的小伙子，他的两个贵族朋友当中的一个，以及又来住几天的女演员。这个小圈子已经只剩三个成员，另一个朋友已经返回巴黎。他们要我和他们一起到他们常去的那家饭馆去用晚餐。我没有接受，我想他们相当高兴。不过他们发出邀请时，是极尽和蔼可亲之能事的。虽然实际上这邀请只来自有钱的小伙子，其他几个人只不过是他的客人罢了。由于陪同他的朋友莫里斯 · 德 · 福代蒙侯爵出身于名门望族，那个女演员问我愿意不愿意去时，为了抬举我，她本能地说道：“这会叫莫里斯喜出望外。”

待我在大厅中碰到他们三个人的时候，那个有钱的年轻人退后一步，倒是德·福代蒙先生对我说："您不赏光来和我们一起进晚餐吗？"

总而言之，我没有充分利用巴尔贝克，这倒叫我更想再次前来。我觉得自己在那里待的时间太少。可是我的朋友不这样看，他们给我写信，问我是不是打算永远在巴尔贝克生活下去，是不是他们以后将不得不在信封上写上巴尔贝克这个地名。我的窗子不朝着田野，也不朝着一条街，而是朝着大海这边，每天夜里我听到大海的呼啸。入睡之前，我像一只小船一样，将自己的睡梦托付给大海。我有一种幻觉，便是这与波涛一起构成的喧嚣，大概在我不知不觉中就像睡梦中教的功课一般，具体地向我头脑中灌输了其魅力的概念。

旅社经理主动提出明年给我更好的房间。我现在对自己的房间已经十分眷恋，走进房间里再也闻不到香根草的味道。从前在这个房间里，我的思路是那样难以展开，现在，这思路终于那样准确地占据了整个空间，以至当我应该在巴黎我从前那个天花板很低的房间里过夜时，不得不对自己的思路进行反方向的处理。

确实应该离开巴尔贝克了。在这个没有壁炉和取暖器的旅社里，寒冷和潮湿已经这样浸入骨髓，不能再待下去了。最后的几周，我几乎立即就忘记了。每当我想到巴尔贝克，几乎不加变化地重现在我眼前的，便是每天早晨的时刻。天气晴朗的季节，因为我下午要同阿尔贝蒂娜及其女友外出，外祖母遵照医嘱，强迫我每天早晨在暗中躺在床上。经理发出命令，不许在我这一层弄出声响，并且亲自照看，要人们服从命令。光线很强，我尽量长时间地让那大紫窗帘拉着。我刚来的第一天晚上，这窗帘曾对我表现出那样大的敌意。为了不让光线透进来，每天晚上，弗朗索瓦丝都把毯子、桌子上的红印花布、从这里那里弄来的料子接到窗帘上去，用别针别住。也只有她能把这窗帘解下来。她无法把各处都拼接得恰到好处，于是这黑暗并不完全彻底，窗帘还是让有如秋牡丹鲜红的叶子一样的东西撒播在地毯上。我忍不住要上去赤脚踏住那些“秋牡丹”。

对着窗户的那面墙，已被局部照亮。墙上，没有任何支撑的一个金色圆柱体垂直地立在那里，像在荒漠中作为希伯来人前导的光柱一样缓缓移动。[1]

我再次躺下，只通过想象去静静地品味游戏、洗海水浴、步行的快乐，而且同时品味所有这一切快乐，上午很适宜做这些事。快乐使我的心怦怦跳动，好似一台充分开动的机器。但这台机器不能移动，只能自我转动，将其速度就地传递出去。

我知道那些女友此刻正在海堤上，但我看不见她们，她们正从大海那高高低低的支脉前经过。有时短暂放晴，在大海尽头可以望见里夫贝尔小城。阳光将这座小城精心地分成一个个小块。它犹如一座意大利小镇，栖息在大海蓝莹莹的峰巅上。我看不见女友们（而报贩——弗朗索瓦丝管他们叫“报人”[2]——的叫卖声，

[1] 见《圣经·旧约·出埃及记》第十三章：日间耶和华在云柱中领他们的路，夜间在火柱中光照他们，使他们日夜都可以行走。日间云柱，夜间火柱，总不离开百姓的面前。

[2] 此词在法语中也有“记者”之意。

提香
《梳妆的妇人》

洗海水浴的人和孩子们玩耍发出的呼喊，如海鸟的鸣叫一般为轻轻撞碎的海浪敲击着节拍。这些声音都传到我这高台上来），我推测得到她们的存在，柔和的涛声一直传进我的耳鼓，我听见她们卷进波涛中发出如同涅瑞伊得斯[1]的笑声。

“我们看了半天，”阿尔贝蒂娜当天晚上对我说，“想看看您是不是会下来。可是您的窗板一直关着，甚至到了音乐会的时间还关着。”

确实，十点钟时，音乐会在我的窗下轰响起来。如果海水涨潮，在乐器间歇之中，一个浪头打来，似乎能将小提琴的节拍卷进自己那水晶涡状物之中，泡沫溅到海底音乐那断断续续的回声上，然后那形成浪花的海水重又流淌下去，流水倾注，永不间断。

还不把我的衣物送来，让我可以穿衣起床。我着起急来，时钟敲响正午十二点，弗朗索瓦丝终于来到。连续几个月，在这个我将之想象为只受暴风雨袭击并笼罩在烟雾之中因而那样向往的巴尔贝克，晴朗的天空是那样明亮，那样宁静，弗朗索瓦丝前来将窗户打开时，我总能毫无谬误地推想，我会找到折到外墙角上的那一方阳光。其颜色永恒不变，作为夏天的标志，则不如毫无生气的假珐琅那样抑郁而动人。弗朗索瓦丝将窗帘上的别针一一取下，拿掉布料，拉开窗帘时，她展露出来的夏日似乎与一具华

---

[1] 涅瑞伊得斯是涅柔斯和多里斯的女儿，为海中仙女。她们一共有姐妹 50 人，但名字却有 77 个，其中著名的有安菲特里忒、忒提斯、该拉忒亚等。

丽的千年木乃伊一般死气沉沉，它是那样亘古有之。我家这位老女仆只是小心翼翼地为这具木乃伊除去原来身上的衣物，叫它身着金袍、散发着香气出现在人们眼前而已。

图书在版编目（CIP）数据

追忆似水年华.第二卷，在少女们身旁／（法）马塞尔·普鲁斯特著；桂裕芳，袁树仁译．—南京：译林出版社，2022.9（2026.2重印）

ISBN 978-7-5447-9088-8

Ⅰ.①追… Ⅱ.①马… ②桂… ③袁… Ⅲ.①长篇小说－法国－现代 Ⅳ.①I565.45

中国版本图书馆 CIP 数据核字（2022）第 038118 号

追忆似水年华（第二卷）在少女们身旁 ［法国］马塞尔·普鲁斯特／著
桂裕芳　袁树仁／译

责任编辑　唐洋洋　鲍迎迎
装帧设计　山川制本workshop
插图绘制　Moeder Lin
校　　对　蒋　燕
责任印制　董　虎

原文出版　Gallimard, 1984
出版发行　译林出版社
地　　址　南京市湖南路 1 号 A 楼
邮　　箱　yilin@yilin.com
网　　址　www.yilin.com
市场热线　025-86633278
排　　版　南京展望文化发展有限公司
印　　刷　南京爱德印刷有限公司
开　　本　880毫米 ×1240毫米 1/32
印　　张　121.875（全七卷）
插　　页　10
版　　次　2022 年 9 月第 1 版
印　　次　2026 年 2 月第 5 次印刷
书　　号　ISBN 978-7-5447-9088-8
定　　价　780.00 元（全七卷）